Der Widerspruch

Für Astrid

MARTIN GADOW

DER WIDER-SPRUCH

Roman

Bibliografische Information der Deutschen Nationalbibliothek:
Die Deutsche Nationalbibliothek verzeichnet diese Publikation in der
deutschen Nationalbibliografie; detaillierte biografische Daten
sind im Internet über dnb.dnb.de abrufbar.

Die automatisierte Analyse des Werkes, um daraus Informationen
insbesondere über Muster, Trends und Korrelationen gemäß §44b UrhG
(„Text und Data Mining") zu gewinnen, ist untersagt.

Satz, Umschlaggestaltung und Verlag:
BoD – Books on Demand GmbH, In de Tarpen 42, 22848 Norderstedt

Druck: Libri Plureos GmbH, Friedensallee 273, 22763 Hamburg

ISBN: 978-3-7597-4754-9

Aufklärung ist der Ausgang des Menschen aus seiner selbst verschuldeten Unmündigkeit. Unmündigkeit ist das Unvermögen, sich seines Verstandes ohne Leitung eines anderen zu bedienen. Selbstverschuldet ist diese Unmündigkeit, wenn die Ursache derselben nicht am Mangel des Verstandes, sondern der Entschließung und des Mutes liegt, sich seiner ohne Leitung eines andern zu bedienen. Sapere aude! Habe den Mut dich deines eigenen Verstandes zu bedienen!

Immanuel Kant, *»Beantwortung der Frage: Was ist Aufklärung?«*

PROLOG

Am späten Nachmittag veranstaltete der Landesverband in der Jesuitenkirche schräg gegenüber dem Hauptbahnhof die Landesfeier zum Volkstrauertag. Die Jesuitenkirche gilt als größter Sakralbau Kölns gleich nach dem Dom. Im Zweiten Weltkrieg bis auf die Umfassungsmauern zerstört, erhielt das glanzvolle Gotteshaus des Frühbarock, das zudem romanische und spätgotische Stilformen aufweist, in den Jahren 1949 bis 1979 seine ursprüngliche Gestalt zurück. Der imposante Eingang an der Westseite wird durch flankierende Türme bewacht. Das Innere des Sakralbaus beeindruckt durch das Raumvolumen und die Pracht der Ausstattung, vor allem durch den triumphalen, in Goldglanz erstrahlenden Hochaltar, neben dem am Nachmittag vor dem Volkstrauertag die Deutschland- und die Europafahne, die Fahne des Kriegsgräbervereins und die Fahne des Erzbistums hingen. Im Chorraum des Altars saßen die Musiker des Landespolizeiorchesters und stimmten ihre Instrumente. Neben dem Altar stand ein Rednerpult. Um das Publikum zum Schweigen zu bringen, intonierte das Polizeiorchester die Arie Nr. 15 aus dem 12. Auftritt des 2. Aufzuges der »Zauberflöte«. Ein in Schlips und Kragen gewandeter Sänger vom Düsseldorfer Staatsschauspiel sang Verse des Schikaneder-Librettos.

In diesen heil'gen Ha-hallen
Kennt man die Rache ni-hicht
Und ist ein Me-hensch ge-fa-hallen
Führt Lie-Hiebe! i-hihn zur Pflicht
Dann wandert er an Freundes Ha-hand
Vergnügt und froh ins be-he-hessre La-hand
Dann wandert er an Freundes Ha-hand
Vergnügt und froh ins bessre La-hand
Dann wandert er an Freundes Ha-hand
Vergnügt und froh ins bessre La-hand
Ins be-hessere, ins be-hessere Land

Die einleitenden Worte zur Begrüßung der Veranstaltungsteilnehmer wurden vom Landesvorsitzenden gesprochen. Cäsars Internet-Seite kommunizierte das politische Evangelium des großen Vorsitzenden: »Für mich ist das Christentum und das christliche Menschenbild der entscheidende Maßstab für mein politisches Handeln«, hieß es dort. »Das christlich-jüdische Menschenbild begründet die Würde eines Menschen damit, dass er Ebenbild Gottes ist.« Die Aussage Cäsars ist – natürlich! – Unsinn, überlegte Leibgeber. Nicht Gott schuf den Menschen, sondern – umgekehrt! – der Mensch schuf Gott. Um seine Mitmenschen zu bevormunden. Um seine Zeitgenossen zu beherrschen. Wie bitte kann man die historischen Ungereimtheiten und logischen Unwahrscheinlichkeiten der beiden christlichen Religionen zum Maßstab seines politischen Handelns erklären? fragte Leibgeber. Das ist kein Ausdruck verantwortlichen Handelns, sondern grenzt an geistige Unzurechnungsfähigkeit! Cäsar fasste sich an den Kopf und richtete seinen Lorbeerkranz. »Ich bin dankbar, dass zur heutigen Landesfeier, die traditionell vom hiesigen Landesverband im Kriegsgräberverein und der Staatskanzlei ausgerichtet wird, so viele gekommen sind. Sie alle sind uns willkommen!«, versicherte Cäsar. Von den Ehrengästen begrüßte er besonders die Präsidentin des Landtags und einige Landtagsabgeordnete. Die Landesregierung wurde durch den Staatsminister für Justiz, die Stadt Köln durch den Oberbürgermeister vertreten. Die Bundeswehr wurde durch die Amtschefs von Heeresamt und Luftwaffenamt und dem Standortältesten Köln verkörpert. Redner und Ehrengäste waren für Lena und Leibgeber nur schwer zu erkennen. Leibgeber und seine Frau hatten hinter einer Säule Platz nehmen müssen. Die vorderen Plätze waren für die Hautevolee reserviert. Die Veranstaltung wurde von der Geschäftsleitung des Landesverbandes organisiert. Lena hatte recht, wenn sie behauptete, dass ihr Mann Peter dem Landesverband zwar gut genug sei, dessen Kriegskasse zu füllen, aber nicht gut genug, ihm einen Platz zu reservieren. Am Mikrofon gab Cäsar seiner besonderen Freude darüber Ausdruck, dass der Vorsitzende des wissenschaftlichen Beirats im Kriegsgräberverein die Gedenkrede halten werde. Der Chefideologe des Kriegsgräbervereins hatte viele Jahre als Abgeordneter im Landtag gesessen. Er wirkte als bildungspolitischer Sprecher, fungierte als stellvertretender Fraktionsvorsitzender und amtierte als Landesminister. Seit Ablauf der Legislatur lehrte er als Honorarprofessor. »Wir denken zunächst an den Zweiten Weltkrieg, dessen Folgen bis heute spürbar sind«, wendete sich der Professor an die Veranstaltungsteilnehmer. »Fünfundfünfzig Millionen Menschen fanden einen gewaltsamen Tod, darunter sieben Millionen Deutsche, fünfundzwanzig Millionen Russen, sechs Millionen Juden, sechs Millionen Polen. Wir gedenken aller, weil es im Tod nach den Überlieferungen unserer Kultur und des christlichen Glaubens keine Unterschiede gibt.« Der Kriegsgräberverein betrauert die Kriegstoten unisono als Opfer von Krieg und Gewaltherrschaft, kritisierte Leibgeber. Die Täter werden weggelogen. Das Opfernarrativ ist wesentlicher Bestandteil der Gedenk- und Erinnerungskultur dieses Vereins. Man müsse gedanklich und praktisch unterscheiden zwischen denen, die sich eindeutig verbrecherisch und völkerrechtswidrig verhalten hätten, und denen, deren kriegerisches Verhalten eine eindeutige Unterscheidung zwischen Täter und Opfer nicht zuließen oder denen man individuell nichts vorwerfen könne, erklärte der Professor. Jedenfalls sei es völlig unbefriedigend, hier flächendeckend mit einem Täterbegriff zu operieren, wenn keine individuelle Schuld nachgewiesen werden könne. Wie bitte, was? Was sagt der Professor da? Es sei völlig unbefriedigend, flächendeckend mit einem Täterbegriff zu operieren? Leibgebers Gedanken bewegten sich wie bei einer Achterbahnfahrt aus dem Tal der Ahnungslosigkeit aufwärts zu der Erkenntnis: Was gibt den heute Lebenden das Recht, den Unterschied zwischen Verfolgern und Verfolgten, zwischen Nazis und Nazi-Gegnern, zwischen Mördern und Ermordeten zu ignorieren – und wem ist damit gedient? Warum haben die vielen Millionen von Wilhelm und seinen Generälen, von Hitler und seinen Feldherren in den Krieg geführten Soldaten ein »ehrendes Gedenken« verdient? Die deutschen Hitlersoldaten waren als Akteure an Angriffs-, Raub- und Vernichtungskriegen in ganz Europa beteiligt. Durch ihren Kampfeinsatz haben sie sowohl die Grubenerschießungen von anderthalb Millionen Juden, Männer, Frauen und Kinder in den rückwärtigen Armee- und Heeresgebieten, die Vernichtung von drei Millionen sowjetischer Kriegsgefangener in den Dulags und Stalags, die Vernichtung von sechs Millionen Juden (davon 1,7 Millionen in den Vernichtungslagern der *Aktion Reinhardt* und weitere 1,1 Millionen allein in Auschwitz) die Vernichtung von fünfhunderttausend Sinti und Roma und die Ermordung der sowjetischen Politkommissare an der Ostfront ermöglicht. Wehrmachtssoldaten und SS-Angehörige, die an Angriffs-, Raub- und Vernichtungskriegen teilnahmen, sind als historische Mittäter zu bezeichnen, schlussfolgerte Leibgeber. Ohne Ausnahme! Unabhängig davon, ob sie individuelle Schuld auf sich geladen haben, oder nicht. Unabhängig davon, ob sie auf Befehl handelten oder nicht. Unabhängig davon, ob sie propagandistisch indoktriniert waren, oder nicht. Auch wenn man ihnen individuell nichts vorwerfen kann: Jeder Deutsche, der als Teil der Exekutive des NS-Staats an der Durchsetzung der verbrecherischen Politik des

Nationalsozialismus unter seinem »Führer« und obersten Kriegsherrn beteiligt war, hat sich mitschuldig gemacht. Jeder! Wenn es nicht gelang, das gesamte jüdische Volk auszurotten, die Völker Europas auf Dauer zu unterjochen und den Generalplan Ost durchzuführen, so nur deshalb, weil die Rote Armee und ihre Verbündeten genügend Hitlersoldaten getötet hatten, um die Durchsetzung der nazistischen Kriegszielpolitik zu verhindern. Die Gaskammern der Vernichtungslager haben erst dann ihren Betrieb eingestellt, als nicht mehr genügend Hitlersoldaten am Leben waren, um die Morde in den Konzentrations- und Vernichtungslagern durch ihren Kampfeinsatz zu ermöglichen. »In den deutschen Kriegsgräberstätten, von denen der Kriegsgräberverein im Auftrag der Bundesrepublik Deutschland im Ausland achthundertsiebenundzwanzig pflegt und betreibt, liegen Millionen Soldaten«, sagte der Professor. »Der Kerngedanke ist: Ein toter Mensch muss ordentlich begraben werden. Grabschändung oder gar Leichenschändung ist ein ethisch schweres Vergehen und bis heute mit Strafe belegt. Jemandem ein Grab vorzuenthalten gilt als eine besonders schändliche Entwürdigung. Das Reden über die Toten kennt in unserer Kultur die Milde: ›De mortuis nihil nisi bene‹ – ›Über Tote nichts außer Gutes‹ zu reden –, oder – christlich gewendet –, dass ein Toter, was immer er getan haben mag, bereits vor seinem Richter gestanden hat. Die Schlussfolgerung daraus ist dann, dass man nicht nur die Gräber nicht anrührt, sondern die Toten ruhen lässt. Aus diesen Grundvorstellungen speist sich die moralische Rechtfertigung der Kriegsgräberarbeit. Sie ist ein humaner Dienst. Wer dies nicht zu akzeptieren bereit ist, hat einen wesentlichen Teil unserer kulturellen Substanz nicht verstanden.« Wie bitte, was? Was sagt der Professor da? überlegte Leibgeber auf seinem Sitzplatz hinterm Pfeiler. De mortius nihil nisi bene? Über Tote nichts außer Gutes? Über Roland Freisler, Scharfrichter Hitlers auf dem Präsidententhron des Volksgerichtshofs, Teilnehmer an der Wannsee-Konferenz über die so genannte Endlösung der Judenfrage und Schlächter der Angehörigen des militärischen Widerstandes und der Beteiligten am Attentat auf Hitler am 20. Juli 1944, der den Kriegstod als Bombentoter erlitt, nichts außer Gutes? Über den Massenmörder Christian Wirth, den Kommandanten von Belzec und späteren Inspekteur der Vernichtungslager der *Aktion Reinhardt*, in denen 1,7 Millionen Juden mit Dieselabgasen ermordet wurden, der den Kriegstod durch Partisanen erlitt und auf dem Soldatenfriedhof Costermano oberhalb vom Gardasee begraben liegt, nichts außer Gutes? Über den Kriegsverbrecher Adolf Diekmann, der als SS-Sturmbannführer der SS-Panzerdivision *Das Reich* die Ermordung der Bewohner des Dorfes Oradour-sur-Glane bei

Limoges befahl, den Kriegstod erlitt und auf dem Soldatenfriedhof La Cambe in der Normandie beigesetzt wurde, nichts außer Gutes? Sind Sie noch ganz bei Trost, Herr Professor? Die Soldaten von Wehrmacht und Waffen-SS haben Angriffs-, Raub- und Vernichtungskriege in ganz Europa geführt! Die Zivilbevölkerung, Männer wie Frauen, haben ihrem Führer zugejubelt und die deutsche Schreckensherrschaft über andere Völker, Staaten und Nationen gebilligt. Die Gemeinde der Nazi-Gläubigen hat die Verfolgung, Vertreibung und Vernichtung von Juden, Minderheiten und Widerständlern geduldet. Hitler hat seinen Krieg nicht allein geführt! 1963 begann im Frankfurter Römer der große Auschwitz-Prozess. Vertreter der Anklage war der hessische Generalstaatsanwalt Fritz Bauer. Bauers Überzeugung, dass jeder, der in den Vernichtungslagern eingesetzt war, zugleich auch Teil der Mordmaschinerie war, hat sich durchgesetzt – siebzig Jahre nach Kriegsende. Folgt man dieser Lesart ist es keineswegs abwegig, die bloße Zugehörigkeit von Soldaten zur Wehrmacht und SS als historische Mittäterschaft an den Angriffs-, Raub- und Vernichtungskrieg des nationalsozialistischen Deutschlands zu interpretieren, schlussfolgerte Leibgeber. Sämtliche auf Hitler als »Führer« und obersten Befehlshaber des Deutschen Reiches vereidigte Soldaten waren Teil der Exekutive des nationalsozialistischen Unrechtsstaates. Damit sind sie historische Mittäter. Selbst dann, wenn sie auf Befehl handelten. Selbst dann, wenn ihnen keine individuelle Schuld nachgewiesen werden kann. Selbst dann, wenn sie propagandistisch manipuliert wurden. Das Umlügen von historischen Mittätern, hirnlosen Mitläufern, brutalen Kriegsverbrechern und bestialischen Massenmördern in Opfer von Krieg und Gewaltherrschaft bedeutet ein Attentat auf die historische Wahrheit und einen Anschlag auf die intellektuelle Klarheit! Wer wie der Professor behauptet, ein Toter habe, was immer er getan haben mag, bereits vor seinem Richter gestanden, kennt keine Täter mehr. De mortius nihil nisi bene? Von wegen! Flucht und Vertreibung der Zivilbevölkerung aus den deutschen Ostgebieten, Bombenangriffe der Alliierten auf deutsche Städte und jahrlange Kriegsgefangenschaft deutscher Soldaten in der eisigen Sowjetunion dienen der Vereinsgemeinde als Deckerinnerungen, um sich nicht mit den ursächlichen Untaten der Deutschen auseinandersetzen zu müssen: die Angriffs-, Raub- und Vernichtungskriege von Wehrmacht und Waffen-SS, die Verfolgung, Vertreibung, Verschleppung, Vergasung und Verbrennung von Juden, Sinti und Roma, Politkommissaren und Partisanen, Behinderten, Widerstandkämpfern und Deserteuren, Männern, Frauen und Kindern. Wehrmachtsoldaten und SS-Angehörige haben die Verbrechen an den Juden und allen anderen Verfolgten erst ermöglicht! Die Stiefel der SS-Einsatzkommandos reichten nie weiter als bis zu den Deckungslöchern der Landser an vorderster Front. Wehrmacht und Waffen-SS, SS-Einsatzgruppen, Polizeibataillone und Totenkopfverbände haben nicht zwei verschiedene Kriege geführt! Der oberste Befehlshaber von Wehrmacht und SS war zugleich auch Baumeister der Konzentrations- und Vernichtungslager. Der Kriegsgräberverein lässt die objektive Rolle der deutschen Soldaten im Dunkeln. Stattdessen beleuchtet er die subjektiven Leiden der Gefallenen und ihrer Hinterbliebenen und kommuniziert die Kriegstoten als Opfer von Krieg und Gewaltherrschaft. Leibgeber war nicht bereit, die Deutungshoheit des vom Bundesvorstand zum Vorsitzenden des Wissenschaftlichen Beirats bestellten Chefideologen über die gefallenen Wehrmachtsoldaten und getöteten SS-Angehörigen zu akzeptieren. Der Kriegsgräberverein wirft Täter und Opfer in ein großes Massengrab und gießt – getreu seinem Leitwort »Versöhnung über den Kriegsgräbern«, die er als »Friedenseinsatz« ausgibt – die süße Soße der Versöhnung darüber, urteilte Leibgeber. Wer wie der Kriegsgräberverein Versöhnung als Chiffre für das Verschweigen der Täter verwendet, verhindert Aufklärung und verantwortet Volksverdummung anstatt Friedenseinsätze.

Auf der schrägen Ablagefläche vom Rednerpult wendete der Professor das Blatt, um persönliche Betroffenheit zu kommunizieren: »Ich habe fast alle männlichen Verwandten im Zweiten Weltkrieg verloren, bei Woronesh, Stalingrad, Kursk und Weißrussland, und weiß, welch überraschendes Gefühl es auch heute noch sein kann, plötzlich die Nachricht von der Lage eines Grabes zu erhalten.« Die Frage, WARUM Wehrmachtsoldaten und SS-Angehörige auf Soldatenfriedhöfen liegen, wurde von dem Professor nicht mit der Beteiligung der Kriegstoten an einem Angriffs-, Raub- und Vernichtungskrieg, sondern mit dem Hinweis darauf beantwortet, dass deren Angehörige einen Ort der Trauer wünschen. Der Kriegsgräberverein sei die einzige Organisation, die durch ihre Arbeit sehr nahe an diese innersten Gefühle der Menschen heranreiche, versicherte der Professor. An die Gefühle der Nachfahren historischer Mittäter in Wehrmacht und Waffen-SS, ergänzte Leibgeber in Gedanken. Nicht an die Gefühle der Hinterbliebenen und Nachgeborenen von ermordeten Juden, Rotarmisten, Gestapo- und Euthanasieopfern, Partisanen, Widerstandskämpfern und Deserteuren. Die Toten sind nicht gleich! Sie kamen weder aus denselben Gründen ums Leben noch liegen sie in denselben Gräbern. Sofern Gräber existieren, beklagte Leibgeber. Die in den Vernichtungslagern vergasten und in den Krematorien verbrannten Juden, Sinti und Roma, Männer, Frauen und Kinder besitzen kein Kriegsgrab! Die von den Mördern in den Einsatzkommandos der Einsatzgruppen hinter der Front ermordeten Menschen liegen im Massengrab! Sofern sie nicht von ihren Mördern exhumiert und ihre Leichen auf benzingetränkten Eisenbahnschwellen verbrannt wurden. Individualisierte Kriegsgräber besitzen außer Bombentoten, Euthanasie- und Gestapo-Opfer nur Soldaten der Wehrmacht und SS-Angehörige. Der Bariton vom Staatsschauspiel sang:

In diesen heil'gen Mau-hauern,
Wo Mensch den Me-henschen lie-hiebt
Kann kein Verrä-hähä!-ter lau-au-ern
Weil ma-han dem Fei-heind vergibt
Wen solche Lehren ni-hihi!-cht erfreu'n
Verdienet nicht, ein Me-hehe!-nsch zu sei-hein
Wen solche Lehren nicht erfreu'n
Verdienet nicht, ei-heihein Mensch zu sei-hein
Wen solche Lehren nicht erfreu'n
Verdienet nicht, ein Mensch zu sein
Ein Me-hensch, ein Me-hensch zu sein

Dreimal hintereinander: Damit es auch jeder mitbekam. Damit auch jeder kapierte, was der Gedenkredner da sagte. Erstens: Kriegstote sind Opfer von Krieg und Gewaltherrschaft und müssen ordentlich begraben werden. Zweitens: Was immer ein Toter getan haben mag; er hat bereits vor seinem göttlichen Richter gestanden, (dessen Sohn Mittäterschaft, Kriegsverbrechen und Massenmorde des Kriegstoten am Kreuz büßte). Drittens und vor allem: Die Kriegsgräberarbeit ist ein humaner Dienst. Wer dies nicht zu akzeptieren bereit sei, habe einen wesentlichen Teil unserer kulturellen Substanz nicht verstanden, so der Professor. Humaner Dienst? Für wen? überlegte Leibgeber: Für Juden, Minderheiten und Widerständler? Nein! Sondern für die Angehörigen der Exekutive Adolf Hitlers! Der Kriegsgräberverein kümmert sich ganz überwiegend um die Kriegsgrablagen derjenigen, die den nationalsozialistischen Terror durch ihren Kampfeinsatz an den Fronten erst ermöglichten. Der Papst arbeitet im Weinberg des Herrn. Du dagegen arbeitest im Klärwerk der Geschichte, überlegte Leibgeber. Dem Kriegsgräberverein geht es weder um historische Wahrheit noch um intellektuelle Klarheit. Statt einer zwischen Tätern und Opfern differenzierenden Geschichtsbetrachtung favorisiert er ein vereintes Opfergedenken.

Mit der Gleichmacherei von Tätern und Opfern geht die Transformation des Gedenkens in einen einheitlichen Totenkult einher. Täter und Opfer marschieren im Gleichschritt! Wie vorteilhaft, dass man dir als Mitarbeiter des Kriegsgräbervereins nur bis vor die Stirn gucken kann, grübelte Leibgeber in der Kirchenbank. Aber: Oppjepasst! Der Weg zu deinen Gedanken führt über deinen Mund. Was dort herauskommt, lässt auf das, was in deinem Kopf stattfindet, schließen. Deswegen musst du den Mund halten. Deine Situation gleicht der Papagenos mit dem Schlosse vor dem Maule. »Hm! Hm! Hm! Hm! Hm! Hm! Hm! Hm! Hm! Hm! Hm! Hm! Hm! Hm! Hm!«, hmmt Papageno im 7. Auftritt des 1. Aufzugs in der Arie Nr. 5 von Mozarts »Zauberflöte«. Darauf Tamino: »Der Arme kann von Strafe sagen / Denn seine Sprache ist dahin!« Papageno: »Hm! Hm! Hm! Hm! Hm! Hm! Hm! Hm! Hm! Hm! Hm! Hm! Hm! Hm! Hm!« Tamino: »Ich kann nichts tun, als dich beklagen / Weil ich zu schwach zu helfen bin!« Papageno: »Hm! Hm! Hm! Hm! Hm! Hm! Hm! Hm! Hm! Hm! Hm! Hm! Hm! Hm! Hm!« Du würdest gern den Märtyrer geben, überlegte Leibgeber. Stattdessen musst du als Mitarbeiter des Kriegsgräbervereins den Repräsentanten spielen. Leibgeber räusperte sich in seine geballte Faust (»Hmhmt!«) und dachte an Hans Mayer, den hannoverschen Germanisten und akademischen Lehrer seines akademischen Lehrers: »*Das Märtyrertum erwies sich in den meisten Fällen als ärmliches Leben*«, mahnt Mayer in seinem 1993 im Suhrkamp-Verlag publizierten Buch »*Wendezeiten*«. »*Die schreibenden Deutschen, die nicht jubeln mochten über das neue bürgerliche Heldenleben, mussten bescheiden leben*« (Hans Mayer: *Wendezeiten. Über Deutsche und Deutschland.* – Frankfurt am Main ²1993, S. 305).

»Totengedenken!« Die Veranstaltungsteilnehmer in St. Mariae Himmelfahrt erhoben sich von ihren Plätzen. Der Text wurde von einer Schauspielerin vom Staatsschauspiel gesprochen. Das Totengedenken beanspruchte, der Opfer von Krieg und Gewaltherrschaft zu gedenken. In seiner letzten Briefaussendung gedachte der Kriegsgräberverein 233.178 Kinder der Jahrgänge 1926 und jünger, die im Zweiten Weltkrieg zu Tode kamen oder vermisst wurden. Sie seien Flakhelfer, Volkssturm-»Männer« oder minderjährige Angehörige einer SS-Division gewesen, stand dort zu lesen. In seinem Standardwerk »*Das Dritte Reich und die Juden*« erwähnt der Verfasser, Professor Dr. Saul Friedländer, dass 1,5 der sechs Millionen ermordeten Juden jünger als vierzehn Jahre gewesen seien. Die von den Deutschen ermordeten Juden unter vierzehn Jahren wurden in der Briefaussendung des Kriegsgräbervereins mit keinem Sterbenswort erwähnt. »*Vitam impendere vero*! – Sein Leben für die Wahrheit geben!« lautete der

Wahlspruch von Leibgebers Alma Mater. Leibgeber hing seinen Aufklärungsanspruch vor Arbeitsantritt zusammen mit seiner Jacke am Garderobenhaken auf. Aus Angst davor, seinen geistigen Standpunkt zu verraten, entzündete er in der Finsternis der Dummheit kein Licht der Aufklärung. Nach der Verlesung des »Totengedenkens« blies ein Trompeter vom Landespolizeiorchester das Lied vom guten Kameraden. Träger und Exekutivorgan der Angriffs-, Raub- und Vernichtungskriege Hitlers und seiner Nazi-Generäle waren die Soldaten der Wehrmacht und der Waffen-SS. Eben diesen Wehrmachtsoldaten und SS-Angehörigen wurde mit dem Lied vom guten Kameraden gedacht. Die über fünf Millionen Gefallenen und Vermissten aus Wehrmacht und SS der insgesamt achtzehn Millionen Hitlersoldaten waren vielleicht in den Augen ihrer Mitkämpfer gute Kameraden gewesen. Historisch betrachtet waren sie als historische Mittäter, Kriegsverbrecher und sogar Massenmörder an Angriffs-, Raub- und Vernichtungskriegen Nazi-Deutschlands in ganz Europa beteiligt.

Deine Tätigkeit als Bezirksorganisationsleiter dient nicht der beruflichen Selbstverwirklichung, sondern bedarf der täglichen Selbstverleugnung, überlegte Leibgeber. Nahrung, Kleidung und Obdach gegen die totale Selbstverleugnung: das ist dein faustischer Pakt mit dem Kriegsgräberverein. Manch ein Arbeitnehmer handhabt seine beruflichen Möglichkeiten wie Krone, Zepter und Reichsapfel. Du dagegen schleppst dich mit Kreuz und Dornenkrone ab. Wenn du deine Kritik an die Tür der Schlosskirche zu Wittenberg annageln oder sonstwo öffentlich machst, würde der Kriegsgräberverein dir als Reaktion darauf Zimmermannsnägel durch Hände und Füße treiben. Du gleichst einem Nichtraucher in der Zigarettenindustrie, einem Abstinenzler in der Spirituosenproduktion, einem Pazifisten in der Rüstungsindustrie, einem Atheisten beim Domkapitel. Du tust das Falsche und strengst dich auch noch richtig dabei an. Das ist dein »unglückliches Bewusstsein« (HEGEL – zitiert nach Hans Mayer). Hans Mayer verstand »unglückliches Bewusstsein« *als Auseinanderstreben, wenn nicht als Konfrontation von Geist und Macht* (Hans Mayer: *Wendezeiten. Über Deutsche und Deutschland.* – Frankfurt am Main ²1993, S. 52). Der Literaturwissenschaftler Hans Mayer hat die Begrifflichkeit Hegels auf die Schriftsteller übertragen. In seinen 1987 unter dem Titel »*Gelebte Literatur*« im Suhrkamp-Verlag erschienenen Frankfurter Vorlesungen heißt es: *Heute weiß ich es. Aber ich habe mehr als fünfundzwanzig Jahre gebraucht, um diese Erkenntnis fruchtbar zu machen für meine Arbeit, was heißen soll: für meine Literatur. Die Erkenntnis nämlich, dass alle meine Beschäftigung mit deutscher*

Literaturgeschichte, von den frühen Aufklärern des 17. und 18. Jahrhunderts bis zum dichterischen Schaffen meiner eigenen Zeitgenossen, immer wieder ein einziges Thema behandelt hat: den Kontrast zwischen geistiger Ohnmacht der politischen und militärischen und ökonomischen Macht unter den Deutschen auf der einen Seite, der geistigen Macht und gesellschaftlichen Wehrlosigkeit aller großen deutschen Literatur auf der anderen (Hans Mayer: *Gelebte Literatur. Frankfurter Vorlesungen* [= es 1427, NF 424]. – Frankfurt am Main 1987, S. 72). Leibgeber war Mayer einmal begegnet. Und zwar im Funkhaus Hannover am Rudolf-von-Bennigsen=Ufer. Mayer sprach zum Thema »Nachdenken über Kultur im heutigen Deutschland«. Grauer, gemusterter Anzug, rote Krawatte, weißes Oberhemd, blätterte er in seinen Notizen. Mayer sprach frei, der Augen wegen, die dem 84-jährigen den Dienst versagten. Die Brille im schmalen, vogelartigen Gesicht, wie eh und je kahlköpfig, aber mit Altersflecken in der Schläfengegend, versicherte Mayer, dass die Literatur entweder ignoriert oder unterdrückt werde. Was heißen solle: deutsche Literatur bleibe zumeist einsam und verinnerlicht. Immer wieder ausgesetzt der Indifferenz und der Repression. Der Schriftsteller, der wirkliche nämlich, spreche aus, was er sehe, fühle, hasse, auch liebe. Literatur sei Freiheit und Wahrheit zugleich. Beides sei sehr zu fürchten. Mayer galt als Nestor der deutschen Literaturwissenschaft in Deutschland. In den Jahren 1965 bis 1973 lehrte er als Literaturprofessor in Hannover. Leibgebers Magisterarbeit wurde vom Schüler und Nachfolger Mayers auf dessen Lehrstuhl betreut. Hans Mayer bescheinigte den Deutschen nach der Julirevolution von 1830 in seinem Vortrag Untertanengesinnung, selbstgefällige Arroganz und eine Radfahrermentalität. Dieses sei für Heine wie für Georg Büchner zur tiefen Lebensenttäuschung geworden. Kein geringerer als Thomas Mann habe während des Zweiten Weltkrieges dafür die richtige Formel gefunden: »Leiden an Deutschland«. Daran habe sich nichts geändert. Nach der Veranstaltung reihte Leibgeber sich in die Warteschlange vor dem wackeligen Tischchen ein, an dem Mayer seine Bücher signierte. Als Leibgeber an der Reihe war, streckte er Mayer den zweiten Band der Taschenbuchausgabe von dessen Erinnerungen entgegen. Die gebundene Ausgabe konnte er sich als Student nicht leisten. Es ist der Band, in dem Hans Mayer seine Zeit am Institut für deutsche Literatur und Sprache an der Universität Hannover abhandelt. Als Leibgeber ihn bat, sein Exemplar des zweiten Erinnerungsbandes zu signieren, klappte Mayer den vorderen Buchdeckel auf und bat ihn, ihm die Daumen zu drücken, damit er übermorgen in guter Verfassung sei. Übermorgen? Wieso das? Da halte er die Laudatio auf Richard v. Weizsäcker, dem in Düsseldorf der Heinrich-Heine=Preis verliehen

16

werde. In der Rede Richard von Weizsäckers vom 8. Mai 1985 sei etwas in vollendeter Form zur Sprache gekommen, was er in den Tagen des Exils oft erhofft hatte, meinte Mayer. Mit Richard von Weizsäcker habe gesprochen, was es nach wie vor gebe, und zwar als Mehrheit der Deutschen: das andere Deutschland. Schreiben in dieser bürgerlichen Gesellschaft, *die nach oben blickt, auf Thron, Offizier und adeligen Verwaltungsmann (vom Landrat bis zum Operndirektor),* so Mayer wörtlich, *verlangt in jedem Falle die Entscheidung, die Thomas Mann, in Erinnerung an seine eigene Jugend, als Alternative des Repräsentanten und des Märtyrers gedeutet hatte. [...] Das Märtyrertum erwies sich in den meisten Fällen als ein ärmliches Leben. Die schreibenden Deutschen, die nicht jubeln mochten über das neue bürgerliche Heldenleben, mussten bescheiden leben* (Hans Mayer: *Wendezeiten*, a.a.O., S. 304 f). In seiner Jugend habe man jene, die nicht Hurra schreien und auf Kommando markig mitsingen wollten, Nörgler genannt. Im »Dritten Reich« verhöhnte man die Meckerer und Kritikaster. Noch später, so Mayer, sei von Pinschern die Rede gewesen, von Ratten und Schmeißfliegen. Die Bezeichnung Pinscher stammte übrigens von Ludwig Erhard, die Beschimpfung der Schriftsteller als Ratten und Schmeißfliegen vom damaligen Bundesaußenminister Heinrich von Brentano. Zwischen der Macht und der Literatur in Deutschland habe seit der Reformation Martin Luthers stets die äußerste Entfremdung geherrscht, erklärte Mayer. Die Literatur sei entweder ignoriert oder unterdrückt worden. Deutsche Literatur sei zumeist einsam und verinnerlicht geblieben. Alle wirklich aus Notwendigkeit entstandene Literatur sei immer gelebte und erfahrene Literatur gewesen. Nur dann entstehe haltbare Literatur, wenn sie der innere Ausdruckszwang, aller Bedenken und Sorgen und Verinnerlichungen ungeachtet, entstehen mache. Der »Gratismut«, um einen spöttischen Ausdruck von Hans Magnus Enzensberger zu zitieren, pflege billige Ware zu liefern. Der Zorn der Dichter habe stets recht behalten, so Mayer weiter. Hölderlin wie Heine hätten es gewusst und verkündet. Platon habe in dem konservativ-utopischen Entwurf seiner »*Politeia*« die Dichter mit gutem Grund aus seinem idealen Staat verbannt. Eine Ausnahme habe er nur bei den Dithyrambikern, also Jublern und Schönfärbern zulassen wollen. Im »*Vierergespräch über Thomas Mann, Deutschland und die Deutschen*« mit NDR-Redakteur Hanjo Kesting, Inge und Walter Jens resümierte Mayer: *was heute in Deutschland unter den Deutschen am wichtigsten ist: eine Kritik der Sprache, eine Kritik der Klischees, eine Kritik an dem unklaren Denken. Und ich glaube, es gibt eben dieses andere Deutschland, dessen große Aufgabe es sein wird, hier gegen die Lüge, gegen die Meinungsdiktatur, gegen die Verfälschung des*

17

wirklich freien Wortes, Stellung zu nehmen. Und die große Aufgabe, da für das andere Deutschland Sprecher zu sein, ist auch das Beispiel Thomas Manns und das Beispiel der deutschen Schriftsteller. Denn das ist das Hölderlin-Wort: »Was bleibet aber, stiften die Dichter« (Hans Mayer: *Wendezeiten*, a.a.O., S. 393).

ERSTES KAPITEL

An Leibgebers letzten Schultag krabbelten müde SchülernoMaden aus dem bleichen Gebäudeschädel der Schule, um, der geistigen Nahrung überdrüssig, den Heimweg anzutreten. In seinem Zimmer warf er die Tasche mitsamt dem Abschlusszeugnis auf den Schreibtisch. Nie wieder Schule! Vor die Frage gestellt, was stattdessen werden solle, entschied er sich für »irgendwas mit Büchern«. Schließlich konsumierte er Bücher wie Lebensmittel und fraß sich wie ein Wurm durch die Buchseiten. Seit fünf Jahren war er regelmäßiger Leser der Stadtbücherei. Was lag näher, als sich nach einer Ausbildung zu erkundigen, deren Ziel das Verleihen von Büchern vorsah. Für die Absolventen einer Realschule kam dafür eine Ausbildung für den mittleren Dienst an wissenschaftlichen Bibliotheken des Landes in Frage. Ausbildungsbehörde war die Niedersächsische Landesbibliothek. Seine Bewerbung gab er persönlich in Hannover ab. Beim Sichten des Zeugnisses schüttelte der verantwortliche Ausbildungsleiter seinen Pfeifenkopf (im Mundwinkel). Das sähe eher durchschnittlich aus, formulierte er. Ob Leibgeber schon einmal über eine betriebliche Ausbildung nachgedacht habe. Natürlich könne er sich trotzdem bewerben. Ob das denn Sinn mache, fragte Leibgeber. Das könne er nicht sagen, japste der Ausbildungsleiter zwischen zwei Zügen. Im letzten Jahr hätten sich fast ausschließlich Abiturienten beworben. Von dreißig Bewerbern seien ganze vier in den Vorbereitungsdienst eingestellt worden. Davon hätten alle die Hochschulzugangsberechtigung gehabt. Seines Wissens würde der Trend, überwiegend Abiturienten auszubilden, sich auch im Buchhandel fortsetzen, meinte der Ausbildungsleiter. Er könne aber trotzdem Glück haben (trotz Realschulzeugnis). Gleich gegenüber sei die Luther-Buchhandlung. Die würden Buchhändler ausbilden – wenn auch nicht viele. Leibgeber griff seine Unterlagen und wechselte die Straßenseite. Die Landesbibliothek Am Archive lag vis á vis der Luther-Buchhandlung an der Calenberger Straße. In einem Nebenraum abseits der Verkaufsfläche fragte ihn ein dürrer Hering namens Bismarck, ob er der Evangelischen Kirche angehöre. Das sei der Fall, versicherte Leibgeber. »Na, dann ist es ja gut!« erklärte Bismarck und behielt seine Unterlagen. Einige

Wochen später bekam Leibgeber Post von der Hauptverwaltung der Luther-Buchhandlungen im Knochenhauer-Amtshaus. Das Anschreiben der Hauptverwaltung enthielt eine Zusage für einen Ausbildungsplatz zum Sortimentsbuchhändler in der Filiale in Celle. Wochen nach der schriftlichen Zusage über seinen Ausbildungsplatz zum Buchhändler in der Filiale Celle erhielt Leibgeber ein Schreiben der Hauptgeschäftsleitung in Hannover aus dem hervorging, dass er seine Ausbildung nicht wie vorgesehen in Celle antreten könne, da die Leiterin der dortigen Filiale keine Ausbildungsberechtigung besitze. Als ob die das nicht vorher wussten, wunderte sich Leibgeber. Da er in Bergen wohnte, rechnete der Hauptgeschäftsführer nicht damit, dass er seine Ausbildung in dem achtzig Kilometer entfernten Hannover antreten würde. Leibgeber trat seine Ausbildung trotzdem an. Durch den unterschriebenen Ausbildungsvertrag behielt er bei seinem Ausbildungsbetrieb den Fuß in der Tür. Leibgeber konnte die Botschaft des Geschäftsführers ignorieren. Sie lautete: WIR KOMMEN HIER PRIMA OHNE SIE ZURECHT!

Am ersten September fuhr Leibgeber ab 06:30 Uhr von der Haltestelle Realschule nach Celle zum Bahnhof, um dort 07:40 Uhr in den Nahverkehrszug nach Hannover umzusteigen. Ankunft: 08:45 Uhr. Die Buchhandlung öffnete um 09:00 Uhr. Nach der Ankunft des Zuges im Hauptbahnhof stürzte Leibgeber in einer Menschenwoge die Treppe vom Bahnsteig hinunter in die Bahnhofshalle. Vom Ernst-August=Platz, mit dem grünspanigen Bahnhofsvorsteher auf seinem Sandsteinsockel, marschierte er die Bahnhofstraße hinauf und weiter zur Marktkirche. Am Leinekreml bahnten zwei Ampelanlagen dem Fußgänger den Weg über die sechsspurige Leibniz(keks)=Allee. Die Luther-Buchhandlung lag hinter dem Niedersächsischen Hauptstaatsarchiv gegenüber der Johanneskirche. Die Johanneskirche lag an der Roten Reihe. Dort, unter der Hausnummer 6, residierte das Landeskirchenamt. In den zwanziger Jahren hatte der Massenmörder Haarmann hier ein Fleischereifachgeschäft betrieben. Aus den Augen machte er Sülze, aus dem Gesäß Speck – und den Rest, den schmiss er weg. Der schlauchartige Verkaufsraum der Luther-Buchhandlung wurde von fünf großen Schaufenstern mit Blick auf die Johanneskirche belichtet. Links und rechts der Tür steckten Ansichtskarten der das Stadtbild prägenden Gebäude und Gärten: Bahnhof mit Reiterstandbild, Marktkirche mit Altstadt, Universität mit Welfengarten, Herrenhausener Barockgarten mit Fontänen, Maschsee mit Breker-Löwen, Sprengel-Museum mit Nana-Skulpturen. Gegenüber dem Eingang stand der Kassentisch. Links vom Kassentisch zogen sich Regale voller theologischer Fachliteratur die Wand entlang: Hans Küng, Heinz Zahrnt, Jörg Zink. Daneben dickleibige Bände zur Bibelexegese – auf Dünndruckpapier. Davor standen Auslagentische, auf denen theologische Neuerscheinungen den christlichen Glauben verbreiten halfen – im Namen der Gesellschafter der Luther-Buchhandlung, des Vaters, des Sohnes und des Heiligen Geistes. Die Regale rechts vom Kassentisch waren bis unter die Decke mit Belletristik bestückt. Auf den Auslagentischen gegenüber den Schaufenstern wurden Romane präsentiert; in der Mehrzahl Grass, Lenz und Walser. Dazwischen Brückner, Kempowski und Handke. Die meisten Titel lagen zu Stapeln aufeinandergetürmt, einzelne Ausgaben standen auf dem Schnitt. Manche Bände waren eingeschweißt, andere verführten zum Blättern. Zwischen den Fenstern standen drehbare Taschenbuchsäulen, quer zur Laufrichtung bogen sich Wandregale unter Kinder- und Bilderbüchern. Von Janosch bis Lindgren, von der »Unendlichen Geschichte« bis zur »Raupe Nimmersatt«. Die zarten Pflänzchen kindlicher Gehirne bedurften nach Meinung der Gesellschafter – Bischöfe und Pastoren der Evangelischen Landeskirche – christlicher Wässerung. Staubtrockene Oblaten zur Verabreichung des Fleisches der Leiche Jesu wurden im Keller gelagert – mit und ohne Kruzifix. Beim Abendmahl wurden sie mit deren Blut kredenzt. Hinter der Kinderbuchabteilung lag ein Büroraum. Der Raum beherbergte drei Schreibtische: einen für Bestellungen, einen für die Postabfertigung, einen für den Chef. Bismarck, ein schlanker Hering mit hohen Wangenknochen und platter Boxernase ruderte mit seinen Handflossen durch die Gänge. Jede Tischkante, jede überstehende Buchecke, jede Fußmatte und jede Läuferkante liefen Gefahr, von ihm umgestoßen, umgerempelt oder untergehakt zu werden – so eilig hatte er es. In den zwei Jahren seiner Ausbildung hatte Leibgeber jede Woche eine Seite in seinem Berichtsheft zu füllen. Die Ausbildungsinhalte reichten vom Auswischen der Regale über die Beratung im Verkauf bis hin zur Ausstellung von Rechnungen. Die Zusammenstellung von »Büchertischen« diente als Literaturangebot bei Veranstaltungen in den Pfarrgemeinden. Im März bewarb Bismarck »drei literarische Ostereier«: Dschingis Aitmatow »Dshamilja« (»die schönste Liebesgeschichte der Welt«), »Die Geliebte der großen Bärin« von Sergiuz Piasecki (»die Geschichte eines wilden und berüchtigten polnischen Schmugglers«) und Henry Millers »Lächeln am Fuße der Leiter« (»ein gleichsam zur Sprache gewordenes Chagall-Bild«). Zwei der literarischen Ostereier sollten sich als faul erweisen. Die Liebesgeschichte »Dshalmilja« war nicht nur bei den Großhändlern, sondern auch beim Verlag vergriffen, ebenso »Das Lächeln am Fuße der Leiter«. Neuauflage unbestimmt.

Bismarck hatte versäumt, sich vor dem Versenden der Werbeschreiben nach den vorhandenen Lagerbeständen zu erkundigen. Die literarischen Ostereier waren jedoch bereits in aller Munde. Jeden Tag gingen Vorbestellungen ein, jedes Mal folgte der Offenbarungseid: Die Bücher seien bis auf weiteres vergriffen, Neuauflage unbestimmt. Am Donnerstag vor Karfreitag kletterte Leibgeber in der steilen Romanwand herum, um – vorsichtig balancierend – »*Jauche und Levkojen*« von Christine Brückner unter das Gipfelkreuz zu stellen. Plötzlich betrat der Landesbischof den Verkaufsraum. Wo denn das »*Lächeln*« bleibe, fragte er am Fuße der Leiter. Das sei vergriffen, jodelte Leibgeber in der Romanwand. Neuauflage unbestimmt. Der Bischof fand das gar nicht lustig. Bei seinem Eintreten hatte die Türglocke geklingelt gehabt, bei seinem Abgang zitterten die Schaufenster im Rahmen. Der Landesbischof war aus der Tür gestürmt. Von dem Einschlag an der Schaufensterfront wachgerüttelt, startete Bismarck einen Hindernislauf in den Verkaufsraum. Die Unversehrtheit jeder Läuferkante mit seinen Füßen, jeder Tischecke mit seinen Hüften und jedes Buchstapels mit seinen Ellenbogen gefährdend, stürzte er an den Fuß der Leiter. Das sei doch eben der Landesbischof gewesen, keuchte er vorwurfsvoll. Warum Leibgeber ihn nicht beizeiten verständigt und auf dessen Besuch vorbereitet habe, fragte Bismarck. Der Bischof sei wieder weg gewesen, noch bevor er den Abstieg aus der Romanwand habe bewerkstelligen können, antwortete Leibgeber. Bismarck könne sich darauf verlassen, dass er ihn künftig vom Besuch jedes Kunden, der sich nach seinen faulen Ostereiern erkundige, verständigen werde. Bismarck solle sich deswegen nicht belästigt fühlen: Das würde sicher häufiger vorkommen. Leibgeber beschloss, seine Abhängigkeit als Auszubildender unter den Flossen Bismarcks so schnell wie möglich zu beenden und beantragte die vorzeitige Abschlussprüfung bei der Industrie- und Handelskammer. Der Hauptgeschäftsführer der Luther-Buchhandlungen machte gegen die Verkürzung seiner Ausbildungszeit keine Einwände geltend. Realschüler konnten die insgesamt dreijährige Ausbildung um ein halbes Jahr verkürzen und um ein weiteres halbes Jahr, sofern ihre Noten im Berufsschulzeugnis den Notendurchschnitt befriedigend aufwiesen. In der Buchhandelsfachklasse seiner Lindener Berufsschule saßen insgesamt fünfundzwanzig Schülerinnen und Schüler. Zwei davon hatten einen Realschulabschluss erworben. Alle anderen konnten die allgemeine Hochschulreife nachweisen. Die Betriebe bildeten sich ein, durch die Aufnahme von Abiturienten geeignetes Personal für den Buchhandel zu rekrutieren. Stattdessen blieben von den Auszubildenden mit allgemeiner Hochschulreife nur wenige im Buchhandel tätig. Sie hatten begriffen: sie wurden schlecht bezahlt, sie hatten miserable Arbeitszeiten, sie erhielten kaum Aufstiegschancen. Die meisten Auszubildenden nutzten ihren Schulabschluss nach Abschluss ihrer Lehre zur Aufnahme eines Studiums. Ganz Gewiefte nutzten Wartesemester vor dem Studienbeginn für ihre Ausbildung.

Nach Abschluss seiner Ausbildung zum Buchhändler leistete Leibgeber Zivildienst. Danach besuchte er die zwölfte Klasse der Fachoberschule am Celler Berufskolleg. Der zweite Versuch, die Tür der Niedersächsischen Landesbibliothek aufzustoßen, sollte darin bestehen, ein Studium zur Qualifizierung zum Diplom-Bibliothekar aufzunehmen. Bei der Immatrikulation am Fachbereich Bibliothekswesen, Information und Dokumentation der Fachhochschule Hannover erfuhr er, dass die Ausbildung für den gehobenen Dienst an wissenschaftlichen Bibliotheken des Landes Niedersachsen zwar an die Fachhochschule verlagert worden sei, für die Immatrikulation im Studiengang Bibliothekswesen allerdings die allgemeine Hochschulreife verlangt werde. Um die Tür zur Bibliothek dennoch aufzustoßen, wich er auf den Studiengang Allgemeine Dokumentation aus. Im Studentenwohnheim ließen die Erstsemester die Sau raus. Ein Telefonat mit dem Heimsprecher verlief ergebnislos. Leibgeber solle sich nicht so anstellen. Das sei ein Studentenwohnheim, kein Altersheim, lallte der Heimsprecher durch die Leitung. Um in den Augen anderer nicht anstößig zu wirken, ver(sch)wenden die Menschen viel Fantasie darauf, sich nach der geltenden Mode zu kleiden. Um gut zu riechen, werden feinste Duftwässerchen gebraut, für viel Geld gekauft und die Gebeine damit gesalbt. Um des guten Geschmacks wegen müssen sich Flora & Fauna allerhand gefallen lassen. Trotzdem nimmt man nicht alles in den Mund. Nur das Ohr, in das jeder Arsch seine akustische Scheiße stopft, ist Freiwild, das durch die Mitmenschen keinerlei Schonung unterliegt. Der Architekt musste die Studenten glatt gehasst haben. Andernfalls hätte er die Wände des Wohnheims nicht so hauchdünn wie bei einer Hutschachtel geplant. Die Bewohner über Leibgebers Studentenbude feierten jeden zweiten Abend eine Flurfete. Die Boxen wummerten im Gang und der Barkeeper rollte ein Bierfass über den Boden. Das Geklapper der studentischen Pumpsträgerinnen auf dem Plattenweg vor seinem Parterrefenster potenzierte zur Geräuschkulisse der Celler Hengstparade. An warmen Nachmittagen wurde zudem mit Kaffeegeschirr geklappert. Dazu schlug taktloserweise die stählerne Feuertür zum Treppenhaus vor seiner Zimmertür ins Schloss. Die Schläge klangen wie eine Kesselpauke. Leibgebers Mitbewohner tobten sich nicht nur auf dem Gang, sondern auch in seinen Gehörgängen aus. Nach einer kurzen Nacht kaute er bei Bohnenkaffee, Butter, Weißbrot und Erdbeermarmelade als Belag die Gründe durch, die ihn zum Aufstehen bewogen hatten. Leibgeber schluckte schwer an dem Vorsatz, zur Vorlesung gehen zu wollen. Verdaut hatte er ihn noch lange nicht. Plötzlich war es spät geworden: zu spät zum Abräumen und zu spät zum Abführen. Mit vollen Backen stürzte er die Betontreppe hinunter ins Fahrradverlies. Er schloss seinen Drahtesel von der Kette, balancierte damit durch die Kettenfahrzeuge seiner Kommilitonen, saß auf und trat seinen Weg an. Das vierstöckige Gebäude, in dem der Fachbereich Bibliothekswesen, Information und Dokumentation (BID) der Fachhochschule logierte, zeichnete sich durch die schlichte Eleganz eines industriellen Zweckbaus aus. Die Lehr- und Studienfächer im Grundstudium umfassten die Pflichtfächer »Betriebslehre der Informations- und Dokumentationseinrichtung und der wissenschaftlichen Bibliothek«, »Formale Erfassung und inhaltliche Erschließung von Dokumenten und Büchern« sowie »Grundlagen der Informationsvermittlung«. Im Hauptstudium wurden Informationssysteme, Informationsvermittlung, Informationsverarbeitung, Daten- und Faktendokumentation gelehrt. Der Fachbereich hatte einen Bock zum Gärtner bestellt, der jegliches literarische Pflänzchen mitsamt den Wurzeln aus dem Curriculum ausgejätete. Sein Amtsnachfolger erklärte anlässlich eines Festvortrags zum 10-jährigen Bestehen des Fachbereichs, das BID-Boot auch weiterhin auf Kurs in Richtung des literarischen Ausverkaufs halten zu wollen. Zwar war es an der Zeit, bibliographische Angaben mit Hilfe moderner Datenverarbeitungsmethoden zu erfassen, abzuspeichern und zu recherchieren. Aber konnte es richtig sein, wenn dort jahrelang Bibliothekare ausgebildet wurden, die Goethes »*Faust*«, den Angaben des Benutzers vertrauernd, im A(lphabetischen) K(atalog) unter Schiller, Friedrich aufsuchten? Das war der Tragödie Dritter Teil! Am Ende des Studiums zitierte Leibgeber am allerliebsten einen Satz aus dem Lesedrama »*Die letzten Tage der Menschheit*« von Karl Kraus. Der Satz lautet: *DAS habe ich NICHT gewollt!*

Am Ende seines Fachhochschulstudiums zum Dokumentar war ein sechsmonatiges Praktikum zu absolvieren. Leibgeber praktizierte in der Universitätsbibliothek und Technischen Informationsbibliothek (UB/TIB). Die UB/TIB war eine Bibliothek, die damit reüssierte, einem Atomkraftwerksbetreiber in kürzester Zeit eine Anleitung über das Krisenmanagement beim Supergau in Baden-Württemberg zufaxen zu können. Dabei wartete in ganz Hannover niemand länger auf die von ihm bestellten Bücher als ein Benutzer der UB/TIB. Die Bibliothek schien mehr dazu zu dienen, die Bücher in den Katakomben ihrer Magazine zu verbergen als diese zu verleihen. Viele Benutzer fühlten sich beim

Verlassen der Bibliothek besser als bei deren Betreten. Dem verbeamteten und angestellten Bibliothekspersonal ging es – wenn auch aus anderen Gründen – nicht anders. Über das Bibliothekspersonal heißt es, dass es als Kellner serviere, was die Wissenschaft abspeise. Die UB/TIB degradierte ihr Personal darüber hinaus zu administrativen Erfüllungsgehilfen einiger Industriemultis, die die dort zugänglichen Informationen zur Profitmaximierung nutzten – oder zum Herrschaftserhalt. Ein Leihschein der Südafrikanischen Botschaft wurde von Leibgeber mit der Bemerkung signiert, dass ein demokratisches Gemeinwesen keine Leihscheine eines Rassistenregimes bearbeiten sollte, welches in den letzten drei Jahren achttausend Kinder ins Gefängnis gesteckt habe – sofern diese nicht zuvor getötet worden seien. Tags darauf wurde er zum Personalchef zitiert. Zur Rede gestellt begründete er sein Verhalten mit dem Hinweis, es sei Unrecht, ein rassistisches Regime mittelbar dadurch zu unterstützen, dass man diesem wertvolle Informationen zum Ausbau seiner technologischen Leistungsfähigkeit zukommen lasse. Der Personalchef erwiderte, was Recht oder Unrecht sei solle er gefälligst den Gerichten überlassen. Leibgeber habe sich um seine Arbeit zu kümmern – und um sonst gar nichts. Ein Bibliothekar könne beim Signieren der Leihscheine doch nicht danach gehen, ob der bestellende Benutzer sich entsprechend seiner eigenen politischen Einstellung opportun verhalte. Das sei ganz unmöglich! Da hätte man ja auch nichts in die Warschauer-Pakt=Staaten verleihen dürfen. Hinter dem Personalchef hing ein gerahmtes Farbfoto an der Wand, welches ihn mit Herrn Hippenstiel-Immhausen an Bord einer Luxusjagd zeigte. Im Hintergrund lächelte Lothar Späth. Die UB/TIB hatte mit den sie verpflichtenden Aufgaben der Beschaffung, Bewahrung und Bereitstellung von ingenieurwissenschaftlicher und technischer Fachliteratur in der Vergangenheit nicht ausschließlich aufgeklärt, um zu nützen, sondern durch die Beschaffung und Bereitstellung von Informationen zur Herstellung ebenso überflüssiger wie umweltschädlicher Produkte der Menschheit keineswegs immer zum Vorteil gedient. Längst schon erfuhr der Mensch ingenieurwissenschaftlich-technischen Fortschritt als Motor einer Entwicklung, die mit zunehmend verpesteter Luft, verseuchtem Boden und verschmutztem Wasser und einer fortgesetzten Minderung der Lebensqualität bis hin zur Zerstörung der Lebensgrundlagen einherging. Da sich in der freien Marktwirtschaft alles, jeder, jede und jedes dem Ziel der Profitmaximierung unterzuordnen hatte, überstiegen die ökologischen Folgekosten den wirtschaftlichen Nutzen zulasten kommender Generationen. Seiner Erkenntnis zum Hohn war Leibgeber gezwungen, Immhausen-Chemie für die Dauer seines Praktikums mittels TIB-Informationen eine Giftgasfabrik in Libyen errichten zu helfen oder der Südafrikanischen Botschaft als Vertretung des Apartheid-Regimes am Kap technische Fachliteratur zum Bau von U-Booten zu beschaffen. Die Bibliothekare schienen eingedenk der Pervertierung ihres Berufes durch die Ziele, die manche Benutzer mit der Literaturausleihe verfolgten, resigniert zu haben. Murren? Aufmucken? Protestieren? – Da hatte Leibgeber sich aber geschnitten! Seine Wunden verpflasterte er auf der Herrentoilette. Blutspuren in den Büchern hätten bei den Benutzern auf ein angespanntes Betriebsklima schließen lassen. In der Mittagspause traf er den Personalchef vor einem Urinal der Herrentoilette. »Das ist wahrscheinlich der einzige Ort, wo ich mir Ihnen gegenüber etwas herausnehmen darf!«

Der Personalchef betrachtete Leibgeber wortlos von der Seite.

»Da habe ich wohl wieder mal den Kürzeren gezogen!«

Der Personalchef fühlte sich von ihm angemacht. Leibgeber wurde von der Leihstelle in die Zugangsstelle versetzt. Die Zugangsstelle diente als Bühne für ein Drama, das als Akzession bezeichnet wurde. In der Akzession hatte das Bibliothekswesen weit mehr mit dem Sortieren von Schrauben als mit dem Lesen von Büchern zu tun. Es gibt lange oder kurze, dicke und dünne, Holz-, Metall-, Schlitz- und Kreuzschlitzschrauben. Und es gibt Monografien, mehrbändige Werke, gezählte und ungezählte Reihenstücke, dazu Zeitschriften. Jeder Mitarbeiter hatte ein Streckennetz von Verwaltungsabläufen im Kopf, das seine Gedanken über zuvor definierte Weichen auf genau festgelegte Gedankenschienen lenkte. Wer eigene Wege ging, entgleiste. Ein kreativer Mensch war auf diese Weise zum bloßen Materialverschleiß verurteilt, ohne jemals Einfluss auf seine Arbeit nehmen und andere Wege als die ihm zugewiesenen geistigen Trampelpfade beschreiten zu können. Der ideale Mitarbeiter war ein Bibliotheksautomat, der zu funktionieren und dessen Kreativität sich als Ausdruck des Menschlichen nach Feierabend auszutoben hatte.

Lena war damals stellvertretende Leiterin der Akzession und für die Betreuung der Praktikanten zuständig. Zum Ausgleich für ihre sitzende Tätigkeit wollte sie einen Tanzkurs belegen. Dazu fehlte ihr der Tanzpartner. Sie fragte Leibgeber, ob er nicht vielleicht Lust habe mit ihr ... Und ob er Lust hatte! Blond, hohe Wangenknochen, betonte Figur: Lena entsprach seinem Beuteschema. Die Standardtänze Foxtrott, Langsamer Walzer, Tango, Rumba, Jive und Cha-Cha-Cha stellten beide nach einigen Wochen vor das Problem, anderen Paaren auf Tanzflächen außerhalb der Tanzschule nicht ausweichen zu können. Um ihre Flexibilität zu erhöhen, überredete Lena Leibgeber zu einem Aufbaukurs unter dem Motto »Jetzt geht's linxrum«.

Am Ende des Praktikums besuchte er eine Buchhandlung, um sich den Borges-Text »*Die Bibliothek von Babel*« zu besorgen. Auf dem Weg zur Kasse entdeckte Leibgeber Schillers Briefe »*Ueber die aesthetische Erziehung des Menschen in einer Reihe von Briefen*«. Er blätterte im Buchblock: *... der Genuss wurde von der Arbeit, das Mittel vom Zweck, die Anstrengung von der Belohnung geschieden*, stand dort zu lesen. *Ewig nur an ein einzelnes kleines Bruchstück des Ganzen gefesselt, bildet sich der Mensch selbst nur als Bruchstück aus, ewig nur das eintönige Geräusch des Rades, das ihn umtreibt, im Ohre, entwickelt er nie die Harmonie seines Wesens, und anstatt die Menschheit in seiner Natur auszuprägen, wird er bloß zu einem Abdruck seines Geschäftes, seiner Wissenschaft.* An der Kasse erklärte ein älterer Kunde der Buchhändlerin, dass er »*Das Kapital*« von Karl May erwerben wolle. Sein Sohn lese so gern Geschichten übern Wilden Westen. Leibgeber las: *Der tote Buchstabe vertritt den lebendigen Verstand, und ein geübtes Gedächtnis leitet sicherer als Genie und Empfindung. Wenn das gemeine Wesen das Amt zum Maßstab des Mannes macht, wenn es an dem einen seiner Bürger nur die Memoire, an einem andern den tabellarischen Verstand, an einem dritten nur die mechanische Fertigkeit ehrt, wenn es hier, gleichgültig gegen den Charakter, nur auf Kenntnisse dringt, dort hingegen einem Geiste der Ordnung und einem gesetzlichen Verhalten die größte Verfinsterung des Verstandes zugutehält* – so wie in der Bibliothek, dachte Leibgeber, ganz genau so –, *darf es uns da wundern, dass die übrigen Anlagen des Gemüts vernachlässigt werden, um der einzigen, welche ehrt und lohnt, alle Pflege zuzuwenden?* fragt Schiller im Text. *Zwar wissen wir, dass das kraftvolle Genie die Grenzen seines Geschäfts nicht zu Grenzen seiner Tätigkeit macht, aber das mittelmäßige Talent verzehrt in dem Geschäfte, das ihm zum Anteil fiel, die ganze karge Summe seiner Kraft, und es muss schon kein gemeiner Kopf sein, um, unbeschadet seines Berufs, für Liebhabereien etwas übrig zu behalten.* Die Buchhändlerin schaute zu ihm herüber. Sie wollte Feierabend machen. *Wie viel also auch für das Ganze der Welt durch diese getrennte Ausbildung der menschlichen Kräfte gewonnen werden mag, so ist nicht zu leugnen, dass die Individuen, welche sie trifft, unter dem Fluch dieses Weltzweckes leiden.* Was Schiller im sechsten Brief »*Ueber die aesthetische Erziehung des Menschen*« mit Blick auf die Entfremdung von Individuum und Gemeinschaft, was er zur Hinnahme beruflicher Spezialisierung unter Verzicht einer allseitigen Persönlichkeitsbildung zugunsten einer zunehmend arbeitsteiligen Gesellschaft und zulasten des Individuums, was Wieland in seinem »*Aristipp*« über den Hochleistungssport, was Goethe in »*Wilhelm Meisters Wanderjahre*« zur Rationalisierung durch Automation, was er im »*Faust II*« am Beispiel von

27

Philemon & Baucis zur Umweltzerstörung oder zum Klonen von Menschen in Wagners Labor sagt – das alles war für Leibgeber von dramatischer Aktualität. Die Ausübung einer nützlichen Tätigkeit zugunsten eines ökonomischen Ganzen geht mit persönlicher Beschränkung einher, lernte Leibgeber. Die Leistungssteigerung der Gesellschaft erfolgt auf Kosten der Individuen!

Nach dem Verkaufen und Verleihen von Büchern wollte Leibgeber deren Inhalte verstehen lernen. Sein Germanistik-Studium verwirrte ihn. Formal war zwar alles geregelt. Bis zur Zwischenprüfung waren zwei Einführungsveranstaltungen, eine im Fach Literaturwissenschaft, die andere in die Sprachwissenschaft und ein so genanntes »Forschungslernseminar« zu belegen. Im Hauptstudium waren vier Hauptseminarscheine als Zulassungsvoraussetzung für die Magisterprüfung zu erwerben. Die Situation war ärgerlich und für die Studierenden ver2felt. Anstatt Einführungen in die literarischen Gattungen, Grundbegriffe der Textgestaltung oder Verfahren der Textanalyse anzubieten, ritt jeder Lehrstuhlinhaber sein eigenes Steckenpferd. Da wurden Lehrveranstaltungen angeboten, die alles andere als die Grundlagen des Faches vermittelten. Die Studierenden wurden weder dazu befähigt, ein sprachliches Kunstwerk zu analysieren, noch zu interpretieren, noch in die Literaturgeschichte eingeführt. Viel weniger existierte bei den Studierenden eine Vorstellung davon, was eine Wissenschaft von der Literatur zu leisten vermag. Stattdessen führte die Ausbildung am Seminar für deutsche Literatur und Sprache dazu, dass die Studierenden schon im Grundstudium zu bloßen Zulieferern für die projektierten Bücher ihrer Dozenten heranreiften: *[...] wodurch Studierende sehr bedrängt sind*, hatte Goethe bemerkt. *Professoren, so gut wie andere in Ämtern angestellte Männer, können nicht alle von einem Alter sein; da aber die Jüngeren eigentlich nur lehren, um zu lernen, und noch dazu, wenn sie gute Köpfe sind, dem Zeitalter voreilen, so erwerben sie ihre Bildung durchaus auf Unkosten der Zuhörer, weil diese nicht in dem unterrichtet werden, was sie eigentlich brauchen, sondern in dem, was der Lehrer für sich zu bearbeiten nötig findet.* Steht in »*Dichtung und Wahrheit*«, entspricht aber wohl eher der Wahrheit.

Der Pfad zum Fachbereich verlief entlang der Leine durch Georgs Gassigarten. Weil er kein Ritter vom Integral war, nahm Leibgeber seinen Drahtesel an die Kandare und galoppierte damit über den Zebrastreifen. Daraufhin rüttelte ein Blechmandrill mit rotglühendem Affensteiß laut kreischend an seinem Panoramakäfig. Das Niedersachsenroß vor der Universität stieg vor Schreck auf die Hinterhand, bis es beinahe vom Sockel stürzte. Leibgeber griff dem

28

Schicksal ins Zaumzeug und rettete sich zwischen Zähne fletschenden Grün-spanlöwen hindurch unter die bröckelnden Sandsteintalare einer betagten Wel-fengalerie, um, dem Motto der Universität getreu, sein Leben für die Wahrheit zu geben. Der Dozent war bereits ct durch die Tür. Vom Weimarer Goethe-Kongress zurück, war er wieder in Hannover angeleint; eingebunden in die Disziplin des Wochenprogramms, mit Vorlesungen und Seminaren, Fakultäts-sitzungen und Sprechstunden, Beratungs- und Verwaltungsarbeit. Mit seiner löwenartigen Mähne, welche der Frisur des welfischen Wappentiers vor dem Eingang des Hauptgebäudes nachempfunden schien, turnte er eine Wortkür an den Lippenbarren. Währenddessen er um die richtigen Formulierungen rang, schwang er ein Wortlasso über seinem Kopf und fing, heftig gestikulierend, seinen Vortrag ein. »Also«, sagte er, » also man denkt als Erstes an Brecht. ›Ich habe ein laxes Verhältnis zum geistigen Eigentum!‹, hat er ... als ... als man ihm Plagiat ... das Klauen bei Villon vorgeworfen ... Und ich denke, dass man so regieren darf als Autor. – Also wenn ich die Sache zu untersuchen hätte, würde ich fragen: Hat der Mann sich das angeeignet, oder ... oder handelt es sich um einen Fall von ... wo ... wo jemand nun wirklich nix im Kopp hat und plündert. Also ich würde mit der Arbeitshypothese an eine eigene Recherche – die ich nicht vorhabe – herangehen, dass es sich um Plündern handelt. Dass es sich um die Verlegenheit eines Vielschreibers handelt, wo das kein ästhetisches Prinzip ist. Also die Beispiele, die man zu lesen bekommen hat, weisen vorläufig für mich ... also ich müsste ... ich hab das nicht überprüft ... weisen darauf ... also ... das ... das sieht nicht so aus, als handele es sich um Montage. – Also ich sehe da weder ein ästhetisches Prinzip drin noch irgendeine besondere ... also die ... die wirken auf mich wie ... wirklich wie ... wie Seiten füllen. Sätze nehmen, damit man s'e schon mal nich' ... damit man selber keine schreiben muss. Also das wäre ... das ist meine nicht überprüfte Wahrnehmung dessen, was ich ... was man so lesen konnte. – Also ich sehe da keine ... ich sehe da vorläufig kein ... weder ein ästhetisches Prinzip noch irgendeine Art von ... naja ... von inhalt-lichem Gewicht, ja? In diesem Sinn! Ich fand die ... die Beispiele fand ich ganz läppisch. Ich frage mich: Warum ... warum übernimmt man so etwas in ein Buch?« Jedes Buch bringe vieles aufs Neue durcheinander, behauptete Leib-gebers akademischer Lehrer. Statt sich der Gesellschaft nützlich zu erweisen, indem sie diese gegen alles nicht Systemkonforme abzudichten versuche, lege die Literatur es umgekehrt darauf an, ihm eine Heimstatt zu bieten. Sie verteidige ihre Souveränität, um auf ihrem – freilich imaginären – Territorium all denen Asyl zu gewähren, die als Vertriebene zu ihr kommen: Allen, die sich nicht zurechtfinden, weil sie sich zu viele Gedanken machen oder nicht vernünftig genug sind, weil sie von der Ahnung eines anderen Zustandes nicht ablassen wollen, weil sie sich nicht recht nützlich zu machen verstehen. Ein Asyl für alle unterdrückten Träume, Talente, Ängste, Erinnerungen, Erfahrungen, eines neuen Verhaltens, für das Zusammenführen von falsch Getrenntem, für das Trennen von falsch Zusammengeführtem. Wie viel nicht hinnehmbare Realität, so frage und untersuche die Literatur, stecke in dem, was in und um uns der Fall sei; wie viel mögliche Realität, so Leibgebers akademischer Lehrer, sei in uns und um uns nicht der Fall?

Leibgeber und Lena unternahmen eine Reise nach Weimar. Sie besuchten das Schiller-Haus, besichtigten das Schiller-Museum, betraten die Herder-Kirche, betrachteten dessen Denkmal und flanierten zum Denkmal des Dichterpaares Goethe & Schiller vor dem Nationaltheater. Lena gruselte sich in der Fürstengruft auf dem Friedhof und Leibgeber bewunderte Goethes Gartenhaus im Park an der Ilm. »Der alte Goethe hatte übrigens ein Gummibärchen namens Jacob zum Hausgenossen, welches ›*Wanderers Nachtlied*‹ mimisch ganz allerliebst darzustellen wusste«, erläuterte Leibgeber. »Eine weithin unbekannte Tatsache aus dem Privatleben Goethes. Überliefert wurde sie durch seinen Privatsekretär Johann Peter Neckermann, welcher später durch die Herausgabe des gleichnamigen Katalogs einen Bekanntheitsgrad erreichte, der den seines Arbeitgebers um circa fünfhundert Prozent überstieg.« Das Highlight ihres Weimar-Aufenthaltes bildete der Besuch des Goethehauses am Weimarer Frauenplan. Ein Höhepunkt, der nur durch die gemeinsamen Nächte in ihrem Privatquartier in der Nähe vom Goethe- & Schillerarchiv getoppt wurde. Dort müsste man arbeiten – nicht in dieser grässlichen Technischen Informationsbibliothek in Hannover, meinte Lena beim Blick aus dem Fenster. Nach dem Besuch von Buchenwald streikte der Anlasser. Lena und Leibgeber schoben den Wagen vom Parkplatz auf die abschüssige Straße und ließen ihn mit eingeschalteter Zündung im Leerlauf den Ettersberg herunterrollen. Leibgeber ließ die Kupplung kommen, bis der Zündfunke sprang und sie in ihr Quartier fuhrwerkten. Der Werkstattbetrieb im bayerischen Hof erwies sich am Mittag des Folgetages als Wegelagerer, der ihre Urlaubskasse ausraubte. Für Lena endete die Reise in ihrer Lindener Wohnung und für Leibgeber im Studentenwohnheim. Das schien Lena nach Leibgebers Wahrnehmung nicht zu gefallen, so dass er aus der Klosterzelle seiner Studentenbude aus- und ins Paradies von Lenas Zwei-Zimmer=Wohnung einzog. Mit seinem empfindlichen Gehör geriet Leibgeber damit vom Regen an die Traute (hinten mit Tetzlaff, ganz wie der

Alfred). Wenn die Kaffeetanten ihrer Nachbarin ihnen nicht bei ihren Bridge-
runden in die Ohren keiften, tötete Tetzlaff ihnen den Nerv durch stundenlange
Telefonate. Zwischendurch ließ sie ihren Urin gleich den Victoriafällen in die
Klosettschüssel rauschen. Zuweilen ließ sie auch die Korken knallen. Leibgeber
konnte die Frau nicht riechen. Es reichte ihm, sie hören zu müssen. Nach dem
Toilettengang bumste sie mit der Lokustür. Lena und er sind ihr nichts schuldig
geblieben ... Der Papst vertritt die Ansicht, dass Männlein & Weiblein ins Bett
steigen, um zu schlafen oder sich fortzupflanzen. Dass es noch einen weiteren
Aspekt gibt, erscheint ihm verdächtig – nicht als Ausdruck des Menschlichen.

Im Magisterstudiengang waren entweder zwei Hauptfächer oder ein Haupt-
fach und zwei Nebenfächer zu belegen. Hieß ein Fach Geschichte, ging kein
Weg am Historischen Seminar vorbei. Leibgebers Studium der Neueren Geschichte sollte ihm zum besseren Verständnis der historischen Ursachen, Zu-
sammenhänge und Folgen insbesondere der beiden Weltkriege des 20. Jahrhunderts dienen. Die Taktik militärischen Vorgehens des Ersten Weltkrieges
war auf dem seiner Geburtsstadt benachbarten Truppenübungsplatz Munster,
Angriffstaktiken des Zweiten Weltkrieges waren auf dem Truppenübungsplatz
Bergen vor der Haustür seines Elternhauses eingeübt worden. Auf den Truppen-
übungsplätzen Munster und Bergen-Hohne wurden zudem riesige Kriegsgefangenenlager eingerichtet, um den gesamten nordwestdeutschen Raum mit
Zwangsarbeitern zu versorgen. Im Winter 1941/42 waren dort fünfzigtausend
Rotarmisten aufgrund von mangelnder Verpflegung, unzureichender Hygiene
und fehlender Unterbringung an Hunger, Kälte und Krankheiten verreckt. Das
am Ostrand bei Bergen gelegene Kriegsgefangenenstammlager war 1943 von
der SS übernommen und als sogenanntes Aufenthaltslager für Austauschjuden
mit Pässen gegnerischer und neutraler Staaten eingerichtet worden. Das Lager
wurde vom SS-Wirtschafts- und Verwaltungshauptamt verwaltet, und zählte
nicht nur administrativ zum Konzentrationslagersystem. Es wurde zu einem
der schrecklichsten Lager in Hitlers Herrschaftsbereich. Beim Betreten des
Seminargebäudes am Schneiderberg überkam Leibgeber regelmäßig das Bedürfnis, sich die Hände waschen zu wollen. Das bis zur Erblindung befingerte
Glas der Eingangstüren, die Sprüche von zahlreichen Narrenhänden an Tischen
und Wänden sowie der penetrante Spermageruch spät pubertierender Studenten erzeugten einen kaum zu bezwingenden Brechreiz. Die Massenuniversität
erzog zum Misanthropen! Mit seinen Kommilitonen presste Leibgeber sich in
die Konservendose des Fahrstuhls, um himmelwärts zu fahren. Einige sahen
blass aus. Die Mensa hatte eine hohe Durchfallquote. Ein Kommilitone mit

einwandfreier Verdauung und – dem Geruch nach – Kondensstreifen in der Unterhose ließ die Hoffnung fahren, dass der Dozent an einer Magen- & Darmverstimmung erkrankt sei und das Seminar ausfallen müsse. Er hatte ein Referat zu halten und war nicht vorbereitet. Beim Aufstoßen erbrach der Sprecher den Fahrstuhl wie eine Fleischkonserve. Am Schwarzen Brett fand sich die Nachricht, dass sich der Dozent zu Studienzwecken am Heiligen Stuhl befände.

Meistens speiste Leibgeber mit Lena, die zur Mittagspause von der Technischen Informationsbibliothek durch den Georgengarten zur Mensa am Schneiderberg herüberkam. In der Mensa stieß ein Student einem ehemaligen Patienten der Veterinärmedizin ein Messer zwischen die Rippen. Ein Professor vom Institut für Werkzeugmaschinen zog seine Schraubzwingen um Messer & Gabel und widmete sich den Brot- & Butter=Fragen des Lebens. Ein langsames Durchkauen – ein entspannter Blick: nicht übel! Das Besteck war jedenfalls sauber wie geleckt. Die Teller ebenfalls. Am Nebentisch transportierte ein Biologe gebleichtes Fischgebein durch sein Gebiss, während sein Kommilitone Knochen kotzte. Lena und Leibgeber verzehrten Backed Beans. Der elektrische Rodeosattel am Eingang war für den Nachgenuss bestimmt. Vor ihrer Wohnung trieben die Freizeitsklaven vom Lindener Ruderklub ihre Galeere die Leine hinunter. »Sollen sie doch«, kommentierte Lena das Geschehen. »Ich verrichte meinen Galeerendienst jedenfalls nicht freiwillig«. Schon hatte Leibgeber ein schlechtes Gewissen. Hoffentlich konnte er sein Studium bald beenden. In der Nebenwohnung hakte Tetzlaff mit lautem Knallen einen Kleiderbügel an die Flurgarderobe. Leibgeber brüllte: »Ich ramm' dir gleich den Kleiderbügel in den Arsch!« Gleich darauf klingelte es an der Wohnungstür. Draußen stand Tetzlaff. Im Tennisröckchen, einen Kleiderbügel in der Hand haltend. »Sie wollten mir doch den Kleiderbügel in den Hintern rammen …« Darauf Lena: »Ich hatte schon immer vermutet, dass Sie ein ordinäres Frauenzimmer sind!« Türenknallend verschwand Tetzlaff in ihrer Trutzburg. Ihr Testamentsvollstrecker würde sie im Tennisröckchen beisetzen. – Aber wozu aufregen, fragte Lena? Die Steigerung von Tetzlaff sei weder Tetzlaffer noch am Tetzlaffsten, sondern Tetzlaff mit Hund!

Das Zusammenleben von Lena und Leibgeber blieb nicht ohne Folgen. Nachdem sie wochenlang mit dem Gedanken schwanger gegangen war, vielleicht doch nicht schwanger zu sein, besorgte Leibgeber Lena einen Schwangerschaftstest. Lena WAR schwanger. Und Leibgeber – anders als im Falle von Josef und Maria – nicht nur der mutmaßliche Vater. Leibgeber bat Lena, ihn zu heiraten. Die Amniozentese erbrachte einen unauffälligen, weiblichen

Chromosomenbefund. Danach verlor Lena fortwährend Fruchtwasser, so dass sie der Frauenarzt ins Krankenhaus einwies. Dort wurde ihr ständige Bettruhe verordnet. Nach vier Wochen ständigen Liegens wurden Lena Wehen fördernde Tabletten gelegt. Als sich die Geburt dennoch verzögerte und sie stattdessen Fieber bekam, wurde ein Kaiserschnitt durchgeführt. Während Lena im Kreißsaal war, wartete Leibgeber auf dem Flur. Nach längerem Warten stürmte eine junge Ärztin mit wehendem Arztkittel aus dem Kreißsaal und fragte Leibgeber, ob er der Vater von der kleinen Birte sei. Als Leibgeber ihre Vermutung bestätigte, wurde er stürmisch umarmt und heftig beglückwünscht. Umarmung und Glückwünsche waren der Erleichterung über das Gelingen der ersten Sectio caesarea der Ärztin geschuldet. Als Leibgeber wieder zu Atem kam, schob eine Krankenschwester einen Inkubator durch die Flügeltüren. Der Säugling darin trug ein Armband mit dem Namen Leibgeber. Nachdem Leibgeber sich als Vater zu erkennen gegeben hatte, schob die Schwester den Inkubator mit seinem kleinen Mädchen mit raschen Schritten in Richtung Stationsausgang. Leibgeber setzte zu einem kurzen Spurt an, überholte den enteilenden Inkubator mitsamt seinem rührigen Heckmotor und riss die Tür zum Flur auf. Beim Durcheilen des Ausgangs fragte er die schiebende Schwester (mit lauter Stimme, um den klappernden Heckmotor zu übertönen), wohin die Reise gehe. Über den Hof in die Kinderklinik hieß es kurz angebunden. Jenseits der Glastüren herrschte heftiges Schneetreiben. »Sie werden ja wohl einen unterirdischen Gang dorthin haben.«

»Keine Sorge! Der wird nicht kalt!«

Die Schwester betätigte den Türdrücker an der Wand, so dass die Außentüren in das Schneetreiben hinausflogen. Leibgeber stieß die Arme in die Ärmelöffnungen seiner Winterjacke und hüllte sich in Schweigen. Neben ihm rüttelte der Inkubator mit der kleinen Birte übers Kopfsteinpflaster. Leibgeber spurtete durch das Schneetreiben und öffnete die Eingangstür zur Kinderklinik, um den Inkubator mit der Schwester einzulassen. Vor dem Fahrstuhl erklärte die Schwester, dass er ruhig nach Hause fahren könne. Als der herbeigerufene Fahrstuhl im Erdgeschoss aufstieß, ergänzte sie, er könne ja am Nachmittag wiederkommen. Sie hätten jetzt einige Untersuchungen vorzunehmen. Die Schwester schob den Inkubator mit der kleinen Birte in den Fahrstuhl, drückte auf einen Knopf und entschwebte mit seinem kleinen Engel in höhere Sphären.

Jetzt fehlte ein Arbeitsplatz. Mit Perspektiven fürs Leben. Nach dem Erhalt seiner Magisterurkunde bewarb Leibgeber sich um ein Referendariat für den höheren Bibliotheksdienst des Landes Niedersachsen. Die Bewerbung wurde abgelehnt. Die Niedersächsische Landesbibliothek schlug ihm das dritte Mal die Tür vor der Nase zu. (Die Botschaft lautete (wieder einmal): WIR KOMMEN HIER PRIMA OHNE SIE ZURECHT! Das erste Mal hatte er keine Chance gehabt, mit seinem Realschulabschluss eine Ausbildung für den mittleren Dienst im niedersächsischen Bibliothekswesen anzutreten. Deswegen war er auf eine betriebliche Ausbildung zum Sortimentsbuchhändler ausgewichen. Das zweite Mal konnte Leibgeber nicht die gewünschte Fachhochschulausbildung für den gehobenen Dienst an wissenschaftlichen Bibliotheken antreten. Zugangsvoraussetzung für den an der Fachhochschule Hannover angebotenen Studiengang Bibliothekswesen war die allgemeine Hochschulreife. Immerhin hatte ihn der erfolgreiche Abschluss seines Fachhochschulstudiums zum Diplom-Dokumentar für den Besuch der Universität qualifiziert. Nach dem erfolgreichen Abschluss seines universitären Studiums in den Fächern Germanistik und Geschichte bewarb Leibgeber sich an der Niedersächsischen Landesbibliothek für die Zulassung zum Vorbereitungsdienst für den höheren Dienst an wissenschaftlichen Bibliotheken. Die Ausbildungsbehörde lud ihn nicht einmal zum Vorstellunggespräch ein. Leibgeber setzte sich an die zerkratzte Platte seines Studentenschreibtischs und verfasste ein Schreiben an die niedersächsische Wissenschaftsministerin, mit dem er anfragte, wie es denn sein könne, dass er nach einer betrieblichen Ausbildung zum Buchhändler, einem abgeschlossenen Fachhochschulstudium am Fachbereich Bibliothekswesen, Information und Dokumentation und einem universitären Magister-Studium am Historischen Seminar und Seminar für deutsche Literatur und Sprache nicht einmal zum Vorstellungsgespräch eingeladen werde. Leibgeber stand im 33. Lebensjahr. Da der Vorbereitungsdienst bis zum 35. Lebensjahr angetreten sein musste, bat er klären zu lassen, warum seine Bewerbung um ein Referendariat zur Ausbildung für den höheren Dienst an wissenschaftlichen Bibliotheken des Landes Niedersachsen von der Auswahlkommission nicht berücksichtigt worden sei. Als Antwort erhielt er ein Schreiben ohne persönliche Anrede und abschließende Grußformel, worin man ihm mitteilte, dass nun einmal nicht alle Bewerber für ein Referendariat berücksichtigt werden könnten. Das Anschreiben war von einem Herrn Unleserlich unterzeichnet. Das einzige Bundesland außer Niedersachsen, welches den Eintritt in den Vorbereitungsdienst bis zum 35. Lebensjahr des Bewerbers zuließ, war Hessen. In allen anderen Bundesländern musste das Referendariat bis zum vollendeten 30. Lebensjahr angetreten worden sein. Bei einem Vorstellungsgespräch an der Stadt- und Universitätsbibliothek

Frankfurt/Main erklärte ihm der Leitende Bibliotheksdirektor, warum seine Bewerbung auch dort nicht berücksichtigt werden konnte: Leibgeber habe die falschen Fächer studiert, wurde ihm erklärt. Mit Historikern könne man die Marktplätze, mit Germanisten die Straßen pflastern. Im Bibliothekswesen seien Naturwissenschaftler und Ingenieure gefragt. Die Deutsche Bibliothek in Frankfurt am Main werde von einem Mathematiker geleitet.

ZWEITES KAPITEL

Als Angehöriger des Pendlerproletariats reiste Leibgeber im Regionalexpress mit dem Rücken zur Fahrtrichtung – wie der Galeerensklave auf der Sklavengaleere. Der rudert auch mit dem Rücken zur Fahrtrichtung, überlegte Leibgeber auf dem Weg nach Köln. Als Galeerensklave hast du weder Einfluss auf die Ladung noch auf den Kurs noch auf das Kommando deiner Sklavengaleere. Deine Opposition als Galeerensklave gegen Kurs, Kommando und Ladung der Sklavengaleere würde nicht zur Änderung von Kurs, Kommando und Ladung, sondern zu schmerzhaften Striemen auf deinem Rücken führen, fürchtete Leibgeber. Als Schaf in der Arbeitnehmerherde wurde er mit dem Regionalexpress wie mit dem Viehtransporter zum Schlachthof expediert. In allerbester Gesellschaft. Der zugestiegene Typ hinter ihm hustete nicht, nein der kotzte – bis kurz vorm Erbrechen. Und kotzte. Und kotzte. Minutenlang. Kilometerweit. Wenn auf Totschlag nicht so hohe Strafen stehen würden, hätte die Hälfte der Fahrgäste ihre Klauen in seinen Haarkranz gekrallt und seine Schnauze auf den Abfallbehälter unter dem Fenster aufgeschlagen ... und aufgeschlagen ... und aufgeschlagen ... Solange, bis er beim nächsten Halt mit seiner blutigen Fresse aus dem Waggon getaumelt wäre, das Arschloch! Ein anderer, von seinem Platz aus unsichtbarer Mitreisender räusperte sich, als läge ihm der bevorstehende Arbeitstag wie eine lästige Fischgräte im Hals. Das verführte andere, sich ebenfalls zu räuspern. Ganz so, als ob alle Mitreisenden vom Fischessen kämen. Ein Dritter trompetete in sein Taschentuch, als träte er als Elefant im Zirkus auf. Eine Vierte nießte, als wolle sie mit ihrem Rotz die Mitreisenden abduschen. Der Typ mit der SS-Haarfrisur blökte in sein Handy, als müsse er sich seinem Gesprächspartner in Ankara mit bloßer Stimme verständlich machen. Leibgeber war dem ausgeliefert. Leibgeber musste das hinnehmen. Leibgeber hätte dem nur für den erhöhten Fahrpreis in der ersten Wagenklasse entgehen können. Für hundert Euro mehr im Monat. Dort fuhr nicht das arbeitende Volk, dort reiste der Volksvertreter, der sich von den Schafen zum Metzger hatte wählen lassen. Dort tourte der Profiteur, der den Schafen die Milch abzapfte, ihre Wolle schor und sie ins Schlachthaus trieb. »Fahrtenkartenkontrolle!« Wo immer er

Platz genommen hatte, wurde Leibgeber in diesem Schafstall auf Schienen zum Vorzeigen seines Fahrausweises aufgefordert. Die Deutsche Bahn hatte, wie ein Schäfer seine Hütehunde, Zugbegleitpersonal angestellt, um die Schafherde zu kontrollieren. Die Hütehunde waren vom Freßchen ihres Arbeitgebers abhängig. Ein perfektes Überwachungssystem. Lief der Zug in den Bahnhof ein, verließen die Fahrgäste die Waggons. Parallel dazu stiegen auf der anderen, vom Handgeländer getrennten schmalen Seite des Ausstiegs, wartende Fahrgäste zu. Die warteten nicht, bis die ankommenden Fahrgäste ausgestiegen waren. Rücksichtslos, selbstsüchtig und kaltschnäuzig drängelten sie in die Waggons, um nur ja ihre Ärsche auf einen der Sitze zu wuchten, dessen Besetzung sie mit dem Erwerb ihrer Fahrkarte rechtfertigten. Durch das unsoziale Verhalten der Zusteigenden entstand vor dem Aufgang in das obere Waggondeck und vor dem Abgang in das untere Deck ein Stau, unter dem alle Beteiligten litten. Die Aussteigenden wurden von den Zugsteigenden am Erreichen des Ausstiegs gehindert. Die Zusteigenden wurden von den Aussteigenden am Erreichen ihrer Sitzplätze gehindert. So behinderten sie sich gegenseitig. Die Deutschen waren zu doof zum Bahnfahren. Sie verhielten sich auch sonst wie eine Herde Schafe, die der von ihnen zum Metzger gewählte König in sein Schlachthaus trieb. Kaum war die dem Regionalexpress entsprungene Schafherde den Treppenpferch vom Bahnsteig in die Bahnhofhalle heruntergetrampelt, begann noch vor dem Verlassen der Halle ein Wettrennen um den ersten Platz am Zeiterfassungsgerät. Bei diesem Wettrennen wurden selbst rote Ampeln ignoriert und beim Überqueren der Straße Kopf & Kragen riskiert. Alles nur, um als erster am Erfassungsgerät für die Arbeitszeit einzutreffen. Kaum zu glauben, wie schnell Beamte laufen können, wunderte sich Leibgeber.

Das Fieseste über Köln hat ein Düsseldorfer gesagt. Gemeint sind die Verse von der hündisch auf der Gasse buhlenden Dummheit und Bosheit, deren Enkelbrut man noch heute erkenne: »An ihrem Glaubenshasse« – soll heißen an ihrem aus dem christlichen Glauben geborenen Hass gegenüber Agnostikern und Atheisten. Der Düsseldorfer Heinrich Heine betrachtete die Domstadt Köln als totalen Gegenbegriff zur europäischen Aufklärung, als deutsche Gegenaufklärung. Das Licht der Aufklärung findet seinen Weg nur spärlich in den Kölner Dom. Wer den steinernen Uterus der Kölner Katholiken von innen kennt, weiß das. Heinrich Heine bezeichnet den Dom in seinem Versepos *»Deutschland. Ein Wintermärchen«* als Bastille des Geistes in dem die deutsche Vernunft verschmachtet: *Die Flamme des Scheiterhaufens hat hier / Bücher und Menschen verschlungen; / Die Glocken haben geläutet dabei / Und Kyrie Eleison* *gesungen.* Wenn Leibgeber den Hauptbahnhof verließ, hob er den Blick zu den Turmspitzen des »kolossalen Gesellen« (Heinrich Heine). Der Dom ist eine von einem dreischiffigen Querhaus durchkreuzte fünfschiffige Basilika. Kernstück ist der im Querschiff aufgestellte Dreikönigsschrein, in dem die Knöchelschen der heiligen drei Könige aufbewahrt liegen. Wer die Reliquien sehen wollte, musste Eintritt bezahlen. Um an das Geld der Gläubigen zu kommen, wurde der Dom um den Dreikönigsschrein gebaut. Die Bauarbeiten wurden 1560 eingestellt, die beiden Türme an der Westseite des Doms gegenüber dem Café Reichard erst im Jahre 1880 vollendet. Auf Veranlassung der Preußen. Die Rheinländer hatten dort über 350 Jahre einen Baukran stehen gehabt. Wozu auch Türme errichten? Die Pilger, die den Dreikönigsschrein umrundeten, hatten den Dom auch ohne Türme besucht gehabt.

Der Kölner Erzbischof Josef Schulte hatte »die berufenen Waffenträger unseres Volkes« beim Einzug der Wehrmacht als »Hüter des Friedens und der Ordnung« begrüßt. Als Folge des Versailler Vertrages hatte das Deutsche Reich der Einrichtung einer entmilitarisierten Zone zugestimmt. Neben den linksrheinischen Gebieten zählte dazu ein fünfzig Kilometer breiter Streifen auf dem rechten Rheinufer, wo weder Truppen stationiert noch Festungsanlagen unterhalten werden durften. Die Befestigungsanlagen von Köln als ehemals größte Festung Preußens wurden geschleift. Auf Betreiben des damaligen Oberbürgermeisters Konrad Adenauer wurde ein Grüngürtel als Naherholungsgebiet angelegt und das Müngersdorfer Stadion errichtet. Nachdem die Reichsregierung die Wiedereinführung der allgemeinen Wehrpflicht beschlossen und das deutsch-britische Flottenabkommen vereinbart hatte, demzufolge die deutsche Kriegsmarine bis zu 35 Prozent der britischen umfassen durfte, hatte die Wehrmacht das entmilitarisierte Rheinland besetzt. In Köln marschierten die Truppen auf der Hohenzollernbrücke (die damals auch von Autos befahren wurde) über den Rhein und an der Tribüne mit den Würdenträgern vor dem Hotel Excelsior vorbei in Richtung Komödienstraße. Die Straßenränder wurden von tausenden jubelnden Kölnern gesäumt. Am Abend veranstaltete die Ortsgruppe der NSDAP auf dem Domplatz gegenüber dem *Excelsior* eine Kundgebung, auf der Gauleiter Josef Grohé seinem Führer die Treue der Kölner Bevölkerung versicherte. Als Hitler am 28. März 1936 Köln besuchte, bezeichnete Grohé dessen Besuch als größtes Ereignis aller Zeiten in der Geschichte der Domstadt. Der Domplatz und die weitere Umgebung waren von Menschenmassen überflutet. Nach einem Staatsakt im Gürzenich nahm Hitler Quartier im Dom-Hotel. Die Woge der Begeisterung ließ immer wieder Sprechchöre aufbranden. »Lieber

Führer, komm doch schnell / Sonst stürmen wir das Dom-Hotel!« // »Wir wollen nicht nach Hause gehen / Wir wollen unseren Führer sehn!«, schallte es aus der Menge. Von tosenden »Heil«-Rufen begrüßt, erschien Hitler auf dem Balkon. Später, beim Angriffs-, Raub- und Vernichtungskrieg gegen die Sowjetunion, schwärmte er in seinen Tischgesprächen im Führerhauptquartier *Wolfsschanze* im ostpreußischen Rastenburg, die Kölner hätten ihm die größten Ovationen seines Lebens dargebracht. Die ganze Menge habe vor Freude über sein Erscheinen auf dem Balkon des Dom-Hotels geschunkelt.

Wenn Leibgeber die Geschäftsstelle betrat, hing er seinen Aufklärungsanspruch zusammen mit seiner Jacke am Garderobenhaken auf. Um zehn Uhr vormittags erwartete er den Besuch von Richter a.D. Morgenschweiss. Karin legte zwei Gedecke auf, besorgte belegte Brötchen und kochte frischen Kaffee. Als die Türglocke anschlug, stellte sie noch rasch Milch und Zucker auf den Tisch. Als Morgenschweiss in der Geschäftsstelle angerufen und sich danach erkundigt hatte, ob er vorbeikommen könne, vermutete Leibgeber in ihm einen älteren Anrufer, der die Grablage eines Kriegstoten recherchieren wolle und der, wie viele ältere Menschen, keinen Zugang zum Internet besitzt. Beim Imbiss in der Bezirksgeschäftsstelle stellte sich heraus, dass Morgenschweiss pensionierter Richter am Finanz- und Verwaltungsgericht am Appellhofplatz war, der bei seinem Ableben keine Familienangehörigen, Frau, Kinder oder sonstige Verwandte hinterlassen würde. Einer langjährigen Bekannten, mit der er einige Reisen ins europäische Ausland unternommen hatte, wollte er ein Legat aussetzen. Ansonsten beabsichtigte er, den Kriegsgräberverein als Alleinerben seiner Wohnungen in Köln und Bonn und seines Barvermögens einzusetzen. Der Kriegsgräberverein wurde hin und wieder mit Vermächtnissen bedacht, gelegentlich auch mit Nachlässen. Nachlässe und Vermächtnisse bildeten einen wichtigen Baustein bei der Finanzierung der Vereinsarbeit. Die meisten Nachlass- und Vermächtnisgeber waren den Mitarbeitern des Kriegsgräbervereins persönlich nicht bekannt. Einige nahmen jedoch vor dem Testieren zugunsten des Kriegsgräbervereins Kontakt mit Mitarbeitern der Bundeszentrale oder mit Verbandsmitarbeitern vor Ort auf. Auf die Frage von Morgenschweiss, ob der Kriegsgräberverein immer noch ausbette und Soldatenfriedhöfe anlege, antwortete Leibgeber, dass der Verein jährlich um die vierzigtausend Kriegstote lokalisiere, exhumiere, teilweise identifiziere, wenn möglich deren Hinterbliebenen verständige und die aufgefundenen Gebeine auf neu angelegten Sammelfriedhöfen einbette. Nach dem Fall der Mauer 1989, der deutschen

Wiedervereinigung 1990 und dem Zerfall der Sowjetunion 1991 hatte die Bundesrepublik Deutschland mit zahlreichen Staaten Osteuropas Kriegsgräberabkommen geschlossen. Die sich daraus ergebenden Verpflichtungen wurden dem Kriegsgräberverein übertragen. Seitdem der Kriegsgräberverein Zugriff auf die deutschen Kriegsgrablagen insbesondere in Polen, Belarus, der Ukraine und der Russischen Föderation erhalten habe, seien die Gebeine von 750.000 deutschen Kriegstoten lokalisiert, überwiegend exhumiert, teilweise identifiziert und auf neu angelegten Sammelfriedhöfen beigesetzt worden, informierte Leibgeber. Zum Abschluss überreichte er Morgenschweiss ein Exemplar der Publikation »*Schicksale aus Stalingrad*«. Darin wurden die Schicksale von Stalingrad-Gefallenen aus Sicht der hinterbliebenen Geschwister und Kinder, Briefe von Gefallenen und ein Überlebensbericht kommuniziert. Der Kriegsgräberverein verantwortete eine privatistische Geschichtsbetrachtung, in der sich die Unterschiede zwischen Tätern, Opfern und Mitläufern verwischten. Objektive historische Ereignisse wurden aus subjektiv persönlicher Perspektive dargestellt. Die Deutung der Folgen von Krieg und Gewaltherrschaft überließ der Kriegsgräberverein dem Volksmund.

Sitzung des Bezirksvorstands. Die Vorsitzende, eine Direktorin beim Landschaftsverband, hatte ihre berufliche Position durch die Landesregierung erhalten. Die Bevölkerung wird nicht von den qualifiziertesten Leuten regiert. Die Bevölkerung wird nicht von den fleißigsten Leuten regiert. Die Bevölkerung wird von den am besten vernetzten Leuten regiert. Ausschlaggebend ist nicht deren Qualifikation. Ausschlaggebend ist nicht deren Engagement. Ausschlaggebend sind Netzwerke. Korporationen sind Netzwerke. Verbände sind Netzwerke. Parteien sind Netzwerke. Die Rede geht nicht umsonst von der Parteiendemokratie. Bald nach ihrer Ankunft in Köln hatte Kuckuck dem Kofferraum ihres Dienstfahrzeugs eine Axt entnommen, um damit die Weinreben ihres Vorvorvorgängers von der Fassade ihres Dienstsitzes zu hacken. Die Rebstöcke waren im Laufe der Jahrzehnte bis in vier Meter Höhe gewachsen und spendeten kiloweise Trauben, die von ihrem Vorvorvorgänger über Jahrzehnte persönlich abgeerntet wurden. Ein Winzer an der Ahr veredelte sie zu trinkbaren Tropfen, die in kleine Flaschen abgefüllt und übers Internet versteigert wurden. Der Erlös kam der Aidshilfe, der Kinderkrebshilfe und anderen gemeinnützigen Einrichtungen zugute. Damit war nun Schluss. Die Abholzung der Reben wurde von Kuckuck mit notwendigen Ausschachtungsarbeiten für die Verlegung eines Rohres begründet. Vermutlich hatte sie das Herumlaufen ihres

Vorvorvorgängers auf dem Balkon beim Ernten der Trauben gestört gehabt. Als sie mit ihren hohen Absätzen den Raum durchpflügte, zog sie sämtliche Blicke der Sitzungsteilnehmer auf sich. Beim Handschlag mit den Sitzungsteilnehmern verstand sie es einmal mehr, ihre scharfen Krallen in einer seidigweichen Pfote zu verbergen. Als Kuckuck auf ihren Zweig flatterte, spreizte sie die Flügel und stemmte ihre bespornten Füße auf den Boden. Kuckucks Schuhwerk erinnerte Leibgeber an den Auftritt der Schauspielerin Lotte Lenya als russische Geheimagentin in dem James-Bond=Film » *Liebesgrüße aus Moskau*«, wo sie den Geheimagenten ihrer Majestät mit scharfen Messerklingen an ihren Schuhabsätzen traktiert. Unter einem Tagungsordnungspunkt wurde ein Entwurfsschreiben des Aachener Kreisrechtsdirektors an den Präsidenten diskutiert. Darin versicherten die Unterzeichner, dass der Kriegsgräberverein ihnen am Herzen läge. Der Vereinspräsident werde gebeten, so der Wortlaut des Schreibens, dieses so zu verstehen – auch wenn die Unterzeichner sich mit offenen und sicher auch kritischen Worten an ihn wenden würden. Woran der Adressat zum einen die enge Verbundenheit der Unterzeichner erkennen möge, zum anderen, dass sie kontinuierlich rückläufige Mitgliederzahlen und ständig sinkende Sammlungseinnahmen als Niedergang des Kriegsgräbervereins miterleben müssten. Manche der Unterzeichner würden ihr Amt mittlerweile viele Jahre ausüben, so dass diese sich durchaus ein Urteil über die Gründe der Misere aber auch die Aussprache von Vorschlägen zur Verbesserung der Situation zutrauten. Die Unterzeichner des Anschreibens empfahlen dem Präsidenten u.a. die Durchführung einer Strukturreform. Was er denn konkret damit meine, fragte Kuckuck den Entwurfsverfasser.

»Das Brauchtum, das die Vorsitzenden und Organisationsleiter auf der Ortsverbandsebene in den Kommunalverwaltungen verortet sind, sollte der Vergangenheit angehören«, erläuterte der Kreisrechtsdirektor.

»Die Übernahme des Vorsitzes der Ortsverbände durch die Bürgermeister und die Bestellung von Organisationsleitern aus den Verwaltungen ist bundesweit durchaus nicht üblich und selbst im Landesverband nicht die Regel«, entgegnete Leibgeber. Der Bezirksvorstand könne dankbar dafür sein, dass diese Regelung in zweiundneunzig von den insgesamt fünfundneunzig Ortsverbänden des Bezirksverbandes Rheinland dank des großen Engagements der ehrenamtlichen und hauptamtlichen Mitarbeiter über viele Jahre bis auf drei Ausnahmen durchgehalten werde.

»Warum wird in dem Schreiben an den Präsidenten dann eine Strukturreform angemahnt?«, trillerte Kuckuck.

»Fünfzehn Bürgermeister sind als Vorsitzende in den insgesamt fünfundneunzig Ortsverbänden inaktiv, veranlassen keine Sammlungen, überweisen keine Gemeindebeiträge oder veranstalten keine Gedenkfeiern am Volkstrauertag«.

»Eben deshalb sollte von den starren Strukturen Abstand genommen werden«, mahnte der Kreisrechtsdirektor. Es müsse festgestellt werden, dass die Verwaltungen aufgrund der Konsolidierung der Haushalte und den Restriktionen aus der Politik nicht länger über Personalkörper verfügten, die die Delegierung von Aufgaben zugunsten des Kriegsgräbervereins rechtfertige.

Die Regelung des Vorsitzes sei kein Dogma, widersprach Leibgeber. Es sei jedoch Beschlusslage des Bezirksvorstands, dass zuerst der Bürgermeister für die Übernahme des Ortsverbandsvorsitzes angefragt werden solle. »Nur dann kann auf das positive Beispiel der Übernahme des Vorsitzes durch immerhin zweiundneunzig Bürgermeister in den insgesamt fünfundneunzig Ortsverbänden hingewiesen werden. Außerdem ist mit der Amtsübernahme durch den Bürgermeister die Erreichbarkeit des Vorsitzenden sichergestellt.«

Es sei wenig hilfreich, so der Kreisrechtsdirektor, wenn den Funktionsträgern die Ehrenämter aufoktroyiert und diese dann, als Folge davon, stiefmütterlich verwaltet würden.

Der Herr Kreisrechtsdirektor trägt nicht umsonst Lupen auf den Augen. Um ihm zu zeigen, wie sehr es ihm an Durchblick mangelt, müsstest du ihn auffordern, seine Brille abzusetzen, phantasierte Leibgeber mit geschlossenen Augen.

Was sehen Sie?

Nichts!

Sehen Sie: Soviel Durchblick besitzen Sie im Hinblick auf die Arbeit des Kriegsgräbervereins. Soviel wie ein Brillenpinguin, der beim Tauchen die Schwimmbrille verloren hat.

Leibgeber öffnete die Augen. Ein Tagtraum! Von »aufoktroyieren« könne keine Rede sein, entgegnete er dem Kreisrechtsdirektor. »Vorsitz und Geschäftsführung eines Ortsverbandes können nicht ›aufoktroyiert‹ werden. Die Übernahme des Ortsverbandsvorsitzes ist das Ergebnis einer schriftlichen Anfrage der Vorsitzenden des Bezirksverbandes, die von der Bezirksgeschäftsstelle vorbereitet wird.«

Kuckuck stieß einen trillerartigen Laut aus: »Hach! Hachja! Sie haben eben selber eingeräumt, Herr Leibgeber, dass fünfzehn Zusagen von insgesamt zweiundneunzig bloße Lippenbekenntnisse darstellen. Was kann man dagegen unternehmen?«

»Kommunalwahl abwarten und den neuen Bürgermeister wegen der Übernahme des Ortsverbandsvorsitzes anfragen.«

»Das dauert mir zu lange. Ich erbitte mir konstruktive Vorschläge!«

»Den Ersten Beigeordneten oder einen stellvertretenden Bürgermeister für die Übernahme des Ortsverbandsvorsitzes vorschlagen. Hat das keine Aussicht auf Erfolg: Oppositionsführer in der Stadt- oder Gemeindeversammlung ansprechen, um die mangelnde Unterstützung des Kriegsgräbervereins durch die Kommune zu thematisieren mit dem Ziel, die notwendigen Strukturen zu schaffen. Sofern dieses erfolglos bleibt: Pressekampagne mit dem Hinweis darauf, dass der inaktive Ortsverband nichts zum Erhalt der Kriegsgräber seiner Kriegstoten aus der Gemeinde im Ausland beiträgt und die Kosten für die Pflege der Kriegsgräber der eigenen Kriegstoten von den Nachbarkommunen aufgebracht werden müssen. Und zwar mit dem Ziel, eine geeignete Persönlichkeit zur Wahrnehmung der Geschäfte des Ortsverbands zu gewinnen.« Das alles könne nicht etwa der Präsident des Kriegsgräbervereins als Adressat des Schreibens veranlassen, erregte sich Leibgeber. Hier sei der Vertreter des Kreisverbandes gefragt! Der Entwurfsverfasser der Klageschrift wirkte wie ein Mann, der ein Loch im Dach beklagt, wo es hineinregnet. Er reagiert darauf, indem er mit einem Brief an den Vereinspräsidenten die Minderung der Wohnqualität beklagt, überlegte Leibgeber. Und nicht etwa so, dass er als Hauseigentümer Baumaterial zum Abdichten besorgt. Der Kreisrechtsdirektor als Entwurfsverfasser der Klageschrift an den Präsidenten hatte den von ihm beklagten Niedergang des Kriegsgräbervereins in seinem Geschäftsbereich selber zu verantworten. Die Aktivitäten des Kreisverbandes, die der Herr Kreisrechtsdirektor verantwortete, blieben weit hinter den Aktivitäten anderer Kreisverbände zurück: keine Auftaktveranstaltung oder Pressekonferenz zu Beginn der Haus- und Straßensammlung, keine Ehrungen ehrenamtlicher Mitarbeiter, keine Besprechung zur Planung und Organisation der Sammlung mit den Organisationsleitern der Ortsverbände und sonstigen Multiplikatoren wie Bundeswehrbeauftragten, Reservistenkameraden oder Schulvertretern. Stattdessen diskutierte der Bezirksvorstand über eine Klageschrift, die das ehrenamtliche Engagement der Funktionsträger in den anderen Kreisverbänden in ein problematisches Licht rückte und noch dazu an den Präsidenten gerichtet werden sollte. Der Herr Kreisrechtsdirektor soll erstmal seine Hausaufgaben erledigen, grollte Leibgeber in Gedanken.

»Herr Leibgeber, bitte erarbeiten Sie eine Vorlage für die nächste Vorstandssitzung, welche die Überlegungen des Kreisverbandes in geeigneter Form wiedergibt.«

Mangelnde Kompetenz wurde von Kuckuck durch Entscheidungsfreude ersetzt. Der umgangssprachliche Begriff für das, was dabei herauskam, dürfte geläufig sein. Als Vorsitzende des Bezirksverbandes war Kuckuck Leibgeber gegenüber weisungsberechtigt. So stand es in seinem Arbeitsvertrag. Auf ihre schriftliche Weisung hin hatte er ihr seine und Karins Abwesenheiten von der Geschäftsstelle zu melden. Wie ein Schuljunge der Lehrerin beim Verlassen der Klasse. Auf Leibgebers Frage an Landesorganisationsleiter Holger Hahn, ob die Forderung der Vorsitzenden gegenüber ihm als Bezirksorganisationsleiter, ihr seine Abwesenheiten zu melden, auch in den anderen Bezirksverbänden des Landesverbandes verlangt werde, antwortete Gockel, dass – unabhängig davon, ob diese Regelung in anderen Bezirksverbänden gängige Praxis sei oder nicht – Leibgeber die Forderung der Vorsitzenden als Dienstanweisung zu befolgen habe. Kuckucks Forderung sei mit ihm abgesprochen. Loyalität? Begriff Gockel als Einbahnstraße! Anstatt sich loyal vor seinen Bezirksorganisationsleiter zu stellen und ebenso unsinnige wie unangemessene Forderungen der Vorsitzenden abzuwehren, fiel Gockel Leibgeber mit seinem Hackschnabel in den Rücken. Kuckuck hatte vor ihrem Wechsel zum Landschaftsverband ein Referendariat im Schuldienst hinter sich gebracht. Bevor sie die von Leibgeber verfassten Niederschriften über die Bezirksvorstandssitzungen unterzeichnete, korrigierte sie deren Wortlaut. Dasselbe galt für Briefentwürfe an Landräte, Bürgermeister oder Befehlshaber der Bundeswehr. Der von Kuckuck korrigierte Wortlaut eines Briefentwurfs Leibgebers an einen Landrat, mit dem dieser als Nachfolger seines Vorgängers zur Übernahme des Amtes als Vorsitzender eines Kreisverbandes bewegt werden sollte, wurde von ihrer persönlichen Referentin mit dem Hinweis darauf, dass Kuckuck einen verbindlicheren Tonfall bei Anschreiben bevorzuge, und das künftig von Leibgeber beachtet werden möge, mit dem Vermerk zur Wiedervorlage zurückgegeben. In dem von Leibgeber vorbereiteten Anschreiben Kuckucks an den Landrat war Leibgebers Satz »Die Organisations- und Geschäftsordnung erlaubt es dem Vorstand, beim Ausscheiden eines Vorstandsmitglieds einen Nachfolger als Mitglied zu kooptieren« von Kuckuck in den Wortlaut »Unsere Geschäftsordnung macht es möglich, einen Nachfolger als Mitglied des Vorstands zu kooptieren, worum ich Sie sehr herzlich bitte« umformuliert worden. Inhaltlich wurde nichts hinzugefügt. Inhaltlich wurde nichts weggelassen. Die von der Vorsitzenden verantwortete Gesprächskultur ließ Leibgeber mit Blick auf den Arbeitsauftrag Kuckucks Schlimmes befürchten. Frau Lehrerin würde den von ihm eingereichten Entwurf des unsinnigen Anschreibens an den Präsidenten mit dem Rotstift zensieren.

Besuch beim Bürgermeister in Vettweiß. Der parteilose Bürgermeister, hoher Haaransatz, Brille, galt als Verwaltungsfachmann und betonte seine Unabhängigkeit. »Ich habe einen fachlichen Hintergrund, keinen Fraktionshintergrund«, erklärte er zur Begrüßung. Grund für Leibgebers Besuch war die zurückliegende Kommunalwahl. Nach der Kommunalwahl hatte Leibgeber Schreiben der Vorsitzenden des Bezirksverbandes an die neu ins Amt gewählten Bürgermeister ausgefertigt, mit denen diese von Kuckuck um die Übernahme des ehrenamtlichen Ortsverbandsvorsitzes gebeten wurden. Der neu gewählte Bürgermeister von Vettweiß war dabei übersehen worden. Um ihn noch vor der Haus- und Straßensammlung als Vorsitzenden zu verpflichten, hatte Leibgeber um ein Gespräch gebeten. Das von ihm gefertigte Verpflichtungsschreiben hatte Kuckuck nicht rechtzeitig vor dem Termin autorisiert. Beim Gesprächstermin redete Leibgeber sich mit dem Urlaub Kuckucks heraus. Selbstverständlich gab es Musterschreiben. Selbstverständlich hätte er die digitale Unterschrift der Vorsitzenden unter das Standard-Anschreiben scannen, den Brief personalisieren, ausdrucken und dem Bürgermeister beim Gesprächstermin aushändigen können. Das Risiko konnte er nicht eingehen. Du kannst nicht wie ein Schwimmer vor der Küste Floridas davon ausgehen, dass sich nur harmlose Delphine vorm Badestrand tummeln, überlegte Leibgeber. Gelegentlich sucht dort auch ein Haifisch sein Fresschen. Was, wenn der Bürgermeister im Vorzimmer der Vorsitzenden anruft, um sich für die von dir überreichte Post zu bedanken? Kuckuck wartet nur auf einen solchen Anfängerfehler, um dir das Vertrauen aufzukündigen. Dabei ist dir Kuckucks Vertrauen kostbar und teuer. Das lässt du dir 17,50 Euro im Monat kosten. So teuer kam Leibgeber der Beitrag für seine Rechtsschutzversicherung. Im Gespräch mit dem Bürgermeister erläuterte er die Verbandsarbeit. Der Verein pflege 2,7 Millionen Kriegsgräber auf über 832 Kriegsgräberstätten in 45 Staaten Europas und in Nordafrika. Der Radius seiner Tätigkeit reiche – in Nord-Süd=Richtung – vom Nordkap bis nach Nordafrika und – in West-Ost=Richtung – vom Atlantik bis zur Wolga. Überall dort, wo deutsche Soldaten im Einsatz gestanden hätten, lägen deutsche Kriegstote. Der Verein pflege und erhalte die deutschen Kriegsgräber zur Erinnerung an die Kriegstoten, als Mahnung für die Lebenden, als friedenspädagogische Lernorte für nachwachsende Generationen und als Aufforderung zu Frieden, Versöhnung und Völkerverständigung – im Auftrag der Bundesrepublik. »Kriegstote genießen dauerndes Ruherecht. So regelt es das Bundesgräbergesetz. Für die Pflege der auf dem Gebiet der Gemeinde Vettweiß gelegenen Kriegsgräber werden Pflegepauschalen und Ruherechtsentschädigungen durch das Dezernat 21 der Bezirksregierung ausbezahlt. Auf diese Weise wird der Erhalt der Kriegsgräber auf dem Gemeindefriedhof Vettweiß und im Ortsteil Jakobswüllesheim sichergestellt. Die Kriegsgrablagen der deutschen Kriegstoten sind im Gräberdokumentationssystem nachgewiesen. Das funktioniert folgendermaßen«, erläuterte Leibgeber: »Homepage ›Kriegsgräberverein.de‹ aufrufen. Link ›Gräbersuche‹ anklicken. Es erscheint eine Suchmaske: ›Nachname‹, ›Vorname‹, ›Geburts- und Todesdatum‹. Bekannte Daten eingeben und auf ›Suche‹ klicken. – Auf diese Weise kann die individuelle Grablage eines Kriegstoten recherchiert werden«, bestätigte Leibgeber das verständige Nicken des Bürgermeisters. »Das Gräberdokumentationssystem erlaubt es jedoch auch, gezielt nach den Kriegstoten aus einem Geburtsort zu suchen. Gibt man den Ortsnamen ›Vettweiß‹ ein, erscheinen die Namen von insgesamt sechzehn Kriegstoten, die in Vettweiß geboren wurden und überwiegend dort aufgewachsen sein dürften.« Der jüngste von ihnen, der 1945 gefallene Josef Utzen, wurde am 13.11.1926 geboren. Sechs Jahre später wurden die Bürgermeistereien Froitzheim, Kelz, Sievernich und Füssenich zum Bürgermeisteramt Vettweiß zusammengeschlossen. Während Vettweiß im Zuge der kommunalen Gebietsreform 1969 um die Gemeinde Müddersheim vergrößert wurde, wurde die Gemeinde Füssenich in die Nachbarstadt Zülpich eingegliedert. »Um die Kriegstoten aus dem Gebiet der heutigen Gemeinde Vettweiß feststellen zu können, müssen außer Vettweiß zusätzlich die ehemals selbständigen Standesämter Kelz, Sievernich und Müddersheim als Geburtsorte in das Gräberdokumentationssystem eingegeben werden«, erläuterte Leibgeber. »Zu den sechzehn Kriegstoten aus Vettweiß kommen vierzehn Kriegstote aus dem ehemals selbständigen Standesamt Müddersheim, fünfzehn Kriegstote aus dem ehemals selbständigen Froitzheim, neunzehn Kriegstote aus dem ehemals selbständigen Kelz und acht Kriegstote aus dem ehemals selbständigen Sievernich hinzu. Daraus ergibt sich die Summe von zweiundsiebzig Kriegstoten aus dem Gebiet der heutigen Gemeinde Vettweiß. Vermutlich sind es eher noch mehr. Die Kriegstoten aus Jakobwüllesheim und Soller aus der ehemaligen Bürgermeisterei Drove können nachträglich nicht herausgerechnet werden und müssen unberücksichtigt bleiben.« Der Bürgermeister zeigte sich von der Vorbereitung Leibgebers auf das Gespräch beeindruckt. Mindestens ein Kriegsteilnehmer lag allerdings nicht auf dem »Ehrenfriedhof«. Nicht weil er ein Kriegsverbrecher gewesen war (das war er zwar, aber das war nicht der Grund), sondern weil er den Krieg überlebt hatte. August Bender hatte im Ortsteil Kelz der Gemeinde Vettweiß fast vierzig Jahre lang als Landarzt praktiziert. Im Jahre

1988 schloss Bender die Praxis – mit 78 Jahren. Die Praxis sei sein Leben gewesen, hieß es. August Bender war zur Zeit des Nationalsozialismus Mitglied der Waffen-SS – eine Vereinigung, die vom Internationalen Militärgerichtshof in Nürnberg zur verbrecherischen Organisation erklärt worden war. August Bender war Truppenarzt der SS-Division *Totenkopf* – ein Eliteverband, der für seine rücksichtslose Kriegführung berüchtigt und an Säuberungsaktionen beteiligt war. Ab August 1944 praktizierte Bender im Rang eines SS-Sturmbann-führers als Standortarzt für die Wachmannschaften und zweiter Lagerarzt für die Häftlinge in Buchenwald – ein Konzentrationslager, in dem 56.000 der insgesamt über 250.000 Häftlinge an Hunger verreckten oder durch Genick-schüsse oder Giftspritzen hingerichtet wurden. Benders Aufgabe als Lagerarzt bestand in der Selektion der Häftlinge in arbeits- und transportfähige Gefangene oder nicht arbeitsfähige Häftlinge. Seit 1943 wurden die Häftlinge in Buchenwald und seinen 136 Außenkommandos für die Rüstungsindustrie ausgebeutet und zu Tode geschunden. Nicht-arbeitsfähige Häftlinge wurden mit Zügen in das Vernichtungslager Auschwitz deportiert. Nach Kriegsende wird Bender verhaftet, im US-amerikanischen Kriegsgefangenenlager Bad Aibling interniert und im Buchenwald-Hauptprozess mit dreißig weiteren Beschuldigten angeklagt. Am 14. August 1947 wird er wegen Mithilfe und Teilnahme an den Gewaltverbrechen im KZ Buchenwald zu zehn Jahren Haft verurteilt, die später auf drei Jahre reduziert werden. Im Juni 1948 wird Bender aus dem Kriegs-verbrechergefängnis Landsberg entlassen. Nach seiner Entlassung lässt er sich 1949 in Vettweiß-Kelz als praktischer Arzt nieder. In seiner Freizeit nimmt Bender an Zusammenkünften der HIAG, der *Hilfsgemeinschaft auf Gegenseitigkeit der ehemaligen Angehörigen der Waffen-SS* teil – und beweist damit seine ungebrochene geistige Nähe zum NS-Gedankengut und SS-Kameradschafts-geist. Bis zu seinem Tod mit 96 Jahren im Jahre 2005 führt er im Südosten des Kreises Düren ein ebenso unauffälliges wie unbehelligtes Leben. Mal angenommen, der Umbettungsdienst des Kriegsgräbervereins hätte sich der Aufgabe unterzogen, die Gebeine des KZ-Arztes August Bender zu lokalisieren, zu exhumieren, zu identifizieren und auf einem der über 830, vom Verein betreuten deutschen Kriegsgräberfriedhöfe im Ausland beizusetzen, oder aber dessen Leichnam wäre bis 1953 als Kriegstoter im Inland bestattet worden – so oder so: seine sterblichen Überreste würden ewiges Ruherecht genießen. So garantiert es das Bundesgräbergesetz. Läge sein Grab im Inland, würde dessen Pflege aus Steuermitteln der Bezirksregierung finanziert. Wäre Bender in einem Kriegsgrab im Ausland beigesetzt worden, zahlte der Kriegsgräberverein; sollten nachfolgende Generationen den dauerhaften Erhalt seines Kriegsgrabes aus Mitgliedsbeiträgen, Erblasserzuwendungen oder Spendeneinnahmen finanzieren. »Für die Pflege der im Ausland gelegenen Kriegsgräber der zweiundsiebzig Kriegstoten aus der Gemeinde kommt der Kriegsgräberverein auf«, erläuterte Leibgeber. »Der Kriegsgräberverein ist als gemeinnütziger Verein organisiert und lebt – wie jeder andere Verein – von den Beiträgen seiner Mitglieder, Zuwendungen von Erblassern und Spendeneinnahmen aus der Bevölkerung. Um Spendengelder zu vereinnahmen, führt der Kriegsgräberverein alljährlich eine Haus- und Straßensammlung durch. Leider konnten in den vergangenen Jahren keine Sammlungseinnahmen aus der Gemeinde verzeichnet werden.« Das liege vermutlich daran, dass die Position des Organisationsleiters nicht besetzt sei, beklagte Leibgeber. Die Ortsverbände seien in aller Regel so strukturiert, dass der Bürgermeister als Vorsitzender einen Mitarbeiter aus seiner Verwaltung als Organisationsleiter benenne, der die Sammlung vor Ort zu organisieren habe.

Der Bürgermeister zog die Augenbrauen hoch und verkürzte seine Stirn. Die Kapazität dafür sei nicht vorhanden, entgegnete er. »Wir haben uns von allem Ballast getrennt. Bei uns ruft auch keiner an, wenn im Bürgerhaus der Wasserhahn tropft.« Die Organisation der Sammlung könne – wenn überhaupt – nur im ehrenamtlichen Bereich stattfinden, so der Bürgermeister. Ehrenamtlichkeit in allen Facetten sei für eine dörflich strukturierte Gemeinde wie Vettweiß unerlässlich. »Wir müssen die Bürger mitnehmen und für Projekte begeistern und dabei unterstützen.« Er werde sich mit Leibgebers Anliegen an die Ehrenamtsbörse der Gemeinde wenden, versicherte der Bürgermeister. Vielleicht finde sich dort jemand, der das Anliegen des Kriegsgräbervereins in der Öffentlichkeit vertrete.

»Das wäre zu wünschen«, bemerkte Leibgeber. »Die Kriegsgräber der Söhne Ihrer Gemeinde werden seit Jahren aus den Sammlungseinnahmen Ihrer Nachbargemeinden gepflegt.«

»Wenn Sie – wie Sie sagen, Herr Leibgeber, – die deutschen Kriegsgräber im Auftrag der Bundesrepublik pflegen, müsste Ihnen der Staat die Mittel dafür geben. Erhalten Sie keine Zuwendungen?«

»Viel zu wenig. Im vergangenen Jahr zehn Millionen Euro. Bei einem Finanzierungsbedarf von rund vierzig Millionen.«

»Wenn Sie die Pflege der deutschen Kriegsgräber trotz staatlicher Zuschüsse nicht finanzieren können, müssen Sie die Ihnen übertragene Aufgabe an den Auftraggeber zurückgeben. So will es das Subsidiaritätsprinzip.«

Da hat er Recht, der Herr Bürgermeister, überlegte Leibgeber: Sofern der

Staat meint, die Kriegsgräber von Wehrmachtsoldaten und SS-Angehörigen regelmäßig pflegen und dauerhaft erhalten zu sollen, müsste er auch die Kosten dafür aufbringen. Die Erlebnisgeneration, die als aktiver Soldat, Krankschwester im Lazarett oder Arbeiterin in Rüstungsbetrieben zwangsverpflichtet am Krieg hat teilnehmen müssen, ist inzwischen weit über neunzig Jahre alt oder nicht mehr am Leben. Die Kriegskinder, die zwar eine persönliche Erinnerung an die Folgen von Krieg und Gewaltherrschaft haben – etwa weil sie mit ihren Familien vor der vorrückenden Roten Armee aus den deutschen Ostgebieten fliehen mussten, weil sie von Kinderlandverschickungen betroffen waren, um aus bombenbedrohten Regionen evakuiert zu werden, oder weil sie ausgebombt worden waren oder Hunger hatten leiden müssen – diese Generation, die Generation der Kriegskinder, ist die Generation, die den Kriegsgräberverein unterstützt. Vor allem, wenn Angehörige dieser Generation in dem Bewusstsein leben, der Papa, der Bruder und weitere Angehörige liegen in einem Kriegsgrab, welches der Kriegsgräberverein pflegt und auf Dauer erhält. Allerdings war die Generation der Kriegskinder deutlich über siebzig Jahre alt.

Neujahrsempfang bei der Bundeswehr.
»Hauptmann Ulbricht?«
»Herr Leibgeber! Wie geht es Ihnen?«
»Ich beneide Sie, dass Sie Ende des Jahres in den Ruhestand gehen!«
»Sie haben eben nichts Anständiges gelernt!«
Du hast dich nicht zum staatlichen Tötungsexperten ausbilden lassen, überlegte Leibgeber. Deshalb kannst du nicht wie Hauptmann Ulbricht mit 54 Jahren in den Ruhestand marschieren. Lehrer werden ausgebildet, um Menschen unterrichten zu können. Landwirte werden ausgebildet, um Menschen ernähren zu können. Journalisten werden ausgebildet, um Menschen informieren zu können. Schauspieler werden ausgebildet, um Menschen unterhalten zu können. Ärzte werden ausgebildet, um Menschen heilen zu können. Krankenschwestern werden ausgebildet, um Menschen pflegen zu können. Köche werden ausgebildet, um Menschen verpflegen zu können. Soldaten werden ausgebildet, um Menschen töten zu können, resümierte Leibgeber. Das ist deren Kernkompetenz. Und zwar auf Kosten des Steuerzahlers. Ulbricht war durch seinen Nachfolger für die Verleihung des Bundesverdienstkreuzes vorgeschlagen worden. Mit der Verleihung zum Ende seiner Dienstzeit sollten die dienstlichen Pflichten, die Ulbricht als Standortoffizier für gemeinnützige Organisationen bei öffentlichkeitswirksamen Veranstaltungen unterstützt hatte, gewürdigt

werden. Während der Dienstzeit – nicht etwa nach Feierabend. Überstunden wurden als Dienstzeit angerechnet. Die Wahrscheinlichkeit, dass dieser hochverdiente Vaterlandsverteidiger zum Ende seiner Dienstzeit das von seinem Nachfolger beantragte Bundesverdienstkreuz zugesprochen bekommen würde, war gleichwohl hoch. Schließlich hatte Leibgeber selber seine Würdigkeit für eine Verleihung gegenüber der Bezirksregierung bestätigt. Leibgeber benötigte Ulbricht und dessen Nachfolger als Helfershelfer bei der Organisation der Haus- und Straßensammlung. Im Vorfeld der Sammlung hatte Ulbricht Leibgeber zur Einweisung der Sammler einen mit ansteigenden Sitzreihen angelegten und mit der neuesten Technik ausgerüsteten Schulungsraum zur Verfügung gestellt. Der Hörsaal im Schulungszentrum der Technischen Schule des Heeres war mit dreißig Soldaten besetzt gewesen. Bei der Einweisung der Soldaten erklärte ein Unteroffizier, dass er nicht für den Erhalt der Gräber von Wehrmachts- und SS=Angehörigen auf die Straße gehen könne. Der Einwand schien Leibgeber begründet. Der Traditionserlass der Bundeswehr von 1982 besagte, dass die Wehrmacht für die Bundeswehr keine Tradition begründen könne. In der Konsequenz hätte jeder Soldat das Sammeln für den Kriegsgräberverein verweigern müssen. Dennoch brauchte kein aktiver Sammler dienstrechtliche Konsequenzen zu fürchten. Der Befehlshaber des Wehrbereichs fertigte im Gegenteil alle Jahre wieder einen Sammlungsbefehl aus, mit dem die Soldaten zur Sammlungstätigkeit für den Kriegsgräberverein aufgerufen wurden. Die Sammlungstätigkeit konnte zwar nicht befohlen, wohl aber durch beherzte Dienstvorgesetzte nahegelegt werden. Der Verein benötigte Sammlungseinnahmen, um die Kriegsgräber zu erhalten, die Soldaten benötigten Beurteilungen ihrer Vorgesetzten, um befördert zu werden. Seit der Ausfertigung des Traditionserlasses durch den scheidenden Bundesverteidigungsminister Hans Apel im Jahre 1982 gehörte es zur Tradition der Truppe, den Traditionserlass zu missachten. Viele Jahrzehnte nach Gründung der Bundeswehr im Jahre 1955 trugen Kasernen des Heeres, Fliegerhorste der Luftwaffe und Schiffe der Bundesmarine die Namen von Nazigenerälen, die unter Missachtung des Kriegsvölkerrechts und unter dem Verlust jeglicher »humaner Orientierung« (Ralph Giordano) vom Nordkap bis nach Nordafrika und vom Atlantik bis zur Wolga bis hinauf in den Hochkaukasus als Blutsäufer agierten. Die Bundeswehr war nur unter dem massiven Meinungsdruck der Zivilgesellschaft zu bewegen, die Namen einzelner Blutsäufer von den Kasernenmauern zu entfernen. So erforderte es einen weiteren Siebenjährigen Krieg zwischen Militär und Zivilgesellschaft, die Namenspatrone der ehemaligen Eduard-Dietl=Kaserne in Füssen und der

General-Kübler=Kaserne in Mittenwald auf dem Friedhof der Geschichte beizusetzen. Die Namen weiterer Antisemiten im Generalsrang, wie etwa der des Heeresoberbefehlshabers Freiherr von Fritsch, zierten weiterhin deutsche Kasernenbauten. Die nach Erwin Rommel benannte Kaserne in Augustdorf trug den Namen eines Feldmarschalls, der mit seinem Afrikakorps durch Ägypten nach Palästina zu marschieren gedachte. Man kann sich vorstellen, was mit den Juden im dortigen britischen Mandatsgebiet geschehen wäre, wenn die britischen Truppen unter Fieldmarshall Montgomery of Alamein den deutschen »Wüstenfuchs« nicht von der Front weggebissen hätten. Der Kriegsgräberverein hatte sich in seiner Verbandsgeschichte niemals für die Tilgung der Namen kaiserlicher Schlachtermeister oder nationalsozialistischer Blutsäufer von Kasernenmauern der Bundeswehr eingesetzt. Ganz im Gegenteil: Generalfeldmarschall Erwin Rommel wurden in einem vom Verein verantworteten Faltblatt »faszinierende menschliche Charaktereigenschaften« zugesprochen. In dem Faltblatt war von »Ehrgeiz und Willensstärke, Mut, Tapferkeit und Entschlossenheit« die Rede. Verschwiegen wurde, welchen Zielen die soldatischen Tugenden Rommels dienten. Soldatische Tugenden sind keine Werte an sich. Soldatische Tugenden sind nur so viel wert wie die Ziele, denen sie dienen. Die üblichen Einwände der auf eine Spende Angesprochenen lauteten: »Wenn ich was spende – dann für die Lebenden.«, oder: »Das ist jetzt so lange her – mal muss auch Schluss sein damit.«, oder: »Was geht mich das an? – Soll doch der Staat für die Soldatengräber sorgen. Der Staat hat die, die da drin liegen, in den Krieg geschickt. Nicht ich.« Alle Argumente waren stichhaltig – brachten aber kein Geld in die Kasse. Also musste dagegen argumentiert werden. Deshalb verkaufte Leibgeber bei der Einweisung der Soldaten in ihre Sammlungstätigkeit die Unterstützung des Kriegsgräbervereins als staatsbürgerliche Verpflichtung. Als Antwort auf die Verweigerungshaltung potenzieller Spender verwies er die Veranstaltungsteilnehmer auf den berühmten Satz aus der Antrittsrede des ermordeten Präsidenten John F. Kennedy: »Frage nicht, was der Staat für Dich tun kann, sondern frage, was Du für den Staat tun kannst.« Du tust das Falsche und strengst dich auch noch richtig dabei an, überlegte Leibgeber. Das ist dein »unglückliches Bewusstsein« (HEGEL – zitiert nach Hans Mayer). Du selber fragst niemals danach, was du für den Staat tun kannst. Stattdessen fragst du, was der Staat für dich tut. Wofür zahlst du Steuern, Abgaben und Sozialbeiträge? Dafür soll der Staat was tun! Die Einnahmen des Staates aus dem Steueraufkommen seiner Bürger dienen zum Unterhalt von Legislative, Exekutive und Judikative. Die Sozialbeiträge dienen der Gesundheitsvorsorge, der

Rentensicherung, der Pflegesicherstellung und der Arbeitslosenversicherung. Du fütterst Beamte. Du fütterst Soldaten. Du fütterst Parlamentarier. Du zahlst mehr wie genug Steuern, viel zu viele Abgaben und zu hohe Sozialbeiträge. Da fragst du dich doch nicht, was du noch alles für den Staat tun kannst!

Beim zähen Durchkauen seiner Gedanken benötigte Leibgeber einen Zahnstocher. Leibgeber fischte der vorbeihastenden Ordonnanz ein steuerfinanziertes Gehacktesbällchen am Spieß vom Plattenteller. Als der Gefreite, von seinem Blick verfolgt, über das Parkett entschwebte, legte sich die mit Altersflecken bedeckte Hand von Hans Zelbert auf seine Schulter. Zelbert hatte dem Kreisverband Jahrzehnte als Vorsitzender vorgesessen. Im Krieg war er Offizier der Waffen-SS gewesen. Als er aufgrund seiner SS-Vergangenheit nicht in die Bundeswehr übernommen wurde, ließ Zelbert sich die Uniform des Technischen Hilfswerks auf den Leib schneidern, wo er bis zu seiner Pensionierung als hoher Einheitsführer amtierte. In seiner Freizeit betätigte er sich zugleich als Vorsitzender der Ortsgruppe des Deutschen Schäferhundvereins. Schäferhunde hatte er schon als SS-Sturmbannführer geliebt. Außerdem engagierte er sich in der Kommunalpolitik. Sein jahrzehntelanges Engagement verschaffte ihm wichtige Kontakte – auch zur Bundeswehr. Der Standortälteste hatte ihn daher auch in diesem Jahr aus alter Verbundenheit zum Neujahrsempfang eingeladen. Sein Handschlag mit Oberst Hasenfuß demonstrierte ein Paradebeispiel zivilmilitärischer Zusammenarbeit.

Die eisernen Rundleuchter unter der Kassettendecke beleuchteten den Aufgalopp der Uniformträger. Der Stellenwert eines Bundeswehrangehörigen ließ sich nicht nur beim Neujahrsempfang an den Schultern seines Uniformrockes ablesen. Da gab es den jungen, »Pickel« genannten Leutnant. Nicht wegen der soeben ausgeheilten Jugendakne, sondern wegen des einen Sterns auf dessen Schulterklappen. Ein Oberleutnant konnte bereits rechnen und schreiben. Hauptmann Ulbricht, der Leiter des Unterstützungspersonals beim Standortältesten, konnte rechnen, schreiben und lesen. Seine Fähigkeiten wurden durch jeweils drei silberne Sterne auf den Schultern dokumentiert. Das Erscheinungsbild Ulbrichts wurde durch einen Haarfleck am Kinn vervollständigt. Als du deiner Wehrdienstpflicht bei der Bundeswehr nachkommen solltest, hat Ulbricht sich zum Leutnant der Grenztruppen der NVA ausbilden lassen, überlegte Leibgeber. Damals warst du der Klassenfeind. Heute darfst du dessen Sold mit deinen Steuerabgaben finanzieren. Bis zum 67. Lebensjahr. Ulbricht darf mit 54 gehen. Mit 71 Prozent seiner letzten Bezüge als Pension. Du selber hast allenfalls 48 Prozent deines letzten Gehaltes als Rente zu erwarten, beklagte Leibgeber. Den

Pickelträgern waren die Pickelträger mit Eichenlaub vorgesetzt. Das Eichenlaub symbolisierte den Lorbeer des Stabsoffiziers. Die Laufbahn des Stabsoffiziers führte, angefangen beim Stabshauptmann, vom Major über den Oberstleutnant bis zum Oberst. Brigadegeneral Streitburger trug, als Schulkommandeur der Technischen Schule des Heeres, einen mit goldenem Eichenlaub bekränzten goldenen Pickel auf der Schulter. Streitburger begrüßte die inzwischen eingetroffene Kuckuck als Vorsitzende des Bezirksverbandes, den Oberbürgermeister, den Städteregionsrat, den Präsidenten der Wehrbereichsverwaltung, die Abgeordneten des Wahlkreises im Deutschen Bundestag, die Landtagsabgeordneten und die Militärdekane. Beim Neujahrsempfang zeigte Kuckuck sich in rostbeigener Bluse mit dunkler Querbänderung. Der Abgeordnete Alkmann begegnete ihrem Reviergesang mit lauschender Aufmerksamkeit. Kuckucks trillerartige Laute (»Hach! Hachja!«) riefen tiefe Verbeugungen auf Seiten des Herrn Abgeordneten hervor. Sowohl der Bundestagsabgeordnete der SPD als auch der Abgeordnete der CDU amtierten als Mitglied des Verteidigungsausschusses im Deutschen Bundestag. Im Jahr zuvor hatten beide der Truppe am Standort Nörvenich neue Kampfjets übergeben. Der Presseartikel darüber stellte den Lesern in Aussicht, dass die neuen Tötungsautomaten demnächst am Himmel der Region zu sehen seien. Seitdem lief die Leserschaft mit weit in die Nacken gelegten Köpfen durch die Gegend. So wurde den Leuten der Kopf verdreht. Die Bundestagsabgeordneten Albert (»Addi«) Pöß von der CDU und Gerd Alkmann von der SPD waren im Wahlkampf gegeneinander angetreten. Ein Scheingefecht! Die Herren saßen im Bundestag nicht nur im selben Ausschuss – dem Verteidigungsausschuss – nein, sie gehörten auch beide dem Förderkreis des Heeres – einem Lobbyzirkel der Rüstungsindustrie – an. Bei der Bundestagswahl hatten die Wähler der Direktkandidaten von CDU und SPD die Wahl zwischen Teufel und Beelzebub. »Addi« Pöß war ein gewichtiger Herr. Nicht nur mit Blick auf seine Leibesfülle, auch hinsichtlich seiner Kontakte zur Rüstungslobby und seiner Einflussmöglichkeiten auf die Rüstungspolitik. Beim Thema Verteidigung konnte keiner an ihm vorbei. Um ihn sich gewogen zu stimmen, spendeten Rüstungsfirmen im Jahr des Öfteren vierstellige Beträge für seinen CDU-Wahlbezirk. Gerd Alkmann amtierte unter anderem als stellvertretender Präsident im *Verband der Reservisten der deutschen Bundeswehr* (VdRBw). Auf seiner Wahlkampftour hatte Alkmann einen Bekannten von ihm aus dem Bett geklingelt, der ihm einen Reservekanister mit Benzin an die Landstraße bringen sollte. Der Parteigenosse raste noch im Morgenmantel in Richtung Bundesstraße. Am verabredeten Treffpunkt fand er einen trocken gefahrenen Mercedes und einen alkoholisierten Alkmann im Straßengraben. Was Alkmann im Saufen war »Addi« Pöß im Fressen ...

Hinter dem Mikrophon berichtete Brigadegeneral Streitburger, dass Durchschnittsalter sämtlicher 1.280 in Aachen stationierter Soldaten belaufe sich auf 38,4 Jahre. Oberst Hasenfuß und er seien dabei herausgerechnet. Sie würden den Altersdurchschnitt allzu negativ nach oben treiben. Jeder dieser 1.280 Soldaten mit einem durchschnittlichen Lebendgewicht von 82 Kilogramm habe einen täglichen Verbrauch von 3.500 Kilokalorien. Um diesen Bedarf decken zu können, benötige die Bundeswehr am Standort Aachen und in Eschweiler Jahr für Jahr mehrere tausend Schlachtschweine, Rinder, Puten und Hühner. Weiterhin Waggonladungen an Obst und Gemüse, Fisch, Butter und Bohnenkaffee sowie mehrere Lastwagen voller Brötchen. Die Bundeswehr sei ein bedeutender Wirtschaftsfaktor. Auch Non-Food=Artikel würden – mit Ausnahme des militärischen Gerätes – vom Nagel bis zum Computer auf dem Wege der dezentralen Beschaffung bei Firmen in der Region erworben, versicherte der General. Der Papierverbrauch habe, bezogen auf die Grundfläche einer DIN-A4=Seite, im vergangenen Jahr die Höhe von einem Kilometer überschritten. Hinzu kämen die Bedarfe etwa bei der Bauunterhaltung und für Neubauten. Nicht zu vergessen seien auch die Bewirtschaftungskosten für Strom, Heizung und Wasser des Technischen Betriebsdienstes für vier Heizzentralen, vier Wasserwerke, die Fahrzeugwaschanlagen sowie Truppenunterkünfte, Büro- und Funktionsgebäude. Die Standorte Aachen und Eschweiler seien, wie schon in der Vergangenheit, weder bedroht nach gefährdet, beruhigte der General seine Gäste. Im Zuge der Transformation der Bundeswehr sei allerdings die Reduzierung auf 910 Dienstposten beschlossen worden. Als Reaktion auf die Worte Streitburgers schwappte Leibgeber eine Welle aus Protestgemurmel in die Gehörgänge. Zum Beschluss der Ansprache spielte ein Streichertrio vom Musikkorps der Bundeswehr die Nationalhymne. Die geladenen Gäste sangen im Chor: »Einigkeit und Recht und Frei-ha!-heit / Für das deutsche Vat-aha!-land / Danach lasst und alle stre-he!-ben / Brüderlich mit Herz u-Hund Hand / Einigkeit und Recht und Frei-ha!-heit / Sind des Glückes Unterpfand / Blüh' im Gla-ha!-nze dieses Glü-hü-ckes / Blühe deu-et-sche-hes Vat-aha!-land / Blüh' im Gla-ha!-nze dieses Glü-hü-ckes / Blühe deu-et-sche-hes Vat-aha!-land!«

Einigkeit?

Einigkeit in einem Land, in dem die Zwei-Klassen=Gesellschaft den Alltag beherrschte? In der Bundesrepublik Deutschland herrschte Versorgungsapartheid. Soldaten und Beamte, die nicht in die Rentenkasse einzahlten und für die der Staat keine Rücklagen bildete, erhielten satte 71 Prozent ihrer letzten Bezüge als Pension vom Steuerzahler. Der Rentner erhielt bestenfalls 48 Prozent seines Gehalts. Beamte und Pensionäre zahlten einen minimalen Beitrag für die Krankenversicherung, wurden als Privatpatienten behandelt und erhielten ihre Aufwendungen als staatliche Beihilfe zurückerstattet. Tarifbeschäftigte (die Unterscheidung zwischen Arbeitern und Angestellten war konsequenterweise aufgehoben worden, da die sozialpolitische Frontlinie zwischen Tarifbeschäftigten und Beamten verlief) waren zur Zahlung von Beiträgen in die Rentenversicherung, die Krankenversicherung, die Pflegeversicherung und in die Arbeitslosenversicherung verpflichtet. Ihre Beiträge zur Krankenversicherung wurden von der Solidargemeinschaft der Krankenversicherten ihrer Krankenkasse aufgezehrt, wobei der Umfang der Leistungen an Magersucht litt. Ihre Beiträge zur Arbeitslosenversicherung sicherten ganze sechzig Prozent ihres letzten Bruttoeinkommens für ein Jahr ab. Für ein Jahr! Selbst dann, wenn sie dreißig Jahre lang und länger eingezahlt hatten. Danach erhielten sie den Hartz-IV=Regelsatz. Allerdings nur dann, wenn ihr lebenslang erworbenes Vermögen die Höhe des festgelegten »Schonvermögens« nicht überstieg. Das Häuschen war weg. Ebenso die Lebensversicherung. Unsoziale Regelungen, die nicht durch die Christdemokraten oder die Freien Demokraten beschlossen worden waren. Die unsoziale Schweinerei der Abschaffung der Sozialhilfe und Umstellung der Arbeitslosenunterstützung auf Arbeitslosengeld I und II (Hartz-IV) war durch die Sozialdemokratische Partei Deutschlands (SPD) mit Unterstützung von Bündnis '90/DIE GRÜNEN beschlossen worden. Die SPD hatte den kleinen Mann zu Grabe getragen. Die Sargträger hießen Gerhard Schröder, Franz Müntefering, Wolfgang Clement und Frank-Walter Steinmeier. Joschka Fischer von der GRÜNEN trug dem kleinen Mann das Ordenskissen voran. Darauf lag die Arschlochkarte.

Recht?

Recht in einem Land, in dem die Ausfuhr von Rüstungsgütern ohne parlamentarische Beteiligung, wirtschaftliche Transparenz und frühzeitige Veröffentlichung erfolgte? Deutschland war der drittgrößte Waffenexporteur der Welt. Die Bombengeschäfte im Jahre 2013 umfassten Ausfuhrgenehmigungen in Höhe von 5,8 Milliarden Euro. Die Genehmigungen wurden unter strenger Geheimhaltung durch den im Kleinen Kabinettssaal des Bundeskanzleramtes tagenden Bundessicherheitsrat erteilt. Das 1955 eingeführte Gremium unterlag keiner parlamentarischen Kontrolle. Die dem Bundessicherheitsrat vorsitzende Kanzlerin und die weiteren sieben ständigen Mitglieder (Minister des Äußeren, für Finanzen, Verteidigung, Wirtschaft, Inneres, Entwicklung und Justiz) blieben bei der Entscheidungsfindung unter sich. Bundesverteidigungsminister Thomas de Maizière betonte im Interview mit dem *Kölner StadtAnzeiger* vom 15./16. September 2012, dass die vom Sicherheitsrat erteilten Rüstungsausfuhrgenehmigungen sicherheitspolitische Interessen Deutschlands beträfen und deshalb aus gutem Grund geheim seien. Außerdem hätten die Rüstungsfirmen ein Recht auf Vertraulichkeit, damit ihre Wettbewerber nicht hellhörig würden. Er ärgere sich deshalb, wenn die vereinbarte Vertraulichkeit gebrochen werde. Das verdeckte Lobbying der Bundesregierung diente der Umsatz- und Gewinnsteigerung der Rüstungsindustrie. Während von der Euro-Krise betroffene EU-Staaten wie Spanien, Portugal und Griechenland ihre Militärausgaben kürzten, rüsteten autokratische Staaten im Nahen Osten wie Saudi-Arabien und Schwellenländer in Schwarzafrika wie Angola ihr Militär auf, um ihre Macht mit deutschen Waffen abzusichern. Die deutsche Rüstungsindustrie lieferte ihre Produkte in jene Weltregionen, wo Diktaturen gegeneinander Krieg führten, religiöse Regime Terroristen finanzierten und Autokraten ihr Volk mit Gewalt unterdrückten. Die Bundesregierung stärkte die Stellung des Militärs in den importierenden Ländern – nicht aber die Demokratie.

Freiheit?

Freiheit in einem Land, in dem terroristische Gewalttäter aus der rechten Neonazi-Szene von den Verfassungsschutzbehörden des Bundes und der Länder über Jahre unerkannt Morde begehen und Banken berauben konnten, während gewählte Abgeordnete der Partei DIE LINKE vom Verfassungsschutz beobachtet wurden? Freiheit in einem Land, in dem Beamte vom Kölner Verfassungsschutz die Parlamentarier und nicht – umgekehrt! – das Parlament den Verfassungsschutz kontrollierte? Freiheit in einem Land, in dem Beamte der Exekutive das Recht der Legislative von den Füßen auf den Kopf stellten und der CSU-Innenminister Friedrich und der CDU-Vorsitzende des Innenausschusses Bosbach diese Praxis auch noch verteidigten? Da saßen im Kölner Bundesamt für Verfassungsschutz seit der deutschen Wiedervereinigung 1990 sieben Mitarbeiter und durchforsteten die Zeitungen nach Informationen über 27 der insgesamt 76 Bundestagsabgeordneten der Linken, darunter fast die gesamte Führungsriege der Bundestagsfraktion: die Vorsitzende der Partei, Gesine Lötzsch, und ihre Stellvertreterin, Halina Wawzyniak, der Vorsitzende der Bundestagsfraktion Gregor Gysi, und seine erste Stellvertreterin Sahra Wagenknecht, die Mitglieder des Fraktionsvorstands Dietmar Bartsch und Jan Korte, die Bundestags-Vizepräsidentin Petra Pau sowie die parlamentarische

Geschäftsführerin der Fraktion DIE LINKE, Dagmar Enkelmann. Dagmar Enkelmann wurde beobachtet, weil sich nach der deutschen Wiedervereinigung für eine gemeinsame Verfassung einsetzte. Der hallesche Abgeordnete Roland Claus wurde beobachtet, weil der damals 29-jährige FDJ-Funktionär eine Demonstration gegen die NATO-Nachrüstung organisierte. Die Mitarbeiter des Kölner Bundesamtes für Verfassungsschutz agierten wie »politische Dinosaurier« (Gregor Gysi), an denen 25 Jahre Weltgeschichte unbemerkt vorbeigegangen waren. Die Mitarbeiter des Kölner Bundesamtes für Verfassungsschutz seien »auf dem rechten Auge blind und auf dem linken blöd«, kommentierte der grüne Abgeordnete Jürgen Trittin. Ihr Links-Rechts=Schemadenken aus den Zeiten der Ost-West=Auseinandersetzung hindere sie am klaren Blick auf die Gefahrenlage. Während die sieben Mitarbeiter des Bundesamtes bei einem jährlichen Personalkostenaufwand von vierhunderttausend Euro in die Freiheitsrechte von 27 Abgeordneten der Bundestagsfraktion DIE LINKE eingriffen, hatte eine rechtsradikale Terrorgruppe namens »Nationalsozialistischer Untergrund (NSU)« neun griechische und türkische Kleingewerbetreibende und eine Polizistin ermorden können. Und das mit ein- und derselben Tatwaffe! Über die Täter Uwe Mundlos, Uwe Böhnhardt und Beate Zschäpe lagen dem Kölner Bundesamt für Verfassungsschutz kaum Erkenntnisse vor.

Die Soldaten, Beamten und Pensionäre um Leibgeber herum grölten als Bezieher hoher Bezüge von Einigkeit und Recht und Freiheit. Und zwar für das deutsche Vaterland! Vaterland? So etwas kennst du nicht, überlegte Leibgeber. Du kennst nur Mutterboden. Und den kaufst du säckeweise im Praktiker-Baumarkt.

HINTER DER DORNENHECKE: DEUTSCHER SOLDATENFRIEDHOF APSCHERONSK – REDE UND GEGENREDE

Apscheronsk unweit der Schwarzmeerküste bildete den zentralen Sammelfriedhof für alle getöteten deutschen Soldaten des Zweiten Weltkrieges im Großraum Rostow, im Gebiet des Kuban-Brückenkopfes und im Kaukasus-Gebirge. Zu Beginn der Planung war die öffentliche Meinung der russischen Bevölkerung gegenüber dem einstigen Kriegsgegner wenig freundlich gewesen. Die russischen Behörden zeigten für die geplante Einbettung ehemaliger Wehrmachtssoldaten und SS-Angehörigen auf einem neu anzulegenden Soldatenfriedhof wenig Verständnis. Die Versöhnung über den Kriegsgräbern sollte ohne vorherige Aufklärung über die Kausalkette von Ursache und Wirkung erfolgen. Die Kriegstoten sind nicht gleich. Es gibt Täter. Es gibt Opfer. Das Glas ist nicht nur halb voll. Es ist zugleich halb leer. Das entspricht der historischen Wahrheit. Das gebietet die intellektuelle Klarheit. Wehrmachtssoldaten und SS-Angehörige waren historische Mittäter an einem verbrecherischen Angriffs-, Raub- und Vernichtungskrieg gegen die Sowjetunion. Die getöteten Russen sind Opfer des von Deutschen verantworteten verbrecherischen Angriffs-, Raub- und Vernichtungskrieges. Das war in Apscheronsk ignoriert worden. Daher der Widerstand. Es bedurfte intensiver Öffentlichkeitsarbeit, gegenseitiger Besuche und eines kostspieligen sozialen Engagements deutscher Gebirgstruppenveteranen, um das mehr als drei Hektar große Grundstück für die Anlage des Soldatenfriedhofes erwerben zu können. Bei der Einbettung der ersten tausend deutschen Kriegstoten im Jahre 2005 waren der Präsident, der Generalinspekteur der Bundeswehr und ehemalige Kriegsteilnehmer aus Deutschland und Russland vor Ort. Die Mitgliederzeitschrift des Vereins dokumentierte die Eröffnung des Soldatenfriedhofs Apscheronsk durch eine Aufnahme, die das Selbstverständnis des Vereins besser als viele Worte ausdrückt. Im Mittelpunkt der Aufnahme steht der Präsident, der einen Pappsarg mit den Gebeinen eines deutschen Wehrmachtsangehörigen in Händen hält. (Die Aufnahme bildete dessen erklärtes Lieblingsfoto.) Der Vereinspräsident übergibt den Pappsarg einem mit einem T-Shirt und einer Kappe aus dem Werbemittelshop kostümierten Mitarbeiter. Der Mitarbeiter steht am äußersten rechten Rand einer in militärischer Ordnung ausgerichteten Reihe weiterer Mitarbeiter, die, wie er selber, ein schwarzes T-Shirt und eine Kappe vom aus dem Werbemittelshop tragen.

Die Aufstellung der uniformierten Mitarbeiter ließ Leibgeber an angetretene Soldaten denken. Die Köpfe der Mitarbeiter sind nach links ausgerichtet. Ganz so, als hätte jemand »Die Augen – links!« befohlen. Auf dem Foto übergibt der Präsident dem uniformierten Mitarbeiter den Pappsarg mit weit vom Körper gestreckten Armen. Ganz so, als wolle er die Gebeine des Gefallenen an die nächste Generation weiterreichen. Drei Schritte hinter dem Präsidenten beobachtet der ranghöchste Soldat der Bundeswehr die Szene. Die Anwesenheit des Generalinspekteurs demonstriert die Unterstützung des Vereins durch die Bundeswehr. Am Rande der Szenerie ragt ein meterhohes Kreuz in den Himmel – Symbol der christlichen Wertvorstellungen, in deren Geist die Beteiligten handeln. Das Kreuz vertritt den Geistlichen. Die Beisetzung der deutschen Kriegsgefallenen im Schatten des Kreuzes scheint ebenso selbstverständlich, wie die Bestattung der Kriegstoten in Einzelgräbern. Die Bestattungskultur des Vereins folgt dem christlichen Leitbild des individualisierten Einzelgrabes.

DRITTES KAPITEL

Abendlicher Aufenthalt der Leibgebers auf dem Affenfelsen, einem weißen Kunstledersofa. Gegenseitiges Lausen vor dem Fernseher stärkt den sozialen Zusammenhalt. Birte liegt zu dieser Zeit im Bett.

»›Ihr Kind verfügt über eine sehr lebhafte Phantasie!‹«, hatte Lena Stunden zuvor im Kindergarten erfahren.

»Wieso das?«

»›Birte hat den ganzen Tag über erzählt, der Papa sei von einer Elefantenkuh rasiert worden!‹, meinte die Erzieherin. ›Stimmt!‹, habe ich gesagt. ›Und zwar mit einem Plastiklineal! Der Elefant hieß übrigens Maja.‹«

Auf den Rheinwiesen hatte der Zirkus Renz gastiert. Beim Abbau der Schutzgitter nach der Tigerdressur wurden die Besucher durch Akrobaten in der Zirkuskuppel abgelenkt. Beim Abbau der Schutzgitter irrlichterte ein greller Scheinwerferkegel über die Besucherreihen und legte sich wie eine zerplatzte Kaugummiblase auf Leibgebers Gesicht. Leibgeber war geblendet. Leibgeber konnte nichts erkennen. Ob denn der junge Mann dort hinten sich heute schon rasiert habe, hörte er eine Stimme aus dem Lautsprecher. War er gemeint? Tatsächlich! Eine Wiederholung sei vor morgen früh auch nicht nötig, versicherte Leibgeber. Seine Antwort wurde durch ein Mikrofon verstärkt, das ihm ein Tierpfleger im Tressenrock vors Gesicht hielt. »Oh doch!«, antwortete die Lautsprecherstimme. Es klang wie ein Peitschenknall. Wer war der Kerl? Leibgeber stand auf, schaute auf die Manege und erkannte den Dompteur. Sollte er sich dem Herrn widersetzen? Der legte sich glattweg mit sieben sibirischen Tigern an. Das hatte er noch vor der Pause, in der die Schutzgitter abgebaut worden waren, bewiesen. Also folgte Leibgeber dem betressten Mikrofonträger auf dem Fuße. Ob das da hinten seine Familie sei, wollte der Dompteur auf dem Weg zur Manege wissen. Etwas kleinlaut äußerte Leibgeber die Vermutung, dass die beiden ganz sicher schon Sehnsucht nach ihm haben würden. Er solle sich vor dem Wiedersehen doch noch schnell rasieren lassen, ließ der Dompteur verlauten. In der Manege angekommen, wurde Leibgeber von der Tigerpranke des Dompteurs auf einen Plastikstuhl gedrückt. Ehe er sich dagegen zur Wehr setzen konnte, riss ihm der betresste Tierpfleger die Brille von der Nase und umwickelte seinen Oberkörper mit einem Plastikumhang. Plötzlich lief ein Raunen durch die Zuschauerreihen – dann stand, wie aus dem Boden gewachsen, ein Elefant vor ihm. Das sei die Elefantenkuh Maja, tönte es aus dem Lautsprecher. Mehr konnte Leibgeber nicht wahrnehmen, weil er – RATSCH! – BATSCH! – mit dem Rüssel einen Lappen um die Ohren gehauen bekam. Leibgeber schmeckte Seife, die ihm heftig in die Augen biss. Das ferne Echo von »RASIERE« nahm er als »IRRE« wahr. Als er realisierte, dass seine Ohren voller Seifenlauge waren, tauchte wie aus dem Nichts Majas poriger Rüssel vor ihm auf, um sein Antlitz mit einem Plastiklineal zu vermessen. Unter dem donnernden Applaus der Zuschauer wurde er aus seinem Plastikumhang gewickelt und aus der Manege geführt. Hinter dem Vorhang beugte der Tierpfleger seinen Kopf über eine Viehtränke und leerte einen Eimer Wasser darüber aus. Anschließend versuchte er, Leibgeber mit einer Lamadecke zu ersticken. Nach dem Trockenrubbeln steckte er ihm die Brille ins Gesicht. Jetzt hatte er den Durchblick. Jetzt konnte er auf seinen Platz zurückfinden. Als er in die Sitzreihe zurückstolperte, wurde er von einer strahlenden Birte erwartet. »Papa!« (Wollte besagen: »Du bist mein Held!«) »O Papa! Papa! Du siehst ja furchtbar aus!«, kommentierte Lena seinen Zustand. Unerhört, dachte Leibgeber! Erst wirst du von einem Dompteur mit Tigerpranken vom Platz entführt, dann mit einem Lappen voll beißender Seifenlauge traktiert und zum Gaudi des Zirkuspublikums von einer Elefantenkuh rasiert, um zu guter Letzt in einer Viehtränke abgeduscht und unter einer Lamadecke erstickt zu werden – und deine Mannschaft meckert noch am Kapitän herum!

Der WDR zeigte die Sendung »Wie der Krieg ins Rheinland kam«. Die Sendung handelte von dem Kölner Kaufmann Dr. Paul Jacobi. Dr. Jacobi hatte bei der Arisierung der jüdischen Kaufhäuser einen hohen Prozentanteil am Kaufhaus seines jüdischen Arbeitgebers Michel erworben. Nach der Pogromnacht vom 11. November 1938 übernahm er auch die restlichen Anteile. Michel emigrierte nach Großbritannien. Jacobi erwarb eine Villa, seine beiden Söhne erhielten Klavier- und Reitunterricht. Nach dem Kriegsausbruch am 1. September 1939 nahm Jacobi am Polenfeldzug teil. Durch einen Autounfall konnte er, sehr zu seinem Bedauern, im Mai/Juni 1940 nicht am Frankreich-Feldzug teilnehmen. Seine Chance kam, als die Wehrmacht in Griechenland einfiel. Nach der Einnahme der Akropolis schickte Rittmeister Dr. Jacobi unter Umgehung des Dienstweges ein Ergebenheitstelegramm an seinen »Führer«. Im Sommer 1942 beteiligte er sich als historischer Mittäter am Angriffs-, Raub- und Vernichtungskrieg seines obersten Kriegsherrn gegen die Sowjetunion. Als er weit fort von zuhause im Kaukasusgebirge den Kriegstod starb, lag seine Heimatstadt Köln im Bombenhagel alliierter Bomberverbände. Der erste Tausend-Bomber=Angriff auf die Stadt erfolgte im Mai 1942. Die Witwe und ihre beiden Söhne verließen Köln und versteckten sich im Siebengebirge. Als die Amerikaner in Köln einmarschierten, war die Heimatstadt der Jacobis ein rauchendes, ausgebranntes Trümmerfeld, aus dem nur der Dom hervorragte. Die Witwe Jacobi baute das Textilhaus in den Nachkriegsjahren wieder auf und übergab die Geschäftsleitung ihren Söhnen. Das Kriegsgrab von Dr. Paul Jacobi wurde erst nach dem Zerfall der Sowjetunion 1991 und der damit verbundenen Öffnung des Eisernen Vorhangs lokalisiert. Der Name von Dr. Paul Jacobi wurde auf dem deutschen Soldatenfriedhof Apscheronsk auf einer Natursteinstele dokumentiert.

Ausstellung im Kreishaus Euskirchen. Der Anblick des Gebäudes verführte zum Gas geben anstatt zum Verweilen. Trotzdem vermochte Leibgeber nur mit Mühe einen Parkplatz zu finden. In der Kreisverwaltung herrschte reger Publikumsverkehr. Im Foyer neben der Zulassungsstelle hatte der Kollege aus der Bundeszentrale die Standard-Wanderausstellung des Kriegsgräbervereins aufgebaut. Neun, an Vorder- und Rückseite beschriftete, zwei Meter hohe und vier Meter lange Zieharmonikawände kommunizierten den Verlauf des Ersten und Ereignisse des Zweiten Weltkrieges sowie die Arbeitsfelder des Kriegsgräbervereins. Bei Leibgebers Eintreffen studierte Vizelandrat Dr. Toth die historischen Aufnahmen, Zeitdokumente, Karten und Erläuterungen. Zur Ausstellungseröffnung im Foyer des Kreishauses fanden sich zudem der Standortälteste Euskirchen, drei Bürgermeister, zwei Fraktionsvorsitzende und ein CDU-Landtagsabgeordneter ein. Außerdem befanden sich zwei Damen aus Schwerfen und Alendorf unter den Besuchern. Beide Frauen hatten ihren Vater im Krieg verloren und ließen sich von Leibgeber Auskünfte über die Gräberdokumentation des Kriegsgräbervereins erteilen.

In seiner Ansprache zur Eröffnung der Ausstellung bezeichnete Vizelandrat Dr. Toth den Ersten Weltkrieg als ersten totalen Krieg der Weltgeschichte. Der amerikanische Diplomat und Historiker George F. Kennan hatte den Ersten Weltkrieg als »Urkatastrophe« des 20. Jahrhunderts bezeichnet. Nicht nur, dass die Soldaten der Nationalstaaten mit gefälltem Bajonett aufeinander losgingen. Der Erste Weltkrieg war zugleich Geburtshelfer der beiden großen totalitären Bewegungen und antagonistischen Systeme des 20. Jahrhunderts – des Kommunismus und des Nationalsozialismus. Im August 1914, wenige Wochen nach Kriegsausbruch, war aus Sicht des Großen Generalstabs alles nach jenem Plan verlaufen, der in seinen Grundzügen von Alfred Graf von Schlieffen als scheidendem Generalstabschef im Jahre 1905 entworfen worden war. Schlieffen rechnete aufgrund der Bündniskonstellationen von Deutschland und Österreich-Ungarn auf der einen und von Frankreich und dem russischen Zarenreich auf der anderen Seite von vornherein mit einem Zweifrontenkrieg und wollte die Zeit, die der Zar brauchte, um seine Truppen im riesigen Russland zu mobilisieren, für einen schnellen Sieg gegen Frankreich nutzen. Der Große Generalstab folgte diesem Gedanken und griff zuerst im Westen an. Im September 1914 kam der deutsche Angriff an der Marne zum Stehen. Im November zog sich eine siebenhundert Kilometer lange Grabenfront wie eine hässliche Narbe von der Nordsee bis zur Schweizer Grenze. Es war der Beginn des Stellungskrieges. Zwischen Nordsee und Somme, Aisne und Maas strandeten Millionen Männer aus dreißig Nationalitäten wie Treibholz in den Schützengräben. Vor ihnen tat sich baumloses, von Kratern durchsetztes Niemandsland auf. Immer wieder starteten die Generäle groß angelegte Offensiven. Immer wieder wurden sie zurückgeschlagen. Die nicht einmal ein Dutzend Kilometer umfassenden Geländegewinne brachten hunderttausenden Soldaten den sicheren Tod. In den Material- und Abnutzungsschlachten der Kriegsjahre bis 1918 starben Millionen Soldaten aus Deutschland, Frankreich, deren damaligen Kolonien, Großbritannien und den Dominions sowie den Vereinigten Staaten von Amerika durch Kugeln und Minen, Granaten und Giftgas. Bei Kriegsende beklagte das deutsche Kaiserreich den Tod von über zwei Millionen Soldaten. Zusammen mit den Gefallenen und vermissten Soldaten sowie der Zivilbevölkerung der Kriegsgegner beliefen sich die Verluste an Menschenleben als Folge des Ersten Weltkrieges auf annähernd zehn Millionen Menschen. Der zivile Kriegsalltag wurde in der Ausstellung durch zeitgenössische Dokumente, Propagandapostkarten und Zeitungsausschnitte veranschaulicht. Das Geschehen an der Front wurde durch Fotos vom Kampf im Schützengraben und Aufnahmen von Gefallenen, Verwundeten und Kriegsgefangenen dokumentiert. Von Granaten zerfetzte Wälder, durch Giftgas getötete Soldaten und von Verstümmelungen gezeichnete Invaliden zeigten dem Betrachter der Ausstellung die ganze Brutalität dieser europäischen Katastrophe.

Nachdem der ehemalige Weltkriegsgefreite Adolf Hitler unter dem Eindruck des Versailler Vertragsfriedens von 1919 zum Demagogen geworden war, marschierten dessen braune Bataillone Ende der zwanziger Jahre in Richtung Reichskanzlei. Ausgelöst durch die damalige Weltwirtschaftskrise, der damit einhergehenden Arbeitslosigkeit und der Verelendung weiter Teile der Bevölkerung erfolgte im Januar 1933 mit Hilfe des greisen Staatspräsidenten Hindenburg die Machtergreifung. Die Nationalsozialisten beseitigten die Arbeitslosigkeit und verbuchten spektakuläre innen- und außenpolitische Erfolge. Doch der extreme Nationalismus des aufgrund seiner Erfolge von der Mehrheit der Deutschen verehrten »Führers« und Reichskanzlers verfolgte einen risikobereiten Revisionismus. Nach der Besetzung des Rheinlands, der Eingliederung Österreichs zum Großdeutschen Reich, dem Münchener Abkommen über die Abtretung der sudentendeutschen Gebiete und dem völkerrechtswidrigen Einmarsch in die so genannte »Rest-Tschechei« löste der Angriff auf Polen am 1. September 1939 den Zweiten Weltkrieg aus. Nach der baldigen Niederlage Polens und dem Frankreichfeldzug, in dem die hochgerüstete deutsche Wehrmacht in knapp sechs Wochen Ergebnisse erzielte, von denen der Große Generalstab des Kaiserreiches vier verlustreiche Kriegsjahre hindurch geträumt hatte, standen Hitler und seine Generale im Zenit ihres Erfolgs. Am 22. Juni 1941 begann der Angriffs-, Raub- und Vernichtungskrieg der deutschen Truppen gegen die Sowjetunion. Hitler hatte seine Generäle sofort nach dem Ende des siegreichen Frankreichfeldzugs mit der Planung für das *Unternehmen Barbarossa* beauftragt gehabt. Die vermeintliche Bedrohung durch den Bolschewismus war für die konservativen Eliten und das deutsche Offizierskorps ursächlich mit der Novemberrevolution von 1918 und dem Zerfall des Kaiserreiches verbunden. Jetzt schien der Moment gekommen, um diese Bedrohung zu beenden und den Bolschewismus bekämpfen zu können. Die Grundsätze des Kriegs- und Völkerrechts und der Haager Landkriegsordnung wurden dabei auf Befehl von oberster Stelle außer Kraft gesetzt. Der von der Wehrmachtsführung als Weisung an die Truppe ausgegebene Kommissarbefehl vom 6. Juni 1941 legitimierte die sofortige Erschießung der politischen Offiziere der Roten Armee. Der Kriegsgerichtsbarkeitserlass vom 13. Mai 1941 bestimmte, dass Verbrechen deutscher Soldaten an der russischen Zivilbevölkerung nicht geahndet werden. Kommissarbefehl und Kriegsgerichtsbarkeitserlass verwischten die Trennlinie zwischen Töten im Kampf und Mord und verknüpften die Operationen der Wehrmacht mit einem Weltanschauungskampf. Partisanen waren im Kampf oder auf der Flucht zu »erledigen«, der Kollaboration mit Partisanen verdächtige Ortschaften waren durch kollektive Gewaltmaßnahmen (Niederbrennen der Häuser, Töten der Einwohner, Zwangsdeportationen) zu bestrafen. Das Vorgehen der SS-Einsatzkommandos mit Unterstützung der Wehrmacht im rückwärtigen Heeresgebiet führte zu Massenerschießungen von politischen

Gegnern, Juden, Männern, Frauen und Kindern. Der Vormarsch der deutsche Truppen, der nach den Plänen des Oberkommandos der Wehrmacht und ihres obersten Befehlshabers in nur vier Monaten erfolgreich beendet sein sollte, lief sich im Winter 1941 vor Moskau fest. Als die deutschen Truppen ohne Winterausrüstung tief im eisigen Russland standen, erklärte Hitler, nach dem Fliegerangriff der Japaner auf den amerikanischen Marinestützpunkt Pearl Harbor, Amerika den Krieg. Hitlers Kriegserklärung gegenüber den Vereinigten Staaten markierte den Anfang vom Ende des Großdeutschen Reiches. Die ökonomische Kraft der Alliierten führte zu einer militärischen Übermacht, der das im Mehrfrontenkrieg stehende Reich am Ende kaum mehr außer Parolen entgegenzusetzen hatte. Mit der Jahreswende 1941/42 begann ein Martyrium ohne historisches Beispiel. Auf deutscher Seite führte es zum Genozid an sechs Millionen Juden und fünfhunderttausend Sinti und Roma, Männer, Frauen und Kindern durch Massenerschießungen, Konzentrations- und Vernichtungslager, dem Tod von über drei Millionen sowjetischen Kriegsgefangenen in deutschen Kriegsgefangenenlagern, dem Tod von über vier Millionen gefallenen und weit über eine Million vermissten Hitlersoldaten, weit über eine halbe Million ziviler Todesopfer und der völligen Zerstörung zahlreicher kulturhistorisch bedeutsamer Städte. Der Abwurf der beiden Atombomben auf die japanischen Städte Hiroshima und Nagasaki beendete einen Weltkrieg mit mindestens fünfundfünfzig Millionen Toten, dessen politische Folgen die gesamte Weltordnung auf Jahrzehnte hinaus verändern sollte. Bildern vorrückender, siegreicher Soldaten folgten Fotos der deutschen Angriffs-, Raub- und Vernichtungskriege. Die Aufnahmen an den Stellwänden zeigten Kampfhandlungen in Polen, Frankreich, Griechenland, auf dem Balkan und in der Sowjetunion. Die Schautafeln zeigten das Elend in den Konzentrationslagern, das Schicksal der Zwangsarbeiter und die Bekämpfung der Partisanen. Die Aufnahmen dokumentierten den Staatsterror gegen den deutschen Widerstand, den Bombenterror in den Großstädten und die Flucht der Zivilbevölkerung. Die Dokumente sprachen für sich.

Der Kriegsgräberverein habe es sich zur Aufgabe gemacht, die deutschen Kriegstoten beider Weltkriege zu suchen, wo erforderlich zu bergen, wenn möglich zu identifizieren und auf großen Sammelfriedhöfen würdig zu bestatten, erläuterte Vizelandrat Dr. Toth den Vereinszweck. Der Verein baue, pflege und erhalte rund zweieinhalb Millionen Kriegsgräber auf über achthundert Kriegsgräberstätten in fünfundvierzig Ländern Europas und in Nordafrika. Die Millionen Kriegsgräber seien ein immerwährendes Symbol für die Tragik und die Grausamkeit des Krieges, ein ständiger Appell gegen Gewalt und für den

Frieden. Aus der Geschichte lernen bedeute Einblick nehmen in das vom Krieg verursachte Leiden, verbunden mit der Mahnung, die Erinnerung daran wach zu halten und aktiv für den Erhalt des Friedens einzutreten. Er wünsche der Ausstellung des Kriegsgräbervereins ein lebhaftes Besucherinteresse und freue sich, diese im Foyer des Kreishauses präsentieren zu können.

Der Vizelandrat amtierte zugleich als Vorsitzender der Gesellschaft ip (= internationaler Platz) Vogelsang. Vogelsang, die ehemalige Schulungshochburg der Nationalsozialisten in der Eifel, sollte zu einem interdisziplinären Informationszentrum und internationalen Begegnungszentrum ausgebaut werden. Die Schwerpunkte lagen auf dem Ausbau zum Verwaltungszentrum des Nationalparks Eifel und auf der Erschließung eines Täterortes als Lernort der Geschichte. Dazu wurde Führungspersonal benötigt. Leibgeber hatte den Vizelandrat als Vorsitzenden des ip Vogelsang im Landratsamt besucht und angefragt gehabt, ob die Möglichkeit bestehe, ihn als Mitarbeiter in Vogelsang zu beschäftigen. Dr. Toth bedauerte. Man habe sich bereits intern über geeignetes Führungspersonal verständigt. Dabei handelte sich um Lehrerinnen und Lehrer, deren Stellen durch das Kultusministerium finanziert und die von dort aus nach Burg Vogelsang abgeordnet werden sollten. Auf diese Weise entstanden der Gesellschaft ip Vogelsang keine Personalkosten. Leibgeber kam, wie jeder andere auch, nicht mit dem Kopf durch die Wand. Dazu musste er die Tür benutzen. Hatte er im tiefen Dunkel seines beruflichen Alltags nicht nur eine Tür gefunden, sondern auch noch einen seltenen Lichtschein darunter entdeckt, stimmten seine beruflichen Kenntnisse mit den gestellten Anforderungen überein. Dann drückte er mit festem Griff die Türklinke herunter – um einmal mehr festzustellen, dass ihm zum Öffnen der Tür der Schlüssel fehlte.

Im darauffolgenden Jahr sollte sich der Krieg mit der Explosion einer Sprengbombe in der Euskirchener Innenstadt in Erinnerung bringen. Auf einer Brachfläche neben den Hallen des Unternehmens Schenker im Industriegebiet wurde bei Baggerarbeiten eine Fliegerbombe gezündet. Die Detonation erfolgte so heftig, dass Experten der Erdbebenstation der Universität Köln im sechzig Kilometer entfernten Bensberg einen Wert von 0,6 auf der Richterskala registrierten. Selbst in Bonn und im Kloster Maria Laach war die Explosion zu hören. Der Baggerführer war sofort tot. Zwei dreiundzwanzig und sechsundvierzig Jahre alte Arbeitskollegen, die einen Radlader bewegt und ein Schreddergerät bedient hatten, kamen schwer verletzt ins Krankenhaus. Der Euskirchener Baggerfahrer hatte mit Hilfe eines »Knackers« am Greifarm einen ungewöhnlich großen Betonklotz zerkleinern wollen. Beim Zerkleinerungsversuch wurde der

Zünder der darin versteckten Bombe ausgelöst. Wegen der vielen Moniereisen im Beton war die darin eingehüllte Bombe nicht mit dem Detektor zu orten gewesen. Durch die Explosion wurden Autos demoliert, Scheiben gingen zu Bruch, Dächer wurden abgedeckt, Heizkörper fielen von den Wänden. Am Emil-Fischer=Gymnasium wurde ein Teil des Schulhofes gesperrt, weil die Holzverkleidung von der Fassade fiel. Die Schäden an den umliegenden Gebäuden beliefen sich auf rund zehn Millionen Euro. Ein vergleichbares Unglück hatte sich im Kreis Euskirchen im Jahre 1967 ereignet. Damals explodierte eine Weltkriegsbombe, die unerkannt unter einem neu gebauten Haus in Schleiden-Harperscheid gelegen hatte. Zwei Menschen starben. Wenn Bauarbeiter auf Kriegsmunition stießen oder Experten Bomben sprengten, konnte es zu Unglücken kommen. Im September 2013 kam es in Viersen bei der kontrollierten Sprengung einer Weltkriegsbombe zu Verwüstungen. In der Fußgängerzone mussten Teile von Geschäften abgerissen werden. Im März 2012 wurde das Autobahndreieck Jackerath für drei Stunden gesperrt, um eine fünf Zentner schwere Fliegerbombe zu sprengen. Zuvor waren in Titz achthundert Menschen evakuiert worden. Im Jahre 2012 wurde im Dürener Stadtteil Echtz eine 125-Kilo=Splitterbombe, im Würselener Stadtzentrum eine Fünf-Zentner=Bombe entschärft. Die größte Aktion fand im April 2012 in Jülich statt, wo eine 20-Zentner=Bombe entschärft werden musste. Nach dem brisanten Fund wurde die Evakuierung des Jülicher Nordviertels von 6.500 Bewohnern zwei Wochen lang vorbereitet. Zudem wurden das Jülicher Krankenhaus und ein Altenheim in unmittelbarer Nachbarschaft des Bombenfundortes geräumt. Die Evakuierten wurden sehr nachhaltig an den Zweiten Weltkrieg erinnert. Zuletzt die Einwohner von Euskirchen mit der tödlichen Detonation einer Fliegerbombe. Die Menschen wurden von den Folgen des Zweiten Weltkrieges nicht nur durch die Wanderausstellung der Kriegsgräbervereins heimgesucht.

Benefizkonzert des Luftwaffenmusikkorps Münster im Bezirksrathaus Porz zugunsten des Kriegsgräbervereins. Die Veranstaltung des Bezirksverbandes wurde von Sancho Pansa, dem Kreisorganisationsleiter von Köln, betreut und von Mitgliedern der Kreisgruppe im *Verband der Reservisten der Deutschen Bundeswehr* (VdRBw) unter Führung von Oberstleutnant d.R. Bellmann unterstützt. Bellmann betrieb seit Jahren ein Ein-Raum=Geschäft in der Fußgängerzone, wo er Blumen vom Großmarkt feilbot. Das Geschäft machte keinen Umsatz. Bellmanns körperliche Erscheinung rief bei Leibgeber Zweifel darüber wach, ob der Mann mehr als zwei Mahlzeiten am Tag zu sich nahm. Immer dann jedoch, wenn Bellmann seinen grauen Reservistenrock mit den Rangabzeichen auf den Schultern trug, war er wer. Dann galt er was. Dann war er nicht mehr der am Hungertuch nagende Florist, sondern der geachtete Vorsitzende der Kreisgruppe im VdRBw. Der Offiziersrock wurde zum Rettungsring. Bellmanns Kameraden waren ehemalige Soldaten der Bundeswehr, die einem Zivilberuf nachgingen oder verrentet waren und sich in ihrer Freizeit in Uniform zeigten. Durch die Veranstaltung von Schießwettbewerben, Orientierungsmärschen und Katastrophenschutzübungen wollten sie den Krieg nicht verhindern; sie wollen vorbereitet sein! Die Reservisten der Kreisgruppe sammelten an Allerheiligen alle Jahre wieder hohe vierstellige Beträge auf dem Kölner Friedhof Melaten und in Leverkusen-Manfort. Und sie halfen, das alljährliche Benefizkonzert im Bezirksrathaus Porz durchzuführen. Der Kreisorganisationsleiter besorgte die Getränke, verkaufte diese an die Konzertteilnehmer und rechnete mit dem Getränkehandel ab. Die Reservisten reservierten die Verpflegung der Musiker, führten diese zur Futterstelle und betreuten die Abendkasse. In der Konzert-pause veranstalteten sie eine Dosensammlung. Leibgebers Bezirksgeschäftsstelle mietete den Bürgersaal, erwirkte den Einsatzbefehl, beauftragte den Karten-druck, verfasste das Programmheft, veranlasste den Kartenvorverkauf und be-treute einen Informationsstand am Konzertabend.

Das Benefizkonzert bot zudem einen willkommenen Anlass, den in der Fördererkartei des Vereins verzeichneten Mitgliedern und Spendern ein Hin-weisschreiben mit einem angehängten Überweisungsträger ins Haus zu schi-cken. Der Anteil der Einnahmen aus den getätigten Überweisungen war alle Jahre wieder höher als der Anteil der Einnahmen aus dem Kartenerlös. Das war der Fundraising-Aspekt. Dazu kam, dass das vom Kriegsgräberverein ver-anstaltete Militärkonzert im Bezirksrathaus von hunderten Menschen besucht und darüber in der Lokalpresse berichtet wurde. Das war der Öffentlichkeits-Aspekt. Am Veranstaltungsabend vertiefte Leibgeber zahlreiche Kontakte. Leib-geber sprach den stellvertretenden Vorstandsvorsitzenden der Stadtsparkasse auf eine Zusammenarbeit seines Instituts bei der Organisation einer Vortrags-veranstaltung zum Thema Erbrecht an, überredete den Standortältesten zur Ausrichtung einer Auftaktveranstaltung zur Haus- und Straßensammlung und vereinbarte mit dem Schulleiter der Gesamtschule die Präsentation der Schul-ausstellung. Das war der Netzwerker-Aspekt. Fundraising, Public Relations und Networking bildeten die drei wesentlichen Arbeitsfelder Leibgebers bei seiner Tätigkeit als Bezirksorganisationsleiter.

Das von ihm verfasste Hinweisschreiben bewarb das Benefizkonzert mit dem

Hinweis, dass das auftretende Luftwaffenmusikkorps Aufgabe und Rolle eines kulturellen Botschafters wahrnehme. Der Auftritt diene dem Frieden, der Versöhnung und Völkerverständigung, hieß es im Anschreiben an die Mitglieder, Spender und Förderer. Leibgeber wusste es besser. Grund für die Entstehung der Militärmusik waren weder die Unterhaltung des Publikums noch die Propaganda für den Feldherrn. Grund für die Entstehung der Militärmusik war die Absicht, das Heer mit Gebrüll und Geschrei, Pauken und Trompeten im Marschtakt an den Feind zu führen. In deinem Hinweisschreiben auf das Konzert bezeichnest du das Luftwaffenmusikkorps als »Botschafter des Friedens und der Völkerverständigung«, überlegte Leibgeber. Militärmusik kann unmöglich als Botschafter der Völkerverständigung und einem friedlichen Miteinander der Kulturen dienen. Du tust das Falsche und strengst dich auch noch richtig dabei an! Das ist dein »unglückliches Bewusstsein« (HEGEL – zitiert nach Hans Mayer).

Anlässlich des Führungswechsels im ISAF-Regionalkommando Nord in Mazar-i-Scharif war das Luftwaffenmusikkorps nach Afghanistan gereist und hatte im dortigen Camp Marmal gespielt gehabt. Beim Übergabeappell hatte Generalmajor Markus Kneip das Kommando über die rund zwölftausend Soldatinnen und Soldaten der internationalen Schutztruppe ISAF an Generalmajor Erich Pfeffer übergeben. Mit dem vom Luftwaffenmusikkorps Münster gespielten Lied »Ich hatt' einen Kameraden« gedachten die zum Übergabeappell angetretenen Soldaten der Gefallenen. Die Rechtmäßigkeit des vom Bundestag mehrheitlich mandatierten Afghanistan-Einsatzes der Bundeswehr wurde mit dem Abspielen der Nationalhymne bekräftigt. Deutschland sollte, den Worten des verstorbenen Bundesverteidigungsministers Peter Struck (SPD) zufolge, am Hindukusch verteidigt werden. Durch den robusten Auslandseinsatz der Bundeswehr wurden der Tod von afghanischen Zivilisten, Taliban-Kämpfern und ISAF-Soldaten in Kauf genommen. Der Präsident des Kriegsgräbervereins ließ die Leser der Mitgliederzeitschrift wissen, dass eine bedingungslose pazifistische Haltung nicht der richtige Weg sei, sofern demokratisch gewählte Regierungen Verantwortung für Gerechtigkeit und Frieden auch außerhalb der Staatsgrenzen übernehmen wollen. Der Vereinspräsident stellte die Frage, ob die Staatengemeinschaft der freien Welt dann, wenn ein Unrechtsregime zum Beispiel die Menschenrechte mit Füßen trete oder einen Völkermord vorbereite, tatenlos zusehen solle. Frieden sei nicht mit Waffenruhe gleichzusetzen. In der Vergangenheit hatte der Kriegsgräberverein seine Arbeit mit Plakaten und Flyern beworben, auf denen außer einer symbolischen

Strichliste und den obligatorischen Kreuzen des Vereinslogos der Satz prangte: MIT KRIEG GEWINNT MAN KEINEN FRIEDEN! Jetzt behauptete der oberste Repräsentant des Kriegsgräbervereins das genaue Gegenteil. Jetzt wollte der Vereinspräsident den Frieden in Afghanistan mit einem Krieg der ISAF-Truppen zugunsten eines korrupten Karsai-Regimes gegen die einheimische Taliban-Bewegung gewinnen. Der höchste Repräsentant des Kriegsgräber-vereins sprach von Frieden, Versöhnung und Völkerverständigung und redete dem Krieg das Wort! In derselben Ausgabe der Mitgliederzeitschrift, in der der Vereinspräsident sich für den Krieg in Afghanistan aussprach, wurde über das 9. Militärmusik-Festival in der KÖLNarena berichtet. Der Bezirksverband Rheinland konnte auf Initiative Leibgebers einen Vertreter des Kriegsgräber-vereins durch den Moderator der Bühnenshow befragen, einen Besucher-informationsstand im Foyer aufbauen und eine Dosensammlung durch Re-servisten durchführen lassen. Nach dem Interview mit dem Moderator wurde dem Vertreter des Kriegsgräbervereins ein Scheck des Veranstalters übergeben. Die Einnahmen der Veranstaltung aufgrund der ausgefüllten Überweisungen aus den Hinweisschreiben an die Förderer der Vereinsarbeit, die Einnahmen aus der Dosensammlung in der Pause und der Erlös aus dem Veranstalterscheck beliefen sich auf einen ansehnlichen fünfstelligen Euro-Betrag. Im Verlauf der Veranstaltung traten außer Militärkapellen aus Deutschland, den Niederlanden, Großbritannien und den USA auch Formationen aus der Russischen Föderation, Weißrussland und Usbekistan auf. Die Formationen aus Großbritannien und den USA gehörten Armeen an, die aufgrund von Lügen und Fälschungen der verantwortlichen Politiker den Irak mit einem Krieg überzogen hatten und im Kampfeinsatz in Afghanistan standen. Die Militärkapellen aus Weißruss-land und Usbekistan zählten zu Armeen, die die politische Unterdrückung der Bevölkerung stützten und Diktatoren vor Ort die Macht sicherten. Beim 9. Militärmusik-Festival in der KÖLNarena zeigten Hunderte von Uniform-trägern, wie sehr sie sich zu Maschinenmenschen hatten abrichten lassen, die wie Roboter in Reih & Glied marschierten. Die alten Gackerhennen und stol-zen Wehrmachtsgockel auf den Zuschauerrängen standen beim synchronen Griffekloppen der Drill-Show vorm Orgasmus. Leibgebers Sitznachbar, mit Handflächen so groß wie Kesselpauken, klatschte dermaßen heftig Beifall, dass er seine Kaffeetasse am nächsten Morgen vermutlich mit verbundenen Händen würde halten müssen. Die Militärmusik ist eine Hure, resümierte Leibgeber. Sie hat Männer auf das Schlachtfeld geschickt und in ihr Kriegsgrab. Deren Nach-fahren verführt sie zu kollektiven Hymnengeheul.

Nach dem »*Fliegermarsch*« des Luftwaffenmusikkorps zur Begrüßung der Konzertbesucher (»Ra tatt tatt / Ta ta ta taa tatt!«) im Bezirksrathaus Porz betrat die Vorsitzende des Bezirksverbandes die Saalbühne. Mit Leibgebers Spickzettel in der Hand dankte Kuckuck den Konzertbesuchern für die Unterstützung. Die Einnahmen aus dem Kartenerlös, aus dem Getränkeverkauf an der Theke und aus der Dosensammlung in der Pause kämen der Pflege der deutschen Kriegsgräber im Ausland zugute. Die Vorsitzende des Bezirksverbandes dankte dem Vorsitzenden der Reservisten für seine Unterstützung bei der Organisation, dem Bürgeramtsleiter für die Überlassung des Saales und dem Leiter des Luftwaffenmusikkorps für den Auftritt zugunsten des Kriegsgräbervereins. Als das Saallicht verlosch, bliesen ihr die Trompeter mit dicken Backen den Marsch. Beim Auszug der Gladiatoren versicherten die Veranstaltungsteilnehmer Leibgeber, dass es wieder einmal wunderschön gewesen sei.

Vortragsveranstaltung in Wiehl. Das Schachbrettmuster vom Hotelparkplatz war noch unbeparkt, als Leibgeber und Karin auf den Parkplatz einbogen. Leibgeber öffnete die hintere Tür, holte das Verbandsfuhrwerk – einen zweirädrigen Karren, der wie ein Taschenmesser zusammengeklappt hinter dem Fahrersitz verstaut stand – hervor, und stellte die von Karin in Köln gepackten Klappkisten auf die Transportschaufel. Karin schloss die Beifahrertür, zog ein Gummi über ihren Pferdeschwanz und galoppierte mit klappernden Hufen über den Parkplatz. Leibgeber zog das Verbandsfuhrwerk. Anstatt dir gelegentlich den Futtersack vors Maul zu binden, wirst du mit der Peitsche traktiert, schnaubte Leibgeber auf dem Weg zum Tagungsort. Du sollst Vortragsveranstaltungen durchführen, Benefizkonzerte organisieren, Ausstellungen veranlassen, Informationsfahrten in die Wege leiten und ... und ... und ... Was bleibt dir außer den Zielvorgaben deines Arbeitgebers? Das magere Heu im Futtersack! Der verschuldete Stall über dem Kopf! Der Abdecker in der Tierkörperbeseitigungsanstalt! Als Kind hat man dir beigebracht: Ohne Fleiß kein Preis. Als Erwachsener musst du feststellen: beim Kriegsgräberverein gibt es auch trotz Fleiß keinen Preis, keine Prämien, keinen Sonderurlaub, keine Höhergruppierung, nicht einmal eine verbale Anerkennung. Schlimmer noch: Die Ignoranten im Landesvorstand kennen nicht einmal deinen Namen! An der Rezeption wies der Wirt ihm und Karin den Weg zum Vortragssaal. Das Equipment war ausnahmsweise vollständig: Rednerpult, Leinwand und zwei Funkmikrofone. Die würden aber extra berechnet, meinte der Wirt. Der Wirt – ein Dorfrichter-Adam=Typ mit poliertem Schädel – agierte als Presse, Leibgebers

Bezirksgeschäftsstelle fungierte als Zitrone. Das sei so nicht abgesprochen gewesen, protestierte Leibgeber. Vor der Saaltür schob Karin zwei Tische aneinander, legte die Verbandsfahne darüber und packte Informationsmaterial darauf: Vereinsveröffentlichungen mit Zeitzeugenberichten, Vereinsbroschüren zur Testamentsgestaltung, Schlüsselanhänger, Vereinsflyer und Kugelschreiber in Kaffeebechern mit Vereinslogo, damit die Teilnehmer an der Vereinsveranstaltung ihren Fragebogen zur Qualität des Vortrages ausfüllen konnten. Der Fragebogen enthielt auch ein Ankreuzkästchen neben der Frage, ob der Teilnehmer sich vorstellen könne, den Kriegsgräberverein in seinem Testament zu bedenken. Die auf dem Informationstisch stehende Sammeldose mit dem aggressiven Design einer Wasserspritzpistole vermittelte die Botschaft: Gib mir was, oder ich spritz dich nass! Leibgeber verkabelte den Beamer und schloss den Laptop an. Den Laptop hatte er bei einer Softwarefirma, den Beamer bei der Kreissparkasse zusammengebettelt. Die Vorstandsignoranten des Landesverbandes hatten sich seit Kriegsende noch in keiner einzigen Sitzung mit der Ausstattung von dessen fünf Bezirksgeschäftsstellen beschäftigt. Der Landesvorstand glich einem Generalstab, der glaubte, die Soldaten seien für den Generalstab, nicht aber der Generalstab für seine Soldaten da. Den Stick mit dem Vortrag hatte der Referent im Gepäck. Rechtsanwalt Rietset hatte schon häufiger beim Kriegsgräberverein referiert und wusste, was Leibgeber von ihm erwartete. Umgekehrt wusste Leibgeber, was er von Rietset erwarten konnte: einen Power-Point-gestützten, allgemein verständlichen Vortrag zum Thema Testament und Erbrecht mit dem Titel »Was wird mit meinem Erbe? – Steuern sparen statt zahlen!«. Der Bundesvorstand des Vereins hatte beschlossen, derartige Rechtsinformationsveranstaltungen durch alle Landes- und Bezirksverbände bundesweit anzubieten, um Nachlässe und Testamente zugunsten des Kriegsgräbervereins zu veranlassen. Gleich nach seinem Eintreffen holte Rietset seinen Stick aus der Hose, um ihn in den Laptop einzuführen. Der Stick spuckte Daten. Die Präsentation lief. Dorfrichter Adam stellte (»Auf Kosten des Hauses!«) einen riesigen Henkelkrug und ein 0,2-Fläschchen mit Mineralwasser aufs Rednerpult. Rietset packte, als Empfehlung für eine Individualberatung, einen Stapel Visitenkarten auf den Informationstisch. Am Saaleingang begrüßte Karin die nach und nach eintreffenden Teilnehmer. Noch zwanzig Minuten bis zum Vortrag. Während Rietset Wasser schluckte, ging Leibgeber entsaften. Vor dem Spiegel über dem Waschbecken schlug er mit der Kammmachete einen Läusepfad durchs Haar. Sein kurzgeschorener Vollbart, den er sich nach dem Erlebnis im Zirkus zugelegt hatte, ließ ihn wie ein Schaf aussehen. Um seine wirtschaftliche Existenz zu sichern, agierte er als zahnloser Wolf im Schafspelz. Du siehst aus wie ein Schaf, blökst wie ein Schaf (d.h. du redest den Verbandideologen nach dem Mund) und verhältst dich wie ein Schaf (d.h. du folgst den Verbandshirten und ihren Hütehunden, die ihnen aufs Wort gehorchen), resümierte Leibgeber. Vielleicht riechst du sogar nach Schaf (wegen dem Stallgeruch). Als Schaf wirst du geschoren. Du wirst gemolken und opferst deinen Körper. Wenn es nach dem Staat geht, wirst du nach deinem Ableben auch noch ausgeweidet. Die Entnahme deiner Organe setzt eine Wertschöpfungskette in Gang, von der andere profitieren: die Klinik, die deine Organe entnimmt, das Unternehmen, das deine Organe transportiert, der Arzt, der deine Organe transplantiert und der Patient, dem deine Organe transplantiert werden. Alle profitieren – nur nicht deine Hinterbliebenen. Lena und Birte müssen deine Beerdigung gleichwohl bezahlen! Den von dir geschaffenen Mehrwert kassieren andere! Leibgeber steckte seinen Kamm ins Jackett, richtete die Krawatte und kämpfte sich vom WC durch die vollbesetzten Stuhlreihen des Veranstaltungssaales zum Rednerpult.

»Meine sehr geehrten Damen und Herren, guten Abend und herzlich willkommen. Mein Name ist Peter Leibgeber und meine Funktion ist die des Organisationsleiters des Bezirksverbandes Rheinland im Kriegsgräberverein. Der Verein pflegt zweieinhalb Millionen Kriegsgräber auf über achthundertdreißig Kriegsgräberstätten in fünfundvierzig Staaten Europas und in Afrika. Der Radius unserer Tätigkeit reicht – in West-Ost=Richtung betrachtet – vom Atlantik bis zur Wolga und – in Nord-Süd=Richtung gesehen – vom Nordkap bis nach Nordafrika. Überall dort, wo deutsche Soldaten während des Ersten und Zweiten Weltkrieges im Kriegseinsatz standen, aber auch überall dort, wo im deutsch-dänischen Krieg von 1864, im deutsch-österreichischen Krieg von 1866, im deutsch-französischen Krieg von 1870/71 und in den Kolonialkriegen in Ost- und Südwestafrika deutsche Soldaten kämpften, liegen deutsche Kriegstote. Wir erhalten deren Kriegsgräber zum Gedenken an die Kriegstoten, als Mahnung für die Lebenden, als Lernorte für nachwachsende Generationen und als Aufforderung zu Frieden, Versöhnung und Völkerverständigung. Unsere Arbeit steht unter dem Leitwort ›Versöhnung über den Kriegsgräbern – Einsatz für den Frieden‹. Der Kriegsgräberverein ist ein Verein«, kam Leibgeber zur Sache. »Im Gegensatz zu den Kriegsgräberdiensten anderer Staaten, wie der *Commonwealth War Grave Commission* oder der *American Battle Monuments Commission*, die zu einhundert Prozent steuerfinanziert sind, müssen drei Viertel unserer Aufwendungen durch

Mitgliederbeiträge, Erblasserzuwendungen und Spendeneinnahmen aufgebracht werden. Nur fünfundzwanzig Prozent des jährlichen Finanzierungsbedarfs zur Wahrnehmung unserer Aufgaben stammen als so genannte ›zweckgebundene Zuschussmittel‹ aus Steuermitteln des Bundes.« Die Bundesrepublik Deutschland finanzierte den dienstverpflichteten Gefallenen des Zweiten Weltkrieges keine Kriegsgrablagen. Die Bundesrepublik Deutschland finanzierte den überlebenden Truppenführern, Ritterkreuzträgern und deren Witwen hohe Pensionen. »In der Vergangenheit wurde unser Verein hin und wieder auch mit Nachlässen und Vermächtnissen bedacht«, erläuterte Leibgeber seinen Zuhörern. »Vielfach existiert in diesen Fällen ein Kriegsgrab eines gefallenen Familienangehörigen auf einem der zahlreichen deutschen Soldatenfriedhöfe im Ausland, die unser Verein angelegt hat, pflegt und auf Dauer erhält. Oder der Vermächtnisgeber identifiziert sich mit der friedenspädagogischen Jugend- und Schularbeit und will, dass die Mahnung der Kriegsgräber zum Frieden auch bei den nachfolgenden Generationen gehört und verstanden wird. Als gemeinnütziger Verein mit humanitärem Auftrag, der drei Viertel seines Finanzierungsbedarfs zur Pflege der deutschen Kriegsgräber aus eigener Kraft erwirtschaften muss, sind wir für jeden Euro dankbar! Beim Aussetzen eines Vermächtnisses zugunsten eines gemeinnützigen Vereins oder einer Erbschaft kann man auch noch Steuern sparen.« Soweit verständlich? Leibgebers Blick schweifte über die Zuhörer. »Als Förderer unserer Arbeit haben wir Sie heute zu einer Vortragsveranstaltung zum Thema ›Was wird mit meinem Erbe? – Steuern sparen statt zahlen!‹ eingeladen. Die meisten Förderer unserer Verbandsarbeit sind in einer Lebenssituation, wo sie sich generationenbedingt mit dem heutigen Vortragsthema auseinandersetzen. Vor diesem Hintergrund ist es von Bedeutung, dass siebenundsiebzig Prozent der Deutschen kein Testament, zwanzig Prozent ein mangelhaftes, jederzeit anfechtbares Testament und nur drei Prozent ein korrektes Testament besitzen. Trotzdem lässt sich nur ein geringer Teil der Erblasser beraten. Die meisten letztwilligen Verfügungen sind widersprüchlich, sinnwidrig oder erbrechtlich unwirksam. Problematische Erbstreitigkeiten und steuerrechtliche Nachteile lassen sich jedoch nur dann verhindern, wenn frühzeitig und in schriftlicher Form niedergelegt wird, wer was in welchem Fall bekommen soll. Nur dann, wenn ein Testament vorliegt, ist sichergestellt, dass die gewünschte Erbfolge eintreten kann. Liegt ein solches Dokument nicht vor, wird die gesetzliche Erbfolge wirksam, die nicht immer im Sinne des Erblassers ist. Laut Gesetz sind Ehegatten und die nächsten Verwandten des Verstorbenen als Erben zu gleichen Teilen erbberechtigt. Stirbt zum Beispiel der Ehemann und hinterlässt seine Frau und drei Kinder, so bekommt beim gesetzlichen Güterstand der Zugewinngemeinschaft die Ehefrau die Hälfte und die Kinder je ein Sechstel seines Nachlasses zugesprochen. Insbesondere dann, wenn zum Nachlass so genannte unteilbare Gegenstände wie Häuser oder Grundstücke gehören, kommt es häufig zu Erbstreitigkeiten. Volljährige Kinder haben das Recht, im Erbfall ihren Pflichtteil zu beanspruchen. Gegebenenfalls sind Erbschaftssteuern zu entrichten. Der verwitwete Ehepartner hat unter Umständen nicht genug Barmittel zur Verfügung, sodass eine Hypothek aufgenommen werden muss, um Pflichtteilsansprüche der Kinder abgelten oder Erbschaftssteuer an den Staat entrichten zu können. Wie Sie solche Situationen vermeiden und Vorsorge treffen können, erfahren Sie jetzt durch den Vortrag ›Was wird mit meinem Erbe? – Steuern sparen statt zahlen!‹ von Rechtsanwalt Robert Rietset. Herr Rietset ist niedergelassener Fachanwalt für Erbrecht in Gummersbach und zertifizierter Testamentsvollstrecker. Er ist Mitglied im *Deutschen Verein für Erbrecht und Vermögensnachfolge* (DVEV) und Vorstandsmitglied der *Arbeitsgemeinschaft der Testamentsvollstrecker* (AGT). Begleitend zu seiner anwaltlichen Tätigkeit ist Herr Rietset seit Jahren als Referent, Fachbuchautor und Lehrbeauftragter unterwegs.« Leibgeber bat die Veranstaltungsteilnehmer, eventuelle Fragen erst im Anschluss an den Vortrag zu stellen. Auf diese Weise gehe nicht unnötig viel Zeit verloren. Vielleicht beantworte sich die eine oder andere Frage im weiteren Verlauf des Vortrages von selber. Falls nicht, bestehe am Schluss der Veranstaltung Gelegenheit, Fragen an den Referenten zu richten, vertröstete Leibgeber die Veranstaltungsteilnehmer. Mittlerweile saßen um die hundertfünfzig Personen im Saal. Dorfrichter Adam verdiente sein Brot im Schweiße seines Angesichts. Die im Saal anwesenden Personen wollten ihren Durst an seinen Getränken löschen. Der Informationstisch am Saaleingang war zehn Minuten nach Vortragsbeginn verwaist. Karin schlug sich einen Sargnagel in ihre Lunge. Deutschlands Raucher trugen mehr zur Finanzierung des Staates bei als Deutschlands Erben. Die Erbschaftssteuer hatte dem Staat im Jahr 2011 4,2 Milliarden Euro eingebracht. Das waren schlappe ein Prozent aller Steuereinnahmen. Die Tabaksteuer belief sich auf eine zweistellige Milliardensumme. Während der Staat bei jedem durch Arbeit verdienten Euro Sorge trug, dass er seinen Steueranteil kassierte, verfuhr er bei unverdientem Erbvermögen äußerst großzügig. Die Erbschaftssteuer wurde durch hohe Freibeträge und zahlreiche Ausnahmeregelungen durchlöchert. Die Bruttolöhne und –gehälter betrugen 2011 1.076 Milliarden Euro, Lohnsteuer und Sozialabgaben 362,9 Milliarden. Das entsprach einer Abgabenquote von 33,6 Prozent. Die Erbschaften beliefen sich im Jahre 2011 auf insgesamt 258,4 Milliarden Euro, die Erbschaftssteuer auf ganze 4,2 Milliarden. Das entsprach einer Abgabenquote von 1,6 Prozent. Jedes Jahr wurden in Deutschland zweihundert Milliarden Euro vererbt. Aufgrund gesetzlicher Freibeträge mussten nur rund dreißig Milliarden davon versteuert werden. Der Fiskus plünderte die abhängig Beschäftigten durch Steuern und Abgaben und hätschelte die Erben mit hohen Freibeträgen und komplizierten Ausnahmeregelungen. Betriebliche Vermögen waren besonders privilegiert. Firmenerben kamen steuerfrei davon. Von den jährlich gut achthunderttausend Erbschaften im Land wurden mehr als neunzig Prozent überhaupt nicht mit Abgaben belegt. Die reichsten zehn Prozent der Bevölkerung verfügten über fast zwei Drittel des Gesamtvermögens. Die ärmsten zwanzig Prozent dagegen hatten nichts außer Schulden. Der Gesetzgeber hatte nicht die Chancengleichheit in der Gesellschaft, sondern Blut und Boden von Erblassern und Erben im Sinn. Genau in diesem Sinn erläuterte Rietset den Teilnehmern an der Vereinsveranstaltung Prinzipien und Privilegien im deutschen Erb- und Steuerrecht. Obwohl der Staat für den Erbfall hohe Freibeträge erlaubte, wurde der Zugriff des Finanzamtes auf vererbtes Vermögen von den Zuhörern im Saal als unzulässiger Griff des Staates in ihr Portemonnaie empfunden. Leibgebers Gedanken kochten, bis dem Topf der Hut hochging. Wer konnte verstehen, warum ein Staatsbürger, der hunderttausend Euro erbte, keinen Cent für das Gemeinwohl zahlte, während ein abhängig Beschäftigter, der mit seiner Arbeit hunderttausend Euro Einkommen erwirtschaftete, durchschnittlich 33.700 Euro davon an das Finanzamt abzuführen hatte? Hier wie dort handelte es sich um Einkommen – hier um ererbtes, dort um erarbeitetes Geld. Die Staatsfinanzierung des Achtzig-Millionen=Volkes der Deutschen oblag den rund dreißig Millionen Menschen, die Lohn- und Einkommenssteuer zahlten. Sie und nur sie waren es, die für den Unterhalt des Militärs, die Subventionen der Sozialkassen und den Erhalt von Verwaltung und Gerichtsbarkeit sorgten. Weil der Finanzierungsbedarf des Staates nicht abnimmt, sind die Nettoeinkünfte von Arbeitnehmern wie Karin und dir in den vergangenen Jahren um zwei Prozent gesunken, grollte Leibgeber in Gedanken. Der Wert des Geldvermögens hatte sich dagegen in den vergangenen zehn Jahren verdoppelt. So wie einerseits die Verschuldung der privaten Haushalte zunahm, so wuchs andererseits die Zahl der Krösusse. Die Wohlstandsschere ging durch den Erbschaftstsunami in Deutschland immer weiter auseinander. Würde der Staat Erben dreimal so hoch besteuern wie heute, könnte er mindestens zwölf Milliarden Euro im Jahr mehr einnehmen – und etwa die Lohnnebenkosten senken, um die Arbeitskosten gegenüber osteuropäischen und asiatischen Konkurrenten zu verringern –, oder um die Arbeit des Kriegsgräbervereins zu finanzieren. Es gibt überhaupt keinen Grund, vererbtes leistungsloses Vermögen so nachsichtig zu behandeln, ärgerte sich Leibgeber. Der Grundgedanke des Steuersystems ist, das alle Staatsbürger gemäß ihrer Leistungsfähigkeit zum Unterhalt des Staates beitragen. Die von dir organisierte Vortragsveranstaltung dient dazu, genau diesen Grundgedanken zu unterlaufen. Du tust das Falsche und strengst dich auch noch richtig dabei an! Das ist dein »unglückliches Bewusstsein« (HEGEL – zitiert nach Hans Mayer).

Beim Abendessen im Anschluss an die Veranstaltung schwärmte Rietset von seinem Publikum. Die Leute seien interessiert gewesen. Der an den Vortrag anschließende Frage-Antwort=Teil hatte statt der dafür vorgesehenen fünfzehn Minuten die doppelte Zeit beansprucht gehabt. Leibgeber hatte die Veranstaltungsteilnehmer aufgefordert, ihre Frage per Handzeichen anzukündigen. Wenn sich jemand meldete, ging er zu ihm an den Platz und hielt dem Fragesteller das Funkmikrofon unter die Nase. Nachdem dieser seine Frage veröffentlicht hatte, versuchte Rietset eine Antwort – und so weiter. Und so fort. Damit es den Zuhörern nicht langweilig wurde, hatte Leibgeber zwei Sammeldosen durch die Stuhlreihen wandern lassen. Und zwar verbunden mit der Bitte, die Angelegenheit geräuschlos zu erledigen. Die Veranstaltungsteilnehmer sollten Scheine spenden. Dabei verstopfte der Münzschlitz. Die Spender verzweifelten einmal mehr am Dosendesign. Das für den Einwurf von Geldscheinen vorgesehene Loch unterhalb des Münzeinwurfs wurde von den Spendern nicht als Möglichkeit zum Scheineinwurf wahrgenommen. Als da und dort mal zwei, mal drei, mal vier Veranstaltungsteilnehmer aufstanden und den Saal verließen, intonierte Leibgeber den Abgesang.

»Meine Damen und Herren,
ich sehe, dass wir uns nach und nach auflösen. Bitte erlauben Sie mir, dass ich die Veranstaltung zuvor offiziell beende. Bevor wir auseinandergehen, gestatten Sie mir bitte noch ein/zwei Anmerkungen. Zunächst einmal möchte ich mich – ich denke auch in Ihrem Namen – für den ebenso informativen wie kurzweiligen Vortrag bei Rechtsanwalt Robert Rietset bedanken. Vielen Dank, Herr Rietset, dass Sie auch heute wieder ohne Honorar zu uns gesprochen haben. Ich denke, dass jeder von uns wertvolle Erkenntnisse durch Ihren Vortrag gewonnen hat, die bei der Entscheidungsfindung in Fragen des Vererbens weiterhelfen können.

Meine Damen und Herren,
damit sind wir mit unserer Veranstaltung am Ende. Bitte denken Sie beim

Rausgehen an den kleinen Fragebogen, den Sie bei meiner Mitarbeiterin draußen am Informationstisch abgeben können. Das Material können Sie gerne kostenlos mitnehmen. Für eine Spende sind wir selbstverständlich dankbar. Wir danken Ihnen für Ihr Interesse und Ihre Spende und wünschen Ihnen einen guten Nachhauseweg. Vielen Dank!«

Beim Abendessen im Restaurant (Zum zerbrochenen Krug) des Dorfrichters schnitt Leibgeber außer seinem Schnitzel die Frage an, ob Rietset nicht auch zum Thema Vorsorgevollmacht, Betreuungsrecht und Patientenverfügung referieren könne. Rietset war einverstanden. Kein Wunder. Immerhin organisierte ihm der Kriegsgräberverein eine Werbeveranstaltung. Die Adressen der Anschreiben stammten aus der Mitgliederdatei, die Anschreiben fertigte die Bundeszentrale, den Veranstaltungsort organisierte Leibgebers Bezirksgeschäftsstelle. Eigentlich hätte Rietset Karin und ihn zum Abendessen einladen müssen – nicht umgekehrt. Aber mit Speck fing man Mäuse, mit Würmern Forellen und mit einem Rumpsteak Medium Riedset als Referenten für den nächsten Vereinsvortrag. Als Rietset aufbrach, stapelte Leibgeber das von Karin in Kisten verpackte Restmaterial auf die Transportschaufel seines Verbandsfuhrwerks und galoppierte zum Parkplatz. Das Wildpferd galoppiert in die Freiheit der Steppenlandschaft. Das Deichselpferd zieht Abortkarren durch die Gassen, seufzte Leibgeber. Leibgeber packte die Kisten in den Kofferraum, legte Laptop und Beamer auf den Rücksitz, klappte den Karren zusammen und verstaute ihn hinter dem Fahrersitz. Er musste mit System packen. Sein Geschäftswagen erlaubte nur Teleskoprouten beim Angelausflug. Auf der Heimfahrt nach Köln waren die Fahrbahnen verengt, die Geschwindigkeit wurde durch Schilder eingeschränkt und die Sicht durch Regenschauer erschwert. Dennoch galt der Geschäftswagen des Kriegsgräbervereins Sportwagenfahrern und Limousinenbesitzern als jagdbares Wild. Als Jäger hat der Mensch das Bedürfnis, ein vor ihm fliehendes Wild erst zu verfolgen, dann einzukreisen und zum Schluss zu erlegen. Als Mitarbeiter des Kriegsgräbervereins hatten Leibgeber und Karin die Kulturstufe des Sammlers erreicht.

HINTER DER DORNENHECKE: DEUTSCHER SOLDATENFRIEDHOF RSHEW – REDE UND GEGENREDE

Am Rande der im Zweiten Weltkrieg durch erbitterte Kämpfe völlig zerstörten Stadt Rshew hatte der Verein einen deutschen Sammelfriedhof zur Einbettung deutscher Wehrmachtssoldaten und SS-Angehöriger angelegt. Das neben einer Kleingartensiedlung liegende Gelände war planiert und mit einem Zaun umgeben worden. In der Mitte wurde ein zentraler Gedenkplatz mit einem Holzkreuz errichtet, am Eingang ein Tor aufgestellt. Noch vor Errichtung der Symbolkreuze und dem Abschluss der Geländebepflanzung wurden die ersten 240 Kriegstoten eingebettet. Sehr zum Ärger der russischen Veteranen und des Gebietsgouverneurs von Twer, Wladimir Platow. Auf sein Betreiben hin stoppten Polizisten die Einbettungsarbeiten, verwiesen die Umbetter vom Friedhofsgelände und schoben bereits geöffnete Grabstellen wieder zu. Ein Bündnis aus Vertretern russischer Rentner-, Veteranen- und Gewerkschaftsverbände bezeichnete den Sammelfriedhof als schweren moralischen Schlag gegen die nationale Würde und das historische Gedenken des russischen Volkes. Man dürfe die Gräueltaten der faschistischen Eroberer nicht mit dem gerechten Kampf der Vaterlandsverteidiger gleichsetzen, hieß es. Um das Vorhaben des Vereins politisch durchzusetzen, unterbreitete der Rshewer Bürgermeister, Alexander W. Chartschenko, den Vorschlag, unweit des deutschen Soldatenfriedhofes einen weiteren, sowjetischen Kriegsgräberfriedhof anzulegen. Beide Anlagen sollten mit einem »Friedenspark« verbunden und durch einen Festakt eingeweiht werden. Zu der Zeremonie wurden hundertzwanzig Teilnehmer aus Deutschland erwartet. Doch der Gouverneur des Gebietes Twer, Wladimir Platow, untersagte die Inbetriebnahme des Friedhofs. In einer Erklärung ließ Platow verlautbaren, eine Einweihung der Anlage sei »am Ort der gesetzwidrigen Bestattung deutscher Soldaten unmöglich«. Die Einweihung fand dennoch statt. Der Grund dafür ist nicht überliefert, sodass die Nachwelt auf Spekulationen angewiesen bleibt. Vermutlich hatten höhere Stellen der russischen Verwaltung bis hin zu Präsident Wladimir Putin, der das Friedenspark-Projekt unterstützte, die Durchführung der Festveranstaltung ermöglicht. Beim Festakt flatterten Fahnen im Wind. Unter den Fahnenmasten wurden die russische und die deutsche Nationalhymne gespielt. Die Fahne fest im Blick verfolgte der Vorsitzende des Kuratoriums Rshew, Ritterkreuzträger Ernst-Martin R., das Geschehen. Auf dem Podium sprachen zwei junge Menschen: Sergej Z., ein Russe, in deutscher Sprache und eine Deutsche, Olga B., die 1991 von Kirgisien an der chinesischen Grenze im Alter von sieben Jahren mit ihren Eltern nach Deutschland auswanderte, in perfektem Russisch. Beim Verlesen ihres Textes wurde sie von aufgebrachten Festgästen gestört, die sie lauthals als Faschistin beschimpften. Einige Protestler trugen Uniformen der Roten Armee, eine Teilnehmerin an der Veranstaltung trug einen Stalin-Button. Sie hielten die deutsche Kriegsgräberstätte für ein Heldendenkmal. Der Vereinspräsident und der Sprecher der Veteranen von Rshew betonten unisono, dass der Friedenspark ein Symbol der Versöhnung sei, ein Symbol der Erinnerung und der Mahnung an die gemeinsame Zukunft, die nur im Frieden liegen könne. Die Toten waren jedoch nicht gleich. Sie ruhten weder in denselben Gräbern noch starben sie aus denselben Gründen. Die russischen Kriegstoten hatten ihr Vaterland verteidigt. Die deutschen Kriegstoten hatten einen verbrecherischen Angriffs-, Raub- und Vernichtungskrieg geführt. Der Name Rshew stand für das hartnäckige Festhalten der deutschen Truppen am Krieg gegen die Sowjetunion. Im Dezember 1941 hatte die Gegenoffensive der Roten Armee vor Moskau die Wehrmacht in ihre etwa zweihundert Kilometer weiter westlich gelegene Winterstellung zurückgetrieben. Von Ende Dezember 1941 bis Anfang März 1943 wurde Rshew zum Kristallisationspunkt der Abwehrkämpfe im Mittelabschnitt der Ostfront. Rshew sei für tausende Soldaten zum Inbegriff eines entsagungsvollen Kampfes geworden, bemerkt Horst Großmann, Kommandeur der 6. Infanteriedivision, in seinem unter dem Titel »*RSHEW. Eckpfeiler der Ostfront*« im Podzun-Pallas Verlag, Friedberg, erschienen Schlachtengemälde. Ritterkreuzträger Ernst-Martin R., Vorsitzender des Kuratoriums Rshew und maßgeblicher Initiator für die Anlage des Sammelfriedhofs, diente als Bataillonschef im Infanterieregiment 18 der 6. Infanteriedivision unter Generalmajor Horst Großmann. Auf den vom Kuratorium Rshew verantworteten Internetseiten fand sich als Literaturempfehlung zum Thema auch Großmanns Heldenepos »*RSHEW. Eckpfeiler der Ostfront*« verzeichnet. Wozu der Krieg im Osten diente, welche Ziele er verfolgte, wofür die deutschen Soldaten ihr Leben ließen – von all dem steht bei Großmann kein Sterbenswort! Kein Satz über die Massaker an den Juden, Kriegsgefangenen und Partisanen im Rücken der Front, kein Wort über die Ghettoisierung, Deportation und Ermordung der Stadtbevölkerungen, keine Silbe über die Versklavung, Vertreibung und Vernichtung der Zivilbevölkerung. Wohl aber berichtet Großmann voller Stolz über die Taktik der verbrannten Erde beim Abzug seiner Truppe. Hitler habe die Sprengung der Wolgabrücke in seinem Hauptquartier hören wollen. Vom Führerhauptquartier bis zum Spreng-kommando an der Brücke sei eine Fernsprechleitung durchgeschaltet worden, so dass Hitler an seinem Fernsprecher den Krach der in die Luft fliegenden Brücke habe hören können. Alle kriegswichtigen Einrichtungen (Brücken, Bahnhöfe, Wassertürme, Gleisanlagen und die Straßendecke der Autobahn) seien zerstört, der Zweck der Operation voll erreicht worden. Der in den Feind bis zu 160 Kilometer tief hineinspringende Frontbogen sei beseitigt, die Hauptkampf-linie von 530 Kilometer auf zweihundert Kilometer verkürzt worden. »Un-menschliches leistete der deutsche Soldat«, versichert der Kommandeur der 6. Division, Generalmajor a.D. Horst Großmann, voller Emphase in seinem Buch »*RSHEW. Eckpfeiler der Ostfront*« (Ebd., S. 74). Unmenschliches leistete der deutsche Soldat? Wohl wahr! Auch hinter der Front. In Brest und Baranowici, in Minsk und Mogilev, in Chatyn und Kalinin, in Vitesk und Vjasma. Mit Gefangennahmen, Grubenhinrichtungen und Gaswagen. Durch Wehrmacht, Waffen-SS und SS-Einsatzgruppen.

VIERTES KAPITEL

Vor der *Tagesschau* hockte Leibgeber mit Lena auf dem Affenfelsen. Birte lag im Bett. In der Werbung: Autos, Urlaubsreisen, Bankgeschäfte, Medikamente. Das Auto war DIE Ikone der Moderne. Individuelle Mobilität war ein gefühltes Menschenrecht. Touristikunternehmen zeigten entspannte Familien beim Abheben mit dem Düsenjet, beim Einchecken an der Hotelrezeption, beim Sightseeing vor exotischen Kulissen und beim Sonnenbaden am Palmenstrand. Die »Bank Ihres Vertrauens« warb nach der Milliardenrettung durch die Steuerbürger nach dem Bankenskandal im Zuge der Finanzkrise 2008 um das Vertrauen ihrer Kunden. Damit die Kunden die Kredite, die sie zur Finanzierung ihres Autos und ihres Urlaubs aufnahmen, abstottern konnten, wurden den Leuten in einem weiteren Werbespot Medikamente zur Gesunderhaltung angeboten. Dann kam »Die Börse im Ersten«. Acht Prozent der Bevölkerung verfügten über Aktienbesitz, aber hundert Prozent der Gebührenzahler finanzierten der öffentlich-rechtlichen Fernsehanstalt eine Sendung, die sich mit der wirtschaftlichen Entwicklung von börsennotierten DAX-Unternehmen beschäftigte. Ob der DAX gefallen oder gestiegen war, das Auf und Ab verschiedener Aktien, das Rauf und Runter der Unternehmensgewinne interessierte Leibgeber wie sein Schiss von vorgestern. Leibgeber besaß keine Aktien. Stattdessen hatte er am Ende des Geldes noch ziemlich viel Monat übrig. Wie schön, dass es Kredite gab. Da profitierten alle davon: die Autokonzerne, die Touristikbranche und die Banken. Und der Kriegsgräberverein, der ihn als abhängig Beschäftigten mit Zins- und Abtragsverpflichtungen als Galeerensklave an die Kette seiner Sklavengaleere legte. Im Geiste hörte er Gockel krähen, seinen Chef: Pull den Riemen, bis dir die Augen aus den Höhlen springen! Pull, bis dir das Kreuz bricht! Pull, bis dir das Herz im Leib zerspringt. Pull, bis deine Hände am Riemen bluten! Wie, Du willst nicht? Du will nicht mehr am Ruder ziehen, willst dich nicht mehr für die Interessen anderer ausbeuten und wie eine Krähe mit einem Fleischbrocken abspeisen lassen, während die Wölfe das Fell des Bären unter sich verteilen? Das kannst du haben, Leibgeber! Ich mach dich von deiner Kette los, werfe dich über Bord und überlasse dich den Haifischen. Zum Dank erhältst du einen Fluch, zum Überleben wirft dir die

Arbeitslosenversicherung eine Planke mit der Aufschrift ALG I hinterher. An der kannst du dich festklammern, bis sie durchfault – oder denkst du, du kannst damit den Ozean durchqueren? ALG I wird dich nicht ewig über Wasser halten! Zins- und Abtragsverpflichtungen für Haus, Auto, Wohnungseinrichtung und was weiß ich nicht noch alles werden dich wie Sklavenketten an deinen Fußgelenken in die Tiefe ziehen! Es sei denn, dich nimmt eine andere Sklavengaleere an Bord. Da kannst du als Galeerensklave weiter am Ruder ziehen. Wenn du Glück hast. Wenn du Pech hast, säufst du ab. Wenn dich nicht zuvor die Haifische fressen. »Die Nachrichten!«, mahnte Lena. Leibgeber schrak zusammen. Ein Albtraum! Die Bundesfamilienministerin war stolz darauf, den gesetzlichen Anspruch auf einen KiTa-Platz für unter Dreijährige zu 33,3 Prozent erfüllen zu können. »Ist ja super! Ist ja einfach wunderbar, oder?«, kommentierte Lena ironisch. Birte ging in den Kindergarten. In die Kindertagesstätte für unter Dreijährige (U3) wurde sie nicht geschickt. Nicht weil Lena und Leibgeber für sie keinen Platz bekommen hätten, sondern weil sie die Bestrebungen der Politik, so genannte U3-Plätze schaffen zu wollen, ablehnten. »Kinder unter drei Jahre gehören zu ihrer Mama – nicht in die Kindertagesstätte!«, bemerkte Lena. »Unter Dreijährige können kaum aufrecht auf ihrem Stühlchen sitzen, sie können kaum laufen und sie können kaum sprechen. Aber sie sollen von fremden Menschen anstatt von der eigenen Mama in Tageseinrichtungen außerhalb der Familie verwahrt werden, um ihre Mütter im Produktionsprozess zu halten.«

»Das ist ja das Ungeheuerliche daran«, bestätigte Leibgeber Lenas Überlegungen: »Die Leistungssteigerung der Wirtschaft erfolgt zulasten von unter dreijährigen Kindern. Das ist skandalös!«

»Die Prägephase eines Kindes ist erst mit dem vierten Lebensjahr abgeschlossen. Was für Soziopathen beabsichtigt diese Gesellschaft heranzuziehen? Rücksichtslose Egoisten? Kontaktarme Immoralisten? Depressive Narzissten?«

Lena und Leibgeber fragten sich, wo der Protestschrei der Kinderpsychologen, Pädagogen und Psychiater blieb, die um die Problematik wissen müssten. Warum blieb deren Protestschrei aus? »Warum bleiben die stumm?«, entsetzte sich Lena: »Sehen die Angehörigen dieser Berufsgruppen ihr zukünftiges Potenzial zum Geldverdienen heranwachsen, oder was? Die Politiker, die diese Fehlentwicklung als Handlanger der Wirtschaftsunternehmen verantworten, müssten für deren Folgen zur Verantwortung gezogen werden! Politiker sollten nicht dafür Sorge tragen, dass die Kinder ihren Müttern entfremdet und die

Entwicklung ihrer Persönlichkeit beeinträchtigt wird. Politiker sollten – umgekehrt! – dafür Sorge tragen, dass die Eltern wirtschaftlich in der Lage sind, ihre Kinder bis zur Vollendung des dritten Lebensjahres in ihrem häuslichen Umfeld betreuen zu können. Die Politiker dürfen nicht als Handlanger der Wirtschaftsunternehmen, sondern müssen als Anwälte der Kinder agieren. Um wirtschaftliches Einkommen zu erzielen und gesellschaftliche Anerkennung zu erfahren, sollte ein Elternteil, das ein Kleinkind bis zum dritten Lebensjahr aufzieht, ein steuerfinanziertes Grundeinkommen erhalten!«

»Sozialversicherungspflichtige Eltern zahlen in beide Richtungen: Sie investieren in die Aufzucht, Erziehung und Ausbildung ihrer Kinder als künftige Beitragszahler und zahlen parallel dazu in die Sozialversicherungssysteme ein. Sie, die Sozialversicherungspflichtigen, schultern die Lasten des Staates«, ergänzte Leibgeber auf dem Affenfelsen: »Um die Lasten des Staates gerechter zu verteilen, müssen Beamte, Soldaten und Kinderlose zu Ausgleichszahlungen herangezogen werden. Und zwar dalli! Stattdessen laufen sozialversicherungspflichtige Kindeseltern dalli dalli an die Zeiterfassungsgeräte ihrer Arbeitgeber, um mit ihrer Lohnsteuer den Staat, mit ihren Beiträgen die Sozialversicherungen und mit ihren Abgaben die Kommunen zu finanzieren.«

Leibgebers Bruttogehalt betrug 4.193,84 Euro. Das war der von ihm erlegte Riss. Bevor Lena, Birte und er davon abbeißen konnten, fiel ein Rudel Hyänen über seinen Riss her: die neuen Bundesländer (20,69 €), die Bundesagentur für Arbeit (65,60 €), die Krankenversicherung (322,87 €), die Pflegeversicherung (40,36 €) und die Rentenversicherung (413,30 €). Der größte Aasfresser war der Staat mit seiner Lohnsteuer (534,33 €). Der Prozentanteil des Risses, den die Hyänen seiner Familie wegfraßen, betrug exakt 33,3 Prozent seines Arbeitseinkommens. Ein volles Drittel des von ihm erlegten Risses kam den Hyänen zugute. Die Größe der Fleischbrocken, die sie aus dem Riss herausbissen, wurden nicht von den Wünschen seiner Familie, sondern vom Appetit der Hyänen bestimmt.

Lohnsteuer: Leibgeber hatte keinen Einfluss darauf, wofür die von ihm aufgebrachte Lohnsteuer verausgabt wurde. Der Anteil der Verteidigungsausgaben am Bundeshaushalt entsprach mit Dutzenden Milliarden Euro den Anteilen für Bildung, Forschung, Familie und Gesundheit zusammengenommen. Die Regierung gewichtete die Schwerpunkte ihrer Politik völlig anders, als Leibgeber und Lena sich das wünschten.

Arbeitslosenversicherung: Bei Eintritt der Arbeitslosigkeit hätte Leibgeber für die Dauer eines Kalenderjahres sechzig Prozent seines letzten Nettolohns durch die Bundesagentur für Arbeit ausgezahlt bekommen. Die Auszahlung war an zahlreiche Auflagen gebunden (Verfügbarkeit, Zumutbarkeit, Erreichbarkeit usw.). Nach Ablauf des Anspruchszeitraumes von einem Jahr hätte er sein Vermögen bis auf einen Schonbetrag verbrauchen müssen. Und zwar unabhängig davon, wie viele Jahre er als Beschäftigter in die Arbeitslosenversicherung eingezahlt hatte. Egal, ob drei oder dreiunddreißig Jahre – der Anspruch blieb der gleiche. Wenn der Eisberg seines Vermögens bis auf das Schonvermögen abgeschmolzen, das Häuschen seiner Eltern verkauft, die Lebensversicherung veräußert und das Sparvermögen verbraucht worden war, hätte er ein – nach einem auf Bewährung verurteilten Personalvorstand beim VW-Konzern umgangssprachlich *Hartz IV* genanntes – Almosen erhalten, dessen Bezug wiederum an strenge Auflagen geknüpft gewesen wäre (Verpflichtung zur gemeinnützigen Arbeit usw.). Beamte und die ihnen gleichgestellten Soldaten, die als Bedienstete des Staates nicht entlassen werden konnten, wurden zur Arbeitslosenversicherung nicht herangezogen.

Krankenversicherung: Da gesunde und gutverdienende Arbeitnehmer zu günstigeren Konditionen von privaten als von den gesetzlichen Krankenkassen versichert werden konnten, verblieben in den gesetzlichen Krankenkassen überwiegend Tarifbeschäftigte, Rentner, Kinder und Jugendliche. Leitende Angestellte wanderten in die Privatversicherungen ab. Selbständige versicherten sich privat. Soldaten, Beamte und Pensionäre zahlten einen minimalen Eigenanteil und konnten vom Staat Beihilfe zu den Behandlungskosten beanspruchen. Anfallende Behandlungskosten wurden den Beamten als staatliche Beihilfen erstattet. Die Beihilfezahlungen des Staates musste die Allgemeinheit tragen. Zudem wurde der Beamte als Privatpatient behandelt. Während Leibgeber als abhängig Beschäftigter stundenlang im Wartezimmer hockte, marschierte der Herr Beamte an ihm vorbei in den Behandlungsraum. Eine Bürgerversicherung, in die alle Leistungsnehmer hätten einzahlen müssen, wurden von der Bundesregierung und der Bundesärztekammer verhindert. Nicht nur, weil Politiker und deren Berater nach ihrem Ausscheiden aus der Regierung gerne in die Aufsichtsräte von Unternehmen wechselten, die den Leuten private Zusatzversicherungen verkauften (Riester, Rürup, Raffelhüschen), sondern zum einen, weil der Staat finanziell kaum in der Lage wäre, ohne weitere Verschuldung den Arbeitgeberanteil der Krankenversicherung für Beamte an die Krankenkassen abzuführen, zum anderen, weil die Ärzteschaft lukrative Privatpatienten verlöre.

Rentenversicherung: Die Höhe der Rente berechnete sich nach der Höhe der Beitragszahlungen und der Einzahlungsdauer – für Arbeiter und Angestellte.

Soldaten und Beamte zahlten keine Beiträge. Die Pensionen der Soldaten und Beamten waren von der Allgemeinheit aufzubringen, also von genau denjenigen Steuerbürgern, die durch den Generationenvertrag jahrzehntelang für die Renten der Tarifbeschäftigten nach dem Ausscheiden aus dem Erwerbsleben sorgten.

Leibgebers Nettoentgelt betrug 2.891,29 Euro. Außer den Sozialversicherungshyänen, die seine Arbeitnehmeranteile aus dem Kadaver seines Risses bissen, und dem Staat, der mit den Klauen des Bundesadlers seine Lohnsteuer an sich riss, fraßen sich auch die Aasgeier aus dem Stadtparlament und der Vermieter an seiner Leistung satt. Die Miete belief sich auf monatlich 894,95 Euro. Nach dem Abflug der Aasgeier ließen sich die Krähen des Gasversorgungsunternehmens und des Stromversorgungsbetriebes auf dem von ihm erlegten Riss nieder. Hatten sich Aasgeier und Krähen bedient, fütterte er die Spatzen: Telefon und Internet, Haftpflicht-, Hausrat- und Wohngebäudeversicherung, Kfz-Versicherung und –Steuer, GEZ-Gebühren und Nahverkehrsticket. Wenn Leibgebers Familie sich über den von Leibgeber erlegten Riss hermachte, reichte der von Hyänen, Bären, Aasgeiern, Krähen und Spatzen zerfledderte Kadaver kaum noch zur Sättigung mit Nahrungsmitteln, zur Reinigung mit Hygieneartikeln, zur Anschaffung von Kleidungsstücken, zur Betankung des Autos. Am Ende des Geldes hatte er noch ziemlich viel Monat übrig. Zum Überleben blieb ihm der Überziehungskredit. Während sich die Bank bei der Europäischen Zentralbank mit Zinssätzen von unter einem Prozent rekapitalisierte, kassierte sie von ihm vierzehn Prozent der Kreditsumme als Strafzins ab. Parlamente, Wirtschaftsunternehmen und Kreditinstitute pressen dich erst aus wie eine Zitrone und werfen dich dann in den Mülleimer, grollte Leibgeber in Gedanken. Wer beim Auspressen den Ehrgeiz entwickelt, den Geschmack der Austern seiner Peiniger verbessern zu wollen, ist ein Idiot. Ein Idiot! Das Leben erscheint auch so schon sauer genug.

Besprechung der Bezirksorganisationsleiter in der Landesgeschäftsstelle. Neben den Bezirksorganisationsleitern der Bezirksverbände Sauerland, Ruhrgebiet, Rheinland, Münsterland und Lippisches Land nahmen auch die Bildungsreferentinnen Paula und Emma teil. Emma, die Jugendreferentin: schmaler Oberkörper, lange Beine, Bubikopffrisur. Die sportliche Erscheinung der Jugendreferentin war kein Zufall. Schließlich musste sie körperlich fit sein: für das Pfingstzelten an Feiertagen, für Volleyball-Turniere an Wochenenden, für Workcamp-Aktivitäten in den Ferien. Im Jugendarbeitskreis waren Jugendliche und junge Erwachsene, Schüler, Studenten und Auszubildende aus dem gesamten Landesverband organisiert.

Vor einigen Wochen hatten Emma und Leibgeber mit Mitgliedern des Jugendarbeitskreises eine Informationsfahrt zur Burg Vogelsang unternommen. Die Anfahrt zur Burg Vogelsang war über Kornelimünster, Roetgen, Lammersdorf und Einruhr erfolgt. Hinter Einruhr stieg die Straße in engen Kehren auf die Dreiborner Hochfläche im Nationalpark Eifel an. Wenige Kilometer weiter zweigte die Zufahrt zur Burg Vogelsang ab. Links der schnurgeraden Zufahrtsstraße waren die Baracken des ehemaligen Militärlagers *Schelde* zu erkennen. Zur Zeit des Nationalsozialismus hatten hier die größten Sportanlagen Europas entstehen sollen. Rund anderthalb Kilometer weiter passierte der Reisebus die ehemalige Wache der NS-Ordensburg. Mit dem großzügigen hufeisenförmigen Torgebäude begann das denkmalgeschützte Bauensemble eines der letzten vollständig erhaltenen Täterorte der nationalsozialistischen Gewaltherrschaft. Die parallel zur Fahrbahn verlaufenden Längsflügel des Torgebäudes hatten als Hausverwaltung, Post- und Fernmeldestelle gedient gehabt. An ihrem Beginn waren zwei, nur bis zur halben Planungshöhe ausgeführte Eingangstürme mit den Reliefs eines NS Ordensjunkers auf dem Ost- und dem Relief eines Schwertträgers mit Mantel auf dem Westturm errichtet worden. Beide Reliefs waren Ausdruck einer Tradition, die der Baumeister der Anlage, Reichsorganisationsleiter Robert Ley, zwischen dem NS-Staat und dem Deutschen Ritterorden zu knüpfen versuchte. Nach dem Passieren des als Riegelbau quer zur Fahrtrichtung errichteten Torgebäudes erblickte Leibgeber den Kraftfahrzeughof, der nach dem Krieg von den belgischen Besatzungstruppen genutzt worden war. Die ehemalige NS-Ordensburg Vogelsang lag seit 1946 inmitten des militärischen Sperrgebietes eines Truppenübungsplatzes. Ende 2005 hatte die belgische Kommandantur das seit 1950 für militärische Zwecke genutzte Camp Vogelsang an den deutschen Staat übergeben. Damit hatte die Bundesrepublik Deutschland auch die Verantwortung für die Bauwerke der ehemaligen NS-Ordensburg übernommen. Die NS-Ordensburg Vogelsang war von 1934 bis 1939 durch die *Deutsche Arbeitsfront* (DAF) errichtet worden. Anlass dazu war der Mangel an Führungskräften auf der mittleren und höheren Ebene der *Nationalsozialistischen Deutschen Arbeiterpartei* (NSDAP) nach der Ernennung Hitlers zum Reichskanzler gewesen. Das Ermächtigungsgesetz vom 23. März 1933 gab Hitler diktatorische Vollmachten zur Gleichschaltung von Staat und Gesellschaft, die verwaltet und kontrolliert werden mussten. Die DAF unter Reichsorganisationsleiter Robert Ley errichtete die Bauten von insgesamt drei Schulungsburgen für die Ausbildung von Parteifunktionären: am Crössinsee in Pommern, bei Sont-hofen im Allgäu und im Flur Vogelsang in der Nordeifel. Der von Ley mit dem Bau der NS-Ordensburg Vogelsang beauftragte Kölner Architekt Clemens Klotz zog wesentliche Teile der Anlage in nur zweijähriger Bauzeit hoch – mit Unterkunfts-, Versorgungs-, Sport- und Unterrichtsgebäuden. Leibgeber hatte den Jugendarbeitskreis für eine Gruppenführung durch das Gebäudeensemble und zu einem gemeinsamen Mittagessen im Restaurant des ehemaligen Ge-meinschaftshauses der Ordensjunker angemeldet. Emma hatte die Veranstaltung auf facebook, im Internet und mit persönlichen Einladungsschreiben beworben. Die Bildungsfahrt zur ehemaligen NS-Ordensburg Vogelsang sollte mit einem Besuch des nur wenige Kilometer entfernten sowjetischen Kriegsgräberfried-hofes Rurberg abschließen. Auf diese Weise wollte Leibgeber den historischen Zusammenhang zwischen der Ausbildung und späteren Tätigkeit der Ordens-junker und dem grausamen Schicksal der in Rurberg beigesetzten russischen Zwangs- und Fremdarbeiter aufzeigen. Der Reisebus wurde nach dem Durch-queren der Tordurchfahrt auf dem Busparkplatz abgestellt. Der Weg vom Bus-parkplatz führte über ein Plateau, auf dem der architektonische Mittelpunkt der Burganlage errichtet werden sollte: das »Haus des Wissens«. Das »Haus des Wissens«, eine Art Parteiuniversität, sollte auf einer Fläche von hundert mal dreihundert Metern angelegt werden und einen so genannten »Palas« mit riesiger Ehrenhalle, umlaufende Seitengebäude und einen vorgelagerten Auf-marschplatz umfassen. Aufgrund des Kriegsausbruchs im September 1939 waren nach der Errichtung der Grundmauern die Bauarbeiten eingestellt wor-den. Der leicht abfallende Weg ließ die Gruppe mit Emma und Leibgeber drei Hallen passieren, in denen Motivwagen von Karnevalsumzügen abgestellt waren. Die belgischen Streitkräfte hatten die Garagen zum Abstellen von Militärfahrzeugen genutzt. Linker Hand vom Weg lag ein Gebäude, welches den belgischen Militärs als Truppenkino diente. Das in einer Geländesenke liegende Gebäude war von den Belgiern wegen seiner Lage als Krypta bezeichnet worden. Das vollständig erhaltene Truppenkino mit seiner Vollholzkassetten-decke, stoffbespannten Wänden, eloxierten Trichterlampen und aufsteigenden Stuhlreihen im Interieur der 1950er Jahre war in die Denkmalliste aufgenommen worden. In diesem Kino waren die »*Liebesgrüße aus Moskau*« mit James-Bond=Darsteller Sean Connery noch vor der Fertigstellung der deutschen Synchronfassung gezeigt worden. In diesem Kino attackierte die ehemalige Brecht-Geliebte Lotte Lenya in ihrer Rolle als russische Geheimdienstchefin den Geheimagenten Ihrer Majestät mit Stichwaffen in den Absätzen. Ihre

Schuhe wurden von Kuckuck in Köln aufgetragen. Auf dem riesigen Plateau auf der gegenüberliegenden Straßenseite erhob sich das rechtwinkelige Gebäude der belgischen Kaserne van Dooren, die nach dem Krieg von der belgischen Bauverwaltung als Truppenunterkünfte und Verwaltungsgebäude auf den teilweise fertig gestellten Grundmauern vom »Haus des Wissens« errichtet worden war. Die Grundfläche der belgischen Kaserne umfasste allerdings nur einen Bruchteil des für das »Haus des Wissens« von den Nazis vorgesehenen Gebäudekomplexes. Die Teilnehmer an der Bildungsfahrt kreuzten die asphaltierte Straße zwischen der Gebäuderückseite der Kaserne und der Burganlage der Nazis und marschierten, einer hinter dem anderen, im Gänsemarsch die Treppe zur Burgschänke hinunter. Die Zuwegung zur Burganlage führte um einen halbkreisförmig hervorspringenden, zweigeschossigen Pavillon, der im Sockelgeschoss einen Billardraum und im Erdgeschoss darüber ein Kaminzimmer beherbergte. Von dem mit Bruchsteinplatten belegten Sockelgeschoss erhoben sich neun Rundbögen einer Wandelhalle, von welcher der Zugang zu einer Kegelbahn, einem Spiel- und einem Billardzimmer, zu Vorratsräumen und einer Toilettenanlage erfolgte. Das darüber gelegene Erdgeschoss beinhaltete einen langgestreckten Speisesaal mit einer Holzbalkendecke und talseitig vorgelagertem Laubengang. Die Burgschänke bildete neben dem Hallenbad eines der beiden Bauwerke, die im Original erhalten waren. Eine Führungskraft der Serviceagentur ip Vogelsang, mit der Leibgeber auf dem Weg vom Bus übers Mobiltelefon vereinbart hatte, die Gruppe an der Burgschänke abzuholen, informierte darüber, dass bei der Konversion der Kasernenanlage sehr bald schon Konsens darüber geherrscht hatte, die Burgschänke der Ordensjunker künftig nicht als Gastronomiebereich auszuweisen, um nicht eine Stätte der Begegnung für Ewiggestrige und Neo-Nazis zu schaffen und damit unerwünschtes Publikum anzulocken. Der Führer, ein vom Kultusministerium freigestellter Geschichtslehrer, führte die Gruppe den östlichen Treppenabgang hinunter auf den Adlerhof. Der Adlerhof hatte seinen Namen aufgrund der 1937 dort aufgestellten Adlerplastiken erhalten. Während der westliche Teil des Adlerhofes erhalten geblieben war, wurde der durch einen Luftangriff zerstörte östliche Teil mit den Räumlichkeiten des Burgkommandanten einschließlich Arbeits-, Adjutanten- und Besprechungszimmer nicht wieder aufgebaut. Das im Süden gelegene, ebenfalls kriegszerstörte Tor- und Wachgebäude mit seiner verglasten Eingangshalle hatte Funktionsräume wie Ambulanz und Aufenthaltsraum, Poststelle und Wachstube beherbergt. Eine im Adlerhof ursprünglich platzierte Brunnenschale war, ebenso wie die Adlerplastiken, bei Luftangriffen zerstört worden. Im westlichen Gebäudeflügel des Adlerhofs waren die Wohnungen des Vogelsanger NS-Führungspersonals untergebracht gewesen. Sie wurden von den Belgiern nach dem Krieg zu Offizierswohnungen umgebaut. Zum Kommandanten der NS-Ordensburg wurde der am 21. Mai 1908 im Vogtland geborene Hans Dietel ernannt. Dietels NS-Karriere: 1931 NSDAP-Ortsgruppenleiter, 1934 Schulungsleiter der Gauführerschule Augustusburg, 1935 Lehrer für Rassenfragen an der Reichsschule der NSDAP in Bernau, 1936 Schulungsleiter der NS-Ordensburg Vogelsang, 1938 Beauftragter des Reichsorganisationsleiters der NSDAP für die Adolf-Hitler=Schulen, 1939 kommissarische, 1940 endgültige Ernennung zum Burgkommandanten der NS-Ordensburg Vogelsang durch Reichsorganisationsleiter Robert Ley. Von Dietel ist eine Vortragsreihe zur NS-Rassenkunde im Originalton erhalten. In dem Tondokument ist von germanischen Herrenmenschen und der Verschlechterung der Erbmasse des deutschen Volkes die Rede. Dietel, der sich zum Fronteinsatz meldete, erlitt am 20. Mai 1941 den Kriegstod. Leutnant Hans Dietel ruht im Grab 1298 in Block 4 des deutschen Soldatenfriedhofs Maleme auf Kreta. Die Jugendlichen und jungen Erwachsenen des Jugendarbeitskreises, mit denen Emma und Leibgeber auf der NS-Ordensburg Vogelsang unterwegs waren, sammelten bei der Friedhofsammlung an Allerheiligen oder bei Benefizkonzerten für dessen dauerhaften Erhalt. Auf Hans Dietel folgte Fritz Montag als Burgkommandant. Der 1896 bei Magdeburg geborene Montag verstarb am 20. Februar 1943 im Feldlazarett Poltawa. Die Gebeine von SS-Obersturmführer Montag konnten im Zuge der Umbettungsarbeiten des Kriegsgräbervereins im Raum Charkow nicht geborgen werden. Die vorgesehene Überführung zum Sammelfriedhof in Charkow sei damit leider nicht möglich gewesen, verhieß das Gräberdokumentationssystem. Sein Name stehe deshalb im Gedenkbuch des Sammelfriedhofes Charkow verzeichnet. Der als Führungskraft amtierende Lehrer führte die Teilnehmer an der Informationsfahrt über den Adlerhof auf den Wandelgang des dreiflügeligen Gemeinschaftshauses. Tief unterhalb der Ordensburg wand sich in engen Schlaufen der Urftsee durchs Tal. Dahinter erhoben sich die aufsteigenden Waldhänge des Kermeter. Unterhalb des Wandelgangs lag der Appellplatz, darunter waren in den Hang gebaute Unterkunftsgebäude der Ordensjunker zu erkennen. Unten, an der Talsohle des Hanges, erstreckten sich Schwimm- und Sporthalle sowie Sportplätze. Zwei breite Freitreppen führten auf den Appellplatz. Hier stand Adolf Hitler am 20. November 1936, um, als Höhepunkt einer Tagung, vor achthundert Gauamtsleitern zu sprechen. Am 29. April 1937 schritt er aus Anlass einer Kreisleitertagung die Reihen der auf dem Appellplatz angetretenen Ordensjunker ab. Die beiden Tagungen für Gauamtsleiter und Kreisleiter in Anwesenheit des »Führers« bildeten die historischen Höhepunkte in der Chronik der NS-Ordensburg. Dem Diktator folgten Besuche seiner Paladine: Reichsjägermeier Hermann Göring, Reichspropagandaminister Joseph Goebbels, Reichskriegsminister Werner v. Blomberg und Reichsorganisationsleiter Dr. Robert Ley als Vertreter des Bauherrn, der *Deutschen Arbeitsfront* (DAF). Vom Appellplatz aus erkannte Leibgeber ein Adlerrelief an der Führertribüne, welches einen Lorbeerkranz in Fängen hielt. Das Hakenkreuzemblem darin war herausgeschlagen, als Innenleben des Lorbeerkranzes eine Scheibe eingesetzt worden. Vom Appellplatz fiel der Blick auf den Westflügel des Gemeinschaftshauses, dessen Untergeschoss den Ordensjunkern als Bibliothek mit verglastem Buchmagazin und geräumigem Lesesaal diente. Das Obergeschoss war als Wandelhalle ausgestaltet gewesen, die einen atemberaubenden Blick auf den Kermeter, den Urftsee und die Landschaft der Nordeifel erlaubte. Die seeseitig offene Wandelhalle wurde zugemauert und von den belgischen Streitkräften zu Büro- und Arbeitsräumen ausgebaut. Rechter Hand vom Appellplatz erhob sich mit dem Ostflügel des Gemeinschaftshauses das Hauptgebäude. Daneben ragte ein 42 Meter hoher rechteckiger Turm in die Höhe, der einen Kultraum beherbergte. Der Ostflügel war ursprünglich als dreigeschossiger Bau ausgeführt worden. Heute präsentierte sich der Ostflügel mit einem durch Kreisfenster belichteten Sockelgeschoss und dem nach den ursprünglichen Plänen wieder errichteten Speisesaal des ersten Obergeschosses. Das erste Obergeschoss war ebenso wie beim Betrieb der NS-Ordensburg auch zu Zeiten der Stationierung der belgischen Streitkräfte als Speisesaal genutzt worden. Das ursprünglich oberhalb des Speisesaales gelegene und später kriegszerstörte zweite Obergeschoss hatte den Schulungsraum beherbergt. Der Lehrbetrieb hatte nach der Fertigstellung des ersten Bauabschnittes der NS-Ordensburg in der Zeit vom 1. Mai 1936 bis zum Beginn des Krieges am 1. September 1939 stattgefunden und betraf 1.500 Männer, die fast ausschließlich der unteren Mittelschicht entstammten, um die fünfundzwanzig Jahre alt, größer als 160 Zentimeter, körperlich gesund und keine Brillenträger waren. Die Ordensjunker hatten einen »Ariernachweis« über ihre familiäre Herkunft bis zurück zum Jahre 1800 zu erbringen. Schulungsschwerpunkt war die Rassenlehre der Nationalsozialisten, der zufolge die Menschheit in arische Herrenmenschen und in Angehörige minderwertiger Rassen, so genannte »Untermenschen«, zu unterscheiden sei. Weitere Unterrichtsthemen waren die revisionistische Außenpolitik und die geistige Vorbereitung des von

Hitler geplanten Angriffs-, Raub- und Vernichtungskrieges gegen die angeblich minderwertigen Völker Osteuropas zur Eroberung von neuem Lebensraum im Osten. Der ehemalige Speisesaal im ersten Obergeschoss des Ostflügels wurde beim Besuch der Gruppe als Informationszentrum, Ausstellungsraum und Cafeteria genutzt. Der parallel zum Ostflügel ausgeführte Wirtschaftstrakt hatte zur Ordensburgzeit Wäscherei, Bügelraum und Speisesaal für das Personal sowie die Großküche zur Verpflegung der Junker und des Stammpersonals beherbergt. Der verglaste Zwischenbau zur Verbindung von Forum und ehemaligen Wirtschaftstrakt diente als Cafeteria. Die jugendlichen Teilnehmer an der Bildungsfahrt stellten sich einer nach dem anderen vor der Ausgabe an, griffen zu Tablett, Serviette und Besteck und wählten zwischen einem der beiden angebotenen Menüs. Die Vegetarier unter ihnen wichen auf Kuchen oder Salate aus. Getränke wurden an Automaten gegenüber der Ausgabe gezapft. Die Kosten übernahm der Kriegsgräberverein. Dessen Botschaft »Kriegsgräber erhalten als Mahnmale zum Frieden« sollte in die nachwachsenden Generationen getragen werden. Kriegsgräberstätten sollten aufgrund des immer weiter nachlassenden persönlichen Bezuges der Bevölkerung von Stätten der Trauer zu Stätten des Lernens werden – mit eingeschränktem Aufklärungsanspruch. Während die Folgen von Krieg und Gewaltherrschaft im Format einer Kinoleinwand kommuniziert wurden, wurden deren Ursachen in den Foren der Vereinsarbeit nicht einmal in Briefmarkengröße abgebildet. Der Kriegsgräberverein lebte wie jeder andere Verein von Mitgliederbeiträgen, Erblasserzuwendungen und Spendeneinnahmen. Der Kriegsgräberverein wollte die zwölf Millionen Weltkriegs-Veteranen nicht als historische Mittäter entlarven, sondern als Opfer von Krieg und Gewaltherrschaft entlasten. Die deutschen Soldaten, deren Kriegsgräber der Kriegsgräberverein pflegte und auf Dauer erhielt, ermöglichten als Angehörige der Exekutive Hitlers die Durchsetzung der nationalsozialistischen Gewaltherrschaft. Nicht nur die Nachfahren der getöteten Wehrmachtsoldaten und SS-Angehörigen, nein, die gesamte Bevölkerung der Bundesrepublik Deutschland sollte mit Mitgliederbeiträgen, Erblasserzuwendungen und Spendenzahlungen die Vereinsarbeit finanzieren, aber nicht über die Rolle der Kriegstoten als historische Mittäter aufgeklärt werden. Nach dem Angriff auf die Sowjetunion waren viele Ordensjunker zur Zivilverwaltung in die Reichskommissariate Ostland und Ukraine kommandiert worden. Etliche von ihnen wurden als Gebietskommissare oder deren Stellvertreter bzw. Stabsleiter, die auch als Judenreferenten amtierten, eingesetzt. Als Hoheitsträger des Reiches war dem Gebietskommissar die gesamte regionale Polizei unterstellt. Beim

Einsatz in den Gebietskommissariaten betrieben die Gebietskommissare und deren Stabsleiter die systematische Ausplünderung des besetzten Gebietes, die Bekämpfung des Widerstands und die Verschleppung von Arbeitskräften. Bei der Ermordung der jüdischen Bevölkerung kooperierten sie mit den Einsatz- und Sonderkommandos der SS-Einsatzgruppen. Die als Gebietskommissare oder deren Stabsleiter tätigen Ordensjunker waren an der Organisation zur Liquidierung der Juden beteiligt. Sie wurden nach Kriegsende nur vereinzelt zur Rechenschaft gezogen, vor Gericht gestellt und zu Haftstrafen verurteilt. Der ehemalige Vogelsanger Stammführer und spätere Gebietskommissar in Kowel im Gebietskommissariat Wolhynien-Podolien des Reichskommissariats Ukraine wurde 1966 in Oldenburg wegen gemeinschaftlichen Mordes an mindestens sechstausend Menschen und wegen Mordes an einem Menschen in dreizehn Fällen zu lebenslangem Zuchthaus verurteilt. Ein früherer Hundertschaftsführer auf Vogelsang und späterer Gebietskommissar in Sdolbunov wurde 1960 vom Landgericht Stade zu lebenslangem Zuchthaus verurteilt. Das Urteil wurde allerdings nach der Wiederaufnahme des Prozesses in fünf Jahre Zuchthaus umgewandelt. Die meisten Ermittlungsverfahren gegen die Ordensjunker verliefen wie das Blut ihrer Opfer im Sande. Die meisten Täter blieben unbehelligt und tauchten als biedere Gastwirte, Versicherungsvertreter oder Lehrer in der deutschen Nachkriegs-Republik unter. Viele der überlebenden Junker nahmen unter dem Namen »Alteburger Kreis« über Jahrzehnte an Kameradschaftstreffen im rheinischen Königswinter teil. Im Text des Einladungsschreibens zum Kameradschaftstreffen aus dem Jahre 1994 heißt es, man wolle sich treffen, »*um zu plaudern, etwas Neues zu hören, Erfahrungen und Gedanken auszutauschen aus guter und für unsere jungen Jahre ersprießlichen Zeit. Eine Zeit, in die wir hineingeboren waren, mit dem Gelingen auserwählt zu werden zu höherem Tun und Streben in Zucht und Ordnung. Wie sagte unser Burgkommandant, unser unvergesslicher Hans Dietel: Körper, Geist und Seele sind die Dreieinigkeit unseres zukünftigen Lebens. Jeder war beseelt und hatte die lebensbejahende Ahnung, etwas Großes kommt auf uns zu, an das wir alle glaubten. Es war mehr als das Geschehen: es war die Krone unserer Zukunft und unseres Lebens zu den Auserwählten als Ordensjunker zu gehören. Diese für unser Leben hehre Gedankenwelt hat uns geformt bis heute.*« Der Verfasser dieser Zeilen wird nach der 2007 im Düsseldorfer Gaasterland-Verlag erschienenen Untersuchung »*Gottlos, schamlos, gewissenlos. Zum Osteinsatz der Ordensburg-Mannschaften*« des Journalisten F. A. Heinen zitiert. »*Unsere Wunschvorstellung, der Aufbau eines Deutschen Reiches unserer Anschauung, konnte nicht erfüllt werden. Der Feinde gab es zu viele*«, heißt es im Einladungsschreiben der »Alteburger«. Leibgeber wollte gar nicht daran denken, dass der Verfasser dieser Zeilen Mitglied im Kriegsgräberverein sein und mit seinen Mitgliedsbeiträgen sein Gehalt finanzieren könnte. Auszuschließen war das keineswegs, fürchtete Leibgeber, als er in Begleitung Emmas die Treppenabgänge entlang der Mittelachse zum gemauerten Halbrund der Freilichtbühne oberhalb der Sportanalagen betrat. In der Stützmauer unterhalb der Freilichtbühne erblickte er eine Reliefdarstellung von sieben Sportlern unterschiedlicher Disziplinen, deren Köpfe und Geschlechtsteile bei wütenden Schießübungen der die NS-Ordensburg erobernden US-Amerikaner als Ziele dienten. Unterhalb der Stützmauer mit dem Relief bog die Gruppe in das Unterholz ein. Nach wenigen Schritten standen die Teilnehmer an der Bildungsfahrt vor dem Block des vom Weg aus nicht sichtbaren Feuermals mit dem Fackelträgerrelief. Der gewachsene Platz davor war früher gepflastert gewesen und diente als »Sonnenwendplatz«. Das sechs Meter hohe, durch Einschüsse beschädigte Relief des Fackelträgers zeigte einen nackten Athleten mit geballter linker Faust, dessen erhobene rechte Hand eine Fackel trug. Die vollständige Inschrift rechts neben der Figur hatte gelautet: IHR SEID DIE / FACKELTRÄGER / DER NATION / IHR TRAGT DAS / LICHT DES GEISTES / VORAN IM KAMPFE / FÜR ADOLF HITLER. Jetzt war sie beschädigt. Auf dem Block war eine Feuerschale montiert gewesen. Das Feuer, welches die Junker in den Osten trugen, sollte Millionen Juden, Rotarmisten, Kriegsgefangene, Partisanen, Zwangs- und Fremdarbeiter vernichten – bis nach dem Fall von Stalingrad die Woge der Gewalt umschlug und zurück Richtung Reich rollte, wo der »Führer« und Reichskanzler Adolf Hitler wie eine in die Enge getriebene Ratte im Bunker der Berliner Reichskanzlei zugrunde ging. Der Rückweg führte am Turm des Gemeinschaftshauses vorbei zur Redoute. Das im zweiten Bauabschnitt 1936/37 errichtete Gebäude für das weibliche Hilfspersonal zur Bewirtschaftung der NS-Ordensburg erwies sich als ein in den Osthang hineingesetztes dreiflügeliges Gebäude mit hohem Mittelbau und niedrigen Seitenflügeln. Seit Ende 1938 war hier eine Krankenstation mit Operationssaal eingerichtet gewesen, von 1941 bis 1945 hatte das Gebäude als Krankenhaus für die Region gedient. Nach der Übernahme der Burganlage durch die Belgier diente es den Offizieren der Streitkräfte als Unterkunft. Auf dem Rückweg zum Parkplatz passierte die Gruppe eine 2004 unter Denkmalschutz gestellte Tankstelle aus den 1950er Jahren, die als original erhaltenes Musterbauwerk dieses Typs galt. Kurz dahinter wartete der Bus für die Weiterfahrt zur sowjetischen Kriegsgräberstätte Rurberg. Die Fahrt verlief über die Bundesstraße 266 in engen Kehren nach Kesternich und weiter auf die L166 in Richtung Rurberg. Zwei Kilometer nach der Abzweigung bog der Bus linkerhand auf den Parkplatz der sowjetischen Kriegsgräberstätte Rurberg ein. Die Zuwegung führte entlang der Mittelachse des Friedhofes, durch einen Treppenaufgang unterbrochen, vor ein Steinkreuz. Links und rechts des Weges waren Sammelgräber mit insgesamt 1.714 Toten angelegt worden. Hinter dem Gedenkkreuz, quer zur Mittelachse der Zuwegung, lagen weitere namentlich bekannte Kriegstote in Doppelreihen beigesetzt. Die überwiegende Anzahl der Gebeine war bis zum Herbst 1960 aus Gemeindefriedhöfen der Altkreise Schleiden, Monschau, Aachen, Erkelenz, Geilenkirchen, Jülich und Düren exhumiert und nach hierhin umgebettet worden. Der 1960 angelegte sowjetische Kriegsgräberfriedhof Rurberg war Leibgebers Informationen zufolge mit insgesamt 2.322 Kriegstoten belegt. Davon stammten allein 1.552 Tote aus dem ehemaligen Kriegsgefangenenstammlager (Stalag 126) Arnoldsweiler im Kreis Düren, wo die Kriegstoten im Braunkohle-Tagebau eingesetzt waren. Die Kriegstoten waren aus ihrer Heimat in der ehemaligen Sowjetunion zur Zwangsarbeit in das Deutsche Reich verschleppt worden, wo sie aufgrund unzureichender Ernährung, schwieriger hygienischer Verhältnisse und mangelnder medizinischer Versorgung in großer Zahl zugrunde gingen. Die Verschleppung zur Arbeit in den Rüstungsbetrieben, im Bergbau oder in der Landwirtschaft war von der Zivilverwaltung der besetzten Gebiete im Generalgouvernement und in den Reichskommissariaten organisiert worden. In den Reichskommissariaten Ostland und Ukraine waren viele ehemalige Ordensjunker der NS-Ordensburgen Crössinsee, Sonthofen und Vogelsang als Gebietskommissare oder deren Stabsleiter eingesetzt. Die auf der NS-Ordensburg Vogelsang ausgebildeten Junker wendeten die dort erlernte menschenverachtende Ideologie unter Missachtung jeglicher »humaner Orientierung« (Ralph Giordano) auf die Zivilbevölkerung in den von ihnen verwalteten Gebieten an. Einige der »Alteburger« lebten noch Jahrzehnte nach dem Zweiten Weltkrieg von der Justiz unbehelligt in der Bundesrepublik.

Die Besprechung der Organisationsleiter und Bildungsreferentinnen im Haus der Landesgeschäftsstelle wurde von Landesorganisationsleiter Holger Hahn geleitet. Gockel hatte einen Minderwertigkeitskomplex so hoch wie der Himalaya. Bei der Jubiläumsveranstaltung zum 25-jährigen Bestehen der Jugendbegegnungsstätte Ysselsteyn begrüßte er Leibgeber mit den Worten: »Der Herr Bezirksorganisationsleiter wird vielleicht bemerkt haben, dass ich mich mit dem Präsidenten duze. Gerade eben kam ein Ehepaar vorbei und versicherte mir, dass sie nur deshalb nach Ysselsteyn gekommen seien, um dem Präsidenten die Hand zu schütteln.« Daraufhin habe er – Gockel – die Herrschaften zum Präsidenten geführt und ihm gesagt: »Reinhard, du wirst hier gebraucht!«. Um sich Respekt zu verschaffen, krähte er in den Telefonhörer und hackte wild mit dem Schnabel um sich. Wehe, wenn das Küken schlauer sein wollte als der Gockel: ZACK! gab es einen mit dem Schnabel. ABER WIE! Untergebene, denen gegenüber er weisungsberechtigt war, hackte er gnadenlos vom Platz. Vorgesetzten, die ihm Weisungen erteilen konnten, versuchte er angestrengt ein Ei zu legen. Die Kommunikation beim Kriegsgräberverein war eine Einbahnstraße. Der Informationsfluss erfolgte ausschließlich von oben nach unten. Warum, fragte Leibgeber sich, – warum kam kein einziges Mitglied des Landesvorstands auf den Gedanken, die fünf Bezirksorganisationsleiter wenigstens einmal im Jahr zur Landesvorstandssitzung einladen zu lassen? Warum beauftragte kein Vorstandsmitglied den Landesorganisationsleiter, die Darstellung der Situation in den Bezirksverbänden durch die Bezirksorganisationsleiter in der Tagesordnung einer Landesvorstandssitzung zu ermöglichen? Das ein solcher Tagesordnungspunkt sich seit Kriegsende niemals auf die Tagesordnung einer Landesvorstandssitzung verirrt hatte, war für Leibgeber Beweis genug dafür, dass der unmittelbare Kontakt zwischen den Mitgliedern des Landesvorstands und den Bezirksorganisationsleitern nicht erwünscht war. Als er Gockel darauf ansprach krähte der: »Haben Sie schon jemals erlebt, dass ein Bezirksorganisationsleiter bei einer Landesvorstandssitzung zugegen war?« Gockel zeigte sich auf die miese Gesprächskultur im Landesverband auch noch stolz! Der Landesorganisationsleiter fungierte nicht als Brücke zwischen den Mitgliedern des Landesvorstands und den Bezirksorganisationsleitern, sondern als Wasserscheide. Gockels Ehrgeiz erschöpfte sich darin, den Mitgliedern des Landesvorstands unter dem Vorsitz von Cäsar als Imperator des Landesverbandes gefallen zu wollen – nicht seinen Bezirksorganisationsleitern. Dass er nur so erfolgreich war wie die Arbeit seiner Bezirksorganisationsleiter, dass sein Erfolg von der Motivation seiner Bezirksorganisationsleiter abhing, hatte Gockel nicht begriffen. Dass Qualifikation, Motivation und Engagement seiner Bezirksorganisationsleiter sein wichtigstes Betriebskapital darstellten, hatte er nicht verstanden. Die von seinem Assistenten Adler verfassten Niederschriften über die Ergebnisse der Sitzungen des Landesvorstands waren Tagesbefehle eines Generalstabs an die Truppe, die festlegten, in welche Richtung der Verband zu marschieren hatte.

Auf der Tagesordnung: Empfehlungen einer Arbeitsgruppe an den

Bundesvertretertag zur Neuausrichtung der Verbandsarbeit, erläutert vom Landesorganisationsleiter. Das Image des Kriegsgräbervereins werde meistens von der Arbeit geprägt, die sich direkt auf das Soldatengrab beziehe und das Andenken an die Soldaten in den Vordergrund rücke. Das sei ein fatales Missverständnis, krähte Gockel in den Sitzungskäfig. Das Gedenken beim Kriegsgräberverein gelte schon seit langem allen Toten von Krieg und Gewaltherrschaft – neben Soldaten auch KZ-Opfern, Kriegsgefangenen, Fremd- und Zwangsarbeitern, Flucht- und Vertreibungsopfern.

»Der Kriegsgräberverein kümmert sich vor allem um Soldaten«, widersprach Leibgeber. »Das ist kein ›fatales Missverständnis‹, sondern trifft den Nagel auf den Kopf. Was waren das für Kriegstote, die seit dem Ende der Ost-West=Auseinandersetzung in ganz Osteuropa lokalisiert, exhumiert, identifiziert und auf neu angelegten Sammelfriedhöfen beigesetzt wurden? Waren das Euthanasie- und Gestapo-Opfer? Waren das Politoffiziere und Partisanen? Waren das kremierte Juden, Sinti und Roma? Nein, nein und dreimal nein! Das waren die Gebeine von siebenhundertfünfzigtausend Angehörigen der Wehrmacht und der Waffen-SS!«

»Der Kriegsgräberverein pflegt auch die Kriegsgräber von russischen Zwangsarbeitern und polnischen Fremdarbeitern. Neben der Jugendbegegnungsstätte auf Usedom liegt ein Kriegsgräberfeld mit Flüchtlingen, die in Swinemünde von den Amerikanern bombardiert wurden. Das sollten Sie als Mitarbeiter unseres Vereins wissen, Herr Leibgeber!«

»Haben die Mitglieder, Spender und Erblasser über fünfzehn Jahre Millionen Euro aufgebracht, um die Gebeine von Euthanasie- und Gestapo-Opfern, Politoffizieren und Partisanen, Sinti und Roma, oder die Leichen aus den Grubenerschießungen der Einsatzgruppen zu bergen? Ich denke, Kernkompetenz des Kriegsgräbervereins sind Bau, Pflege und Erhalt von Soldatengräbern.«

»Was Sie denken ist mir eigentlich ganz egal!«

Wie bitte, was? Was krähte Gockel da? überlegte Leibgeber. Was du denkst, sei ihm ganz egal? Descartes sagt, cogito ergo sum: Ich denke, also bin ich! Wenn dir jemand meint mitteilen zu müssen, es sei ihm eigentlich ganz egal was du denkst, bedeutet das, dass deine Existenz für ihn keine Rolle spielt.

»Um den Kriegsgräberverein zukunftsfähig zu machen, empfiehlt der Vorstand, Bau, Pflege und Erhalt der Kriegsgräber um die Schul-, Bildungs- und Jugendarbeit als gleichberechtigte Kernaufgabe zu ergänzen. Bitte beachten Sie das!«

Als ob tausende Schüler aus hunderten Schulen im Landesverband ausschwärmen und in den Kreisen, Städten und Gemeinden für den Kriegsgräberverein sammeln würden, kommentierte Leibgeber Gockels Gekrähe in Gedanken. Als ob mit den bundesweit sechzig Workcamps im Jahr und in den vier Jugendbegegnungsstätten tausende Jugendliche als Mitglieder, Spender und Förderer der Vereinsarbeit gewonnen werden könnten. Als ob die kosten- und personalaufwändige Jugend-, Schul- und Bildungsarbeit mehr als ein Schaufenster der Verbandsarbeit darstellen könnte.

»Nächster Tagungsordnungspunkt. Der Landesverband hat, wie Sie wissen, eine Kooperationsvereinbarung mit dem *Bund der Historischen Deutschen Schützenbruderschaften* (BHDS) abgeschlossen. Die Vereinbarung wurde, wie Sie sich erinnern werden, auf dem Landesvertretertag unterzeichnet. Ich sehe darin große Chancen, die Sammlungsergebnisse vor Ort zu verbessern. Die Bundeswehr hat sich in den vergangenen Jahren mehr und mehr aus der Fläche zurückgezogen. Aufgrund der Reduzierung der aktiven Truppe, dem Aussetzen der Wehrpflicht und der Schließung von Standorten wachsen immer weniger Soldaten nach. Um diesen Negativtrends entgegenzuwirken, bedarf es eines weiteren, in der Fläche präsenten Partners, der uns bei der Haus- und Straßensammlung zu unterstützten vermag.«

Der kulturelle Humus, in dem Gockel auf der Suche nach innovativen Ideen scharrte, schien von verrosteten Uniformknöpfen, vermoderten Kragenspiegeln und verschlungenen Biesen durchsetzt. Gockels Krähen war Ausfluss seiner Bemühung, die zerfallende Zitrone in der Hand des Kriegsgräbervereins durch eine weitere Umdrehung auf der Saftpresse zu melken.

»Ich habe Kontakt zu der Schützenkameradschaft in meinen Heimatort und zum Nachbarort aufgenommen«, berichtete Leibgebers Kollege aus dem Sauerland. »Wir haben uns bei mir in Arnsberg getroffen. Die Herren meinten, es sei Aufgabe des Staates, die Kriegsgräber zu pflegen. Die Bundesrepublik sei hier als Rechtsnachfolger des Deutschen Reiches in der Pflicht.«

»Damit haben die Herren ganz Recht«, bestätigte Leibgeber. »Das untergegangene Deutsche Reich hat seine Soldaten in zwei schreckliche Weltkriege geschickt und der Rechtsnachfolger fühlt sich nicht verpflichtet, für die Kriegsgräber der Gefallenen zu sorgen. Zur Zeit der Koexistenz mit der Deutschen Demokratischen Republik hat die Bundesrepublik stets für sich in Anspruch genommen, alleiniger Rechtsnachfolger des Deutschen Reiches zu sein.«

»Sie müssen so argumentieren, dass es nicht Aufgabe des Staates ist, die Kriegsgräber im Ausland zu erhalten, sondern der Zivilgesellschaft«, hackte Gockel in Richtung Leibgeber. »Der Kriegsgräberverein hat sich nach dem

Ersten Weltkrieg als Bürgerbewegung konstituiert. Und zwar, weil die Menschen die Gräber ihrer Angehörigen selber pflegen und deren Instandhaltung nicht dem Staat überlassen wollten. Ich erwarte von Ihnen, dass Sie bei der Begegnung mit Vertretern von Schützenbruderschaften so argumentieren, dass eine Zusammenarbeit daraus erwachsen kann. Das Saatkorn dazu ist gepflanzt. Die auf der Landesvertreterversammlung getroffene Vereinbarung über die Zusammenarbeit mit den Schützen weist eine Win-Win=Situation aus. Die Jungschützen profitieren von der friedenspädagogischen Jugendarbeit in den Jugendbegegnungsstätten und in unseren Workcamps. Der Kriegsgräberverein profitiert von der Beteiligung der Schützenbruderschaften an der Haus- und Straßensammlung.«

Na prima! Die Jungschützen sollen also die Jugendbegegnungsstätten vom Kriegsgräberverein besuchen, Moos kratzen und Kreuze putzen, überlegte Leibgeber. Die Jungschützen sollen die gefallenen Hitlersoldaten, die sich an Angriffs-, Raub- und Vernichtungskriegen von Wehrmacht und Waffen-SS beteiligten, die überfallenen Länder okkupierten und die Bevölkerung zur Zwangsarbeit verschleppten, als Opfer von Krieg und Gewaltherrschaft begreifen. Die Jungschützen sollen die Bombenopfer, die ihrem Führer frenetisch zujubelten und den Deportationen der Juden aus ihrer Nachbarschaft tatenlos zusahen, als Opfer von Krieg und Gewaltherrschaft verstehen. Der Kriegsgräberverein betrauert die Kriegstoten unisono als Opfer von Krieg und Gewaltherrschaft. Die Täter werden weggelogen. Das Opfernarrativ ist wesentlicher Inhalt der Gedenk- und Erinnerungskultur dieses Vereins!

Leibgeber hatte sich über seinen Arbeitsplatz beim Kriegsgräberverein bei der Einstellung ebenso gefreut gehabt, wie über einen freien Parkplatz in der Lotharstraße. Als er nach der Besprechung den Geschäftswagen aufsuchte, umkreiste er vor dem Einsteigen erst vorsichtig die Fahrertür. Beim Betreten der Landesgeschäftsstelle hatte Leibgeber Hundekot unter seinen Schuhsohlen bemerkt gehabt. Danach hatte er fünfzehn Minuten lang den Hundekot von seinem Schuhsohlen kratzten und mit Wasser säubern müssen, bevor er den Weg vom Scheißhaus in den Besprechungsraum hatte antreten können. Trotzdem Leibgeber seine Schuhe vor dem Betreten des Besprechungsraums auf der Toilette gesäubert hatte, war er im Laufe der Besprechung das Gefühl nicht losgeworden, dass er erneut in einen Scheißhaufen hineintrat. Wie reagiert man auf einen Haufen Scheiße? Drei Möglichkeiten, überlegte Leibgeber auf dem Weg zum Geschäftswagen: man tritt hinein, putzt ihn weg oder geht ihm aus dem Weg. Reintreten bedeutet Ärger. Wegputzen bedeutet Arbeit. Um Arbeit und Ärger zu vermeiden, machst du einen Bogen darum. Und zwar einen weiten! Leider hat der Scheißhaufen ein Gravitationsfeld: Deine wirtschaftliche Abhängigkeit. Deshalb umkreist du ihn – bis zur Verrentung! Was bringt es, die Gedenk- und Erinnerungskultur des Kriegsgräbervereins am Stand der historischen Forschung orientieren zu wollen? überlegte Leibgeber beim Einsteigen in den Geschäftswagen. Nichts als Ärger! Was bringt es, die autoritäre Führungskultur des Landesverbandes in eine moderne Beteiligungskultur transformieren zu wollen? fragte er sich beim Ausparken. Nichts als Schwierigkeiten! Die Reaktion deiner Kollegen wäre weder von Hochachtung vor deinem Mut noch von Solidarität mit deinen Zielen gekennzeichnet. Die Reaktion deiner Kollegen wäre von Spott und Häme geprägt. Ja hat der Leibgeber denn noch immer nicht gepeilt, dass das ganze Geschwätz vom Recht auf freie Meinungsäußerung, von Zivilcourage als zeitgemäßer Form modernen Widerstands, Sprechblasen sind? würden sie denken. Worthülsen von Sonntagsrednern, die das Gegenteil dessen bedeuten, was ... was? Wer hupt denn da? »Sollen sie doch«, fluchte Leibgeber beim Treten der Kupplung an der Ampel ... »sollen Sie doch«, schimpfte er beim Einlegen des Gangs ... »sollen sie doch«, schnauzte er beim Heruntertreten des Gaspedals ... »sollen sie doch«, brüllte er beim Zurückreißen des Ganghebels zwischen die Sitze ... »sollen sie doch zur Hölle fahren! Ich will dem Landesvorstand gern behilflich sein, Wegweiser nach dorthin aufzustellen!«, fluchte er hinterm Steuer. Soll doch der Verband mit dem Landesorganisationsleiter am Steuer und dem Landesvorsitzenden auf dem Reiseleitersitz mit dem Führerhaus voran in den Abgrund stürzen – mit Kuckuck als Kühlerfigur! Wenn die Vorderräder in der Luft hängen und das Gefährt über dem Abgrund kippelt, versetzt du dem ganzen noch einen Fußtritt. Und tschüss!

Diözesanbruderratssitzung beim *Bund der Historischen Deutschen Schützenbruderschaften* (BHDS). Leibgeber fuhr mit dem Geschäftswagen nach Rommerskirchen, um als Gast des Diöszesanbundesmeisters über Aufgaben, Arbeit und Anliegen des Kriegsgräbervereins zu referieren. Sein Besuch erfolgte aufgrund der in der Landesvertreterversammlung unterzeichneten Vereinbarung über die Zusammenarbeit zwischen dem BHDS und dem Kriegsgräberverein. Die Vereinbarung formulierte folgende Kooperationsbeiträge: Einbindung des Kriegsgräbervereins in Maßnahmen des BHDS im Rahmen der Information der Gremien und Mitgliederverbände, Teilnahme an Arbeitseinsätzen auf Kriegsgräberstätten im In- und Ausland, Übernahme von Patenschaften über

Kriegsgräberstätten im Inland, Beteiligung an der Haus- und Straßensammlung, Durchführung interner Sammlungen, Mitgestaltung des Volkstrauertages, Kooperation im Rahmen der Jugendarbeit. Die Bundesrepublik Deutschland sah sich als Rechtsnachfolgerin des untergegangenen Deutschen Reiches, das seine Soldaten in zwei schreckliche Weltkriege geschickt hatte, nicht dazu veranlasst, den Erhalt der deutschen Kriegsgräber im Ausland aus Steuermitteln zu finanzieren. Das sollten Nachkriegsgenerationen leisten, die mittlerweile weder einen persönlichen Bezug zum Kriegsgeschehen noch zu den Kriegstoten hatten. Da sei es eine wertvolle Hilfe, so der Vereinspräsident auf der Landesvertreterversammlung, wenn der *Bund der Historischen Deutschen Schützenbruderschaften* (BHDS) eine Vereinbarung mit dem Kriegsgräberverein unterzeichne. Die Vereine hätten so die Möglichkeit, einander unter die Arme zu greifen. Der Kriegsgräberverein biete über seine jährlich wechselnden Workcamps und stationären Jugendbegegnungsstätten viele Möglichkeiten für die Jugendarbeit mit Jungschützen. Die Schützen könnten die Pflege der deutschen Kriegsgräber im Ausland durch Arbeitseinsätze auf den Kriegsgräberstätten und durch ihre Beteiligung an der Haus- und Straßensammlung unterstützen. Ganz ähnlich, wie dieses seit Jahrzehnten von Soldaten der Bundeswehr und Reservisten geleistet werde. Als Teilnehmer an der Landesvertreterversammlung hatte Leibgeber sich vor seinem geistigen Auge auf dem Kasernenhof stehen sehen.

SOLDATEN!

RESERVISTEN!

SCHÜTZEN!

DIE SCHIESSER SORGEN FÜR DIE GRÄBER DER ERSCHOSSENEN!

AUSFÜHRUNG!!

Leibgeber hatte seinen Kopf geschüttelt, bis ihm im Kopfkino der Horrorfilm riss. Im Anschluss an die Präsidentenrede hatten der Vereinspräsident und der Hochmeister vom BHDS an einem Tisch Platz genommen, um die angekündigte Vereinbarung über die Zusammenarbeit zwischen dem Kriegsgräberverein und dem BHDS zu unterzeichnen. Auf dem Pressefoto stützte Cäsar als Vorsitzender des Landesverbandes seine Hände auf die Stuhllehnen der beiden Unterzeichner. Ganz so, als wolle er die Vermählung des Kriegsgräbervereins mit den Schützen segnen. Der Präsident des Kriegsgräbervereins hatte sich zum Abschluss der Landesvertreterversammlung beim Hochmeister als dem obersten Repräsentanten der Schützen für die Kooperation bedankt und den Schützenbrüdern und -schwestern für die Bewältigung der gemeinsamen Arbeit mit dem Verein »fiel Vortün« gewünscht.

In Rommerskirchen saßen die in grüne Uniformen gekleideten Schützen-brüder und -schwestern dicht gedrängt auf Garnituren im gesteckt vollen Veranstaltungszelt. Es gab Kaffee, es gab Kuchen, es gab Softgetränke. Auf der Saalbühne nahm der geschäftsführende Vorstand des Diözesanverbandes an mit Tannengrün geschmückten Tischen Platz. Die Diöszesanbruderrats- und Vertreterversammlung wurde vom Diözesanbundesmeister geleitet. Neben seinen Stellvertretern saßen ihm der Diöszesanschatzmeister, der Schießmeister, der Fahnenschwenkmeister, der Bundesschützenmeister und der Diöszesanpräses zur Seite. Die Aufstellung der Diöszesanverbände im *Bund der Historischen Deutschen Schützenbruderschaften* (BHDS) orientierte sich an den Diöszesen der Katholischen Kirche. Die BHDS-Bruderschaften traten im privaten wie im öffentlichen Leben für christliche Werte ein. Ihr Credo: »Heimat – Glaube – Sitte«. Nach der Begrüßung der Teilnehmer und Ehrengäste kündigte der Diözesanbundesmeister vom Tischmikrofon aus den Vortrag des Bezirks-organisationsleiters des Bezirksverbandes Rheinland im Kriegsgräberverein an. Leibgebers Vortrag diente sowohl der Vorstellung der Verbandsarbeit als auch dem Aufzeigen von Kooperationsmöglichkeiten mit dem Schützenbund. Anstatt selber zu kochen, wärmte er eine Medienkonserve auf. Warum sollte er sich die Mühe machen, und eine eigene Power-Point=Präsentation erstellen? Du darfst ja doch keinen kritischen Gedanken darin kommunizieren, hatte Leibgeber in seiner Bezirksgeschäftsstelle am Kölner Neumarkt überlegt. Du darfst ja doch nur, in das graue Gefieder deiner Anzüge gekleidet, wie ein Papagei Vereinsparolen nachplappern (»Versöhnung!« »Versöhnung!« »Versöhnung!«). Du wirst gefüttert. Du wirst getränkt. Aber vom Fliegen kannst du in deinem Käfig nur träumen.

Leibgeber konnte sich niemanden vorstellen, der ungeeigneter gewesen wäre, die Schützentruppen in einem Werbefeldzug hinter die Fahne der Kriegsgräber-vereins zu versammeln, als sich selber. Schützenausmärsche waren ihm schon als Kind verhasst gewesen. Zur Zeit des Kalten Krieges am Rand des größ-ten Truppenübungsplatzes von Westeuropa aufwachsen zu müssen bedeutete, jeden Tag, manche Nacht und häufig genug am Wochenende die Abschüsse von Kampfpanzern, Panzerhaubitzen und Mörsern, das Rattern von Panzerketten, das Flattern von Hubschrauberrotoren und das Knattern von Maschinen-gewehren in Ohren zu haben. Deutschland sollte entsprechend dem NATO-Konzept der Vorne-Verteidigung sowohl als Probebühne als auch als Schlacht-feld für den Endkampf der westlichen Welt gegen den Kommunismus dienen. Du kannst dir niemanden vorstellen, der ungeeigneter wäre, die

Schützentruppen in einem Werbefeldzug hinter der Fahne der Kriegsgräber-vereins zu versammeln, als dich selber, überlegte Leibgeber. Schießen – das soll Sport sein, Schießsport? Ein Schütze übt sich in der Fähigkeit, treffergenau schießen zu können. Der Verein verantwortet Bau, Pflege und Erhalt von 2,7 Millionen Kriegsgräbern auf 832 Kriegsgräberstätten in 45 Ländern Europas und in Nordafrika. Er erhält die Kriegsgräber zur Erinnerung an die Kriegs-toten, als Mahnung für die Lebenden, als friedenspädagogische Lernorte für nachwachsende Generationen und als Aufforderung zu Frieden, Versöhnung und Völkerverständigung. Und da rekrutiert er ausgerechnet Schützen für seine Verbandsarbeit – Menschen, die Vergnügen daran finden, sich im treffer-genauen Schießen auszubilden? Die Novellierung des Waffenrechts nach dem Amoklauf von Winnenden war ein Schnellschuss, der niemandem wehtat. Ob Bad Reichenhall, Erfurt, Coburg, Emsdetten oder zuletzt Winnenden – die Waffenindustrie macht weiterhin Umsatz, die Schützenvereine bilden weiterhin in Schulen aus, die Waffen der Schützen lagern weiterhin im Haushalt. Nichts hat sich geändert, gar nichts! beklagte Leibgeber. In einem Land mit tausenden von Schützenvereinen und Jägern, wo die Schießwütigen für das soziale Gefüge ebenso bedeutsam sind wie die Kirchengläubigen, wird sich keine parlamen-tarische Mehrheit für ein modernes Waffenrecht, wird sich kein Politiker, der vor Ort wiedergewählt werden will, für eine Gesetzesänderung bereitfinden.

Nein, nein und dreimal nein: Leibgeber konnte sich niemanden vorstellen, der ungeeigneter gewesen wäre, die Schützentruppen hinter die Fahne der Kriegs-gräbervereins zu versammeln, als sich selber. Die im *Bund der Historischen Deutschen Schützenbruderschaften* (BHDS) organisierten Diözesanverbände waren eng mit der Katholischen Kirche verbunden. Die Statuten der Bruder-schaften schrieben ein »geordnetes Leben« nach den Grundsätzen der Katholi-schen Kirche vor. Das bedeutete ein vorbildliches Ehe- und Familienleben. Die Frage, wie mit einem geschiedenen Schützenbruder umzugehen sei, führte im BHDS zu kontroversen Diskussionen. Es gab sogar Vereine, die keine Frauen duldeten und nur katholische Männer aufnahmen. Als der Getränkehändler Dirk Winter in Münster zum Schützenkönig gekrönt wurde und mit seinem homosexuellen Lebenspartner gemeinsam beim Umzug mitmarschieren wollte, untersagte der Bundespräses des BHDS, der Kölner Weihbischof Heiner Koch, dass Winter und sein Lebensgefährte Oliver Hermsdorf beim Landesbezirks-Königsschießen in Horstmar und beim Bundeskönigschießen in Harsewinkel nebeneinander marschierten. Stattdessen sollte Hermsdorf, seit fünfzehn Jah-ren Lebensgefährte von Winter, in der Reihe hinter dem König lustwandeln.

Das ärgere ihn total, verriet Winter der Presse. »Die Kirche sagt ja auch nicht: ›Weil du schwul bist, nehmen wir deine Kirchensteuern nicht‹.« Da er jedoch eine innige Beziehung zu den Sankt-Wilhelmi=Schützen in Münster-Kinderhaus habe – sein Großvater sei dreißig Jahre lang als Fahnenoffizier des Vereins aktiv gewesen –, seien ihm die Schützen wichtiger als seine Befindlichkeiten. Es sei Kirchengänger und werde es auch bleiben, zitierte ihn die Presse. Winter wollte nicht um jeden Preis durchsetzen, was er für sein Recht erachte, wurde dort verlautbart. Die drei Kontrapunkte zur kirchlichen Begleitmusik waren Scheinheiligkeit, Realitätsferne und Diskriminierung. Der Bundespräses des BHDS, der Kölner Weihbischof Heiner Koch, sollte später von Papst Benedikt XVI. zur Belohnung für sein Wohlverhalten zum Bischof des Bistums Dresden-Meißen ernannt werden. Ein Jahr nach Leibgebers Vortrag in Rommerskirchen sollten Schützen aus Paderborn und Münster dafür sorgen, dass künftig keine gleichgeschlechtlichen Königspaare mehr im Schützenzug durch Dörfer und Vororte ziehen. Bei einer Bundesvertreterversammlung des BHDS in Leverkusen stimmten die Vertreter einem entsprechenden Antrag der beiden westfälischen Verbände mehrheitlich zu. Das gehöre einfach zum traditionellen Rollenverständnis, kommentierte ein Sprecher des Schützen-Dachverbandes die Entscheidung. Im Mai 2011 war dem Kölner Religionslehrer David B. die kirchliche Lehrberechtigung vom Erzbistum entzogen worden, weil er sich öffentlich zur Homosexualität bekannt hatte. 2009 hatte eine kirchliche Sozialstation eine Teilzeitpflegekraft, weil sie Muslima war, entlassen. 2008 war eine Pflegekraft aus dem Caritas-Pflegeheim in Kaiserslautern entlassen worden, als sie dem Arbeitgeber ihren Austritt aus der katholischen Kirche bekanntgab. Einem Chefarzt am katholischen Vinzenz-Krankenhaus in Essen wurde gekündigt, weil er nach seiner Scheidung erneut geheiratet hatte. Das Sakrament der Ehe ist nach katholischer Lehre unauflöslich. Die Scheidung durch ein weltliches Gericht wird nicht anerkannt. Daran hat sich seit den Zeiten Heinrichs VIII., der sich von der erzkatholischen Katharina von Medici hatte trennen wollen, nicht geändert. Welche Anforderungen an Mitarbeiter in kirchlichen Einrichtungen gestellt werden, ist in der »Grundordnung des kirchlichen Dienstes im Rahmen kirchlicher Arbeitsverhältnisse« nachzulesen. Dort wird der Erwartungshaltung Ausdruck verliehen, dass katholische Mitarbeiterinnen und Mitarbeiter die Grundsätze der katholischen Glaubens- und Sittenlehre anerkennen und beachten. Im September 2011 entschied das Bundesarbeitsgericht in einem Grundsatzurteil, dass das katholische Arbeitsrecht auch weiterhin in das Privatleben der kirchlich Beschäftigten eingreifen dürfe. Das Selbstbestimmungsrecht der Kirchen sei vom Grundgesetz geschützt. Danach könnten die Kirchen selbst bestimmen, wann ihre Glaubwürdigkeit die Kündigung eines Mitarbeiters erfordere, hieß es in der Urteilsbegründung. Die christlichen Kirchen genießen nicht nur Sonderrechte wie den Kirchensteuereinzug durch das Finanzamt zur Finanzierung ihrer Institutionen, Sonderrechte durch die Universitätsausbildung ihrer Glaubensvertreter, Sonderrechte bei der Finanzierung der Militärseelsorge, sondern auch Sonderrechte bei der Rechtsprechung. Das Kirchenrecht beschneidet Demokratie-, Menschen- und Freiheitsrechte, die seit der Französischen Revolution als selbstverständlich gelten, überlegte Leibgeber. Das BAG-Urteil betrifft nicht nur eine Nische des Arbeitsmarktes. Die Kirchen sind nach dem Staat der zweitgrößte Arbeitgeber Deutschlands. Allein bei *Caritas, Misereor* oder der *Diakonie* arbeiten hunderttausende Arbeitnehmer. Nicht alle Arbeitnehmer sind dort aus Glaubensgründen beschäftigt. Viele finden ganz einfach keinen anderen Arbeitgeber. Um zu überleben müssen sie ihre Überzeugungen tarnen, ihre Umwelt täuschen und sich durchs Berufsleben tricksen. Ihre öffentlichen Reden stehen im Widerspruch zu ihrer inneren Überzeugung. Sie führen ein Doppelleben. Dir geht es genauso, überlegte Leibgeber. Genauso! Dein beruflicher Erfolg ist nicht deiner Identifikation, sondern deiner schauspielerischen Leistung mit dem Ziel des wirtschaftlichen Überlebens geschuldet. Du bist ein Schauspieler. Allerdings wirst du niemals einen Oscar aus Hollywood, eine Palme aus Cannes, einen Bären aus Berlin oder einen Bambi von Herrn Burda dafür erhalten. Die Qualität deiner schauspielerischen Leistung zeichnet sich ja gerade dadurch aus, dass niemand dein Rollenspiel bemerkt. Leibgebers Auftritt auf der Bühne des *Diözesanverbandes Köln e.V.* im *Bund der Historischen Deutschen Schützenbruderschaften* (BHDS) wurde mit starkem Applaus bedacht. Der Diözesanbundesmeister bedankte sich in einem Brief an seine Kölner Bezirksgeschäftsstelle im Nachgang zur Diözesanbruderratssitzung mit herzlichem Schützengruß für die ausführliche Information und versicherte Leibgeber die anhaltende Resonanz unter den Schützen.

Treffen mit Morgenschweiss. Im Gegenzug zu seinem Besuch in der Bezirksgeschäftsstelle am Kölner Neumarkt hatte Morgenschweiss Leibgeber ins Café Riese eingeladen. Als er sich zur verabredeten Zeit in der Schildergasse einfand, war das Café mit nur wenigen Gästen besetzt. Morgenschweiss, der schon vor ihm eingetroffen war, war im hinteren Teil des Lokals in einer schwach ausgeleuchteten Sitznische zu finden. Ganz so, als wolle er sich von den anderen Gästen entfernt halten, dachte Leibgeber, als er ihm zur Begrüßung die Hand gab. Als er seine Jacke an die Garderobe hing, bestellte er einen Kaffee. Ob er denn gar nichts essen wolle, fragte Morgenschweiss. Daraufhin bestellte Leibgeber ein Stück gedeckten Apfelkuchen. »Mit Schlagobers. Damit ein höherer Dienstgrad dabei ist!« Morgenschweiss bestellte dasselbe. »Mit Schlagoberst. Damit ein höherer Dienstgrad dabei ist!«, lachte er. Beim Warten auf den Kuchen legte Morgenschweiss einen verblichenen Aktendeckel vom Finanzgericht auf den Kaffeehaustisch, dem er ein handgeschriebenes Testament entnahm. Das solle Leibgeber bitte mal durchlesen. Während Leibgeber sich unter der spärlichen Tischbeleuchtung über die handgeschriebenen Seiten beugte, lehnte Morgenschweiss mit sattem Lächeln in der gepolsterten Sitzbank. Leibgeber las, dass Morgenschweiss den Kriegsgräberverein zum Alleinerben einsetze. Das Erbe umfasste dessen Wohnungen in Köln und Bonn sowie dessen Barvermögen. Um den Einblick der Bedienung in den Wortlaut zu verhindern, stieß Leibgeber die ungehefteten Seiten zu einem Stapel zusammen und deponierte sie im Aktendeckel. Das sei ein großes Kompliment für die Arbeit des Vereins, urteilte er. Richter a.D. Morgenschweiss nickte und nippte am Tee. Beim Verzehr des Apfelkuchens stellte Leibgeber ihm die Fördererstiftung des Vereins vor. Bei der Einzahlung in die Stiftung bleibe das Geld von Morgenschweiss mit dessen Namen verbunden. Das gestiftete Vermögen werde nicht verausgabt, sondern für die Zwecke des Vereins angelegt. Verausgabt würden nur die Zinsen. Allerdings nicht vollständig. Ein Teil der Zinsen werde in den Kapitalstock zurückgeführt, um die Wertbeständigkeit des Stiftungskapitals zu erhalten. Auf diese Weise könne das Stiftungskapital die Verbandsarbeit dauerhaft fördern. Morgenschweiss entgegnete, sein letzter Wille sei im Testament formuliert. Dann winkte er der Bedienung, um die Rechnung zu verlangen. Als die Bedienung am Tisch stand fragte sie, ob das »zusammengehe«. Morgenschweiss verneinte. Nein, jeder zahle für sich. Daraufhin zahlte er seinen Tee und sein Stück Apfelkuchen. Leibgeber zahlte, half dem alten Herrn in den Mantel, warf seine Jacke über den Arm und begleitete Morgenschweiss zum Ausgang. Auf der Schildergasse bot Leibgeber an, ihn nach Hause zu fahren. Der alte Herr bedankte sich für das Angebot und erklärte, noch ein Brot erwerben zu wollen. Einmal wöchentlich käme jemand zum Putzen. Alles andere müsse er selbst erledigen. Leibgeber verabschiedete sich von Morgenschweiss mit dem Angebot, ihn jederzeit in seiner Bezirksgeschäftsstelle besuchen zu können. Auf dem Weg zur Geschäftsstelle überlegte Leibgeber, warum Morgenschweiss sein Vermögen dem Kriegsgräberverein vererben wollte. Die Ursache dafür schien ihm weniger in der Tatsache begründet, dass Morgenschweiss sich als ehemaliger militärischer Vorgesetzter für die Kriegsgräber seiner gefallenen Soldaten interessierte. Die Ursache dafür gründete nach Meinung Leibgebers schon gar nicht in dem Umstand, dass Morgenschweiss sich für die deutschen Toten des Angriffs-, Raub- und Vernichtungskriegs auf die Sowjetunion mitverantwortlich fühlte. Die Ursache, warum Morgenschweiss den Kriegsgräberverein als Alleinerben einsetzte, gründete darin, dass er keinem Lebenden sein Geld gönnte. Nicht einmal der Fördererstiftung. Das gestiftete Geld würde bei den Lebenden verbleiben. Das wollte er vermeiden. Als Richter hatte Morgenschweiss sein Leben lang Streitigkeiten schlichten und die Erfahrung machen müssen, dass der Mensch von Natur aus streitsüchtig, zänkisch und unverträglich ist. Hinzu kam, dass er keine Angehörigen, Freunde oder Bekannte besaß – zumindest keine, denen er sein Vermögen gönnte. Von den Lebenden hatte keiner sein Geld verdient. Deswegen sollten es die Toten haben.

Seit der Begegnung im Café Riese rief Morgenschweiss immer dann, wenn es ihm in seiner Wohnung am Volksgarten zu langweilig wurde, in der Bezirksgeschäftsstelle an, um Leibgeber in sein Lieblingscafé auf der Schildergasse einzuladen. Wenn Leibgeber die Einladung annahm, zahlte Morgenschweiss die Zeche. Die Annahme der Einladung verpflichtete Leibgeber, Morgenschweiss' Erinnerungen an die Beisetzung von Erich von Manstein anzuhören. Manstein war ein Feldmarschall Hitlers gewesen, der seine Soldaten wie Schafe in die Schlachthäuser seiner Feldschlachten getrieben hatte. In dessen Herde war Morgenschweiss als Leutnant mitgelaufen.

Hitlers Heeressoldaten lagen zu Hunderttausenden auf Soldatenfriedhöfen in ganz Europa, Hitlers Heerführer lagen – von Ausnahmen abgesehen – in Zivilgräbern auf Friedhöfen in Deutschland begraben. Der bekannteste Stratege des Diktators wurde auf dem Friedhof in Dorfmark bei Fallingbostel beigesetzt. Der Friedhof befindet sich am westlichen Rand des NATO-Truppenübungsplatzes Bergen-Hohne, an dessen Ostrand Leibgeber aufgewachsen war. Die sterblichen Überreste von Generalfeldmarschall Erich von Manstein wurden in der Dorfmarker Sankt-Martin=Kirche aufgebahrt. Die Kirche lag oberhalb des Forellenbaches auf einer mit Erlen bestandenen Anhöhe. Die dicken Mauern der Kirche auf dem Gerichts- und Thingplatz waren aus Feldsteinen errichtet, das Krüppelwalmdach mit roten Ziegeln eingedeckt worden. Der Trauerfeier um Manstein hatten u.a. dessen langjähriger Ia und Generalstabschef der Heeresgruppe Süd, General a.D. Theodor Busse sowie Admiral Armin Zimmermann und dessen Vorgänger im Amt des Generalinspekteurs der Bundeswehr, die Generale a.D. Heusinger und de Maizière, beigewohnt. Auch befand sich der ehemalige Oberbefehlshaber der alliierten Streitkräfte in Europa-Mitte, General a.D. Dr. Hans Speidel, unter den Trauergästen. Von der Bundeswehr waren außer dem Generalinspekteur auch der Inspekteur des Heeres, Generalleutnant Sonneck, der Befehlshaber im Wehrbereich II Hannover, Generalmajor Schubert, und der Kommandeur der Kampftruppenschule Munster, Brigadegeneral Müller, erschienen. Morgenschweiss hatte die Trauerfeier als Zeitzeuge erlebt. Die Zeit des Nationalsozialismus hatte er als Hitlerjunge, Angehöriger des Reichsarbeitsdienstes und Offizier der Wehrmacht mitgemacht. »Als es losging, dreiunddreißig, war ich zwölf Jahre alt«, erzählte Morgenschweiss beim Kölsch. »Schon in der Schule haben wir gehört, dass die anderen alle nichts taugen: die Franzosen waren arbeitsscheu, Polen, Russen und Juden Untermenschen. Hitlers Politik war eine Politik ununterbrochener Erfolge: allgemeine Wehrpflicht fünfunddreißig, Olympiade sechsunddreißig, Einmarsch in Österreich achtunddreißig. Wenn man nach dem Anschluss Österreichs freie Wahlen hätte abhalten können, hätte die Mehrheit der Bevölkerung für Hitler gestimmt. ›Ein Volk, ein Reich, ein Führer‹ hieß die Parole. Dann die Eingliederung der Sudeten, der Sieg gegen Polen und schließlich der Frankreichfeldzug. Eine Erfolgsgeschichte, die dazu führte, dass der ›Führer‹ in nur knapp sechs Wochen vollendete, was dem Kaiser in vier Jahren Weltkrieg nicht gelungen war: der Sieg im Westen. Es schien so, als ob Hitler mit dem Schwert alles würde erreichen können, was er sich vorgenommen hatte. Wir Jungen glühten vor Begeisterung, und jeder wünschte sich, Uniform zu tragen und Soldat zu sein.« Morgenschweiss brachte seinen militärischen Vorgesetzten Respekt entgegen. Allen voran dem Oberkommandierenden der Heeresgruppe Don, Generalfeldmarschall Erich von Manstein. Und zwar, weil dieser durch seine operative Führung das Abschneiden der Heeresgruppe A von ihren rückwärtigen Verbindungen verhindert hatte. Morgenschweiss war kein Parteimitglied und hatte sich, außer in der Hitlerjugend, niemals im Sinne der NSDAP betätigt. Dennoch wurde er durch seine Teilnahme an dem von Hitler am 22. Juni 1941 vom Zaum gebrochenen Angriffs-, Raub- und Vernichtungskrieg gegen die Sowjetunion zum historischen Mittäter. »Wir waren überzeugt davon, in Russland für eine gute Sache zu kämpfen. Sicher nicht mit der Begeisterung des Jahres 1914, aber in dem Bewusstsein notwendiger Pflichterfüllung. Wir Soldaten glaubten, unser Einsatz gelte der Verteidigung des Reiches und der Heimat gegen die drohende Vernichtung durch den Bolschewismus. Hitler sagte sich: die sinnvollste Lösung wird es sein, wenn ich England nicht direkt, sondern indirekt angreife. Ich schlage England, indem ich den letzten möglichen Festlandsdegen des ›jüdischen Bolschewismus‹, nämlich die Sowjetunion, niederwerfe. Das versprach zahlreiche Vorteile. Die Sowjetunion niederzuwerfen bedeutete: endlich den Lebensraum erobern zu können, den das deutsche Volk als notwendigen Siedlungsraum benötigte. Russland besiegt bedeutete: England musste den Kampf einstellen. Russland besiegt hieß: Vernichtung des ›jüdischen Bolschewismus‹ als Voraussetzung für die rassische Neugestaltung Europas. Russland besiegt besagte: Gewinnung des Wirtschaftsraums im Osten, der ausreichen würde, um autark weiterkämpfen zu können. Amerika würde keine Chance mehr haben, erfolgreich in den Krieg einzugreifen.« Morgenschweiss hatte den Russlandfeldzug vom Tag des Angriffs bis zu seiner schweren Verwundung im Frühjahr 1943 vor Charkow mitgemacht. Sein Weg führte ihn von der Weichsel über Dnjepr und Don bis hinauf in den Kaukasus. Anfang August 1942 nahm die Heeresgruppe A Krasnodar mit seinen Ölraffinerien ein und eroberte Maikop. In Maikop verdunkelten schwarze Rauchfahnen brennender Öllager den Horizont. Zwischen den Flüssen Kuma und Terek blieben die Panzer wegen Brennstoffmangels liegen – inmitten von Ölfeldern. Bis zum 18. August erreichte die Heeresgruppe den Nordrand des Kaukasusgebirges. Die Einschließung der 6. Armee bei Stalingrad im November 1942 barg die Gefahr der Abschnürung. Die in den Hochgebirgszügen des Kaukasus stehenden und deshalb nur mühsam zurückzuführenden Armeen der Heeresgruppe A wurden durch einen Rückzugskorridor bei Rostow zurückgenommen. Die Offenhaltung des Korridors wurde durch Generalfeldmarschall Erich von Manstein als Oberkommandierenden der Heeresgruppe Don veranlasst.

Der Trauergottesdienst für Manstein wurde von Pfarrer Karl Krüger als dem ehemaligen Divisionspfarrer der 18. Schlesischen Infanteriedivision gehalten. Im Mai 1953 hatte Manstein am Bundes-Schlesiertreffen teilgenommen, bei dem sich etwa tausend Angehörige der 18. Infanterie-Division in Köln versammelt hatten. Als letzter Divisions-Kommandeur vor dem Beginn des Zweiten Weltkrieges hielt Manstein während des Feldgottesdienstes eine Gedenkrede. Mansteins enge Verbundenheit zu diesem Truppenteil rührte auch daher, dass sein ältester Sohn Gero am 29. Oktober 1942 im Range eines Leutnants im Panzergrenadier-Regiment 51 der 18. Division gefallen war. Der Trauergottesdienst in der bis auf den letzten Platz gefüllten Sankt-Martin=Kirche wurde außer von den Angehörigen der Familie auch von hohen Offizieren der Bundeswehr, offiziellen Vertretern aus Kommunalpolitik und Verwaltung, ehemaligen Mitarbeitern Mansteins, Vertrauten und Freunden besucht. Der

Oberbefehlshaber der Alten Kadetten, General der Panzertruppe a.D. Walter Wenck, und Mansteins Vertrauter und ehemaliger Chef des Stabes, General der Infanterie a.D. Theodor Busse, saßen in der ersten Reihe. Es war Busse, der bei der Trauerfeier seinen Platz in der vorderen Kirchenbank verließ, um, an das Rednerpult neben den Sarg mit den sterblichen Überresten des Feldmarschalls tretend, die Gedenkrede für die Ritterkreuzträger zu halten. Manstein selber hatte Busse als seinen Adlatus bezeichnet und ihn in seinen Erinnerungen als » notfalls recht energisch « beschrieben. Er treffe mit dem was er sage meist den Nagel auf den Kopf. Busse sprach für die Alten Kadetten, die Ritterkreuzträger und die ehemaligen Mitarbeiter Mansteins im Führungsstab der 11. Armee und der späteren Heeresgruppe Don bzw. Süd. Es entsprach der Gepflogenheit, solche Gedenkreden beim Trauergottesdienst für eine verdiente Persönlichkeit vor der Trauerrede des Geistlichen zu halten. Bevor Pastor Krüger mit dem Trauergottesdienst beginnen konnte, erhob sich der Generalinspekteur der Bundeswehr, Admiral Zimmermann, aus der Kirchenbank, um den Platz hinter dem Rednerpult einzunehmen. Zimmermann legte ein in Längsrichtung gefaltetes Manuskript auf die Ablagefläche, holte seine Brille aus dem Etui und verlas die Abschiedsworte im Namen der Bundeswehr. Der Lebensweg des Generalfeldmarschalls habe ihn aus dem Kadettenkorps des Kaiserreichs in höchste militärische Führungspositionen der deutschen Wehrmacht und aus den Tiefen der Anklage gegen die deutsche militärische Führung nach dem Kriege in die Position eines militärischen Beraters der Bundesregierung für Fragen des deutschen Verteidigungsbeitrages geführt, erinnerte Zimmermann. Für alle Stationen dieses erfüllten Lebens gelte, dass Generalfeldmarschall von Manstein diese nicht nur im Strom der geschichtlichen Ereignisse passiert, sondern zunehmend in verantwortlichen Stellungen mitgestaltet habe. Mitgestalten heiße jedoch auch mitverantworten. Manstein sei dieser Konsequenz nicht ausgewichen. Der Generalfeldmarschall habe die harte Notwendigkeit der Hinnahme schwerster aber auch ungerechtfertigter Lasten ebenso getragen wie den Vorwurf, das harte Schicksal seines Volkes mitverschuldet zu haben. Der Generalinspekteur bezeichnete es als geschichtliche Tatsache, dass verantwortungsbereite Persönlichkeiten, die in gefährlichen Lagen zu entscheiden haben, der rückblickenden Kritik vielfältige Angriffsflächen böten. Erich von Manstein sei hier keine Ausnahme. Er habe angesichts der nicht mehr aufzuhaltenden militärischen Niederlage Deutschlands weder seinen Dienst quittiert noch zur Gewaltanwendung gegen die Staatsgewalt gegriffen. Dafür habe er Ablehnung erfahren, aber auch Verständnis gefunden. Berufene Betrachter aus dem Lager der ehemaligen

Kriegsgegner hätten Mansteins Leistung und Haltung hohe Anerkennung gezollt. Die Soldaten der Bundeswehr nähmen Abschied von einem Mann, dessen Rat zur Gestaltung des deutschen Verteidigungsbeitrages, den er von Anfang an befürwortet habe, mit der Geschichte der Bundeswehr verbunden bleibe. Die Soldaten der Bundeswehr verneigten sich vor dem in die Ewigkeit abberufenen Generalfeldmarschall. Manstein galt als der brillanteste operative Kopf des Zweiten Weltkriegs. Ein Urteil, mit dem britische, amerikanische und sowjetische Militärexperten wie der Historiker Basil Liddell Hart, Fieldmarshal Montgomery of Alamein oder Marschall Rodin Malinowski übereinstimmten. Auf Manstein ging jener legendäre »Sichelschnitt«-Plan zurück, der sich im Sommer 1940 als Schlüssel zum spektakulären Sieg der Wehrmacht über Frankreich erwies. Für die Eroberung der Krim mit der starken sowjetischen Festung Sewastopol wurde ihm am 1. Juli 1942 der Marschallstab verliehen. Als er im Frühjahr 1943 zu einer wuchtigen Gegenoffensive im Raum Charkow antrat, stieg Manstein vollends zum Primus inter pares im Kreis der deutschen Feldmarschälle auf. Erwin Rommel und Günther von Kluge bekundeten ihm ihre Bereitschaft, sich seinem Kommando zu unterstellen. Der tödlich verwundete Fedor von Bock beschwor seinen sieben Jahre jüngeren Kameraden noch im Mai 1945 auf dem Sterbebett, Deutschland retten zu sollen. So unumstritten seine Leistung als Stratege, so umstritten war sein Verhalten als verantwortlicher Kommandeur. Im Fokus der Kritik standen vor allem drei Ereignisse: Mansteins Befehl vom 20. November 1941 als Oberkommandierender der 11. Armee, der Massenmorde an jüdischen Zivilisten im deutschen Weltanschauungskrieg rechtfertigte, seine unrühmliche Rolle als Befehlshaber der Heeresgruppe Don bei der Kesselschlacht um Stalingrad und seine hartnäckige Verweigerung einer Beteiligung am militärischen Widerstand trotz besserer Einsicht in die dilettantische Führung Hitlers. In seinem Panzerkorps, mit dem er am 22. Juni 1941 im Eilmarsch in Richtung Leningrad vorrückte, wollte Manstein den Kommissarbefehl mit dem Einverständnis des ihm vorgesetzten Generals Hoepner, dem Oberbefehlshaber der Panzergruppe 4, »boykottiert« haben. Beim Kriegsverbrechertribunal in Nürnberg versicherte Manstein, dieser Befehl sei der erste Fall gewesen, in dem er in einen inneren Konflikt zwischen seiner Gehorsamspflicht und seiner Auffassung als Soldat gekommen sei. Die Wehrmacht hatte sich, veranlasst durch Kriegsgerichtsbarkeitserlass und Kommissarbefehl, völkerrechtswidrig verhalten und dadurch mitschuldig gemacht. Der Kriegsgerichtsbarkeitserlass vom 15. Mai 1941 legte fest, den Verfolgungszwang für verbrecherische Handlungen deutscher Wehrmachtsangehöriger gegen feindliche Zivilpersonen aufzuheben. Der Kommissarbefehl vom 6. Juni 1941 sah vor, politische Kommissare der Roten Armee bei ihrer Gefangennahme nicht als Soldaten zu behandeln, sondern *nach durchgeführter Absonderung zu erledigen*. In den unter der Verantwortung der Wehrmacht stehenden Kriegsgefangenenlagern wurden routinemäßige Aussonderungen von Kommissaren und Juden durchgeführt. »Bekannt war bei uns nur der Kommissarbefehl; der war bekannt, aber das hat uns nicht gekümmert«, erklärte Morgenschweiss im Kölner Café Riese. »Wenn wir Kommissare oder überhaupt Gefangene gemacht haben, haben wir denen die Waffen abgenommen und sie nach hinten geschickt. Wir haben uns mit den Gefangenen nicht beschäftigt. Wir sind immer nur vorne, also Kampftruppe, gewesen. Die Verbrechen wurden hinten, in den rückwärtigen Gebieten, begangen. Dass die Soldaten der Wehrmacht am Völkermord an den Juden und Zigeunern beteiligt waren, bestreite ich. Es erforderte unsere ganze Kraft, mit einem immer mächtiger werdenden Gegner fertig zu werden. Von den Morden im Hinterland erfuhren wir nichts. Wenn von antisemitischen Gedanken die Rede war, dann doch nicht in dem Sinne, dass wir gedacht haben, die Leute müssten reihenweise erschossen werden oder in die Gaskammer. Davon haben wir nichts gewusst! Wenn man uns schon so etwas anlastet, dann bedauere ich sehr, dass nicht auch Bomber-Harris für seine Verbrechen zur Verantwortung gezogen wurde«, protestierte Morgenschweiss. »Stattdessen hat man diesem Herrn in England ein Denkmal errichten lassen. Dieser Lump hat nicht nur Dresden bombardieren lassen; eine Stadt, in der keine kämpfende Truppe lag und die zudem Lazarettstadt war. Von wem bitte sind diejenigen angeklagt worden, die den Befehl gegeben haben, Atombomben auf Nagasaki und Hiroshima zu werfen? Sind das keine Kriegsverbrechen? In anderen Ländern wie in Großbritannien, Russland und den USA ehrt man die Veteranen der Weltkriege. Bei uns sucht man nach Beweisen, dass wir Verbrecher waren. Ein normales Volk ehrt seine Soldaten. Stattdessen werden die siebzehn Millionen Soldaten der Wehrmacht mit den Verbrechen des NS-Regimes identifiziert und in ihrer Ehre gekränkt. Wo ist denn bei anderen Völkern eine nur annähernd gleiche, ja, ich möchte sagen ›Begeisterung‹, all das aufzuarbeiten, was an schlimmen Sachen geschehen ist, was aber auf allen Seiten vorgekommen ist? Vorwürfe wie die des Hamburger Instituts für Sozialforschung, dass die Wehrmacht Verbrechen begangen habe, beinhalten die Diffamierung von Millionen gefallener und überlebender Soldaten der Wehrmacht«, empörte sich Morgenschweiss. Tatsächlich wurden im Befehlsbereich Mansteins Kommissare erschossen oder dem SD übergeben. Die Soldaten der

11. Armee halfen beim Judenmord durch Bereitstellen von Fahrzeugen, Absperrketten und Pionierabteilungen. Die in Mansteins Frontabschnitt eingesetzte Einsatzgruppe D unter SS-Gruppenführer Otto Ohlendorf führte nach dessen gerichtlicher Aussage in Nürnberg die Exekution von 90.000 Juden, davon allein zehntausend Juden in Simferopol auf der Krim durch, um deren Lebensmittel an die Not leidende Bevölkerung zu verteilen. Dieses Vorgehen war ganz im Sinne von Mansteins Armeebefehl vom 20. November 1941. Der Armeebefehl mit der Unterschrift Mansteins war nach dem Muster eines Befehls des Oberbefehlshabers der 6. Armee, Generaloberst v. Reichenau, abgefasst worden. Darin war davon die Rede, dass das jüdisch-bolschewistische System ein für alle Mal ausgerottet werden müsse. Der deutsche Soldat habe nicht allein die Aufgabe, die militärischen Machtmittel dieses Systems zu zerschlagen, er trete auch als Träger einer völkischen Idee und Rächer für alle Grausamkeiten, die ihm und dem deutschen Volk zugefügt worden seien, in Erscheinung. In Mansteins Armeebefehl war nahezu wortgleich mit dem Reichenau-Befehl davon die Rede, dass der Soldat für die Notwendigkeit der harten Sühne am Judentum als dem geistigen Träger des bolschewistischen Terrors Verständnis aufbringen müsse. Das Haupttätigkeitsfeld der SS-Einsatzgruppen lag im rückwärtigen Heeresgebiet. Gelegentlich wurden sie jedoch auch in den dem Oberbefehlshaber unterstellten Operationsbereichen tätig. Im Herbst 1943 berichtete Mansteins persönlicher Ordonnanzoffizier Alexander Stahlberg dem Feldmarschall beim Bridgespiel von Gerüchten, dass es im rückwärtigen Bereich der Heeresgruppe Süd zu organisierten Massenerschießungen von Juden durch die SS gekommen sei. Dort seien hunderttausend Zivilisten in einem Waldstück umgebracht worden. Das sei völlig unglaubhaft, so die Reaktion Mansteins. Gesetzt den Fall, es würden wirklich hunderttausend Menschen in einem einzigen Waldstück umgebracht, dann solle doch bitte irgendjemand einmal sagen, wie man hunderttausend Tote verschwinden lassen könne. Manstein erinnerte seinen Ordonnanzoffizier an die Eröffnungsfeier der Olympischen Spiele in Berlin, als 1936 hunderttausend Menschen im Stadion anwesend gewesen seien. Wenn man sich das vergegenwärtige, dann solle doch einmal jemand erklären, wo man ein derart großes Volumen von Toten hinbringen solle, um ihre Ermordung zu vertuschen, zitierte Stahlberg den Feldmarschall. Damit war der Fall erledigt. Manstein verdrängte, was er nicht sehen wollte und konzentrierte sich auf seine Aufgabe als Befehlshaber. Es kam jedoch weniger darauf an, was Manstein von verschiedenen Aktionen wusste oder nicht wusste, sondern was er als Territorialherr hätte wissen müssen. Als Feldmarschall stand er auch für

das Geschehen im rückwärtigen Gebiet seiner Heeresgruppe in der Verantwortung.

»Gästeschießen« auf der Standortschießanlage. Der Standortälteste, Brigadegeneral Graeber, hatte Persönlichkeiten aus dem öffentlichen Leben der Stadt zum Gästeschießen eingeladen – nicht etwa, um mit scharfen Waffen auf die geladenen Gäste zu feuern, sondern um informelle Gespräche zwischen Repräsentanten unterschiedlicher Institutionen zu ermöglichen. Auf der Standortschießanlage im Stommeler Busch konnte Graeber mit dem Chef des Luftwaffenamtes aus Köln-Wahn und dem Chef des Amtes für Personalmanagement der Bundeswehr aus der Mudra-Kaserne auch zwei Zwei-Sterne=Generale begrüßen. Motto des Personalamtes: »Wir machen Karrieren!« Und zwar mit dem Schwert in der Hand. Das bewies ein Blick auf das Wappen. Außerdem konnte Graeber neben anderen Gästen den Leiter des Bundeswehrdienstleistungszentrums, die Leiterin der Bundeswehrfachschule, den evangelischen und den katholischen Militärdekan, den Repräsentanten eines Rüstungskonzerns, einen stadtbekannten Bestattungsunternehmer und Leibgeber als Organisationsleiter des Bezirksverbandes Rheinland im Kriegsgräberverein begrüßen. Die Gäste bildeten einen Halbkreis um ihren Gastgeber, der sie nach der Begrüßung mit den Gegebenheiten auf der Schießanlage vertraut machte. Es wurde mit der Pistole P8 und dem Gewehr G36 geschossen. Jeder Waffe war eine Schießbahn zugeordnet. Vor dem Schießen erfolgte eine Einweisung. Den Anweisungen des Funktionspersonals auf den Schießständen sei Folge zu leisten, ermahnte Graeber seine Gäste. Vor dem Aufbruch zu den Schießbahnen wurden so genannte »Rennen« gebildet. Jedes Rennen umfasste drei Personen. Der Amtschef des Luftwaffenamtes, der Repräsentant des Rüstungskonzerns und der Leiter des Amtes für Personalmanagement bildeten ein erstes, der katholische Militärdekan, der Bestattungsunternehmer und Leibgeber ein weiteres Rennen. Auf diese Weise hatten sich sowohl die Waffenträger als auch die Kreuzträger zusammengefunden. In Gesellschaft der Kreuzträger begab Leibgeber sich zum Gewehrschießen. Der Militärdekan nahm ein Magazin mit fünfzehn Schuss scharfer Munition entgegen und auf dem Hocker vor dem Schusstisch Platz. Dort griff er zur Waffe. Während der Geistliche Einzelfeuer schoss, unterhielt Leibgeber sich mit dem Bestattungsunternehmer. Ob er sich vorstellen könne, eine gemeinsame Veranstaltung mit dem Kriegsgräberverein zum Thema »Gut vorgesorgt: Testament und Erbrecht« durchzuführen? Was er davon halte? Der Bestatter antwortete mit der Gegenfrage, was Leibgeber denn von ihm erwarte? Dass er den Veranstaltungsort zur Verfügung stelle und die Angehörigen seiner Kundschaft einlade, antwortete Leibgeber (wie aus der Pistole geschossen). Seine verstorbene Kundschaft könnte ja leider nicht mehr daran teilnehmen (schoss es ihm durch den Kopf), aber deren Hinterbliebene. Töchter und Söhne der Kriegstoten seien als Mitglieder, Spender und Förderer des Kriegsgräbervereins in einem Lebensalter, in dem die Themen Erbrecht und Vorsorge aktuell seien, erläuterte Leibgeber sein Anliegen. In dem Zusammenhang sei auch die Vorsorge für den Todesfall ein Thema. Der Bestattungsunternehmer könne die Veranstaltung nutzen, um den Förderern des Kriegsgräbervereins und den Hinterbliebenen seine Produkte vorzustellen. Von der Dienstleistung im Sterbefall, wie die Abwicklung von Versicherungsansprüchen, über die Ausrichtung der Trauerfeier bis hin zur Vorstellung verschiedener Bestattungsformen, wie Erd-, Feuer- oder Seebestattung. Der Militärdekan hatte ins Schwarze getroffen und eine hohe Punktzahl erreicht. Als nächster Schütze nahm Leibgeber am Schusstisch Platz. Leibgeber hatte lange Zeit gezögert, ob er als Mitarbeiter des Kriegsgräbervereins der Einladung zum Gästeschießen des Standortältesten Folge leisten sollte. Schließlich erklärte er seine Teilnahme in dem Bewusstsein, dass Schießer wie Bundeswehrangehörige, Reservistenkameraden und Schützenbrüder für die Kriegsgräber der Erschossenen sorgten. Aufsicht beim Schützen führte eine blonde Stabsunteroffizierin mit hohen Wangenknochen. Auf ihre Aufforderung »Teilladen«, rammte Leibgeber das Magazin in den Führungsschacht. Auf ihre Aufforderung »Fertigladen«, riss er den Verschlusshebel nach hinten und ließ ihn nach vorn schnappen. »Waffe entsichert! Feuererlaubnis für Einzelfeuer erteilt. Feuer frei!« Leibgeber visierte die Scheibe an, krümmte den Finger und zog den Abzug. »Verrissen! Höher! Höher!« Leibgeber ließ das Fadenkreuz des Visiers auf den untersten Ring wandern, krümmte den Finger bis zum Druckpunkt und zog den Abzug. »Treffer! Weiter! Weiter!« Er hatte noch dreizehn Schuss im Magazin und ballerte drauflos. Beim Auszählen der Ringe führte die Stabsunteroffizierin mit aufgeklebten Nägeln den Kugelschreiber übers Blatt. Eine Ärztin ist dazu da, Menschen zu heilen. Eine Krankenschwester ist dazu da, Menschen zu pflegen. Eine Köchin ist dazu da, Menschen zu verpflegen. Eine Lehrerin ist dazu da, Menschen zu bilden. Eine Journalistin ist dazu da, Menschen zu informieren. Eine Schauspielerin ist dazu da, Menschen zu unterhalten. Eine Soldatin ist dazu da, sich und andere in der Fähigkeit auszubilden, Menschen töten zu können, überlegte Leibgeber. Als der Bestattungsunternehmer feuerte, unterhielt Leibgeber sich mit dem Militärdekan, der seinem evangelischen Amtsbruder

beim ökumenischen Gottesdienst am Tag der offenen Tür in der Luftwaffenkaserne WAHN mit dem Blut der Leiche Jesu zuprostete, während dieser deren
Fleisch verfütterte. Leibgeber schüttelte den Kopf. In seinen Gedanken würfel-
ten viele Fragen durcheinander. In Deutschland galt die Trennung von Kirche
und Staat. Was hat dann – bitteschön! – die Militärseelsorge in der Bundeswehr zu suchen? Wer vergütet die Militärgeistlichen, wer zahlt ihre Dienstbezüge – die Kirche oder das Bundesministerium der Verteidigung, also auch
Muslime, Juden und Atheisten? Warum finanziert der Steuerbürger die Ausbildung der Theologen an staatlichen Hochschulen? Warum zieht der Staat
für die christlichen Kirchen als nicht-staatliche Organisationen die Beiträge
von deren Mitgliedern ein? Warum erledigt das Finanzamt das nicht zugleich
für den ADAC, das Deutsche Rote Kreuz oder den Kriegsgräberverein? Wo
bleibt da die Trennung von Kirche und Staat? wunderte sich Leibgeber. Der
türkischen Massenpartei AKP wird nachgesagt, sie wolle die laizistische Türkei
Kemal Atatürks in einen islamischen Gottesstaat verwandeln. Befürwortet die
CSU nicht das Aufhängen von Kruzifixen in bayerischen Klassenzimmern? Ze-
lebrieren die Kirchen den Religionsunterricht nicht in staatlichen Schulen? Bei
der Militärseelsorge gehen Thron und Altar Hand in Hand. Die Indoktrination
der Truppe mit christlichen Glaubenswerten als Ethik-Droge wirkt herrschaftsstabilisierend und hilft der Politik, ihre Ziele durchzusetzen. Die Kreuzzüge des
Staates werden mit von ihm ausgesandten Glaubensrittern geführt! Das Gemeindeblatt des Kriegsgräbervereins vom April 2013 veröffentlichte zusammen
mit einer Reportage über den Alltag eines Militärpfarrers in Afghanistan, eine
Auflistung der aktuellen Auslandseinsätze der Bundeswehr. Der Roman »*Die
Abenteuer des guten Soldaten Svejk im Weltkrieg*« von Jaroslav Hasek informiert
den Leser seit seinem Erscheinen in den zwanziger Jahren, dass *auch das große
Schlachthaus des Weltkriegs [...] auf geistlichen Segen nicht verzichten [konnte].
Die Feldgeistlichen aller Armeen beteten und zelebrierten Feldmessen zum Siege
derjenigen Seite, deren Brot sie gerade aßen. [...] Die Menschen gingen in ganz
Europa wie Vieh ins Schlachthaus, wohin sie geführt wurden von ihren Metzgern,
den Kaisern, Königen und anderen Potentaten und Heerführern und zugleich von
Priestern aller Konfessionen [...].* Karl Kraus lässt den Feldkurat Anton Allmer
in seinem Weltkriegsdrama »*Die letzten Tage der Menschheit*« mit den Worten
auftreten: *Gott grüße euch, ihr Braven! Gott segne eure Waffen! Feuerts tüchtig
eini in die Feind?*
  DER OFFIZIER: Sauber laufts, Hochwürden.
  DER FELDKURAT: Mit Gott möchte ich auch einmal ein Geschütz probieren.

DER OFFIZIER: Gern, Hochwürden, hoffentlich treffen Sie einige Russen.
(Der Feldkurat feuert ein Geschütz ab.)
DER FELDKURAT: Bumsti!
RUFE: Bravo!
DER OFFIZIER: Jetzt erst, da Hochwürden geschossen hat, sind unsere Waffen
gesegnet!

Nach dem Pistolenschießen wurden die Punkte ausgewertet. Von den insgesamt neunzehn Teilnehmern hatte Leibgeber den 19. Platz erkämpft. Das gereicht einem Mitarbeiter des Kriegsgräbervereins, der die deutschen Kriegsgräber im Ausland als Aufforderung zu Frieden, Versöhnung und Völkerverständigung erhält, zur Ehre, überlegte Leibgeber. Gut, dass du nicht außerdem noch am Sonderschießen mit der Panzerfaust zugunsten der Kindertagesstätte teilgenommen hast. Gegen die Zahlung einer Spende konnten die Teilnehmer am Gästeschießen eine scharfe Panzerfaust abfeuern. Leibgeber hatte das unterlassen. Leibgeber weigerte sich, Geld für eine Kindertagesstätte zu spenden, die unter dreijährige Kinder verwahrte. Warum? Weil er keine Gesellschaft unterstützen wollte, in der sich eine Frau Oberfeldwebel mit ihren vollen Milchdrüsen auf eine Bastmatte legt, um einem Pappkameraden G36-Geschosse in den Bauch zu feuern, während fremde Leute ihr wenige Monate altes Kind betreuen. Kinder, deren Prägephase noch nicht abgeschlossen ist, sollten von ihren Eltern aufgezogen werden. Oder doch lieber nicht? überlegte Leibgeber.

Beim Verzehr seiner Erbsensuppe auf der Bierzeltgarnitur saß ihm eine Dame gegenüber. Im Gespräch mit ihr stellte sich heraus, dass es sich um die Leiterin der Bundeswehrfachschule handelte. Die Direktorin bekundete Leibgeber gegenüber lebhaftes Interesse an einem Besuch Ihrer Schule, um die Schülerinnen und Schüler der dualen Ausbildungsgänge am Ende ihrer Dienstzeit über die Arbeit des Kriegsgräbervereins zu informieren. Die Kenntnis über die Aufgaben und Ziele des Kriegsgräbervereins sei für ihre Schülerinnen und Schüler von erzieherischem Wert, versicherte sie. Wenige Tage nach dem Gespräch fand sich die E-Mail einer Fachlehrerin in Leibgebers Mailkonto, mit der diese zum Besuch ihrer Klasse in der Bundeswehrfachschule einlud. Leibgeber bedankte sich für die Einladung und bat um einen Terminvorschlag. Seine Antwortmail brachte er dem Beauftragten für die Zusammenarbeit mit der Bundeswehr zur Kenntnis. Daraufhin beschwerte Sperber sich bei Gockel, wobei er Leibgeber ins CC setzte. Den Termin an der Bundeswehrfachschule würde ER wahrnehmen. Er habe keine Lust mehr, über Kompetenzen zu diskutieren, eiferte sich Sperber – womit der Beauftragte für die Zusammenarbeit mit der Bundeswehr

Leibgebers Engagement als Wilderei in seinem Revier herabwürdigte. Sie (sollte heißen: Gockel und Sperber) hätten oft genug darüber gesprochen, mailte der Bundeswehrbeauftragte – womit dieser Intrigant das Verächtlichmachen von Leibgebers Arbeit hinter seinem Rücken zugab. Warum solltest du dem Herrn Bundeswehrbeauftragten weiterhin die Schuhe putzen? schäumte Leibgeber vor seinem Bildschirm. Damit er dich damit in den Hintern tritt? Deine Vermittlung von Kontakten kann er künftig knicken. Deine Teilnahme an Neujahrsempfängen, deine vertretungsweise Einweisung von Soldaten vor der Sammlung und deine Teilnahme am Gästeschießen des Standortältesten kann er vergessen. Soll doch der Herr Bundeswehrbeauftragte für den Kriegsgräberverein ballern. Wozu sonst kreist Sperber im Landesverband, wenn nicht dazu, Gelegenheiten für die Zusammenarbeit mit der Bundeswehr zu ergreifen?

HINTER DER DORNENHECKE: DEUTSCHER SOLDATENFRIEDHOF SOLOGUBOWKA – REDE UND GEGENREDE

In seinem Beitrag zum 10-jährigen Bestehen des Soldatenfriedhofs Sologubowka nahe Sankt Petersburg in der Mitgliederzeitschrift benutzte der Verfasser die individuelle Trauer von Hinterbliebenen zur Konstruktion einer kollektiven Opfergemeinschaft. Der Verfasser berichtete über Ernst H. aus Essen, dessen Vater Johannes in dem der heutigen Kriegsgräberstätte benachbarten Lazarett als einer von weit über zweitausend Wehrmachtsoldaten verstorben war. Ernst H. wurde neben einem Blumenstrauß auf dem Gräberfeld abgelichtet. Die Stelle sei mit Bedacht gewählt, erklärte der Berichterstatter. Kurz zuvor habe ein Vereinsmitarbeiter mit Lageplan und Bandmaß die exakte Grabstelle ausgemessen. Hier nun also liege er für immer. Sein Sohn war zum ersten Mal vor Ort »Vielleicht ist es auch das letzte Mal«, zitierte der Berichterstatter Ernst H.: »Wer weiß das schon?« Weiter unten berichtete er von Inge K., deren Vater Walter mit einem weißen Namensfähnchen im Tumulus, auf dem das Hochkreuz stand, gedacht wurde. Und dass, obwohl K.s Vater zu den wenigen zähle, die in die Heimat überführt wurden. »Dennoch bin ich hier, weil dies auch für mich ein wichtiger Ort ist.« Der Berichterstatter beschrie die individuelle Trauer von Ernst H. und Inge K. um den Tod ihrer Angehörigen, verschwieg hingegen, wofür die auf der Kriegsgräberstätte Sologubowka bestatteten Wehrmachtsoldaten im Zweiten Weltkrieg bei Leningrad gekämpft hatten und vielfach bereit gewesen waren ihr Leben einzusetzen.

Leningrad wurde von der Wehrmacht eingeschlossen, um die Bevölkerung der Stadt über Jahre auszuhungern. Am 29. September 1941 stellte Hitler klar: »Sich aus der Lage in der Stadt ergebende Bitten um Übergabe werden abgeschlagen, da das Problem des Verbleibens und der Ernährung der Bevölkerung von uns nicht gelöst werden kann und soll. Ein Interesse an der Erhaltung auch nur eines Teils dieser großstädtischen Bevölkerung besteht in diesem Existenzkrieg unsererseits nicht.« Mit der Schließung des Blockaderings wurden fast alle Versorgungslinien für die Millionenstadt abgeschnitten. Die Versorgung der Bevölkerung war nur über den Ladogasee möglich. Die über den zugefrorenen See mit Lastwagen und Schlitten herangebrachten Lebensmittel reichten nicht aus, um die Bevölkerung zu versorgen. Die Lebensmittelrationen mussten immer weiter abgesenkt werden. Im November 1941 erhielt ein Arbeiter pro

Tag nur noch 250 Gramm Brot, seine Familienangehörigen bekamen die Hälfte. Mitte Oktober 1941 litt bereits ein Großteil der Bevölkerung Hunger. Im Winter 1941/42 verloren die Menschen bis zu 45 Prozent ihres Körpergewichts. Die Körper der Eingeschlossenen begannen Muskelmasse zu verbrennen und Herz und Leber zu verkleinern. Die Dystrophie (Unterernährung) wurde zur Haupttodesursache. In ihrer Verzweiflung aßen die Leningrader alles, was organischen Ursprungs war: Sie kochten Lederriemen, aßen Schmierfette und kratzten den Kleister von den Wänden. Im November 1941 gab es in Leningrad weder Hunde noch Katzen, Ratten oder Krähen. Zum Hunger kam die Kälte. Der Winter 1941/42 war einer der kältesten des 20. Jahrhunderts. Die Temperaturen sanken auf minus vierzig Grad. Das Wasser gefror in den Leitungen, Heizung und Strom fielen aus. Die Menschen brachen auf der Straße zusammen und erfroren vor Erschöpfung. Verstorbene Mitbewohner konnten nicht beerdigt werden, weil der Transport zu den Massengräbern für die entkräfteten Angehörigen zu beschwerlich war. Bis zum Februar 1942 wurden dem sowjetischen Geheimdienst NKWD über tausend Fälle von Kannibalismus bekannt. Die Belagerung von Leningrad durch die Heeresgruppe Nord dauerte vom 8. September 1941 bis zum 27. Januar 1944. Schätzungen gehen von etwa einer Million Ziviltoten aus, die in Folge der Blockade Leningrads ihr Leben verloren. Der Historiker Jörg Ganzenmüller bezeichnet den blockadebedingten Hungertod der Bewohner als gezielt herbeigeführten Genozid, der auf einer rassistisch motivierten Hungerpolitik basierte. Hitlers Truppen beschränkten sich darauf, die Bevölkerung durch regelmäßigen Artilleriebeschuss zu terrorisieren. Im Umkreis der Stadt legten die deutschen Granaten historische Bauwerke wie die alte Zarenresidenz Peterhof – das russische Versailles – in Trümmer. Die deutsche Luftwaffe trug Brand- und Sprengbomben auf den Moskowskiji Rajon, den Smolnij Rajon und auf den Krasnogwardejskiji Rajon. Die Luftwaffe bombardierte Wohngebiete, um die Stadtbevölkerung zu demoralisieren, richtete schwere Angriffe gegen den größten Betrieb der Stadt, das Kirow-Werk, und vernichtete die Badajew-Lagerhäuser, in denen ein Großteil der Lebensmittelvorräte lagerten. Die auf dem deutschen Soldatenfriedhof Sologubowka nahe St. Petersburg bestatteten Hitlersoldaten waren an der Belagerung Leningrads als historische Mittäter beteiligt.

Der deutsche Soldatenfriedhof Sologubowka, siebzig Kilometer südöstlich St. Petersburg, wurde am 9. September 2000 der Öffentlichkeit übergeben. Die in der Mitgliederzeitschrift des Vereins publizierte Aufnahme der sechshundert russischen Gäste und 450 angereisten deutschen Teilnehmer lässt im

Hintergrund die Kirchenruine St. Mariä Himmelfahrt erkennen. Drei Jahre später, am 20. September 2003, erfolgte die Wiedereröffnung der inzwischen restaurierten russisch-orthodoxen Kirche. Die erneuerte Maria-Himmelfahrtkirche war 1851 eingeweiht und 1880 mit einem Glockenturm versehen worden. Bis 1917 diente sie als Gotteshaus. Nach der Oktoberrevolution fungierte sie als Speiseraum eines Fliegerclubs. Ihr letzter Priester wurde von der sowjetischen Geheimpolizei NKWD verhaftet und erschossen. Im September 1941 von der deutschen Wehrmacht eingenommen, wurde die nahe der Front gelegene Kirche als Feldpostdienststelle genutzt. Im Kellergewölbe der Kirche hatte das 437. Grenadierregiment der 132. Infanteriedivision einen Hauptverbandsplatz eingerichtet. Weil man beim Stab fürchtete, dass die weithin sichtbare Kirche mit ihren Türmen der sowjetischen Artillerie als Zielmarke dienen könnte, wurde der Turm von einer Pioniereinheit abgetragen. Vor der als Lazarett genutzten Kirche wurde ein Kriegsgräberfriedhof angelegt, auf dem die Wehrmacht die verstorbenen deutschen Soldaten beisetzte. Beim Rückzug ebnete die Wehrmacht den Gefallenenfriedhof ein, um die eigenen Verluste gegenüber dem militärischen Gegner zu verschleiern. Nach dem Krieg lagerte man in der Kirche Mineraldünger. Die unsachgemäße Lagerung führte zu Schäden im Mauerwerk. Als die orthodoxe Gemeinde 1992 nach dem Zerfall der Sowjetunion neu erstand, war die Kirche verfallen und verwahrlost. Nachdem das Grundstück neben der Kirche zur Anlage des deutschen Soldatenfriedhofs Sologubowka erworben und erschlossen worden war, entstand der Plan, die Kirchenruine zu sprengen und durch die so freigewordene Fläche den Zugangsweg zum Friedhof anzulegen. Die Möglichkeit, in den Kellergewölben einen Gedenk- und Ausstellungsraum zur dauerhaften Nutzung durch den Verein einzurichten, ließen die verantwortlichen Planer von der Sprengung Abstand nehmen. Der Gedanke der Restaurierung der Kirche wurde vom orthodoxen Priester der Gemeinde, Vater Wjatscheslaw Charinow, unterstützt. Der Verein brachte eineinhalb Millionen Euro aus Beiträgen seiner Mitglieder, Zuwendungen von Erblassern und Spenden aus der Bevölkerung auf, um den Wiederaufbau der Maria-Himmelfahrtkirche zu ermöglichen. Trotzdem war der Ideengeber für die Restaurierung, Vater Wjatscheslaw Charinow, mit dem Ergebnis nicht zufrieden. Aus Anlass der Einweihung der Maria-Himmelfahrtkirche informierte Sonja Zekri in der *Süddeutschen Zeitung* vom 20./21. September 2003: Ohne den Verein wäre Sologubowka heute zwar nicht, was es sei, trotzdem aber sei nicht einmal Wjatscheslaw Charinow, der Priester der Kirche, mit dem Ergebnis zufrieden. Nicht wegen des Friedhofs und nicht wegen der Kirche, obwohl er die Verantwortlichen von der Notwendigkeit ihrer Restaurierung nur mühsam habe überzeugen können. Charinow hadere mit der Ausgestaltung der Krypta. Dort habe der Verein einen »Gedenkraum« eingerichtet. Im Gedenkraum seien nicht nur Verzeichnisse mit den Namen gefallener deutscher Soldaten ausgelegt, sondern auch eine fünf mal zwei Meter große Bronzeskulptur des Ebersberger Kunstschmiedes Manfred Bergmeister aufgestellt worden. Charinow hadere mit den Tafeln – zwei auf Deutsch, zwei auf russisch –, die Bergmeisters Skulptur flankierten und den versöhnlichen Anspruch fragwürdig erscheinen ließen, so Sonja Zekri. »Der zweite Weltkrieg brachte millionenfachen Tod auch über die Bevölkerung dieses Landes«, sei auf den Tafeln zu lesen, »die Gräber der Männer und Frauen, die auf deutscher Seite kämpften und starben, liegen verstreut in den Weiten Osteuropas«. Eine etwas abrupte Verbindung zwischen der russischen Zivilbevölkerung und den deutschen Soldaten, kritisierte Zekri, deren innere Logik sich im folgenden Satz erschließe: »Im heutigen Russland sind es über eine Million Opfer.« Der Begriff »Opfer« aber meine nicht die russische Bevölkerung, sondern die deutschen Soldaten. Im Tode, so lege diese Lesart nahe und so bestätige es der Vereinssprecher, würden alle zu Opfern: Überfallene und Okkupanten, 19-jährige Gefreite und stramme Nazis in der Waffen-SS. Auch auf der zweiten Tafel sei *von den »Toten, die auf deutscher Seite kämpften« die Rede, also: den »Opfern«,* heißt es in Zekris Beitrag: *Der Zweite Weltkrieg wird so zu einer fast naturhaften Katastrophe, an der niemand schuld ist, unter der alle zu leiden hatten und seien es auch jene, die ihn vom Zaun gebrochen haben. »Die Texte klingen zweideutig«, sagt Wjatscheslaw Charinow, »vielleicht liegt es an der Übersetzung?« – »Es liegt nicht an der Übersetzung.« – »Dann klingt es furchtbar.«* Ob er dem Kriegsgräberverein seine Zweifel mitgeteilt habe? – *»Ja, aber sie sagten, ich solle mich nicht einmischen.«* Damit bestätige der Verein nicht nur die Vorbehalte jener Russen, die Designer-Friedhöfe für die einstigen Besatzer für überflüssig halten, hieß es in der *Süddeutschen,* er brüskiere auch jene, die ihrem Anliegen wohlwollend gegenüberstünden (Sonja Zekri: *Grober Monolith. Provokation schon vor der Eröffnung – der deutsche Soldatenfriedhof Sologubowka. –* IN: *Süddeutsche Zeitung,* Ausgabe vom 20./21. September 2003).

Prominentester Teilnehmer an der Gedenkveranstaltung zum 10-jährigen Bestehen des Soldatenfriedhofs Sologubowka war Alt-Bundeskanzler Gerhard Schröder. Auf der deutschen Kriegsgräberstätte Sologubowka lagen zu dieser Zeit die Gebeine von 45.000 Soldaten. Der etwa fünf Hektar große Soldatenfriedhof war für etwa 68.000 Gefallene vorgesehen. In seiner Ansprache ging

Schröder zwar auf die Belagerung Leningrads im Zweiten Weltkrieg ein, nicht jedoch auf die historische Mitverantwortung der Soldaten der Heeresgruppe Nord unter ihrem Oberbefehlshaber Generalfeldmarschall Wilhelm Ritter von Leeb und seines Nachfolgers Generalfeldmarschall Georg von Küchler. Die historische Mittäterschaft der beteiligten Wehrmachtsoldaten wurde im Gegenteil einmal mehr sorgfältig verschwiegen. Leeb und Küchler hatten die jahrelange Belagerung Leningrads nicht ohne die Beteiligung ihrer Soldaten durchführen können. »Die Belagerung der Stadt war ein Todesurteil«, bestätigte Schröder in seiner Ansprache. »Sie hatte nur ein Ziel: die Vernichtung der Stadt und ihrer Menschen. Das Leid war unermesslich«, sagte er. Zu Recht. »Und so ist es fast schon ein Wunder, das heute Deutsche und Russen gemeinsam an die Toten des Weltkrieges erinnern und Seite an Seite für den Frieden eintreten.« Dann sei etwas passiert, was sonst nur selten auf einem Friedhof vorkomme, hieß es in der Mitgliederzeitschrift: *Applaus!* Für viele Angehörige sei Gerhard Schröder einer von ihnen. Denn auch Schröder sei ein Betroffener, ein Kriegskind, das den Vater verloren habe, ihn nie kennenlernen durfte. Während und nach der Veranstaltung sei Schröder im Blickpunkt gestanden, so der Berichterstatter. Die Menschen hätten ihn umringt, wollten mit ihm sprechen, ihm die Hand drücken. Schröders Vater, der 1944 als Wehrmachtsoldat umkam, wurde auf einem deutschen Soldatenfriedhof im rumänischen Siebenbürgen beigesetzt. Der Historiker Norbert Frei publizierte in seinem 2005 im Münchener Verlag C.H. Beck erschienenen Buch »*1945 UND WIR. Das Dritte Reich im Bewusstsein der Deutschen*« die Sätze: *Gerhard Schröder, Halbwaise, Jahrgang 1944, aufgewachsen in prekären materiellen Verhältnissen, hat beste Aussichten, zum heimlichen Repräsentanten jener rasch sich ausbreitenden Erinnerungsgemeinschaft der Kriegskinder zu werden, deren Selbsterfindung wir gerade erleben:* »*Das Grab meines Vaters, eines Soldaten, der in Rumänien fiel, hat meine Familie erst vor vier Jahren gefunden. Ich habe meinen Vater nie kennenlernen dürfen.*« – *Wer als Staatsmann in diesem Modus des Privaten über die Geschichte spricht, der bekennt sich damit nicht nur zu einer kohortentypischen* »*Schicksalslage*« *(Schelsky), der wirkt auch mit an einer Umkodierung der Vergangenheit. In deren Mittelpunkt schieben sich nun: die Deutschen als Opfer* (Norbert Frei: *1945 UND WIR. Das Dritte Reich im Bewusstsein der Deutschen.* – München 2005, S. 17). Mit der Fokussierung auf seine persönliche Betroffenheit lag Schröder voll im Trend der Vereinspolitik, kritisierte Leibgeber. Hauptdarsteller der Gedenkkultur seien die deutschen Opfer. Die Täter würden weggelogen. Das Opfernarrativ sei wesentlicher Inhalt der Gedenk- und Erinnerungskultur dieses Vereins.

FÜNFTES KAPITEL

Nach der *Tagesschau* beobachteten Lena und Leibgeber die Schießkünste von Horst Tappert in seiner Rolle als Oberinspektor Derrick. Derrick-Darsteller Tappert, der 85-jährig starb, gehörte als Soldat einer SS-Division an, die Kriegsverbrechen beging. Das ZDF hatte sich »überrascht und befremdet« gezeigt, Tapperts Sohn Ralph verriet der *BILD*-Zeitung, sein Vater habe ihm gesagt, er sei »Soldat in Russland« gewesen. In seiner Autobiographie »*Derrick und ich*« erzählt Tappert vom Krieg mit einer Mischung aus Anekdoten, Abenteuerromantik und Abscheu. Bestialität wurde vor allem den Russen zugeschrieben. Das dem deutschen Fernsehpublikum so lange nichts davon bekannt wurde, dass ein populärer Fernsehschauspieler, dessen Paraderolle ausgerechnet der ebenso untadelige wie akkurate Oberinspektor Derrick gewesen war, in seinem früheren Leben als SS-Scherge diente, hatte damit zu tun, dass keiner jemals nachfragte und viele Jahrzehnte lang niemand wissen wollte, wer sich hinter der Rolle des deutschen Saubermanns verbarg. Am allerwenigsten jene Fernsehzuschauer, die derselben Generation wie Tappert und dessen Drehbuchschreiber Herbert Reinecker angehörten. Die Generation Tappert verschwieg die Wehrmachtsverbrechen, verniedlichte den Krieg in Anekdoten und log ihre Beteiligung in »schicksalhafte Verstrickung« um. Leibgeber identifizierte sich nicht mit der Rolle des Oberinspektors, sondern erkannte sich selber in der Rolle von dessen Assistenten Harry. Du agierst als Harry der Bezirksverbandsvorsitzenden, grollte er in Gedanken. Immer dann, wenn Derrick den Täter überführt, holt Harry schon mal den Wagen. Die Lorbeeren für die Festnahme werden nicht in der Tiefgarage verteilt! Der Schauspieler Fritz Wepper hasste seine Rolle als Assistent des Oberinspektors. Du spielst die Rolle des Bezirksorganisationsleiters, beklagte Leibgeber. Du sprichst Rollenprosa – auf der Provinzbühne. Du sagst das, was dein Arbeitgeber dir ins Drehbuch schreibt. Du bewegst dich, wie Gockel dich auf der Bühne des Bezirksverbands inszeniert sehen will. In das graue Gefieder deiner Anzüge gekleidet, plapperst du wie ein Papagei Vereinsparolen (»Versöhnung!« »Versöhnung!« »Versöhnung!«). Du wirst gefüttert. Du wirst getränkt. Aber vom Fliegen kannst du in deinem Käfig nur träumen.

Anruf von Morgenschweiss. Bei seinem Eintreffen in der Geschäftsstelle informierte Karin Leibgeber, Morgenschweiss habe das zuvor mit ihm vereinbarte Treffen im Café Riese abgesagt. Er möge ihn doch bitte zurückrufen. Bei seinem Rückruf verkündete Morgenschweiss mit zittriger Stimme, dass er sich verbrannt habe und er ihre Begegnung im Kaffeehaus absagen müsse. Daraufhin bot Leibgeber an, ihn in seiner Wohnung aufzusuchen. Die Anfahrt würde ihm nichts ausmachen. Außerdem habe er sich auf ein Stück Kuchen gefreut, dass er auf dem Weg dorthin besorgen könne. Am Nachmittag kaufte Leibgeber zwei Stücke gedeckten Apfelkuchen bei Merzenich und bestieg die Linie 16 in Richtung Bonn-Bad Godesberg. Von der Haltestelle Ulrepforte bedurfte es nur weniger Schritte in die Kleingedankstraße. Am Eingang des Hauses, in dem Morgenschweiss eine Wohnung besaß, drückte er auf den Klingelknopf neben dessen Namensschild. Leibgeber hatte den Klingelknopf kaum mit seinem Zeigfinger berührt, als der Türsummer den Weg zum Treppenhaus freigab. Im dritten Obergeschoss wurde er von Morgenschweiss in der geöffneten Wohnungstür erwartet. Die Hosenträger seiner Hose trug Morgenschweiss über einem weißen Oberhemd, über dem er eine blaue Strickjacke trug. Als Leibgeber seine Jacke auszog, entschuldigte Morgenschweiss sich dafür, dass er keinen Kaffee aufgegossen habe. Er habe sich die Hand verbrüht und könne nicht richtig damit greifen. Er lasse alles fallen, klagte Morgenschweiss. Ob Leibgeber wohl so freundlich sein und seine Hand mit Brandsalbe einschmieren könne. Noch bevor er sich in der Küche nützlich machte, und den Kaffee aufgoss, behandelte Leibgeber Morgenschweiss' verletzte Hand mit Brandsalbe und legte einen Verband an. Als er den Verband mit einer Sicherheitsnadel fixierte, fragte Morgenschweiss, was er denn für Kuchen mitgebracht habe. Leibgeber antwortete, dass sie heute ohne höheren Dienstgrad (Schlagobers) auskommen müssten. Das sei ja wohl kein Problem, schmunzelte Morgenschweiss. Leibgeber suchte die Kaffeebüchse im Küchenschrank, befüllte den Filteraufsatz auf der Kanne mit Kaffeepulver, goss Wasser in einen Blechnapf und benutzte den Tauchsieder zum Erhitzen des Wassers. Danach entnahm er zwei Teller, Untertassen, Tassen und Löffel aus dem Küchenschrank, um sie zum Wohnzimmertisch zu tragen. Bei der Entnahme des Geschirrs bemerkte er, dass Morgenschweiss über kein einheitliches Service verfügte. Beim Aufruckeln der Küchenschublade kamen zusammengewürfelte Messer, Gabeln und Löffel ans Tageslicht. Als die Patchwork-Gedecke auf dem Wohnzimmertisch standen, goss Leibgeber schluckweise heißes Wasser auf das Kaffeepulver. Zwischendurch melkte er die Pappkuh in einen Milchgießer, entfernte das Papier vom Kuchen und trug die Kanne mit dem durchgelaufenen Kaffee ins Wohnzimmer. Leibgeber goss Morgenschweiss Kaffee in die Tasse und platzierte den Kuchen zwischen die Gedecke. Danach hob er jeweils ein Stück gedeckten Apfelkuchen auf die Teller – ohne Schlagobers. Ob er ein Notrufsystem habe, fragte Leibgeber als er Platz nahm, um sich selbst Kaffee einzuschenken. Morgenschweiss schüttelte den Kopf. Das sei ihm zu intim.

»Was jetzt? Die Frage oder das System?«

»Das System!«, lachte Morgenschweiss. Er wolle sich nicht überwachen lassen.

»Was, wenn Sie morgens nach dem Aufstehen im Bad ausgleiten und dort bewegungsunfähig liegen bleiben? Was, wenn Sie das Telefon nicht erreichen können?«

»Montags kommt die Putzfrau!«

»Wenn Sie am Dienstagmorgen hilflos im Bad lägen, würden Sie unter Umständen erst am anderen Montag aufgefunden!« Sofern die Putzfrau einen Schlüssel hat, ergänzte Leibgeber in Gedanken und bot Morgenschweiss an, in seiner Geschäftsstelle nach sozialen Diensten zu recherchieren, die ein Hausnotrufsystem anbieten. Solche Systeme seien geradezu für ihn gemacht, versicherte Leibgeber. Sie erlaubten älteren Herrschaften, zumal wenn diese allein leben, jederzeit Hilfe anzufordern. Er werde darüber nachdenken, versicherte Morgenschweiss. Aber jetzt wolle er erst einmal den leckeren Kuchen probieren und sich nett mit ihm unterhalten. Leibgeber werde doch sicher wissen wollen, wie die Beisetzungsfeierlichkeiten für Manstein in Dorfmark vonstattengegangen seien.

Morgenschweiss, der den Beisetzungsfeierlichkeiten in Dorfmark beiwohnte, hatte beobachtet, dass der Sarg des Feldmarschalls im Anschluss an die Trauerrede durch Pastor Krüger auf den Schultern von sechs Offizieren der Bundeswehr aus der Kirche herausgetragen und auf die Ladefläche eines vor der Tür abgestellten Unimogs abgesetzt wurde. Der Sarg sei mit der Bundesflagge bedeckt gewesen, meinte Morgenschweiss. Sämtliche Trauergäste hätten sich von den Kirchenbänken erhoben und sich, durch den engen Ausgang tretend, auf dem Platz zwischen der aus Feldsteinen errichteten Kirche und dem hölzernen Glockenturm versammelt. Als alle Trauergäste ins Freie getreten waren, setzte sich der Unimog mit dem beflaggten Sarg darauf in Bewegung. Der Sarg des Feldmarschalls wurde auf jeder Seite von jeweils drei Obersten und Oberstleutnanten eskortiert. Die Ehrenformation der Bundeswehr wurde von einem Offizier, der ein Ordenskissen mit den Auszeichnungen des Feldmarschalls vor sich hertrug, angeführt. Es folgten die Kranzträger, die die Kränze des General-inspekteurs der Bundeswehr, des Ordens der Ritterkreuzträger und der Alten Kadetten, des Inspekteurs des Heeres, des Befehlshabers im Wehrbereich und des Standortältesten Munster trugen. Dahinter marschierte ein Musikzug vom Heeresmusikkorps 2 und eine Ehrenformation des Bonner Wachbataillons. Da-nach folgten die Trauergäste: Pfarrer Krüger, der Sohn des Verstorbenen, Rü-diger von Manstein, und dessen Ehefrau Irene. Die Tochter des Feldmarschalls, Gisela Lingenthal, wurde von ihrem Ehemann, Brigadegeneral Edel Lingenthal, eskortiert. Der Schwager des Verstorbenen, Christian v. Loesch, wurde von sei-ner Ehefrau Sigrid, geb. v. Prittwitz und Gaffron, begleitet. Die verstorbene Ehefrau des Feldmarschalls hatte den Mädchennamen v. Loesch geführt. Ob-wohl der Feldmarschall und seine Frau bis zu ihrem Ableben in Irschenhausen bei München wohnten, bewirkten die familiären Bande die Beisetzung des Ehepaars Manstein in Dorfmark. Die Familie wurde von zahlreichen Enkeln des Verstorbenen begleitet. Generalinspekteur Zimmermann als Vertreter des Bundesverteidigungsministers, dessen Amtsvorgänger, die Generale a.D. Heu-singer und de Maizière, General a.D. Dr. Speidel und die noch aktiven Gene-rale Sonneck (Bonn), Schubert (Hannover) und Müller (Munster) wurden von den engsten Freunden des Feldmarschalls, den Generalen a.D. Theodor Busse und Walther Wenck, die zugleich den Orden der Ritterkreuzträger und die Kameradschaft der Alten Kadetten vertraten, begleitet. Die im Trauerzug mit-laufenden Ritterkreuzträger hatten ihre Orden angelegt. Die von Generalmajor Horst Niemack (dem langjährigen Vorsitzenden des Landesverbandes Nieder-sachsen) geführte Ordensgemeinschaft der Ritterkreuzträger hatte Manstein als Ehrenmitglied gewinnen können. Die Entscheidung, die ihm angetragenen Ehrenmitgliedschaft anzunehmen, dürfte Manstein umso leichter gefallen sein, weil seine ehemaligen Stabsangehörigen Busse, Schulz und Hauck sowie Westphal und Hollidt ebenfalls Mitglieder der Ordensgemeinschaft waren. Die Träger des Ritterkreuzes dürften ihre Blutorden, aus denen das Hakenkreuz ent-fernt worden war, kaum dafür erhalten haben, dass sie auf der Krim Apfelsinen gepflückt hatten, überlegte Leibgeber beim Zuhören.

Am 21. November 1942 wurde Manstein von Hitler zum Oberbefehlshaber der neu zu bildenden Heeresgruppe Don ernannt. Noch am selben Tag hatte sich der Ring aus feindlichen Truppen um die ihm unterstellte 6. Armee bei Stalin-grad geschlossen. Am 24. November lehnte Manstein bei einer Besprechung mit Generaloberst von Weichs den sofortigen Ausbruchversuch der 6. Armee als zu riskant ab. Manstein stellte sich als zukünftiger Oberbefehlshaber hinter die Auffassung Hitlers, der zufolge keine Handbreit Boden preisgegeben werden durfte. Aus der Sicht Mansteins hätte ein sofortiger Ausbruch der Paulus-Armee für die im Kaukasus kämpfende Heeresgruppe A die Gefahr einer Durchtrennung der rückwärtigen Verbindungen der Heeresgruppe durch die Rote Armee bedeutet. Um dieser Gefahr zu entgehen, musste der Ausbruch der 6. Armee unter Paulus in den Augen Mansteins mit dem gleichzeitigen Rückzug der Heeresgruppe A aus dem Kaukasus erfolgen. Die Bereitschaft Hitlers zu einer derartigen Revision seiner strategischen Vorstellungen, die auf die Abschnürung der Sowjetunion von ihrer Ölversorgung zielten, war nicht zu erwarten. Die gleichzeitige Rücknahme der Heeresgruppe A aus dem Kaukasusgebiet und der 6. Armee aus Stalingrad hätte das Eingeständnis Hitlers bedeutet, die Kräfte des Heeres – aufgrund der von ihm als oberster Befehlshaber gegenüber dem Heeresgeneralstab durchgesetzten Zweiteilung der Stoßrichtung der Offensive des Sommers 1942 – auf unverantwortliche Weise zersplittert und damit die Erreichung sowohl der Eroberung von Stalingrad als auch die Einnahme des Kaukasus unmöglich gemacht zu haben. Manstein hatte den Oberbefehl über die Heeresgruppe in einem Augenblick übernommen, in dem die Kriegführung im Osten in die strategische Defensive geriet. An die Niederwerfung der Sowjetunion war nicht mehr zu denken. Es bestand im Gegenteil die Gefahr, dass durch die Fehlentscheidungen Hitlers der Südflügel der gesamten Ostfront zusammenbrechen und die Hälfte des drei Millionen Mann umfassenden Ostheeres in den Strudel des Untergangs gerissen werden könnte. Manstein traute sich zu, den Zusammenbruch der Ostfront zu verhindern und ein »Remis« als Voraussetzung für eine Verhandlungslösung zur Beendigung des Krieges zu erkämpfen. Voraussetzung hierzu war, dass er freie Hand bei der Operationsführung hatte. Es galt daher, die eben gewonnene Stellung als Oberbefehlshaber einer Heeresgruppe dazu zu nutzen, Hitler zu bewegen, sich auf die symbolische Rolle des nominellen Oberbefehlshabers des Heeres zu beschränken und ihm als Chef des Generalstabes des Heeres oder als Oberbefehlshaber Ost die faktische Operationsführung zu übertragen. Mansteins Bestreben ging dahin, sich für diese Position zu empfehlen. Jeder Widerspruch in seiner jetzigen Position als frisch ernannter Hereresgruppenchef konnte zu seiner sofortigen Abberufung und damit zur Beseitigung der Grundvoraussetzung für die Verwirklichung der beschriebenen Karriereentwicklung führen. Mit Blick auf die Rettung der eingeschlossenen 6. Armee unter Generaloberst Friedrich Paulus ruhten alle Hoffnungen auf dem von Manstein geplanten Entsatzangriff. Sobald sich der von Manstein befohlene Entsatzangriff der 4. Panzerarmee unter General Hoth dem Kessel bis auf dreißig oder vierzig Kilometer genähert haben würde, sollten sich die Einheiten der 6. Armee zu den Befreiern durchkämpfen. Durch den so entstandenen Korridor zur Versorgung der Truppe sollten Lkw-Kolonnen mit Munition und Verpflegung und Busse für den Abtransport der Verwundeten in den Kessel geschleust werden. Hoth trat bei Eis und Schnee zum Entsatzangriff an. Trotz hoher Verluste aufgrund der heftigen Gegenwehr des Gegners gelang es seinen Panzerdivisionen sich dem Kessel soweit zu nähern, dass das Geschützfeuer am Horizont sichtbar wurde. Auf den Befehl »Wintergewitter« hatte Paulus seine 6. Armee für den Ausbruch bereit zu halten. Der endgültige Ausbruch sollte auf das Stichwort »Donnerschlag« erfolgen. Manstein hatte den Befehl für »Wintergewitter« schon am 1. Dezember erteilt. Paulus, der nicht wagte, mit seiner Armee auf eigene Verantwortung auszubrechen, um Hoth entgegenzustoßen, bat Manstein um den Befehl hierzu. Manstein hoffte darauf, dass Hitler den Ausbruch genehmigen würde. Hitler aber dachte nicht daran. Daraufhin zögerte Manstein, den Befehl zum Ausbruch auf eigene Verantwortung zu erteilen. In seinen Memoiren beteuert Manstein, er hätte Paulus unterstützt, wenn dieser den Ausbruch gewagt hätte. Paulus zeigte sich nach der Lektüre bestürzt: »Wer damals glaubte, mir den Befehl oder die Genehmigung zum Ausbruch nicht geben zu können, hat heute nicht das Recht zu schreiben, er habe meinen Ausbruch gewünscht und hätte ihn gedeckt!« Manstein behauptete dagegen, die Heeresgruppe habe mit »Donnerschlag« dem Armeeoberkommando 6 die Chance zur Rettung geboten, jenes aber die Gelegenheit zum Ausbruch ungenutzt verstreichen lassen. Der Ausbruch der 6. Armee sollte jedoch erst auf Mansteins ausdrücklichen Befehl hin erfolgen. Dieser Befehl blieb aus. Als der Entsatzversuch der 4. Panzerarmee unter Hoth am 24. Dezember 1942 scheiterte, war klar, dass die 6. Armee nur die Wahl hatte zwischen Tod und Gefangenschaft. Zehntausende Angehörige der Paulus-Armee waren bereits umgekommen, als das sowjetische Oberkommando am 8. Januar 1943 ein Angebot zur ehrenvollen Kapitulation unterbreitete. Die Kapitulation wurde von Hitler verboten. Dennoch gab es zwei verantwortliche Befehlshaber, die vor Ort hätten entscheiden können und müssen – auch wenn dies ein persönliches Risiko für sie bedeutet hätte. Paulus hätte ausbrechen müssen. Seine persönliche Unfähigkeit, selbständig einen solchen Entschluss zu fassen, enthob ihn nicht der Verantwortung für das Schicksal der ihm unterstellten 6. Armee. Manstein hätte den Ausbruch nicht nur vorbereiten lassen dürfen, sondern, als Chef der Heeresgruppe, Paulus den Befehl dazu erteilen müssen. Beide Befehlshaber, sowohl der Oberbefehlshaber der 6. Armee, Generaloberst Friedrich Paulus, als auch der ihm vorgesetzte Oberkommandierende der Heeresgruppe Don, Generalfeldmarschall Erich von Manstein, wurden ihrer Verantwortung nicht gerecht. Beide Befehlshaber haben versagt! Als am mittleren Don die Rote Armee die Front der italienischen Verbündeten durchbrach und nach Westen vorstieß, stand das Schicksal von zwei deutschen Heeresgruppen auf dem Spiel: der Heeresgruppe Don (Manstein) und der Heeresgruppe A (Kleist), die im Kaukasus die Ölquellen erobern sollte. Um der drohenden Gefahr des Abgeschnittenwerdens von 1,5 Millionen Soldaten zu entgehen, befahl Manstein, den Entsatzangriff auf Stalingrad abzubrechen und die entstandene Frontlücke zu schließen. Der Versuch, die 6. Armee aus dem Kessel zu befreien, war gescheitert. Zur Rückführung der Heeresgruppe A aus dem Kaukasus sollte die Manstein unterstellte Heeresgruppe Don am Tor des Kaukasus bei Rostow einen Korridor offenhalten, durch den sich die Kaukasusarmeen unter Kleist zurückziehen konnten. Der Bruch des durch die Stabilisierung des Südflügels geschaffenen Sperrriegels hätte die Rote Armee nach dem Umkippen der Offensivwelle bei Stalingrad bis an die Tore des Reiches fluten lassen. »Wenn die deutsche Armee unter Manstein nicht gewesen wäre, wäre der Russe am Atlantik gestanden. Dann hätten wir vierzig Jahre lang das gehabt, was der Osten bis zum Fall der Sowjetunion gehabt hat: vom Volksaufstand in der DDR über den Ungarn-Aufstand bis zum Einmarsch der Russen in die Tschechoslowakei«, beteuerte Morgenschweiss. »Viele von uns glaubten an das von Hitler und der Nazipropaganda unter Goebbels dem Volk eingehämmerte Schlagwort von dem uns aufgezwungenen Krieg. Viele von uns glaubten einer guten Sache zu dienen, nämlich der Verteidigung der Heimat vor dem jüdischen Bolschewismus. Für uns junge Menschen bedeuteten Volk und Vaterland noch Werte, für die es sich einzusetzen lohnte.«

Wechsel des Standortältesten in Köln. Am Rand einer Rasenfläche standen zwei Tribünen. Zwanzig Schritte vor den Tribünen erhob sich ein Rednerpult. Zwischen den Tribünen bemerkte Leibgeber eine Informationstafel, an der ein Sitzplan für die Gäste hing. Der Sitzplan erlaubte es den Gästen, sich unabhängig vom Standortoffizier, der mit einer Kopie des Sitzplans auf einem Klemmbrett zwischen den Gästen herumirrte, zu informieren. Die Plätze der ersten drei Sitzreihen der beiden Tribünen waren namentlich reserviert. Die Gäste ab der vierten Reihe hatten freie Platzwahl. Leibgebers Platz in der hintersten Sitzreihe entsprach der untersten Stufe der sozialen Hühnerleiter. Der sonnige Herbsttag täuschte über die kühle Witterung. Als das uniformierte Stammpersonal auf den

Appellplatz marschierte, bewegte ein kalter Wind entblätterte Bäume. Die Zivilbediensteten der Standortverwaltung trugen ihre Freizeitjacken. Als das Spiel des Musikzugs das Aufziehen der Ehrenformation ankündigte, erhoben sich die in den ersten Reihen sitzenden Generäle, Obersten und Offiziere, Bundes-, Landes- und Kommunalpolitiker, geistlichen Würdenträgern, regionalen Wirtschaftsvertreter und langjährigen Weggefährten von ihren Schalensitzen. Den Blick fest auf die Bundesfahne gerichtet, legten die Uniformträger die rechte Hand an die Kopfbedeckung. Der Fahnenmast wurde von einer stämmigen Soldatin mit dem Aussehen eines Brauereipferdes gehalten. Das in eine blaue Luftwaffenuniform gekleidete Brauereipferd wurde von einem Angehörigen der Marine und einem feldgrauen Heeresdienstgrad flankiert. Die Ehrenformation paradierte vor die Besuchertribünen. Das zog sich, so dass der Musikzug den versammelten Gästen einen blasen konnte. Die rituelle Selbstdarstellung des Militärs symbolisierte die Ein- und Unterordnung der Soldaten unter Befehl und Gehorsam von der Verpflichtung bis zum Tod. Sie veranschaulichte Öffentlichkeit und Truppe den erlebbaren Ausdruck militärischer Traditionspflege. Als die Fahnenträger und der Musikzug den linken Flügel der Paradeaufstellung bildeten, brüllte der Einheitsführer das Kommando

»EHRENFORMAZIOOON!«

Währenddessen die Soldaten des Wachbataillons wie die Lippizanerhengste in der Spanischen Hofreitschule mit hochgerissenen Knien auf der Stelle paradierten, brüllte er

»STILL!«

Die Angehörigen der Ehrenformation versetzten dem Vaterland einen Fußtritt.

»LINKS – UM!«

Die Angehörigen der Ehrenformation drehten ihre Körper um die eigene Längsachse.

»RICHT – EUCH!«

Die Angehörigen der Ehrenformation trippelten mit den Stiefelspitzen an die Haltelinie.

»EHRENFORMAZIOOON – STILL!«

Die Angehörigen der Ehrenformation standen im »Stillgestanden«. Der Führer der Ehrenformation meldete dem Führer der Paradeaufstellung die angetretene Ehrenformation. Der Führer der Paradeaufstellung nahm die militärische Meldung des Führers der Ehrenformation mit spitzen Fingern am Friedhelm entgegen und brüllte

»EHRENFORMAZION HÖRT AUF MEIN KOMMANDO!
EHRENFORMAZION – PRÄSENTIERT DAAAS G'WEHR!«

Die Soldaten des Wachbataillons hoben ihre Karabiner 98K mit weißen Clownshandschuhen auf Brustwarzenhöhe. Von seinem Ansitz aus sah Leibgeber den Standortältesten ans Rednerpult balancieren. Das Rednerpult stand zwischen den Tribünen, wo der Führer der Paradeaufstellung dem Standortältesten, Brigadegeneral Graeber, die angetretene Paradeaufstellung meldete. Graeber nahm die Meldung mit militärischem Gruß entgegen und brüllte

»G'WEHR AB!«

Die Soldaten des Wachbataillons setzten die Kolben ihrer Karabiner mit lautem Krachen auf den Boden.

»EHRENVORMAZION – RÜHRT EUCH!«

Die Soldaten machten einen Ausfallschritt zur Seite. Graeber trat ans Rednerpult und legte einige in Längsrichtung gefaltete DIN-A4-=Seiten auf die Ablagefläche. Während er die zur Paradeaufstellung formierten Musiker des Luftwaffenmusikkorps, die Fahnenabordnung, den Ehrenzug der Wachkompanie, die angetretenen Soldaten der Stammmannschaft und die aufmarschierten Zivilbediensteten begrüßte, durften die geladenen Gäste den scheidenden Standortältesten bereits von hinten bewundern. Graebers Ansprache dauerte zehn Minuten. Davon verwendete er sechs Minuten auf die Begrüßung der Ehrengäste. In der verbleibenden Zeit sprach er von der Kameradschaft seines Stabes, lobte das gute Miteinander mit den Zivilbediensteten und die zivil-militärische Zusammenarbeit mit der Standortverwaltung, der Stadtverwaltung und der Bezirksregierung. Als er damit fertig war, bat der General die angetretenen Soldaten, versammelten Zivilbediensteten und anwesenden Gäste um Gehör für ein persönliches Wort. Mit dem heutigen Tage scheide er nicht nur aus seinen Ämtern als stellvertretender Amtschef, Leiter Fachabteilungen und Standortältester, sondern nach vierzig Dienstjahren auch aus dem Dienst der Bundeswehr aus. Er sei dankbar dafür sagen zu können, alles richtig gemacht zu haben. Er sei die längste Zeit seiner dienstlichen Verwendung im Schatten der Mauer im Kalten Krieg gestanden. Er sei froh darüber, die Ost-West=Auseinandersetzung der bipolaren Welt mit dem Fall der Berliner Mauer 1989, der deutschen Wiedervereinigung 1990 und dem Zerfall der Sowjetunion 1991 beendet zu wissen. Die Jahrzehnte währende Doktrin der atomaren Abschreckung und die Strategie der *Flexible Response* im Rahmen des NATO-Verteidigungskonzeptes habe den Fall des über Westeuropa hängenden Damoklesschwertes in Form einer atomar geführten Ost-West=Konfrontation verhindert.

In seinen verschiedenen Verwendungen hierzu beigetragen zu haben erfülle ihn mit Dankbarkeit, aber auch mit Stolz und Genugtuung. Graeber faltete sein Redemanuskript zusammen. Leibgeber schlug in Gedanken die Hände überm Kopf zusammen. Die *Flexible-Response*=Doktrin der NATO hätte die Bundesrepublik beim Einsatz von nuklearen Gefechtswaffen zum atomaren Schlachtfeld werden lassen, überlegte Leibgeber. Eine unverantwortliche Strategie, die zur Vernichtung der Bevölkerung und zur Verwüstung des Landes hätte führen können. Sofern sowjetische Rotarmisten Kirschen von den Bäumen im Garten deiner Eltern gepflückt hätten, würde Graeber als damaliger Jetpilot nicht den Befehl aus dem NATO-Hauptquartier in Brunssum verweigert haben, seine Bewaffnung auf dein Elternhaus abzufeuern. Auf dem durchweichten Rasen schritt der Amtchef des Luftwaffenamtes mit hohem Storchenschritt zum Rednerpult.

»EHRENVORMAZION – STILL!«

Graeber bellte wie ein heiserer Hofhund über den Appellplatz:

»PRÄSENTIERT DAAAS – G'WEHR!«

Die Soldaten vom Wachbataillon rissen ihre Knarren vor die Brust.

»ZUR MELDUNG AN DEN AMTSCHEF: AUGEN – RECHTS!«

In Höhe des Rednerpultes meldete Graeber dem Amtchef die zum Kommandowechsel angetretene Paradeaufstellung. Der Amtchef des Luftwaffenamtes nahm die Meldung Graebers mit erhobenem Flügel entgegen. Zu den Klängen des preußischen Präsentiermarsches schritt der Amtchef zusammen mit seinem scheidenden und dem mit drei Schritten Abstand folgenden künftigen Stellvertreter, Leiter Fachabteilungen und Standortältesten die Front ab. Während des Abschreitens hoben die Herren ihre behandschuhte rechte Hand an den Mützenschirm. Nach dem Abschreiten der Front trat der Amtchef Luftwaffenamt vor die Paradeaufstellung und befahl

»EHRENFORMATION: GEWEHR – AB! RÜHRT EUCH!«

Die Soldaten versetzen dem Vaterland einen Fußtritt. Der Amtchef stelzte ans Rednerpult. Der Generalmajor referierte den militärischen Werdegang Graebers und lobte dessen Amtsführung. Danach kam er auf den Werdegang des Nachfolgers zu sprechen und bekundete seine Freude über die bevorstehende Zusammenarbeit. Am Ende seiner Ansprache verließ er das Rednerpult und stellte sich vor die Paradeaufstellung.

»EHRENFORMATION – ACHTUNG: PRÄSENTIERT DAAAS – G'WEHR!«

Während die Soldaten des Wachbataillons ihre Karabiner auf Brustwarzenhöhe hielten, kommandierte der Amtchef

»General Graeber! Hiermit entbinde ich Sie von Ihrem KommandGo!«

Danach befahl der Amtchef:

»GENERAL KREUZ! ICH ÜBERGEBE IHNEN DAS KOMMANDO ALS STELLVERTRETENDER AMTCHEF UND LEITER FACHAB-TEILUNGEN DES LUFTWAFFENAMTES!

EHRENFORMATION: G'WEHR – AB(stellen)!«

Danach brüllte der Generalmajor die Gäste aus ihren Schalensitzen:

»NATIONALHYMNE!«

Auf der Tribüne erhoben sich die Gäste. Das Musikkorps spielte die National-hymne. Angefangen von den in den ersten Reihen sitzenden Generälen, Obersten und Offizieren, Bundes-, Landes- und Kommunalpolitikern über die geistlichen Würdenträger, regionalen Wirtschaftsvertreter und langjährigen Weggefährten bis hin zu den Zaungästen auf den unteren Sprossen der sozialen Hühnerleiter sangen die Teilnehmer an der Veranstaltung von Einigkeit und Recht und Freiheit für das deutsche Vaterland.

Einigkeit?

Einigkeit in einem Land, in dem die Schere zwischen Arm und Reich skan-dalös weit auseinanderklaffte? Zehn Prozent der Bundesbürger besaßen über die Hälfte des Nettovermögens in Höhe von zehn Billionen Euro. Während der Niedriglohnbereich mit Mini-Jobs, Leiharbeit, befristeten Arbeits-, Werk-und Honorarverträgen immer weiter ausgeweitet, die gesetzliche Rentenver-sicherung demontiert und das Rentenniveau abgesenkt wurden, waren die Ver-mögenssteuer 1997 ausgesetzt und die Erbschaftssteuer durch hohe Freibeträge und zahlreiche Ausnahmeregelungen abgesenkt worden. Das bedeutete Um-verteilung zugunsten der Reichen und zulasten der Armen! Einigkeit in einem Land, in dem 64 Prozent aller öffentlichen Einnahmen aus Einkommenssteuern auf Löhne und Gehälter stammten, während im internationalen Vergleich unter den OECD-Ländern die Lohnempfänger durchschnittlich 52 Prozent des Staatshaushaltes zu schultern hatten? Das bedeutete Ungerechtigkeit! Einig-keit in einem Land, in dem die Kreditinstitute, die sich bei der Europäischen Zentralbank (EZB) zu einem Zinssatz von unter einem Prozent refinanzierten, ihre Kunden mit Dispozinsen von bis zu vierzehn Prozent abzockten und der Bundesrat die Einführung einer gesetzlichen Zinsobergrenze ablehnte? Das bedeutete vom Staat gebilligte Erpressung! Einigkeit in einem Land, in dem die Beschäftigten bei gleichzeitiger Einführung prekärer Beschäftigungsver-hältnisse, Ausweitung des Niedriglohnsektors, Verweigerung des Mindestlohns, Erhöhung der Lebensarbeitszeit und Absenkung des Rentenniveaus zu längeren

Arbeitszeiten und zu deutlicher Mehrarbeit gezwungen und deren Löhne gedrückt wurden? Das bedeutete Ausbeutung! Einigkeit in einer Gesellschaft, in der es keine Fluktuation von der Unter- zur Mittelschicht, von der Mittel- zur Oberschicht mehr gab, sondern in der, wer oben geboren wurde, dort verblieb und der, der unten geboren wurde, dort verblieb? Das bedeutete Klassengesellschaft!

Recht?

Weil sie für Gäste und den Chef bestimmte Brötchen selbst gegessen hatten, hatten zwei Sekretärinnen des Bauverbandes Westfalen um ihren Job kämpfen müssen. Weil ein Bäcker am Arbeitsplatz ein von ihm gekauftes Brötchen mit firmeneigener Paste im Wert von unter zehn Cent beschmierte, wurde er von seinem Arbeitgeber entlassen. Der Streit um die gekündigte Supermarkt-Kassiererin »Emmely« war in die höchste Instanz gegangen. Die unter ihrem Spitznamen bundesweit bekannt gewordene Berlinerin sollte zwei Pfandmarken im Wert von 1,30 Euro unterschlagen haben. Dafür war ihr nach 31 Jahren Betriebszugehörigkeit gekündigt worden. Die Rechtmäßigkeit ihrer Kündigung wurde vom Landesarbeitsgericht Berlin in zweiter Instanz bestätigt. Im Fall der Klägerin seien alle Voraussetzungen für eine Verdachtskündigung erfüllt gewesen, so die vorsitzende Richterin. Die Richterin, die noch keine Stunde ihres Lebens an der Kasse eines Supermarktes gesessen hatte, um am Monatsende mit einem Bruchteil dessen auskommen zu müssen, was sie Monat für Monat an Bezügen einstrich, verurteilte »Emmely« neben dem Verlust ihres Arbeitsplatzes zum Hartz-IV=Bezug. Ein menschenverachtendes Schandurteil! In der gleichen Ausgabe der Tageszeitung, die über die fristlose, vom Arbeitsgericht Radolfzell als rechtens bestätigte Kündigung einer Altenpflegerin berichtete, die sechs Maultaschen von der Verpflegung der Heimbewohner mitgenommen hatte, stand zu lesen, dass das Universitätsklinikum Freiburg mit Billigung des baden-württembergischen Wissenschaftsministeriums einen Vergleich über die Beendigung des Dienstverhältnisses eines wegen Körperverletzung verurteilten Freiburger Medizin-Professors geschlossen hatte. Das Dienstverhältnis sollte gegen Zahlung einer Abfindung in Höhe von 1,98 Millionen Euro an den ehemaligen Leiter der Unfallchirurgie am Universitätsklinikum Freiburg beendet werden. Das Landgericht Freiburg hatte den Professor im Februar 2003 wegen vorsätzlicher und fahrlässiger Körperverletzung zu einer Geldstraße von 24.300 Euro verurteilt gehabt. Ihm waren mehrere Kunstfehler angelastet worden. Bei einer Operation hatte er eine abgebrochene Bohrerspitze im Schulterblatt eines achtzehnjährigen Patienten belassen und diese dann unter einem falschen Vorwand bei einer zweiten Operation entfernt. Das Urteil des Landgerichts Freiburg wurde Anfang 2004 vom Bundesgerichtshof bestätigt. Der C-4=Professor war zwar bereits seit dem Jahr 2000 vom Dienst suspendiert gewesen, hatte jedoch auf Grundlage des baden-württembergischen Dienstrechtes neun weitere Jahre sein volles Grundgehalt erhalten. Der Vergleich zwischen dem Uniklinikum Freiburg und dem Mediziner wurde vor dem Hintergrund getroffen, dass es für das Land Baden-Württemberg keine rechtliche Handhabe gab, den auf Lebenszeit verbeamteten Professor zu entlassen. So sah die Rechtsprechung in Deutschland aus: Die Kleinen wurden wegen sechs Maultaschen, zwei belegten Brötchen, einem Brotaufstrich und zwei Pfandbons im Wert von 1,30 Euro gehängt und die Großen liefen mit einer satten Abfindung von zwei Millionen Euro aus dem Portemonnaie des Steuerzahlers nach Hause. Der Satz »Die Kleinen hängt man, und die Großen lässt man laufen« sollte zur besseren Transparenz der gesellschaftlichen Verhältnisse in der Bundesrepublik ins Grundgesetz aufgenommen werden! Zum selben Zeitpunkt als das Arbeitsgericht Radolfzell am Bodensee entschied, dass die fristlose Kündigung der 58-jährigen Konstanzer Altenpflegerin für die Mitnahme von sechs Maultaschen aus der Verpflegung der Heimbewohner trotz 17-jähriger Betriebszugehörigkeit rechtens gewesen sei, beschloss die EU-Kommission, Schwäbische Maultauschen als regionale Spezialität zu schützen. Der Schutz einer Maultasche war in der Bundesrepublik Deutschland ein höheres Rechtsgut als die siebzehnjährige Betriebszugehörigkeit zu einem Unternehmen. Wer Ohren hat zu hören, soll auf die Zumutungen der Manager, das Geschwätz der Politiker und die Urteilssprüche der Juristen hören, empörte sich Leibgeber. Wer eine Nase hat zu riechen, kann die ganze verlogene Scheiße riechen. Wer Sinnesorgane hat, die Realität zu ertasten, muss aufpassen, dass er sich nicht die Finger verbrennt. Wer das Geschmäckle wahrnehmen kann, dem wird beim Probieren kotzübel.

Freiheit?

Freiheit in einem Land, in dem Menschen, die Missstände in den Betrieben Ihrer Arbeitgeber aufspüren und öffentlich machen, als »Whistleblower« vor den Behörden des eigenen Landes geschmäht werden? Edward Snowden, ehemaliger Mitarbeiter des US-Gemeindienstes NSA, dessen Enthüllungen über die massenhafte Sammlung und Auswertung prekärer Daten weltweit für Empörung sorgten, musste in der Russischen Föderation politisches Asyl beantragen – weil die souveräne Bundesrepublik Deutschland ihm dieses verweigerte! Obergefreiter Bradley Manning, der als Angehöriger der US-Armee schmutzige

Wahrheiten über die Kriegsführung der USA im Irak und in Afghanistan ans Licht brachte, wurde auf der Militärbasis Fort Meade im Ostküstenstaat Maryland unter Ausschluss der Öffentlichkeit zu dreißig Jahren Haft verurteilt. Altenpflegerin Brigitte H., die ihren Arbeitgeber bei der Staatsanwaltschaft anzeigte, weil die Heimbewohner schlecht versorgt wurden, wurde erst gemobbt, dann drangsaliert und schließlich gefeuert. Märtyrer müssen bescheiden leben, überlegte Leibgeber. Wer Missstände enttarnt, stößt auf Gegenwehr: Einschüchterung, Mobbing, Kündigung, Strafanzeigen wegen Verleumdung – die Liste der Repressalien ist lang. Wer sicher leben will, muss schweigen. Wer den Schritt in die Öffentlichkeit wagt, trägt die Konsequenzen. Das Grundgesetz garantiert zwar das Recht auf freie Meinungsäußerung, verschweigt allerdings, dass jeder auch die Konsequenzen seiner freien Meinungsäußerung zu tragen hat. Natürlich genießt du Meinungsfreiheit, überlegte Leibgeber. Natürlich kannst du dieses Grundrecht nutzen. Einmal, ein einziges Mal! Danach lässt dich der Landesvorstand des Kriegsgräbervereins in der Wüste zurück. Ohne Wasser, ohne was zu fressen und ohne Dach überm Kopf. Da hältst du doch lieber die Klappe.

Die Hymne war sowieso zu Ende. Die Melodie der Nationalhymne war schon beim Angriff auf Langemarck angestimmt worden, als junge Regimenter unter dem Gesang »Deutschland, Deutschland über alles« gegen die erste Linie der feindlichen Stellungen vorbrachen. Auf Betreiben von Konrad Adenauer wurde das Hoffmann-Haydnsche Lied mit der gesungenen dritten Strophe durch Bundespräsident Theodor Heuss 1952 zur Nationalhymne erklärt. Die Nationalhymne blieb auch nach dem Fall der Berliner Mauer im November 1989 und der Wiedervereinigung der beiden deutschen Staaten im Oktober 1990 unverändert. Die so viel melodischere, von Johannes R. Becher verfasste und von Hanns Eisler vertonte DDR-Hymne »Auferstanden aus Ruinen«, deren Text, »Deutschland, einig Vaterland« nach dem Bau der Mauer nicht mehr zeitgemäß erschien, hätte nach der Wende wieder gepasst. Es blieb jedoch beim Hoffmann-Haydnschen Hymnengut. Das »Vereinigungsgebiet« war schließlich nur »beigetreten«. Die alte Bundesrepublik war aus den drei ehemaligen Westzonen hervorgegangen. Nach dem Absingen der Nationalhymne verließen die Soldaten des Wachbataillons unter Vorantritt des Musikkorps den Appellplatz. »DADAS IST DOCH WOHL NICHT MÖGLICH, NEIN, DAS KANN DOCH WOHL NICHT MÖGLICH SEIN / IST DENN DER SOUVERÄN DER ZAHLT, EIN SAUDUMMES SPARSCHWEIN? EIN SAUDUMMES, EIN SAUDUMMES, EIN SAU SAU SAU SAU

SAUDUMMES ... NEIN, DAS KANN DOCH WOHL NICHT MÖG-
LICH SEIN, DER BÜRGER IST KEIN SCHWEIN! DER IST NE KUH,
DER IST NE KUH / DIE MELKT VATER STAAT IMMERZU ... DA DA
DATT DA DA DA DA DA DA ... DA DATT DA DA DA ... DA DA DATT
DA DA ... DA DA DATT DA DA DA DA DA DA DATT DA DA DA
DA DATT ... « Als Musikstück hätte »Appassionata« gepasst gehabt, da das
Brauereipferd die Knie wie bei der Dressur hochwarf.

Den anschließenden Empfang im Gebäude der Offiziersheimgesellschaft
nutzten die hoch bezahlten Uniformträger, Politiker, Würdenträger, Wirtschaftsvertreter und Weggefährten zur Pflege alter Seilschaften. Die Verpflegung
der Offiziere erfolgte durch die Offiziersheimgesellschaft (OHG), einem Verein
(ohne Gemeinnützigkeit), in den jedes Mitglied einen nach Bezügen gestaffelten
Betrag als Mitgliedsbeitrag einzahlte. Das Geld wurde kaum benötigt. Bauunterhaltung, Ausstattung, Gebäudereinigung und sämtliche Verbrauchskosten
wurden vom Steuerzahler getragen. Des Weiteren die Personalkosten für das
Funktionspersonal, angefangen vom Koch bis hin zu den (viele Jahrzehnte lang
wehrpflichtigen) Ordonnanzen, die den Tischgästen die Mahlzeiten servierten.
Die Zubereitung erfolgte in einem steuerfinanzierten Topf auf einem steuerfinanzierten Herd in einer steuerfinanzierten Liegenschaft der Bundeswehr, der
Offiziersheimgesellschaft (OHG). Der Steuerbürger hatte zur OHG keinen
Zutritt. Da war die Besucherregelung der steuerfinanzierten Torwache vor. Als
jeder der geladenen Gäste sein Glas mit Sekt oder Orangensaft in der Hand
hielt, ließ der Amtchef die Anwesenden ihre Gläser zum Wohle Graebers und
seines Nachfolgers, Brigadegeneral Kreuz, erheben. Der Amtchef wünschte
Kreuz viel Fortüne bei der Bewältigung seiner sicher nicht immer leichten Aufgabe als sein Stellvertreter (Gelächter!). Dabei thematisierte er die Notwendigkeit des Controllings zur Wahrung der Verhältnismäßigkeit der eingesetzten
Mittel zu den erzielten Ergebnissen. Beim Blick vom Rand des Parketts bemerkte Leibgeber, dass zum Vollzug des Kommandowechsels nicht nur ein (inzwischen wieder abgereister) Ehrenzug des Wachbataillons und ein (inzwischen
ebenfalls abgereistes) Luftwaffenmusikkorps erschienen waren, sondern auch
zahlreiche Dienstgrade vom Generalmajor bis zum Oberstleutnant, zahlreiche
Zivilbedienstete der Bundeswehr vom Präsidenten der Wehrbereichsverwaltung
bis zum Leiter der Standortverwaltung und zahlreiche Repräsentanten der
Zivilbehörden, vom Oberbürgermeister bis zu Bürgermeistern aus der Region,
zugegen waren. Die schweren Dienstfahrzeuge mit ihren Zeitung lesenden Fah-
rern waren ihm schon beim Betreten des Offizierskasinos aufgefallen. Als

Leibgeber sich vor Augen hielt, wie viele hochrangige Vertreter aus Bundeswehr, Wehrbereichsverwaltung und Zivilbehörden aufgrund der Kommandoübergabe für den normalen Dienstbetrieb ausfielen, gewann er eine Vorstellung davon, wieviel Geld dem Steuerbürger die Abwesenheit der Herren von ihren Arbeitsplätzen kostete. Eine Verschwendung an Arbeitskraft und Steuermitteln, deren Unsinnigkeit ihresgleichen sucht, kritisierte Leibgeber. Dabei könnte man die geladenen Herrschaften im Zeitalter der vernetzen Computer ohne jegliche Probleme mit einer E-Mail über den Kommandeurswechsel unterrichten. Das ausgerechnet derjenige, der als Amtschef die verschwenderische Art und Weise des Kommandeurwechsels verantwortete, die Notwendigkeit eines Controllings einforderte, konnte Leibgeber nur als Verhöhnung des Steuerbürgers interpretieren. Nach der Begrüßung der geladenen Gäste durch den Amtschef erfolgte die Verlesung der Ernennungsurkunde des Befehlshabers Wehrbereich II, mit der Kreuz zum Standortältesten Köln ernannt wurde. Zum Schluss erfolgte ein Grußwort des Oberbürgermeisters, der sich einmal mehr über die Anwesenheit der Soldaten in Köln und die damit einhergehende Wirtschaftskraft freute und den neuen Standortältesten willkommen hieß. Beim anschließenden Imbiss kam Leibgeber mit Graebers Nachfolger Kreuz ins Gespräch. Kreuz' Vorgänger Graeber war durch ein Dankschreiben der Vorsitzenden als Beisitzer im Bezirksvorstand verabschiedet worden. Das Schreiben hatte Leibgeber entworfen. Kuckuck ließ die von ihr zu unterzeichnenden Schreiben, Ansprachen und Grußworte von anderen ausbrüten und betrieb selber keine Brutpflege. Leibgebers Entwurfsschreiben war von Kuckuck mit Blick auf den Satzbau umgestellt und in einzelnen Formulierungen mit Rotstift abgeändert worden. Inhaltlich fügte sie weder Aspekte hinzu noch strich sie Aussagen heraus. Bei der Vorsprache in ihrem Audienzsaal bemerkte Leibgeber, dass er die Schule hinter sich habe. Sie sei nicht seine Lehrerin und er nicht ihr Schüler. Er sei ihr Organisationsleiter. »Hach! Hachja!« Die Welt habe sich gedreht. Behördenschreiben klängen heute nicht mehr nach Kasernenhof, trällerte die Vorsitzende. Er nehme das zur Kenntnis, versicherte Leibgeber. Kenntnisnahme reiche nicht, rief Kuckuck ihm aus ihrem Audienzsaal hinterher. Seitdem betrat Leibgeber ihren Kühlschrank nicht mehr. Die Atmosphäre dort war ihm zu frostig. Brigadegeneral Kreuz trat die Nachfolge von General Graeber nicht nur als stellvertretender Amtschef Luftwaffenamt und Leiter Fachabteilungen, sondern auch als Standortältester an. Als Standortältester Köln sollte er dem Vorstand des Bezirksverbandes Rheinland traditionsgemäß als Beisitzer angehören. Kreuz meinte, die Art und Weise wie ein Volk mit seinen Toten umgehe, lasse auf dessen Kultur schließen. Allerdings, überlegte Leibgeber: Das Verbrennen der Judenleichen in den Krematorien von Auschwitz, Buchenwald und andernorts, das Zerstampfen der Knochen und das Aufbringen der Asche und Knochenreste auf den umliegenden Feldern ließ auf die Kultur der Deutschen schließen. Das Verscharren der ermordeten Juden, Männer, Frauen und Kinder in den Erschießungsgruben der Einsatzgruppenkommandos ließ auf die Kultur der Deutschen schließen. Das »Enterden« und Verbrennen der Ermordeten in den Vernichtungslagern von Belzec, Sobibor, Treblinka und andernorts auf benzingetränkten Eisenbahnschwellen ließ auf die Kultur der Deutschen schließen. Die Rasenflächen auf den amerikanischen Soldatenfriedhöfen seien wie mit der Nagelschere gepflegt, erklärte Kreuz. Das habe er bei seinen Besuchen dort immer wieder feststellen können. Die über 830 deutschen Kriegsgräberstätten könnten unmöglich den Pflegestandard der amerikanischen oder britischen Soldatenfriedhöfe aufweisen, entgegnete Leibgeber. Die Arbeit der *Commonwealth War Grave Commission* und der *American Battle Monuments Commission* seien zu einhundert Prozent steuerfinanziert. Der im Auftrag der Bundesrepublik tätige Kriegsgräberverein sei dagegen ein gemeinnütziger Verein, der 75 Prozent seiner Einnahmen aus den Beiträgen seiner Mitglieder, Zuwendungen von Erblassern und Spenden aus der Bevölkerung aufbringen müsse. Nur rund fünfundzwanzig Prozent der Aufwendungen seien als zweckgebundene Zuschussmittel des Bundes steuerfinanziert. Dass die Rasenflächen auf amerikanischen Soldatenfriedhöfen wie mit der Nagelschere gepflegt aussehen läge zudem darin begründet, dass die Amerikaner auf ihren Soldatenfriedhöfen militärische Leistung ehren, erklärte Leibgeber. Die größte militärische Leistung der Bundeswehr sei der Fall der Mauer und die Beendigung des Kalten Krieges gewesen, erwiderte Kreuz. Wie bitte, was? Was sagt dieser General da? erschrak Leibgeber. Die größte militärische Leistung der Bundeswehr sei die Beendigung des Kalten Krieges? Hat der General seinen Verstand zusammen mit seinem Mantel an der Garderobe abgegeben? Die Bundeswehr hat beim Fall der Mauer keinen Handschlag getan! Der Fall der Mauer wurde durch die Zivilgesellschaft der damaligen DDR bewirkt, durch Bürger, die in Leipzig und anderenorts auf die Straße gingen und damit die friedliche Revolution in Gang setzten. Die Bundeswehr hat an der Beendigung der Ost-West=Auseinandersetzung keinerlei Anteil gehabt, im Gegenteil: Kreuz und sein Vorgänger Graeber hatten ihre Karrieren bei der Bundeswehr als Kalte Krieger begründet. Der Kriegsgräberverein könne auf den von ihm erbauten, gepflegten und erhaltenen Kriegsgräberstätten keine

militärischen Leistungen ehren, entgegnete Leibgeber dem General. Der Kriegsgräberverein verfolge stattdessen den völlig anderen Ansatz der Versöhnung
über den Kriegsgräbern. Dass die vom Kriegsgräberverein angestrebte »Versöhnung über den Kriegsgräbern« die Täter verschwieg, schluckte er mit seiner
inzwischen abgekühlten Gulaschsuppe herunter. In das graue Gefieder seiner
Anzüge gekleidet, plapperte Leibgeber wie ein Papagei Vereinsparolen nach
(»Versöhnung!« »Versöhnung!« »Versöhnung!«). Er wurde gefüttert. Er
wurde getränkt. Ab er vom Fliegen konnte er in seinem Verbandskäfig nur träumen.

HINTER DER DORNENHECKE: DEUTSCHER SOLDATENFRIEDHOF ROSSOSCHKA – REDE UND GEGENREDE

Die Gefallenen der Kesselschlacht um Stalingrad hatten zu jener 6. Armee gehört, die auf ihrem Weg vom besetzten Polen durch die Ukraine Kriegsverbrechen mitverantwortete, deren Grausamkeiten in der Kriegsgeschichte ihresgleichen suchen. Niemand anderer als die Angehörigen jener bei Stalingrad durch die Truppen der Roten Armee eingekesselten 6. deutschen Armee ermöglichten den Menschenfressern vom Sonderkommando 4a der Einsatzgruppe C unter SS-Standartenführer Paul Blobel das bestialische Abschlachten von über 33.000 Juden, Männer Frauen und Kinder in der Schlucht von Babi Jar bei Kiew am 29. und 30. September 1941. Die Zusammenarbeit zwischen Wehrmacht und den Einsatzgruppen der SS war bereits im März 1941 zwischen dem Generalquartiermeister im Stab der Heeresführung, General Eduard Wagner, und dem SS-Gruppenführer und Chef des Reichssicherheitshauptamtes Reinhard Heydrich vereinbart worden. Das Abkommen wurde am 28. April 1941 vom Oberbefehlshaber der Wehrmacht, Generalfeldmarschall Walther von Brauchitsch, unterzeichnet. Die Zusammenarbeit zwischen Wehrmacht und SS bewährte sich auch nach dem Einmarsch der 6. Armee in die ukrainische Hauptstadt. Der Stadtkommandant von Kiew, General Eberhard, vereinbarte in Lagebesprechungen mit Angehörigen der Einsatzgruppe C die »Sonderbehandlung« der Juden in der Schlucht von Babi Jar. Die Wehrmacht druckte mit »Der Oberbefehlshaber der deutschen Armee« gezeichnete Plakate, die die Juden aufforderten, sich registrieren und kennzeichnen zu lassen. Die Wehrmacht sorgte für die Versammlung der Sternträger an zentralen Plätzen. Die Wehrmacht stellte Lastkraftwagen zum Transport von Nicht-Gehfähigen, die Wehrmacht stellte Soldaten für Absperrmaßnahmen, die Wehrmacht stellte Munition für die Liquidierung der Abtransportierten zur Verfügung. Die Wehrmacht half bei der Auslieferung der jüdischen Bevölkerung an ihre deutschen Henker. Die Wehrmacht half beim Massenmord. Nach dem vom SS-Sonderkommando 4a der Einsatzgruppe C ausgeführten Massaker sprengten Pioniere der Wehrmacht die Felswände der Altweiberschlucht ab, um die Leichen zu bedecken: über 33.000 Juden – Männer, Frauen und Kinder. Einige Kinder der Exekutierten wurden in einem Schulgebäude in Bjelaja Zerkow untergebracht. Von den Kriegspfarrern Tewes und Wilczek auf die Unterbringung aufmerksam gemacht, berichtete der katholische Divisionspfarrer Dr. Reuss an seine vorgesetzte Dienststelle, die 295. Infanteriedivision: »Um eine genaue Meldung abgeben zu können, ging ich selbst in Begleitung der beiden Kriegspfarrer zu diesem Haus und fand Folgendes vor: Etwa 90 (ich habe die Zahl gezählt) Kinder lagen oder saßen auf dem Boden, der von ihren Ausscheidungen bedeckt war. Fliegen saßen auf den teilweise nur halb bekleideten Kindern auf Beinen und Unterleib. Einige größere Kinder (2, 3, 4 Jahre) kratzten den Mörtel von der Wand und aßen ihn.« Der Kriegspfarrer unterrichtete auch den Abwehroffizier im Führungsstab der 295. Division der 6. Armee, Oberstleutnant Helmuth Groscurth. Groscurth nahm die Kinder in Augenschein und berichtete dem Chef des Generalstabs der Heeresgruppe Süd, General Georg von Sodenstern, über Bjelaja Zerkow. Der damalige Oberbefehlshaber der 6. Armee, Generalfeldmarschall Walther von Reichenau, entschied, »die einmal begonnene Aktion in zweckmäßiger Weise durchzuführen«. Die Kinder wurden dem SS-Sonderkommando 4a überantwortet und erschossen. Reichenau am 10. Oktober 1941: »Der Soldat ist im Ostraum nicht nur ein Kämpfer nach den Regeln der Kriegskunst, sondern auch Träger einer unerbittlichen völkischen Idee und der Rächer für alle Bestialitäten, die deutschem und artverwandtem Volkstum zugefügt wurden. Deshalb muss der Soldat für die Notwendigkeit der harten, aber gerechten Sühne am jüdischen Untermenschentum volles Verständnis haben.« Bjelaja Zerkow und Babi Jar bildeten Stationen entlang der Blutspur der 6. Armee auf ihrem Weg nach Stalingrad. Die 6. Armee sollte gegen Ende November 1942 unter ihrem neuen Oberbefehlshaber Friedrich Paulus in Stalingrad eingeschlossen, und bis Anfang Februar 1943 vernichtet werden. Die Kesselschlacht um Stalingrad wurde in den Publikationen des Vereins als Naturkatastrophe kommuniziert. Die Gefallenen wurden zu Opfern stilisiert. Vom Kausalzusammenhang der Ereignisse, von Ursache und Wirkung des Angriffs-, Raub- und Vernichtungskrieges der deutschen Truppen gegen die Sowjetunion fand sich in den Druckschriften des Vereins kein Sterbenswort. Stalingrad bezeichnete den Wendepunkt des Zweiten Weltkrieges. Die historischen Ereignisse sprechen dafür, dass der Krieg bereits seit der Vereitelung der Einnahme Moskaus durch die Rote Armee und der Kriegserklärung Nazi-Deutschlands gegenüber den USA im Dezember 1941 verloren war. Die Kesselschlacht um die Stadt an der Wolga um die Jahreswende 1942/43 gilt hingegen als entscheidende militärische Niederlage im Kampf gegen die Rote Armee. Zum Zeitpunkt der Einkesselung der 6. deutschen Armee unter ihrem Oberbefehlshaber, Generaloberst Friedrich Paulus, am 22. November 1942 befanden sich eine Viertelmillion Soldaten im Kessel: 190.000 Deutsche sowie weitere 60.000 rumänische und italienische Soldaten und Hilfstruppen. Nur wenige von ihnen konnten ausgeflogen werden. Mindestens 80.000 deutsche Armeeangehörige fielen, rund 110.000 gerieten nach der Beendigung der Kämpfe am 4. Februar 1943 in russische Kriegsgefangenschaft. Der Marsch in die Gefangenenlager wurde von etwa 17.000 der ausgezehrten Männer nicht überlebt. Von den 93.000 verbleibenden Kriegsgefangenen starben ca. 60.000 in den großen Gefangenenlagern um Stalingrad. Die im Frühjahr 1943 noch lebenden 30.000 Gefangenen wurden in andere Gefangenenlager zum Teil bis hinter den Ural verbracht. Von ihnen kehrten weniger als sechstausend Überlebende nach Deutschland zurück.

Nach dem Zerfall der Sowjetunion erhielt der Verein 1993 Zugriff auf die Grablagen der Stalingrad-Gefallenen. Als geeignetes Gelände zur Anlegung eines Sammelfriedhofes wurde ein Landstück neben einem von der Wehrmacht angelegten Soldatenfriedhof bei dem Dorf Rossoschka, dreißig Kilometer westlich Wolgograd, wie das ehemalige Stalingrad seit 1961 heißt, gefunden. Nach der Grundsteinlegung im April 1994 dauerte es drei weitere Jahre, bis die Baumaschinen anrollen konnten. Die Baugenehmigung wurde erst dann erteilt, als die Verantwortlichen des Vereins dem Drängen der Russen nachgaben, eine weitere Anlage für die Einbettung russischer Kriegstoter anzulegen. Die halbkreisförmige Anlage wurde 1997 eingeweiht. Im Mai 1999 folgte die Einweihung der deutschen Anlage. Die kreisrunde deutsche Anlage misst 150 Meter im Durchmesser und liegt wie eine Untertasse auf der Steppe. Von den exhumierten Gebeinen konnte nur die Hälfte identifiziert werden. Die Namen der Identifizierten werden auf Steintafeln an der Ringmauer dokumentiert, die sich bis zu einer Höhe von 3,50 Meter um die Anlage zieht. Nach Fertigstellung des Sammelfriedhofs und dem Bergen und Einbetten der aufgefundenen Gebeine stellte sich die Frage, wie der nicht mehr aufzufindenden und durch die Überbauung der Grablagen mit Straßen, Häuser und Plätzen nicht mehr zu bergenden Opfer der Kesselschlacht gedacht werden sollte. Die Antwort darauf war das Projekt »Namen für Stalingrad«. Auf 126 Granitwürfeln in unmittelbarer Nachbarschaft der kreisförmigen deutschen Kriegsgräberstätte dokumentierte der Verein über 119.000 Namen von vermissten Stalingradsoldaten. Jeder Granitwürfel mit einer Kantenlänge von 1,50 x 1,50 x 1,35 Metern besteht aus acht Elementen, die zusammengesetzt 11,5 Tonnen wiegen. Auf zwanzig Schriftfeldern wurden zwischen neunhundert und tausend Namen verzeichnet. Im September 2006 folgte die Einweihung. Der Bericht über die Einweihung fand sich in der Mitgliederzeitschrift abgedruckt. »Wie beginnen?«, fragte der Berichterstatter. Im blutig roten Schnee mit einer Szene auf dem Flugplatz Gumrak, wo sich hungernde Soldaten voller Verzweiflung an das Fahrwerk eines Fliegers klammerten? »Nein,« entschied der Berichterstatter, hier in der kargen Steppe gehe der Blick in die Weite. Die Einweihung der Namenwürfel von Rossoschka sei kein Schlussstrich, kein letzter Blick zurück. Von hier aus solle es weitergehen. 103.234 Namen und Lebensdaten der vermissten Stalingrader hätten bis heute zusammengetragen werden können. Sie seien sorgsam auf den polierten Oberflächen der 107 Granitwürfel dokumentiert: Vor- und Nachname, Geburtsdatum, dazu der vermutliche Todesmonat im russischen Winter 1942/43. Über sechzig Jahre später seien vierhundert Menschen nach hierher angereist, informierte der Berichterstatter. Angehörige, Söhne und Töchter, Nichten und Neffen, Enkelkinder – aber auch einige ehemalige Kriegsteilnehmer. Viele seien zum ersten Mal an diesen Ort nahe dem heutigen Wolgograd zurückgekehrt. Heute sei alles anders. Steppensonne brenne vom Himmel und der Schnee lauere weit hinter dem Horizont des Spätsommers. Der Berichterstatter brachte dem Leser seines Beitrags die Betroffenheit der Angehörigen durch den persönlichen Bezug zur Geschichte einer Besucherin nahe. Gisela K. aus Berlin habe ihren Vater verloren – kurz nachdem sie geboren wurde, hieß es. Heute lege sie Blumen nieder. Ihr Vater Hans gehöre zu den etwa sechshundert identifizierten deutschen Kriegsopfern, die auf dem alten Wehrmachtfriedhof der Kriegsgräberstätte Rossoschka bestattet seien. Rechts davon finde sich der vom Verein angelegte kreisförmige Friedhof mit 47.767 geborgenen Opfern. 24.427 von ihnen seien namentlich auf der Rundmauer vermerkt. Dazwischen, leicht nach hinten in Richtung des Flüsschens Rossoschka versetzt, befänden sich die Namenwürfel der Vermissten. Für die Angehörigen sei es wichtig, einen Ort zu haben, auf den sie ihre Trauer richten könnten. Darum gebühre dem Verein Dank und Anerkennung für diese Gedenkstätte, an der eine solche Erinnerung möglich werde, zitierte der Berichterstatter den vor Ort anwesenden deutschen Botschafter. Die Worte, die der Vertreter des Throns für den Verein fand, wurden vom Berichterstatter aufmerksam vermerkt. Gisela K. erinnere sich gut an das Bild ihres Vaters, das in Kindertagen zu Hause an der Wand gehangen habe, so der Berichterstatter. Wenn niemand dagewesen sei, habe sie heimlich mit dem Bild geredet und ihrem toten Vater von ihrem Leben erzählt. »Sie sind nicht vergessen! Möge Gott Dich segnen, wenn Du Tränen fallen lässt für diejenigen, die hier gestorben sind«, zitierte der Beitrag Worte des evangelischen Altbischofs als Vertreter des Altars. Worte des katholischen

Vertreters fanden sich ebenfalls in der Mitgliederzeitschrift verzeichnet: »Was werdet ihr tun, damit nie wieder junge Menschen ihre Leben im Krieg hergeben müssen?«, fragte der katholische Weihbischof aus Limburg, bevor er die Namenwürfel gemeinsam mit seinen evangelischen und russisch-orthodoxen Amtsbrüdern mit Weihwasser bespritzte. Unter den Gästen der Gedenkveranstaltung hätten sich auch der Präsident des Österreichischen Schwarzen Kreuzes, der deutsche Militärattaché, ein Ehrenpräsident des Vereins sowie weitere Vorstands- und Präsidiumsmitglieder befunden, bezeugte der Berichterstatter. In der ersten Reihe habe der Ehrenvorsitzende des Wolgograder Kriegsveteranenverbandes, direkt neben ihm der ehemalige Vorsitzende des inzwischen aufgelösten Bundes der Stalingradkämpfer Horst Z. Platz genommen. Am Ende der Zeremonie, als die Angehörigen den kurzen Weg zu den Namenwürfeln abschritten, habe der ehemalige Bundeswehr-Oberst das schlichte Birkenkreuz betrachtet, das Jugendliche des Workcamps hier Jahr für Jahr errichteten. Der 1919 in Frankfurt/Oder geborene Z. hatte im Rang eines Oberleutnants das II. Bataillon des Grenadierregiments 673 geführt, ehe er im Dezember 1942, zum Hauptmann befördert, die Führung des gesamten Grenadierregiments 673 der 376. Infanteriedivision im Kessel übernahm. Der ehemalige Bundeswehr-Oberst und vormalige Stalingrad-Kämpfer legte seine Erinnerungen an die Kesselschlacht und an die anschließende siebenjährige Gefangenschaft in einem, im Hamburger Mittler-Verlag erschienenen Buch nieder. Die ersten siebzig der insgesamt 236 Seiten seines Buches schildern den Vormarsch bis zum großen Donbogen, den Durchbruch der Roten Armee bei der 3. rumänischen Armee, die Einkesselung Stalingrads durch die Rote Armee und die Abwehrkämpfe der 6. deutschen Armee im Westen des Kessels. Nach der Auflösung seines Grenadierregiments zieht sich der ehemalige Wehrmachts-Hauptmann mit den Resten seiner Einheit zur Ortskommandantur Stalingrad-Mitte zurück. Er unternimmt einen abenteuerlichen Ausbruchversuch nach Norden, der am Morgen des 1. Februar 1943 mit seiner Gefangennahme endet. In den Jahren seiner Gefangenschaft wird er durch etliche Lager geschleust, wo er sich der Agitation deutscher Offiziere ausgesetzt sieht. Der Wehrmachts-Hauptmann distanziert sich von der Agitation der Emigranten und lehnt die Beeinflussung durch Vertreter des im September 1943 gegründeten *Bundes Deutscher Offizie*re ab. Leibgeber vermutete, dass Z. sich stattdessen seinem, dem »Führer« und obersten Befehlshaber der Wehrmacht geleisteten Offizierseid verpflichtet fühlte. Als 1. Vorsitzender des *Bundes ehemaliger Stalingradkämpfer e.V.* referierte Z. an einem der regelmäßig stattfindenden Vortragsabende der *Alten*

Breslauer Burschenschaft der Raczeks zu Bonn über den »Kampf um Stalingrad und die kritische Betrachtung des Nationalkomitees Freies Deutschland«. Beim Deutschen Burschentag in Eisenach im Juni 2011 hatten die *Raczeks* den Rauswurf der Mannheimer Burschenschaft *Hansea* verlangt, weil die dortigen Bundesbrüder einen Aktiven mit chinesischen Eltern aufgenommen hatten. Die Forderung *der Raczeks zu Bonn* nach dem Rauswurf der *Hansea* aus der Deutschen Burschenschaft wurde damit begründet, dass es in Zeiten fortschreitender Überfremdung nicht hinnehmbar sei, dass Menschen, welche nicht von deutschem Stamme seien, in die Deutsche Burschenschaft aufgenommen würden. Der Betreffende weise eine »nichteuropäische Gesichts- und Körpermorphologie« auf und sei einer »außereuropäischen populationsgenetischen Gruppierung« zuzurechnen. Dabei erfüllte Kai Ming A. eine Reihe wichtiger Aufnahmekriterien, u.a. sein Bekenntnis zur deutschen Nation und seinen Dienst fürs deutsche Vaterland in der Bundeswehr. Die von den *Raczeks* beklagte fehlende Blutsverwandtschaft Ming A.s ließ Leibgeber an die Nürnberger Rassegesetze denken und erinnerte an den Arier-Paragraphen der Nazis. Nach der Entlassung aus der Gefangenschaft studierte der spätere *Raczek*-Referent und frühere Wehrmachts-Hauptmann Horst Z. Pharmazie und trat bald nach deren Gründung 1956 in die Bundeswehr ein. 1979 wurde er als Oberst in den Ruhestand versetzt, wo er sich als Vorsitzender der Vereinsarbeit des 1960 gegründeten *Bundes ehemaliger Stalingradkämpfer Deutschland e.V.* widmete. Wesentliche Aufgabe der Stalingradkämpfer war der Erhalt der Kameradengräber. Als Offizier in Hitlers Wehrmacht, als Einheitsführer vor Stalingrad, als Kriegsgefangener unter Stalin, als Offizier der Bundeswehr und als Vorsitzender des *Bundes der Stalingradkämpfer e.V.* stand Z. für Kontinuität: für die Kontinuität des deutschen militärischen Feindbildes vor, während und nach dem Zweiten Weltkrieg gegenüber der Sowjetunion. Z. versicherte, während der gesamten Zeit seiner Teilnahme am Russland-Feldzug bis nach Stalingrad niemals erlebt zu haben, dass sich deutsche Soldaten gegenüber der Zivilbevölkerung in irgendeiner Weise völkerrechtswidrig oder sonst nicht korrekt verhalten hätten. Das gegenseitige Verhältnis sei stets ausgesprochen freundlich und hilfsbereit gewesen. Ganz so, als ob diese Vereinsikone noch niemals von den Ereignissen in der Schlucht von Babi Jar, noch niemals von der zwischen Heydrich und dem Generalquartiermeister Wagner getroffenen Vereinbarung über die Amtshilfe beim Judenmord, noch niemals von dem menschenverachtenden Befehl des Oberkommandierenden der 6. Armee von Reichenau Kenntnis erhalten hatte. Der ehemalige Bundeswehr-Oberst und vormalige Wehrmachts-Hauptmann

Horst Z. erklärte sich als Vorsitzender des *Bundes ehemaliger Stalingradkämpfer e.V.* in einer ZDF-Nachrichtensendung mit Blick auf die wehrmachtskritische Ausstellung des Hamburger Instituts für Sozialforschung denn auch als ein arger, ganz krasser Feind dieser Ausstellung. Er habe nie ein Verbrechen in irgendeiner Form, wie sie dort in der Ausstellung dargestellt oder behauptet werde, erlebt. Wenn er selber schon nichts mitbekommen haben will, hätte er in den Jahrzehnten seit der Ausmordung der Juden im Rücken der Ostfront – ob im rückwärtigen Heeresgebiet, in den Reichskommissariaten oder im General-gouvernement – hinreichend Zeit gehabt, sich über die historischen Sachver-halte zu informieren. Es gebe einen Typ des Wehrmachtsoffiziers, der seiner Erziehung, seiner Logik, seiner Begriffswelt und seinem Wortschatz nach un-fähig sei zur wahrhaften, wirklichen Einsicht und Schuldanerkennung, moniert Weltkriegsteilnehmer Gerhard Zwerenz in seinem Buch »>*Soldaten sind Mör-der*<«(siehe S. 126). Die historischen Tatsachen würden von dem früheren Bundeswehr-Oberst ebenso wie vom Verein ignoriert, der den ehemaligen Wehrmachts-Hauptmann und vormaligen Stalingrad-Kämpfer nicht von un-gefähr zur Versöhnungs-Ikone stilisiere, kritisierte Leibgeber. Verein und Vete-ran gehe es weder um historische Wahrheit noch um intellektuelle Klarheit. In der Vereinspublikation über Rossoschka, in der Mitgliederzeitschrift oder in der vereinseigenen Ausstellung über Stalingrad finde sich kein einziges Wort über die Verbrechen der 6. Armee bei ihrem Vormarsch auf Stalingrad in der Schlucht von Babi Jar am Rande Kiews, keine Silbe über das dreißigtägige Bombardement der Luftwaffe auf Stalingrad und kein Laut über die Ziele des verbrecherischen deutschen Angriffs-, Raub- und Vernichtungskrieges gegen die Sowjetunion. Der Verein betraure die Kriegstoten unisono als Opfer von Krieg und Gewaltherrschaft. Die Täter würden weggelogen. Das soldatische Opfernarrativ sei wesentlicher Inhalt der Gedenk- und Erinnerungskultur die-ses Vereins.

SECHSTES KAPITEL

Während Lena und Leibgeber sich auf ihrem Affenfelsen lausten, schlief Birte in ihrem Zimmer. Im Pantoffelkino lief der Film »*Erbarmungslos*«, ein Western von und mit Hollywood-Ikone Clint Eastwood. Darin schlägt sich der geläuterte Säufer und Revolverheld William Munny (Clint Eastwood) mit seinen beiden Kindern als Schweinefarmer durch. Eine Schweinepest droht den Witwer in den Ruin zu treiben. Scofield Kid (Jaimz Woolvett), ein junger Heißsporn und Möchtegern-Killer, gewinnt ihn als Partner für die Kopfgeld-jagd auf zwei Viehtreiber, die in Big Whiskey, Wyoming, eine Prostituierte mit dem Messer verunstaltet haben. Little Bill Daggett (Gene Hackman), der Sheriff des Ortes, verhindert eine Gerichtsverhandlung und verpflichtet die Cowboys mit der Bullenpeitsche in der Hand, sieben Ponys abzuliefern. Und zwar an den Saloonwirt Skinny, der einen Arbeitsvertrag mit der verletzten »Hure« vorweist. Die Prostituierte, deren Gesicht zerschnitten wurde, geht leer aus. Um Rache zu nehmen, setzen die Prostituierten auf die beiden Viehtreiber ein Kopfgeld aus. Munny und sein alter Partner, der Afro-Amerikaner Ned Logan (Morgan Freeman), holen den nach Big Whiskey vorausgerittenen und kurz-sichtigen Scofield Kid ein, um gemeinsam mit ihm das Kopfgeld von tausend Dollar zu kassieren. Noch bevor sie in Big Whiskey ankommen, erreicht der vom Kopfgeld angelockte Revolverheld English Bob (Richard Harris) die Stadt. Sheriff Little Bill Daggett, der von dem Kopfgeld auf die Viehtreiber Kenntnis bekommen hat, will weitere Kopfgeldjäger von Big Whiskey fernhalten und nimmt die Weigerung von English Bob, seinem Deputy beim Betreten der Stadt die Waffen auszuhändigen, zum Anlass, ein Exempel an ihm zu statuieren. Er nimmt English Bob unter den Augen der Bevölkerung die Revolver ab und schlägt ihn auf der Hauptstraße zusammen. Den English Bob begleitenden Verfasser von Schundromanen, W. W. Beauchamp (Saul Rubinek), klärt er beim Anblick des Titelblattes über die Heldentaten des »Duke of Death« auf (Sheriff Daggett: »Duck sage ich!«). Aus dem Gefängnis entlassen tritt der zusammengeschlagene English Bob schwer verletzt die Heimreise an. Als er die Stadt verlässt, erreichen Will Munny, Ned Logan und der junge Scofield

Kid Big Whiskey. Während Logan und Kid sich in den oberen Räumen des Saloons mit den Prostituierten vergnügen, wird der fieberkranke Munny im Schankraum von Sheriff Daggett brutal zusammengeschlagen. Munny hatte wie schon vor ihm English Bob seine Waffe behalten. In wilder Flucht verlassen Logan, Kid und der schwer verletzte Munny die Stadt. Nach der Genesung Munnys in einer Scheune im Hochland, spüren seine beiden Begleiter Logan und Kid die gesuchten Cowboys auf. Logan, der mit seiner Spencer-Rifle trotz seines Alters auch jetzt noch »einem Vogel ein Auge ausschießen« kann, bringt es nicht übers Herz, den übermütigen Cowboy kaltblütig abzuknallen. Munny greift sich die Rifle und verpasst dem jüngeren der gesuchten Cowboys einen Bauchschuss, an dem dieser qualvoll stirbt. Will Munny – das bist du, überlegte Leibgeber auf dem Affenfelsen. Munny tut das Falsche und strengt sich auch noch richtig dabei an. Genau wie du. Das ist dein »unglückliches Bewusstsein« (HEGEL – zitiert nach Hans Mayer). Ned Logan, der erkennt, dass er nicht länger mit derselben Skrupellosigkeit wie in den alten Zeiten als Gesetzloser agieren kann, verlässt Munny und Scofield Kid und reitet heimwärts. Unterwegs wird er von Sheriff Little Bill Daggetts Leuten aufgegriffen und nach Big Whiskey eskortiert, wo ihn Daggett mit der Bullenpeitsche foltert, um die Namen und den Fluchtweg seiner Partner zu erfahren. Als Logan seinen Verletzungen erliegt, wird seine Leiche vor dem Saloon aufgebahrt. In der Zwischenzeit hat Munny den anderen der beiden gesuchten Cowboys auf der Ranch aufgespürt. Wieder tut Munny das Falsche. Wieder strengt er sich auch noch richtig dabei an. Mit Munnys Hilfe erschießt der kurzsichtige Scofield Kid den Mann, als er sich von den anderen Männern in der Gemeinschaftsunterkunft trennt, aus kurzer Distanz auf dem Abort. Als Munny und Kid das Kopfgeld überbracht bekommen, erfahren sie vom Tod ihres Partners Ned Logan aufgrund der brutalen Behandlung durch Sheriff Daggett. Munny nimmt drei tiefe Schlucke aus der Whiskyflasche, mit der sich Scofield Kid über den gemeinen Mord an dem Cowboy auf dem Abort hinwegzutrösten versucht, und reitet nach Big Whiskey. Es ist Nacht. Der Regen strömt vom Himmel. Im Saloon schwört Sheriff Daggett seine Gefährten auf die Verfolgung von William Munny und Scofield Kid ein. Da betritt Munny den Schankraum. Er erschießt Skinny, den Saloonbesitzer, der seinen Laden mit dem aufgebahrten Ned Logan schmückt, und legt auf Sheriff Daggett an. Die zweite Patrone seiner doppelläufigen Flinte zündet nicht. Bevor Daggett seinen Colt ziehen kann, erwischt Munny ihn mit einem Revolverschuss. Der Sheriff stürzt getroffen zu Boden. Weitere vier Männer werden getötet. Am Ende der Schießerei fordert Munny »diejenigen, die zum Sterben noch keine Lust haben« zum Verlassen des Saloons auf. Daggett, der schwer verletzt am Boden liegt, meint, er würde Munny in der Hölle sehen. »Ja« antwortet Munny und erschießt den Sheriff. Daggett folterte Munnys Freund Nat Logan zu Tode, weil Munny Logan überredet hatte, sich beim Tun des Falschen auch noch richtig anzustrengen. Munny verlässt den Saloon und reitet wie ein Gespenst die Hauptstraße hinunter aus der Stadt. Munny brüllt, die Einwohner sollen Ned ein ordentliches Begräbnis geben. Munny schreit, sie sollen ihre Huren anständig behandeln. Munny droht, dass er sonst wiederkommen würde. Dann reitet er durch den Regen davon und verschwindet. Will Munny hat Kinder. Will Munny braucht Geld. Will Munny erschießt einen jungen Menschen, der noch dazu am Schicksal der verunstalteten Prostituierten keine Schuld trägt, um an das Kopfgeld zu kommen. Will Munny agiert als Leibgebers alter ego. Er tut das Falsche und strengt sich auch noch richtig dabei an. Das Schema des klassischen Western, demzufolge die Bösen erschossen oder gehängt werden und die Guten die Frau oder die Farm erhalten, wird in Eastwoods Western »*Unforgiven*« erbarmungslos unterlaufen.

Besprechung der Bezirksorganisationsleiter. Zweimal im Jahr krähte Gockel zum Sammeln in der Landesgeschäftsstelle, um die Beschlüsse des Landesvorstands und anderer Kriegsgräbervereinsgremien zu verkünden. Am Besprechungstisch saßen die Bezirksorganisationsleiter als Verantwortliche für ihre Geschäftsgebiete, Emma, die Jugendreferentin, und Paula, die Schulreferentin des Landesverbandes.

Vor einigen Wochen war Leibgeber mit Karin nach Waldbröl aufgebrochen, einer 19.000-Einwohner=Stadt, sechzig Kilometer östlich von Köln, um Paula bei einer Aktion des Kriegsgräbervereins gegen den Missbrauch von Kindern als Soldaten zu unterstützen. Die Aktion *Rote Hand* verfolgte das Ziel, die Teilnehmer mit dem Schicksal von weltweit 250.000 Kindersoldaten zu konfrontieren. Die Aktion wurde überwiegend in Schulen durchgeführt. Waldbröl beherbergte drei Gemeinschafts-Grundschulen. Weiterführende Schulen waren eine Förderschule, die Gemeinschafts-Hauptschule, die städtische Realschule, die Gesamtschule und das Hollenberg-Gymnasium. Die Fahrt von Leibgeber und Karin führte zur Gesamtschule im Höhenweg. Bei der Anfahrt über den Bitzenweg bemerkten Leibgeber und Karin eine riesige, fünfhundert Meter lange Mauer, auf der der Schriftzug »Nie wieder Krieg« den Blick auf sich zog. Hitlers Paladin Robert Ley, der aus Niederbreidenbach im nahegelegenen Nümbrecht stammende Führer der *Deutschen Arbeitsfront* (DAF), hatte in

Waldbröl die Errichtung eines Traktorenwerks, einer Adolf-Hitler=Schule und eines KdF-Hotels geplant. Verwirklicht wurde nur das KdF-Hotel. Das Volkstraktorenwerk sollte im Rossenbacher Tal auf einem Areal von zweitausend Meter Länge und fünfhundert Meter Breite entstehen und vier riesige Hallen mit jeweils hunderttausend Quadratmetern umfassen. An den vier Ecken jeder Halle sollte ein jeweils achtzig Meter hoher Turm als Wahrzeichen dienen. Mehr als zwanzigtausend Arbeiter sollten im Jahr bis zu dreißigtauend Volkstraktoren produzieren. Als Initiator des Projekts bekam Robert Ley zu seinem fünfzigsten Geburtstag einen Prototyp des Volkstraktors von dessen Konstrukteur Ferdinand Porsche geschenkt. Ley testete den Prototyp auf seinem 1936 erworbenen Gut Rottland in Waldbröl, auf dem bis zum Jahr 1938 eine Million Reichsmark verbaut wurden. Die aufwändige Toranlage mit der Reliefdarstellung eines Sämanns ziert die Grenze der Gutsanlage bis heute. Die Einwohnerzahl Waldbröls sollte nach dem Abschluss der Bauarbeiten für das Volkstraktorenwerk auf dreihunderttausend steigen. Es sollten eine U-Bahn, mehrere Kasernen, ein Theater und eine Autobahn in Richtung Frankfurt durch die Nutscheid verwirklicht, die Nebenbahnen Aggertalbahn und Wiehltalbahn zu zweigleisigen Hauptstrecken ausgebaut werden. Die Planungen für die Projekte wurden bis in den Herbst 1944 verfolgt, jedoch aufgrund der Kriegsentwicklung und Leys schwindendem Einfluss nicht verwirklicht. Von den wenigen errichteten Bauten sind bis auf einige Bauruinen nur das KdF-Hotel im Schaumburgweg erhalten. Der gewaltige Bau hatte im Zweiten Weltkrieg als Lazarett gedient, 1945 wurde das Krankenhaus Waldbröl hierher verlegt. Nach der Fertigstellung des Krankhausneubaus 1969 diente der Bau zeitweilig als Bundesluftschutzschule, Ausbildungsstätte des Bundeskriminalamtes und ab 1975 als Verwaltungsschule der Bundeswehr. Von 1990 bis 2006 diente das als KdF-Hotel errichtete Gebäude als Gründungsstandort der Akademie der Bundeswehr für Information und Kommunikation und ihrer Vorgänger-Einrichtungen Zentrum für Transformation, Schule für psychologische Verteidigung, Akademie für Kommunikation, Amt für Studien und Übungen und Zentrum für Analysen und Studien. Im Mai 2006 wurde die Dienststelle als Zentrum für Transformation der Bundeswehr nach Strausberg verlegt. Das Waldbröler Zentrum für Analysen und Studien der Bundeswehr projektierte unter Bundesverteidigungsminister Peter Struck (SPD) »präventive militärische Aktionen« im »Herkunftsbereich der Bedrohung«. Struck fasste den Ertrag der Überlegungen seines Waldbröler »Think Tanks« mit den Worten zusammen: »Deutschlands Sicherheit wird auch am Hindukusch verteidigt«. Das bedeutete: aktives militärisches Eingreifen zur Sicherung von

Rohstoffreserven, Freischießen von Handelswegen und Erschließen von Absatzmärkten außerhalb des NATO-Gebietes. In Waldbröl wurden die ersten Schritte hin zu einer Neuorientierung der Außen- und Sicherheitspolitik nach dem Ende der Ost-West=Auseinandersetzung geplant. Gerhard J., ein 51-jähriger Lehrer der Gesamtschule, hatte im April 2003 zum Ostermarsch vor die Freitreppe der Akademie aufgerufen. Das Gebäude war in der Zeit vom Januar 1938 bis zum Februar 1940 nach dem Teilabbruch einer Heil- und Pflegeanstalt entstanden. Die Insassen der Anstalt waren bereits kurz nach der Machtergreifung der Nationalsozialisten Repressalien ausgesetzt gewesen. Im Frühjahr 1938 wurden die an Schizophrenie und Epilepsie leidenden Patienten in ein ehemaliges Augustinerkloster in der Nähe von Neuwied verlegt. Es ist anzunehmen, dass die dortigen Bewohner den Euthanasie-Morden des Hitler-Regimes unter der Tarnbezeichnung *Aktion T4* zum Opfer fielen. Und zwar unter der Leitung von Hitlers Begleitarzt Professor Dr. Karl Brandt, der als Euthanasiebeauftragter des Diktators den Massenmord an Kranken und Behinderten verantwortete. Brandt wurde 1948 im Ärzteprozess zum Tod verurteilt, in Landsberg/Lech gehängt und begraben. Seine Leiche wurde auf Veranlassung seiner Witwe, der Rekordschwimmerin Anni Rehborn, die er 1934 in Anwesenheit Hitlers geheiratet hatte, exhumiert, kremiert und im Bergischen Land beigesetzt, wo Anni Brandt seit Kriegsende lebte. Die Aus- und Umbaumaßnahmen für das Waldbröler KdF-Hotel wurden unter Leitung des Kölner Architekten Karl Preus fertiggestellt. Die topographische Lage, die dreißig Meter breite Auffahrt und eine Freitreppe, die der gesamten mittleren Gebäudefront vorgelagert wurde, steigerte die Wirkung des Gebäudes ins Monumentale. Die zweigeschossige Eingangshalle und die angrenzenden Flure wurden mit Marmor, die Halle mit vier meterhohen Mosaiken, welche das nationalsozialistische Ideal des arischen Landmannes verherrlichten, ausgestaltet. Das KdF-Hotel wurde 1989 in die Denkmalliste eingetragen, um ein Monument der Umsetzung nationalsozialistischer Ideologien in der Baukunst zu erhalten. Seit dem Abzug der Bundeswehr 2006 dient das Gebäude einer buddhistischen Gemeinschaft als Europäisches Institut für Angewandten Buddhismus. Im Nationalsozialismus nicht verbaute Säulen, die für die monumentale Eingangstreppe vorgesehen waren, und im Keller des Gebäudes lagerten, fanden als Fertigbauteile für einen buddhistischen Glockenturm auf dem Gelände Verwendung.

In der Gesamtschule trafen Leibgeber und Karin wie verabredet auf Paula. Paula, die Schulreferentin: unbändige Haarpracht, bebrilltes Gesicht, Jeansträgerin. Paula hatte vor der Geburt ihrer beiden Töchter die Aufgabe der

Jugendreferentin wahrgenommen. Die ungünstigen Arbeitszeiten ließen sich nur schwer mit ihrem Familienleben vereinbaren. Seit dem Ende des Erziehungsurlaubs war Paula als Schulreferentin beschäftigt. Paula betreute Projekte zur Friedenserziehung, Ausstellungen zur Gewaltprävention und Maßnahmen zur Demokratieförderung. Nach Waldbröl war sie zusammen mit Heinz angereist, der beim Eintreffen von Karin und Leibgeber einen Tapeziertisch zur Durchführung der *Rote-Hand*=Aktion im Foyer aufbaute. Heinz, das Faktotum: hagerer Oberkörper, krumme Reiterbeine, Bart wie Wyatt Earp. Heinz war noch unter dem Vorgänger von Gockel als Cheffahrer eingestellt worden. Seitdem der Chef selber fuhrwerkte, transportierte Heinz Ausstellungen, Postsendungen und Workcamp-Chaoten vom Flughafen zurück in die Elternhäuser. Neben dem Haupteingang des Schulgebäudes gab die Darstellung einer gespreizten linken Hand Auskunft über das Selbstverständnis der Schule. Auf dem Handrücken stand die zusammenfassende Bemerkung »Wir in der Gesamtschule«. Die vier Finger und der Daumen waren durch den Aufdruck von Eigenschaftswörtern gekennzeichnet. Kleiner Finger: »verantwortlich«. Ringfinger: »tolerant«. Mittelfinger: »solidarisch«. Zeigefinger: »freundlich«. Daumen: »leistungsbereit«. Die Darstellung der Hand korrespondierte hervorragend mit der geplanten *Rote-Hand*=Aktion. Bevor Karin den Schülerinnen und Schülern die Handfläche mit einer Farbrolle einfärbte, eröffnete Paula die von Heinz und Leibgeber aufgebaute Schulausstellung »Was bedeutet Frieden?«. »Um Kriege zu verhindern, müssen wir über deren Ursache und Folgen nachdenken«, erklärte Paula bei der Ausstellungseröffnung. Die dreigliedrige Schulausstellung des Kriegsgräbervereins frage danach, was Vorurteile seien, wie sie entstehen und was man dagegen tun könne. Die Ausstellung verknüpfe diese Fragen mit dem Thema Gewalt. Vorurteile könnten zur Gewaltanwendung führen, erklärte Paula. Der dritte Teil der Ausstellung thematisierte das »Erinnern für die Zukunft« und fragte nach Gedenktagen wie den Volkstrauertag zum Gedenken an die Opfer von Krieg und Gewaltherrschaft, den 27. Januar zum Gedenken an die Opfer des Holocaust, den 8. Mai zum Gedenken an die Befreiung von der Gewaltherrschaft der Nazis und den 9. November zum Gedenken an die Judenprogrome. An solchen Gedenktagen gehe es darum, sich zu vergegenwärtigen, dass ein demokratisches Gemeinwesen keine Selbstverständlichkeit darstelle, sondern eine Errungenschaft sei, die es zu verteidigen gelte, erläuterte Paula. Dazu solle jeder seinen Beitrag leisten. »Liebe Schülerinnen und Schüler, bleibt nicht passiv! Setzt euch mit Vorurteilen, Hass und Dummheit als Ursachen für Gewalt auseinander«, appellierte Paula. »Schreibt die Namen von den

Kriegerdenkmalen in euren Heimatorten ab und geht damit ins Internet. Ruft die Homepage des Kriegsgräbervereins auf und klickt auf den Link ›Gräbersuche‹. Gebt die Namen der Toten auf dem Kriegerdenkmal in die Suchmaske des Gräberdokumentationssystems ein. Ihr werdet erstaunt darüber sein, wo überall Kriegstote aus eurem Heimatort zu finden sind: in Frankreich, Italien oder Polen. In Belarus, der Ukraine oder Russischen Föderation. Die Kriegstoten aus eurem Heimatort liegen über ganz Europa verstreut. Tragt euren Familiennamen in das Namenfeld der Suchmaske ein. Auch Menschen mit eurem Namen, vielleicht Verwandte von euch, sind als Soldaten auf den Schlachtfeldern gestorben. Fragt eure Eltern, Großeltern, Onkel und Tanten. Werdet aktiv – damit so etwas nie wieder geschieht! Eingedenk der schrecklichen Folgen von Krieg und Gewaltherrschaft bedeutet das Nachdenken über deren Ursachen Einsatz für den Frieden«, erklärte Paula den im Foyer versammelten Schülern. Am Ende ihres Appells lud sie die Jugendlichen zur Teilnahme an der *Rote-Hand*=Aktion ein. Leibgeber und Karin warteten bereits hinter dem Tapeziertisch. Während Karin den Schülern die rechte Handfläche mit einem Farbroller rot färbte, hielt Leibgeber ein weißes DIN-A-4=Blatt bereit, auf das sich der Jugendliche mit der rechten Hand abstützte. Der so entstandene rote Handabdruck wurde von ihm mit dem Namen des Schülers, der Bezeichnung der Klasse und dem Standort der Schule beschriftet und von Heinz an eine Wäscheleine geklammert. Am Ende der Aktion hingen über hundert Hände an der Leine. Der Schulleiter befürwortete die *Rote-Hand*=Aktion ebenso wie die drei Fachlehrer für Geschichte auch deswegen, weil die Waffen für die Kindersoldaten allzu häufig aus deutscher Produktion stammten, in Lizenz im Ausland produziert wurden oder mit Genehmigung des Bundessicherheitsrates in Kriegs- und Krisengebiete geliefert wurden. Nach der Kalaschnikow war das deutsche Gewehr G3 der Oberndorfer Waffenfabrik Heckler & Koch mit rund zehn Millionen Exemplaren das am weitesten verbreitete Sturmgewehr der Welt. Der Rüstungsbericht der Bundesregierung wies aus, dass so genannte »Kleinwaffen« mehr als je zuvor aus Deutschland exportiert wurden – 2012 mehr als doppelt so viele wie im Vorjahr! Der CDU-Bundestagsabgeordnete und Fraktionsvorsitzende der CDU im Deutschen Bundestag, Volker Kauder, hielt bei der Vergabe der Rüstungsausfuhrgenehmigen für die in seinem Wahlkreis Rottweil-Tuttlingen ansässige Waffenfabrik Heckler & Koch seine schützende Hand über »däsch Undernehm«. Kauder begründete seine Protektion mit den Worten, der Staat brauche Soldaten und Polizisten und »die könne mer nitt mit Holschgewehre auschrüste«. Die Forderungen der Aktion *Rote Hand* lauteten: »Straight 18« – kein Kind unter 18 Jahren dürfe in Armee, bewaffneten

Gruppen oder anderen militärischen Verbänden eingesetzt oder geschult werden.

»Festnehmen, anklagen und Geld abnehmen« – Personen, Staaten und bewaffnete Gruppen, die Kinder rekrutieren, sollten öffentlich benannt und bestraft werden. Verantwortliche Personen müssten vor dem Internationalen Strafgerichtshof oder vor nationalen Gerichten angeklagt, Staaten und bewaffnete Gruppen öffentlich verurteilt (z.B. vom UN-Sicherheitsrat) und sanktioniert werden (wirtschaftliche Konsequenzen, Reiseverbote, Kontosperrungen).

»Verbot von Kleinwaffen!« – Stopp von Waffenexporten. Waffen (insbesondere Kleinwaffen), Waffenteile und Munition dürften nicht in Krisenregionen exportiert werden, in denen Kindersoldaten eingesetzt werden.

Die Mitarbeiter des Kriegsgräbervereins agierten mit ihrer roten Farbe in der Schale als weiße Mohren. Als wichtigster Unterstützer der Vereinsarbeit agierte die Bundeswehr. Bundeswehrangehörige beteiligten sich an der jährlichen Haus- und Straßensammlung. Bundeswehrangehörige veranstalteten Arbeitseinsätze auf deutschen Kriegsgräberstätten. Bundeswehrangehörige unterstützten bei der Durchführung von Jubiläums- und Gedenkveranstaltungen. Die Bundeswehr hatte nach Aussage eines Sprechers des Bundesministeriums der Verteidigung (BMVg) in den vergangenen drei Jahren mehr als dreitausend minderjährige Soldaten rekrutiert; 2013 seien allein 1.032 Siebzehnjährige verpflichtet worden. Der Sprecher des BMVg im Wortlaut: »Sie werden an der Waffe ausgebildet, aber nicht an der Waffe eingesetzt.« Die Praxis der Bundeswehr entspreche zudem in vollem Umfang dem Zusatzprotokoll zur UN-Kinderrechtskonvention, das die Beteiligung Minderjähriger an bewaffneten Konflikten ächte. Vielleicht hätte Leibgeber zur besseren Rechtfertigung der *Rote-Hand*=Aktion in der Gesamtschule den Jugendoffizier der Bundeswehr aus Bonn mitbringen sollen. Da hätte er Schützenhilfe gehabt. Die Bundewehr hätte mit ihrem Karrieremobil als Fliegenfänger für junge Leute, die Deutschland auch am Hindukusch verteidigen sollten, vor der Tür der Gesamtschule auffahren können. Leibgebers Kollegen Karin, Paula, Heinz und er selber versprachen beim Abnehmen der mit roten Handabdrücken der Schüler verzierten Blätter von der Wäscheleine, diese entsprechend der Forderung der Aktion *Rote Hand* an die Politiker übergeben zu wollen. Das konnte ein Bürgermeister ebenso wie Landes-, Bundes- oder Europapolitiker sein. Bei der Übergabe würden sie aufgefordert, die Aktionsblätter an die nächsthöhere Ebene weiterzureichen, hieß es. So seien die »Roten Hände« schon mehrmals ins Europaparlament und sogar nach New York gewandert. 2009 waren dreihunderttausend der gesammelten »Roten Hände« im Gebäude der Vereinten Nationen übergeben worden. An dem Empfang nahmen UN-Generalsekretär Ban Ki Moon, seine Sonderbeauftragte für Kinder in bewaffneten Konflikten, Radhika Coomaraswamy, und der Vorsitzende des UN-Weltsicherheitsrates, Claude Heller, teil. Leibgeber hätte die »Roten Hände« aus Waldbröl gerne an den Fraktionschef der CDU im Deutschen Bundestag Volker Kauder übergeben. Kauder hatte 2006 versichert, er sei bei der Abwicklung von Exportanfragen gern behilflich.

Bei der Besprechung im Haus der Landesgeschäftsstelle führte Gockel den Vorsitz. Auf der Tagesordnung standen die Maximierung der Einnahmen durch die Haus- und Straßensammlung, die Reduzierung des hauptamtlichen Personals und die Ehrung von gefallenen Soldaten in den Auslandseinsätzen der Bundeswehr. Unter einem goldgerahmten Ölgemälde, welches das braune, von einem Helm gekrönte Holzkreuz auf einem Kriegsgrab inmitten von Mohnblumen zeigte, ermahnte Gockel die Bezirksorganisationsleiter, mehr Geld in den Häusern und Straßen ihrer Geschäftsgebiete einzusammeln. Als er vom dramatischen Rückgang der Sammlungseinnahmen der letzten Jahre sprach, schwoll ihm der Kamm. Eigentlich ein Wunder, ja unmöglich: Gockels Hahnenkamm war ein Toupet. Gockel tarnte seinen Altmännerschädel, täuschte damit seine Umwelt und trickste sich durchs Leben. Genau wie du, überlegte Leibgeber. Du tarnst deine Überzeugungen, täuscht deine Umwelt und trickst dich durchs Berufsleben. Du bist ein Schauspieler! Ein Schauspieler tut nur so, als ob er die Figur sei, die er darstellt. Du tust nur so, als ob du dich mit der falschen Verbandspolitik, verlogenen Versöhnungsphilosophie und fatalen Vereinsgeschichte des Kriegsgräbervereins identifizierst. Der Schauspieler Rock Hudson tat so, also ob er seine Filmpartnerin Doris Day liebe. Wenn die Leute aus dem Kino kamen hatten sie heimliche Zweifel, ob die beiden nicht nur im Film, sondern auch privat was miteinander hatten. So überzeugend war er gewesen. Tatsächlich war Hudson schwul und an Aids gestorben. Du wirst für deine Rolle als Organisationsleiter des Bezirksverbandes Rheinland niemals einen Oscar aus Los Angeles, eine Palme aus Cannes, einen Bären aus Berlin oder einen Bambi von Herrn Burda erhalten, überlegte Leibgeber. Deine Auszeichnung besteht ja gerade darin, dass niemand deine Schauspielerei bemerkt! Das jeder Vorgesetzte, Verbandsmitarbeiter und Förderer des Kriegsgräbervereins dich für authentisch hält – das ist deine Auszeichnung. Es geht nicht darum, dass du selber dich mit deiner Rolle als Bezirksorganisationsleiter identifiziert. Es geht nicht darum wer du bist, sondern wie du wahrgenommen wirst.

Im Vergleich zu den Sammlungseinnahmen vor fünf Jahren hätten zwei seiner fünf Bezirksverbände eine Einnahmeeinbuße von fünfzig, die anderen drei eine Einnahmeeinbuße von dreißig Prozent zu verzeichnen gehabt, krähte Gockel am Kopfende des Konferenztisches.

»Der Bezirksverband Rheinland erwirtschaftet seit Jahren die höchste Sammlungseinnahme aller fünf Bezirksverbände«, bemerkte Leibgeber. Auch wenn diese rückläufig seien. Das Kriegsende liege beinahe siebzig Jahre zurück. Sofern die so genannte Erlebnisgeneration noch am Leben sei, sei diese weit über neunzig Jahre alt. Die Kinder der Erlebnisgeneration seien über siebzig Jahre alt. Der persönliche Bezug zum Kriegsgeschehen nehme in der Bevölkerung immer weiter ab. Nur wenige Kriegskinder lebten in dem Bewusstsein, dass der Papa oder der Bruder in einem Kriegsgrab liege, welches der Kriegsgräberverein pflege. »Abgesehen davon, möchten nicht alle Nachkommen von Kriegsteilnehmern an die Zeit ihrer Eltern im National-sozialismus erinnert werden«, offenbarte Leibgeber. »Viele Familien haben keinen persönlichen Bezug zur Arbeit des Kriegsgräbervereins. Viele Familien haben einen Migrationshintergrund. Dauerhafter Erhalt der deutschen Kriegsgräber im Ausland? Was geht mich das an? – So lautet die Reaktion der meisten Menschen im zweiten Jahrzehnt des 21. Jahrhunderts. So lautet die Reaktion bei der Sammlung an den Haustüren, in der Fußgängerzone oder auf dem Parkplatz vorm Supermarkt. Die Leute haben hier wie dort alles Mögliche im Kopf – nur nicht die Pflege der deutschen Kriegsgräber im Ausland!«

»Das die Sammlungseinnahme in Ihrem Geschäftsgebiet nur um ein Drittel zurückgegangen sind, ist kein Grund, stolz auf Ihr Sammlungsergebnis zu sein, Herr Leibgeber!«

»Die einzige Möglichkeit, weiterhin Sammlungseinnahmen im öffentlichen Raum zu erzielen, liegt in der Ausweitung der Friedhofssammlung«, entgegnete Leibgeber.

»Wie kommen Sie denn darauf?«

»Ich habe das ausprobiert. Wir müssen die Menschen mental dort abholen, wo sie sich bereits mit unserem Thema, der Pflege von Gräbern, auseinander-setzen: auf dem Friedhof! Wenn es gelingt, an hohen kirchlichen Feiertagen, am Totensonntag oder an Allerheiligen, vor jedem Friedhof zwei, vier oder auch mehr Sammler mit der Dose des Kriegsgräbervereins in der Hand zu platzieren, gehen die Friedhofsbesucher von sich aus auf die Sammler zu. Der Spender braucht praktisch nicht mehr angesprochen zu werden. Ich habe das ausprobiert! Vor den Eingängen der größten Friedhöfe in Aachen, Bonn, Köln und Leverkusen. Die Sammler auf dem Kölner Friedhof Melaten haben an Allerheiligen hohe vierstellige Eurobeträge vereinnahmt.«

»Was sind das für Sammler, bitte?«

»Reservisten! Die Kameradschaften legen Wert darauf, sich in Uniform der Öffentlichkeit zu präsentieren. An Allerheiligen, wenn die Leute die Gräber ihrer Angehörigen besuchen, werden sie von tausenden Friedhofsbesuchern wahrgenommen. Die Präsenz der Reservisten auf den Friedhöfen wird durch die Sammlung zugunsten der Pflege der Kriegsgräber im Ausland legitimiert. Der Verein kann durch den Einsatz der Reservisten tausende von Euro vereinnahmen. Eine Win-Win=Situation.« An Allerheiligen legte der Reservist die Waffe aus der Hand und verließ die Kulturstufe des Jägers, um die Kulturstufe des Sammlers zu erreichen. Dazu wurde er von Leibgeber mit einer Sammeldose ausgerüstet. Am Ende des Tages reiste er mit dem Geschäftswagen an, um die gefüllten Dosen einzusammeln und in die Geschäftsstelle am Neumarkt zu chauffieren.

»Davon weiß ich ja gar nichts!«, empörte sich der Bundeswehr- und Reservistenbeauftragte, Oberstleutnant a.D. Sperber. Sperbers Daseinsberechtigung als Bundeswehr- und Reservistenbeauftragter definierte sich an der Höhe der Sammlungseinnahmen durch Bundeswehrangehörige und Reservistenkameraden. »Des hädde S'e mit mir abstimme müsse ...« Sperber war Südhesse. Der Kölner schiebt die Vokale zusammen und ruuuht sich daaarauf aus. Versteeehste datt? Abe de Hesse lutscht de Wörder rund. »Höre S'e: Des hädde S'e mit mir abstimme müsse ...«

» ... um Ihrer Statistik auf die Füße zu helfen – vielleicht sogar zu einem Luftsprung? Heben Sie nicht ab, Herr Sperber! Für die Sammlungsergebnisse in meinem Geschäftsgebiet bin allein ich verantwortlich. Ich werde am Ende des Tages nicht danach gefragt, wer die Sammlungseinnahmen erzielt hat (nämlich Reservisten) und auf welche Weise sie erzielt wurden (nämlich durch Friedhofssammlungen), sondern welche Summen dabei eingenommen wurden.«

»So nicht!«, krähte Gockel in den Sitzungskäfig. »So nicht, Herr Leibgeber! Sie wissen genau, dass die von Reservisten und Bundeswehrangehörigen erzielten Anteile am Sammlungsergebnis in der Jahresstatistik separat ausgewiesen werden. Ich bitte Sie, Herrn Sperber künftig von Ihren Aktivitäten zu informieren.«

Damit ihm diese als eigene Leistungen angerechnet werden können, grollte Leibgeber in Gedanken. Für die Dosensammlungen der Reservisten auf den Friedhöfen in Aachen, Bonn, Köln und Leverkusen, für die Einbindung der

Reservisten in die Organisation des Kölner Benefizkonzerts unternahm Sperber keinen Handschlag. Oberstleutnant a.D. Sperber war mit nur fünfzig Jahren pensioniert worden und unmittelbar danach als Beauftragter für die Zusammenarbeit mit der Bundeswehr zum Kriegsgräberverein gewechselt. Während alle wertschöpfenden Arbeitnehmer durch die Verlängerung ihrer gesetzlichen Lebensarbeitszeit von 65 auf 67 Jahre eine tatsächliche Rentenkürzung hatten hinnehmen müssen, hatten die Abgeordneten des Deutschen Bundestages aufgrund der angestrebten Reduzierung der Personalstärke bei den Streitkräften ein »Personalstärkeanpassungsgesetz« verabschiedet, welches das Ausscheiden der Berufssoldaten ab dem fünfzigsten Lebensjahr ermöglichte. Damit Sperber von seinem fünfzigsten Lebensjahr an ein saugutes Pensionärsleben aus Steuermitteln führen konnte, war Leibgeber die Lebensarbeitszeit erhöht worden. Gleichzeitig hatte der Kriegsgräberverein ihm die Betriebsrente gestrichen. Dem Kriegsgräberverein kam Sperber gerade recht. Er war Stabsoffizier bei der Bundeswehr, körperlich fit, psychisch stabil und geistig auf der Höhe. Er war erst fünfzig Jahre alt und billig zu haben. Sperber erhielt so viel Gehalt, dass er zusammen mit seiner Pension 125 Prozent seiner zuletzt erhaltenen Dienstbezüge ausbezahlt bekam. Der Staat schickte einen körperlich, psychisch und geistig voll belastbaren Berufssoldaten in den vorzeitigen Ruhestand. Der Staat zahlte ihm ein üppiges Ruhegehalt. Der Staat verantwortete den Skandal, dass ein überversorgter, gesunder und diensttauglicher Berufssoldat einem bedürftigen Leistungsempfänger Job, Entlohnung und Perspektive wegnehmen konnte. Und der Kriegsgräberverein profitierte davon! Als Beauftragter für die Zusammenarbeit mit der Bundeswehr und den Reservistenverbänden veranstaltete Sperber ein beeindruckendes Imponiergehabe. Mit seinem gelben Nikotinschnabel hackte er gnadenlos auf jedem herum, der in seinen Kompetenzbereich eindrang. Sperber unterstand nicht dem Landesorganisationsleiter. Sperber unterstand einem Abteilungsleiter in der Bundeszentrale. Eine Regelung des Reichsorganisationsleiters, die dazu führte, dass die Bezirksorganisationsleiter Meinungsverschiedenheiten mit dem Bundeswehrbeauftragten totschwiegen und unter Stillschweigen beerdigten, damit die Knochen nicht vom Landesorganisationsleiter herausgewühlt werden konnten. Gockel, der als Mediator und Schlichter von Streitigkeiten in Frage gekommen wäre, konnte zwar seine Bezirksorganisationsleiter reglementieren, nicht jedoch den seinem Landesverband von der Bundeszentrale zugewiesenen Bundeswehrbeauftragten. Warum sollte Leibgeber dem Landesorganisationsleiter gegenüber Probleme mit dem Bundeswehrbeauftragten thematisieren, wenn er von vornherein das kürzere

Hölzchen für sich in Gockels Nikotinkralle wusste? Die Wertschätzung des Bundeswehrbeauftragten zeigte sich darin, dass diesem in regelmäßigen Abständen ein neuer Geschäftswagen unter den Hintern geschoben wurde. Dazu die komplette Ausstattung für dessen Hausbüro. Leibgeber bekam nach dem Fahrzeugwechsel des Bundeswehrbeauftragten dessen abgenudeltes Möhrchen als Dienstfahrzeug zugeteilt. Zuvor hatte Leibgeber sein Privatfahrzeug als Geschäftswagen nutzen müssen. Das war im Landesverband »so üblich«, hatte es im ersten Antwortschreiben auf seine wiederholte Anforderung eines Geschäftswagens geheißen. Die Ausstattung seiner Kölner Bezirksgeschäftsstelle mit Rechnern, Druckern, Scanner, Faxgerät, Telefonanlage und Dienstkamera war von ihm zusammengebettelt worden. Die Herren Bundeswehrbeauftragten wurden alljährlich zu einer mehrtägigen Tagung in ein Großstadt-Hotel eingeladen – mit Damenprogramm für die ebenfalls angereisten Ehefrauen. Wie aufmerksam! Wie fürsorglich! Eine Zusammenkunft der bundesweit 23 Bezirksorganisationsleiter hatte in den vergangenen fünfzehn Jahren dagegen kein einziges Mal stattgefunden. Diejenigen, die die Arbeit des Kriegsgräbervereins in der Fläche kommunizierten, wurden nicht unmittelbar durch den Generalsekretär und die Abteilungsleiter der Bundeszentrale, sondern – wenn überhaupt! – durch ihre Landesorganisationsleiter informiert. Der Informationsstand eines Bezirksorganisationsleiters beschränkte sich auf die Aussagen seines Landesorganisationsleiters, die Lektüre der Mitgliederzeitschrift und die Durchsicht des Internetauftritts. Die wichtigsten Multiplikatoren der Vereinsarbeit in der Fläche waren kaum besser als jedes interessierte Vereinsmitglied informiert. Bleibt noch zu erwähnen, dass der Bundeswehrbeauftragte zur Teilnahme an den Sitzungen des Landesvorstands eingeladen wurde, während die Damen und Herren Mitglieder des Landesvorstands ihre Bezirksorganisationsleiter nicht einmal beim Namen kannten.

In der Pause steckte Sperber sich einen Sargnagel in den Schnabel, um sich diesen in die Raucherlunge zu hämmern. Wenn der Herr Oberstleutnant, der seit der Vollendung seines fünfzigsten Lebensjahres außer Dienst war und 71 Prozent seiner letzten Dienstbezüge als Pension vom Staat bezog, eine neue Lunge brauchen sollte, nahm der Staat bei Leibgebers Hirntod die moralische Erwartungshaltung ein, dass er Sperber seine Lunge spenden sollte. Obwohl er Sperbers Bezüge als Soldat, obwohl er Sperbers Altersruhegeld als Pensionär finanzierte, sollte Leibgeber sich bei seinem Ableben auch noch ausweiden lassen, um Sperbers Leben zu verlängern! Nachdem Leibgeber über Jahrzehnte die Wolle geschoren und die Milch ausgemolken wurde, sollte er am Ende auch noch seine Organe opfern, um damit eine Wertschöpfungskette in Gang zu setzen, von der außer ihm alle Beteiligten profitierten: die Klinik, die seine Organe entnehmen, das Transportunternehmen, das seine Organe befördern, der Arzt, der sein Organ Sperber transplantieren würde – nur nicht Leibgebers Hinterbliebene. Lena solle stattdessen auch noch seine Beisetzung bezahlen.

Tagesordnungspunkt »Verschiedenes«: Der Verein erhielt 2,7 Millionen Kriegsgräber auf über 830 Friedhöfen in 45 Staaten Europas. Bau, Bauunterhaltung und Pflege der deutschen Kriegsgräber im Ausland wurden überwiegend aus den Beiträgen der Mitglieder, Spendeneinnahmen aus der Bevölkerung und Zuwendungen von Erblassern finanziert. Horst Adler, der Assistent des Landesorganisationsleiters, versendete als Beauftragter des Landesverbandes für die Fürsorge der Kriegsgräber Vermerke über seine Begehung von Kriegsgräberstätten an die Bezirksgeschäftsstellen. »Herr Adler hat aus Anlass einer Beschwerde kürzlich eine Kriegsgräberstätte im Bergischen Land besucht und der Friedhofverwaltung Instandsetzungsmaßnahmen entsprechend der Allgemeinen Verwaltungsvorschrift zum Gräbergesetz vorgeschlagen«, informierte Leibgeber. »Damit hat Herr Adler als Mitarbeiter des Kriegsgräbervereins zugunsten der Gemeinde eine Leistung erbracht, die zwar mit der Satzung übereinstimmt, die aber eine einseitige Leistung zulasten des Vereins darstellt.«

»Wie kommen Sie jetzt darauf?«, gackerte Gockel.

»Die Gemeinde hat in den letzten zehn Jahren weder eine Sammlung zugunsten unseres Vereins veranstaltet noch einen Gemeindebeitrag zum Erhalt der deutschen Kriegsgräber im Ausland überwiesen. Im Gräberdokumentationssystem sind achtundneunzig exakte Übereinstimmungen für Kriegstote mit dem Geburtsort der Gemeinde nachgewiesen. Dazu weitere siebenunddreißig Kriegstote aus dem 1975 eingemeindeten Ründeroth. Die meisten von ihnen liegen im Ausland begraben, ihre Kriegsgrablagen pflegt der Kriegsgräberverein. Warum kümmert sich Herr Adler als Mitarbeiter unseres Vereins um Kriegsgrablagen einer Gemeinde ...«

»Weil das sowohl in der Vereinssatzung steht als auch in der Allgemeinen Verwaltungsvorschrift zum Gräbergesetz!«, unterbrach Adler am Kopfende des Besprechungstisches.

»Das sind Kann-Bestimmungen. Der Kriegsgräberverein kann sich um die deutschen Kriegsgräber im Inland, zu deren Erhalt die Kommunen gesetzlich verpflichtet sind, kümmern. Warum kümmert sich Herr Adler als Mitarbeiter des Kriegsgräbervereins um Kriegsgrablagen einer Gemeinde, die seit zehn Jahren weder eine Sammlung durchführt noch einen Gemeindebeitrag abführt, um die vom Verein gepflegten Kriegsgrablagen der gefallenen Gemeindemitglieder im Ausland erhalten zu helfen? Die Kriegsgräber der aus der Gemeinde gebürtigen Soldaten müssen stattdessen aus Spendeneinnahmen und Gemeindebeiträgen fremder Kommunen instandgehalten werden.«

»Kommen Sie zum Punkt, Herr Leibgeber!«, krähte Gockel vom Kopfende des Konferenztisches.

»Die Bemühungen von Herrn Adler unterlaufen meine Fundraisingaktivitäten! Es wäre hilfreich, wenn inaktive Kommunen, die seit Jahren weder eine Sammlung durchführen noch einen Gemeindebeitrag überweisen, nicht zur Belohnung auch noch Leistungen von Mitarbeitern unseres Vereins erfahren, deren Gehälter aus den Beiträgen unserer Mitglieder, Spenden aus der Bevölkerung und Zuwendungen von Erblassern finanziert werden.«

»Mein Gehalt tut hier nichts zur Sache!«, schrie Adler am Fußende des Konferenztisches. Gockels Assistent wirkte nicht nur im Auftreten, sondern schon beim bloßen Anblick furchteinflößend. Als passionierter Jäger fraß er seine Beute nicht nur auf, sondern kleidete sich auch noch in deren Häute und nähte Knöpfe aus deren Knochen an sein Wams.

»Die Herrschaften lachen sich doch ins Fäustchen!«, beklagte Leibgeber. »Herr Adler vermittelt den Verantwortlichen der Gemeinde, dass diese keinerlei Anstrengungen zugunsten des Kriegsgräbervereins in Form von Sammlungstätigkeiten oder andere Unterstützungsleistungen unternehmen müssen, um in den Genuss von Leistungen unseres Vereins zu kommen. Das Verhalten von Herrn Adler ist mit Blick auf meine Bemühungen, als Bezirksorganisationsleiter Einnahmen zu generieren, kontraproduktiv.«

»Jetzt machen Sie aber mal einen Punkt, Herr Leibgeber!«

»Ich möchte – im Gegenteil! – ein Ausrufezeichen setzen. Ich rege an, seitens der Landesgeschäftsstelle eine Auflistung zu erstellen, aus der diejenigen Kommunen hervorgehen, die weder eine Sammlung durchführen noch einen Gemeindebeitrag entrichten. Selbstverständlich mit Zuarbeit der Bezirksgeschäftsstellen. Ich rege weiterhin an, diese Liste vor der Erbringung von freiwilligen Leistungen zulasten des Kriegsgräbervereins und zugunsten der Kommunen nicht nur einzusehen, sondern freiwillige Leistungen wo möglich zu unterlassen.«

»Der Verband legt größten Wert darauf, dass sich die Kriegsgräber hierzulande in ordnungsgemäßem Zustand befinden. Da bin ich mit Herrn Adler vollkommen einig!«, krähte Gockel von oben herab. »Was glauben Sie, welche Kriegsgräber dem Spender vorm geistigen Auge stehen, wenn einer unserer

Sammler ihn um eine Spende für den Erhalt der Kriegsgräber bittet, Herr Leibgeber? – Kriegsgräber in der Russischen Föderation, in der Ukraine oder in Weißrussland? Da kommt doch niemand hin!«

»Warum lokalisiert und exhumiert der Kriegsgräberverein dann die Kriegstoten in ehemaligen Teilrepubliken der früheren Sowjetunion und der Russischen Föderation, um sie gerade dort auf großen, aus Mitgliederbeiträgen, Erblasserzuwendungen und Spendeneinnahmen finanzierten Sammelfriedhöfen einzubetten?«

Leibgebers Tätigkeit als Bezirksorganisationsleiter umfasste insbesondere Maßnahmen zum Fundraising, Aktivitäten zur Öffentlichkeitsarbeit und Bemühungen zur Mitarbeitergewinnung, um die Gelder genau dafür zusammen zu betteln. Adler konterkarierte mit seinen Aktivitäten nicht nur die Bemühungen der Bezirksorganisationsleiter, sondern brillierte darüber hinaus als begnadeter Selbstdarsteller vor dem Vorstand. Bei der Kriegsgräberstätte in Ründeroth handelte es sich um ein Gräberfeld mit sowjetischen Zwangs- und Fremdarbeitern, die durch Hunger, Krankheiten oder Unfälle bei der Ausbeutung ihrer Arbeitskraft ums Leben kamen. Adler pflegte beste Kontakte zum Generalkonsulat der Russischen Föderation in Bonn-Bad Godesberg. Selbstverständlich war eine Abordnung von dort bei der Wiedereröffnung der Kriegsgräberstätte zugegen gewesen. Selbstverständlich hatte deren Besuch aus Anlass der Wiedereröffnung einen vernehmbaren Pressedonner veranlasst. »Du brauchst nicht kommen!«, hatte Adler Leibgeber beruhigt, als dieser ihm am Telefon von einer Einladung zur Teilnahme an der Wiedereröffnung der sowjetischen Kriegsgräberstätte durch den Bürgermeister berichtete. »Du brauchst nicht kommen, Peter. Wirklich! Ich bin ja da.« Während Adler mit seinen Händen auf den Kriegsgräberstätten Namensstelen und Kruzifixe errichtete, wurden die Interessen der Bezirksorganisationsleiter– deren Leistungen Adler beim unangemeldeten Kreisen in deren Geschäftsgebieten keines Blickes würdigte – als Kollateralschäden seines Wirkens von ihm mit dem Hintern umgerissen. Leibgeber hatte von der Anwesenheit seiner Bezirksverbandsvorsitzenden bei der Wiedereröffnung der Kriegsgräberstätte in Ründeroth aus der Niederschrift der Vorstandssitzung des Landesverbandes erfahren, wo Adler sich für die Anwesenheit Kuckucks vor Ort bedankte. Leibgeber hatte von der Anwesenheit seiner Bezirksverbandsvorsitzenden in Ründeroth bis zur Lektüre der Niederschrift über die Sitzung des Landesvorstands keine Kenntnis gehabt. Leibgebers Vorhaltung, dass sie mit ihrer Anwesenheit seine Bemühungen unterlaufen habe, Sammlungseinnahmen zu generieren, begegnete Kuckuck mit der Bemerkung: »Wenn es Ihnen nicht passt, können Sie sich gern woanderwärts bewerben, Herr Leibgeber!« Als ob er das nicht versucht hätte. Aber Leibgeber konnte nun einmal nicht mit dem Kopf durch die Wand. Um seinem Arbeitgeber zu entkommen, musste er die Tür benutzen. Gelegentlich fand er sogar eine. Gelegentlich entdeckte er noch dazu einen Lichtschein darunter. Dann passte das Anforderungsprofil für die ausgeschriebene Stelle zu seinen beruflichen Kenntnissen. Aber immer dann, wenn er die Türklinke herunterdrückte, blieb die Tür verschlossen. Weil ihm der Schlüssel fehlte. Zum Beispiel auf Burg Vogelsang, wo Referenten zur Betreuung der Besucher benötigt wurden. Die Tür als hauptamtlicher Referent stand ausschließlich verbeamteten Lehrern, die vom Kultusministerium nach dorthin abgeordnet wurden, offen. Falls irgendein Schlaumeier meinte, dass ihn schließlich niemand zwinge, für den Kriegsgräberverein tätig zu sein, würde er antworten, dass ihn sehr wohl Menschen zwängen, beim Kriegsgräberverein zu verbleiben. Diejenigen nämlich, die seine Stellenbewerbungen ablehnten. Diejenigen, deren Namen unter den an ihn adressierten Ablehnungsschreiben standen, in denen die Unterzeichner Leibgeber alles Gute für seine berufliche Zukunft wünschten.

»Tag der offenen Tür« im Kölner Heeresamt. Im Friedrich-Olbricht=Saal des Tagungszentrums versammelten sich die geladenen Gäste zur Begrüßung durch den Amtschef. Der nach dem am 20. Juli 1944 standrechtlich erschossenen Infanteriegeneral benannte Repräsentationssaal des Tagungszentrums erinnerte an den Chef des allgemeinen Heeresamtes im Oberkommando der Wehrmacht. Friedrich Olbricht hatte gemeinsam mit Henning von Tresckow und Claus Graf Schenk von Staufenberg den Alarmplan *Walküre* entworfen, der nach der vorgesehenen Entmachtung Hitlers die Übernahme der militärischen und politischen Verantwortung vorsah. Als erster Redner überbrachte der Kölner Oberbürgermeister die Grüße der Stadt. Zu Kölns langer Geschichte gehöre auch die vielfältige Geschichte, die die Stadt mit dem Militär verbinde. Mit dem Heeresamt und den weiteren Dienststellen sei Köln der größte Truppenstandort der Bundeswehr in Deutschland. Was mit der Aufstellung des Truppenamtes am 19. Juni 1956 im City-Haus in der Breiten Straße begann, habe sich im Laufe der Jahrzehnte zu einer Institution entwickelt. Am 26. Mai 1965 sei dann nach längerer Bauzeit die Schlüsselübergabe für die Liegenschaft des damaligen Truppenamtes in der Brühler Straße erfolgt. Namenspatron des 1970 in Heeresamt umbenannten Truppenamtes sei der frühere Oberbürgermeister und erste Bundeskanzler der Bundesrepublik, Konrad Adenauer, erinnerte der

Oberbürgermeister. Für die enge Verbundenheit der Angehörigen des Heeresamtes in der Konrad-Adenauer=Kaserne mit den Bürgerinnen und Bürgern der Stadt Köln gebe es viele Beispiele, die von gegenseitiger Unterstützung und fruchtbarer Zusammenarbeit zeugten. So habe Köln bei manchem Hochwasser tatkräftige Hilfe durch die Bundeswehr erfahren, aber auch bei Großveranstaltungen wie dem Besuch des Papstes am Weltjugendtag. Zum fünfzigjährigen Jubiläum der Bundeswehr habe die Domstadt Köln mit dem Roncalli-Platz einen würdevollen Rahmen für den Großen Zapfenstreich geboten; ein Ereignis, an das er sich gern erinnere, versicherte der Oberbürgermeister.

Leibgeber konnte sich an den Großen Zapfenstreich auf der Domplatte ebenfalls erinnern. Der Große Zapfenstreich bildet wie das Heilige Abendmahl ein Zeremoniell, welches die Teilnehmenden zum regelkonformen Verhalten diszipliniert. Die Disziplinierung sowohl der Gläubigen als auch Soldaten dient zur Gehorsamsproduktion sowohl gegenüber der klerikalen als auch der militärischen Führung und zur Herrschaftsstabilisierung. Die Fürsten des Feudalstaates waren von der Kirche gesalbte Herrscher von Gottes Gnaden. Wer seinem Landesherrn den Gehorsam verweigerte, gelangte nicht ins Himmelreich und musste in der Hölle braten. Leibgeber hatte beim Großen Zapfenstreich unter den geladenen Gästen auf der Domplatte gesessen. Der steinerne Uterus, in den sich die Kölner Katholiken aus Furcht vor dem Leben flüchten, stand als Symbol der Gegenaufklärung zwischen dem Bahnhofsvorplatz, als Veranstaltungsort für die Kritik an der Bundeswehr, und der Domplatte, als Veranstaltungsort zu deren Huldigung. Auf der Domplatte wurde der Plebs nicht nur durch rot-weiß=lackierte Absperrgitter von den VIPs getrennt, sondern zusätzlich durch eine Gasse ferngehalten, durch die Militärpolizisten zur Überwachung der Hackordnung auf der sozialen Hühnerleiter patrouillierten. Beim Großen Zapfenstreich verlegte der Staat sein Militär von der Kaserne in den öffentlichen Raum, dessen Zugang er jedoch durch persönliche Einladungen, Absperrmaßnahmen und Militärpolizisten eingrenzte. In der ersten Reihe der bestuhlten Fläche auf der Domplatte saßen hochrangige Kommandeure der Bundeswehr und Angehörige aus Bundes-, Landes- und Kommunalparlamenten, thronten Vertreter der regionalen Wirtschaftsverbände und Würdenträger der christlichen Kirchen. Die Sitzordnung versinnbildlichte ein enges Zweckbündnis zwischen Wirtschaft, Thron und Altar. Der Große Zapfenstreich kommt bei der Ehrung hoher Repräsentanten des Staates und zur Feier wichtiger Jubiläen zur Aufführung. Zapfenstreich – der Name stammt aus der Zeit der Landsknechte. Mit einem Zapfenstreich – das heißt einem Schlag auf den Zapfen des

Fasses – gab der Profos als Verwalter der Militärgerichtsbarkeit das Signal zur Nachtruhe. Von diesem Zeitpunkt an durften keine Getränke mehr kredenzt werden. Der Große Zapfenstreich auf der Kölner Domplatte beeindruckte die Zuschauer mit Marschieren im Gleichschritt, Griffe kloppen am Karabiner und Marschmusik. Der Große Zapfenstreich bedeutet seitens der Soldaten eine Unterwerfungsgeste unter die Autorität des Staates. Seitens des Staates bedeutet das Zeremoniell eine Demonstration gemeinschaftlicher Einigkeit und zur Abschreckung andersdenkender Gegner. Zu Beginn des Zeremoniells auf der Domplatte marschierten zwei Reihen Fackelträger vor die Stuhlreihen der Ehrengäste. Auf das Kommando »Links/Rechts – um!« drehten sie sich gegenseitig die Gesichter zu. Minuten später wurde das Spalier der Fackelträger vom Inspekteur der Luftwaffe in Begleitung des Oberbürgermeisters durchschritten. Hinter jedem von ihnen schritt ein Offizier als Steuermann. Am Ende des Spaliers nahmen Inspekteur und Oberbürgermeister auf einem Podest Aufstellung. Die nebeneinanderstehenden Herren drehten den Ehrengästen als Repräsentanten des Souveräns, wie bei zeremoniellen Anlässen der Bundeswehr üblich, das Gesäß zu. Währenddessen marschierte das Musikkorps der Bundeswehr unter Leitung von Oberstleutnant Diskant vor den Dom. Dem Aufmarsch der behelmten Musiker folgten mit weißen Clownshandschuhen ausgerüstete Soldaten des Wachbataillons. Der Aufzug der Ehrenformation endete mit der Meldung ihres Führers an den Leiter der Paradeaufstellung. Danach spielte das Heeresmusikkorps den »Preußischen Präsentiermarsch«, »Am wunderschönen Rhein« und den »Fliegermarsch«. Anschließend hieß es

»GROSZER ZAPFENSTREICH – STILLgestand'n!«

Nach der Serenade begann das im Zeremoniell vorgeschriebene »Locken«. Ein Oberstabsfeldwebel mit einem Heiner-Brand=Schnurrbart pustete seinen Nikotinatem in eine Piccoloflöte. »Düllüllüllüllüllüllüllütt!! Düllüllüllüllüllüllüllütt!! Düllüllüllüllüllüllüllütt!! Lütt! Lütt!« Danach erfolgte das Kommando »Helm-ab-zum-Gebet!« Das Heeresmusikkorps intonierte »Ich bete an die Macht der Lie-hieb!-be«. Nach dem Kommando »Helm auf!« erfolgte das »Abschlagen«. Die Veranstaltung im Fackelschein auf der Domplatte bezahlte der Steuerzahler. Die Soldaten des Wachbataillons paradierten nicht zum Nulltarif. Die Soldaten des Stabsmusikkorps stießen nicht umsonst ins Horn. Der Inhaber des Dom-Hotels konnte seine Außenterrasse nicht bewirtschaften und musste entschädigt werden. Die Tiefgarage unter dem Opernplatz konnte aus Angst vor Bombenanschlägen nicht beparkt und musste angemietet werden. Die Veranstaltung wurde durch laute Sprechchöre vom Bahnhofsvorplatz gestört: »Laterne, Laterne – Sonne, Mond und Sterne!«. Die Hautevolee in den Stuhlreihen auf der Domplatte rumorte. Das sei ungehörig, gackerte eine aufgetakelte Henne an der Seite ihres Gockelhahns. Der fing auch gleich zu krähen an: Er würde sich schämen, in dieser Stadt zu leben. Den VIPs im Gästebereich konnte so gut wie nichts passieren. Der Staat bot Absperrgitter, Feldjäger und Landespolizisten auf, um die Soldaten und deren geladene Gäste vor dem Volk zu schützen. Ohne Absperrgitter, ohne Feldjäger und ohne Landespolizisten wäre deutlich geworden, wie das Wahlvolk wirklich dachte, erinnerte Leibgeber. Dann wäre deutlich geworden, was die Steuerbürger von der Hampelmännchenparade beim Großen Zapfenstreich auf der Domplatte hielten. Dann wäre deutlich geworden, ob der Oberbürgermeister mehrheitlich Zustimmung aus der Stadtbevölkerung erhalten hätte, als er beim anschließenden Empfang der geladenen Gäste im Historischen Rathaus sagte: »Mit dem Zapfenstreich auf der Domplatte hat die Bundeswehr gezeigt, dass sie da steht, wo sie hingehört: mitten in die Gesellschaft!« Keine Treueschwüre hinter Kasernenmauern, sondern ein öffentliches Bekenntnis zu unserem demokratischen Rechtsstaat: so hätten es die Väter des Grundgesetzes gewollt. Haben die Mütter und Väter des Grundgesetztes DAS gewollt? hatte Leibgeber sich beim Empfang im Anschluss an den Großen Zapfenstreich auf der Domplatte im Foyer vom Historischen Rathaus gefragt. Tatsächlich, ja? Haben die Väter des Grundgesetzes tatsächlich die Verschwendung von Steuergeldern durch überflüssige Paraden von Soldaten der Bundeswehr gewollt? Haben die Mütter des Grundgesetzes tatsächlich das martialische Gebaren der Soldaten der Bundeswehr zu militanter Marschmusik gewollt? Disziplinierung und Uniformierung des Soldaten dienen dessen Abrichtung zum Maschinenmenschen und Tötungsautomaten, überlegte Leibgeber auf seinem Stuhl im General-Friedrich-Olbricht=Saal des Heeresamtes. Die Verantwortung für das eigene Handeln wird den militärischen Vorgesetzten als staatlichen Befehlsgebern überantwortet. Der Staat verpflichtet den Soldaten zum Töten und Getötetwerden für Ziele, die er nicht selbst bestimmen kann. Die Bestimmung der politischen und militärischen Ziele obliegt der politischen und militärischen Führung – nicht dem zum Gehorsam verpflichteten Soldaten. Das Zufügen von Verletzungen, das Töten militärischer Gegner und die Hinnahme von Verletzungen bis hin zum eigenen Tod erfolgen auf Befehl und im Namen des Staates.

In seinem Grußwort zum »Tag der offenen Tür« im Tagungszentrum der Konrad-Adenauer=Kaserne erklärte der Heeresinspekteur, das Heer habe seit seiner Aufstellung einen wichtigen Beitrag zur Sicherheit Deutschlands und seiner Verbündeten geleistet. Das Aufgabenspektrum des Heeres reiche von Hilfseinsätzen bei Naturkatastrophen über Einsätze der Eingreiftruppen von NATO und Europäischer Union und den Kampf gegen den Terrorismus bis hin zu Stabilisierungsoperationen zur Unterstützung des »Nation Building«. Der Generalleutnant beteuerte, die Teilstreitkraft Heer habe die notwendigen »Boots on the ground«, um Landoperationen und Operationen »im bodennahen Luftraum« erfolgreich durchzuführen. Aus dem »Heer für den Einsatz« sei ein »Heer im Einsatz« geworden. Der Bundeswehr geht es – anders als zurzeit der Ost-West=Auseinandersetzung – nicht ausschließlich darum, ihre Fähigkeit zur Kriegführung einzuüben, um den politischen Gegner vom bewaffneten Kampf abzuschrecken, überlegte Leibgeber auf seinem Stuhl. Die Bundeswehr war seit der Wiedererlangung der vollen staatlichen Souveränität Deutschlands bestrebt, ihre Fähigkeit zur Kriegführung herzustellen, um bewaffnete Einsätze durchzuführen. Der Amtschef des Heeresamtes versicherte zum Abschluss seiner Ansprache, dass die Angehörigen des Heeresamtes, dem Motto des Amtes folgend, die Zukunft auch weiterhin im Visier behalten würden. Die Worte des Mottos DIE ZUKUNFT IM VISIER waren über dem Haupteingang vom Hochhaus des Heeresamtes, in dem der Amtschef residierte, zu lesen. Ein saudummes Motto, überlegte Leibgeber. Ein Visier ist eine Zieleinrichtung, die sich an einer Waffe befindet. Das Visier dient dazu, etwas, was jemand mit Hilfe der Waffe bedrohen oder vernichten will, in den Blick zu nehmen. Das Kölner Heeresamt nimmt die Zukunft ins Visier. Soll die Zukunft von dort aus bedroht oder gar vernichtet werden?

Auf dem Biwakplatz zwischen den VIP-Parkplätzen erwartete die geladenen Gäste Erbsensuppe aus der Gulaschkanone, Bratwürstchen und Nackensteaks vom Grill. Dazu Softgetränke und Kölsch vom Fass. Das Sommerbiwak zum 50-jährigen Bestehen des Kölner Heeresamts in der Konrad-Adenauer=Kaserne wurde durch Attraktionen und Vorführungen strukturiert. Zum Dauerprogramm zählte auch eine Ausstellung der Konrad-Adenauer=Stiftung über den Namensgeber der Kaserne und eine Ausstellung über den Militärstandort Köln. Großgeräte wie ein *Leopard*-Panzer und ein *Bell*-Hubschrauber repräsentierten Waffen-, Simulatoren und Infozelte veranschaulichten Ausbildungssysteme. Daneben waren Schnellfeuerwaffen mit Infrarotzielgerät und Handfeuerwaffen der Firma Heckler & Koch ausgestellt. Heckler & Koch: eine Rüstungsschmiede, mit deren Sturmgewehren Kindersoldaten ausgerüstet wurden. Heckler & Koch: ein Rüstungskonzern, dessen Produkte täglich vielen Menschen das Leben kosteten. Heckler & Koch: eine Waffenschmiede, die

die beiden Bundestagsabgeordneten Volker Kauder (CDU) und Ernst Burg-
bacher (FDP) im September 2009 aus dem Wahlkreis Rottweil-Tuttlingen in
Begleitung von Bundesverteidigungsminister Franz-Josef Jung (CDU) als be-
deutendem Gewerbesteuerzahler im Kreis Rottweil und großzügigen Parteien-
spender im Osten des Regierungsbezirks Freiburg besucht hatten. Heckler &
Koch: ein Unternehmen, dessen Hauptgesellschafter Andreas Heeschen sich
beim Abgeordneten Volker Kauder bei dessen Firmenbesuch dafür bedankte,
dass dieser »die Hand über das Unternehmen« gehalten hatte, wenn es um
Rüstungsexportgenehmigungen ging. Heckler & Koch: ein Produktionsbetrieb,
dessen Betriebsratschef jubelte, dass der Waffenhersteller im Drei-Schicht=Be-
trieb arbeite. Leibgebers Frage, wann er die dort hergestellten Haftminen im
ALDI erwerben könne, erntete einen Lacher. Allerdings vor spärlichem Publikum. Der »Tag der offenen Tür« fand an einem Werktag statt, an dem das
gemeine Volk, dem die Bundeswehr am »Tag der offenen Tür« hätte zeigen
können, wofür die Steuergelder der Steuerpflichtigen verausgabt wurden, arbeiten musste. Der Souverän des Landes, der die Bundeswehr mit der Landesver-
teidigung beauftragt hatte, musste die Steuergelder zu deren Unterhalt erwirtschaften. Leibgeber verließ das Zelt des Waffenherstellers ohne dort Haftminen
erworben zu haben. Sehr zum Vorteil von rücksichtslosen Verkehrschaoten, die
trotz lautem Boxengedröhn auch in Zukunft unbehelligt bleiben würden. Seinen »Arschloch!«-Schrei würden die Chaoten wegen des Motorengedröhns
in ihren testosteronbetankten Fahrzeugen nicht wahrnehmen können. Neben
Infoständen vom *Deutschen Bundeswehrverband*, *Bundeswehrsozialwerk* und
Verband der Reservisten der deutschen Bundeswehr (VdRBw) war auch der
Kriegsgräberverein mit einem Stand vertreten. Die Ausstattung bestand im
Wesentlichen aus einem Tapeziertisch, auf dem Karin Flyer des Vereins über
Bau, Pflege und Unterhaltung von deutschen Kriegsgräberstätten im Aus-
land, Informationen über die Exhumierung, Identifizierung und Umbettung
der Kriegstoten und die Dokumentation von deren Grablagen, Schriften zur
Jugend-, Schul- und Bildungsarbeit und Give-aways wie Schlüsselanhänger,
Flaschenöffner oder Kugelschreiber auslegte. Die Grabpflege- und Bildungsarbeit des Verbandes wurde durch bildliche Darstellungen auf Plakaten veranschaulicht. Mittelpunkt der Präsentation des Vereins bildete ein Stehtisch
neben dem Eingang, auf dem ein Laptop für die Gräbersuche stand. Auf der
Rückseite des aufgeklappten Deckels klebte ein laminiertes DIN-A-4=Blatt mit
der Aufschrift »Kennen Sie das Kriegsgrab Ihres Angehörigen? Fragen Sie uns!
Wir helfen.« Die Aufklärung des Vereins beschränkte sich auf die Beantwortung

der Fragen, WO sich die Kriegsgräber befinden und WER darin begraben liegt. Die zentralen Fragen, WARUM die Kriegstoten in den Angriffs-, Raub- und Vernichtungskrieg gegen die Sowjetunion und andere Länder zogen, WAS sie dort zu suchen hatten und WIE sie sich auf dem Weg in ihr Kriegsgrab verhalten hatten, wurden nicht beantwortet. Sie wurden nicht einmal gestellt! Die Routine der Standbetreuung wurde durch stündliche Vorführungen der Schule für das Diensthundewesen Ulmen, Fallschirmspringern der Luftlandeschule Altenstadt, die über dem Gelände des Heeresamtes absprangen und dem am Bierpils stehenden Hausherrn vor den Füßen landeten, und Soldaten der Gebirgs- und Winterkampfschule Mittenwald, die sich von einem in der Luft stehenden Hubschrauber auf die Höhe eines Stockwerks am Hochhaus des Heeresamtes abseilten, unterbrochen. Das Heeresamt war für die Bereiche Weiterentwicklung, Ausbildung, Rüstung, Logistik und Organisation des Heeres verantwortlich. Die angestrebte Zusammenführung der fünf Fachabteilungen am Standort Köln war erst in einigen Jahren zu erwarten. Bis dahin war das Heeresamt auf die vier Standorte Köln, Koblenz, Euskirchen und Neuenahr verteilt. Da dem Heeresamt die Truppenschulen, zentralen Ausbildungseinrichtungen des Heeres und die Truppenübungsplätze unterstanden, dürfte der Amtschef seine Dienstzeit im Heeresamt für die Antrittsbesuche in den ihm unterstellten Einrichtungen aufwenden. Sobald der Amtschef die Türen sämtlicher ihm unterstellter Einrichtungen hinter sich zugezogen haben würde, klopfte schon sein Nachfolger an die Tür seines Dienstzimmers. Bevor der Heeresamtschef die Zukunft ins Visier nahm, räumten Karin und Leibgeber die Bücher, Flyer und Give-aways des Kriegsgräbervereins in Transportkisten und verluden sie in den Geschäftswagen. Ihr Geschäftswagen war ein Abschreibungsobjekt des Bundeswehrbeauftragten, dessen Familie darauf bestanden hatte, dass er seinen Geburtstag am »Tag der offenen Tür« zum 50-jährigen Bestehen des Heeresamtes zur Erholung beim Schnorcheln verbringen sollte. Leibgeber und Karin hatten die Vereinsfahne auch ohne dessen Hilfe vorm Heeresamt aufzuziehen vermocht. Der Chef des Stabes bedankte sich einige Tage später in einem Schreiben für das von der Bezirksgeschäftsstelle gezeigte Engagement, deren Mitarbeiter sehr zum Gelingen der Jubiläumsveranstaltung beigetragen hätten.

Gedenkfeier zur Übergabe eines Gefallenenkreuzes. Am 2. Mai hatte ein Vorstandsmitglied der ZIF *(Interdisziplinäre Forschungsgruppe für Zeitgeschichte)* an die Landesgeschäftsstelle ein Schreiben mit dem Wortlaut verfasst: »Wir sind ein Zusammenschluss von Historikern, Fachautoren, Heimatforschern

etc., die in Kooperation mit lokalen Geschichtsvereinen die regionale Zeitgeschichte erforschen und die Ergebnisse veröffentlichen. Nach dem Fund
der sterblichen Überreste des Wehrmachtsoldaten Benno Schott haben wir
dessen Biografie und Hinterbliebene recherchiert und gemeinsam mit dem
Geschichtsverein Hürtgenwald ein Gedenkkreuz an der Fundstelle errichtet.«
Mit dem Anschreiben wurde eine Einladung zur Teilnahme an der Gedenkfeier
anlässlich der Übergabe des Kreuzes an die Öffentlichkeit ausgesprochen. Am
9. September antwortete Gockel dem Absender, dass er den Organisationsleiter des Bezirksverbandes Rheinland gebeten habe, den Kriegsgräberverein
bei der Feierlichkeit zu vertreten und ein Gebinde niederzulegen. In seinem
Antwortschreiben würdigte Gockel die Veranstaltung »als besonderen Akt
der Erinnerung und des Gedenkens«. An einem sonnigen Herbsttag brach
Leibgeber zu dem angegebenen Treffpunkt, einem Parkplatz in den Wäldern
nahe Vossenack, auf, um den Kriegsgräberverein vor Ort zu vertreten. Nachdem Leibgeber sich dem Briefschreiber der Forschergruppe vorgestellt hatte,
machte dieser ihn mit einem Vertreter des Geschichtsvereins Hürtgenwald,
einem Oberstleutnant der Bundeswehr und dem evangelischen Pfarrer bekannt.
Von dem Oberstleutnant erfuhr Leibgeber, dass dieser seinen Dienst beim Ein-
satzführungskommando der Bundeswehr in Potsdam versehe. Wie sich herausstellte, war der Oberstleutnant in der Operationszentrale eingesetzt. Am späten
Sonntagnachmittag würde er sich von seinem Heimatort Heimbach in der Eifel
nach Potsdam in Marsch setzen, um dort in der Hennig-von-Tresckow=Kaserne
»umgangssprachlich Krieg« (Bundesminister der Verteidigung Frh. zu Gutten-
berg) zu führen. Nach der Begrüßung der anwesenden Teilnehmer referierte ein
Vertreter des Geschichtsvereins Hürtgenwald die Umstände der Bergung der
sterblichen Überreste des Kriegstoten. Schotts Gebeine waren bei Sucharbeiten
des Kampfmittelräumdienstes des Landes Nordrhein-Westfalen aufgefunden
worden. Die Exhumierung erfolgte durch den Kriegsgräberverein. Das Ske-
lett Schotts habe nur zwanzig Zentimeter unter der Waldoberfläche gelegen,
informierte der Redner. Aufgefundene Metallteile eines Maschinengewehrs
ließen auf eine MG-Stellung schließen. Der 1925 in Westpreußen geborene
Benno Schott wurde keine zwanzig Jahre alt. Der Oberstleutnant vom Einsatz-
führungskommando thematisierte die Schicksalsklärung des Gefallenen. Benno
Schott, der beim Suchdienst des Deutschen Roten Kreuzes als vermisst gemeldet
war, konnte durch die bei den Gebeinen aufgefundene Erkennungsmarke identifiziert werden. Die dafür zuständige Deutsche Dienststelle für die Angehörigen
der ehemaligen Wehrmacht, die frühere Wehrmachtsauskunftsstelle (WASt)

hatte den Kriegstod Schotts bestätigt, so dass eine Kriegssterbefallurkunde ausgestellt und die Angehörigen über das Schicksal Schotts benachrichtigt werden konnten. Der Oberstleutnant interpretierte den Kriegstod Schotts als mahnende Erinnerung für die Lebenden. Das ist die Sinngebung des Sinnlosen, überlegte Leibgeber unter den Zuhörern. Die deutschen Soldaten – für wen und für was sind sie gestorben? Für »Führer«, Volk und Vaterland! Für die Kriegszielpläne der deutschen Heeresleitung! Für die Verwirklichung des Generalplans Ost! Benno Schott starb nicht nur als 19-jähriger Sohn oder Bruder. Benno Schott starb auch als Angehöriger der Exekutive Adolf Hitlers. Ein älterer Veranstaltungsteilnehmer äußerte, er sei Schott sehr, sehr dankbar, dass er seine Heimat im Hürtgenwald verteidigt habe. Seitdem wusste Leibgeber, wie die Dummheit aussah. Sie war 1,72 Meter groß, trug einen weißen Schnauzbart und verwendete eine Gehhilfe. Schotts Kampfeinsatz und der seiner Kameraden an der von den Amerikanern *Siegfriedlinie* genannten Westwallfront hatte die weitere Zerstörung der deutschen Städte und zahlreicher Kulturgüter durch alliierte Bombenangriffe herausgefordert. Schotts Kampfeinsatz und der seiner Kameraden hatte die Verlängerung der Leiden der deutschen Zivilbevölkerung, der Zwangs- und Fremdarbeiter und der Kriegsgefangenen ermöglicht. Schotts Kampfeinsatz und der seiner Kameraden hatte den Leidensweg der KZ-Insassen verlängert. Schotts Kampfeinsatz und der seiner Kameraden hatte die Vernichtung der Millionen Juden, Sinti und Roma, Männer, Frauen und Kinder ermöglicht. Die Verbrennungsöfen von Auschwitz erloschen beim Vorrücken der Roten Armee, die Flächenbombardements auf deutsche Städte endeten mit der bedingungslosen Kapitulation von Wehrmacht und Waffen-SS. Herr erbarme dich, betete der Pfarrer, ... der Dummheit deiner Mitmenschen, ergänzte Leibgeber in Gedanken. Anschließend blies ein aus dem Unterholz hervorbrechender Trompeter mit wackeligen Tönen das Kameradenlied. Einen besser'n konnten sie nicht finden. Danach bewegten sich die Veranstaltungsteilnehmer zu ihren am Wegesrand geparkten Autos, um die B399 hinunter zum »Ehrenfriedhof« Vossenack zu fahren, wo die sterblichen Überreste Schotts beigesetzt worden waren. Ehrenfriedhof? Überlegte Leibgeber: Wer soll da posthum geehrt werden? Der Soldat, der Politkommissare an der Front ausgeliefert und Partisanen erhängt hat? Der Soldat, der durch seinen Kampfeinsatz an der Ostfront die Mordaktionen der SS-Einsatzgruppen an Juden, Männern, Frauen und Kindern im rückwärtigen Heeresgebiet ermöglicht hat? Der Soldat, der sich an Sammelaufrufen, Absperraktionen und Transporten zur Verschleppung von Zwangsarbeitern in den Reichskommissariaten beteiligt hat? Der Soldat, der durch seinen Kampfeinsatz den Betrieb der Konzentrations- und Vernichtungslager abgeschirmt hat? Der Soldat, der das Bombardement der Alliierten auf die deutsche Bevölkerung und deren Behausungen, auf Städte und Kulturdenkmäler im Reichsgebiet herausgefordert hat? Der Soldat, der die Kriegsgefangenschaft seiner Kameraden im eisigen Russland provoziert hat? Soldatenfriedhöfe, auf denen Wehrmachtssoldaten und SS-Angehörige bestattet sind, werden nicht als Zeugnisse der deutschen Schande angesehen, sondern für das ehrende Gedenken von Hitlersoldaten instrumentalisiert, kritisierte Leibgeber.

Der so genannte »Ehrenfriedhof« liegt inmitten des einstigen Kampfgebietes im Hürtgenwald. Das schmiedeeiserne Einlasstor wird von einem hohen Symbolkreuz flankiert. Das Gräberfeld ist mit einer wallartigen Einfassung aus Grauwacke umfriedet. Auf ihm ruhen 2.347 Wehrmachtsoldaten in Doppelgräbern. Die Namen der Toten sind in rechteckige Steinplatten, die in den Boden eingelassen wurden, graviert. Jedes Liegekissen trägt – soweit bekannt – die Namensangaben der Kriegstoten, Geburts- und Sterbedaten. Zwischen den Grabplatten stehen Symbolkreuze. Der Kriegsgräberfriedhof wurde in den Jahren 1949 bis 1952 angelegt. Vom 12. September 1944 bis zum 23. Februar 1945 hatte in diesem Gebiet die Schlacht um den Hürtgenwald getobt. In diesem Zeitraum erfolgte auch die Ardennenoffensive als letzte Großoffensive der Wehrmacht, die am 16. Dezember 1944 südlich des Hürtgenwalds mit dem Angriffsziel Antwerpen losbrach. Die Schlacht um den Hürtgenwald zielte auf deutscher Seite auf die Sicherung der Nordflanke der deutschen Truppen beim Angriff auf Antwerpen, auf amerikanischer Seite auf den Durchstoß der amerikanischen Panzerverbände in die Rheinebene.

Am 6. Juni 1944 war die Anlandung alliierter Truppen an den Stränden der Normandie zur Eröffnung der zweiten Front erfolgt. Aus rasch gebildeten Brückenköpfen begannen die Amerikaner ihren Vormarsch über Avranches und Falaise nach Paris. Von dort marschierten sie weiter in Richtung Reichsgrenze. Bei der Ankunft am Westwall stockte der Nachschub. Die Versorgung der kämpfenden Truppe mit Waffen, Munition und Verpflegung erfolgte seit der Landung durch künstliche Häfen vor der normannischen Küste. Hinzu kam, dass der von Amerikanern *Siegfriedlinie* genannte Westwall mit seinen Panzersperren aus Höckerlinien und vereinzelten Bunkern infolge der deutschen Propaganda für stärker gehalten wurde als er im Herbst 1944 tatsächlich war. Um den Vormarsch sicherzustellen beschloss das alliierte Oberkommando die Luftlandeoperation *Market Garden*, bei der zwei amerikanische und eine verstärkte britische Luftlandedivision die Brücken der Flüsse bei Eindhoven, Nimwegen und Arnheim nehmen und so den weiteren Vormarsch der alliierten Panzerverbände auf das Ruhrgebiet ermöglichen sollten. *Market Garden* scheiterte. Deutsche Einheiten aus Wehrmacht und Waffen-SS vereitelten die Einnahme der Brücke von Arnheim. Um den Vormarsch voranzutreiben, beschloss das alliierte Oberkommando, die 1. US-Armee in dem Korridor Aachen – Stolberg – Düren in Richtung Rhein angreifen zu lassen. Im Raum Stolberg wurde der Vormarsch der Amerikaner durch die 12. Infanteriedivision unter General Engel verhindert. Weil der Widerstand zu stark erschien, entschieden sich die Amerikaner, in dem Korridor Monschau – Schmidt – Dreiborner Hochfläche bis zur Rur vorzugehen. Damit begann die Schlacht um den Hürtgenwald. Die dort eingesetzte 9. US-Infanteriedivision, später abgelöst durch die 28. US-Infanteriedivision unter General Norman D. Cota konnten in dem waldreichen Gelände weder die Luftüberlegenheit der Amerikaner ausnutzen noch ihre Panzerverbände einsetzen. Die Deutschen blieben für die amerikanische Luftwaffe unter den Bäumen des Hürtgenwalds unsichtbar. Die Panzer konnten aufgrund der tiefen Geländeeinschnitte, der schmalen Zuwegungen und dem dichten Baumbestand nicht operieren. Granateinschläge verursachten tödliche Splitterverletzungen. Minensperren verhinderten den Vormarsch. Nahkampfgefechte verschärften die Auseinandersetzung. Weil die Bodenoffensive der Amerikaner durch den Widerstand der Deutschen unentschieden blieb, radikalisierten sie die Luftoffensive. Am Mittag des 16. November 1944 warfen etwa 1.200 schwere Bomber der 8. US-Luftflotte über zehntausend Tonnen Bomben auf den Hürtgenwald und Rurstädte wie Düren und Jülich ab. Die Bilanz für Düren: von 9.322 Gebäuden blieben dreizehn unbeschädigt, 3.127 Einwohner verloren ihr Leben. Die Bilanz für Jülich: von 1.700 Häusern waren 1.400 total, 150 stark beschädigt. Düren, Jülich und Kleve waren die im Zweiten Weltkrieg durch Luftangriffe meistzerstörten Städte Deutschlands. Die erbitterten Kämpfe im Hürtgenwald forderten etwa zwölftausend deutsche und 48.000 amerikanische Verluste: das Vierfache! Davon über siebentausend Tote. Weil nach amerikanischer Regelung kein GI auf feindlichem Gebiet beigesetzt werden durfte, fanden die im Hürtgenwald ums Leben gekommenen Amerikaner ihre letzte Ruhestätte auf dem amerikanischen Soldatenfriedhof Henri-Chapelle in Belgien (7.989 Tote). Die deutschen Kriegstoten fanden ihre letzte Ruhestätte u.a. auf den deutschen Soldatenfriedhöfen Hürtgen (2.933 Tote) und Vossenack (2.347 Tote). Beide Friedhöfe werden vom Landkreis Düren unterhalten. Die über fünftausend Wehrmachtsoldaten liegen in individuellen

Einzelgräbern mit Liegeplatten (Vossenack) und christlichen Symbolkreuzen (Hürtgen) beigesetzt.

Der »Ehrenfriedhof« Vossenack steht wie viele andere Soldatenfriedhöfe, auf denen deutsche Kriegstote bestattet liegen, für einen Ort, auf dem deutsche Kriegstote verehrt, versteckt und vergessen wurden.

Die verehrten Kriegstoten

Auf dem Grundstück neben dem »Ehrenfriedhof« Vossenack stand viele Jahrzehnte ein »Ehrenmal« für die Gefallenen der 116. Panzer-Division. Vor dem »Ehrenmal« standen fünf, an Schwarzwaldhäuschen erinnernde, in Holz gefasste Schautafeln der Traditionsgemeinschaft der 116. Panzer-Division (*Windhund*-Division), welche den Weg der ehemaligen 116. Panzer-Division von ihrem Heimatstandort Augustdorf (der heutigen Erwin-Rommel=Kaserne) bis in die Kalmückensteppe und – nach erfolgter Neuaufstellung – über die Normandie bis nach Aachen dokumentieren sollten. Den Tafeln zufolge war der Russlandfeldzug weder ein Angriffs- noch ein Raub- noch ein Vernichtungskrieg gewesen. Die Verfolgung von Politoffizieren und Partisanen hatte nicht stattgefunden. Die Vernichtung von Juden, Männern, Frauen und Kindern in Polen, Belarus und der Ukraine hatte nicht stattgefunden. Vergasung und Kremierung von Juden, Sinti und Roma in den Vernichtungslagern der *Aktion Reinhardt*, in Auschwitz und anderenorts? Hatte nicht stattgefunden! Terror in den Ghettos? Ausbeutung der Häftlinge in den Konzentrationslagern? Hatte nicht stattgefunden! Die Angehörigen der aufgeriebenen 116. Panzer-Division und der aus ihren Trümmern neu aufgestellten *Windhund*-Division waren – so kommunizierten es die Schautafeln des Traditionsverbandes – zwar am Russlandfeldzug, nicht aber am Angriffs-, Raub- und Vernichtungskrieg gegen die Sowjetunion beteiligt gewesen. Hatte der Baumeister von Auschwitz, Belzec, Sobibor und Treblinka und der Oberbefehlshaber der Wehrmacht zwei verschiedene Kriege geführt? Hatte Hitler den Krieg allein geführt? Dass die Angehörigen der ehemaligen 116. Panzer-Division Hitlers Angriffs-, Raub- und Vernichtungskrieg gegen die Sowjetunion führen halfen, dass die Angehörigen der *Windhund*-Division den Krieg Hitlers als historische Mittäter möglich machten, wurde verschwiegen. Dass die neu aufgestellte *Windhund*-Division durch ihren Kampfeinsatz im Westen der Zerstörung des Reiches Vorschub leistete und die Leiden der deutschen Zivilbevölkerung verlängerte, wurde verdrängt. Der Kausalzusammenhang von Ursache und Wirkung wurde verleugnet, der Besucher des Ausstellungsgeländes vor dem »Ehrenmal« der *Windhund*-Division für dumm verkauft. Die Fragwürdigkeit der Informationstafeln wurde

178

durch die Glorifizierung des Befehlshabers der *Windhund*-Division, General Graf Schwerin, gekrönt. Studien der RWTH Aachen wiesen nach, dass der General keineswegs die ihm nachgesagte positive Rolle bei der kampflosen Übergabe der Stadt Aachen an die US-Amerikaner einnahm. Deshalb hatte der Rat der Stadt Aachen 2007 mit großer Mehrheit entschieden, eine nach dem Wehrmachtsgeneral benannte Straße in Kornelimünsterstraße umzubenennen. Wenn Graf Schwerin in Aachen keine Würdigung erfahren sollte – warum dann nicht einmal dreißig Kilometer entfernt neben dem deutschen »Ehrenfriedhof« Vossenack? Die Informationstafeln auf dem Grundstück vor dem *Windhund*-»Ehrenmal« neben der Kriegsgräberstätte Vossenack wurden auf Veranlassung des Landrats entfernt. Stattdessen wurden Informationstafeln im Eingangsbereich des so genannten »Ehrenfriedhofs« errichtet, die erstmals auch Werdegang und Wirkung des hitlergläubigen Generalfeldmarschalls Walter Model dokumentierten.

Der versteckte Kriegstote

Die historisch bedeutendste Persönlichkeit auf dem »Ehrenfriedhof« Vossenack ist Generalfeldmarschall Walter Model, dessen sterbliche Überreste seit 1955 im Doppelgrab 1073/1074 beigesetzt liegen. Jahrzehntelang erinnerte keine Hinweistafel, keine Grabkennzeichnung, keine sonstige Information als nur die schlichte Grabplatte mit dem Namen Walter Model (24.1.91 – 21.4.45) an den Feldmarschall. Model war einer der bekanntesten Heerführer Hitlers. Von gedrungener Statur, mit militärischem Kurzhaarschnitt und eingeklemmtem Monokel, führte er seine Truppe an vorderster Front: in Polen, im Westfeldzug und beim Angriffs-, Raub- und Vernichtungskrieg gegen die Sowjetunion. Im Polenfeldzug war er als Chef des Generalstabs des IV. Korps der 10. Armee unter Walter von Reichenau eingesetzt, der ebenso wie Model und der frühere Oberbefehlshaber des Heeres, Generaloberst Werner von Fritsch, als Relikt des kaiserlichen Offizierskorps die »Scherbe« als Sehhilfe trug. Als Chef des Generalstabs der 16. Armee nimmt Model ab dem 10. Mai 1940 am Westfeldzug teil. Im Russlandfeldzug führt er die zu Guderians Panzergruppe 2 gehörende 3. Panzerdivision. Er überschreitet den Bug, die Beresina und den Dnjepr. Er erobert Bobruisk und beteiligt sich an den Kesselschlachten von Bialystok, Minsk und Smolensk. Am 14. September 1941 schließt er den Kessel um Kiew. Kurze Zeit später wird er zum Kommandierenden General des XXXXI. Armeekorps befördert. Als der Vorstoß vor Moskau scheitert, führt er das Korps in die Winterstellung bei Rshew zurück. Anfang Januar übernimmt Model den Oberbefehl über die 9. Armee. Im Februar 1942 wird er als General der Panzertruppen zum Generaloberst befördert. In erfolgreichen Abwehrschlachten begründet er seinen Ruf als Abwehrexperte, bis der Fall von Stalingrad im Februar 1943 die Räumung eines von zehn sowjetischen Armeen bedrohten Frontbogens bei Rshew erfordert. Durch die Räumung des Frontbogens – die *Büffelbewegung* – kann die Hauptkampflinie unter Abzug sämtlicher Truppen und des gesamten Materials um 230 Kilometer verkürzt werden. Einundzwanzig Divisionen können eingespart und in anderen Schlachthäusern geopfert werden. Im Juli 1943 kommandiert Model den nördlichen Angriffskeil beim *Unternehmen Zitadelle*, die Panzerschlacht um den Kursker Bogen. Die Panzerschlacht schlägt fehl und muss abgebrochen werden. Am 30. März 1944 löst Model Erich von Manstein als Oberbefehlshaber der bedrängten Heeresgruppe Nordukraine ab. Einen Tag später erfolgt seine Beförderung zum Generalfeldmarschall. Dem scheidenden Manstein versichert Hitler, die Zeit der Operationen größeren Stils, für die Manstein besonders geeignet gewesen sei, sei abgeschlossen. Es komme jetzt nur noch auf starres Festhalten an. Die neue Führung müsse mit einem neuen Namen eingeleitet werden. Model sei hierfür besonders geeignet. Am 16. August 1944 wird Model von Hitler zum Oberbefehlshaber West, bei gleichzeitiger Übernahme des Oberbefehls über die Heeresgruppe B ernannt. Mit dem Scheitern der Ardennenoffensive im Dezember 1944 und dem Durchbruch der alliierten Streitkräfte wird Models Heeresgruppe zwischen Rhein, Rur und Sieg von US-Truppen überflügelt und mit 325.000 Mann im Ruhrkessel eingeschlossen. Das Angebot von US-General Matthew B. Ridgeway, sich zu ergeben und so die Zivilbevölkerung zu schonen, lehnt Model ab. Am 21. April 1945 nimmt sich der Feldmarschall in einem Eichenhain zwischen Wedau und Lintorf bei Ratingen das Leben. Seine Generalstabsoffiziere verscharren ihn, seinem Wunsch entsprechend, an Ort und Stelle. Model: ein Heerführer, der beim Rückzug Getreidefelder anzünden, Brunnen vergiften und Vieh abtreiben ließ. Model: ein Wehrmachtsoffizier, der mit den Mordkommandos der SS-Einsatzgruppen kooperierte. Model: ein Feldherr, der zehntausende Soldaten in sinnlosen Kämpfen verheizte. Model: ein glühender Anhänger seines Führers, dem dieser Schwerter und Brillanten zum Eichenlaub des Ritterkreuzes verlieh. Model: ein Feldmarschall, der seinem »Führer« nach dem Attentat Stauffenbergs am 20. Juli 1944 ein Ergebenheitstelegramm schickte. Model: ein Befehlshaber, der sich nach der Einkesselung des Ruhrgebiets durch die Alliierten seiner Verantwortung durch Selbstmord entzog. Am 26. Juli 1955 werden Models sterbliche Überreste aus seinem geheim gehaltenen Feldgrab exhumiert und auf dem »Ehrenfriedhof« Vossenack in der Nordeifel bestattet. Sein Grab trägt die Nummer 1074. Ein Gedenkstein am Eingang des Gräberfeldes informiert die Besucher über den Totengräber Julius Erasmus. Inschriften auf den Metalltafeln des Doppelkreuzes im Eingangsbereich kommunizieren Äußerungen Papst Benedikts XVI. und rufen zur Solidarität mit den in Auslandseinsätzen gefallenen Soldaten der Bundeswehr auf. Und zwar durch einen Traditionsverband der Wehrmacht! Über Model, einen der ergebensten Heerführer Hitlers, unter dessen Kommando hunderttausende Soldaten kämpften und in dessen Schlachthäusern zehntausende Soldaten ihr Leben ließen, fiel auf dem »Ehrenfriedhof« Vossenack bis zur Aufstellung von Informationstafeln im Eingangsbereich der Kriegsgräberstätte jahrzehntelang kein Sterbenswort. Die Informationstafeln sollten ein Jahr nach ihrer Errichtung von den Mitgliedern des Bezirksvorstands in Augenschein genommen werden. Sie würden ein exemplarisches Beispiel dafür bieten, dass Kriegsgräberstätten sich aufgrund mangelnder persönlicher Erfahrung von Krieg und Gewaltherrschaft dem Besucher nicht aus sich selbst heraus erklären, hieß es in der Einladung. Anschließend sollte der Bezirksvorstand im benachbarten Franziskus-Gymnasium tagen. Das Franziskus-Gymnasium hatte die Informationstafeln im Rahmen eines Schülerprojekts konzipiert, die von der Landesgeschäftsstelle und dem NS-Dokumentationszentrum Köln verworfen wurden. Nur die erste von insgesamt sechs Tafeln sei geblieben, versicherte der verärgerte Projektleiter Leibgeber bei der Friedhofsbegehung. Auf der verbleibenden Informationstafel war eine aus den Schülerinnen und Schülern des Franziskus-Gymnasiums gebildete Friedenstaube zwischen den Liegekissen der Kriegsgräberstätte abgebildet, die von einer Drohne aufgenommen worden war. Die Einladung zur Besichtigung der neu konzipierten Informationstafeln und der anschließenden Sitzung im benachbarten Gymnasium erfolgte durch Leibgebers Geschäftsstelle. Drei Tage vor dem Termin beauftragte Kuckuck ihn, Pressevertreter zum Besichtigungstermin auf die Kriegsgräberstätte einzuladen. Auf der Fahrt zur Kriegsgräberstätte klingelte sein Mobiltelefon. Ob sich Pressevertreter angemeldet hätten, wollte Kuckuck wissen. Leibgeber versprach, das klären zu wollen. »Hach! Hachja!« Da die Pressevertreter ihre Teilnahme an die Mailadresse der Geschäftsstelle melden sollten, rief Leibgeber Karin an, um festzustellen zu lassen, welche Medienvertreter sich zur Besichtigung der Informationstafeln im Eingangsbereich des »Ehrenfriedhofs« angemeldet hatten. Leibgeber bat Karin, die Information darüber nach Durchsicht der Maileingänge an Kuckucks Büro zu melden. Am »Ehrenfriedhof« Vossenack angekommen, rief Karin zurück: niemand habe sich angemeldet, Kuckucks Büro wisse Bescheid. Als Leibgeber die Teilnehmer am Rundgang über den »Ehren-friedhof« Vossenack auf dem Parkplatz erwartete, erreichte ihn ein Anruf aus dem Büro Kuckucks, der ihn darüber informierte, dass Kuckuck am Rund-gang über den Soldatenfriedhof und an der anschließenden Vorstandssitzung im Gymnasium nicht teilnehmen könne. Sie habe einen wichtigen Termin in Düsseldorf wahrzunehmen. Die Verkehrsverhältnisse ließen keinen Umweg über die Eifel zu.

Der vergessene Kriegstote

Die meisten Primäropfer des Zweiten Weltkrieges haben kein Grab. Zum Beispiel der Dürener Kinderarzt Dr. Karl Leven, dessen Frau und ihre drei Kin-der. Dr. Karl Leven wurde am 7. Juni 1895 als Sohn der jüdischen Eheleute Hermann und Sara Leven in Düren geboren, wo er die Israelitische Volksschule und später das Königliche Realgymnasium besucht. Nach der Notreifeprüfung zu Beginn des Ersten Weltkrieges nimmt Leven das Studium der Medizin in Bonn auf, welches er bis zum Eintritt in den Heeresdienst im Juli 1915 in Mün-chen fortführt. Nach dem Ende des Krieges setzt er sein Medizinstudium in München und Köln fort. Dem ärztlichen Staatsexamen 1921 folgt 1922 die Approbation. Leven praktiziert als freiwilliger Arzt am Israelitischen Asyl für Kranke und Altersschwache in Köln-Ehrenfeld, am Augusta-Hospital und an der Universitätsklinik. Nach Erlangung seiner Dissertation absolviert er eine Facharztausbildung an der Städtischen Kinderklinik Magdeburg, bevor er zum 1. Februar 1931 die Anerkennung als Facharzt für Kinderheilkunde erhält. Vier-zehn Tage später eröffnet Dr. Leven eine Privatpraxis für Kinderheilkunde in der Hohenzollernstraße der Kreisstadt Düren. Im Juni 1932 vermählt er sich mit Else Samuel. Aus der Ehe gehen drei Kinder hervor: Hans Hermann (geb. am 30. Mai 1933), Mirjam Charlotte (geb. am 8. Dezember 1935) und Jona (geb. am 23. März 1942). Im Oktober 1932 erfolgt die Zulassung zur kassen-ärztlichen Versorgung. Die wirtschaftliche Sicherheit währt nicht lange. Bereits am 22. April 1933, eine Woche vor der Geburt des ersten Sohnes Hans Her-mann, erfolgt der Entzug der Kassenzulassung für nichtarische Ärzte. Ab dem Mai 1933 erkennen private Krankenversicherungen Rechnungen nur noch bei jüdischen Versicherten an. Mit dem Erlass der Nürnberger Rassegesetze vom 15. September 1935 erfolgt die Aberkennung der Reichsbürgerrechte. Zum 1. Januar 1938 wird die Beendigung der Zulassung von jüdischen Ärzten zu den Ersatzkassen wirksam. Am 30. September 1938 wird Leven die ärztliche Ap-probation entzogen. Mit Genehmigung der Kassenärztlichen Vereinigung prak-tiziert er als »Krankenbehandler« für ausschließlich jüdische Versicherte. In der Progromnacht vom 1. November 1938 wird das Praxisinventar vernichtet. Im Verlauf des Jahres 1941 siedelt Leven mit seiner Frau Else, dem achtjährigen Hans Hermann und der sechsjährigen Mirjam Charlotte in das Barackenlager am Grünen Weg nach Aachen über. Am 23. März 1942 wird dort Sohn Jona geboren. Am 15. Juni 1942 werden Dr. Karl und Else Leven und ihre Kinder Hans Hermann, Mirjam Charlotte und Baby Jona mit dem Sonderzug DA22 in das Vernichtungslager Sobibor deportiert. Dort werden sie mit Dieselabgasen vergiftet und ihre Leichen verscharrt. Beim Vormarsch der Roten Armee werden ihre sterblichen Überreste von einer Sondereinheit der SS exhumiert, auf benzingetränkte Eisenbahnschwellen gelegt und kremiert. Die Asche wird als Dünger auf umliegende Felder verstreut. Auf dem »Ehrenfriedhof« Vossenack findet sich kein einziger Hinweis auf Karl Leven und dessen Familie.

Auf dem »Ehrenfriedhof« Vossenack versammelten sich die geladenen Veranstaltungsteilnehmer der ZIF um die Grabstelle des Wehrmachtsoldaten Benno Schott. In Leibgebers improvisierter Gedenkrede freute er sich über die Schicksalsklärung für die Hinterbliebenen und plädierte für den Erhalt der deutschen Kriegsgräberstätten als Mahnmale zum Frieden. Der Kriegsgräberverein bezeichnet die Kriegstoten unisono als »Opfer von Krieg und Gewaltherrschaft«, überlegte Leibgeber. Die Täter werden weggelogen. Das soldatische Opfernarrativ ist wesentlicher Inhalt der Gedenk- und Erinnerungskultur dieses Vereins.

HINTER DER DORNENHECKE: DEUTSCHER SOLDATENFRIEDHOF POTELITSCH – REDE UND GEGENREDE

Hin und wieder saß Leibgeber nach Feierabend nicht nur auf dem Affenfelsen, um sich von Lena lausen zu lassen. Hin und wieder las er ein Buch, das er auf dem Heimweg von der Bezirksgeschäftsstelle zum Bahnhof in der Lengfeld'schen Buchhandlung gegenüber der Minoritenkirche oder in der Buchhandlung Ludwig im Bahnhofsgebäude erwarb. Im Jahre 2007 war unter dem Titel »*Porteur de Mémoires. Sur les traces de la Shoah par balles*« in der Éditions Michel Lafon eine Untersuchung des französischen Priesters Patrick Desbois über den Massenmord der SS-Einsatzgruppe C an den ukrainischen Juden in der Region Lwiw/Lemberg erschienen. Das Buch wurde 2009 unter dem Titel »*Der vergessene Holocaust. Die Ermordung der ukrainischen Juden*« in deutscher Sprache im Berlin Verlag veröffentlicht. Bis 1941 lebten etwa 2,13 Millionen Juden in der Ukraine. Nach dem Abzug der Einsatzgruppen C und D, der Sicherheitspolizei und der Wehrmacht im Jahre 1944 waren 1,5 Millionen von ihnen ermordet worden. Ein Teil der Menschen wurde in Vernichtungslager im heutigen Polen deportiert. Die meisten Opfer wurden jedoch von SS-Einsatzkommandos der Einsatzgruppen C und D ermordet. Desbois hatte seit dem Jahre 2000 mehrfach die Ukraine bereist, um ältere Augenzeugen des Massenmordes der SS-Einsatzkommandos an den ukrainischen Juden zu befragen. Die meisten Zeitzeugen berichteten mehr als sechzig Jahre nach den Ereignissen zum ersten Mal über ihre Beobachtungen und Hilfsdienste. Viele von ihnen waren zum Zeitpunkt des Tatgeschehens Kinder. Andere wurden von den Tätern zu Hilfsarbeiten dienstverpflichtet: sie hoben die Erschießungsgruben aus, beköstigten die Mordkommandos, sammelten Kleidung der Ermordeten ein, entfernten Goldzähne, stampften die Leichen mit bloßen Füßen in den Gruben fest, um Platz für weitere Opfer zu schaffen, streuten Kalk auf die Toten. Als Ergebnis seiner Befragungen von mehr als achthundert Augenzeugen spüren Pater Desbois und seine Mitarbeiter in der Region Galizien im Westen der Ukraine hunderte Massengräber auf. Die Forscher um den Pater bewegen sich auf den Anfahrtswegen der SS-Einsatzkommandos zu den Mordstätten, kartieren die Lage der Massengräber, fotografieren die Tatorte, suchen die Umgebung nach Patronenhülsen ab, zeichnen Interviews mit Zeitzeugen auf. Desbois‹ Interviews tragen einmaligen Quellencharakter zur Aufklärung der Geschehnisse in der Ukraine zur Zeit der deutschen Gewaltherrschaft. Was Pater Desbois vor allem beschäftigte war die Frage, wie der künftige Umgang mit den aufgefunden Massengräbern der ermordeten jüdischen Zivilbevölkerung gehandhabt werden sollte. Die Abwesenheit jeglicher Gedenkkultur für die Opfer der SS-Einsatzgruppen schockierte nicht nur ihn.

Die Mitgliederzeitschrift des Vereins berichtete über die Feierlichkeiten zum 10-jährigen Bestehen der deutschen Kriegsgräberstätte Potelitsch. Vierhunderttausend deutsche Soldaten seien im Zweiten Weltkrieg in der Ukraine umgekommen. Etwa ein Drittel habe das zuständige Umbettungs-Team bereits geborgen. Jedes Jahr kämen tausende Gefallene hinzu. Die Toten erhielten ihre letzte Ruhe auf einer der fünf zentralen Kriegsgräberstätten. In seinem Beitrag bemühte der Berichterstatter sich einmal mehr, der Trauer ein Gesicht zu geben. Es sei wie bei einem Familienausflug, verlautbarte er aus Anlass der Jubiläumsfeierlichkeiten zum 10-jährigen Bestehen des Soldatenfriedhofs: Junge und Alte, Männer, Frauen und Kinder, viele Menschen seien aus dem nahen Dorf gekommen, andere aus dem fernen Deutschland angereist. Gemeinsam hätten sie sich den kleinen Hügel hinaufbewegt, auf dem sich seit zehn Jahren die Kriegsgräberstätte befinde. »Ich bin wirklich beeindruckt, wie die Menschen uns hier unterstützen und mit ganzem Herzen dabei sind«, zitierte der Berichterstatter den Vereinspräsidenten. Dessen älterer Bruder habe hier gekämpft und sei wenig später in Gefangenschaft gegangen. »In Potelitsch liegen viele seiner Kameraden«, bemerkte der Präsident. »Als er in Kiew zum Arbeitseinsatz durch die Stadt marschieren musste, steckte ihm eine ukrainische Mutter etwas Brot zu. Er fragte, warum sie das tat. Die Frau antwortete ihm, dass es vielleicht auch in Deutschland jemand gibt, der ihrem Sohn etwas Brot gibt.« Eine rührende Episode. Eine versöhnliche Geste. Tatsächlich waren die meisten russischen Kriegsgefangenen, Zwangs- und Fremdarbeiter durch Mangelernährung, fehlende Hygiene und unzureichende medizinische Versorgung wie Tiere krepiert: insgesamt 5,7 Millionen Menschen, davon zwei Millionen im Kriegswinter 1941/42 – mehr, als Wehrmacht und Waffen-SS insgesamt an Kriegstoten zu beklagen hatten. Die Verluste von Wehrmacht und Waffen-SS betrugen 5,3 Millionen Soldaten, davon 4,1 Millionen Gefallene und 1,2 Millionen Vermisste. Auf dem deutschen Soldatenfriedhof Potelitsch liegen beim 10-jährigen Jubiläum elftausend Kriegstote bestattet; Angehörige eines staatlichen Exekutivorgans, welches ganz Europa mit Krieg und Gewaltherrschaft überzog. Der Friedhof Potelitsch ist von einem Metallzaun umgeben, die Belegungsfläche mit Symbolkreuzgruppen gekennzeichnet. Die Namen und Daten der

Gefallenen sind auf Granitstelen dokumentiert. Vom Eingangsgebäude führt ein gepflasterter Weg zu einem Hochkreuz, das den zentralen Gedenkort kennzeichnet. Im Jahre 2003 reist Pater Desbois auf der Suche nach den Massengräbern der Juden von Rawa Ruska in die Gegend von Lwiw. Bei einem Restaurantbesuch lernt er Maxim, den Akkordeonspieler des Restaurantorchesters kennen, der den Pater in seinem alten roten Auto über schlecht asphaltierte Landstraßen zum deutschen Friedhof chauffiert. *Wir halten am Eingang des deutschen Friedhofs in der Gemeinde Potelytsch*, so Patrick Desbois in seinem 2009 im Berlin Verlag veröffentlichten Buch »*Der vergessene Holocaust. Die Ermordung der ukrainischen Juden. Eine Spurensuche*«: *Der Friedhof ist riesig. Eine hübsche Parklandschaft entfaltet sich über Hunderte von Metern. Auf jedem Hügel wurden drei massive Granitkreuze errichtet. Ein Wärter, leicht angetrunken, erscheint und erklärt uns: ›Hierher werden die Leichen aller Deutschen überführt, die während des Zweiten Weltkriegs in der Ukraine gefallen sind. Dort‹, sagt er zu mir und zeigt auf eine lange Reihe geöffneter Gräber, ›erwarte ich viertausendvierhundertsieben deutsche Leichen aus Ternopil. Ihre Namen bekommen wir heraus, indem wir die Blechmarke, die sie um den Hals tragen, nach Berlin schicken. Auf einer Mauer sollen die Namen kompanieweise verzeichnet werden: Wehrmacht, Waffen-SS und SS. Die Leichen werden in Showkwa gelagert, bis ihre Zahl groß genug ist. Jede Leiche wird einzeln in einem Pappsarg bestattet.‹ Dann zeigt uns der Wärter eine Liste mit allen Toten, die bisher zu ihm gelangt sind. In jeder Zeile ist die Nummer der Erkennungsmarke und eine kurze Beschreibung der sterblichen Überreste zu lesen. Ich frage ihn, wie dieses Projekt zustande gekommen ist. »Das ist eine deutsche Privatstiftung, die möchte, dass alle Deutschen anständig begraben werden. Wir schicken einen Aufruf in alle Gebiete. Wenn eine Familie nach einem Gefecht einen Deutschen in ihrem Garten begraben hat, setzt sie sich mit uns in Verbindung, und wir lassen den Toten holen. Ich zeige Ihnen hinten auf dem Friedhof das Geviert der SS.« Im hinteren Teil des Friedhofes erhebt sich ein riesiges Granitkreuz mit je zwei Kreuzen zu beiden Seiten. An einem der Gedenksteine sind offenbar vor kurzem Stofftiere niedergelegt worden. Eine Schleife: ›Unserem lieben Opa.‹ Während die Massengräber der zu Tausenden erschossenen Juden unauffindbar sind, ist jeder im Krieg gefallene Deutsche unter seinem Namen umgebettet worden. Die Friedhöfe entsprechen dem Maßstab des Dritten Reichs. Prachtvolle Friedhöfe für die Deutschen, auch die SS-Männer, kleine Gräber für die Franzosen, weiße Steine unter Brombeergestrüpp für die anonymen sowjetischen Soldaten und absolut nichts für die Juden. So ist denn auch unter der Erde jeder an seinem Platz – wie es die Hierarchie des Reichs vorsah. Es kann nicht angehen, dass wir dem Nationalsozialismus diesen posthumen Sieg lassen. Es kann nicht angehen, dass wir diesen Stand der Dinge hinnehmen und unseren Kontinent auf das Vergessen der nationalsozialistischen Opfer gründen* (Übersetzung zitiert nach: Patrick Desbois: *Der vergessene Holocaust. Die Ermordung der ukrainischen Juden. Eine Spurensuche* / Aus dem Französischen von Hainer Kober – Berlin 2007, S. 51 f). Zur Klärung der Frage, auf welche Weise die Gebeine der Juden, sofern sie auffindbar sind, gesichert werden sollen, reist Pater Desbois am 5. Oktober 2006 in Begleitung von Marco Gonzalez – dem Koordinator der *Yahad*-Aktivitäten – nach London. Die 2004 von dem Pariser Kardinal Aaron Jean-Marie Lustiger gegründete Organisation *Yahad – In Unum* tritt für Freundschaft und Zusammenarbeit mit dem Judentum ein. Aufgabe von *Yahad – In Unum* ist es, den Massenmord zwischen 1941 und 1945 an den Juden im Gebiet der heutigen Ukraine zu dokumentieren. Die letzten noch lebenden ukrainischen Zeitzeugen werden zu den Massenerschießungen befragt und die Massengräber lokalisiert. Doch wie soll *Yahad – In Unum* mit den in Massengräbern liegenden Gebeinen der von den Deutschen ermordeten ukrainischen Juden umgehen? In London sucht Pater Desbois den Rat des betagten Rabbiners Schlessinger. Schlessinger erklärt ihm, es sei entschieden worden, *dass die während des Dritten Reichs ermordeten Juden Zaddikim, › Gerechte‹, seien und dass ihnen die ganze Fülle des ewigen Lebens geschenkt werde. Daher müssten ihre Grabstätten, egal, wo sie sich befänden, unter einer Schnellstraße, in einem Garten, unangetastet bleiben, damit ihr Frieden nicht gestört werde* (Übersetzung zitiert nach: Patrick Desbois, a.a.O., S. 165 f). Desbois bittet seinen Reisebegleiter Marco Gonzalez, ihren Gesprächspartnern Fotos der verschiedenen, von Grabräubern geöffneten Gruben zu zeigen. *Als sie die Knochen ihrer Vorfahren überall auf den Äckern verstreut erblicken, wie Müll fortgeworfen, ist das ein großer Schock für sie. Sie wussten nicht, wie viele Gruben von solchen »Goldsuchern« geöffnet wurden und dass zahlreiche Gräber bei Erdarbeiten für Bewässerungskanäle verwüstet wurden,* erklärt Desbois (Übersetzung zitiert nach ebd., S. 166 f). Zum Schluss der Begegnung trifft Pater Desbois eine Vereinbarung *nach Glaubensinhalt und –gesetz,* damit er weiß, wie er mit den Gräbern der Ermordeten umgehen kann. Dann tritt er mit Gonzalez die Heimreise an. Die praktische Umsetzung der Vereinbarung erfolgt aus Anlass der Exhumierung der Gebeine von in Busk im Gebiet Lwiw von den Deutschen ermordeten Juden. Die Aufgabe sei in doppelter Hinsicht kompliziert, vermerkt Desbois: *Einerseits müssen die jüdischen Auflagen respektiert werden, andererseits gilt es auch, wissenschaftliche Ergebnisse zu erzielen, die hinsichtlich der Identität, der Namen der Opfer und ihrer Todesursache so exakt wie nur möglich sind. Das jüdische Gesetz, die Halacha, schreibt vor, dass Leichen, insbesondere die der Opfer des Holocaust, unter keinen Umständen von der Stelle bewegt werden dürfen. Die orthodox-jüdische Überlieferung besagt, dass die Opfer des Holocaust in der Herrlichkeit Gottes ruhen und dass jede Bewegung der Überreste diese Ruhe stören würde. So hat der Archäologe auch nur Zugang zur obersten Lage der Überreste, wobei er Sorge zu tragen hat, dass die Leichen auf keinen Fall bewegt werden. Zudem müssen die Überreste wieder bedeckt werden, sobald der Archäologe seine Arbeit beendet* (Übersetzung zitiert nach ebd., S. 231). Der Kriegsgräberverein geht weit weniger zimperlich mit den Gebeinen der Kriegstoten um, überlegte Leibgeber bei der Lektüre. Die Herangehensweise der Vereinsmitarbeiter besteht in der Lokalisierung der Leichen, Exhumierung der Gebeine, Identifizierung der Kriegstoten durch Erkennungsmarke und persönliche Gegenstände. Ziel ist nicht die Wahrung der Totenruhe, sondern die Beisetzung der der sterblichen Überreste von Wehrmachtssoldaten und SS-Angehörigen auf einem deutschen Soldatenfriedhof – und zwar in Reih und Glied. Wie auf dem Kasernenhof. Vielfach unter Verwendung christlicher Symbolkreuze. Die Entscheidung, seit dem Zugriff auf die deutschen Kriegsgrablagen in Ost- und Ostmitteleuropa nach dem Zerfall der Sowjetunion 1991 die Gebeine von 750.000 deutschen Kriegstoten zu lokalisieren, zu exhumieren, wenn möglich zu identifizieren und auf große, von den Beiträgen der Vereinsmitglieder, Spendeneinnahmen aus der Bevölkerung und Zuwendungen von Erblassern angelegte Sammelfriedhöfe umzubetten, wurde durch Bundesvorstand und Bundespräsidium des Vereins getroffen. Wenn der Verein sich legitimiert glaubt, die Gebeine der Hitlersoldaten in Ost- und Ostmitteleuropa lokalisieren, exhumieren und identifizieren zu sollen, bleibt die Frage, warum die aufgefundenen Gebeine in der Nähe ihres Fundortes im Ausland beigesetzt und nicht ausgeflogen und im Inland bestattet werden, überlegte Leibgeber. Der größte Wunsch aller zu Tode gekommenen Hitlersoldaten war es, nach Hause zurückzukehren. Sehnsuchtsort sämtlicher zu Tode gekommener Hitlersoldaten war die Heimat. DIE HEIMAT! Nicht irgendein Kartoffelacker einer ehemaligen Sowjetkolchose. Nicht die blutigen Schlachtfelder hitlertreuer Nazigeneräle. Wo kaum ein Verwandter hinkommt. Wo das Bewusstsein für das Schicksal der Kriegstoten wegen der weiten Entfernungen der Kriegsgrablagen von den Heimatgemeinden schwerlich aufrechterhalten werden kann.

SIEBENTES KAPITEL

Am Nachmittag war Leibgeber von seiner Tochter zum Einkaufen begleitet worden. Auf dem Parkplatz vor dem Einkaufsmarkt hatte er einen Einkaufswagen aus der Wagenschlange gezogen, den Drahtsitz unter der Schiebestange aufgeklappt und Birte darauf gehoben, um sie mit dem Rücken zur Fahrtrichtung in den Einkaufsmarkt zu schieben. Leibgeber kaufte Nahrungs-, Leibgeber kaufte Genuss-, Leibgeber kaufte Hygieneartikel. Vor dem Regal mit den Süßigkeiten sollte er Birte aus dem Drahtsitz heben. Es dauerte nicht lange und er wurde von ihr angebettelt, eine Tüte Brausebonbons zu erwerben. Als sie sich nicht in den Einkaufwagen zurücksetzen lassen wollte, erklärte Leibgeber, schon mal weiter gehen zu wollen. Sie wisse ja, dass er – nicht weit weg – im nächsten Gang sei. Schließlich sollten noch andere Produkte außer Brausebonbons im Einkaufswagen landen. Vor dem Regal mit dem Waschpulver wurde er an der Jacke gezogen. Hinter ihm reckte Birte ihre geschlossene Faust mit einem Schokoladenüberraschungsei in die Höhe. Das gehe gar nicht, mahnte Leibgeber. Entweder die Brausebonbons ODER das Überraschungsei – eines von beidem müsse sie zurücklegen. »Sonst wirst du zu dick. Du weißt, wo die Dinge hingehören!« Birte bewegte sich nicht. Birte bettelte. Ob sie denn nicht bitte bitte beides haben könne – »bitte, bitte, bitte!« »Na bitte, meinetwegen«, gab Leibgeber nach. Es fällt einem Vater nicht eben leicht, seiner vierjährigen Tochter entweder eine Packung Brausebonbons oder ein Schokoladenüberraschungsei abzunehmen, wenn dieses Menschenkind seinen kindlichen Charme aufbietet. Da schmilzt nicht nur das Schokoladenüberraschungsei. Nachdem Birte ihre Wünsche durchgesetzt hatte, herrschte erst einmal Zufriedenheit. Birte folgte Leibgeber die Verkaufsgänge rauf und runter. Als sie in den Gang mit der Zeitschriftenwand einbogen, war es mit der Ruhe vorbei. Mit wehendem Blümchenkleid flitzte Birte zu den Kinderheftchen. Comics interessierten Birte nicht – sie konnte noch nicht lesen. Aber Prinzessinnenheftchen. Die mit der eingeschweißten Silberkrone und dem Pinkarmbändchen. Die mit den Funkelohringen. Die sollten es sein! »Na schön, schön, meinetwegen. Aber dann musst du entweder die Brausebonbons oder das Schokoladenüberraschungsei zurücklegen!« Da hatte Leibgeber aber die Rechnung ohne sein Töchterchen gemacht. Das sei gemein, hieß es, als Birte das Heft mit der blonden Prinzessin auf dem Titelblatt in den Einkaufswagen legte. Er habe ihr versprochen, dass sie die Süßigkeiten behalten dürfe. Beide. Er habe es versprochen! Was sollte er sagen? Versprochen ist versprochen, wiederholen ist gestohlen – oder so ähnlich. Leibgeber hob Birte in den Drahtsitz des Einkaufswagens und fuhr zur Kasse. Nun aber schnell. Bevor es noch teurer werden würde. Erhobenen Hauptes beobachtete Birte, wie der Papa die Brausebonbons, das Schokoladenüberraschungsei, das Prinzessinnenheft und die übrige Ware auf das Laufband legte. Die bebrillte Kassiererin, die beide beinahe jedes Wochenende erlebte, zog die Waren mit einem Grinsen über das Lesegerät für den Scan Code und weiter auf das Laufband. Leibgeber schob den Wagen ans Ende des Laufbandes und packte die Ware hinein. Kaum hielt er die Brausebonbons in der Hand, als Birte auch schon um einen Bonbon bettelte. Die Heimfahrt war nur um den Preis einer Kostprobe anzutreten. Vor der geöffneten Heckklappe der Familienkutsche riss er die Verpackung auf und zählte Birte fünf Brausebonbons in die Hand, die sie allesamt in ihren Mund stopfte.

Mit Richter a.D. Morgenschweiss beim Bestatter. Leibgeber parkte den Geschäftswagen in der Zeughausstraße, bevor er gemeinsam mit Morgenschweiss die Geschäftsräume des Bestatters aufsuchte. Leibgeber hatte Morgenschweiss eine Bestattungsvorsorge empfohlen. Ob er wisse, wer seine Beerdigung organisieren solle? hatte Leibgeber Morgenschweiss gefragt. Ob er wisse, wen er mit der Abwicklung beauftragen wolle? Sofern er den Kriegsgräberverein als Alleinerben dafür im Sinn habe, müsse er zwei Dinge wissen: Erstens sei nach seinem Ableben kein Geld verfügbar, um seine Beerdigung veranlassen zu können. Der Erbschein würde erst Wochen nach seinem Tod vom Gericht ausgestellt werden. Zweitens könne niemand wissen, wie er selber sich seine Beisetzung vorstelle. Beim Abschluss eines Vorsorgevertrages mit einem Bestattungsunternehmer könne Morgenschweiss dagegen noch zu Lebzeiten entscheiden, wer dazu eingeladen, wo die Trauerfeier durchgeführt, wie die Beisetzung gestaltet werden oder wer die Trauerrede halten solle. Daraufhin hatte Morgenschweiss bei einem Bestattungsunternehmen in der Zeughausstraße angerufen und einen Termin vereinbart. Danach hatte er in der Bezirksgeschäftsstelle angerufen und Leibgeber gebeten, ihn beim Beratungstermin zu begleiten. Als Morgenschweiss und Leibgeber in den Geschäftsräumen des Unternehmens Platz genommen hatten, wurde die Liste der Einzuladenden besprochen, der Sarg ausgesucht und der Ort der Trauerfeier festgelegt. Die hierfür entstehenden Kosten sollten nach der Überweisung auf ein Treuhandkonto eingezahlt und erst nach Vorlage des Totenscheins ausgezahlt werden. Als Morgenschweiss den unterschriebenen Vertrag in seiner Aktentasche verstaute, meinte er zu Leibgeber, er habe ein Rücktrittsrecht von vierzehn Tagen. Da könne er sich die Zeit nehmen, mit ihm im Brauhaus zu essen. Morgenschweiss bevorzugte das *Gaffel* am Hauptbahnhof. Das Brauhaus Früh gleich hinter dem Dom sei ihm zu voll, erklärte er. Morgenschweiss konnte das Gaffel am Hauptbahnhof problemlos mit der Linie 16 erreichen. Die Strecke führte wenige Schritte an seiner Haustür vorbei und weiter zum Hauptbahnhof, wo er die Rolltreppen zum Bahnhofsvorplatz benutzte. Vom Ausgang auf der Domseite bedurfte es nur weniger Schritte bis zum Brauhaus. Das Laufen fiel Morgenschweiss von Jahr zu Jahr schwerer. Das wollte er aus Eitelkeit nicht eingestehen. Deswegen benutzte er keine Gehhilfe. Um nicht die Treppen auf die Domplatte heraufsteigen und für den Weg zum Früh die weitläufige Domplatte überqueren zu müssen, schützte er den Publikumsverkehr dort als Grund für seine Bevorzugung des Gaffel vor. Das Gaffel bot seinen Gästen, wie jedes andere Brauhaus, bodenständige Küche und das obligatorische Kölsch. Bei der Bestellung achtete Leibgeber darauf, dass sein Gericht nicht teurer kam als das seines Gastgebers – auch wenn er lieber etwas anderes verzehrt hätte. Es kam darauf an, auch nur die geringste Kritik an seinem Verhalten als Vertreter des Kriegsgräbervereins zu vermeiden. Schließlich sollte das Erbe von Morgenschweiss dem Verein zugutekommen. Dem Verein – nicht ihm! Der Kriegsgräberverein kannte keine Erfolgsprämien: keine Sonderzahlung, keinen Sonderurlaub, keine Höhergruppierung. Aus dem Landesvorstand, dessen Mitglieder aus Komplettignoranten bestanden, war nicht einmal ein anerkennendes Wort zu erwarten. Eingedenk der Ignoranz der Vorstandsmitglieder gegenüber ihren Klinken putzenden Bezirksorganisationsleitern hätte Leibgeber Richter a.D. Morgenschweiss mitsamt seinem Testament zu *Unicef*, zur *Welthungerhilfe* oder zu *Herman-Gmeiner=Stiftung* schicken sollen. Stattdessen hörte er sich die Erinnerungen von Morgenschweiss über die Grablegung von Generalfeldmarschall Erich von Manstein an. Nachdem beide bestellt hatten, legte Morgenschweiss einen Schlüssel auf die Tischplatte: »Das ist der Wohnungsschlüssel. Wenn Sie längere Zeit nichts von mir hören, verschafft Ihnen der Schlüssel Zutritt.« Auf ein Notrufsystem wolle er verzichten, erklärte Morgenschweiss. Die Schlüsselübergabe war zwar einerseits ein Vertrauensbeweis, bedeutete andererseits jedoch die Verpflichtung Leibgebers, sich in regelmäßigen Abständen nach dem Wohlergehen von Morgenschweiss erkundigen zu müssen. Das gemeinsame Mittagessen verschaffte Morgenschweiss

Gelegenheit, vom weiteren Fortgang der Beisetzungsfeierlichkeiten für Generalfeldmarschall Erich von Manstein zu berichten.

Unter dem Vorantritt des Musikzuges und der ihm nachfolgenden Ehrenformation habe sich der Trauerzug hinter dem Sarg des Feldmarschalls vom
Platz zwischen der Kirche und dem Kirchturm durch eine enge Gasse in
Richtung Hauptstraße bewegt, berichtete Morgenschweiss. Der Durchgangs-
verkehr auf der Hauptstraße wurde von der Landespolizei gestoppt. Auf der
Hauptstraße intonierte der Musikzug einen Trauermarsch. Der Feldmarschall
hatte seinen letzten Gang zum Friedhof angetreten. In Höhe des Rathauses,
einem roten Ziegelbau mit Satteldach und lang gestreckter Dachgaube, bog der
Trauerzug im rechten Winkel in die Marktstraße und von dort nach links in die
Fritz-Elling=Straße ein. Die spärliche Bebauung entsprach ganz der Anlage der
niedersächsischen Gehöfte mit ihren weit auseinander gezogenen Gebäuden.
Jedes Anwesen verfügte über ein angrenzendes Gartengrundstück. In der Folge
entstand eine aufgelockerte Bebauung, die viele Möglichkeiten der Begrünung
mit Hecken, Büschen und Bäumen bot.

Wenn er auch nicht mehr mit einem Sieg im Osten rechnete, hatte Manstein im Frühjahr 1943 doch die Hoffnung auf ein militärisches Remis als Basis
für Verhandlungen mit Stalin gehabt, der zunehmend ungeduldiger auf die
Eröffnung einer zweiten Front durch die westlichen Alliierten drängte (und
möglicherweise zu einem Separatfrieden bereit gewesen wäre). Die Einsicht,
dass sich Hitler nie auf ein Remis gegenüber der Sowjetunion einlassen würde,
blieb Manstein verschlossen. Hitler wollte den Sieg – keinen Vergleich. Manstein hätte erkennen müssen, dass für seinen Kriegsherrn nur die Alternative Sieg
oder Untergang existierte. Hitler war unter keinen Umständen bereit, einmal
eroberte Gebiete kampflos aufzugeben. Vor allem nicht das Donez-Becken mit
seinen Stahlwerken und Kohlevorkommen. Mit dem stereotypen Argument,
der Russe würde verbluten, wenn sie nur jeden Fußbreit verteidigten, einmal
müsse er ja erschöpft sein, hinderte Hitler Manstein daran, seine Heeresgruppe
beweglich zu führen – die einzige erfolgversprechende Chance gegen die sowjetische Übermacht. Wegen tiefgreifender Meinungsverschiedenheiten mit
Blick auf die militärische Spitzengliederung und hinsichtlich der operativen
Handlungsfreiheit des Oberbefehlshabers der Heeresgruppe wurde Manstein
am 31. März 1944 von Hitler vom Oberbefehl der Heeresgruppe enthoben.

Mansteins operative Fähigkeiten hatten dazu geführt, die Deutschland drohende Niederlage hinauszuzögern und zugleich das Martyrium des Krieges

zu verlängern. Der Gedanke, dass ein Ende Hitlers Millionen Menschen vor dem Tod bewahren könnte, kam Manstein nicht. Während andere Offiziere den Tyrannenmord planten, klammerte sich der fähigste Truppenführer des Reiches an den Befehlsgehorsam. Ein Attentat auf das legale Staatsoberhaupt kam für Manstein nicht in Betracht. Mansteins Credo: »Preußische Feldmarschälle meutern nicht!« Der auf die Person Hitlers abgestellte Fahneneid war nach dem von Hitler einseitig hervorgerufenen Krieg und der von ihm verantworteten Verbrechen hinfällig geworden. Das hatten die Offiziere, die sich zum Widerstand entschlossen, erkannt. Manstein gehörte nicht zu ihnen. Dazu kam die ihm und seinen Standesgenossen eingefleischte Angst vor dem Bolschewismus. Mansteins Überlegung war: Wenn wir jetzt einen Bürgerkrieg gegen Hitler entfesseln, dann bricht alles zusammen, dann haben wir morgen die Russen in Berlin. Der Schock der bolschewistischen Revolution, die die soziale Ordnung des Zarenreiches zerstört, Russland ins Chaos gestürzt hatte und während der Novemberrevolution 1918 auch nach Deutschland hinüber zu greifen drohte, übte einen nachhaltigen Eindruck auf die Offiziere aus. Die Vereidigung auf die Person Hitlers bedeutete eine ungemein starke Bindung, die bis zum Kriegsende gehalten habe, erinnerte Morgenschweiss. Dass es nicht so einfach gewesen sei, Hitler zu stürzen, der wie Stalin von einem starken Sicherheitsapparat bewacht worden sei, habe das Misslingen des militärischen Widerstands unter Stauffenberg am 20. Juli 1944 gezeigt. »Was sollte der einfache Mann da unternehmen?«, fragte Morgenschweiss: »Sich aufhängen lassen? – Für den einfachen Soldaten war die Frage entscheidend: Wie kann ich überleben? Hinzu kamen die Angst und die Sorge um die Heimat. Alles andere spielte keine Rolle. Wie man sich in einem totalen Krieg verhält, gebunden an den Eid, an den Befehlsgehorsam: das kann nur derjenige erahnen, der damals Soldat war. Man war als kleiner Leutnant gar nicht in der Lage, das politische Geschehen zu übersehen oder gar noch zu beeinflussen. Man hat nur versucht, irgendwie durchzukommen. Ich sehe sie alle vor mir, die großen Widerstandskämpfer der Studentenrevolte von Achtundsechzig«, höhnte Morgenschweiss beim Essen, »ich sehe sie alle mit ihrer großen persönlichen Tapferkeit vor mir. Die Soldaten hatten nicht den geringsten Einfluss. Sie waren Kriegsopfer, keine Täter: Opfer der unfreiwilligen Einberufung, Opfer der erlittenen Strapazen, Opfer von Verletzungen. Sie waren Opfer von Flucht und Vertreibung, Opfer des Bombenterrors und Opfer der Kriegsgefangenschaft. Viele verloren ihre Gesundheit – wenn sie Glück hatten und ihr Leben behalten durften.« Damit redete Morgenschweiss der Gedenk- und Erinnerungskultur

des Kriegsgräbervereins das Wort. Der Kriegsgräberverein betrauere die Kriegs-
toten unisono als Opfer von Krieg und Gewaltherrschaft, urteilte Leibgeber.
Die Täter würden weggelogen. Das Opfernarrativ sei wesentlicher Inhalt der
Gedenk- und Erinnerungskultur dieses Vereins.

Bonner »Tag des Friedhofs« im Kreuzgang der Stadtkirche auf dem Münsterplatz. Die Kirche hat alle wichtigen Ereignisse im Leben eines Menschen für
sich vereinnahmt, überlegte Leibgeber. Ob Taufe, Kommunion, Konfirmation
oder Trauung: ein Christ hat die Kirche zu beteiligen, selbst bei der Grablegung.
Wer das nicht begreift, kann ohne himmlischen Beistand zur Hölle fahren.
Der Stadtdechant, der den Bonner »Tag des Friedhofs« mit Schweißplakaten
unter seinen Achseln bewarb, hatte den roten Teppich vor der Kirche ausrollen
lassen. Die Passanten folgten zwölf entlang des roten Teppichs aufgestellten
Kundenstoppern, die als Köder für den Besuch der Verkaufsmesse von Stein-
metzbetrieben, Gartenbaufirmen, Bestattungsunternehmen und städtischem
Grünflächenamt im Kreuzgang dienten. Schon Jesus wusste, wie man Menschen
fischte. Der Stadtdechant hatte einen guten Lehrmeister. Der »Tag des Friedhofs« war eine Verkaufsmesse derjenigen Gewerke, die auf dem Friedhof ihr
Geld verdienten: des Bestatters, der den Leichnam herrichten, die Trauerfeier
ausrichten, Behörden und Versicherungen verständigen, Särge und Urnen verkaufen, der Kommune, die Grabflächen vorhielt und vermieten, vom Steinmetz, der Grabmäler anfertigen und aufstellen, des Floristen, der Trauergestecke
und Dauerkränze binden und anbieten, des Gärtners, der Grablagen anlegen
und instand halten wollte – alle wollten verkaufen, verkaufen, verkaufen. Die
Bundesstadt Bonn bot auf ihren kommunalen Friedhöfen verschiedene Grab-
lagearten an. Das Angebot reichte von der klassischen Körper-Erd=Bestattung
des Leichnams über die Feuerbestattung im Urnenwahlgrab, im Urnenreihen-
grab oder im Columbarium bis hin zur Beisetzung der Asche an einer Baum-
wurzel oder deren Verstreuen auf dem Aschefeld. Es verstand sich von selber,
dass der stellvertretende Vorsitzende des Stadtverbandes Bonn im Kriegsgräberverein als zuständiger Beigeordneter der Bundesstadt für das Grünflächenamt
die Veranstaltung eröffnete. Der Arbeitskreis evangelischer Trauerbegleiter
und der Kriegsgräberverein nutzten die Verkaufsmesse der Friedhofs-Gewerke
als Forum zur Präsentation ihrer Verbandtätigkeit. Umgekehrt wertete deren
Präsenz die Attraktivität der Verkaufsmesse auf. Während Karin hinter dem
Klapptisch mit der Fahne vom Kriegsgräberverein Platz nahm, auf dem Bücher,
Broschüren, Prospekte, Mitgliedsanträge und Kugelschreiber, Kappen, Tassen

und Backstagebänder lagen, um mit einem als geballte Faust designten Öffner eine Flasche Coca-Cola aufzuhebeln, wartete Leibgeber hinter seinem Laptop auf die ersten Fliegen. Als Fliegenfänger diente eine an der Rückseite des aufgeklappten Deckels befestigte DIN-A-4=Seite mit der Aufschrift »Kennen Sie das Kriegsgrab Ihres Angehörigen? Fragen Sie uns! Wir helfen«. Es dauerte nicht lange, und die erste Fliege klebte am Laptop. »Das können Sie feststellen, wo mein Vater liegt?«

»Hier und sofort. Jetzt und gleich. Übers Internet.« Und zwar über den Link »Gräbersuche« auf der Homepage des Vereins. Nach dem Anklicken öffnete sich eine Suchmaske, in der Name, Vorname, Geburtsdatum und –ort eingegeben werden konnten. »Seit dem Zugriff auf die deutschen Kriegsgrablagen nach dem Zerfall der Sowjetunion 1991 bettet der Kriegsgräberverein jährlich bis zu 40.000 Kriegstote um, deren Gebeine zuvor lokalisiert, exhumiert und teilweise identifiziert werden konnten«, erklärte Leibgeber.

»Siebzig Jahre nach Kriegsende?«, wunderte sich der Standbesucher. »Na dann viel Spaß!«

Der Sarkasmus des Mannes erschien nicht unbegründet. Die Menschen im zweiten Jahrzehnt des dritten Jahrtausends ließen die Leichname ihrer Angehörigen mehr und mehr einäschern, in Urnengräbern beisetzen, in Friedwäldern ausbringen oder in Gewässern verstreuen. Dem Kriegsgräberverein fiel es zunehmend schwer, einer Gesellschaft, deren Bestattungskultur einem dramatischen Wandel unterlag, das Leitbild vom Soldatengrab als individuellem Einzelgrab mit christlichem Symbolkreuz zu vermitteln. Die deutschen Kriegstoten lagen anonym unter Rasenflächen, in Waldgehölzen oder auf dem Meeresgrund. Genauso, wie deren Nachfahren sich selbst bestattet wissen wollten. Das Vermittlungsproblem des Kriegsgräbervereins bestand darin, den Menschen zu erklären, warum die Beisetzung der aus Kleingärten, Äckern, Wäldern und Feuchtgebieten, unter Fußballfeldern, Parkplätzen und Müllhalden geborgenen Gebeine von Wehrmachtssoldaten und SS-Angehörigen Jahrzehnte nach deren Tod auf vom Kriegsgräberverein teuer erworbene, baulich erschlossene und gärtnerisch gestaltete Sammelgrabanlagen erfolgen sollte. Das Vermittlungsproblem des Kriegsgräbervereins bestand darin, die Menschen davon zu überzeugen, dass sie die Lokalisierung, Exhumierung, Identifizierung und erneute Einbettung der deutschen Kriegstoten aus der eigenen Tasche bezahlen sollten, weil die Kosten für Bau, Pflege und Erhalt der deutschen Kriegsgräber im Ausland nur zu einem Bruchteil vom Staat finanziert wurden. Das Vermittlungsproblem des Kriegsgräbervereins bestand darin, die Menschen davon zu überzeugen, dass die Bestattung der Hitlersoldaten in individualisierten Einzelgräbern eine humane Pflicht der Nachgeborenen bedeuten sollte, obwohl diese nichts mit den Ursachen des Zweiten Weltkrieges zu tun hatten.

Neben den Ständen der Aussteller erwartete die Besucher ein Video-Vortrag, der die Zuschauer davon zu überzeugen versuchte, dass Beisetzungen im Friedwald oder auf dem Aschefeld einem natürlichen Abschied vom Toten zuwiderlaufen. Klar, überlegte Leibgeber auf seinem Plastikstuhl im Zuschauerraum: weil die Aussteller damit kein Geld verdienen. Die Beisetzung der Asche des Verstorbenen auf dem Aschefeld, im Friedwald oder unter einer Rasenfläche benötigt weder einen Eichenholzsarg noch einen Marmorgrabstein, sie braucht keine Grabgestaltung und keine Dauergrabpflege. Der Bestatter verdient am Herrichten des Leichnams und am Verkauf von Särgen. Der Steinmetz verdient an der Grabeinfassung und am Grabmal. Der Gärtner verdient an der Bepflanzung der Grabstätte. Die Stadt verdient am Verpachten der Grabfläche, bilanzierte Leibgeber. Der Plakataushang für den Lichtbildervortrag warb mit der Mahnung »Trauer braucht einen Ort«. Der Kriegsgräberverein verfolgte den Anspruch, jeden deutschen Kriegstoten in einem individuellen Einzelgrab beisetzen zu wollen. Und zwar für die Ewigkeit. Der Verein hatte es 1958 fertigbekommen, selbst die sterblichen Überreste von 35 Besatzungsmitgliedern des am 9. April 1945 im Kattegat versenkten deutschen Unterseebootes *U843* zu bergen und in individuellen Einzelgräbern auf dem Göteborger Kviberg-Friedhof beizusetzen. Was steht auf den vom Verein angelegten, instand gehaltenen und gepflegten Kriegsgräbern? Barhocker? Trittleitern? Nein! Dort stehen (ganz überwiegend) christliche Symbolkreuze. Was zeigen Logo, Signet und Fahne des Kriegsgräbervereins? Totenschädel? Skelette? Nein! Dort sind Kreuze abgebildet. Unter den Kreuzen ruhen viele SS-Angehörige, die vom Kriegsgräberverein posthum zu Christen erklärt wurden. Die Grabkreuze der Kriegstoten sind in Reih und Glied ausgerichtet – wie auf dem Kasernenhof.

Die Bundeszentrale des Kriegsgräbervereins veranlasste die Durchführung von Grabschmuck- und Fotoaufträgen von Hinterbliebenen durch die Bezirksgeschäftsstellen. Sofern es sich um einen Grabschmuckauftrag handelte, beauftragte Karin dafür ein am Ort der Kriegsgrablage ansässiges Floristikunternehmen. Friedhofsgärtner und Florristen fertigten jedoch keine digitalen Fotos der Grablage von Kriegstoten, um sie an die Geschäftsstelle mailen zu können. Damit konnten sie kein Geld verdienen. Also wurde der Auftrag von Leibgeber erledigt. Ein Kriegsgrab, bei dem der Auftraggeber sowohl das Niederlegen eines

Gebindes als auch die Anfertigung eines Fotos wünschte, lag in Marienheide-Müllenbach. Weil sich nur wenige Kriegsgräber um das Hochkreuz im Ortsteil Müllenbach gruppierten, war der gesuchte Kriegstote schnell gefunden, der aus Köln mitgebrachte Blumenstrauß auf dessen Kriegsgrab abgelegt und das gewünschte Foto zur Dokumentation der Ausführung des Auftrags angefertigt. Das Foto würde nach Leibgebers Rückkehr in die Geschäftsstelle am Kölner Neumarkt an den zuständigen Sachbearbeiter in der Bundeszentrale gemalt, die Quittung über die Auslage für den mitgebrachten Blumenstrauß vom Blumenstand in der U-Bahn=Unterführung am Neumarkt von Karin weitergeleitet werden.

In Marienheide, wo Leibgeber den Grabschmuckauftrag abarbeitete, stand ein Haus, welches Mitte der neunziger Jahre dem Kriegsgräberverein zugefallen war. Der Verein wurde hin und wieder mit Nachlässen und Vermächtnissen bedacht, die seine Arbeit, dem letzten Willen der Erblasser zufolge, finanzieren helfen sollten. Das Nutz- und Nießrecht der Immobilie war entsprechend dem Willen der Erblasserin Dr. Vilma Buchs durch deren Nichte, Brunhilde Buchs-Zünzler, in Anspruch genommen worden. Buchs-Zünzler, die ein Wohnrecht auf Lebenszeit besaß, war unlängst verstorben, so dass die Immobilie vom Kriegsgräberverein veräußert werden konnte. Verpachtung oder Vermietung kamen nicht in Frage, da diese einen zu großen Verwaltungsaufwand bedeutet hätten. Die Bundeszentrale hatte Leibgeber nach dem Tod Buchs-Zünzlers mit der Vermakelung des Hauses beauftragt. Das Haus war Leibgeber über Jahre ein Ärgernis gewesen. Der Kriegsgräberverein hatte als Eigentümer immer wieder der Verpflichtung zur Instandhaltung der Immobilie nachkommen müssen. Viele Jahre hindurch mussten aufgrund des lebenslangen Wohnrechts von Buchs-Zünzler immer wieder Reparaturen durch den Kriegsgräberverein als Eigentümer veranlasst werden.

Buchs-Zünzler wurde neben der Erblasserin Dr. Vilma Buchs beigesetzt. Während die katholischen Einwohner in der Kernstadt von Marienheide beerdigt wurden, wurden evangelische Gemeindemitglieder in Müllenbach beigesetzt. Vilma Buchs hatte bis zu Anfang der achtziger Jahre als niedergelassene Ärztin praktiziert. Das nach dem Ableben ihrer Nichte Brunhilde Buchs-Zünzler zum Verkauf anstehende Gebäude beinhaltete auch die Praxis, in der Dr. Buchs ordiniert hatte. Das Haus lag nördlich der Wipper am Wipperweg und befand sich, wie alle zum Moosberg hin gelegenen Immobilien, in Hanglage. Während das Erdgeschoss mit dem Haupteingang am Wipperweg lag, war das Untergeschoss mit den früheren Praxisräumen von der Moosbergstraße aus erreichbar. Dort lagen auch die Parkplätze für die Patienten, wo Leibgeber bei seinen Besuchen den Geschäftswagen abstellte. Die Praxis hatte ein Wartezimmer und das angrenzende Ordinationszimmer umfasst. Durch einen Flur getrennt befanden sich ein Behandlungsraum für Blutabnahmen, Gewichtsmessungen, Lungenfunktionstests und die Patiententoilette. Im hinteren, in den Hang hineingebauten Untergeschoss waren eine Ölheizung, ein Wäschekeller und das Treppenhaus untergebracht. Die Treppe führte in das vom Wipperweg aus erschlossene Erdgeschoss, wo sich die Wohnung der Nichte der verstorbenen Ärztin, Brunhilde Buchs-Zünzler, befand. Die Inneneinrichtung mit ihren Möbeln, Gardinen und Lampen war Wochen nach dem Ableben Buchs-Zünzlers von einer feinen Staubschicht überzogen. Leibgeber öffnete das Panoramafenster zum Garten, das den Blick auf den Moosberg frei gab. Beim Öffnen des Fensters stürzte eine gerahmte Fotografie von der Fensterbank. Das gesplitterte Bild zeigte die langgliedrige Gestalt einer Frau um die Lebensmitte. Der neben ihr stehende Mann hatte einen Arm ihre Schulter gelegt. Leibgeber hatte bei Besprechungen der Bezirksorganisationsleiter in der Landesgeschäftsstelle immer wieder über die persönlichen Verhältnisse, absonderlichen Verhaltensweisen und schwierigen Wunschvorstellungen der verstorbenen Buchs-Zünzler, die hier ihr Wohnrecht ausübte, berichtet. Den von Leibgeber herbeigewünschten Tag, an dem er die Verantwortung für das dem Kriegsgräberverein von deren verstorbener Tante, der Ärztin Dr. Vilma Buchs, vererbte Haus loswürde, war mit dem Ableben Buchs-Zünzlers heraufgedämmert. Jetzt war es soweit. Jetzt endlich konnte der Verkaufserlös der Finanzierung des Vereinszweckes zugeführt werden. Das Objekt befand sich in einer beliebten Wohnlage von Marienheide. Mit großzügigen 188 Quadratmeter Wohnfläche bot es vielseitige Nutzungsmöglichkeiten. Die Praxisräume im Untergeschoss ermöglichten die weitere Nutzung als Praxis oder Kanzlei oder den Ausbau zur Einliegerwohnung. Die helle Erdgeschosswohnung umfasste neben dem offenen Wohn-Essbereich eine Küche mit Ausgang zum Freisitz, Schlaf- und zwei Kinderzimmer. Bad und Gäste-WC waren (auf Kosten des Kriegsgräbervereins) erst vor wenigen Jahren renoviert worden und erstrahlten im modernen Design. Nachdem Leibgeber die Wohnung – wie in solchen Fällen üblich – nach Bargeld, Schmuck und Wertpapieren der Verstorbenen durchsucht hatte, nahm er das Telefonbuch zur Hand, um eine Organisation zur Entrümpelung und Haushaltsauflösung zu finden. Leibgeber notierte zwei Adressen von Unternehmen in Marienheide, schloss die Fenster, versperrte die Haustür und machte sich auf den Weg, um einen Besichtigungstermin zu vereinbaren. Danach fuhr er zur Niederlassung der Kreissparkasse, um die Vermakelung des Objekts zu beauftragen. Der Mitarbeiter der Immobilienabteilung kannte das Objekt. Die blauen Fensterrahmen, die blaue Haustür und das blaue Garagentor waren beim Vorbeifahren unschwer zu übersehen. Das Haus würde mit seinen verschiedenen Nutzungsmöglichkeiten, seiner stadtnahen Lage und dem eingewachsenen Gartengrundstück einen guten Preis am Immobilienmarkt erzielen.

Die Tante von Brunhilde Buchs-Zünzler, die verstorbene Ärztin Dr. Vilma Buchs, hatte eine jahrelange Freundschaft mit Anni Brandt unterhalten. Brandt war auch als Fahrerin von Buchs bei Patientenbesuchen und Sprechstundenhilfe in Erscheinung getreten. Anni Brandt, geb. Rehborn, war mit Professor Dr. Karl Brandt, dem langjährigen Begleitarzt Hitlers, späteren Euthanasiebevollmächtigten, Generalkommissar und Reichskommissar für das Sanitäts- und Gesundheitswesen verheiratet. Vor ihrer Verheiratung mit Brandt war Rehborn sechsfache deutsche Meisterin im 100-m=Rückenschwimmen und zweimalige deutsche Meisterin im 100-m=Freistilschwimmen gewesen. Bei den Schwimmeuropameisterschaften 1927 in Bologna gewann sie eine Bronzemedaille. Während seiner Festungshaft in Landsberg/Lech 1925 wurde Hitler durch seinen Vertrauten Emil Maurice auf Rehborn aufmerksam. Daraufhin gratulierte Hitler Anni Rehborn, die dem rassenideologisch gewünschten Menschenbild der NSDAP entsprach, zu ihren Schwimmerfolgen. Nach seiner Haftentlassung trat er mit ihr in Kontakt. Im Sommer 1933 verlebten Anni Rehborn, die 1932 der NSDAP beigetreten war, und ihr Verlobter, der promovierte Arzt Dr. Karl Brandt, einige Urlaubstage in Berchtesgaden. Rehborn soll sich bei einem Tauchversuch Nase und Stirn an einem Felsen verletzt haben und in den Bergmannsheil-Kliniken Bochum von dem jungen Chirurgen behandelt worden sein. So, heißt es, hätten sie sich kennengelernt. Bei einem Ausflug verursacht Hitlers langjähriger Adjutant Wilhelm Brückner in der Nähe von Reit im Winkel einen Autounfall. Dabei zieht er sich einen Schädelbruch, ein gebrochenes Bein und eine Augenverletzung zu. Brandt, der den Wagen hinter Brückner steuert, leistet erste Hilfe und führt eine Notoperation Brückners in Traunstein durch. Brandt verzichtet auf seinen Urlaub, um Brückner ärztlich betreuen zu können. Brückner, der durch den Unfall ein Auge einbüßt, lobt nach seiner Genesung Hitler gegenüber die Geistesgegenwart, Kompetenz und Hilfsbereitschaft Brandts. Daraufhin lädt Hitler Brandt und Anni Rehborn zu sich auf den Berghof ein und findet Gefallen an dem menschlich gewinnenden und fachlich versierten Arzt, der im Januar 1932 in die NSDAP und 1933 in die SA eingetreten war. Am 17. März 1934 heiratet Karl Brandt Anni Rehborn in der Berliner Wohnung von Hermann Göring. Göring und Hitler agieren als Trauzeugen. Eine Fotografie zeigt den hochgewachsenen, gutaussehenden Bräutigam im schwarzen Frack und eine strahlende Anni im weißen Brautkleid. Neben ihr steht Hitler, bekleidet mit schwarzer Hose, grauem Rock und Hakenkreuzbinde. Neben dem Bräutigam sind Göring als Reichsluftmarschall und Hitlers Adjutant Brückner zu erkennen. Am 14. Juni 1934 wird Karl Brandt von Hitler, der ständige Sorge um seine Gesunderhaltung hat, zum Begleitarzt ernannt. Brandt verfügt über die notwenige Ausbildung und gilt als loyal. Am 29. Juli 1934 tritt er im Rang eines Sturmführers in die SS ein. Nach Beginn des Krieges wird Brandt, rückwirkend zum 1. September 1939, gemeinsam mit Philipp Bouhler, dem Leiter der Kanzlei des »Führers«, zum Euthanasiebevollmächtigten ernannt. Als Euthanasiebevollmächtigte organisieren Brandt und Bouhler die Massenmorde der *Aktion T4* an körperlich und geistig Behinderten in den NS-Tötungsanstalten im hessischen Hadamar (ca. 15.000 Tötungen), Schloss Grafeneck bei Reutlingen (ca. 10.000 Tötungen), Schloss Hartheim bei Linz (ca. 18.000 Tötungen), Sonnenstein in Pirna bei Dresden (ca. 14.000 Tötungen), Bernburg (ca. 9.000 Tötungen) und dem Zuchthaus Brandenburg (ca. 10.000 Tötungen). Die Tötungen erfolgen durch Kohlenmonoxyd, Auspuffabgase und Injektionen mit Veronal, Luminal oder Morphium-Skopolamin. Die Tötung der Behinderten wird nach Protesten des Münsteraner Bischofs Graf Galen mit Beginn des Russlandfeldzugs im Sommer 1941 eingestellt. Bis zu diesem Zeitpunkt sind ca. 70.000 Behinderte, Männer, Frauen und Kinder ermordet worden. Später folgen weitere Tötungen, in die auch Obdachlose, Alte und Kranke einbezogen werden. Unter Verantwortung Brandts werden bis zu 300.000 Menschen ermordet. Die in der Berliner Tiergartenstraße 4 beheimatete Zentrale der *Aktion T4* kommandiert 1941 über hundert Angehörige zur »Endlösung der Judenfrage« nach Osten ab. Die Kommandanten der Vernichtungslager Belzec, Sobibor und Treblinka kommen aus der Berliner Tiergartenstraße und werden auch weiterhin von dort vergütet. SS-Hauptsturmführer Christian Wirth, der erste Kommandant des Vernichtungslagers Belzec und spätere Inspekteur der Vernichtungslager Belzec, Sobibor und Treblinka, liegt zusammen mit anderen Massenmördern aus der *Aktion T4* oberhalb vom Gardasee in Costermano begraben. Wirths Kriegsgrab wird vom Verein gepflegt. Am 28. Juli 1942 wird der von Hitler zum Professor ernannte Dr. Karl Brandt zum Generalkommissar für das Sanitäts- und Gesundheitswesen bestellt. Zur Schaffung von Bettenplätzen für verwundete Soldaten werden in der nach ihm benannten *Aktion Brandt* Patienten von Heil- und Pflegeanstalten verlegt, ausgehungert oder vergast. Darüber hinaus ist Brandt für medizinische Menschenversuche in Konzentrationslagern verantwortlich. Am 25. August 1944 ernennt Hitler den zum SS-Obergruppenführer und Generalleutnant der Waffen-SS beförderten Professor Dr. Karl Brandt zum Reichskommissar für das Sanitäts- und Gesundheitswesen. In dem Jahrzehnt von 1934 bis 1944 zählen Karl Brandt und seine Frau Anni zum engsten privaten Kreis des Diktators und sind, ebenso wie die befreundeten Ehepaare Margarete und Albert Speer sowie Maria und Nicolaus von Below, auf dem Berghof zu Gast. Die Ehepaare beziehen im Gästehaus des »Führers« in der Villa Bechstein Quartier, wo auch Josef Goebbels bei seinen Aufenthalten auf dem Obersalzberg wohnt. Ein Foto aus dem Jahr 1937 zeigt Karl Brandt, im hellen Anzug auf einer Terrassenmauer sitzend, neben Eva Braun. Auf einer weiteren Aufnahme vom August 1938 präsentiert Karl Brandt Hitler auf der Terrasse des Berghofs ein Schriftstück. Eine undatierte Aufnahme zeigt Brandt und Hitler vor dem Eingang vom Teehaus auf dem Mooslahnerkopf, dem Ziel des täglichen Spaziergangs Hitlers nach dem Mittagessen, wenn dieser sich auf dem Obersalzberg aufhielt.

In seiner Kölner Geschäftsstelle hatte Leibgeber einen Anruf der Sachbearbeiterin für das Friedhofswesen der Gemeinde Marienheide erhalten, mit dem sie einer Weisung ihres Dienstherrn nachkam. Leibgeber hatte den Bürgermeister von Marienheide bei einem Besuch im Rathaus gebeten gehabt, ihm doch bitte Auskunft über die Grablage von Anni Brandt zu erteilen. Der Bürgermeister hatte versprochen, nachfragen zu wollen. Die Sachbearbeiterin gab an, Leibgeber die Grablage nicht ohne Einverständnis der hochbetagten Angehörigen nennen zu dürfen und bot an, seinen Wunsch dorthin übermitteln zu wollen. Eines Nachmittags klingelte das Telefon. Der Anrufer stellte sich als Karl-Adolf Brandt vor. Der im Oktober 1935 geborene Sohn Brandts hatten nach seinem Vater Karl und seinem Taufpaten Adolf Hitler den Namen Karl-Adolf erhalten. Brandt erwähnte am Telefon den Friedhof in Marienheide-Müllenbach. Die Grabstelle sei mit einer Kiefer bepflanzt. Die Daten der Verstorbenen seien auf einem Naturstein dokumentiert. Auf den Grablageort Marienheide war Leibgeber durch eine Veröffentlichung des Instituts für Zeitgeschichte München-Berlin von Thomas Raithel über die Strafanstalt Landsberg am Lech und den angrenzenden Spöttinger Friedhof aufmerksam geworden. Im Statistischen Anhang der Veröffentlichung befindet sich im »Verzeichnis 4: Hinrichtungen im War Criminal Prison, November 1945 bis Juni 1951« ein alphabetisch geordnetes Namensverzeichnis, in dem außer Paul Blobel, u.a. Führer des Sonderkommandos 4a und Leiter des Massakers an über 33.000 Juden in der Schlucht von Babi Jar bei Kiew, Dr. Werner Braune, u.a. Führer des Einsatzkommandos 11b der Einsatzgruppe D, Otto Ohlendorf, u.a. Führer der Einsatzgruppe D (liquidierte 90.000 Männer, Frauen und Kinder), oder Oswald Pohl, u.a. Chef des SS-Wirtschafts-Verwaltungshauptamtes (zuständig für die Konzentrationslager) und weiteren Kriegsverbrechern und Massenmördern auch der Name Brandt, Dr. Karl aufgeführt ist. Neben den Namen ist außer dem Datum der Hinrichtung durch den Strang auch der Ort der Grablage verzeichnet. Unter der Rubrik »Heute noch Grab auf dem Spöttinger Friedhof / Überführung (Ort)« findet sich hinter dem Namen von Dr. Karl Brandt der Hinweis »Überführung Marienheide«. Leibgeber folgerte, dass die sterblichen Überreste von Brandt in Marienheide beigesetzt sein müssen.

Das Grab der Familie Brandt in Müllenbach war nicht leicht zu finden. Leibgeber musste erst ein wenig herumsuchen, ehe er davorstand. Das Grab war von Efeu und Gestrüpp überwachsen. Hinter einem Naturstein stand eine Krüppelkiefer. Auf dem Naturstein waren die Namen JULIUS BRANDT 10.07.1877–28.1.1967, ELSA BRANDT 25.4.1979–22.12.1966 und die Namen ANNI BRANDT 25.8.1904–15.1.1986 und PROF. KARL BRANDT 8.1.1904–2.6.1948 LANDSBERG/LECH verzeichnet. Der Professorentitel war Brandt von Hitler verliehen worden. Landsberg/Lech bezeichnete den Ort von dessen Hinrichtung durch den Strang. Die sterblichen Überreste eines der größten Kriegsverbrecher des Zweiten Weltkrieges lagen im Familiengrab in Marienheide-Müllenbach beigesetzt. Den parallelen Weg oberhalb der Anliegerstraße entlang schreitend, verließ Leibgeber den Gottesacker. Als er die Pforte hinter sich zuzog, joggte ein Muskelpaket im verschwitzten Achselshirt an ihm vorbei in Richtung Dorfmitte. Der muskulöse Läufer im Achselshirt erinnerte ihn an die Skulpturen des Bildhauers Arno Breker, mit dem die Ehepaare Brandt und Speer eng befreundet gewesen waren.

Im September 1936 hatten Anni und Karl Brandt in Gesellschaft von Magda und Joseph Goebbels an einer Griechenlandreise teilgenommen. Als Goebbels die Planung der Reise abgeschlossen hatte, sagte Hitler seine Teilnahme ab. Hitlers Begleitarzt Karl Brandt und seine Frau Anni nahmen wie vorgesehen daran teil. Die Reise nach Griechenland hatte Brandt bewusst gemacht, dass das antike Griechenland mit seiner Betonung von Gemeinschaft und Staat ein Vorbild für Nazideutschland darstellte. Sofern eine Gesellschaft funktionieren solle, habe – der Überzeugung Brandts zufolge – das Individuum den Interessen der Volksgemeinschaft und der Gesundheit der Rasse untergeordnet werden müssen, erklärt der britische Medizinhistoriker Ulf Schmidt in seiner 2009 im

Berliner Aufbau-Verlag erschienenen Biographie »*Hitlers Arzt Karl Brandt. Medizin und Macht im Dritten Reich*« (S. 149). Das Interesse an der Kunst der griechischen Antike habe Brandt, seinem Biographen Schmidt zufolge, die theoretischen Grundlagen verschafft, sich für eine ganzheitliche medizinische Ethik einzusetzen, in der die Pflicht des Arztes darin bestehe, dem Staat zu dienen, indem er das gesunde Fortbestehen der »Volksgemeinschaft« sichere (S. 151). Am 18. Juli 1937 hatte Hitler das Haus der Deutschen Kunst in München eröffnet. In seiner Eröffnungsrede attackierte er die »Kunstzwerge«, »Kunstmisshandler«, »Kunstschwadroneure«, »Kunstvertreiber« und »Kunstfabrikanten« und rechnete mit der Kunst der Moderne sowie ihren Künstlern und Kritikern ab: »Ich möchte an dieser Stelle heute folgende Feststellung treffen«, so Hitler in seiner Eröffnungsrede: »Bis zum Machtantritt des Nationalsozialismus hat es in Deutschland eine sogenannte ›moderne‹ Kunst gegeben, das heißt also, wie es schon im Wesen dieses Wortes liegt, fast jedes Jahr eine andere. Das nationalsozialistische Deutschland aber will wieder eine ›deutsche Kunst‹, und die soll und wird wie alle schöpferischen Werte eines Volkes eine ewige sein. [...] So wenig wie sich das Wesen und das Blut unseres Volkes ändert, muss auch die Kunst den Charakter des Vergänglichen verlieren, um stattdessen in ihren sich fortgesetzt steigernden Schöpfungen ein bildhaft würdiger Ausdruck des Lebensverlaufs unseres Volkes sein. Kubismus, Dadaismus, Futurismus, Impressionismus undsoweiter haben mit unserem deutschen Volke nichts zu tun. Denn alle diese Begriffe sind weder alt noch sind sie modern, sondern sie sind einfach das gekünstelte Gestammel von Menschen, denen Gott die Gnade einer wahrhaft künstlerischen Begabung versagt und dafür die Gabe des Schwätzens oder der Täuschung verliehen hat. Ich will daher in dieser Stunde bekennen, dass es mein unabänderlicher Entschluss ist, genauso wie auf dem Gebiete der politischen Verwirrung nunmehr auch hier mit den Phrasen im deutschen Kunstleben aufzuräumen. [...] Die heutige neue Zeit arbeitet an einem neuen Menschentyp. Ungeheure Anstrengungen werden auf unzähligen Gebieten des Lebens vollbracht, um das Volk zu heben, um unsere Männer, Knaben und Jünglinge, die Mädchen und Frauen gesünder und damit kraftvoller und schöner zu gestalten. [...] Niemals war die Menschheit im Aussehen und in ihrer Empfindung der Antike näher als heute. Sport-, Wett- und Kampfspiele stählen Millionen jugendlicher Körper und zeigen sie uns nun steigend in einer Form und Verfassung, wie sie vielleicht tausend Jahre lang nicht gesehen, ja kaum geahnt worden sind. Ein leuchtend schöner Menschentyp wächst heran [...]. Dieser Menschentyp, den wir erst im vergangenen Jahr in den Olympischen Spielen in seiner strahlenden, stolzen, körperlichen Kraft und Gesundheit vor der ganzen Welt in Erscheinung treten sahen, dieser Menschentyp, meine Herren prähistorischen Kunststotterer, ist der Typ der neuen Zeit. [...] Nun aber werden – das will ich Ihnen hier versichern – alle die sich gegenseitig unterstützenden und damit haltenden Cliquen von Schwätzern, Dilettanten und Kunstbetrügern ausgehoben und beseitigt. Diese vorgeschichtlichen prähistorischen Kultursteinzeitler und Kunststotterer mögen unseretwegen in die Höhlen ihrer Ahnen zurückkehren, um dort ihre primitiven internationalen Kritzeleien anzubringen. Allein das Haus der Deutschen Kunst zu München ist gebaut vom deutschen Volk für seine deutsche Kunst.« Mit diesen und noch sehr viel mehr Worten erklärte der »Führer« und Reichskanzler »die große deutsche Kunstausstellung 1937 zu München für eröffnet!«. Das »arische Menschentum« der Nationalsozialisten wurde von Hitler in den antiken Kulturen erkannt. Im Vorfeld der Olympischen Spiele beauftragte das Reichsinnenministerium den Bildhauer Arno Breker, zwei monumentale Plastiken zu entwerfen, die in der Pfeilervorhalle des Hauses des Deutschen Sports aufgestellt werden sollten. Brekers Statuen, die nach dem lebenden Modell der Speerwerferin Tilly Fleischer und des Sportstudenten Gustav Stührk entstanden, entsprachen dem an der Antike orientierten Kunstverständnis der Nazis. Breker schuf mit seinen Skulpturen das Ideal des von den Nationalsozialisten propagierten arischen Herrenmenschen. Im Sommer 1936 wurde ein Abguss seiner Plastik *Zehnkämpfer* in der Berliner Ausstellung »Kunst der Olympiade« präsentiert. Hitler soll die Plastik gleich nach der Sichtung bei einem Rundgang als Geschenk für den Reichssportführer Hans von Tschammer und Osten angekauft haben. Von dem ihn begleitenden Propagandaminister wollte Hitler, dem Biographen Brekers, Jürgen Trimborn, zufolge wissen, wer dieser Arno Breker sei. Daraufhin habe Goebbels Brekers Aufenthaltsort feststellen lassen und Breker eine erste Begegnung mit Hitler verschafft. Dieser soll, der Überlieferung Trimborns zufolge, die Hand auf die Schulter Brekers gelegt und gesagt haben: »Junger Mann, ab heute arbeiten Sie nur noch für mich« (Zit. nach Jürgen Trimborn: *ARNO BREKER. Der Künstler und die Macht. Die Biographie.* – Berlin 2011, S. 146). Der Ritterschlag durch den »Führer« und Reichskanzler öffnet Breker die Tür zum inneren Zirkel Hitlers, dem u.a. auch Margarete und Albert Speer sowie Anni und Karl Brandt angehören. Filmaufnahmen von Eva Braun zeigen Arno und dessen Frau Minima Breker im Gespräch mit einem sichtlich entspannten Hitler auf der Terrasse des Berghofs. Am Ende der Olympiade gibt Hitler einen Empfang in der Reichskanzlei, zu dem neben den Vertretern des Internationalen Olympischen Komitees und Spitzensportlern sowie Berliner Prominenz und NS-Funktionären auch Künstler eingeladen sind. Dabei unterhält sich Hitler mit Breker über das Vorbild der Antike für dessen Plastiken. Im Auftrag von Goebbels modelliert Breker die über acht Meter große Plastik *Prometheus*, die im Garten des Propagandaministeriums aufgestellt wird. Am 20. April 1937 verleiht Hitler im Rahmen einer Feierlichkeit aus Anlass seines 48. Geburtstages dem Bildhauer Arno Breker den Professorentitel. Den von Hitler verliehenen Titel wird Breker bis zu seinem Tod im Jahre 1990 führen. Brekers Plastiken entsprechen dem nationalsozialistischen Schönheitsideal und sind bildhafter Ausdruck des von der politischen Elite des Nationalsozialismus propagierten »arischen Herrenmenschen«. 1937 beauftragt Hitler seinen Protegé Albert Speer mit dem Bau der Neuen Reichskanzlei an der Berliner Voßstraße. Speer, der seit 1933 zu Hitlers Hofstaat zählt, bestellt bei Breker Monumentalplastiken zur Ausgestaltung des Außenbereichs und der Innenräume. Fotografien belegen, dass Brekers Monumentalplastiken *Die Partei* und *Die Wehrmacht* links und rechts des Hauptportals im Ehrenhof der im Januar 1939 eingeweihten und im Krieg zerstörten Neuen Reichskanzlei aufgestellt wurden. Für die zwischen dem Marmorsaal und Hitlers Arbeitszimmer verlaufende Große Galerie beauftragt Speer zwei Reliefs und weitere fünf überlebensgroßen Statuen. Die über zwei Meter hohen Aktplastiken umfassen zwei männliche Figuren und drei weibliche Skulpturen. Brekers Kunstideal orientiert sich zwar am Vorbild der Antike, Physiognomien, Köpfe und Frisuren seiner Plastiken jedoch gestaltet er nach realen Vorbildern. Während viele Monumentalplastiken Brekers der Physiognomie von Brekers Lieblingsmodell Gustav Spührk ähneln, trägt Brekers männliche Aktplastik *Der Wäger* die Gesichtszüge von Hitlers Leibarzt Karl Brandt.

Am 19. Juli 1985 erfolgte die Eröffnung des im Schloss Nörvenich bei Köln beheimateten *Museums für europäische Kunst*. Das Museum huldigt neben anderen Künstlern wie Ernst Fuchs und Salvador Dali insbesondere dem Werk des Nazi-Bildhauers Arno Breker. Leibgeber erzählte, dass die verstorbene Brunhilde Buchs-Zünzler ihre Tante, die Ärztin Dr. Vilma Buchs, und deren langjährige Mitarbeiterin Anni Brandt mit dem Auto zur Eröffnung chauffiert habe. Buchs-Zünzler zufolge seien Dr. Vilma Buchs und Anni Brandt mehr als nur Chefin und Angestellte, sondern befreundet gewesen. Die Ärztin Vilma Buchs wird um die Vergangenheit ihrer Mitarbeiterin Anni Brandt als Gattin von Hitlers Euthanasiebeauftragten Karl Brandt und deren gesellschaftlichen Umgang mit Hitler gewusst haben. Leibgeber vermutet, dass Dr. Vilma Buchs Annis

Einstellung zu Fragen der Euthanasie guthieß und geteilt hat. Brunhilde Buchs-Zünzler hatte Leibgeber noch zu ihren Lebzeiten aus Anlass verschiedener Besuche in Marienheide vom Verlauf des Besuchs ihrer Tante in Begleitung von Anni Brandt auf Schloss Nörvenich erzählt. Der Besuch hatte zur Eröffnung des Museums aus Anlass von Brekers 85. Geburtstag stattgefunden. Im Schlosshof hätten die Karrossen von etlichen Festgästen geparkt, hatte Buchs-Zünzler sich, Leibgeber zufolge, erinnert. Der Eigentümer des Schlosses, der frühere Redakteur von *Associated Press*, Joe F. Bodenstein, und dessen Söhne hatten illustre Persönlichkeiten wie die Theologin Uta Ranke-Heinemann, den Kunstmäzen Peter Ludwig mit Gattin und den Schriftsteller Ernst Jünger als Ehrengäste eingeladen gehabt. Albert Speer, der Breker als Baumeister Hitlers mit Aufträgen versorgt hatte, war vier Jahre zuvor verstorben. Karl Brandt, der Euthanasiebevollmächtigte des Führers, war 1948 in Landsberg/Lech als Kriegsverbrecher hingerichtet worden. Bei der Eröffnung der Breker-Sammlung auf Schloss Nörvenich wurde er – Buchs-Zünzler zufolge – durch seine hochbetagte Frau Anni vertreten. Schloss Nörvenich hieß früher Burg Gymnich. Gegen Ende des Zweiten Weltkriegs wurde es als Hauptverbandsplatz genutzt. Die Dächer des Lazaretts waren mit Rote-Kreuz=Zeichen versehen. Im Burgpark, auf dem Gelände der später dort errichteten Grundschule, wurden die im Lazarett verstorbenen Verwundeten beigesetzt. Die erste Bestattung erfolgte am 11. November 1944. Bis zur Verlegung des Hauptverbandsplatzes am 25. Februar 1945 wurden dort 221 Kriegstote beerdigt. Im Jahre 1950 wurden sie exhumiert und auf den Soldatenfriedhof in Hürtgen umgebettet. Im Jahre 1980 erwarb Joe F. Bodenstein, der zuvor als Parlamentskorrespondent in Bonn akkreditiert war, das Anwesen. Im Rondell vor dem Schloss platzierte Bodenstein die 1937 im Auftrag von Goebbels geschaffene Breker-Großplastik *Prometheus mit dem Feuer*. Heroische Pose und körperbetonte Attribute zeigen den von den Nazis propagierten Idealtypus des arischen Herrenmenschen. Die Fackel in der rechten Faust der Figur ließ den Besuchern des Museums ein Licht aufgehen. In Schloss Nörvenich sollte das Werk von Arno Breker beleuchtet werden. Brunhilde Buchs-Zünzler berichtete Leibgeber, dass ihre Tante Vilma Buchs ihre Freundin Anni Brandt habe stützen müssen, als beide die dem Eingang vorgelagerte Treppe emporstiegen. Im Inneren wurden sie vom Hausherrn willkommen geheißen, der die Anwesenheit von Anni Brandt als geladenen Gast auf seiner Liste abhakte. Der Weg im Inneren des Schlosses führte zur Skulptur der *Zehnkämpferin*. Breker hatte sie, den Worten Bodensteins zufolge, nach dem lebenden Vorbild einer Olympia-Teilnehmerin gefertigt und im

Sommer 1936 in der Berliner Ausstellung *Kunst der Olympiade* der Öffentlichkeit präsentiert. Deren Besichtigung durch Hitler aus Anlass seines Rundgangs habe zum ersten Kontakt mit ihm geführt, soll – der Aussage Buchs-Zünzlers zufolge – ein älterer Herr geäußert haben. Mit der Olympiade habe sein Aufstieg begonnen. »Das war mein erster großer Erfolg.« Der Sprecher dieser Worte, ein älterer Herr mit lichtem Haar, schwarzer Hornbrille, Sakko mit Fischgrätmuster, sei von Anni Brandt, den Worten Buchs-Zünzlers zufolge, mit dem Ausruf »Alter Freund!« begrüßt worden. Dabei habe es sich um den Jubilar gehandelt, zu dessen 85. Geburtstag die Eröffnung des *Museums für Europäische Kunst* auf Schloss Nörvenich veranstaltet wurde. Breker habe es sich nach deren herzlicher Begrüßung nicht nehmen lassen, Anni Brandt die Hand zu küssen, die ihn mit sichtlicher Freude umarmt habe, verriet Buchs-Zünzler gegenüber Leibgeber. Breker suche im Kunstwerk den gesunden und starken Menschen zu gestalten, soll Anni mit Blick auf die *Zehnkämpferin* gegenüber Vilma Buchs und deren Nichte geäußert haben. Der Mensch unserer Zeit erstrebe die Vollkommenheit seines Körpers, weil er in ihm die Gewähr dafür sehe, dass er selbst und sein Volk, von dem er ein Teil sei, alle Herausforderungen bestehen könne. Das Werk Brekers feiere den Triumph des Starken und Gesunden über das Schwache und Kranke. Brekers Werke seien monumentaler Ausdruck eines positiven Menschenbildes. Man müsse schon bis zu Michelangelo zurückgehen, um eine zutreffende Einordnung von dessen Werk in die Kunstgeschichte beschreiben zu können. Der Meister soll sich, den Worten Buchs-Zünzlers zufolge, über Annis Aussage erfreut gezeigt haben. Wenn er etwas verherrliche, dann sei es die Schönheit: die Schönheit des Menschen, die Schönheit des menschlichen Körpers, soll Breker erklärt haben. Für ihn sei Schönheit keine Schande. Er strebe in seiner bildhauerischen Arbeit nach dem idealen, humanen Menschenbild. Entwicklungstheorien der Wissenschaft hätten ihn nie erreicht. Man könne nicht vom Affen zum Menschen werden. Keine dekadenten Einflüsse hätten ihn bewogen, das Menschenbild zu modifizieren, zu verfälschen oder gar zu zerstören, so Breker weiter. Seine Einstellung sei durch nichts eingeschüchtert worden. Ob er damit gegen den Zeitgeist verstoße, sei ihm gleichgültig. Plötzlich sei eine elegante Erscheinung an ihrer Tante Vilma Buchs, deren Freundin Anni Brandt, Arno Brecker und ihr vorbeigehuscht, berichtete Buchs-Zünzler Leibgeber bei einem Besuch in Marienheide. Die Erscheinung sei wie angewurzelt stehen geblieben und habe den Namen »Anni?« ausgerufen. Bei der zufälligen Begegnung (»Wie schön!«) soll es sich um Gerda Christian, geb. Daranowski, die ehemalige Sekretärin des »Führers«, gehandelt haben. Hitler hatte »Dara«, wie er sie nannte, 1937 eingestellt, nachdem seine beiden älteren Sekretärinnen Johanna Wolf und Christa Schroeder über Arbeitsüberlastung geklagt hatten. Der »Führer« soll die elegante Erscheinung der damals unverheirateten Daranowski sehr geschätzt haben. Daranowski heiratete den Major und späteren General der Luftwaffe Eckard Christian, der als Adjutant des Chefs des Wehrmachtsführungsstabes ins Führerhauptquartier kommandiert worden war. Die Ehe wurde nach dem Krieg geschieden. Nach ihrer Scheidung wurde »Dara« die Geliebte Edmund Veesenmayers. Als SS-Brigadeführer, Gesandter I. Klasse und Reichsbevollmächtigter für Ungarn organisierte Veesenmayer die Deportation der ungarischen Juden in die Vernichtungslager. Im Dezember 1951 wurde der zu zwanzig Jahren Haft verurteilte Veesenmayer vorzeitig aus dem Kriegsverbrechergefängnis Landsberg/Lech entlassen, wo Karl Brandt 1948 durch den Strang hingerichtet worden war. In den fünfziger Jahren unterhielt Veesenmayer Kontakte zum ehemaligen Staatssekretär Werner Naumann, der die FDP mit nationalsozialistischem Gedankengut unterwanderte. Daranowski pflegte die einst in der Neuen Reichskanzlei in Berlin begonnene Duzfreundschaft mit dem nach Düsseldorf übersiedelten Arno Breker und amtierte als dessen ehrenamtliche Sekretärin. Brekers geräumiges Atelier wurde zum Begegnungsort für die Überlebenden von Hitlers Hofstaat auf dem Obersalzberg. Neben Breker und Daranowski zählten dazu vor allem Hitlers früherer Luftwaffenadjutant Nicolaus von Below, dessen Frau Maria, Hitlers ehemalige Sekretärinnen Johanna Wolf, Christa Schroeder und Traudl Junge sowie die Ehefrauen Margarete Speer und Anni Brandt. Höhen und Tiefen in diesem Jahrhundert hätten ihn nie davon abbringen können, dem Vollkommenen – dem Idealen – treu zu bleiben, soll Breker am Tag der Museumseröffnung auf Schloss Nörvenich aus Anlass seines 85. Geburtstages erklärt haben. Er strebe bei seinen Skulpturen stets nach der höchsten Form der Vollendung. Im Dritten Reich habe er zahlreiche Aufträge im Zusammenhang mit der Neugestaltung Berlins erhalten. Das Wirken in diesem Zeitabschnitt habe nun zur Folge, dass sein künstlerisches Schaffen seit 1945 mit Verbrechen in der NS-Zeit assoziiert und von offizieller Seite total abgelehnt werde. Mit welcher Berechtigung werde seine künstlerische Aktivität gelähmt, indem es ihm unmöglich gemacht werde, mit seinen Arbeiten an die Öffentlichkeit zu treten? soll Breker sich – Buchs-Zünzler zufolge – ereifert haben. Er sei eine geschlagene Erscheinung, ein Opfer der Zeit, und sei um die ganze Wirkung seines künstlerischen Schaffens gebracht. Wenn jemand in fünfzig Jahren vor seinen Figuren stehe und diese vorurteilslos ansehe, weil dann

die politischen Berührungspunkte entfielen, die heute noch aktuell seien, dann
sehe derjenige nur, wie er Arme und Beine und überhaupt den Menschen dargestellt habe. Dann werde er auf Verständnis stoßen, behauptete Breker den
Worten Buchs-Zünzlers zufolge. Daranowski soll ihm beigepflichtet und auf
den im Lauf der siebziger Jahre entstandenen *Olympia-Zyklus* Brekers hingewiesen haben, für den prominente Leistungssportler wie der Zehnkämpfer
Jürgen Hingsen oder die Hochspringerin Ulrike Meyfarth Modell standen. Die
Skulpturen Brekers seien der Triumph des Starken und Gesunden über das
Schwache und Kranke, behauptete Anni Brandt den Worten Buchs-Zünzlers
zufolge. Hitlers spätere Entscheidung zugunsten des »Euthanasie«-Programms
sei von seiner Auffassung über Kunst und Kultur nicht zu trennen, zeigt sich
Ulf Schmidt in seiner Biographie über »*Hitlers Arzt Karl Brandt*« überzeugt.
In seiner Ansprache zur Eröffnung vom *Haus der Deutschen Kunst* in München
am 18. Juli 1937 hatte Hitler einem neuen »Menschentyp« das Wort geredet.
Ungeheure Anstrengungen würden auf unzähligen Gebieten des Lebens vollbracht, um das Volk zu heben, um die Männer, Knaben und Jünglinge, die Mädchen und Frauen gesünder und damit kraftvoller und schöner zu gestalten, hatte
Hitler verlautbart. Sport-, Wett- und Kampfspiele stählten Millionen jugendlicher Körper und zeigten sie in einer Form und Verfassung, wie sie vielleicht
tausend Jahre lang nicht gesehen, ja kaum geahnt worden seien. Ein leuchtend
schöner Menschtyp wachse heran, hatte er prophezeit. Dieser Menschtyp, der
im vorherigen Jahr der Olympischen Spiele in seiner strahlenden, stolzen
körperlichen Kraft und Gesundheit vor der ganzen Welt in Erscheinung getreten sei, »dieser Menschtyp, meine Herren prähistorischen Kunststotterer«,
so Hitler wörtlich, »ist der Typ der neuen Zeit, und was fabrizieren Sie? Miss-
gestaltete Krüppel und Kretins, Frauen, die nur abscheuerregend wirken können, Männer, die Tieren näher sind als Menschen, Kinder, die, wenn sie so leben
würden, geradezu als Fluch Gottes empfunden werden müssten!« Auf der
Heimfahrt von Schloss Nörvenich zurück nach Marienheide sei Anni Brandt
nach Aussage von Buchs-Zünzler, angeregt durch den Besuch bei Breker, ge-
sprächig geworden. Nach Ausbruch des Krieges habe Hitler ihren Mann auf
den Obersalzberg gerufen, verriet Anni auf der Rückbank des Wagens. Aufgrund einer Unterlage, die er von Reichsleiter Bouhler erhalten hatte, habe
Hitler Fragen der Euthanasie angesprochen. Im Grundsätzlichen habe es sich
darum gehandelt, Menschen, die keinen bewussten Anteil mehr am Leben nehmen könnten, durch den Tod Erlösung zu geben. Es habe sich darum gehandelt,
diesen Kreaturen endlich Ruhe zu gönnen. Ihr Mann und Reichsleiter Bouhler

seien von Hitler beauftragt worden, die Befugnisse namentlich zu bestimmender Ärzte in der Weise zu erweitern, dass nach menschlichem Ermessen unheilbar Kranken bei »kritischster« Beurteilung ihres Krankheitszustandes der Gnadentod gewährt werden konnte. Für beide, Bouhler wie Brandt, habe kein Zweifel an der Gesetzeskraft und somit auch der formellen Rechtmäßigkeit ihres Handels bestanden, soll Anni auf der Rückfahrt von Schloss Nörvenich bekräftigt haben. Hitler habe Karl vor die Frage gestellt gehabt, welche Methode die mildeste sei, das heißt sicherste, schnellste, wirksamste. Ihr Mann hatte feststellen müssen, dass dies der Tod durch Inhalation von CO-Gas sei. Daraufhin habe Hitler gemeint, dass dieses dann auch die humanste sei. Daraufhin habe ihr Mann alle notwendigen Sicherheitsvorkehrungen getroffen gehabt, dass nur Patienten im Fall einer schwerwiegenden unheilbaren Krankheit erlöst werden. Das Euthanasie-Programm sei von einem absolut menschlichen Empfinden getragen gewesen, versicherte Anni nach Aussage Buchs-Zünzlers. Ihr Mann sei der Überzeugung gewesen, dass er das, was er in diesem Zusammenhang getan habe, vor sich selber verantworten könne. Den Kranken habe durch therapeutische Maßnahmen, die bekannt und erreichbar gewesen seien, keine Hilfe mehr zuteilwerden können. Karl habe mal zu ihr gesagt, wenn jemand über die Frage der Euthanasie urteilen wolle, solle er in eine Irrenanstalt gehen und dort einige Tage unter den Kranken verweilen, erinnerte Buchs-Zünzler die Worte Anni Brandts im Gespräch mit Leibgeber. Danach könne man ihm zwei Fragen vorlegen, so Anni damals. Die erste wäre, ob er selbst so als Mensch leben möchte, und die zweite, ob er einem Angehörigen zumuten möchte, in einer solchen Form sein Dasein zu fristen, vielleicht seinem Kind oder seinen Eltern. Ihr Mann habe gedacht, dass jeder, der nur ein wenig Vorstellungskraft habe, sich schaudernd von solchen Fehlentwicklungen der Natur abwenden müsse. Den von Buchs-Zünzler überlieferten Worten von Anni Brandt zufolge habe ihr Mann nie etwas anderes geglaubt, als dass diesen armen Wesen das qualvolle Dasein abgekürzt werden müsse. Ihr Mann habe sich dadurch nicht belastet gefühlt, erinnerte Anni. Als der Beauftragte des »Führers« für Euthanasiefragen habe Karl seine Rolle darin gesehen, allgemeine Richtlinien festzulegen, nicht etwa Aufsicht oder Kontrolle auszuüben. Die Einrichtung der Anstalten, die Einstellung des Personals, die Beurteilung der Kranken, die Benachrichtigung der Angehörigen – das alles sei Bouhler, Brack und anderen überlassen gewesen, so Brandts Witwe weiter. Schließlich habe ihr Mann Hitler auf seinen Reisen begleiten müssen. Als Begleitarzt des »Führers« sei er auch im Führerhauptquartier gefordert gewesen. Seine spätere Ernennung zum Generalbevoll mächtigten des »Führers« habe ihm noch weniger Zeit gelassen. An ihrem vierzigsten Geburtstag sei er sogar noch zum Reichsbevollmächtigten für das Sanitäts- und Gesundheitswesen befördert worden und damit bevollmächtigt gewesen, allen Reichsbehörden Weisungen zu erteilen. Bei einem der Besuche Leibgebers in Marienheide erwähnte Buchs-Zünzler ihm gegenüber, Anni Brandt habe ihr mit besonderem Stolz erzählt, dass sie aus Anlass ihres vierzigsten Geburtstags am 25. August 1944 einen Gewürzkasten von ihrem Mann geschenkt bekommen habe. Der Gewürzkasten sei damals von den SS-Heilkräuterkulturen in Dachau eigens für sie angefertigt worden.

HINTER DER DORNENHECKE: DEUTSCHER SOLDATENFRIEDHOF LA CAMBE – REDE UND GEGENREDE

In der April-Ausgabe der Mitgliederzeitschrift veröffentlichten Teilnehmer an einem Workcamp auf dem deutschen Soldatenfriedhof La Cambe Auszüge aus ihrem Workcamp-Tagebuch. Unter dem Datum des 18. Juli stand zu lesen, dass Friedhofsverwalter Lucien T. über einige Schicksale berichtet habe. Kurz darauf hätten die Jugendlichen die ersten Gräber geputzt.

Soldatenfriedhof La Cambe, Block 25 Reihe 4 Grab 121: Hier ruhen die sterblichen Überreste von SS-Sturmbannführer Adolf Diekmann. Diekmann war ein Kriegsverbrecher. Der am 29.06.1944 in der Normandie gefallene Diekmann befahl die Ermordung der 642 Bewohner des in Brand gesteckten Dorfes Oradour-sur-Glane bei Limoges. Unmittelbar nach der Landung der Alliierten am 6. Juni 1944 erhielt die in Südwestfrankreich stationierte 2. SS-Panzer-Division *Das Reich* unter ihrem Kommandeur, Generalmajor der Waffen-SS Heinz Lammerding, den Marschbefehl zur Invasionsfront. Zu dem der Division unterstellen SS-Panzergrenadier-Regiment 4 *Der Führer* unter SS-Standartenführer Sylvester Stadler zählt damals auch das I. Bataillon des Regiments unter SS-Sturmbannführer Adolf Diekmann. Am Vormittag des 10. Juni 1944 bestellt Diekmann den Kompaniechef der 3. Kompanie seines Bataillons, SS-Hauptsturmführer Otto Kahn, zu sich in das Bahnhofshotel Hotel de la Gare der Ortschaft Saint-Junien. Diekmann befiehlt Kahn, unverzüglich die Marschbereitschaft von dessen 3. Kompanie herzustellen und nach Oradour-sur-Glane abzurücken, den Ort niederzubrennen und die Bevölkerung zu vernichten. Weil dort im Verlauf einer Schießerei zwei deutsche Soldaten getötet wurden, beabsichtigt die SS ursprünglich, die Stadt Saint-Junien zerstören. Allerdings hat Saint-Junien sechstausend Einwohner. Um Aufwand und Risiko zu begrenzen entscheiden die Verantwortlichen, die Vergeltungsaktion in dem abgelegenen und leicht zu kontrollierenden Oradour-sur-Glane durchzuführen. In den Mittagsstunden des 10. Juni 1944 erreichen 120 Angehörige der 3. Kompanie des 1. Bataillons aus dem 4. Regiment der 2. SS-Panzer-Division *Das Reich* die dreißig Kilometer nordwestlich von Limoges gelegene Ortschaft. Die Soldaten umstellen das Dorf und treiben die Bewohner auf den Marktplatz. Wer nicht imstande ist, das Haus zu verlassen, wird erschossen. Die gehfähigen Bewohner müssen eine Stunde auf dem Marktplatz stehen. Dort werden die Frauen und

Kinder von den Männern getrennt. Die Männer werden in fünf Gruppen auf-
geteilt und in Scheunen getrieben, wo die SS-Soldaten das Feuer eröffnen. Nach
der Liquidierung der Männer häufen die Soldaten Stroh und Reisig auf die
Leichenberge und setzen sie in Brand. Sechs Männer überleben das Massaker
und können fliehen. Einer von ihnen wird an der Friedhofsmauer erschossen.
Robert Hebras, einer der fünf Überlebenden erzählt: »Mein linker Arm und
meine Haare haben schon gebrannt. Es war ein furchtbarer Schmerz, deshalb
musste ich aus der Scheune hinaus ... Dann haben wir uns in der Scheune dahinter versteckt. Da kamen zwei SS-Leute herein. Einer stieg auf eine Leiter
und hat das Stroh dort mit Streichhölzern angesteckt ... Wir sind dann aus der
brennenden Scheune in die nächste gekrochen. Es gelang uns aber nicht, aus
dem Ort hinauszukommen. Wir haben uns dort in Kaninchenställen verborgen.
Ungefähr um sieben Uhr abends haben wir uns hinausgewagt ... Ich bin dann
weitergelaufen in Richtung Friedhof und von dort in die Felder. Sie haben mich
nicht entdeckt. Von dort sah ich, dass alle Häuser in Flammen standen. Ganz
Oradour brannte« (Robert Hebras zitiert nach Torsten Migge: *Das SS-Massaker von Oradour-sur-Glane*. Hintergründe, Legenden, Fakten. – IN: www.
geschichtsthemen.de/oradour.htm vom 15.12.2011). Die Frauen und Kinder
werden in die Kirche getrieben und eingeschlossen. Die einzige Frau, die sich
aus der Kirche retten kann, ist die 47-jährige Bäuerin Marguerite Rouffanche.
Bei ihrer Vernehmung vor einem französischen Untersuchungsrichter bezeugt
sie am 13. November 1944: »Eineinhalb Stunden blieben wir voller Angst in
der Kirche und warteten auf das Schicksal, das man uns bereitete. Ich hatte
meine beiden Töchter und den sieben Monate alten Guy bei mir. Neben mir
schlief meine fünfjährige kleine Nichte ein ... Nach eineinhalb Stunden öff-
neten die Deutschen die Tür. Zwei bewaffnete Deutsche trieben die Frauen
und Kinder auseinander, um zwischen ihnen hindurchgehen zu können. Sie
stellten eine etwa achtzig Zentimeter lange Kiste vor dem Altar am Ende des
Kirchenschiffs auf ... Kurz danach gingen die Deutschen wieder hinaus, ohne
ein Wort gesagt zu haben. Einige Augenblicke später ging von der Kiste eine
kleine Explosion aus. Schwarzer, beißender und stechender Rauch kam heraus,
der die ganze Kirche durchzog. Die Menschen bekamen Erstickungsanfälle ...
Ich flüchtete mit meinen zwei Töchtern und dem Enkelkind in die Sakristei.
Da begannen die Deutschen, Feuerstöße in die Fenster der Sakristei abzugeben.
Meine jüngste Tochter Andree wurde neben mir durch Kugeln getötet, die ihre
Halsschlagader durchschlagen hatten« (Marguerite Rouffanche zitiert nach
Torsten Migge: *Das SS-Massaker von Oradour-sur-Glane*, a.a.O.). Draußen

stecken die SS-Soldaten die Kirche in Brand. Marguerite Rouffanche gelingt es, durch ein Fenster zu flüchten: »Als ich die Flammen sah, lief ich aus der Sakristei und versuchte, hinter dem heiligen Altar Schutz zu finden. Ich nahm den Gebetsschemel, der beim Gottesdienst verwendet wird, und stieg darauf, um das Fenster zu erreichen. Von dort sprang ich hinunter ... Hinter mir erschien Madame Joyeux am Fenster und wollte mir ihr sieben Monate altes Baby reichen. Ich konnte es aber nicht fassen. Dann wurde geschossen, und in diesem Moment scheint Madame Joyeux getötet worden zu sein ... Von da aus flüchtete ich sofort in das Erbsenbeet des nahegelegenen Gartens. Als ich mich in das Erbsenbeet fallen ließ, wurde ich mit einem Maschinengewehr beschossen. Fünf Kugeln trafen mich an den Beinen und an der Schulter. Das Schulterblatt wurde mir zerschmettert. Ich war zwischen die Stangen des Erbsenbeetes gefallen. Dort blieb ich liegen bis zum Sonntag, den 11. Juni, 16 bis 17 Uhr« (Ebd.). Am Nachmittag des 10. Juni 1944 werden insgesamt 642 Menschen, darunter 240 Frauen und 213 Kinder von SS-Angehörigen ermordet. Die Kirche in Oradour-sur-Glane wird niedergebrannt, der Ort geplündert. Bevor die SS mit den geplünderten Lebensmitteln, Wertsachen und Alkoholvorräten abzieht, lässt Bataillonsführer Diekmann vor Ort eine Sprachregelung verlautbaren, die das Geschehene verschleiern soll. Diekmann befiehlt, über das Geschehene Stillschweigen zu bewahren. Falls es doch zur Sprache kommen werde, sollen die Männer behaupten, es habe Widerstand gegeben; im Zuge der sich entwickelten Kampfhandlungen seien die Menschen getötet worden und die Gebäude in Flammen aufgegangen. SS-Sturmbannführer Adolf Diekmann war ein Kriegsverbrecher! Diekmanns Vorgesetzter, SS-Standartenführer Sylvester Stadler, hatte 1944 kriegsgerichtliche Ermittlungen gegen Diekmann einleiten lassen. Generalfeldmarschall Erwin Rommel protestierte gegen die Tat. Der einstige Kommandeur der SS-Panzer-Division *Hitlerjugend* und spätere Sprecher der *Hilfsgemeinschaft für die Angehörigen der ehemaligen SS* (HIAG) Kurt Meyer (Panzer-Meyer) behauptete 1957 zwar, SS-Truppen hätten keine Verbrechen begangen, klammerte das Massaker von Oradour-sur-Glane aber von dieser pauschalen Beurteilung aus. Diekmann habe vor ein Kriegsgericht gestellt werden sollen, sei aber vor seiner Aburteilung den Heldentod gestorben.

Nach Kriegsende findet in Bordeaux ein Prozess statt. Angeklagt sind 21 anwesende und 44 flüchtige Personen. Darunter auch der Befehlshaber der 2. SS-Panzer-Division, Generalmajor der Waffen-SS Lammerding. Am 13. Februar 1953 fällt das Militärtribunal in Bordeaux das Urteil. Ein Deutscher und ein Elsässer, der freiwillig in die Waffen-SS eingetreten waren, werden zum

Tode, achtzehn Angeklagte zu Haftstrafen verurteilt. Ein Angeklagter wird freigesprochen. Unter den Verurteilten befinden sich vierzehn Elsässer. Die Elsässer werden auf öffentlichen Meinungsdruck hin amnestiert. Nach Artikel 16 Absatz 2 des Grundgesetzes, der eine Verurteilung deutscher Staatsangehöriger durch ausländische Gerichte verbietet, verlieren auch die Urteile gegen die deutschen Angeklagten ihre Gültigkeit. In der Bundesrepublik kommt es zu keinem Prozess. Der frühere Befehlshaber der 2. SS-Panzer-Division, Generalmajor Lammerding, arbeitet zunächst als Chefingenieur einer Baufirma in Essen, ehe er die britische Besatzungszone aufgrund von Gerüchten über seine Auslieferung an die Franzosen verlässt und nach München umzieht. Ab Oktober 1954 lebt er in Dortmund und führt dort ein Bauunternehmen. In einem späteren Ermittlungsverfahren der Dortmunder Zentralstelle für die Bearbeitung nationalsozialistischer Gewaltverbrechen lasten die damaligen Beteiligten Lammerding, Stadler und Kahn dem 1944 gefallenen Diekmann die Verantwortung für das Massaker an. Im Jahre 2011 nehmen die Staatsanwaltschaft Dortmund und das Landeskriminalamt Nordrhein-Westfalen aufgrund von Hinweisen aus der Stasi-Unterlagenbehörde Ermittlungen gegen sechs ehemalige Angehörige der 3. Kompanie des I. Bataillons des Panzergrenadier-Regiments *Der Führer* wegen des Verdachts der Beihilfe zum Mord auf. Anfang Dezember 2011 werden auf Veranlassung der Zentralstelle für die Bearbeitung der nationalsozialistischen Gewaltverbrechen in Nordrhein-Westfalen Durchsuchungen in Wohnungen von mutmaßlich an dem Massaker von Oradour-sur-Glane Beteiligten im Großraum Hannover, nahe Berlin, in Köln, im Raum Bielefeld und im Raum Darmstadt durchgeführt. Der in der ehemaligen DDR lebende damalige Zugführer, SS-Untersturmführer Heinz Barth, war in einem Prozess vor dem Ostberliner Stadtgericht im Jahre 1983 wegen Befehlsausführung, Befehlserteilung und eigenhändiger Erschießung von Geiseln zu lebenslanger Haft verurteilt worden. Barth wird 1997 im wiedervereinigten Deutschland aus Gesundheitsgründen aus der Haft entlassen. Die von ihm seit 1991 kassierte Kriegsopferrente, deren Zahlungen nach öffentlichen Protesten und der Änderung des Bundesversorgungsgesetzes 1998 eingestellt werden, müssen aufgrund eines Urteils des Potsdamer Sozialgerichts nicht von ihm zurückgezahlt werden. Barth verstirbt zehn Jahre nach seiner Haftentlassung im Jahr 2007. Anfang 2014, 67 Jahre nach dem Massaker, wird ein 88 Jahre alter Rentner aus Köln wegen Mordes an 25 Menschen sowie Beihilfe zum Mord an mehreren hundert Menschen von der Staatsanwaltschaft Dortmund angeklagt. Die Staatsanwaltschaft wirft dem Kölner Werner C. vor, gemeinsam mit anderen Kompaniemitgliedern fünfundzwanzig Männer in dem Weinlager Denis in Oradour getötet zu haben. Er und ein weiterer Maschinengewehrschütze sollen die Männer eiskalt niedergeschossen haben. In der Anklageschrift heißt es, Werner C. soll auch an der Massentötung der Frauen und Kinder in der Kirche beteiligt gewesen sein. Die Einwohner waren in dem Gotteshaus eingesperrt und mit automatischen Waffen und Handgranaten attackiert worden. Schließlich wurde das Gebäude mit Flammenwerfern in Brand gesetzt.

Der Verein pflege das Kriegsgrab von Adolf Diekmann mit der Grabnummer 121 in Reihe 4 von Block 25 auf der deutschen Kriegsgräberstätte La Cambe in Nordfrankreich, ohne über die verbrecherischen Taten dieses Kriegstoten auf dem Friedhof selber, auf der Online-Plattform »Gräbersuche« oder in den Verbandsmedien aufzuklären, kritisierte Leibgeber. Haben Friedhofsverwalter Lucien T. oder die Leitung des Workcamps die jugendlichen Teilnehmer am Workcamp des Vereins im französischen La Cambe im Juli 2011 auf das Grab von SS-Obersturmführer Adolf Diekmann und dessen Kriegsverbrechen aufmerksam gemacht? Haben sie auf dessen Kriegsverbrechen hingewiesen? zweifelte Leibgeber. Der Kriegsgräberverein betraure die Kriegstoten unisono als Opfer von Krieg und Gewaltherrschaft. Die Täter würden weggelogen. Das Opfernarrativ sei wesentlicher Inhalt der Gedenk- und Erinnerungskultur dieses Vereins. Die Bestätigung seiner These war in der Ausgabe 2/2013 der Mitgliederzeitschrift nachzulesen. Das Titelblatt der Ausgabe zeigte den französischen Präsidenten Francois Hollande und den deutschen Bundespräsidenten Joachim Gauck Hand in Hand mit dem Überlebenden des Massakers von Oradoursur-Glane, Robert Hébras. In dem »Wir werden Oradour nicht vergessen« betitelten Beitrag wurde über den Besuch des Schirmherrn der Vereinsarbeit in der Bundesrepublik in Oradour-sur-Glane am 4. September 2013 berichtet. Der Autor des Beitrags erwähnte den Kommandeur des I. Bataillons des SS-Panzergrenadierregiments *Der Führer* im Verband der 2. SS-Panzerdivision *Das Reich*, SS-Sturmbannführer Adolf Diekmann, der das Massaker an den 624 Einwohnern des dreißig Kilometer nordwestlich von Limoges gelegenen Dorfes Oradour-sur-Glane als Befehlshaber verantwortete, mit keinem Sterbenswort. Der Leser seines Beitrags wurde mit keinem Satz und keiner Silbe darauf hingewiesen, dass der Verein das Grab dieses Kriegsverbrechers auf der deutschen Kriegsgräberstätte La Cambe unterhält.

216

ACHTES KAPITEL

Nach der »Tagesschau« saßen Leibgeber und Lena auf ihrem Affenfelsen. »Gemeinsames Lausen erhöht den sozialen Zusammenhalt!«, bekannte Leibgeber. Im Fernsehen lief der Western »*Zwölf Uhr mittags*« mit Gary Cooper als Sheriff Will Kane und Grace Kelly als dessen Frau Amy in den Hauptrollen. Darin kämpft Sheriff Kane gegen die Brüder Ben und Frank Miller und deren Spießgesellen Colby und Pierce. Ben Miller, Colby und Pierce warten am Bahnhof der Stadt Headleyville auf das Eintreffen ihres Anführers Frank Miller, um Rache an Sheriff Will Kane zu nehmen. Kane hatte Miller vor Jahren verhaftet und vor Gericht gebracht. Eine Flucht kommt für Kane nicht in Frage. Um nicht für den Rest seines Lebens von Miller verfolgt zu werden, entschließt Kane sich zum Widerstand. Sein Widerstand erfolgt gegen den Willen der meisten Einwohner Headleyvilles, die von dem Eintreffen der Miller-Bande Prosperität für ihre Stadt erhoffen. Vor der Verhaftung Millers durch Kane wurde in Headleyville gehurt, gekauft, gesoffen und gelegentlich geschossen. Zeiten, nach denen sich die Kneipenwirte, Rechtsanwälte, Knochenflicker und Sargtischler der Stadt zurücksehnen. Nur Frauen, Kinder, Alte und Schwache wünschen Miller und seine Bandenmitglieder auf den Friedhof – und die haben in der Stadt nichts zu sagen. Kane steht allein. Niemand hilft ihm. Der Bürgermeister fordert ihn zum Verlassen der Stadt auf. Der Richter sucht das Weite. Kanes bester »Freund« lässt sich verleugnen. Im Saloon warten die Gäste auf den Showdown. Die Bürger verkriechen sich in ihre Häusern. Sheriff Kane betritt die Hauptstraße. Auf dem Bahnhof trifft sein Widersacher Frank Miller mit dem Mittagszug ein. In Begleitung der Saloonbesitzerin Helen Ramirez, der früheren Freundin Kanes, besteigt Kanes pazifistische Frau Amy den Zug zum Verlassen der Stadt. Bandenchef Miller bewaffnet sich und begibt sich, zusammen mit seinem Bruder Ben und dessen Spießgesellen Colby und Pierce, in die Stadt, um Rache an Kane zu nehmen. Kurz vor der Abfahrt des Zuges steigt Amy wieder aus. Helen Ramirez bleibt sitzen und fährt davon. In der Stadt werden die vier Revolverhelden von Kane angegriffen. Es gelingt ihm, zwei von ihnen zu erschießen. Dann wird er von einer Kugel ins Bein getroffen. Als Kane zu Boden stürzt, erschießt Amy, die sich in einem Gebäude an der Straße versteckt hält, das dritte Bandenmitglied.

Miller dringt in das Gebäude ein und nimmt Amy als Geisel. Miller fordert, Amy mit dem linken Arm als Schutzschild vor sich haltend, Kane zum Kampf heraus. Kane verlässt seine Deckung und tritt auf die Straße. Amy schlägt auf Miller ein, der sie wütend zu Boden stößt. Miller steht frei auf der Straße. Kane zieht den Colt und schießt. Miller stürzt zu Boden. Miller ist tot. Die Bürger der Stadt strömen aus ihren Häusern auf die Straße, die Gäste treten vor den Saloon. Kane hat – unterstützt von seiner Frau Amy – sein Leben für eine feige Bande von Bürgern, Stadtverordneten und Geschäftsleuten, angeführt von einem Idioten als Bürgermeister, riskiert. Kane nimmt seinen Stern von der Weste, wirft ihn dem Mob vor die Füße, besteigt zusammen mit Amy seinen Zweispänner und verlässt die Stadt. So wie Will Kane seinen Sheriffstern den Einwohnern von Headleyville – genauso gerne würde Leibgeber den Verantwortlichen beim Kriegsgräberverein seinen Job vor die Füße werfen. Genauso wie Kane mit Amy auf seinem Zweispänner würde er mit Lena in deren *Fiat 500* durch den Staub der Hauptstraße davonbrausen – wenn er wüsste, wohin!

Wenn Leibgeber den Weg vom Hauptbahnhof zur Geschäftsstelle am Neumarkt antrat, bog er nach dem Überqueren des Bahnhofsvorplatzes im Schatten des Kölner Doms in die Komödienstraße ein. Seine Schritte führten parallel zur Haltespur der Touristenbusse an den Finanzpalästen von Deutsche Bank und Commerzbank vorbei über die Tunisstraße zum historischen Gebäude des Finanz- und Verwaltungsgerichtes am Appellhofplatz, wo das Denkmal für die Opfer der NS-Militärjustiz errichtet worden war. Immer wenn er daran vorbeiging, wurde Leibgeber an den 1. September 2009 erinnert. An diesem Dienstag jährte sich zum siebzigsten Mal der Überfall der deutschen Wehrmacht auf Polen. An diesem Dienstag wurde, siebzig Jahre nach Beginn des Zweiten Weltkrieges, das Denkmal für die Opfer der NS-Militärjustiz enthüllt. Leibgeber hatte lange gezögert, ob er als Mitarbeiter des Kriegsgräbervereins der Einladung des Oberbürgermeisters folgen und an der Enthüllung des Deserteur-Denkmales teilnehmen sollte. Der Kriegsgräberverein baute, pflegte und erhielt die Kriegsgräber von Soldaten, die sich mehrheitlich, getreu ihrem soldatischen Eid auf Adolf Hitler, FÜR die Ziele des Nationalsozialismus eingesetzt hatten. Deserteure waren Soldaten, die sich, entgegen ihres soldatischen Eids auf ihren obersten Kriegsherrn, GEGEN die Ziele des Nationalsozialismus gewendet hatten. Deserteure waren im Krieg verfolgt, verurteilt und vernichtet worden. Nach dem Krieg wurden sie vergessen, verdrängt und verunglimpft. Deserteure waren bis 57 Jahre nach Kriegsende mit Unverständnis, Anfeindung und Kriminalisierung konfrontiert. Im Mai 1997, 48 Jahre nach Gründung der Bundesrepublik, stellte der Deutsche Bundestag in einer Entschließung fest: »Der Zweite Weltkrieg war ein Angriffs- und Vernichtungskrieg, ein vom nationalsozialistischen Deutschland verschuldetes Verbrechen.« Ein Jahr später hatte das Parlament eine Vielzahl nationalsozialistischer Unrechtsurteile aufgehoben, insbesondere alle Entscheidungen des berüchtigten Volksgerichtshofs und der seit Februar 1945 gebildeten Standgerichte. 2002 erweiterte der Gesetzgeber den Katalog der NS-Urteile, die pauschal aufgehoben wurden, um Delikte wie Desertion, Feigheit vor dem Feind, Kriegsdienstverweigerung und Wehrkraftzersetzung. Auf der Bühne vor dem Kölner Finanz- und Verwaltungsgericht, vis á vis der ehemaligen Gestapo-Zentrale – dem nach den Initialen seines Erbauers Leopold Dahmen benannten eL-De=Haus, welches der Stadt Köln als NS-Dokumentationszentrum diente, – hatte Ludwig Baumann, Vorsitzender der Vereinigung der Opfer der NS-Militärjustiz, am 1. September 2009 bei strömendem Regen sein Schicksal als verurteilter Deserteur geschildert. Baumann war als Marinegefreiter im Frühjahr 1942 in Südfrankreich desertiert. Zusammen mit seinem Freund Kurt Oldenburg wollte er von Bordeaux über die Grenze in das von den Nazis unbesetzte Frankreich fliehen. Freunde hatten Zivilkleidung besorgt, im Depot ließen sie Pistolen mitgehen. Nur wenige Meter vor der Demarkationslinie wurden sie von einer deutschen Zollstreife entdeckt und als Fahnenflüchtige enttarnt. Am 20. Juni 1942 wurde Baumann vom Marinegericht Bordeaux wegen Fahnenflucht zum Tod verurteilt. »Zehn Monate habe ich in der Todeszelle gesessen«, berichtete Baumann den im strömenden Regen ausharrenden Veranstaltungsteilnehmern. Immer an Händen und Füßen gefesselt, immer in der Angst man könne ihn zur Hinrichtung abholen. Dank der Beziehungen seines Vaters wurde die Todesstrafe in zwölf Jahre Zuchthaus umgewandelt. Es folgten Konzentrationslageraufenthalt im Emsland, Haft im Wehrmachtgefängnis Fort Zinna bei Torgau, Einsatz im Strafbataillon in Weißrussland. Baumann überlebte. Ihm und allen übrigen Opfern der NS-Militärjustiz wurde am 1. September 2009 an der Ecke Komödienstraße und Neven-DuMont=Straße, vor dem Kölner Finanz- und Verwaltungsgericht am Appellhofplatz und in Sichtweite der ehemaligen Gestapo-Zentrale, ein Denkmal errichtet. Damit würden die Opfer von der Peripherie der Gesellschaft in das Zentrum der Stadt gerückt, erläuterte Dr. Werner Jung, Leiter des NS-Dokumentationszentrums. Es sei ein Denkmal von nationalem Rang. Unter anderem auch deshalb, weil sich erstmals in Deutschland eine Stadt durch die Auslobung eines internationalen Kunstwettbewerbs für die würdige Erinnerung an die Deserteure, Verweigerer, Zersetzer und Verräter engagiert habe. Von den schätzungsweise dreißigtausend Todesurteilen gegen diese Personengruppe seien rund zwanzigtausend vollstreckt worden. Gleichzeitig, und das sei der doppelte Skandal, hätten die damaligen Richter nach dem Krieg ihre Karrieren fortsetzen können. Der Marinestabsrichter Hans Filbinger, der noch bei Kriegsende einen Soldaten wegen Gehorsamsverweigerung ins Gefängnis hatte bringen wollen und die Todesstrafe für einen desertierten Matrosen beantragte, wurde in Baden-Württemberg zum Ministerpräsidenten ernannt. Das Denkmal für die Opfer der NS-Militärjustiz leistete einen wichtigen Beitrag zur Rehabilitierung der Deserteure, Kriegsdienstverweigerer, Wehrkraftzersetzer und Kriegsverräter, die in der Bundesrepublik Deutschland über Jahrzehnte nach dem Krieg mit Unverständnis, Anfeindung und Kriminalisierung konfrontiert gewesen waren. Die drei Meter hohe Metallkonstruktion zeigte einen Kettensatz aus farbigen Wörtern in Aluminiumbuchstaben. »Hommage den Soldaten, die sich weigerten zu schießen … auf die Menschen, die sich weigerten zu foltern … auf die Menschen, die sich weigerten zu denunzieren …« – kurz gesagt Menschen, denen ein ehrendes Andenken gebührt: Deserteure, Kriegsdienstverweigerer, Wehrkraftzersetzer, Widerstandskämpfer und Kriegsverräter. Die Soldaten der Wehrmacht und der Waffen-SS hätten für ihr Vaterland, ihre Heimat und Familien nur vermeintlich gekämpft, urteilte Leibgeber. Tatsächlich hätten sie für die Erreichung der verbrecherischen Ziele ihres obersten Kriegsherrn Adolf Hitler gekämpft. »Nicht die Fahnenflucht war kriminell, es war die Fahnentreue!« (Gerhard Zwerenz). Fahnentreu hatte auch SS-Obersturmbannführer Kurt Lischka amtiert. Der Stellvertreter des Befehlshabers der Sicherheitspolizei und des SD im besetzten Frankreich und Kommandeur der deutschen Sicherheitspolizei in Paris war von Januar bis November 1940 Leiter der Gestapostelle Köln gewesen. In der Zeit von Januar bis September 1943 unterstanden ihm die Pariser Internierungslager, wo Exekutionen an Häftlingen durchgeführt wurden. Zuständig für die Organisation, Planung und Überwachung der Deportationen, machte er sich an der Ermordung von mehr als achtzigtausend französischen Juden mitschuldig. Kurt Lischka lebte nach dem Krieg unbehelligt als Prokurist einer Kölner Getreidegroßhandlung. Dank der Bemühungen des französisch-jüdischen Rechtsanwalts Serge Klarsfeld und dessen Frau Beate wurde Lischka am 2. Februar 1980 gegenüber seiner früheren Wirkungsstätte vom Kölner Landgericht im Gerichtsgebäude am Appellhofplatz schuldig gesprochen, Kriegsverbrechen begangen zu haben und zu zehn Jahren Haft verurteilt. Bei der Enthüllung des Deserteur-Denkmals siebzig Jahre nach den Untaten Lischkas in Köln durch die stellvertretende Bürgermeisterin riss die Wolkendecke auf und spätes Sonnenlicht überglänzte den Platz. Die Deserteure erfuhren durch das Denkmal die Genugtuung, durch ihre Fahnenflucht auf der moralisch richtigen Seite gestanden zu haben.

Anruf von Frau Nordlicht, eine Bekannte von Morgenschweiss aus Hamburg, mit dem diese mitteilte, dass Morgenschweiss im Krankenhaus liege. Sie habe Morgenschweiss, mit dem sie habe verreisen wollen, bei ihrem Eintreffen auf dem Boden liegend vorgefunden. Als sie ihm nicht habe aufhelfen können, habe sie den Rettungsdienst gerufen. Morgenschweiss, der Nordlicht gebeten hatte, Leibgeber zu informieren, war in das Maltester-Krankenhaus St. Hildegardis eingeliefert worden. Leibgeber fragte Karin, welche Linie vom Neumarkt aus dorthin fahre. Am Nachmittag brach er mit dem 136er Bus zum St. Hildegardis auf. Als er sich über das Krankenbett beugte, erkannte Morgenschweiss ihn zwar, vermochte sich aber kaum verständlich zu machen. Zurück im Büro rief Leibgeber die Nummer von Morgenschweiss in der Kleingedankstraße an, um dessen Hamburger Bekannte, die dort die zweite Nacht verbracht hatte, über den Zustand von Morgenschweiss zu unterrichten und sich mit ihr für einen gemeinsamen Besuch an dessen Krankenbett zu verabreden. Am Samstagvormittag chauffierte Leibgeber die alte Dame zum Hildegardis-Krankenhaus in der Bachemstraße und leistete ihr am Krankenbett von Morgenschweiss Gesellschaft. Später hinterließ er ihr seine private Telefonnummer und fuhr nach Hause. Am Sonntagvormittag rief sie ihn an. Morgenschweiss sei in der Nacht verstorben. Die alte Dame war froh zu erfahren, dass Morgenschweiss eine Bestattungsvorsorge abgeschlossen hatte. Am Montagvormittag begleitete Leibgeber Nordlicht ins Hildegardis-Krankenhaus, um die Sachen von Morgenschweiss und den Totenschein abzuholen. Am Nachmittag ging er die paar Schritte vom Neumarkt in die Zeughausstraße zum Bestatter, übergab den Totenschein und bat, den Leichnam aus dem Krankenaus abzuholen. Am Dienstagvormittag suchte er Nordlicht in der Wohnung von Morgenschweiss in der Kleingedankstraße auf, um mit ihr zum Nachlassgericht zu fahren. Morgenschweiss hatte sein Testament im Schreibtisch verwahrt gehabt. Die Sachbearbeiterin beim Nachlassgericht nahm das Testament entgegen und erklärte, dass dessen Eröffnung einige Wochen in Anspruch nehmen könne. Am darauffolgenden Tag erschien die vom Bestatter aufgegebene Todesanzeige im *Kölner StadtAnzeiger*, mit der der Tod von Morgenschweiss im Alter von 91 Jahren bekannt gegeben und zu einer Messe in den Dom eingeladen wurde.

Die sterblichen Überreste sollten auf dem Friedhof seines Geburtsortes im pfälzischen Trier beigesetzt werden. Die Messe sollte in einem Andachtsraum der Krypta vom Kölner Dom stattfinden. Die Bänke dort blieben nahezu unbesetzt. Nordlicht und Leibgeber waren die einzigen, dem Verstorbenen nahestehende Personen. Eine Handvoll Gläubige nahm an der Messe als Besucher teil. Der Ritus der Messe entspricht der Befehlsausgabe auf dem Kasernenhof, überlegte Leibgeber in der Kirchenbank. Beim gehorsamen Soldaten auf dem Antreteplatz ebenso wie beim katholischen Christen im Kirchengestühl genügt ein sprachliches Signal, ein Befehl, eine Formel, um ihn wie auf Knopfdruck reagieren zu lassen. Thron und Altar erziehen Untertanen und Gläubige zu Maschinenmenschen, die sich wie Roboter verhalten. Am Tag zuvor hatte ein Soldatengottesdienst mit 1.500 Besuchern im Dom stattgefunden. Daran hatten auch Bundesverteidigungsminister Thomas de Maizière, Staatssekretär Rüdiger Wolf und Generalinspekteur Volker Wieker als Repräsentanten teilgenommen. In seiner Ansprache lobte de Maizière die Militärseelsorger der Truppe für ihre großartige Leistung bei den an Auslandseinsätzen beteiligten Soldaten. Kirche wirkt herrschaftsstabilisierend, überlegte Leibgeber. Der gesalbte Herrscher amtierte schon im Mittelalter von Gottes Gnaden. Wer dem von Gottes Gnaden amtierenden Herrscher nicht gehorchte, lief als ungehorsamer Christ Gefahr, Gottes Willen zuwider zu handeln, am Himmelstor abgewiesen und nicht des ewigen Lebens teilhaftig zu werden.

Im Februar 2008 hatten der Präsident des Kriegsgräbervereins, dessen Stellvertreter und der Ehrenpräsident im Petersdom an der Generalaudienz des Papstes teilgenommen. Für alle drei war jeweils ein Platz in der *prima fila*, der ersten Reihe, reserviert gewesen. Damit erwarben die Herren das Privileg, persönlich von Benedikt XVI. begrüßt zu werden. Das Oberhaupt der katholischen Kirche und der oberste Repräsentant des Kriegsgräbervereins wurden Händchen haltend auf der Titelseite vom Gemeindeblatt des Vereins abgebildet. Im September 2011 besuchte Benedikt XVI. zum dritten Mal Deutschland. Der Besuch war auf Einladung von Bundespräsident Christian Wulff – dem Schirmherrn der Vereinsarbeit – erfolgt. Die Herren passten zusammen. Wulff war zum Bundespräsidenten durch eine Vertreterversammlung – nicht durch das Volk –, Ratzinger zum Papst durch das päpstliche Konklave – nicht durch die Glaubensgemeinschaft – gewählt worden. Die ohne Votum durch Wahlvolk und Glaubensgemeinschaft inthronisierten Oberhäupter begegneten sich auf höchster Sicherheitsstufe – eine Begegnung, die die Steuerbürger der Bundesrepublik Deutschland einmal mehr ungefragt bezahlen durften – im Berliner

Reichstagsgebäude, wo Benedikt XVI. eine Rede halten sollte. Daraufhin erklärten einhundert Abgeordnete des Deutschen Bundestages, der Rede des Papstes fernbleiben zu wollen. Joachim Kardinal Meisner kritisierte den geplanten Boykott der Papstrede durch die Parlamentarier bei einem Medienempfang im Maternushaus als »kleinkariert und engstirnig«. Dass solche Politiker im Bundestag säßen, sei »kein Qualitätsmerkmal für diese hehre Vertretung unseres Volkes«, zitierte ihn der *Kölner StadtAnzeiger*. Dort stand zu lesen, Meisner erwarte »eine helfende Rede« des Papstes, in der dieser aufzeigen werde, dass »das Christentum kein Störenfried, sondern die Wurzel unserer europäischen Kultur« sei. Beim Weltjugendtag in Köln hatten hunderttausende junger Menschen den Papst wie einen Popstar gefeiert. Der Papst verärgerte nach seinem furiosen Start (*BILD*: »Wir sind Papst!«) die Juden durch das Karfreitagsgebet, die Muslime mit Bemerkungen über den Propheten Mohammed und die evangelischen Christen, weil er die evangelisch-lutherische Glaubensgemeinschaft nicht als Kirche anerkannte. Gleichzeitig signalisierte er geistige Nähe zu Gruppen wie *Opus Dei, Legionäre Christi* oder die *Pius-Bruderschaft* (mit Holocaust-Leugner Bischof Williams in deren Reihen). Mit seiner Haltung zur Wiederverheiratung geschiedener Katholiken, die diese vom heiligen Abendmahl ausschloss, dem Zwang zum Pflichtzölibat, dem Verbot des Frauenpriestertums, der Diskriminierung von Homosexuellen und der Androhung der Höllenstrafe bei der Empfängnisverhütung angesichts von Millionen Aids-Toten und weltweit zunehmender Bevölkerungszahlen bei zugleich abnehmenden Ressourcen zementierte der Papst als Betonkopf die Grundlagen des Glaubens. Papst Benedikt war jedoch nicht als Kirchenführer, sondern als Staatsoberhaupt nach Berlin eingeladen worden. Andernfalls hätte Bundestagspräsident Norbert Lammert, den Worten von Bundespräsident Christian Wulff zufolge, nach denen das Christentum zu Deutschland gehöre, das Judentum zu Deutschland gehöre und der Islam zu Deutschland gehöre, konsequenter Weise auch die geistlichen Führer der Juden und der Muslime in den Bundestag einladen müssen. Der Vatikanstaat präsentiert sich als Staat, in dem der Papst nach monarchistisch-absolutistischen Regeln herrscht, als Staat, in dem keine Gewaltenteilung existiert, als Staat, der keine demokratischen Grundrechte kennt. In seiner Rede im Deutschen Bundestag beteuerte Papst Benedikt »vor dem Parlament meines deutschen Vaterlandes«, dass er nicht nur als Staatsoberhaupt gekommen sei. Benedikt XVI. wörtlich: »Die Einladung zu dieser Rede gilt mir als Papst, als Bischof von Rom, der die oberste Verantwortung für die katholische Christenheit trägt. Sie anerkennen damit die Rolle, die dem

Heiligen Stuhl als Partner innerhalb der Völker- und Staatengemeinschaft zukommt.« Der Abgeordnete Christian Ströbele (Bündnis 90/DIE GRÜNEN) verließ daraufhin als einziger Parlamentarier das Plenum. Der Abgeordneten-Protest gegen die Papstrede sei »peinlich«, »stil- und würdelos«, schrieb Markus Schwering im *Kölner StadtAnzeiger*. Der Abgeordnetenprotest gegen die Papstrede war ein couragiertes Eintreten für Demokratie, Meinungsfreiheit und die weltanschauliche Neutralität des Staates, widersprach Leibgeber. Die Position der Verantwortlichen beim Kriegsgräberverein zum Papstbesuch in Deutschland und zum Soldatengottesdienst im Kölner Dom war aufgrund der im Gemeindeblatt des Vereins kommunizierten Ouvertüre im Petersdom vom 20. Februar 2008 unschwer zu erraten.

Die Indoktrination der Soldaten mit christlichen Glaubensvorstellungen werde vom Staat alimentiert, kritisierte Leibgeber. Das Reichskonkordat vom Juli 1933 unterlaufe als einziges, heute noch gültiges außenpolitisches Abkommen aus der Zeit der nationalsozialistischen Gewaltherrschaft die Trennung zwischen Kirche und Staat. Praktische Folgen: Wird einem Theologieprofessor das Lehrrecht (Missio canonica) entzogen, ist für ihn im akademischen Betrieb der Universität eine adäquate Stelle einzurichten. Deshalb wurden unliebsame Hochschullehrer wie Hans Küng oder Uta Ranke-Heinemann nicht brotlos. Jeder andere Arbeitnehmer hätte als Konsequenz seines Widerspruchs gegenüber den Überzeugungen seines Arbeitgebers eine Bearbeiternummer im Wartesaal der Bundeagentur für Arbeit ziehen müssen. Viele aus allgemeinen Steuermitteln finanzierte Universitäten unterhalten theologische Fakultäten. Der Inhalt der Lehre wird allerdings – wegen des Neutralitätsgebot des Staates – von den Kirchen bestimmt. Zusätzlich unterhalten einige Universitäten Konkordatslehrstühle, deren personelle Besetzung die römisch-katholische Kirche festlegt. Sofern einem katholischen Geistlichen Mord, Totschlag oder Kindesmissbrauch gebeichtet werden, kann dieser sich auf die Pflicht der seelsorgerlichen Verschwiegenheit berufen und Kapitalverbrechern dem Zugriff von Gerichten und Behörden entziehen. Jeder andere Mitwisser würde strafrechtlich verfolgt. Seit dem Reichskonkordat existiert eine staatliche Militärseelsorge. Für den evangelischen Bereich gilt der Militärseelsorgevertrag von 1957 zwischen der EKD und der Bundesrepublik. Die Kirchen bestimmen die Geistlichen, der Staat besoldet die Militärgeistlichen aus dem Bundeshaushalt. Sämtliche Kosten für die Militärseelsorge bestreitet das Bundesministerium der Verteidigung. Die staatlich finanzierte Militärseelsorge wird auch von konfessionell nicht gebundenen Steuerzahlern finanziert. Die Militärseelsorge ermöglicht die Indoktrinierung der Soldatinnen und Soldaten im Sinne der christlichen Glaubenslehre. Herausragendes Ärgernis als Folge des 1933 geschlossenen und bis heute gültigen Reichskonkordats zwischen Kirche und Staat aber ist der Einbehalt der Kirchensteuer durch die Finanzverwaltung. Das sind acht bis neun Prozent der Lohn- bzw. Einkommenssteuer eines Kirchenmitglieds, mit einem Einnahmevolumen von dreizehn Milliarden – jährlich! Die geringe Aufwandsentschädigung der Kirchen für den staatlichen Verwaltungsaufwand steht in keinem Verhältnis zu den laufenden Kosten des für den Einzug der Kirchensteuer aufzuwendenden Personals sowie zur Ausstattung und zum Betrieb der aus allgemeinen Steuermitteln finanzierten staatlichen Finanzämter. Die Mittel für die Finanzverwaltung zur Einziehung der Kirchensteuer sind, ebenso wie für Militärseelsorge, Religionsunterricht und Universitätsausbildung der Theologen, außer von Christen auch von Juden, Muslimen und Atheisten aufzubringen. Ein besonderes Ärgernis bildet die Ausnahme von kirchlichen Einrichtungen vom allgemeinen Arbeitsrecht. Die katholische Kirche (einschl. Caritas) beschäftigt deutschlandweit 700.000 Mitarbeiter. Das Grundgesetz gestattet den Kirchen, ihre Angelegenheiten eigenständig zu ordnen. Dazu zählt die Ausgestaltung eines eigenen kirchlichen Arbeitsrechts, welches die Grundordnung des kirchlichen Dienstes (GO) regelt. Als Verstoß gegen die Lebensführung gemäß kirchlicher Lehre werden etwa Kirchenaustritt, Abfall vom Glauben und Propagierung von Abtreibungen verurteilt. Katholiken im Kirchendienst sind homosexuelle Partnerschaften und die erneute Heirat nach einer Ehescheidung untersagt. Kirchliche Arbeitgeber können Verstöße gegen die jeweilige Glaubenslehre mit einer Kündigung ahnden. Wie sich gezeigt hat, wird die Wiederverheiratung kirchlicher Arbeitnehmer im Erzbistum Köln strenger geahndet, als der Kindesmissbrauch durch Priester und Diakone. Und dass, obwohl die christlichen Kirchen jedes Jahr sechshundert Millionen Euro für den Betrieb kirchlicher Einrichtungen aus allgemeinen Steuermitteln erhalten! Trennung von Kirche und Staat? Nicht in der Bundesrepublik Deutschland!

Der Kölner Erzbischof war wenige Wochen vor der Parlamentsrede des Papstes von Cäsar und Gockel in seinem Audienzsaal aufgesucht worden, um Möglichkeiten einer finanziellen Unterstützung der Arbeit des Kriegsgräbervereins durch die katholische Kirche anzusprechen. Kardinal Meisner hatte dabei zwar viel Wohlwollen aber wenig Neigung zur Finanzierung der Vereinsarbeit durch die Kirchenkollekte erkennen lassen. Leibgeber konnte verstehen, dass Cäsar und sein Gockel ihn nicht als dritten Gesprächspartner dabeihaben wollten. Nicht verstehen konnte er, dass die beiden Herren ihn im Anschluss an ihr Gespräch mit Meisner nicht in der Bezirksgeschäftsstelle am Neumarkt aufgesucht hatten, um ihn über dessen Verlauf zu informieren. Ganz und gar nicht verstehen konnte er, dass Gockel es nach seiner Rückkehr in die Landesgeschäftsstelle nicht einmal für nötig befunden hatte, ihn mindestens telefonisch über das Gespräch zu informieren. Vom Gespräch mit Meisner erfuhr Leibgeber in der Pause der Bezirksorganisationsleiterbesprechung im Haus des Landesverbandes. Bei der Gelegenheit war Leibgeber einmal mehr nicht nur vom Kaffee angebittert. Wenn das Oberstleutnant a.D. Sperber als Beauftragter für die Zusammenarbeit mit der Bundeswehr widerfahren wäre, der sehr auf die Markierung seines Reviers bedacht war, wäre der Herr Oberstleutnant a.D. »sische gans gewalldig« angepisst gewesen! Die Arbeit des Kriegsgräbervereins stützt sich wie die Sitzfläche der Kirchenbank auf die Grundpfeiler Militarismus, Nationalismus, Patriotismus und Christentum, überlegte Leibgeber auf seiner Kirchenbank sitzend. In alle vier tragenden Pfeiler der Verbandsarbeit hast du, wie einst der Einzeltäter Georg Elser beim Attentat auf Hitler im Münchener Bürgerbräukeller, deiner Überzeugung entsprechend, eine Bombe platziert. Allerdings handelst du als Mitarbeiter beim Kriegsgräberverein nicht entsprechend deiner Überzeugung, sondern aus Angst vor dem Verlust des Arbeitsplatzes. Du tust das Falsche und strengst dich auch nicht richtig dabei an. Das ist dein »unglückliches Bewusstsein« (HEGEL – zitiert nach Hans Mayer).

Das war es, was Leibgeber bei der Messe für den verstorbenen Morgenschweiss im Kölner Dom durch den Kopf ging. Die Beisetzung von Generalfeldmarschall Erich von Manstein hatte Morgenschweiss ihm noch vor seinem Krankenhausaufenthalt geschildet gehabt.

Der Unimog mit dem Sarg des Feldmarschalls sei – so hatte Morgenschweiss Leibgeber bei ihrem letzten Zusammentreffen im Café Riese verraten – auf beiden Seiten, von jeweils sechs Offizieren flankiert, im Schritttempo zum Friedhof gefahren worden. An den Straßenrändern der Fahrbahn hatten sich Einwohner und Neugierige gedrängt, die zum Teil von weither angereist waren, um dem Ereignis der Grablegung Mansteins beizuwohnen. Morgenschweiss, der sich gleich hinter den Familienangehörigen, Verwandten und Freunden und den offiziellen Repräsentanten einreihte, marschierte bis zum Friedhof mit. Am Friedhof schulterten sechs Stabsoffiziere, die die ganze Wegstrecke seitlich neben dem Unimog hergelaufen waren und dem Feldmarschall das letzte Geleit gaben, den Sarg und trugen ihn mit andächtigen Schritten durch das Flügeltor. Von dem auf die Trauerhalle zuführenden Weg bogen die Träger mit dem Sarg auf einen Sandweg ab. Die Grabstellen der Familien von Loesch und von Prittwitz und Gaffron lagen im Schatten einer großen, weithin sichtbaren Birke. Dort, unmittelbar neben dem Grab seiner 1966 verstorbenen Frau Jutta-Sybille, lag das ausgehobene Grab für den Generalfeldmarschall.

Nach dem Verlust seiner schlesischen Heimat hatte Manstein mit seiner Familie auf Gut Achterberg auf dem Truppenübungsplatz Bergen-Hohne Quartier genommen. Als Domizil für die Monate von Anfang Februar bis zum 12. April 1945 diente jenes Herrenhaus, in dem sich von März 1938 bis zum August 1939 der von Hitler amtsenthobene ehemalige Oberbefehlshaber des Heeres, Generaloberst Freiherr von Fritsch, aufgehalten hatte. Mit dem Herannahen der britischen Truppen zog Manstein sich am 12. April 1945 zusammen mit seiner Frau, dem fünfzehnjährigen Sohn Rüdiger und seinem Adjutanten, Hauptmann Alexander Stahlberg, nach Ostholstein zurück. Nach der Internierung durch die Engländer am 8. Mai 1945 wurde er am 23. August im Lazarett Heiligenhafen, wo Manstein sich einer Augenoperation unterzog, gefangen genommen und in den Zeugenflügel des Nürnberger Justizpalastes verbracht. Nach Auffassung der Anklagevertretung im Nürnberger Kriegsverbrechertribunal hatte er als loyaler Angehöriger des Generalstabs dazu beigetragen, das deutsche Heer in einem verbrecherischen Krieg verbluten zu lassen. Im Nürnberger Justizpalast verfasste Manstein gemeinsam mit Walther v. Brauchitsch, dem letzten Oberbefehlshaber des Heeres vor der Übernahme des Oberbefehls durch Hitler, dem früheren Generalstabschef Franz Halder und dem stellvertretenden Chef des Generalstabs beim Oberkommando der Wehrmacht, General Walter Warlimont, unterstützt von General Siegfried Westphal eine Denkschrift für den US-Hauptankläger. Es war vor allem dem Einfluss Mansteins zuzuschreiben, dass die Verteidigung eine Linie verfolgte, die den Mythos vom sauberen Waffenrock der Wehrmacht begründete. »Das Tribunal von Nürnberg ging weder von einer deutschen Kollektivschuld aus, noch brandmarkte es die Wehrmacht als verbrecherische Organisation. Während das Ausland die überragenden Leistungen der Truppe im Russlandfeldzug bewundert, werden die Soldaten im eigenen Land als Verbrecher diffamiert«, erboste sich Morgenschweiss in Kölner Café Riese. Ihre Diffamierung bedeute die Verleumdung von über siebzehn Millionen deutscher Soldaten, von denen viele Leben und Gesundheit dem Vaterland geopfert hätten. Solange die eingezogenen Soldaten der kämpfenden Truppe als Verbrecher diffamiert und ihr Andenken durch so genannte Forschung oder einseitige Ausstellungen beschmutzt werde, solange dürfe sich niemand wundern, wenn die Überlebenden und ihre Angehörigen sich dagegen zur Wehr setzen. »Diese Menschen, ich, wir alle können nicht zulassen, dass die Soldaten der kämpfenden Truppe pauschal als Täter angeschuldigt werden«, wetterte Morgenschweiss. Leibgeber biss sich auf die Zunge. Es geht beim Kriegsgräberverein weder um historische Wahrheit noch um intellektuelle Klarheit, überlegte er am Caféhaustisch. Durch ihre Teilnahme am verbrecherischen Eroberungs-, Raub- und Vernichtungskrieg gegen die Sowjetunion tragen die Soldaten der Wehrmacht und sämtliche SS-Angehörigen eine kollektive Mitschuld am Krieg. Jeder! Egal, ob der Einzelne sich individueller Verbrechen schuldig gemacht hat, egal, ob er sich persönlich etwas hat zu Schulden kommen lassen – oder nicht. Jeder Hitlersoldat war ein historischer Mittäter! Jeder! Jeder von ihnen gehörte zur Exekutive des NS-Staats. Hitler hat seine Kriege nicht allein geführt! Manstein und die mitangeklagten Heeresführer räumten in Nürnberg nur das ein, was die Anklagevertretung zweifelsfrei beweisen konnte, stellten dieses dann aber als das Versagen einzelner dar, welches keineswegs als für das Ganze typisch angesehen werden dürfe. Diese Verteidigungsstrategie war immerhin so erfolgreich, dass der deutsche Generalstab im Nürnberger Hauptkriegsverbrecherprozess nicht zur verbrecherischen Organisation erklärt wurde. Manstein konstruierte eine neue Dolchstoßlegende. Anders als am Ende des Ersten Weltkrieges war diesmal nicht die Heimat, die der Front in den Rücken gefallen war, für den verlorenen Krieg verantwortlich, sondern Hitler, der die Siege seiner Feldherren verspielt hatte. Mansteins Erinnerungen an die Kriegsjahre erschienen nicht ohne Grund unter dem Titel »*Verlorene Siege*«. Nach seiner Entlassung aus dem Nürnberger Zeugenflügel wird Manstein in das Lager Bridgend in Wales überführt. Ende Juli 1948 werden er und der greise Feldmarschall von Rundstedt von Bridgend nach Munster-Lager verlegt. Ende August 1948 setzt die britische Regierung einen Kriegsverbrecherprozess gegen die in ihrer Hand befindlichen ranghöchsten Befehlshaber der früheren Wehrmacht ins Werk. Am 1. Januar 1949 erfolgt die Anklageerhebung. Während des Prozesses im Hamburger Curio-Haus wird Manstein durch die Rechtsanwälte Dr. Hans Laternser, Dr. Paul Leverkuehn und den britischen Labour-Abgeordneten Reginald Paget vertreten. Die Anklage gliedert ihre Vorwürfe in siebzehn Anklagepunkte. Sie betreffen Vorgänge in Polen, die Behandlung von Kriegsgefangenen, den Kommissarbefehl, die Tötung von Juden durch die Einsatzgruppen des SD, Geiselerschießungen, die Militärgerichtsbarkeit, die Heranziehung von Zivilisten in Verbindung mit militärischen Operationen, die Deportation von zivilen

Arbeitskräften nach Deutschland und die Durchführung von Zerstörungen. Das Gericht sieht Mansteins Verantwortung in folgenden Punkten als erwiesen an: Verletzung der Aufsichtspflicht als Oberbefehlshaber mit der Folge von Massenliquidierungen von Juden sowie Tötungen von Krimtschaken und Zigeunern durch die Einsatzgruppe D (Ohlendorf) in Mansteins Befehlsbereich, Benutzung von Kriegsgefangenen und Zivilisten für den Bau von militärischen Befestigungen und zur Räumung von Minenfeldern, Deportation von Zivilisten, Misshandlung und Erschießung sowjetischer Kriegsgefangener, deren Übergabe an den SD und deren Behandlung als Partisanen, Zulassung der Ermordung sowjetischer Kommissare. Manstein wird zu achtzehn Jahren Haft verurteilt. »Also diese Partisanensachen, die illegalen Kämpfe inmitten von Truppen: das sind nach Kriegsrecht Verbrechen«, urteilte Morgenschweiss. »Und Verbrechen gehören bestraft und damit abgeschreckt. Solche Vergeltungsmaßnahmen hat jeder von uns als normal empfunden.« Ein Partisan gehöre nicht zur kämpfenden Truppe, so Morgenschweiss. Die griffige Formel »Wo der Jude ist, ist der Partisan, und wo der Partisan ist, ist auch der Jude« habe zur Folge gehabt, dass bei Sabotageakten oder Überfällen Juden generell als Täter galten und erschossen worden seien. Wer erlebt habe, was es heiße, sich in einem Land bewegen zu müssen, in dem es von Heckenschützen nur so wimmele, wer habe erfahren müssen, dass etwa 250.000 Kameraden durch diese Banditen aus dem Hinterhalt abgeknallt, in die Luft gesprengt oder einfach nur erschlagen wurden, wundere sich, dass nicht noch mehr von diesen Banditen ihre gerechte Strafe erlitten hätten. Nach der Urteilsverkündung am 19. Dezember 1949 wird Manstein an das Zuchthaus Werl in Westfalen überstellt, wo sich auch andere, von den Briten abgeurteilte Kriegsverbrecher befinden. Im August 1953 wird Manstein von Werl aus in die Freiheit entlassen. In der ersten Zeit lebt er in Allmendingen bei Ulm, danach siedelt er nach Essen, später nach Münster über, bis er sich im Jahre 1958 in Irschenhausen bei München niederlässt. 1955 waren seine Erinnerungen an den Zweiten Weltkrieg erschienen. In Mansteins »*Verlorene Siege*« betitelten Buch findet sich kein Wort des Bedauerns, kein Bekenntnis eigenen Fehlverhaltens, kein Wort darüber, dass es sich beim Überfall auf die Sowjetunion um einen Angriffs-, Raub- und Vernichtungskrieg handelte, keine Silbe darüber, welche politischen Absichten und wirtschaftlichen Ziele der Russlandfeldzug verfolgte. 1958 erscheint ein weiterer Erinnerungsband mit dem Titel »*Aus meinem Soldatenleben*«, der Mansteins Leben bis zur Machtübernahme durch die Nazis thematisiert. Neben der Beschäftigung mit der Vergangenheit gilt Mansteins Aufmerksamkeit allen

Fragen, die mit der Sicherheit Deutschlands und der Stellung der Bundesrepublik im Rahmen der westlichen Verteidigungsgemeinschaft zusammenhängen. Auf Bitten der Bundesregierung unter Kanzler Adenauer wird er als militärischer Sachverständiger für den Verteidigungsausschuss tätig. Anlässlich des jährlichen Traditionstreffens der ehemaligen Panzer- und Panzergrenadierdivisionen im Sommer 1968 in der Kampftruppenschule II in Munster-Lager wird Manstein mit einem Großen Zapfenstreich geehrt. Achim Oster – Sohn des hingerichteten Widerstandskämpfers Hans Oster – verurteilt den Vorgang in einem Artikel der Wochenzeitung *DIE ZEIT* als »falschen Zapfenstreich«. Oster, damals Brigadegeneral der Bundeswehr, qualifiziert die Lebensleistung Mansteins als »gewogen und für zu leicht befunden«. Gegen dieses Urteil heult das Verfasserrudel des Buches »*Erich von Manstein. Soldat im 20. Jahrhundert*« an, wo in aller Ausführlichkeit jene Stimmen zitiert werden, die die Person und die Leistung des Feldmarschalls in der kurz nach dem Großen Zapfenstreich in Munster-Lager erschienenen Festschrift zum 80. Geburtstages Mansteins lobpreisen. Dem Titel der Festschrift zufolge ist der Feldmarschall »*Nie außer Dienst*« gewesen. In der Tat stellte Manstein seine Kenntnisse und Erfahrungen auch für den Aufbau der Bundeswehr zur Verfügung. Die Zusammenarbeit zementierte die Verbundenheit der Bundeswehr mit Manstein. Der Große Zapfenstreich aus Anlass des Traditionstreffens in Munster-Lager, bei dem der damalige Generalinspekteur der Bundeswehr, General Ulrich de Maizière (Vater des Bundesministers der Verteidigung Thomas de Maizière), Hitlers greisen Feldmarschall demonstrativ neben sich stellte, fand im Jahre 1968 statt. Leibgeber erinnerte das Wort des Historikers Bodo Scheurig, der in einem fast vergessenen Aufsatz im Hinblick auf Manstein sagt, eine Armee, die solche Soldaten – in welcher Form auch immer – ehre oder ins erste Glied der Ehrung treten lasse, diskreditierte sich selbst.

Nachdem die sechs Sargträger den Sarg mit den Gebeinen Mansteins auf die beiden Querhölzer über der Grube abgestellt hatten, nahmen sie Grundstellung ein. Die Kranzträger mit den Kränzen des Generalinspekteurs, des Heeresinspekteurs, des Wehrbereichsbefehlshabers, des Standortältesten, der Alten Kadetten und der Ritterkreuzträger nahmen wegen der räumlichen Enge auf dem Parallelweg Aufstellung. Der Musikzug und die Ehrenformation der Wachkompanie traten auf der Zuwegung zur Grabstelle an. Der Musikzug spielte einen Trauerchoral. Pastor Krüger erschien am Grab und hielt das Totengedenken: »Erde zu Erde, Asche zu Asche und Staub zum Staube«. In die anschließende Stille erklang das Lied vom guten Kameraden. Beim Spielen des

Trompetensolos salutierten sämtliche anwesenden Uniformträger, angefangen vom Generalinspekteur der Bundeswehr, dem Inspekteur des Heeres, dem Befehlshaber im Wehrbereich II Hannover und dem Kommandeur der Kampftruppenschule Munster. Nachdem die letzten Töne verklungen waren, traten die Hinterbliebenen an die offene Grube und warfen jeder eine Schaufel Sand auf den Sarg. Nach der Familie folgten die engsten Freunde und alten Kameraden des Feldmarschalls. Danach kamen die offiziellen Vertreter aus Bundeswehr und Kommunalpolitik. Daran anschließend die übrigen Trauergäste. Auch Morgenschweiss warf eine Schaufel Sand auf Mansteins Sarg. Mansteins Engagement für Wiederbewaffnung und Westintegration und sein klarer antikommunistischer Kurs bei gleichzeitiger Absage an eine Neutralität der Bundesrepublik lagen ganz auf der Linie der politischen Anschauungen von Richter a.D. Morgenschweiss. Durch die Bestellung zum militärischen Gutachter, drei Jahre nach seiner Haftentlassung, war Manstein für alle sichtbar rehabilitiert. Er wurde, ebenso wie die früheren Nazi-Eliten in Bundes- und Landesministerien, Bundes- und Landesämtern, Bundeswehr und Bundesgrenzschutz in die demokratische Ordnung der jungen Bundesrepublik integriert. Der militärische Feind stand nach der Zuspitzung der Ost-West=Auseinandersetzung und nach der Westintegration der Bundesrepublik nach wie vor Hitler im Osten – jenseits der DDR-Grenzposten. Der Kalte Krieg agierte als Geburtshelfer für die zweite Karriere der Tätergeneration in Staat und Gesellschaft. »Der große Friede mit den Tätern« (Ralph Giordano) verhinderte bis fünfzig Jahre nach Kriegsende die Auseinandersetzung mit der Rolle der Wehrmacht im Nationalsozialismus. Erst die 1995 vom Hamburger Institut für Sozialforschung unter Federführung des Historikers Hannes Heer verantwortete Wehrmachtsausstellung brach wie ein Eisbrecher die Fahrrinne für eine breite gesellschaftliche Auseinandersetzung über die Verbrechen der Wehrmacht. Die Wehrmachtsausstellung war für die Aufklärung der Deutschen ein Glücksfall. Für die Versöhnungsphilosophie des Kriegsgräbervereins war sie das Totensakrament.

Besprechung der Kreisorganisationsleiter, Projektoffiziere und Reservistenbeauftragten am Kölner Neumarkt. Während Karin die Mappen mit den Sitzungsunterlagen auf die Teilnehmerplätze legte, verkabelte Leibgeber den Beamer mit seinem Laptop. Auf der vorläufigen Tagesordnung standen, nach der Begrüßung und Genehmigung der Niederschrift, die Tagesordnungspunkte
Organisation der Haus-, Straßen- und Friedhofsammlungen
Vorbereitung der Gedenkveranstaltungen zum Volkstrauertag

Übernahme der Vorsitze in den Ortsverbänden

Verschiedenes

Termine

Als der Beamer den Schriftzug »Besprechung der Kreisorganisationsleiter, Projektoffiziere und Reservistenbeauftragen – HERZLICH WILLKOM-MEN!« zusammen mit dem Vereinslogo auf die Wand projizierte, betrat der erste Besprechungsteilnehmer den Raum. Don Quichote, der mit leicht geneigtem Kopf durch die Tür tretende Ritter von der Siegburg, wurde von Leibgeber nicht nur wegen seiner Körpergröße als Leuchtturm der Vereinsarbeit, an dem andere sich orientieren konnten, bezeichnet. Seine Leistungsbilanz: jährliche Organisation einer Auftaktveranstaltung zur Haus- und Straßensammlung auf dem oberen Markplatz, jährliche Verleihung von Urkunden an verdiente Mitglieder, Sammler und Förderer bei einem Empfang im Kreishaus, jährliche Veranlassung einer Gedenkveranstaltung zum Volkstrauertag in Königswinter-Ittenbach und anderes mehr. Der Kölner Kreisorganisationsleiter folgte dem Don Quichote von der Siegburg als Sancho Pansa vom Rheinknie. Beide Herren bildeten stabile Pfeiler, auf denen die Vereinsarbeit des Bezirksverbandes ruhte. Weitere Stützpfeiler der Tafelrunde bildeten die Gralsritter aus Aachen, Bergheim, Bergisch Gladbach, Bonn, Euskirchen, Gummersbach, Heinsberg, Leverkusen und ein terminlich stark umworbenes Burgfräulein aus Düren. Der Bezirksverband Rheinland gliederte sich in elf Kreisverbände entsprechend den sieben Landkreisen, der StädteRegion Aachen und den kreisfreien Städten Bonn, Köln und Leverkusen im Regierungsbezirk Köln. In ihnen waren 95 Ortsverbände entsprechend den Städten und Gemeinden des Regierungsbezirks organisiert. Den Vorsitz über die Kreisverbände führten die Landräte, die Oberbürgermeister und der Städteregionsrat. Als Vorsitzende der Ortsverbände amtierten die Bürgermeister. Die Arbeit in den Gliederungen war bis auf wenige Ausnahmen so organisiert, dass ein Mitarbeiter des Vorsitzenden die Geschäfte führte. Die von Leibgeber einberufenen Besprechungen dienten der Information der elf Kreisorganisationsleiter. Neben den Kreisorganisationsleitern wurden die Projektoffiziere der wichtigsten Bundeswehrstandorte eingeladen. Dazu kamen Angehörige von Reservistenkameradschaften. Die Anwesenden verantworteten das operative Geschäft. Die Mitglieder des Vorstands oder ihre Vertreter sollten dafür Sorge tragen, dass die Kreisorganisationsleiter, Projektoffiziere und Reservistenbeauftragten ihre Aufgaben wahrnahmen. Die Vorsitzende des Bezirksverbandes hatte diese Konstruktion ausgehöhlt, untergraben und gefährdet. Die Gewaltenteilung im Bezirksverband wackelte und drohte einzustürzen. Kuckuck, die mangelnde Kompetenz durch Entscheidungsfreude ersetzte, hatte Leibgeber angewiesen zuzulassen, dass zwei der Kreisorganisationsleiter zugleich als ständige Vertreter des Landrats im Bezirksvorstand amtierten. In einem der beiden Kreisverbände fand seitdem nichts mehr statt: Keine Besprechung der Organisationsleiter in den Ortsverbänden, Reservistenhäuptlinge und Kontaktlehrer im Vorfeld der Haus-, Straßen- und Friedhofssammlung, keine Organisationsleistungen im Vorfeld der Gedenkveranstaltungen zum Volkstrauertag, kein Engagement im Bereich der Schul- und Bildungsarbeit. Der Herr Kreisorganisationsleiter erschien allerdings als Vertreter des Vorsitzenden zu den Sitzungen des Bezirksvorstands, wo er mit Vorschlägen zur Verbesserung der allgemeinen Verbandsarbeit glänzte, die Leibgeber nach Kuckucks Rufen umzusetzen hatte. Leibgeber konnte den Herrn nicht reglementieren. Seine Kritik hätte die Unterstützung durch die Vorsitzende vorausgesetzt. Der Vorsitzende des Bezirksverbandes Sauerland stand wie eine Eiche hinter seinem Bezirksorganisationsleiter. Daran konnte der Kollege in Arnsberg sich anlehnen. Da passierte nichts. Das war sicher. Seit Kuckucks Amtsantritt als Vorsitzende des Bezirksverbandes Rheinland verlief einen Schritt hinter Leibgeber die Abbruchkante vom Indener Braunkohletagebau. Die bei der Besprechung bis auf die erwähnte Ausnahme anwesenden Kreisorganisationsleiter waren DIE Personen, die die Arbeit mit Unterstützung der Projektoffiziere aus den Bundeswehrstandorten und den Angehörigen von Reservistenkameradschaften als Pfeiler der Verbandsarbeit stemmten. Sie unterstützten die Bezirksgeschäftsstelle bei der Durchführung von Rechtsinformationsveranstaltungen, Ausstellungen und Informationsfahrten. Sie organisierten Auftaktveranstaltungen, Pressekonferenzen und Besprechungen mit den Bürgermeistern. Sie luden Organisationsleiter, Standortbeauftragte und Reservisten ihres Kreisverbandes zur Besprechung der Organisation der Haus-, Straßen- und Friedhofssammlung in das Kreishaus ein – oder sollten dieses tun. Ein wesentlicher Grund, warum Leibgeber diesen Tagungsordnungspunkt alle Jahre wieder bei der Besprechung der Kreisorganisationsleiter aufführte.

Die Kreisorganisationsleiter wurden gebeten, mindestens vier Wochen vor Beginn des Sammlungszeitraums zu einer die Sammlung vorbereitenden Besprechung der Organisationsleiter, Standortbeauftragen, Reservistenfürsten, Schützenhäuptlinge und sonstigen Multiplikatoren (wo möglich auch Kontaktlehrer von Partnerschulen) einzuladen: Zum Kennenlernen der Kooperationspartner. Zur Aktualisierung der Kontaktdaten. Zur Erläuterung des Sammlungszwecks. Zur Information über die Verbandsarbeit. Zur Beantwortung von

Fragen. Zum Austausch von Erfahrungen. Zur Regelung der Sammlungslogistik. Die einzelnen Ortsverbände hatten ihre Sammlungsunterlagen zur Durchführung der Sammlung bereits Monate zuvor bei Karin bestellt. Sechs Wochen vor der Sammlung expedierte Leibgeber die Kartons mit den Sammlungsunterlagen in die Poststellen der Kreishäuser, um diese von dort aus mit der Gemeindepost in die Rathäuser der Städte und Gemeinden befördern zu lassen. Weitere Sammlungsunterlagen lieferte er an das Unterstützungspersonal der Standortältesten. Die Standortoffiziere leiteten die Unterlagen an die sammelnden Einheiten weiter. Ein Verteilsystem, welches dem Kriegsgräberverein erhebliche Portokosten sparte. Hätten die Sammlungsunterlagen für jeden einzelnen Ortsverband und jeden Bundeswehrstandort auf dem Postweg versendet werden müssen, hätten die Portokosten den Sammlungserlös geschmälert. Bei den Besprechungen mit den Organisationsleitern der Ortsverbände in den Kreishäusern informierte Leibgeber über die aktuellen Aufgaben und finanzielle Situation des Kriegsgräbervereins. Die Einladung zur Sammlungsvorbereitung sollte vom Landrat als Vorsitzenden des Kreisverbandes unterzeichnet werden, um auf diese Weise die Freistellung der Organisationsleiter, Standortbeauftragten und Verbandsvertreter durch die Arbeitgeber zu erreichen. Die Sammler wurden im Wesentlichen aus Einheiten der Bundeswehr, Bruderschaften der Schützen, Verbänden der Reservisten und Klassen allgemeinbildender Schulen rekrutiert. Die Sammlung wurde wo möglich durch eine Auftaktveranstaltung eingeleitet. In Aachen, Bonn und Siegburg fand ein Platzkonzert unter Beteiligung des Musikkorps der Bundeswehr Siegburg und der Zollkapelle Aachen statt. Lange Jahre hatte auch ein Platzkonzert mit dem Luftwaffenmusikkorps Münster auf der Kölner Schildergasse stattgefunden. Dabei sammelten Prominente aus Kreis, Städten und Gemeinden an prominenter Stelle in der Fußgängerzone. In Geilenkirchen, Rheinbach, Meckenheim und Sankt Augustin wurden die Sammlungen mit Auftritten der Bürgermeister in Begleitung der Standortältesten eröffnet. In Bergheim und Gummersbach wurde eine Pressekonferenz mit Ehrungen von verdienten Sammlern durchgeführt. Dazu wurden lokale und regionale Medien eingeladen. Die mediale Begleitmusik war mindestens ebenso wichtig wie das, was die Promis als Sammlungsergebnis in die Dose bekamen. Für die Durchführung der Sammlungen in den Standorten regte Leibgeber gegenüber den teilnehmenden Projektoffizieren die Veröffentlichung eines Unterstützungsaufrufs durch den Standortältesten an. Seit dem Wegfall der Wehrpflicht und dem Rückzug der Bundeswehr aus der Fläche wurde verstärkt in den Kasernen gesammelt. Leibgeber empfahl, die Sammlung nicht durch Obergefreite, die im Büro vom Oberstleutnant abgewiesen würden (Leibgeber: »›Jung! Isch hann noch was anneres ze donn! Komm' morjen wieder!‹, behauptet der Dienstvorgesetzte. Da hat er dann Urlaub.«), sondern durch Abteilungsfeldwebel, Spieße oder Standortfeldwebel durchführen zu lassen, die niemand so einfach abweisen könne. Don Quichotte: »Es kann ja wohl nicht sein, dass sich die Sammler die Hacken schieflaufen, um Spenden für Bau, Bauunterhaltung und Pflege der deutschen Kriegsgrablagen im Ausland zu vereinnahmen, wenn sich die Bundesrepublik Deutschland in zweiundvierzig bilateralen Abkommen mit den europäischen Nachbarstaaten zu dieser Aufgabe verpflichtet hat. Noch dazu siebzig Jahre nach Kriegsende!« Die Reservistenkameraden veranstalteten Friedhofsammlungen in Aachen, Köln und Leverkusen. Durch das Engagement der Reservisten an Allerheiligen wurden jährlich tausende Euro vereinnahmt. Neben einem Abkommen mit dem *Verband der Reservisten der Deutschen Bundeswehr* (VdRBw) existierte ein Unterstützungsabkommen des Vereins mit dem *Bund der Historischen Deutschen Schützenbruderschaften* (BHDS). Um die Einnahmesituation zu verbessern schlug Leibgeber vor, Kommersveranstaltungen in den Schützenzelten dazu zu nutzen, um die Teilnehmer zu einer Spende aufzufordern. Dazu müsse die Dose in die Hand eines vor Ort Verantwortlichen und von dort wieder zurück zum Kriegsgräberverein gelangen. Ein Brudermeister, ein Schützenkönig oder anderer Würdenträger habe die nötige Autorität, die Festgesellschaft zur Spende aufzufordern und durch seine Person die Seriosität des Sammlungszweckes zu beglaubigen. Viele Schützenbrüder lägen in Kriegsgräbern im Ausland, die der Verein pflege und auf Dauer erhalte, argumentierte Leibgeber. Sancho Pansa: »Die Schützenvereine (mindestens in Köln) werden durch Auflagen der Stadt belastet, die im Zuge der behördlichen Genehmigung der Veranstaltung Geld kosten (Lärmschutzgutachten, Sicherheitskonzept, Brandschutzsicherung usw.).« Deswegen sei es problematisch, die Schützen zu einer Spende aufzurufen, aus der sie unmittelbar keinen Nutzen zögen. Zumal dann, wenn der Verein, der die deutschen Kriegsgrablagen im Ausland im Auftrag des Staates pflege, von der Bundesrepublik Deutschland nicht zur Wahrnehmung seines staatlichen Auftrags finanziert werde.

In den elf Kreisverbänden wurden zentrale Gedenkveranstaltungen zum Volkstrauertag vorbereitet. Die Veranstaltungen wurden von den Kreisorganisationsleitern mit ihren Partnern vor Ort organisiert und bei den Mitgliedern, Spendern und Förderern des Kriegsgräbervereins beworben. Die Sicherstellung der Textfassung auf Grundlage eines Musterschreibens der

Bundeszentrale, die Terminierung der Veranstaltungen in den Kreisverbänden und die Autorisierung der Einladungsschreiben durch die Vorsitzenden verantwortete Leibgeber. Über die Mailings zum Volkstrauertag wurden im Bezirksverband Rheinland Jahr für Jahr um die hunderttausend Euro vereinnahmt. Das entsprach dem zweithöchsten Ergebnis von bundesweit dreiundzwanzig Bezirksverbänden und toppte ganze Landesverbände um zehntausende Euro. Obwohl der Schatzmeister des Landesverbandes (Monsieur Mortforêt) diese Ergebnisse nicht zur Kenntnis nahm, gegenüber Leibgeber und seiner Bezirksgeschäftsstelle niemals ein Wort der Wertschätzung hatte verlauten lassen und deren Erfolge bei Landesvertreterversammlungen regelmäßig verschwieg (Ursache: die Vorbereitung der Sammlungsbilanz durch Adler, der mit Adleraugen darüber wachte, seine Kollegen aus der Verbandslandschaft zu verbannen), sprach Leibgeber den anwesenden Kreisorganisationsleitern, Projektoffizieren und Reservistenvertretern Dank und Anerkennung für deren Engagement aus.

Aufgrund der Kommunal- und Bürgermeisterwahlen waren viele Bürgermeisterinnen und Bürgermeister neu ins Amt gewählt worden. Um sie zur Übernahme des Ortsverbandsvorsitzes zu bewegen, hatte Leibgeber individualisierte Anschreiben mit der eingescannten Unterschrift der Vorsitzenden des Bezirksverbandes ausgefertigt, um sie an die Amtsinhaber zu versenden. Fünfzehn von dreiunddreißig neu ins Amt gewählten Bürgermeistern erklärten, das Amt übernehmen zu wollen (die meisten »gerne«). Achtzehn reagierten nicht. Auf schriftliche Nachfrage fanden sich sechs weitere Bürgermeister doch noch zur Amtsübernahme bereit. Weitere zehn konnten in Einzelgesprächen überzeugt werden. Zur Vorbereitung auf die Gespräche hatte Leibgeber im Gräberdokumentationssystem des Vereins nach der Anzahl der verzeichneten Kriegsgrablagen von Kriegstoten im Ausland, Inland und den Vermissten aus dem Ortsverband gesucht. Die Nachweise über Kriegsgrablagen im Ausland wurden von ihm ausgedruckt, um die Schicksale der Kriegstoten an Einzelbeispielen zu erläutern. Das überzeugte. Zwei Bürgermeister verweigerten die Amtsübernahme dennoch. In den 95 Städten und Gemeinden des Regierungsbezirks konnten immerhin 93 Bürgermeisterinnen und Bürgermeister als Vorsitzende des Ortsverbandes gewonnen werden.

Der Kriegsgräberverein besaß keine autorisierte Zuständigkeit für die Pflege und den dauerhaften Erhalt von so genannten Ehrengräbern der in Auslandseinsätzen zu Tode gekommenen Bundeswehrangehörigen und zivilen Einsatzkräfte. Mit Einverständnis der Hinterbliebenen wurde ein stilles Gedenken an deren Gräbern veranstaltet. Gockel, der ansonsten lauthals in seinen Hühnerhof hineinkrähte, ließ am Grab von im Auslandseinsatz getöteten Bundeswehr-angehörigen nicht mal ein Gegacker hören. Das Gedenken an die im Auslandseinsatz gefallenen Kriegstoten wurde im Vertretungsfall durch die Bezirksorganisationsleiter beschwiegen. »Warum wird diese Aufgabe nicht durch den Bundeswehrbeauftragten wahrgenommen?«, hinterfragte Hauptmann Ulbricht vor seiner Pensionierung. »Ich frage mich, warum sich der Kriegsgräberverein Bundeswehrbeauftragte leistet, wenn der Verein die Wahrnehmung des Gedenkens an den Gräbern der im Auslandseinsatz getöteten Bundeswehr-angehörigen nicht als deren originäre Aufgabe begreift.«

»Internationaler Friedenstag« an der Integrierten Gesamtschule (IGS) Paffrath. Leibgebers Teilnahme am Friedenstag hatte eine Vorgeschichte. Monate vor dem »Friedenstag« hatte der stellvertretende Schulleiter eine E-Mail an seine Geschäftsstelle versandt, mit der er Leibgebers Teilnahme anfragte. Bei Leibgebers telefonischer Rückfrage nach dessen Erwartungshaltung stellte sich heraus, dass er einen Workshop zur Arbeit des Kriegsgräbervereins anbieten sollte. Am »Friedenstag«, einige Monate später, führten die Referenten von zwanzig Workshops Veranstaltungen zum Thema »Krieg und Gewaltherrschaft« durch. Der Kriegsgräberverein war mit dem Thema »Nach dem Krieg – der Umgang mit den Kriegstoten« vertreten. Aus den Jahrgangsstufen 10 bis 13 der insgesamt 1.400 Schülerinnen und Schüler hatten sich neunzehn Teilnehmer angemeldet. Nachdem klar war, dass Paula zum Zeitpunkt der Veranstaltung im Urlaub sein würde, überlegte Leibgeber, wie er den Teilnehmern das Thema vermitteln könnte. Der Kriegsgräberverein betreute die Kriegsgrablagen von 2,7 Millionen Kriegstoten auf 832 Kriegsgräberstätten in 45 Staaten Europas. Wie kann man die abstrakten Zahlen für die teilnehmenden Schüler konkret erfahrbar machen? bebrütete Leibgeber die Fragestellung. Die IGS Paffrath lag im Stadtgebiet von Bergisch Gladbach. Die Kriegstoten aus Bergisch Gladbach waren unter ihrem Geburtsort im Gräberdokumentationssystem des Vereins auffindbar. Die 373 nachgewiesenen Kriegstoten galten entweder als vermisst oder waren mit Grablageorten im Inland oder Ausland verzeichnet. Über sechzig der insgesamt 373 Kriegstoten mit Geburtsort Bergisch Gladbach lagen im Ausland. Das waren die Bienen. Fehlte der Bienenstock. Um den Honig einbringen zu können, polterte Leibgeber das Treppenhaus im Gebäude seiner Geschäftsstelle hinunter und lief quer über den Neumarkt zur Mayerschen Buchhandlung, um eine Übersichtskarte von Europa im Maßstab 1:3.000.000 zu erwerben. Dazu gelbe Klebepunkte aus dem Bürobedarfshandel.

Beim »Friedenstag« in Bergisch Gladbach brachte er Dateiausdrucke aus dem Gräberdokumentationssystem, Übersichtskarte und Klebepunkte zusammen mit einer DVD der Abteilung Öffentlichkeitsarbeit der Bundeszentrale mit in die Schule. Im Seminarraum erwarteten ihn neunzehn Schülerinnen und Schüler und eine Physiklehrerin. Vor der Tafel stand ein fahrbares Fernsehgerät zum Abspielen der DVD. Leibgeber begrüßte die Teilnehmer an der Veranstaltung, stellte sich vor und bekundete seine Freude über deren Interesse. Mit Hilfe des technischen Sachverstands der Physiklehrerin gelang es, die DVD abzuspielen. Der Informationsfilm erläuterte die Gründe für die Entstehung des Vereins und erklärte die Verbandsarbeit. Die Arbeit ruhe auf drei Säulen, hieß es im Film: Bauunterhaltung und Pflege zur Instandhaltung der deutschen Kriegsgrablagen im Ausland – Gedenk- und Erinnerungskultur als Mahnung zum Frieden – Jugend-, Schul- und Bildungsarbeit zur Friedenserziehung. Nach dem Abspann erläuterte Leibgeber die Möglichkeit der Teilnahme an Internationalen Jugendworkcamps in West- und Osteuropa, die im Netz auffindbar seien, und befestigte seine Europakarte an der Tafel. Beim Befestigen erläuterte er, was die Schüler ohnehin wahrnahmen. Es handele sich um eine Übersichtkarte von Europa. Die hänge nicht zufällig an der Tafel, prophezeite er. Leibgeber nutzte die gespannte Erwartungshaltung und verteilte an jeden Schüler drei Dateiausdrucke über die Grablagelageorte von Kriegstoten und Klebepunkte. Dann erläuterte er, worum es ging. Als klar war, dass in den insgesamt 2,7 Millionen verzeichneten Kriegsgräbern in 45 Staaten Europas 373 Kriegstote aus Bergisch Gladbach ruhten, bat er die Teilnehmer am Workshop den Grablageort der Kriegstoten, deren Dateiausdruck sie in Händen hielten, mit einem Klebepunkt auf der Europakarte zu markieren. »Dabei kommt es nicht auf einen konkreten Ort, sondern auf das Land der Kriegsgrablage an«, erläuterte Leibgeber. Wie bitte, was? Was sagte der Typ da? Wir sollen Punkte wohin kleben? Auf die Karte? Wo die Toten liegen? Leibgeber konnte die Kommentare der Schüler zwar nicht hören, sich aber deren Wortlaut vorstellen. Zum besseren Verständnis wiederholte er, dass die Punkte auf das Land, in dem sich die Kriegsgrablage des Kriegstoten befand, geklebt werden sollten. Der grobe Maßstab der Europakarte ließ keine genaueren Zuordnungen zu. Nach fünfzehn Minuten, in denen er sich mit der Physiklehrerin unterhielt, die mehr Interesse an der Arbeit des Kriegsgräbervereins als Leibgeber an ihrem Unterrichtsfach aufbrachte, war der letzte Dateiausdruck abgearbeitet, für jeden Ausdruck ein Punkt geklebt, die Zuordnung der Kriegsgrablagen zu den Ländern abgeschlossen. »Sehen Sie!«, rief er: »Da können Sie mal sehen, wo überall Bergisch Gladbacher, Menschen, die wie Sie hier am Ort lebten, ihr Kriegsgrab haben.« Die meisten Klebepunkte fanden sich in den Ländergrenzen der Russischen Föderation, in Belarus und der Ukraine. Einen weiteren Schwerpunkt – aufgrund der Teilnahme der Kriegstoten am Ersten Weltkrieg – umfassten die Grenzen von Belgien und Frankreich. Weitere Punkte klebten in den Ländergrenzen von Griechenland, Italien und Norwegen. Aber auch am unteren Rand der Karte in Libyen. In der Hoffnung, dass die Schülerinnen und Schüler der IGS Paffrath und anderer Schulen ihre Abschlussfahrten nach Rossoschka bei Wolgograd, Sologubowka bei St. Petersburg, Duchschowtschina bei Smolensk oder Dutzende anderer Sammelfriedhöfe unternehmen würden, hatten die Mitglieder, Spender und Förderer des Kriegsgräbervereins einen zweistelligen Millionenbetrag für deren Erwerb, Erschließung und Belegung aufgebracht. Kurz vor dem Klingelzeichen blieb den staunenden Schülerinnen und Schülern der zertifizierten Europaschule IGS Paffrath festzustellen, dass sechzig Soldaten, die in Bergisch Gladbach aufgewachsen waren, über ganz Europa verteilt in Kriegsgräbern liegen. Nach dem Klingelzeichen stürmten die Teilnehmer am Workshop keineswegs abgenervt zur Tür, sondern blieben interessiert auf ihren Plätzen sitzen. Leibgeber verriet, dass auf dem Friedhof Bergisch Gladbach-St. Laurentius die Kriegsgräber von dreizehn, nur wenige Monate alten Kindern nachgewiesen seien, die vermutlich von russischen Zwangsarbeiterinnen geboren wurden. Die Umstände ihres Todes seien unbekannt und bedürften zur Aufklärung weiterer Recherchen. Er würde sich freuen, sagte er, wenn er das Interesse an dem Thema »Umgang mit Kriegstoten« bei den Teilnehmern am Workshop habe wecken können und legte Visitenkarten mit seinen Kontaktdaten und Flyer mit Informationen über die Jugendbegegnungsstätten und Jugendworkcamps des Vereins auf das Lehrerpult. »Zum Mitnehmen!« Für Fragen aber auch Besuche der Teilnehmer sei er in seiner Geschäftsstelle am Kölner Neumarkt zu erreichen, sagte er zum Abschied.

HINTER DER DORNENHECKE: DEUTSCHER SOLDATENFRIEDHOF COSTERMANO – REDE UND GEGENREDE I

ATTENTI!

Die Ausgabe der Mitgliederzeitschrift des Vereins informierte über die Feierlichkeiten zum 40-jährigen Bestehen des deutschen Soldatenfriedhofs Costermano am Gardasee. In Costermano lägen 22.000 deutsche Soldaten des Zweiten Weltkrieges begraben, hieß es in der Mitgliederzeitschrift. Zwischen San Remo und Trient, von Genua bis zur Pomündung, selbst am schönen Gardasee hätten diese Menschen einen schrecklichen Tod erlitten. Der Berichterstatter bemühte sich in seinem Beitrag einmal mehr um die Darstellung des persönlichen Bezugs der Hinterbliebenen zu den Kriegstoten. In seinem Beitrag kamen die Nichte und die Tochter eines gefallenen Soldaten zu Wort. Die 71-jährige Hilde H. habe alte Fotos auf die Zweige der kleinen Purpurheidebüsche gelegt, die das Bild des Friedhofs prägten. In der Nähe einer Kreuzgruppe aus vulkanischem Porphyr-Gestein befinde sich das Grab ihres Onkels. »Josef starb drei Wochen vor Kriegsende. Er hätte es fast geschafft. Mein Vater Leopold ist schon 1943 in Russland geblieben. Leider gibt es kein Grab, das ich dort besuchen könnte. Deswegen komme ich hierher zu meinem Onkel, den ich ebenfalls sehr geliebt habe. Ich denke dabei immer zugleich an meinen Vater«, bekannte Hilde H. Außer der Nichte zitierte der Berichterstatter die Tochter eines Kriegstoten: »Wissen Sie, wie es ist, ohne Vater aufzuwachsen?«, fragte Erika K., Tochter eines in Costermano bestatteten Soldaten. Während sie das sage, sitze ihr Ehemann Jürgen neben ihr auf der Einfriedung der oberen Terrasse, beobachtete der Berichterstatter. Er sei daraufhin noch ein Stückchen näher gerückt, um ihre Hand zu drücken. Solange ihre Mutter gelebt habe, sei dieser Ort das feste Ziel einer jährlichen Reise gewesen. Inzwischen seien die Besuche in Costermano etwas spärlicher, aber nicht weniger bedeutsam geworden versicherte Erika K. dem Berichterstatter.

Andere Hinterbliebene warfen einen differenzierteren Blick auf das Gräberfeld in Costermano. Über diese Menschen wurde im Gemeindeblatt des Vereins nicht berichtet. »*Die verlogene Gleichheit der Toten*« betitelte *Neues Deutschland* in seiner Ausgabe vom 25. Mai 2004 einen Bericht von René Heilig über den deutschen Soldatenfriedhof Costermano: *Einmal im Jahr, wenn Volkstrauertag ist, kommen deutsche Diplomaten und Leute von der Kriegsgräberfürsorge. Sie legen mit ernster Miene Blumen nieder,* stand dort zu lesen. *Auch für*

*Hans Schmidt. Und das ärgert Eva Watschkow. Sie ist eine geborene Schmidt, die
Tochter des toten Soldaten, den sie nur von einigen wenigen Bildern kennt – und
von Erzählungen italienischer Partisanen. [...] Hans Schmidt, Jahrgang 1914,
geboren in Berlin, war keiner von denen, die Hitler – ob willig oder verblendet –
hinterherliefen. Er kam aus der linken Jugendbewegung, dort lernte er seine Frau,
Eva Watschkows Mutter, kennen. Beide mochten die Natur und Musik über alles.
Hans spielte Klavier, Chopin ebenso wie Beethoven, und als Görings Polizei ihn
als SAJ-Mitglied und Widerstandsgeist verhaftete, kostete ihn das neben ein paar
Wochen Gestapo-Haft einen Zahn. 1939 zog man den jungen Mann ein zur Wehrmacht. Er marschierte durch Frankreich, war in Tunis, als Rommel geschlagen war
diente er als Luftwaffen-Funker auf Sizilien, machte nun schon als Feldwebel den
Rückzug mit bis Neapel. Sein letzter Stationierungsort war eine »Villa Rosso«, ein
stattliches Haus nahe dem Dorfe Albinea in der Reggio Emilia. Und da geschah es.
Hans Schmidt, der den Krieg inzwischen in all seinen ekelhaften Facetten hassen
gelernt hatte, suchte den Kontakt zu den Partisanen. Er fand ihn. Gemeinsam
verabredete man, den deutschen Funkstützpunkt zu übernehmen. Schmidt war
keineswegs ein Abenteurer. Er hatte einen zweiten Feldwebel und drei weitere Soldaten auf seiner Seite. Doch die Sache ging schief. Ein englischer Luftangriff zur
falschen Zeit am falschen Ort verhinderte die Aktion. Verrat war im Spiel. Die
Partisanen rieten zur Flucht, Schmidt und die anderen wollten einen zweiten
Versuch wagen. Dazu kam es nicht. Am 26. August 1944 wurde Hans Schmidt
erschossen, Feldwebel Erwin Bucher, er kam aus der Nürnberger Gegend, kam bei
der Flucht um, die drei anderen – Obergefreiter Karl-Heinz Schreyer aus Berlin, Obergefreiter Erwin Schlünder aus Iserlohn und Obergefreiter Uwe Koch aus
Brake-Lippe, alle knapp über 20 Jahre alt – erschossen Kameraden standrechtlich
am Folgetag. Bekannt ist der Name des kommandierenden Offiziers, der »kurzen
Prozess« mit den Verrätern‹ gemacht hatte. Es gibt einen Brief an Schmidts Frau,
den nun Eva Watschkow besitzt. Der Oberleutnant schrieb ihn voller Ekel und
Abscheu. Es war August 1944, bis zum Ende des Regimes brauchte es noch neun
Monate. Dorfbewohner begruben die fünf auf dem kleinen Friedhof der Gemeinde.
Der Pfarrer hatte den Mut, ihre Namen auf die Tafeln zu schreiben. Irgendwann
nach dem Kriege beschloss man, die überall in Norditalien verstreuten deutschen
Soldatengräber [...] in großen Grabanlagen zu vereinen. So kamen auch die fünf
widerständigen Soldaten aus der »Villa Rosso« nach Costermano. Und dort
liegen sie noch immer – neben Mördern. Neben Massenmördern* (René Heilig:
Die verlogene Gleichheit der Toten. – IN: Neues Deutschland, Ausgabe vom 25.
Mai 2004). Soldaten, die bis zum bitteren Ende für Führer, Volk und Vaterland

gekämpft, und sich FÜR die Ziele des Nationalsozialismus eingesetzt haben, liegen in Costermano Seite an Seite mit Soldaten, die unter Gefahr von Leib und Leben GEGEN den Nationalsozialismus gekämpft haben, resümierte Leibgeber bei der Lektüre. Der Vater von Eva Watschkow, Hans Schmidt, und dessen widerständige Kameraden auf dem deutschen Soldatenfriedhof im italienischen Costermano, ruhen neben Massenmördern.

Soldatenfriedhof Costermano, Block 15 Grab 716. Hier liegen die sterblichen Überreste des Inspekteurs des SS-Sonderkommandos beim SS- und Polizeiführer Lublin *Abteilung Reinhardt*, SS-Sturmbannführer Christian Wirth. Wirth war ein Massenmörder. Der am 26.05.1944 von Partisanen bei Erpelle in der Nähe von Triest erschossene Wirth war maßgeblich an der *Aktion T4*, der Euthanasie an Behinderten, beteiligt. Später amtierte er als erster Kommandant des Vernichtungslagers Belzec und Inspekteur der Vernichtungslager der *Aktion Reinhardt*. Geboren als Sohn eines Küffnermeisters am 24. November 1885 im württembergischen Ober-Balzheim, besucht er vom 7. bis zum 14. Lebensjahr die Volksschule, daran anschließend die Fortbildungsschule. Wirth erlernt das Sägehandwerk und dient in den Jahren 1905 bis 1907 beim Württembergischen Grenadier-Regiment 123. Im Jahre 1910 geht er als Unteroffizier der Reserve ab und wechselt als Schutzmann zum Stadtpolizeiamt Heilbronn, wo er zum Fahnder aufsteigt. Mit Beginn des Ersten Weltkrieges wird Wirth zum Württembergischen Reserve-Infanterie=Regiment 246 eingezogen. Er nimmt als Unteroffizier an den Flandernschlachten teil und wird mehrfach ausgezeichnet. Im Juli 1917 übernimmt er als Vizefeldwebel den Regimentspionierpark und den Materialtransport. In dieser Verwendung wird er zum Offiziersstellvertreter befördert. Vom Dezember 1917 bis zum Mai 1919 wird Wirth dem Ersatzbataillon des Infanterie-Regiments 199 in Stuttgart für den Militärpolizeidienst zugeteilt. Im Juli 1919 wird er zum Kriminalwachtmeister befördert. 1932 erreicht er als Parteigenosse der NSDAP die Beförderung zum Kriminalinspektor. Ab Januar 1938 leitet Wirth ein Kriminalkommissariat in Stuttgart, wo er unter Erlassung des Kommissarlehrgangs zum Kriminalkommissar aufsteigt. Nach der Zerschlagung der so genannten Rest-Tschechei wird Wirth bis Mitte Juli 1939 zum Aufbau der deutschen Kripo in das neu errichtete Protektorat Böhmen und Mähren beordert. Im Oktober 1939 erfolgt die Beförderung zum SS-Obersturmführer. Im Januar 1940 wird Wirth »zur besonderen Verwendung« in die Landespflegeanstalt Brandenburg bei Berlin abkommandiert, wo in Anwesenheit von Hitlers SS-Begleitarzt und Euthanasiebevollmächtigten, Professor Dr. Karl Brandt, Behinderte durch CO-Gas ermordet werden. Die Tarnbezeichnung für die Massentötungen an etwa 70.000 geistig und körperlich behinderten Menschen lautet *Aktion T4.* »T4« steht für die Adresse der Villa Tiergartenstraße 4 in Berlin, wo die Zentrale der Euthanasie-Aktion unter Verantwortung des Hauptamtes II (Abteilungsleiter: Victor Brack) der Kanzlei des Führers (Leiter: Philipp Bouhler) unterbracht ist. Wirth hilft beim Aufbau der Büroabteilungen der Tötungsanstalten in Brandenburg, Grafeneck und Hartheim und ist für die Sicherheit, das Sonderstandesamt zur Fälschung der Todesurkunden der dort durch Giftgas ermordeten Behinderten und die Überwachung der Tötungen verantwortlich. In Hartheim überwacht er auch den Bau der Gaskammer. Mitte des Jahres 1940 steigt Wirth zum Inspekteur der Euthanasie-Anstalten und zum Dienstvorgesetzten der Anstaltsleiter auf. Nach der Einstellung der Euthanasie-Aktion, ausgelöst durch die Predigt »Wider den Krankenmord« des Münsteraner Bischofs Clemens August Graf von Galen vom 3. August 1941, wechselt Wirth wie viele andere Mitarbeiter der *Aktion T4* zur *Aktion Reinhardt.* Die *Aktion Reinhardt* wird aufgrund der unzureichenden Effektivität der Liquidierungen, der mangelnden Geheimhaltung des Mordens und der psychischen Belastung der Mörder bei den Grubenerschießungen von Juden, Männern, Frauen und Kindern durch die Einsatz- und Sonderkommandos der SS-Einsatzgruppen in Polen, Weißrussland und der Ukraine ins Werk gesetzt. Der Einsatz von Gaswagen zur Erstickung der Menschen mit Kohlenmonoxid erweist sich nach Meinung der Mörder als zu zeitraubend. Im Oktober 1941 beauftragt Himmler den SS- und Polizeiführer Lublin, Odilo Globocnik, mit der Errichtung eines Vernichtungslagers. Am 31. Oktober 1941 reisen SS-Untersturmführer Gottfried Schwarz und SS-Oberscharführer Josef Oberhauser in Begleitung von SS-Hauptsturmführer Richard Thomalla von der SS-Zentralbauleitung in Lublin zur Errichtung des Vernichtungslagers Belzec an der Eisenbahnlinie Warschau-Lublin-Lemberg (damals Lwów, heute Lwiw in der Ukraine). Vierzehn Kilometer von Belzec entfernt befindet sich der Eisenbahnknotenpunkt Rawa Ruska, der die Region mit dem südlichen Teil Polens (damals Distrikt Krakau) und dem nördlichen Teil der besetzten Gebiete verbindet. Die Bahnverbindung garantiert die gute Erreichbarkeit des künftigen Vernichtungslagers für die Transporte. Das Lagergelände befindet sich auf einer Fläche von etwas über sieben Hektar und ist von einem doppelten Zaun aus Maschendraht und Stacheldraht umgeben. Der äußere Zaun ist mit Kiefernzweigen getarnt, die Zwischenräume mit Stacheldrahtrollen ausgefüllt. Das Lagergelände ist von fünf Wachtürmen umgeben. Ein später errichteter sechster Turm erlaubt den direkten Blick in den »Schlauch«, einen eingezäunten Korridor zwischen dem Ankunftsbereich und dem Vernichtungsbereich. Das Lagergelände wird in zwei Lagerabschnitte, Lager I und Lager II geteilt. Lager I bildet den Empfangsbereich. Eine doppelgleisige Eisenbahnrampe der Oberschlesischen Holz-Industriegesellschaft an der Südseite des Lagers, die zum Abtransport von geschlagenem Holz errichtet wurde, kann gleichzeitig vierzig Güterwaggons zum Entladen dienen. Der weitere Empfangsbereich umfasst einen Sammelbereich für Kranke, Alte und Schwache im Kopfbereich der Rampe, Latrinen, die Auskleide- und Frisörbaracke für Frauen, die Wäscherei und die Nähstube, die Schneiderei- und eine Schusterwerkstatt, die Baracke für das Arbeitskommando aus jüdischen Häftlingen, das Küchengebäude, Latrinen und Garagen für den SS-Fuhrpark. Durch einen einfachen Zaun getrennt liegen die Unterkunft der Trawniki-Wachmänner, deren Krankenrevier mit Zahnarzt und Frisierstube sowie das Küchengebäude, das Desinfektionsgebäude und die Sortierbaracken. Lager II bildet den doppelt so großen Vernichtungsbereich. Die durch einen Doppelzaun vom Lager I abgetrennten Gebäude enthalten die Unterkunft des Sonderkommandos aus jüdischen Häftlingen, das Küchengebäude, Latrinen und das Gebäude mit den Gaskammern. Dahinter liegen die Massengräber. Kurz vor Weihnachten wird SS-Obersturmführer Christian Wirth von Josef Oberhauser und Gottfried Schwarz als neuer Kommandant von Belzec in Empfang genommen. Zur Tötung der zu erwartenden Juden entwickelt Wirth eine präzise Ablauforganisation. Die Anlage des Lagers und Einteilung des Personals folgen dem Gedanken, den ankommenden Opfern die Aufnahme in einem Durchgangslager vorzutäuschen, von dem aus sie in Arbeitslager verlegt werden sollen. Unter Vorspiegelung einer Desinfektion aus hygienischen Gründen werden die Deportierten in die Gaskammern getrieben, die mit Brauseköpfen an den Decken als Baderäume getarnt sind. Die Menschen sollen laufen, keine Zeit haben sich umzusehen, keine Gelegenheit zum Nachdenken finden und schließlich, nach Luft ringend, die tödlichen Abgase eines Panzermotors einatmen. Zu Beginn der Massenvernichtung Mitte März 1942 organisiert Wirth den gesamten Ablauf: vom Moment der Ankunft der Waggons an der Rampe über die Vergiftung der Menschen in den Gaskammern bis zum Verscharren ihrer Leichen in den Gruben. Das Heraustreiben der Deportierten aus den Waggons, das Weitertreiben der nackten Menschen vom Auskleideplatz durch den »Schlauch« und in die Gaskammern, das Sortieren des mitgeführten Gepäcks, der abgelegten Kleidung und Schuhe, das Scheren der Frauenhaare, die Entgegennahme von Schmuck, Uhren und Brillen im Lager I, die Räumung und

Reinigung der Gaskammern, das Ausbrechen des Zahngolds, die Untersuchung der Leichen nach Wertsachen im Genital- und Afterbereich und das Verscharren, später auch die Verbrennung der Leichen im Lager II werden von jüdischen Arbeitskommandos unter Bewachung von russischen Trawniki-Männern durchgeführt, die vom stellvertretenden Lagerkommandanten Gottfried Schwarz befehligt werden. Am 1. August 1942 wird SS-Obersturmführer Christian Wirth zum Inspekteur der Vernichtungslager der *Aktion Reinhardt* ernannt und damit zum Dienstvorgesetzten des Personals der Vernichtungslager Belzec, Sobibor und Treblinka befördert. Der offizielle Briefkopf seiner Dienststelle trägt den Wortlaut »Der SS-Polizeiführer im Distrikt Lublin – Abteilung Reinhardt – Der Inspekteur der SS-Sonderkommandos«. Zu Wirths Zuständigkeitsbereich zählt außer den drei Vernichtungslagern auch die in ehemaligen Flugzeughallen in Lublin gelegene Hauptsammelstelle für das den Opfern der *Aktion Reinhardt* geraubte Eigentum.

NEUNTES KAPITEL

Lena und Leibgeber saßen auf dem Affenfelsen und beobachteten, wie zweiundzwanzig ausgewachsene Männer einem winzigen Ball hinterherrennen. Das Spiel simuliert die Jagd auf ein Stück Wild. Der Ball gilt als Wild, die Spieler repräsentieren die Jäger. Das Treffen des Balls in das gegnerische Tor symbolisiert das Erlegen des Wildes. Die Zuschauer auf den Tribünen empfinden die Torjäger als ihre Stellvertreter. Sofern ein Stellvertreter den Ball ins Tor schießt, gilt dieses als Jagderfolg für die eigene Mannschaft. Leibgeber nahm die Fernbedienung zur Hand und schaltete in den Film » *Chatos Land* «. Darin spielt Charles Bronson einen Halblut-Apatschen. Im Saloon einer Wildwest-Stadt stänkert der Gesetzeshüter, dass Schnaps nur an Weiße ausgeschenkt werde. Als er seinen Colt zieht, schießt Chato ihn nieder. Nach dem Schusswechsel wirft Chato sich auf seinen Mustang und flieht aus der Stadt. Quincy Whitmore, ein früherer Südstaaten-Offizier, organisiert einen Suchtrupp, der Chato verfolgen und zur Rechenschaft ziehen soll. Bei der Verfolgung seiner Spur in die unwegsame Halbwüste passiert der Trupp die Farmen verschiedener Siedler. Whitmore fordert die Farmer auf, sich seinem Suchtrupp zur Aufrechterhaltung der Ordnung anzuschließen. Zwei der Farmer, die sich durch ihre Verweigerung nicht außerhalb der Gemeinde stellen wollen, bewaffnen sich und lassen ihre Familien auf den Farmen zurück. Ein anderer Siedler verweigert seine Teilnahme mit der Begründung, der korrupte Sheriff habe bekommen, was er verdient habe. Ein gewaltbereiter Farmer, den Whitmore aus dem Sezessionskrieg kennt, und sein verkommener Bruder erhalten durch ihre Teilnahme die Möglichkeit, ihre Gewaltphantasien auszuleben. Am Ende setzten sich dreizehn Verfolger auf die Spur Chatos, der den Trupp unter Führung Whitmores aus der Steppenlandschaft in die Halbwüste , einem Chato bestens vertrauten Gelände, lockt. Wassermangel und ein Unfall zwingen zwei der Verfolger zur Rückkehr. Als der gewalttätige Bruder eines der Farmer und zwei weitere Männer Chatos Unterschlupf ausfindig machen, vergewaltigen sie dessen indianische Frau. Chato schwört Rache und bringt seine Verfolger einen nach dem anderen zu Tode. Giftige Schlangen, mangelnde Wasservorräte und vertriebene Pferde dezimieren Whitmores Truppe. Nach dem Tod Whitmores lässt ein demoralisierender

Streit unter den Verfolgern das Unternehmen scheitern. Sofern sie sich nicht gegenseitig umbringen, werden sie von Chato gejagt und getötet. Bis auf den letzten Mann. Leibgeber genoss diese Rachegeschichte. Chato agierte als sein Stellvertreter. Genauso wie Chato seine Verfolger umbringt, Mann für Mann, einen nach dem anderen, hatte Leibgeber seinerzeit Klassenkameraden, die ihn beim Schulsport wegen seiner mangelnden Sehfähigkeit und schlechten Spielerqualitäten ausgegrenzt hatten, zur Hölle schicken wollen. Leibgeber tat schon als Schüler das Falsche – und strengte sich auch noch richtig dabei an. Erst wollten ihn seine Mitschüler nicht in ihre Mannschaft aufnehmen – und dann strengte er sich auch noch für deren Sieg an.

Auftaktveranstaltung des Kreisverbandes Bundesstadt Bonn zur Haus- und Straßensammlung. Auf dem Bonner Münsterplatz steht das Musikkorps der Bundeswehr aus dem nahegelegenen Siegburg zu Füßen des Beethoven-Denkmals, wo die Soldaten aus vollen Lungen einen Auswurf aus der Marschmusikliteratur ins Publikum blasen. Karin hatte einen Informationstisch mit Gaben aus der Werbeabteilung gedeckt und die Sammeldosen aus den Transportkisten genommen. Der Informationsstand des Kriegsgräbervereins wirkte mit seinem türkisfarbenen Schirm über dem runden Stehtisch wie ein Kristallisationspunkt, um den herum sich Kuckuck als Vorsitzende des Bezirksverbandes, der Oberbürgermeister, der Beigeordnete mit Zuständigkeit für das Grünflächenamt, der Standortälteste und mehrere Dienstgrade von der Hardthöhe versammelten.

Im vergangenen Jahr hatte die Prominentensammlung auf dem Münsterplatz aufgrund schlechter Witterungsverhältnisse abgesagt werden müssen. Das Musikkorps war wegen des strömenden Regens erst gar nicht aus dem Bus gestiegen. Daraufhin beschlossen der vor Ort anwesende Oberbürgermeister als Vorsitzender des Stadtverbandes, der Standortälteste und Leibgeber als Vertreter des Kriegsgräbervereins, in der Woche darauf zum Auftakt der Sammlung eine Pressekonferenz im Stadthaus durchzuführen. Als Kuckuck, die sich bis dahin nicht für die Teilnahme an Auftaktveranstaltungen interessiert und Terminübersichten Leibgebers ignoriert hatte, davon erfuhr, stapfte sie durch ihren Audienzsaal mit dem Kuckucksruf, sie sei stinksauer, stinksauer sei sie, einfach stinksauer. Leibgeber bekam ihren Wutausbruch vom Vorzimmer aus mit, wo er eine Unterschriftenmappe abholte. Durch die geöffnete Tür zu ihrem Audienzsaal blickte er auf einen Glastisch mit einem gläsernen Bullenbeißer mit Krönchen auf dem Kopf und Glasflügeln am Gesäß. Leibgeber war überzeugt, dass Kuckuck die Glasfigur höchstpersönlich ausgesucht hatte. Der Fingerabdruck

dieser Führungsfigur war überall deutlich erkennbar. Kuckuck verfasste ein Anschreiben, mit dem sie Leibgeber » aus gegebenem Anlass « verpflichtete, ihr
sämtliche Termine mit Öffentlichkeitswirksamkeit zur Kenntnis zu bringen. Sie
behalte sich vor, gegebenenfalls persönlich daran teilzunehmen. Die geplante
Pressekonferenz im Bonner Stadthaus wurde ohne vorherige Rücksprache
mit Leibgeber abgesagt und um eine weitere Woche nach hinten verschoben.
Andernfalls hätte Kuckuck aus terminlichen Gründen nicht im Rampenlicht
stehen können. Am letzten Tag des Sammlungszeitraums traf Kuckuck im
Foyer des Bonner Stadthauses auf den Oberbürgermeister, um sich mit ihrem
Parteigenossen für die Presse ablichten zu lassen. Der Sammlungszeitraum war
vorüber. Der Öffentlichkeitsbeauftragte der Stadtverwaltung Bonn entsorgte
seine Aufnahme in den digitalen Mülleimer seiner Dienstkamera. Was hätte
nach Ablauf des Sammlungszeitraumes mit der Aufnahme, die als Aufruf zur
Beteiligung an der Sammlung gedacht war, anderes geschehen sollen?

Im Jahr darauf schien die Sonne. Prominente, Publikum und Pressevertreter
wurden von Kuckuck als der Vorsitzenden des Bezirksverbandes Rheinland und
dem Oberbürgermeister als Vorsitzenden des Stadtverbandes Bonn zur Auftaktveranstaltung auf dem Bonner Münsterplatz begrüßt. Der Oberbürgermeister
erklärte, die Bedeutung der alljährlichen Haus- und Straßensammlung sei allein
schon daran zu erkennen, dass lediglich ein Viertel des jährlichen Finanzierungsbedarfs der Vereinsarbeit aus Steuermitteln stamme. Fünfundsiebzig Prozent des
Finanzierungsbedarfs des Vereins müssten aus den Beiträgen der Mitglieder und
Spenden aus der Bevölkerung aufgebracht werden. Besonderer Dank gebühre
daher dem Musikkorps der Bundeswehr, dessen Spiel unter der Stabführung von
Oberstleutnant Diskant der Sammlung öffentliche Aufmerksamkeit verschaffe.
Bevor Diskant den Taktstock hob, bat Leibgeber den Oberstleutnant als Lei-
ter des Musikkorps, Kuckuck als Vorsitzende des Bezirksverbandes, den Ober-
bürgermeister als Vorsitzenden des Stadtverbandes und den Standortältesten
Bonn, der zugleich als Beisitzer im Bezirksvorstand amtierte, sich zu einem
Pressefoto zu gruppieren. Der Fotograf vom *Bonner Generalanzeiger* schob die
Akteure zu einem Kleeblatt zusammen und forderte sie auf, ihre Sammeldosen
in die Kamera zu halten. Dann zuckten die Blitzlichter. Am anderen Morgen
würde der Pressedonner vernehmbar sein. Das war wichtig. Die Leute sollten
auf die Heimsuchung durch die Sammler der Bundeswehr an ihren Haustüren
vorbereitet werden. Als Diskant den Taktstock hob, krümmte sich Kuckucks
Zeigefinger wie der Stachel eines Skorpions in Richtung Leibgeber (Kommse-
KommseKommseKommse!). Auf diese Weise versuchte die Frau Vorsitzende

ihrem Bezirksorganisationsleiter auf dem Bonner Münsterplatz, wie die Lehrerin einem Grundschüler auf dem Schulhof, zu verdeutlichen, dass er zu ihr eilen solle. Ja, wer bist du denn? grollte Leibgeber in Gedanken. Du bist Familienvater, zahlst Lohnsteuer, finanzierst als Steuerbürger Kuckucks Arbeitsplatz, wirst zu Beiträgen für die Sozialversicherungen herangezogen, bist seit Jahren berufstätig. Was glaubt diese ehemalige Studienreferendarin, die als Beamtin noch niemals einen Euro in die Sozialkassen abgeführt hat und zudem ohne direkte demokratische Legitimation als Statthalterin der Landesregierung in Köln amtiert, eigentlich wen sie vor sich hat? Einen Grundschüler auf dem Schulhof, oder was? Muss ich mich von der Dame wie ein Schulkind behandeln lassen? »DADAS IST DOCH WOHL NICHT MÖGLICH, NEIN, DAS KANN DOCH WOHL NICHT MÖGLICH SEIN / IST DENN DER SOUVERÄN DER ZAHLT EIN SAUDUMMES SPARSCHWEIN? EIN SAUDUMMES, EIN SAUDUMMES, EIN SAU SAU SAU SAU SAUDUMMES ... NEIN, DAS KANN DOCH WOHL NICHT MÖGLICH SEIN / DER BÜRGER IST KEIN SCHWEIN! DER IST NE KUH, DER IST NE KUH / DIE MELKT VATER STAAT IMMERZU ... DA DA DATT DA DA DA DA DA DA ... DA DATT DA DA DA ... DA DA DATT DA DA ... DA DA DATT DA DA DA DA DA DA DATT DA DA DA DA DATT ...« Die Fragen der Journalisten vom *Bonner Generalanzeiger*, vom Presseamt der Bundeswehr und vom Werbeblättchen waren bei dem Höllenlärm des Musikkorps kaum zu verstehen. Leibgeber bat die Dame vom *Bonner Generalanzeiger* sowie die Herren vom Presseamt der Bundeswehr und vom Werbeblättchen auf die Seite. Er habe die Rede des Oberbürgermeisters gehört, sagte der Werbemensch. Ihn beschäftigte allerdings die Frage, wer sich für die Pflege der Kriegsgräber nahezu siebzig Jahre nach Kriegsende noch interessiere. Die Leute hätten doch gar keinen Bezug mehr zu dem Thema. Siebzig Jahre nach dem Ende des Zweiten Weltkriegs nehme der persönliche Bezug immer weiter ab, bestätigte Leibgeber. Die meisten Menschen hätten keine persönlichen Erinnerungen mehr an das Kriegsgeschehen. Die lange Friedensperiode seit dem Kriegsende sei zwar erfreulich, schaffe aber ein Bewusstseinsproblem. Wie denn der Kriegsgräberverein dem entgegenwirken wolle, fragte die Redakteurin vom *Bonner Generalanzeiger*. Durch die öffentliche Sammlung und durch Benefizkonzerte, Ausstellungen, Informationsfahrten, Vortragsveranstaltungen und bebilderte Zeitungsbeiträge im *Bonner Generalanzeiger*, in der Werbepost und auf der Homepage vom Presseamt der Bundeswehr, lautete Leibgebers Antwort. Leibgeber hatte den mangelnden persönlichen Bezug der

Leute zur Kriegsgräberpflege auch Gockel gegenüber angesprochen gehabt und kritisiert, dass die Arbeit des Kriegsgräbervereins nicht ausreichend beworben werde. Ob er wisse, was das koste? hatte der Landesorganisationsleiter gekräht. Mitgliederbeiträge, Erblasserzuwendungen und Sammlungseinnahmen seien dazu da, die deutschen Kriegsgräberstätten im Ausland zu unterhalten – nicht um die Ausstrahlung von Fernsehspots oder Radiowerbung zu finanzieren. Die Bewerbung der Haus- und Straßensammlung während des Sammlungszeitraums durch Werbeausstrahlungen wurde von Gockel abgelehnt. Das sei zu teuer, krähte er. Punktum. Wer am Saatgut spare, dürfe am Ende nicht über eine miserable Ernte klagen, kommentierte Leibgeber. Mit der öffentlichen Bewerbung der Arbeit des Kriegsgräbervereins würden nicht nur Sammlungsgelder generiert, sondern auch neue Mitglieder gewonnen. Wer jedoch wie Gockel die Körner der Weisheit mit Löffeln gefressen hat, braucht nicht mit nahrhaften Ideen gefüttert zu werden. Diejenigen, die den Verband vor allem unterstützten, waren die Hinterbliebenen der Erlebnisgeneration; Kinder, deren Väter den Krieg nicht überlebt hatten und in einem Kriegsgrab lagen, welches vom Verein gepflegt wurde – in Frankreich, in Italien, in Polen, in Weißrussland, in der Russischen Föderation, der Ukraine oder sonst wo. Ansonsten interessierte die Verbandsarbeit kaum jemanden. Auf dem Bonner Münsterplatz hielten außer dem Oberbürgermeister und seinem ständigen Vertreter im Bezirksvorstand ausschließlich Angehörige der Bundeswehr und Reservisten eine Sammeldose in Händen. Die Schießer sammelten für die Gräber der Erschossenen. Kuckuck balzte derweil mit dem OB – andernfalls hätte Leibgeber das Interview mit den Pressevertretern nicht nur vom Lärm des Musikkorps gestört führen müssen.

Pressekonferenz im Kreishaus Gummersbach. Das Kreishaus in der Moltkestraße war nicht weniger hässlich als die nach kommunalen Gebietsreformen in den vertrauten Gesichtern lieber Freunde entstandenen hässlichen Furunkeln in Bergheim, Bergisch Gladbach, Euskirchen, Heinsberg oder Siegburg. Das Innenleben mit dem über drei Stockwerke hohen Foyer und Galerien, von denen aus die Bürowaben dieses Bienenstocks erreicht werden konnten, erschien nach dem Betreten des Kreishauses geringfügig freundlicher. Eine dieser Waben enthielt einen weitläufigen Besprechungsraum, in dem sich außer dem Kreisorganisationsleiter und Leibgeber drei Reservisten, vier Organisationsleiter von Ortsverbänden und eine Journalistin verloren. Der Landrat ließ sich entschuldigen: Terminüberschneidung. Immerhin hatte er aus seinen Verfügungsmitteln Kaffee und Softgetränke auf die Tische platzieren lassen. Der

Kreisorganisationsleiter begrüßte die Teilnehmer und beklagte die mangelnde Bereitschaft zweier Bürgermeister, das Amt des Ortsverbandsvorsitzenden übernehmen zu wollen. Auch seien die Posten der Organisationsleiter unbesetzt geblieben. Sofern der Bürgermeister als Chef der Verwaltung den Vorsitz des Ortsverbandes zu übernehmen ablehnte, bestellte er nicht auch noch einen Verwaltungsmitarbeiter als Organisationsleiter, mutmaßte Leibgeber. Durch die mangelnde Struktur als Voraussetzung für die Organisation der Arbeit waren auf der Landkarte des Bezirksverbandes zwei ärgerliche Flecken entstanden. In keinem anderen Kreisverband – mit Ausnahme von Leverkusen – wurden weniger Spenden gesammelt als zwischen Radevormwald und Morsbach. Der Kreisverband hielt neben dem Stadtverband Leverkusen die rote Laterne als Spenden-Schlusslicht in Händen. Dem Blitzlichtgewitter beim Fotoshooting vor dem Kreishaus folgte der Pressedonner. Kuckuck war auch diesem Termin ferngeblieben. Stattdessen rief sie in den schweigenden Wald der Teilnehmer an einer der folgenden Bezirksvorstandssitzungen, dass die Presse- und Öffentlichkeitsarbeit der Optimierung durch die Bezirksgeschäftsstelle bedürfe. Der Verband werde in der Öffentlichkeit nicht ausreichend wahrgenommen. Daumendicke Pressespiegel, die Leibgeber den Teilnehmern an der Vorstandssitzung über das mediale Echo der Verbandsarbeit im zurückliegenden Jahr aushändigte, blieben nach dem Ende der Veranstaltung auf den Tischen liegen.

Einweisung ziviler Sammler im Rathaus Bad Münstereifel. Der Organisationsleiter der Outlet-Stadt versammelte alle Jahre wieder zivile Sammlerinnen und Sammler und Angehörige des Schützenvereins zu einem Jahrestreffen im historischen Rathaussaal. Bei selbst geschmierten Brötchen und Softgetränken bedankte sich der Bürgermeister als Vorsitzender des Ortsverbandes für deren Einsatz im vergangenen Jahr. »Ich danke allen freiwilligen Sammlern für ihr ehrenamtliches Engagement und drücke allen Beteiligten meinen Dank und meine Anerkennung für die geleistete Arbeit aus. Nur durch Ihren unermüdlichen Einsatz konnte abermals eines der drei besten Sammlungsergebnisse der fünfundneunzig Ortsverbände im Regierungsbezirk Köln erzielt werden.« Leibgebers Ausführungen im Anschluss an dessen Begrüßung und Dank an die Sammler bezogen sich im Wesentlichen auf die Finanzierung der Vereinsarbeit. Nur fünfundzwanzig Cent von jedem Euro, der für die Finanzierung von Bau, Bauunterhaltung und Pflege der 2,7 Millionen Kriegsgräber auf über 830 deutschen Kriegsgräberstätten in 45 Ländern Europas, für die Finanzierung der friedenspädagogischen Arbeit in den vier Jugendbegegnungsstätten und für die sechzig Workcamps für jugendliche Teilnehmer verausgabt werde, stammten aus Steuermitteln, referierte Leibgeber. Fünfundsiebzig Cent von jedem verausgabten Euro müssten aus den Beiträgen der Vereinsmitglieder, Zuwendungen von Erblassern und Spenden aus der Bevölkerung aufgebracht werden. Der Ortsverband Bad Münstereifel verzeichne seit vielen Jahren eines der drei Spitzenergebnisse der insgesamt 93 Ortsverbände, die in den elf Kreisverbänden entsprechend den sieben Landkreisen, der StädteRegion Aachen und den kreisfreien Städten Köln, Bonn und Leverkusen im Regierungsbezirk Köln organisiert seien, lobte Leibgeber. Das Sammlungsergebnis sei dem Einsatz des Organisationsleiters, der Unterstützung des Bürgermeisters als Vorsitzender des Ortsverbandes und dem Engagement der Sammlerinnen und Sammler geschuldet. Dafür gebühre Organisatoren und Sammlern Dank und Anerkennung.

Um den Sammlern vor Augen zu führen, was mit den von ihnen erzielten Einnahmen geschieht, planten der Organisationsleiter von Bad Münstereifel und Leibgeber eine Informationsfahrt zur deutschen Kriegsgräberstätte im belgischen Lommel. Eine vergleichbare Tagesfahrt zum deutschen Kriegsgräberfriedhof Ysselsteyn nahe Venlo war im Jahr zuvor vom Ortsverband Swisttal durchgeführt worden. Die Anfahrt war über den amerikanischen Soldatenfriedhof Margraten an der Landstraße zwischen Aachen und Maastricht erfolgt. Die Zuwegung dort verläuft durch ein parkartiges, von hohen Bäumen und Büschen bestandenes Gelände bis vor den Ehrenhof. Der Ehrenhof wird von zwei meterhohen, etwa vierzig Meter langen Mauern flankiert. Auf den Mauern sind die Namen von 1.722 vermissten Soldaten eingraviert. Die Inschriften auf den Wänden dokumentieren die Namen von Flugzeugbesatzungen, die beim Anflug auf ihre Ziele im Reichsgebiet abgeschossen wurden und deren sterbliche Überreste an keinem bekannten Grablageort beigesetzt werden konnten. Die Inschriften, die außer dem Namen und dem Heimatstaat des Vermissten auch seinen militärischen Rang und die Einheit verzeichnen, verraten, dass es sich ganz überwiegend um die Besatzungen von Bombenflugzeugen oder Luftlandesoldaten handelte. An der Stirnseite des Ehrenhofes erhebt sich der dreißig Meter hohe Turm einer Kapelle. Ein Glockenspiel spielt alle dreißig Minuten den »Star Spangled Banner«. In der Mitte des Ehrenhofes spiegelt ein Wasserbecken die Wolken am Himmel, an dessen Kopfende zwei Skulpturen stehen: die in lange Gewänder gehüllte *Trauernde Frau* mit drei Friedenstauben an ihrer Seite und ein Baumstumpf, dem ein frischer Trieb entsprießt. Rechterhand vom Ehrenhof befindet sich das Besucherzentrum, wo die Besucher sich ins

Gästebuch eintragen, Prospektmaterial und Auskünfte erhalten können. Dem Besucherzentrum gegenüber liegt ein überdachtes, nach vorn offenes Gebäude mit Reliefdarstellungen militärischer Operationen. Eine wandgroße Reliefdarstellung veranschaulicht die Anlandung der Alliierten in der Normandie am 6. Juni 1944 und deren weiteren Vormarsch über Paris und das Ruhrgebiet bis zum Zusammentreffen der Briten, Kanadier und Amerikaner mit den Truppen der Roten Armee an der Elbe. Der Anlandung der alliierten Bodentruppen an den in die Landungsabschnitte *Utah, Omaha, Juno, Gold* und *Sword* unterteilte Küste der Normandie war die Absetzung von Luftlandetruppen im Hinterland vorausgegangen. Nach der Einnahme der küstennahen Städte, dem Freikämpfen der Zufahrtsstraßen und der Anlandung der Bodentruppen, bildeten die Alliierten einen Brückenkopf. Die alliierten Bodentruppen der Amerikaner, Briten und Kanadier wurden auch deshalb nicht in den Ärmelkanal zurückgetrieben, weil Hitler als oberster Befehlshaber die deutschen Panzerreserven zu spät freigab. Der »Führer« schlief und durfte in seinem privaten Domizil auf dem Obersalzberg nicht geweckt werden. Zudem befand sich der Oberbefehlshaber der deutschen Heeresgruppe B, Generalfeldmarschall Erwin Rommel, zum Zeitpunkt der Anlandung der Alliierten nicht auf seinem Gefechtsstand. Die Ereignisse der Anlandung werden in den Hollywood-Produktionen »*Der längste Tag*« und »*Der Soldat James Ryan*« von Steven Spielberg erzählt, dessen Eingangssequenz auf dem oberhalb des amerikanischen Landungsabschnittes Omaha Beach gelegenen amerikanischen Soldatenfriedhof Colleville-sur-Mer abgedreht wurde. Strandszenen der Hollywood-Produktion »*Der längste Tag*« wurden an jenem Tag aufgenommen, als die feierliche Übergabe des deutschen Kriegsgräberfriedhofes La Cambe vom französischen Kriegsgräberdienst an den Verein erfolgte. Durch die Detonationen der Übungsmunition, den Einsatz von Pyrotechnik und der Requisite der Filmproduktion wurden die Veranstaltungsteilnehmer auf makabre Weise an die Ursache der vielen Kriegstoten auf deutscher und alliierter Seite erinnert. Nach nur wenigen Tagen hatten die Alliierten ihren Brückenkopf als Bereitstellungsraum für den weiteren Vormarsch ausgeweitet. Der Vormarsch der Bodentruppen erfolgte in Richtung Paris. Die Panzerschlacht im Kessel von Falaise vermochte das Kriegsglück nicht zugunsten der deutschen Truppen zu wenden. Paris wurde eingenommen und trotz des Nero-Befehls Hitlers, die Stadt vor der Einnahme durch die Alliierten sprengen zu sollen, unzerstört übergeben. Die kampflose Übergabe von Paris war dem deutschen Stadtkommandanten General von Choltitz zu verdanken. Die schwierigen Umstände der Verhandlungen zwischen dem schwedischen Konsul und Choltitz, die zur kampflosen Übergabe der Stadt an die Alliierten führte, werden in dem Film »*Diplomatie*« von Volker Schlöndorff erzählt. Nach der Besetzung von Paris setzten die Alliierten ihren Vormarsch in Richtung Reichsgrenze fort. Um den kurzfristig erneut befestigten Westwall zu umgehen, griffen die Alliierten in Richtung Niederlande an. Ziel der Operation *Market Garden* war es, bei Arnheim den Niederrhein zu überwinden und dann nach Osten einzuschwenken, um nördlich des Ruhrgebietes in das Reichsgebiet einzudringen. Mit der bis dahin größten Luftlandeoperation des Zweiten Weltkrieges sollten die insgesamt sieben Brücken über die quer zur Vormarschrichtung verlaufenden Flüsse und Kanäle bei Eindhoven, Nimwegen und Arnheim erobert und den Bodentruppen der Vormarsch ermöglicht werden. Dazu wurden zwei amerikanische und eine verstärkte britische Luftlandedivision eingesetzt. Die Luftlandeoperation scheiterte. An der Brücke von Arnheim stoppten deutsche SS-Einheiten den weiteren Vormarsch. Die Ereignisse um die Luftlandeoperation *Market Garden* werden in dem Film »*Die Brücke von Arnheim*« erzählt. Die Verluste der gescheiterten Luftlandeoperation beliefen sich auf etwa 17.000 Mann. Viele der ums Leben gekommenen amerikanischen Soldaten wurden auf dem amerikanischen Soldatenfriedhof im niederländischen Margraten beigesetzt. Nach der Erläuterung des militärischen Hintergrundes durch Leibgeber bewegten sich die Reiseteilnehmer entlang des Spiegelbeckens im Ehrenhof an der *Trauernden Frau* vorbei auf das Gräberfeld. Das Gräberfeld wird durch eine Rasenachse geteilt, die auf einen Tumulus mit einer Fahnenstange zuläuft, an der das Sternenbanner flattert. Die Grabzeichen links und rechts der Rasenachse sind in geschwungenen Bögen angeordnet. Auf dem Gräberfeld liegen 8.301 Soldaten beigesetzt; 8.122 Kriegsgräber sind durch christliche Symbolkreuze, 179 Kriegsgräber durch Davidsterne gekennzeichnet, sämtliche Grabzeichen aus weißem Marmor gefertigt. Das gilt für sämtliche, von der *American Battle Monuments Commission* gepflegten Soldatenfriedhöfe. Auf den vom Verein unterhaltenen Kriegsgräberstätten sind aus Beton gefertigte christliche Symbolkreuze, schwarze Eisenkreuze oder steinerne Liegekissen zu sehen. Die schwarz gestrichenen eisernen Kreuze auf den deutschen Soldatenfriedhöfen für die Gefallenen des Ersten Weltkrieges verzeichnen jeweils bis zu vier Namen. Die Inschrift auf den Marmorkreuzen und Davidsternstelen der Amerikaner dokumentieren Vor- und Familienname, militärischen Rang, Einheit, Heimatland und Todesdatum des Gefallenen. Die Rasenfläche wirkt wie mit der Nagelschere gepflegt. Für den Baumschnitt der Ahornbäume und der haushohen Rhododendrenbüsche beschäftigen die Amerikaner zahlreiche

Arbeitskräfte. Die amerikanischen Soldatenfriedhöfe in Europa werden mit Steuergeldern der US-Bürger instandgehalten. Sowohl die Ausstattung der Gräberfelder mit Grabzeichen aus Marmor als auch deren Pflege mit Nagelschere und Baumfönfrisuren seien auf den deutschen Kriegsgräberstätten nicht zu realisieren, erläuterte Leibgeber den Swisttaler Fahrtteilnehmern. Pflege und Erhalt der deutschen Kriegsgräberfriedhöfe im Ausland oblägen dem Verein. Fünfundsiebzig Prozent der finanziellen Aufwendungen des Vereins müssten durch die Beiträge der Mitglieder, Zuwendungen von Erblassern und Spenden aus der Bevölkerung aufgebracht werden, so Leibgeber weiter. Nur ganze fünfundzwanzig Prozent der notwendigen Mittel zur Finanzierung der Vereinsarbeit seien steuerfinanziert. Die Beteiligung der Fahrtteilnehmer als Sammler bei der Durchführung der alljährlichen Haus- und Straßensammlung sei von existenzieller Bedeutung, erklärte Leibgeber. Beim Schlussspurt der Fahrtteilnehmer über den US-Militärfriedhof Margraten wurden Kriegsschicksale von Angehörigen angesprochen. Zwei der Fahrtteilnehmer hatten die Kriegsgrablagen von Bruder und Vater durch das Gräberdokumentationssystem des Vereins im Internet aufgefunden, Grabschmuckaufträge veranlasst und eine Reise mit einem Partnerunternehmen des Kriegsgräbervereins nach dorthin unternommen. Der Arbeitskreis Heimat hatte die Kriegsgrablagen von 95 Einwohnern des Ortsteils Heimerzheim recherchiert. Die recherchierten Kriegsgrablagen sollten auf der Kriegsgräberanlage in Swisttal-Heimerzheim auf einer Tafel dokumentiert werden. Auf der deutschen Kriegsgräberstätte in Heimerzheim liegen nicht etwa Soldaten, die in Heimerzheim geboren und dort vermutlich auch aufgewachsen sind. Auf der deutschen Kriegsgräberanalage in Swisttal-Heimerzheim liegen Soldaten, die dort im Lazarett verstorben oder durch unmittelbare Kampfeinwirkung zu Tode kamen. Die Soldaten aus Heimerzheim liegen in der Ukraine, Belarus, Polen, Frankreich, Italien, wo auch immer. Die Fahrtroute nach Ysselsteyn hatte nach dem Besuch des amerikanischen Soldatenfriedhofs Margraten über Maastricht, Roermond und Venlo nach Venray geführt, wo der Bus in die Heide eingebogen war. Der deutsche Kriegsgräberfriedhof Ysselsteyn befindet sich nur wenige Kilometer südwestlich vom niederländischen Venray. Auf dem leicht welligen, dreißig Hektar großen Gelände liegen 33.000 deutsche Kriegstote aus allen Teilen der Niederlande beigesetzt. Ysselsteyn ist als einziger Kriegsgräberfriedhof in den Niederlanden mit deutschen Gefallenen belegt. Die Niederlande waren im Ersten Weltkrieg neutral gewesen. Dennoch liegen auch 85 deutsche Kriegstote aus dem Ersten Weltkrieg in Ysselsteyn begraben. Ihre Leichen wurden an den Küsten der

Niederlande angeschwemmt. Ein Sarkophag aus Muschelkalk gleich neben dem Eingang zum Gräberfeld bildet das Ehrenmal, unter dem dreizehn Gefallene in einem Gemeinschaftsgrab ruhen; 72, ringförmig um den Sarkophag angelegte Kreuze kennzeichnen die Einzelgräber. Vom Parkplatz aus erreichte die Gruppe den Friedhof über einen mit hohen Rhododendronbüschen bepflanzten Weg. Auf der linken Seite vor dem Eingang befindet sich ein Besuchergebäude, in dem die Grablageliste ausliegt. Auf der rechten Seite des Weges liegt ein Wirtschaftsgebäude für den Maschinenpark. Der weitere Weg führt über eine sechshundert Meter lange Achse, die den gesamten Friedhof bis zu seinem Ende durchzieht. In der Mitte der dreißig Hektar großen Anlage durchquert die Hauptwegeachse einen kreisrunden Gedenkplatz mit einem meterhohen Symbolkreuz. Dort, vor dem Hochkreuz auf dem zentralen Gedenkplatz, legten die Fahrtteilnehmer aus Swisttal einen Kranz nieder. Der Bürgermeister verlas das Totengedenken und erbat eine Schweigeminute. Ein pädagogischer Mitarbeiter der benachbarten Jugendbegegnungsstätte führte die Reisegruppe vor ein Glockenspiel, welches alle dreißig Minuten eine Melodie abspielte. Das Glockenspiel war durch die Initiative der Mutter eines Gefallenen installiert worden. Leibgeber erklärte den Fahrtteilnehmern, dass dieses Glockenspiel einen einmaligen Charakter besitze und bat sie, sich für ein Gruppenfoto davor zu platzieren. Als sich die Fahrtteilnehmer zum Gruppenfoto aufgestellt hatten und er auf den Auslöser drückte, dröhnte das Glockenspiel mit ohrenbetäubenden Klängen das Lied vom guten Kameraden. Die Amerikaner hätten das Glockenspiel in Ysselsteyn zum Vorbild genommen, ein solches auf dem amerikanischen Soldatenfriedhof Meuse-Argonnes bei Verdun zu errichten, schrie Leibgeber in die tauben Ohren der Fahrtteilnehmer. Gegenüber dem Glockenspiel bemerkte Leibgeber einen Gedenkstein für den niederländischen Hauptmann Ludwig Johann Timmermans, der bis zur Übergabe des »Begraafplatzes« an den Verein im Jahre 1976 in Ysselsteyn als Verwalter wirkte. Timmermans, der bei einem Lazarettaufenthalt nach einer Granatverletzung junge deutsche Soldaten kennengelernt hatte, die zum Dienst in der Wehrmacht verpflichtet worden waren und schwere Verletzungen davongetragen hatten, revidierte seine ablehnende Haltung den deutschen Soldaten gegenüber und kümmerte sich ab 1948 voller Hingabe um die Anlage und Gestaltung des deutschen »Begraafplatzes«. Timmermans, der auch nach seiner Pensionierung immer wieder Jugendliche zusammenführte und ihnen die Geschichte des Friedhofes nahebrachte, verstarb 1995. Sein Leichnam wurde kremiert, seine Asche – seinem letzten Wunsch entsprechend – über die Gräber in Ysselsteyn verblasen.

In der Verlängerung der Querachse der Friedhofsanlage, an der sowohl das Glockenspiel als auch der Gedenkstein für Timmermans stehen, waren Sammelgräber mit Kriegstoten zu besichtigen, deren sterbliche Überreste aufgrund von Granatenbeschuss auf eine Panzerbesatzung oder sonstiger Kampfeinwirkungen nicht hatten getrennt werden können. Zwei zusammenstehende Kreuze mit niederländisch klingenden Namen und der Rangbezeichnung »Rottenführer« dokumentierten, dass niederländische Staatsangehörige als Freiwillige in der Waffen-SS kämpften. Hier in Ysselsteyn wäre bei dessen Kriegstod auch das Grab des 88-jährigen Jacobus Petrus Bestemann zu finden gewesen, der am 14. Juli 1944 als Angehöriger einer SS-Einheit im holländischen Breda den Apotheker Fritz Bicknese ermordete. Sein Komplize, der ehemalige SS-Angehörige Heinrich Boere, der vor seiner Verurteilung 32 Jahre in einer Seniorenresidenz in Eschweiler verbrachte, wurde am 23. März 2010 in einem der letzten Nazi-Kriegsverbrecher=Prozesse von der 1. Schwurgerichtskammer des Landgerichts Aachen als Angehöriger des SS-Sonderkommandos *Feldmeijer* zu lebenslanger Haft verurteilt. Boere hatte, neben dem Apotheker Bicknese aus Breda, den Fahrradhändler Teunis de Groot aus Voorschoten und den Niederländer F. W. Kusters aus Wassenaar ermordet. Hier in Ysselsteyn wäre bei dessen Kriegstod auch das Kriegsgrab des 93-jährigen Siert Bruins aus dem sauerländischen Breckerfeld zu finden gewesen, der sich der SS im besetzten Holland als Rottenführer angedient hatte. Die Staatanwaltschaft am Landgericht Hagen warf ihm 2013 vor, 1944 in den besetzten Niederlanden den Bauern Alder Klaas Dijkema, der einer Widerstandsgruppe in Delfzijl angehört hatte, erschossen zu haben. Dijkema wurde im Dunkeln aufgefordert, aus dem Auto der SS-Leute mit dem Kommando »Geh mal eben pissen!« auszusteigen. Kurz darauf fielen die tödlichen Schüsse. Bruins bezichtigte seinen vorgesetzten Kameraden, der Schütze gewesen zu sein. Das Verfahren wurde eingestellt. Obwohl das Gericht es als erwiesen ansah, dass Bruins am Tatort war und geschossen hatte. Obwohl die Staatsanwaltschaft die Mordmerkmale »arg- und wehrlos« sowie »heimtückisch« als erwiesen ansah – der Tötungsvorsatz habe schon bei Fahrtantritt bestanden. Obwohl der Greis ein überzeugter Nationalsozialist war, der den Holocaust in Abrede stellte. Niederländischen Angehörigen von Wehrmacht und Waffen-SS wurde nach dem Ende des Zweiten Weltkriegs die Staatsbürgerschaft aberkannt, die Kriegstoten in Ysselsteyn beerdigt. Der größte Verbrecher, SS-Sturmbannführer Max Gebhardt, wurde in Grab 206 von Reihe 9 im Block AB beigesetzt. Gebhardt war Angehöriger der Lagermannschaften der Konzentrationslager Esterwegen und Oranienburg, der SS-Totenkopf = Stan darte 2 *Brandenburg* und der 10. SS-Totenkopfstandarte in Buchenwald. Vom Mai 1942 bis August 1943 war er als Führer des Wachbataillons nach Auschwitz abkommandiert. Ab September 1944 Kommandant des I./SS-Freiwilligen=GrenadierRegiments 84 der SS-Brigade *Landsturm Niederlande*, wurde er am 9. Dezember 1944 in der Nähe von Espeet erschossen und am 13. Dezember 1944 auf dem Friedhof Heidehof begraben. Am offenen Grab hatte eine SS-Abteilung Salutschüsse abgefeuert. Seine sterblichen Überreste wurden auf den Soldatenfriedhof nach Ysselsteyn umgebettet. Eine Fahrtteilnehmerin aus Swisttal kritisierte die Aberkennung der niederländischen Staatsbürgerschaft für Wehrmachtsoldaten und SS-Angehörige als unmenschlich. Das seien doch alle Opfer, versicherte sie. Es sei verblendeter Hochmut, siebzig Jahre nach Kriegsende, die Toten in Täter und Opfer unterteilen zu wollen. Es sei verblendeter Hochmut, wenn jemand glauben sollte, ohne die Erfahrung der damaligen Lebenssituation, in der ganz anderen Perspektive des Rückblicks, hier noch differenzieren, urteilen und verurteilen zu müssen. Wie bitte, was? Was soll das denn heißen? erschrak Leibgeber vor dem Tätergrab Gebhardts. Ist der Angehörige eines SS-Einsatzkommandos, der Juden und andere ihm missliebige Personen hinter der Front ermordet hat, ebenso als Opfer zu betrachten, wie die am Rand einer Erschießungsgrube in Weißrussland oder der Ukraine ermordeten Juden, Männer, Frauen und Kinder? Ist der Ritterkreuzträger, der sich für die Ziele des Nationalsozialismus eingesetzt hat, ebenso als Opfer zu betrachten, wie der Widerstandskämpfer, der beim Kampf gegen den Nationalsozialismus sein Leben verlor? Nein! Nein! Dreimal Nein! Trotzdem widersprach Leibgeber der Dame nicht. Die Worte der Reiseteilnehmerin entsprachen der verlogenen Versöhnungsphilosophie seines Arbeitgebers. Der Kriegsgräberverein betrauert die Kriegstoten unisono als Opfer von Krieg und Gewaltherrschaft, überlegte Leibgeber. Die Täter werden weggelogen. Das soldatische Opfernarrativ ist wesentlicher Inhalt der Gedenk- und Erinnerungskultur dieses Vereins.

Nach dem Rundgang hatte die Reisegruppe aus Swisttal die dem Gräberfeld unmittelbar benachbarte Jugendbegegnungsstätte besucht. Nach mehreren Tassen Kaffee und einem Stück Kuchen im Freiluftbereich vor dem Sozialgebäude, gab die Leiterin der Anlage den Fahrtteilnehmern auf Vorschlag Leibgebers einen Überblick über die Gestaltungsmöglichkeiten beim Aufenthalt einer Jugendgruppe. Die Jugendlichen würden in den vor dem Sozialgebäude bogenförmig angelegten Blockhütten untergebracht und im Sozialgebäude verpflegt, hieß es. Die Jugendarbeit beruhe auf drei Säulen, so die Leiterin: Pflege des

Kriegsgrabes, historisch-politische Bildung und internationale Begegnung. Neben der Unterhaltung der vier Jugendbegegnungsstätten auf der Insel Usedom, im belgischen Lommel, in Niederbronn-les-Bain bei Straßburg und im niederländischen Ysselsteyn organisiere der Verein jährlich etwa sechzig Workcamps für Jugendliche und junge Erwachsene auf deutschen Kriegsgräberstätten in West-, Mittelost- und Osteuropa. Darunter auch in Polen, der Russischen Föderation und der Ukraine. In der Mitgliederzeitschrift war unter der Rubrik »Workcamp« ein Beitrag mit dem Titel »Gräbersuche auf der Krim« erschienen, der über einen Arbeitseinsatz von sechsundzwanzig Workcamp-Teilnehmern auf der deutschen Kriegsgräberstätte Sewastopol-Gontscharnoje berichtete. Dort lagen im Herbst 2011 23.000 deutsche Soldaten der 11. Armee begraben. Weitere Zubettungen waren geplant. Mit der Zeit sollten sämtliche auf der Krim gefallene deutsche Soldaten in Sewastopol-Gontscharnoje bestattet werden. An der Gedenkfeier zum 10-jährigen Bestehen der deutschen Kriegsgräberstätte im August 2011 nahmen neben dem Vereinspräsidenten auch der neue Präsident des österreichischen Schwarzen Kreuzes teil. Der Parlamentarische Staatssekretär im Bundesministerium der Verteidigung wies darauf hin, dass der Sammelfriedhof eine wichtige Funktion der internationalen Gedenkkultur darstelle. Soweit die Hauptdarsteller. Die Statisten bildeten die Teilnehmer einer Reisegruppe des Landesverbandes Thüringen. Ihre Gräbersuche auf der Krim, der Arbeitseinsatz der jugendlichen Workcamp-Teilnehmer und der Besuch der offiziellen Vertreter des Vereins blieb auf die Gräber der deutschen Gefallenen beschränkt. In der blutgetränkten Erde der Halbinsel Krim hätten sich noch andere Gräber finden lassen. Mit dem militärischen Erfolg der 11. Armee unter ihrem Oberbefehlshaber Erich von Manstein ging die Vernichtung der ukrainischen Juden einher. Am 18. Oktober 1941 rückten die 11. Armee unter Manstein und die Einsatzgruppe D unter Otto Ohlendorf im Gleichschritt gegen die Krim vor. Am 31. Oktober wurde Eupatoria eingenommen, am 1. November Simferopol besetzt, am 3. November wurde Feodosia erobert, am 16. November der Zugang zur Stadt Kertsch erkämpft. Mit dem Vorrücken der Front wurden die Städte »gesäubert«. Zur »Säuberung« gehörte das Erfassen, Zusammentreiben, Ermorden und Berauben von Juden, Männern, Frauen und Kindern. In Simferopol befahl der Führer des Sonderkommandos 11b, Dr. Werner Braune, die Erfassung und Sammlung der Juden auf dem Gelände des ehemaligen Parteigebäudes der KP im Zentrum der Stadt. Die Erfassung und Konzentration der Menschen sollte, den Aussagen der Mörder zufolge, dem Ziel dienen, die Juden in einem neuen Gebiet anzusiedeln. Bei der Sammlung auf dem Gelände des früheren Parteigebäudes mussten die Opfer ihr Gepäck abgeben, da dieses, der Begründung durch die Täter zufolge, beim Transport zum Arbeitseinsatz verloren gehen könne. Koffer und Wertsachen würden nachgeschickt, wurde versichert. Die Menschen mussten ohne ihre letzte Habe in Lastkraftwagen der Einsatzgruppe und des Heeres, Omnibusse und kleinere Beutefahrzeuge einsteigen. Sie wurden durch die verschneite Landschaft zu einem von der Straße aus nicht einsehbaren Panzergraben transportiert und von einer in Salven feuernden Schützenreihe ermordet. Unter den Schützen waren neben Angehörigen des SS-Sonderkommandos 11b auch Angehörige der Wehrmacht aktiv. Wer zu fliehen versuchte oder sich tot stellte, wurde von den Unterführern mit Maschinenpistolen erschossen. Um keinen Platz zu vergeuden, mussten ausgewählte Häftlinge die Leichen im Panzergraben stapeln. Nach Angaben von Augenzeugen der Staatsanwaltschaft München I wiederholte sich das Morden über Tage. Bei der Verscharrung der Leichen lockerten Juden die Erde an den Grubenrändern mit Kreuzhacken, andere kratzten die Erde mit bloßen Händen auf die Leichen. Die Kleidungsstücke der Ermordeten wurden sortiert, verpackt und eingelagert. Der Führer der Einsatzgruppe D, SS-Oberführer Otto Ohlendorf, veranstaltete eine Sonnenwendfeier, bei der auch führende Militärs erschienen, um gemeinsam mit den Angehörigen der Einsatzgruppe zu feiern. Dabei schwadronierten die Offiziere darüber, ob es schwerer sei, für das Vaterland auf zwei Meter Distanz einen Juden zu töten oder mit der Artillerie ganze Gegenden zu beschießen. War die 17-jährige Franziska N. aus Bad Oeynhausen, die nach Aussage der Mitgliederzeitschrift an dem Workcamp des Vereins in Sewastopol-Gontscharnoje teilnahm, von der Leitung des Workcamps über das Vorgehen der SS-Einsatzgruppen auf der Krim informiert worden? argwöhnte Leibgeber bei der Lektüre. In Eupatoria, am Westrand der Krim nahe dem See Sassyk, konzentrierte ein unter dem Befehl von Georg Feuerpfeil stehendes Teilkommando des Sonderkommandos 11a im ehemaligen Militärschulungsgebäude der Stadt rund 750 Juden. Nach der Registrierung der Einwohner, Verzeichnung der Wertsachen und Abgabe der Wohnungsschlüssel wurden die Juden von den Angehörigen des Sonderkommandos zum Sammelpunkt »Rotes Berglein« unweit der Eisenbahnlinie transportiert, wo sie erschossen wurden. Die Ortskommandantur belegte die Wohnungen mit Truppen und sammelte die Habseligkeiten der Ermordeten zur weiteren Verwendung ein. Hat die Workcamp-Leitung das Schicksal der von den Deutschen in Eupatoria ermordeten Juden gegenüber der 19-jährigen Workcamp-Teilnehmerin Sofia D. in Sewastopol-Gontscharnoje erwähnt?

zweifelte Leibgeber. Im schwer zerstörten Feodosia ließen sich insgesamt 1.052 Juden durch die Ortskommandantur registrieren. Die Registrierten wurden in ein Gefängnis gesperrt. Anfang Dezember 1941 brachte das Sonderkommando 10b die registrierten und gefangen gehaltenen Juden zu einem Panzergraben außerhalb der Stadt. Die frierenden Menschen wurden zum Panzergraben geführt und erschossen. Um Platz zu sparen, wurden die Ermordeten von dazu befohlenen Juden aufgeschichtet. Nach der Exekution unter Leitung von Alois Persterer veranstaltete das Sonderkommando ein Saufgelage, zu dem Persterer auch Wehrmachtsangehörige der Ortskommandantur einlud, durch die sein Sonderkommando für die Durchführung der Exekution verstärkt worden war. War die 19-jährige Julia S. als Teilnehmern des thüringischen Workcamps Lapsi auf der Krim, deren bewegender Brief an den Sohn eines Kriegstoten in dem Workcamp-Beitrag in der Mitgliederzeitschrift zitiert wurde, über die Vorgänge in Feodosia aufgeklärt worden? hinterfragte Leibgeber. Auf der Landzunge zwischen dem Schwarzen Meer und dem Asowschen Meer lag die Stadt Kertsch. Die militärische Macht wurde von der Ortskommandantur 287 ausgeübt, die zuvor in Feodosia stationiert gewesen war. Die Säuberungsaktionen wurden durch ein Teilkommando des Sonderkommandos 10b unter Hauptsturmführer Finger verantwortet. Das Sonderkommando übernahm das Gefängnis, um es als Sammelstelle für die registrierten Juden zu verwenden. Vor ihrer Ermordung verpflichtete sich die Ortskommandantur gegenüber dem Sonderkommando, die Juden zu transportieren, die Absperrung des Exekutionsplatzes zu organisieren und zusätzliche Schützen zu rekrutieren. Die Opfer wurden zum Exekutionsort gefahren und ausgeraubt. An der Sammelstelle wurden ihnen Geld, Uhren und sonstige Wertgegenstände abgenommen. Die Angehörigen des Sonderkommandos rissen den Gefangenen die Oberbekleidung vom Körper und bemächtigten sich ihrer Schuhe. An der Haltestelle der Lastkraftwagen lagerten große Haufen Kleider, Pelze, Schuhe und Mützen. Den Schützen des Sonderkommandos standen warme Winterbekleidung und Heißgetränke zum Schutz gegen die Kälte zur Verfügung. Verhältnisse und Vorgänge am Ort der Exekution wurden von dem ehemaligen Wehrmachtsoldaten der Werkstattkompanie der 46. Infanterie-Division Josef F. am 13.02.1965 vor der Staatsanwaltschaft München I bezeugt. Die Opfer wurden in zwei Gruppen getrennt und in Männer und Frauen mit Kindern geteilt. Die Schützen des Sonderkommandos 10b und die Schützen der 46. Infanterie-Division ermordeten 2.500 Juden, Männer, Frauen und Kinder. Viele der Opfer sprachen Deutsch. Ein Mann soll den Schützen voller Verachtung »Wenn Sie schießen, treffen Sie gut, Heil Hitler!« zugerufen haben. Ein anderer Mann soll in dem Moment, als er seine Frau mit ihrem kleinen Kind auf dem Arm in die Arme genommen hat, erschossen worden sein. Der Wehrmachtsangehörige Josef F. bezeugte, dass ein deutsch sprechendes Mädchen auf grausame Weise von einem unbarmherzigen SS-Mann hinter das Ohr geschossen und getötet worden war. Angenommen, dieser SS-Mann ist bei dem Gegenangriff der Roten Armee auf die Stadt Kertsch Ende Dezember 1941 zu Tode gekommen. Dann könnten dessen Gebeine ohne weiteres von den Umbettern des Vereins lokalisiert, exhumiert, identifiziert und auf dem deutschen Sammelfriedhof Sewastopol-Gontscharnoje als OPFER von Krieg und Gewaltherrschaft eingebettet worden sein, oder später wie geplant zugebettet werden, mutmaßte Leibgeber. Ein weiterer Beitrag der Mitgliederzeitschrift behandelte das Förderer-Workcamp im französischen Marigny, wo siebenundzwanzig Teilnehmer im Alter von 53 bis 72 Jahren die deutschen Kriegsgräber pflegten. Bei der abschließenden Gedenkveranstaltung habe Gisela S. ihre Mundharmonika hervorgezaubert und das Lied vom guten Kameraden gespielt. Einige ältere Teilnehmer hätten den Text aus dem Gedächtnis mitgesungen, hieß es in dem Beitrag. Haben die jugendlichen Teilnehmer am Workcamp in Sewastopol-Gontscharnoje dieses Lied ebenfalls gesungen? Als der Parlamentarische Staatssekretär im Bundesverteidigungsministerium dort von der wichtigen Funktion des Sammelfriedhofs in der internationalen Gedenkkultur sprach, hätte das große Wort von der Gedenkkultur nicht die Tatsache verschweigen dürfen, dass in Gontscharnoje – wie auf jedem anderen, vom Verein gepflegten deutschen Soldatenfriedhof – historische Mittäter, brutale Kriegsverbrecher und bestialische Massenmörder im Schatten des Holocaust liegen. Das große Wort von der internationalen Gedenkkultur, das der Staatssekretär dort im Munde führte, verschwieg, dass die jugendlichen Teilnehmer am Workcamp in Gontscharnoje die Gräber von brutalen Kriegsverbrechern und bestialischen Massenmördern gepflegt haben könnten.

Die geplante Informationsfahrt des Ortsverbandes Bad Münstereifel zur Jugendbegegnungsstätte Lommel solle unter Beteiligung des Bürgermeisters erfolgen, erläuterte Leibgeber im Ratssaal der Stadt. Die Anreise solle über den amerikanischen Soldatenfriedhof Henri-Chapelle an der Hauptverkehrsstraße zwischen Aachen und Liege erfolgen. Die dort beigesetzten 7.992 Gefallenen aus 49 amerikanischen Bundesstaaten kamen bei der Ardennenoffensive, im Hürtgenwald und bei Luftkämpfen ums Leben. Die bogenförmig aufgestellten Grabkreuze und Davidsterne aus Carrara-Marmor erstrecken sich auf einem dreiundzwanzig Hektar großen und vollständig mit Rasen bedecktem Gelände, informierte Leibgeber. Die Anlage werde von sechzehn Mitarbeitern *der American Battle Monuments Commission* gepflegt. Im rechten Teil der Anlage ruhten ursprünglich auch 10.300 deutsche Gefallene, die der amerikanische Gräberdienst aus dem Kampfgebiet im Hürtgenwald zunächst in Henri-Chapelle beisetzte. Die deutschen Gefallenen seien später auf den deutschen Kriegsgräberfriedhof im belgischen Lommel umgebettet worden, informierte Leibgeber. 1952 hatten dort unzählige Kreuze ein trostloses Gräberfeld mit zigtausenden Toten des Zweiten Weltkrieges gekennzeichnet. Flugsand bedeckte die Grabstellen, Riedgras wucherte zwischen den Kreuzen. Im Jahre 1952 versammelte der Aachener Jesuitenpater Theobald R. Jugendliche des Kölner Kolpingwerkes und des *Christlichen Vereins junger Männer* (CVJM), um sich der verwaisten Gräber anzunehmen. Es war die erste internationale Jugendbegegnung auf einer deutschen Kriegsgräberstätte nach dem Zweiten Weltkrieg, erläuterte Leibgeber. Unter dem Eindruck der Pflegearbeiten sei das Leitwort des Vereins geboren worden: »Versöhnung über den Kriegsgräbern«. Das von Pfarrer R. geprägte Leitwort wurde durch den Zusatz »Friedenseinsatz« ergänzt. Der Kriegsgräberverein wirft Täter und Opfer in ein großes Massengrab und gießt – getreu seinem Leitwort »Versöhnung über den Kriegsgräbern«, die er als »Friedenseinsatz« ausgibt – die süße Soße der Versöhnung darüber, überlegte Leibgeber. Wer wie der Kriegsgräberverein Versöhnung als Chiffre für das Verschweigen der Täter verwendet, verhindert Aufklärung und verantwortet Volksverdummung anstatt Friedenseinsätze. In seinem Wortbeitrag im Rathaus von Bad Münstereifel erklärte Leibgeber, dass alle Sammlerinnen und Sammler herzlich zur Teilnahme an der Informationsfahrt nach Lommel über den amerikanischen Kriegsgräberfriedhof Henri Chapelle eingeladen seien. Sinn und Zweck der Informationsfahrt sei es, den Veranstaltungsteilnehmern zu veranschaulichen, zu welchen Zwecken der Verein die bei der Sammlung erzielten Einnahmen einsetze: zum Erhalt der deutschen Kriegsgräberstätten im Ausland und zur Finanzierung seiner friedenspädagogischen Jugend-, Schul- und Bildungsarbeit. Im Anschluss an einen geführten Rundgang über das Gräberfeld sei der Besuch der unmittelbar benachbart gelegenen Jugendbegegnungsstätte vorgesehen, versprach Leibgeber. Zum Abschluss der Veranstaltung forderte der Bürgermeister die Teilnehmer auf, ihre Sammlertätigkeit an den Haustüren ihrer Mitbürger fortzusetzen. »Sammler und Spender setzten ein Zeichen gegen das Vergessen der Toten und Vermissten der beiden Weltkriege.«

Bad Münstereifel? Der Ort schrieb Militärgeschichte. Und zwar als Standort von Hitlers Feldhauptquartier *Felsennest*. Im Ortsteil Rodert befand sich die

»Wolfsschanze der Westfront« (Alexander Kuffner). Der »Führer« nutzte das *Felsennest* während des ersten Teils des Westfeldzuges gegen Luxemburg, Belgien, Frankreich und die Niederlande (*Fall Gelb*) in der Zeit vom 10. Mai bis zum 6. Juni 1940. Hitler liebte den Ort, den er seiner Sekretärin Christa Schröder zufolge als »Vogelparadies« bezeichnete. Während seines Aufenthaltes in Rodert unternahm er gelegentlich Spaziergänge in der Umgebung. Beim Gehen falle ihm etwas ein, bekundete Hitler in der Gesprächsrunde im Führerhauptquartier *Wolfsschanze* in der Nacht vom 26. auf den 27. Februar 1942 und versicherte: »Mein schönstes Quartier war doch das Felsennest.« Hier hatten zweimal täglich Lagebesprechungen in der Lagebaracke stattgefunden. Hier lebte, arbeitete und schlief der »Führer«. Das Quartier Hitlers, der so genannte »K-Stand« (Kommandostand) diente der Unterbringung von Hitler, seinem Diener Heinz Linge und von Generaloberst Wilhelm Keitel, dem Chef des Oberkommandos der Wehrmacht. Die kurz vor Kriegsende gesprengten Trümmer des K-Standes ließen, bei einem Ortstermin in Rodert im Anschluss an einen Besuch Leibgebers beim Bürgermeister, die Einteilung des K-Standes in so genannte Boxen erkennen. Hitlers Arbeitszimmer hatte die Bemaßung von 2 x 5,5 Metern. Gleich daneben befand sich dessen wesentliche kleinere Schlafbox. Eine Schlafbox gleicher Bemaßung wurde von Hitlers Diener Heinz Linge belegt. Die Box von Generaloberst Wilhelm Keitel entsprach den Umrissen von Hitlers Arbeitszimmer. Die Betonboxen waren eng und boten außer Hitlers Arbeitszimmer kein natürliches Licht. Hier arbeitete, schlief und empfing der »Führer«. Während seines Aufenthalts in *Felsennest* wurde das Führerhauptquartier von verschiedenen hochrangigen Nazischergen, darunter den Reichsministern Göring, Goebbels und Himmler besucht. Am 13. Mai 1940 verlieh Hitler Fallschirmjägern, die sich bei der Eroberung des belgischen Forts Eben-Emael ausgezeichnet hatten, das Ritterkreuz. Am 18. Mai 1940 vollzog er mit einem Erlass die Eingliederung der durch den Versailler Vertrag abgetrennten Gebiete von Eupen, Malmedy und Moresnet in das Großdeutsche Reich. Am 24. Mai 1940 ließ Hitler als Oberbefehlshaber der Wehrmacht die Panzertruppen vor Dünkirchen anhalten. Eine folgenschwere Entscheidung: Bis zur Wiederaufnahme der Verfolgung der britischen Truppen wurden über 300.000 alliierte Soldaten über den Kanal evakuiert. Ende Mai 1940 überbrachte der italienische Botschafter Alfieri die Nachricht vom Kriegseintritt Mussolinis an der Seite Deutschlands. Jeden Dienstag begab Hitler sich mit seinen Mitarbeitern in einen zum Kino umfunktionierten Saalbau der Gaststätte Hack an der Waldstraße, wo er die Wochenschau anschaute und deren Vorführung autorisierte. Im dortigen Kinosaal genehmigte er auch die Aufführung des berüchtigten Propagandafilms »*Der ewige Jude*«. Während seiner gesamten Aufenthaltsdauer im *Felsennest* wurde Hitler von seinem Begleitarzt, Professor Dr. Karl Brandt begleitet. Noch am Tag seiner Abreise setzte Hitler vom *Felsennest* aus das deutsche Strafrecht im besetzten Polen in Kraft, welches die Verhängung tausender Todesurteile gegenüber Polen und Juden ermöglichte. Am 6. Juni 1940 wurde das Führerhauptquartier von Rodert bei Bad Münstereifel nach Bruly-de-Pesche zwischen Brüssel und Reims verlegt. Nach der Abreise Hitlers wurde das *Felsennest* weiterhin bewacht, instandgehalten und sogar ausgebaut. Im September 1944 wurde die Anlage durch die Führungsstaffel der 7. Armee der Heeresgruppe B, im Winter 1944/1945 durch die Heeresgruppe B unter Feldmarschall Walter Model genutzt. Im Frühjahr 1945 wurde sie von deutschen Pionieren gesprengt. Vom Führerhauptquartier *Felsennest* waren bei Leibgebers Besuch nur noch eingewachsene Fundamente und Betonreste vorhanden. Angerostete Getränkedosen, Plastik- und anderer Wohlstandsmüll ließen erkennen, dass bereits etliche Hobbyforscher das frühere Führerhauptquartier in Bad Münstereifel-Rodert aufgesucht, durchstöbert und fotografiert hatten. Kein Wegweiser und kein Hinweisschild verwiesen auf die ursprüngliche Verwendung der überwachsenen Betontrümmer. Als Leibgeber den Bürgermeister nach der genauen Lage von Hitlers Führerhauptquartier gefragt hatte antwortete dieser, dass die frühere Kurstadt keine ungebetenen Gäste habe anziehen wollen. Die Caféhausbetreiber, Restaurantbesitzer und Geschäftsinhaber wünschten keine angebräunten Besucher in ihren Räumlichkeiten. Die gerahmte Ahnengalerie sämtlicher Bürgermeister vor seiner Amtsstube ließ – ebenso wie bei der Stadt Frechen und andernorts – eine auffällige Gedächtnislücke erkennen. In der Zeit von 1933 bis 1945 hatte augenscheinlich niemand das Amt des Bürgermeisters ausgeübt.

Standpräsentation beim »Tag der Reservisten« in Gummersbach. Mit Klapptisch, Stehtisch und Sonnenschirm in der Fußgängerzone. Als Tischdecke für den Klapptisch diente eine türkisfarbene Fahne des Kriegsgräbervereins mit weißen Kreuzen. Karin platzierte Bücher, Broschüren, Flyer, Prospekte, Karten, Kugelschreiber, Einkaufswagenchips und Gummibärchen zwischen die Fahnenkreuze. Links und rechts der Mitnahmeartikel stellte sie eine Sammeldose mit der Aufschrift »DANKE!« auf. Der Kriegsgräberverein war eine Mitglieder- und Spendenorganisation – kein Wohltätigkeitsverein. Der Stehtisch mit dem Laptop für die Online-Recherche im Gräberdokumentationssystem trug einen türkisfarbenen Sonnenschirm mit der Aufschrift www.Kriegsgräberverein.de. An der Rückseite des aufgeklappten Laptops befestigte Leibgeber die laminierte Seite mit der Aufschrift »Kennen Sie das Kriegsgrab Ihres Angehörigen? Fragen Sie uns! Wir helfen«. So vorbereitet ließ die Resonanz dennoch auf sich warten. Ganz anders am benachbarten Stand vom *Verband der Reservisten der Deutschen Bundeswehr* (VdRBw) und am »Karrieremobil« vom Amt für Personalmanagement der Bundeswehr, die wie zwei Disco-Schönheiten von interessierten, in Zivil gekleideten jungen Männern umschwärmt wurden. Die Standpräsentationen vom VdRBw, vom Kriegsgräberverein und das »Karrieremobil« der Bundeswehr dienten außer ihrer Eigenwerbung der Aufwertung von Informationsständen verschiedener Parteien in der Fußgängerzone. Am Sonntag wurde gewählt. Da konnte es nicht schaden, die trockenen Wahlversprechen der Parteien durch saftige Events anzureichern. Das »Karrieremobil« der Bundeswehr diente als Fliegenfänger für junge Erwachsene, die mit Abenteuerurlauben im Flecktarnanzug und humanitären Auslandseinsätzen zum Bau von Schulen und dem Bohren von Brunnen angelockt wurden. Als Sprachrohr des Fliegenfängers agierte ein Oberstabsfeldwebel von der Nachwuchsgewinnung. Unter dem (End of German)Y-Nummernschild des »Karrieremobils« standen die Worte »Wir. Dienen. Deutschland«. Vor »Dienstbeginn« ließ der »Leitende« des Reservisteneinsatzes die Herren auf einem freien Platz »antreten«. Die »Einweisung« übernahm der Kommodore vom Jagdbombengeschwader (JaBo) 31 Boelcke in Nörvenich. Sein grauer Monteuranzug ließ vermuten, dass er sich vor seiner Abfahrt aus Nörvenich noch schnell dem Ölwechsel am Zweitwagen seiner Ehefrau gewidmet hatte. Der Kommodore vom Jabo 31 Boelcke verstand etwas von Technik. Vor seiner Begrüßung befahl der Oberst den uniformierten Herren, Vätern und Großvätern, die in der Fußgängerzone Männchen machten, zu »rühren«. Als diese »bequem« standen, kurvte der Kommodore mit eleganten Redewendungen in die Gehörgänge der Reservisten. Er freue sich, so der Oberst beim Durchstarten seines Vortrags, beim diesjährigen »Tag der Reservisten« in Gummersbach schon das dritte Mal in Folge die Begrüßung der Angetretenen vornehmen zu dürfen. Mit wackelnden Armflügeln und röhrender Tonlage warb der Kommodore für das weitere Engagement der Herren und bedankte sich beim Einkurven auf die Landebahn des Vortragsendes für deren Einsatz. Der Reservistenverband präsentierte einen MAN-Mannschaftstransporter mit mannshohen Reifen. »Die sind die Ursache dafür, dass es euch geben muss!«, schimpfte ein weißhaariger Herr vor Leibgebers Stehtisch. Aus seinem kurzärmeligen Hemd wies ein Armstumpf auf den Bundeswehr-Mannschaftstransporter. »Die sind die Ursache dafür! Ich hab' gesehen, wie sie dalagen, einer nach dem anderen. Das habe ich selbst gesehen!« Gleich nebenan lauschten die Kameraden vom VdRBw. »Das kann man so nicht sagen!«, widersprach Leibgeber in Hörweite der Reservisten: »Die Bundeswehr ist eine demokratisch legitimierte Parlamentsarmee.«

»Ach so! Da kann ich dann demokratisch legitimiert erschossen werden, oder wie?«

Der Mann hatte Recht! Nur konnte Leibgeber der Einschätzung des kriegsbeschädigten Standbesuchers in Hörweite der Reservisten nicht zustimmen. Der Reservistenverband agierte als wichtiger Unterstützer der Vereinsarbeit und war dem Stand des Kriegsgräbervereins nicht nur räumlich benachbart. Ein Reservist versicherte Leibgeber, dass er diesen Herbst noch einmal sammeln gehen werde. Im nächsten Jahr müsse der Kriegsgräberverein auf ihn verzichten. Er habe sich für das deutsche ISAF-Kontingent in Afghanistan gemeldet. Mit Blick auf die Sonnenschirme von CDU, SPD, FDP und Bündnis 90/DIE GRÜNEN, deren Kandidaten rote Rosen an die Passanten verteilten, mutmaßte Leibgeber, dass deren Dornen von den dankbaren Empfängern nicht bemerkt wurden. In diesem Moment wirbelte ein Windstoß Informationsblätter der Reservisten aufs Pflaster. Eine resolute Dame im Blümchenkostüm hackte ihren Absatz auf ein Blatt, hob es auf und sagte: »Mir tritt hier keiner auf die Bundeswehr!« Wenige Minuten zuvor war sie dem Fliegenfänger vom »Karrieremobil« auf den Leim gegangen und hatte ihren Sohn per Handy zum Beratungsgespräch hergebeten. Für die Arbeit des Kriegsgräbervereins am Stand nebenan zeigte sie kein Interesse. Nach dem kurzärmeligen Herrn, der sich im Gedränge der Fußgängerzone verloren hatte, tauchte ein älteres Ehepaar vor Leibgebers Informationsstand auf. Der Ehemann versicherte, »die Kriegsgräber« seien die Einzigen, für die sie noch spenden würden. Es seien ja heute so viele Organisationen unterwegs, von *UNICEF* über die *SOS-Kinderdörfer* bis hin zur *Welthungerhilfe* … Aber für die Kriegsgräber – dafür würden sie spenden, versicherte der Mann und versuchte, einen Geldschein in den Münzschlitz der Sammeldose auf dem Stehtisch zu stopfen. Nicht immer stand ein Mitarbeiter des Kriegsgräbervereins daneben, um die Spender zum tausendsten Male darüber aufzuklären, dass der gezogene Lauf des Münzeinwurfschlitzes mit dem aggressiven Design einer Wasserspritzpistole ausschließlich für den Einwurf von Münzen vorgesehen sei, Scheine jedoch gerollt und wie ein Zäpfchen »in datt Löschelsche« (Leibgeber) unterhalb vom Münzeinwurfschlitz eingeführt werden müssten. Als der Besucherstrom versiegte und die Fußgängerzone auszutrocknen drohte, erbaten gelangweilte Reservisten vom VdRBw vier Sammeldosen, um damit Spendengelder angeln zu gehen. Als Vereinsvertreter begrüßte Leibgeber das Engagement der Herren, die drei der vier Dosen nach kurzer Zeit mit verstopften Münzeinwurfschlitzen zurückgaben. Die Sammlung konnte erst nach der Einweisung der Reservisten in die korrekte Handhabung der Sammeldose erfolgen. Als die Herren Reservisten in den in Fluss geratenen Besucherstrom auf der Fußgängerzone eintauchten, erschien eine Frau in leicht angeschmutzter Kleidung am Stand. In der Hand hielt sie eine Plastiktüte am Henkel. Ihre Hand hielt nur einen Henkel. Der zweite, lose Henkel ließ die Tüte wie ein Haifischmaul in Richtung Präsentationstisch aufschnappen. »Kann ich den haben?«, fragte sie und warf einen Kugelschreiber in das Haifischmaul. Ihrer Rede flatterte eine Fahne voran. »Mein Opa war'n Mörder. Das hat er selbst gesagt. Der war im Krieg. In Russland.« So wird's gewesen sein, glaubte Leibgeber. Nur war die Dame auf der anderen Seite des Tisches im Gegensatz zu Leibgeber in der Situation, das auch aussprechen zu können. Sein Antwortgestammel wurde von der mit einem Paukenschlag einsetzenden Marschmusik aus dem Kompaktplayer am Stand der Reservisten übertönt. »Das passt nicht zusammen!«, brüllte die Betrunkene und warf einen Prospekt mit der Aufforderung zu Frieden, Versöhnung und Völkerverständigung in das Haifischmaul. Leibgeber verschloss die Augen. Auf diese Weise musste er das Elend nicht mehr mit ansehen. Auf diese Weise musste er es nur noch mit anhören. Der Leiter Musikdienst der Bundeswehr und andere behaupten, Marschmusik sei Ausdruck der Verständigung zwischen den Völkern und diene dem Frieden. Blödsinn! überlegte Leibgeber. Das Tschinderassabumm von Militärkapellen dient weder dem Frieden noch der Völkerverständigung. Das Tschinderassabumm von Militärkapellen dient der Ablenkung vom Handwerk des Soldaten. Das Handwerk des Soldaten besteht darin, sich und andere in der Fähigkeit auszubilden, andere Menschen auf Geheiß ihrer militärischen Vorgesetzten im Auftrag des Staates töten zu können.

HINTER DER DORNENHECKE: DEUTSCHER SOLDATENFRIEDHOF COSTERMANO – REDE UND GEGENREDE II

18. August 1942.

SS-Obersturmführer Kurt Gerstein, Leiter des Amtes Technische Desinfektion und Gesundheitstechnik im SS-Hygieneinstitut, besucht das Vernichtungslager Belzec. Sein Besuch dient der Sondierung einer beabsichtigten Erprobung zur effizienteren Vernichtung der Menschen mit Zyklon B (Blausäure) anstelle mit Auspuffgasen durch Verbrennungsmotoren. Bei seinem Besuch in Belzec wird Gerstein von dem Marburger Hygieniker, SS-Standartenführer Professor Wilhelm Pfannenstiel begleitet. Obwohl Wirths Nachfolger, SS-Hauptsturmführer Gottlieb Hering, das Lager kommandiert, werden Pfannenstiel und Gerstein in Belzec von Christian Wirth, dem ehemaligen Kommandeur des Vernichtungslagers Belzec und späteren Inspekteur der Vernichtungslager Belzec, Sobibor und Treblinka, empfangen. Gerstein, ein engagierter Christ, wird am 26. April 1945 im Hause des evangelischen Pfarrers in Rottweil auf dessen Schreibmaschine einen in französischer Sprache verfassten Bericht über seinen Besuch in Belzec anfertigen. Einen inhaltlich gleichen Bericht in deutscher Sprache wird er seiner Frau hinterlassen. Gerstein sah am Nachmittag des Ankunftstages in Belzec *[...] keine Toten, nur der Geruch der ganzen Gegend im heißen August war pestilenzartig, und Millionen von Fliegen waren überall zugegen. Dicht bei dem kleinen zweigleisigen Bahnhof war eine große Baracke, die sogenannte Garderobe, mit einem großen Wertsachenschalter. Dann folgte ein Zimmer mit etwa 100 Stühlen, der Friseurraum. Dann eine kleine Allee im Freien unter Birken, rechts und links von doppeltem Stacheldraht umsäumt, mit Inschriften: »Zu den Inhalier- und Baderäumen!« Vor uns eine Art Badehaus mit Geranien, dann ein Treppchen, und dann rechts und links je Räume 5 x 5 Meter ... Auf dem Dach als »sinniger kleiner Scherz« der Davidstern! Vor dem Bauwerk eine Inschrift: »Heckenholt-Stiftung«. Mehr habe ich an jenem Nachmittag nicht sehen können,* berichtet Gerstein. *Am anderen Morgen um kurz vor sieben Uhr kündigt man mir an: »In zehn Minuten kommt der erste Transport!«. Tatsächlich kam nach einigen Minuten der erste Zug von Lemberg aus an. 45 Waggons mit 6.700 Menschen, von denen 1.450 schon tot waren bei ihrer Ankunft. Hinter den vergitterten Luken schauten, entsetzlich bleich und ängstlich, Kinder durch, die Augen voller Todesangst, ferner Männer und Frauen. Der Zug fährt ein: 200 Ukrainer reißen die Türen auf und peitschen die Leute mit ihren Lederpeitschen aus den Waggons heraus. Ein großer Lautsprecher gibt die weiteren Anweisungen: sich ganz ausziehen, auch Prothesen, Brillen usw. Die Wertsachen am Schalter abgeben, ohne Bons oder Quittung. Die Schuhe sorgfältig zusammenbinden (wegen der Spinnstoffsammlung), denn in dem Haufen von reichlich 25 Meter Höhe hätte sonst niemand die zugehörigen Schuhe wieder zusammenfinden können. Dann die Frauen und Männer zum Friseur, der mit zwei, drei Scherenschlägen die ganzen Haare abscheidet und sie in Kartoffelsäcken verschwinden lässt. »Das ist für irgendwelche Spezialzwecke für die U-Boote bestimmt, für Dichtungen und dergleichen«, sagt mir der SS-Unterscharführer, der dort Dienst tut. Dann setzt sich der Zug in Bewegung. Voran ein bildhübsches Mädchen, so gehen sie die Allee entlang, alle nackt, Männer, Frauen und Kinder, ohne Prothesen. Ich selbst stehe mit dem Hauptmann Wirth oben auf der Rampe zwischen den Kammern. Mütter mit ihren Säuglingen an der Brust, sie kommen herauf, zögern, treten ein in die Todeskammern! An der Ecke steht ein starker SS-Mann, der mit pastoraler Stimme zu den Armen sagt: »Es passiert euch nicht das Geringste! Ihr müsst nur in den Kammern tief Atem holen, das weitet die Lungen, diese Inhalation ist notwendig wegen der Krankheiten und Seuchen.« Auf die Frage, was mit ihnen geschehen werde, antwortet er: »Ja, natürlich, die Männer müssen arbeiten, Häuser und Chausseen bauen, aber die Frauen brauchen nicht zu arbeiten. Nur wenn sie wollen, können sie im Haushalt oder in der Küche mithelfen.« Für einige von diesen Armen ein kleiner Hoffnungsschimmer, der ausreicht, dass sie ohne Widerstand die paar Schritte zu den Kammern gehen – die Mehrzahl weiß Bescheid, der Geruch kündet ihnen ihr Los! So steigen sie die kleine Treppe herauf, und dann sehen sie alles. Mütter mit Kindern an der Brust, kleine nackte Kinder, Erwachsene, Männer und Frauen, alle nackt – sie zögern, aber sie treten in die Todeskammern, von den anderen hinter ihnen vorgetrieben oder von den Lederpeitschen der SS getrieben. Die Mehrzahl ohne ein Wort zu sagen. Eine Jüdin von etwa 40 Jahren mit flammenden Augen ruft das Blut, das hier vergossen wird, über die Mörder. Sie erhält 5 oder 6 Schläge mit der Reitpeitsche ins Gesicht, vom Hauptmann Wirth persönlich, dann verschwindet auch sie in der Kammer. Viele Menschen beten, andere fragen: »Wer wird uns das Totenwasser reichen?«. Ich bete mit ihnen, ich drücke mich in eine Ecke und schreie laut zu meinem und ihrem Gott. Wie gern wäre ich mit ihnen in die Kammern gegangen, wie gern wäre ich ihren Tod mit gestorben. Sie hätten dann einen uniformierten SS-Offizier in ihren Kammern gefunden – die Sache wäre als Unglücksfall aufgefasst und behandelt worden und sang- und klanglos verschollen. Noch also darf ich nicht, ich muss noch zuvor künden, was ich hier erlebe! Wirth hatte mir gesagt: »Es gibt*

nicht zehn lebende Menschen, die so viel wie Sie gesehen haben und sehen werden.«
Alle ausländischen Hilfsmannschaften werden am Ende erschossen. Ich bin einer
der wenigen Menschen, die die ganze Einrichtung gesehen haben, und bestimmt
der Einzige, der diese Mörderbande als Feind besucht hat. Die Kammern füllen
sich. Gut vollpacken – so hat es der Hauptmann Wirth befohlen. Die Menschen
stehen einander auf den Füßen. 700 – 800 auf 25 Quadratmetern, in 45 Kubik-
metern! Die SS zwängt sie physisch zusammen, soweit es überhaupt geht. Die Türen
schließen sich. Währenddessen warten die anderen draußen im Freien, nackt. Man
sagt mir: »Auch im Winter genauso!« – »Ja, aber sie können sich ja den Tod
holen!«, sagte ich. – »Ja, grad for das sinne se ja doh!« sagt mir ein SS-Mann
darauf in seinem Platt. Jetzt endlich verstehe ich auch, warum die ganze Ein-
richtung Heckenholt-Stiftung heißt. Heckenholt [recte: Hackenholdt] *ist der*
Chauffeur des Dieselmotors, ein kleiner Techniker, gleichzeitig der Erbauer der
Anlage. Mit den Dieselauspuffgasen sollen die Menschen zu Tode gebracht werden.
Aber der Diesel funktioniert nicht! Der Hauptmann Wirth kommt. Man sieht, es
ist ihm peinlich, dass das gerade heute passieren muss, wo ich hier bin. Jawohl, ich
sehe alles! Und ich warte: Meine Stoppuhr hat alles brav registriert. 50 Minuten,
70 Minuten – der Diesel springt nicht an! Die Menschen warten in ihren Gas-
kammern. Vergeblich. Man hört sie weinen, schluchzen »wie in der Synagoge«,
sagt Professor Pfannenstiel, das Auge an das Fenster gepresst, das in der hölzernen
Tür angebracht ist. Der Hauptmann Wirth schlägt mit seiner Reitpeitsche dem
Ukrainer, der dem Unterscharführer Heckenholt beim Diesel helfen soll, 12- bis
13mal ins Gesicht. Nach 2 Stunden 49 Minuten – die Stoppuhr hat alles wohl
registriert – springt der Diesel an. Bis zu diesem Augenblick leben die Menschen
in diesen vier Kammern, viermal 750 Menschen in viermal 45 Kubikmetern! Von
neuem verstreichen 25 Minuten. Richtig, viele sind jetzt tot. Man sieht das durch
das kleine Fensterchen, in dem das elektrische Licht die Kammer einen Augenblick
beleuchtet. Nach 28 Minuten leben nur noch wenige. Endlich, nach 32 Minuten
ist alles tot! Von der anderen Seite öffnen Männer vom Arbeitskommando die
Holztüren. Man hat ihnen – selbst Juden – die Freiheit versprochen und einen
gewissen Promillesatz von allen gefundenen Werten für ihren schrecklichen Dienst.
Wie Basaltsäulen stehen die Toten aufrecht aneinander gepresst in den Kammern.
Es wäre auch kein Platz, hinzufallen oder auch nur sich vornüber zu neigen. Selbst
im Tode noch kennt man die Familien. Sie drücken sich, im Tode verkrampft, noch
die Hände, so dass man Mühe hat, sie auseinanderzureißen, um die Kammern
für die nächste Charge freizumachen. Man wirft die Leichen – nass von Schweiß
und Urin, kotbeschmutzt, Menstruationsblut an den Beinen, heraus.

Kinderleichen fliegen durch die Luft. Man hat keine Zeit, die Reitpeitschen der Ukrainer sausen auf die Arbeitskommandos. Zwei Dutzend Arbeiter öffnen mit Haken den Mund und sehen nach Gold. »Gold links, ohne Gold rechts!« Andere brechen mit Zangen und Hämmern die Goldzähne und Kronen aus den Kiefern. Einige Arbeiter kontrollieren Genitalien und After nach Gold, Brillanten und Wertsachen. Unter allen springt der Hauptmann Wirth herum. Er ist in seinem Element. Er ruft mich heran: »Heben Sie mal diese Konservenbüchse mit Goldzähnen, das ist nur von gestern und vorgestern!« In einer unglaublich gewöhnlichen und falschen Sprechweise sagt er zu mir: »Sie glauben gar nicht, was wir jeden Tag finden an Gold und Brillanten und Dollar. Aber schauen Sie selbst!« Und nun führte er mich zu einem Juwelier, der alle diese Schätze zu verwalten hatte, und ließ mich dies alles sehen. Man zeigte mir dann noch einen früheren Chef des Kaufhauses des Westens in Berlin und einen Geiger: »Das ist ein Hauptmann von der alten Kaiserlich-Königlich österreichischen Armee, Ritter des Eisernen Kreuzes I. Klasse, der jetzt Lagerältester beim jüdischen Arbeitskommando ist!« Die nackten Leichen wurden auf Holztragen nur wenige Meter weiter in Gruben von 100 x 20 x 12 Meter geschleppt. Nach einigen Tagen gärten die Leichen hoch und fielen alsdann kurze Zeit später stark zusammen, so dass man eine neue Schicht auf dieselben aufwerfen konnte. Weder in Belzec noch in Treblinka hat man sich irgendeine Mühe gegeben, die Getöteten zu registrieren oder zu zählen. [...] Der Hauptmann Wirth bat mich, in Berlin keine Änderungen seiner Anlagen vorzuschlagen und alles so zu lassen, wie es wäre und sich bestens eingespielt und bewährt habe. [...]

Am anderen Tag – dem 19. August 1942 – fuhren wir mit dem Auto des Hauptmanns Wirth nach Treblinka, 120 Kilometer NNO von Warschau, rapportiert Gerstein. *Die Einrichtung war etwa dieselbe, nur viel größer als in Belzec. Acht Gaskammern und wahre Gebirge von Koffern, Textilien und Wäsche. Zu unseren Ehren wurde im Gemeinschaftssaal im typisch Himmlerschen altdeutschen Stil ein Bankett gegeben. Der Obersturmbannführer Professor Dr. med. Pfannenstiel, Ordinarius der Hygiene an der Universität Marburg, hielt eine Ansprache: »Euer Werk ist ein großes Werk und eine sehr nützliche und notwendige Aufgabe.« Mir gegenüber bezeichnete er diese Anlage als »eine Wohltat und eine menschliche Sache«. Zu allen: »Wenn man die Leichen der Juden sieht, begreift man die Größe eurer Aufgabe!«* Pfannenstiel wird nach 1945 als Abteilungsleiter der Chemisch-Pharmazeutischen Fabrik Schaper & Brümmer in Salzgitter-Ringelheim beschäftigt und verfasst zahlreiche Aufsätze über Heilwasser und Trinkkuren. Er verstirbt am 1. November 1982 in Marburg/Lahn. Kurt Gerstein:

Das Essen war einfach, aber es stand alles in jeder Menge zur Verfügung. Himmler hatte selbst angeordnet, dass die Männer dieser Kommandos so viel Fleisch, Butter und sonstiges erhielten, insbesondere Alkohol, wie sie wollten. Bei der Abfahrt bot man uns mehrere Kilo Butter und eine große Anzahl von Flaschen Alkohol an. Nicht ohne Mühe wies ich das Angebot zurück und sagte, dass ich von unserem Hof ausreichend verpflegt würde. Aus diesem Grunde nahm Pfannenstiel auch meinen Anteil noch. Wir fuhren dann mit dem Auto nach Warschau. Über die Wahrhaftigkeit des Gerstein-Berichtes bestehe kein Zweifel, versichert Saul Friedländer, Verfasser des Standardwerkes »*Das Dritte Reich und die Juden 1939 – 1945*« und Friedenspreisträger des deutschen Buchhandels 2007.

Mitte Dezember 1942 trifft der letzte Transport aus Rawa Ruska in Belzec ein. Auf dem flächenmäßig kleinsten Vernichtungslager der *Aktion Reinhardt* befinden sich Ende 1942 bereits 33 Massengräber. Aus einem vom britischen Geheimdienst entschlüsselten Funkspruch vom Leiter Hauptabteilung *Aktion Reinhardt* beim SS-Polizeiführer Lublin, SS-Sturmbannführer Hermann Höfle, geht hervor, dass bis zum 31. Dezember 1942 insgesamt 434.508 Juden nach Belzec deportiert wurden. Eine Möglichkeit zur Ausdehnung des Lagers Belzec besteht nicht. Im Süden wird es von der Rampe und der Bahnlinie begrenzt. Im Norden grenzt es an die abschüssigen Böschungen des Kozielsk-Hügels. Im Westen befinden sich in einer Entfernung von nur zweihundert Metern die ersten Wohnhäuser, im Osten ist das Gelände für eine Erweiterung des Lagers aufgrund des Waldbodens unvorteilhaft. Um die Spuren der Menschheitsverbrechen zu verwischen und der nach Westen vorrückenden Roten Armee keinen Hinweis auf das Ausmaß der deutschen Massentötungen zu geben, werden die Massengräber aufgegraben, die Leichen exhumiert, auf Roste geschichtet, mit Benzin und Dieselöl übergossen, angezündet und verbrannt. Die Leichenstapel brennen von Mitte Dezember 1942 bis Ende März 1943. Im vierzehn Kilometer entfernten Rawa Ruska kann man nachts den Feuerschein erkennen. Im neun Kilometer entfernten Tomaszow Lubelski halten sich die Einwohner aufgrund des Leichengeruchs Taschentücher vor die Nase. Von Ende März bis Juni 1943 werden die Gebäude abgerissen, das Gelände planiert und Kiefern angepflanzt. Als das verlassene Lagergelände von den Einheimischen auf der Suche nach Wertgegenständen verwüstet wird, errichtet die SS auf dem Gelände ein Gehöft, wo, bis zu dessen Flucht vor der Roten Armee im Juli 1944, ein Volksdeutscher siedelt. Im August 1943 wird Wirth zum SS-Sturmbannführer befördert und nur einen Monat später zusammen mit dem übrigen Personal der *Aktion Reinhardt* nach Triest versetzt. Der bisherige Dienstvorgesetzte,

SS-Obergruppenführer und Generalleutnant der Polizei Odilo Globocnik, wird nach dem Badoglio-Putsch in Italien zum Höheren SS- und Polizeiführer Adriatisches Küstenland ernannt. Von seinem Geburtsort Triest aus beendet er die *Aktion Reinhardt* mit der Exhumierung und Verbrennung der Leichen und der Unkenntlichmachung der Vernichtungslager. Wirth bleibt als Leiter Sonderabteilung R (sprich Reinhardt) seinen Leuten vorgesetzt. Zu seinen Aufgaben zählen die Beschlagnahme von jüdischem Vermögen, die Erfassung der Juden in Istrien und die Deportation der Juden vom Sammellager La Risiera di San Saba, einer ehemaligen Reisfabrik im Triester Vorort San Saba, nach Auschwitz. Am 26. Mai 1944 kommt Wirth bei einer Autofahrt von Triest nach Fiume durch einen Partisanenüberfall ums Leben. Bei der feierlichen Beisetzung auf dem Soldatenfriedhof Opicina erscheinen nicht nur Wirths langjähriger Dienstvorgesetzter, SS-Obergruppenführer Odilo Globocnik, sondern auch SS-Sturmbannführer Viktor Brack und Werner Blankenburg von der Kanzlei des »Führers«. Die sterblichen Überreste Wirths werden später auf die 1958 angelegte zentrale Kriegsgräberstätte Costermano umgebettet.

Außer dem Massenmörder, SS-Sturmbannführer Christian Wirth (Block 15 Grab 716), fanden seine Kameraden SS-Scharführer Alfred Löffler (Block 15 Grab 628), SS-Scharführer Karl Pötzinger (Block 15 Grab 771), SS-Hauptsturmführer Franz Reichleitner (Block 15 Grab 1192), SS-Untersturmführer Gotthard Schwarz (Block 15 Grab 666) und SS-Obersturmbannführer Wilhelm Göcke (Block 8 Grab 534) in Costermano ihr Grab. Reichleitner mordete als stellvertretender Kommandant des Vernichtungslagers Sobibor, Schwarz als Stellvertreter Wirths in Belzec. Löffler und Pötzinger mordeten in Treblinka. Göcke kommandierte die Konzentrationslager Mauthausen, Warschau und Kauen (Litauen). Ihre Gräber wurden aus Mitgliederbeiträgen, Erblasserzuwendungen und Spendeneinnahmen angelegt. Die Mitgliederzeitschrift des Vereins zitierte den Vizepräsidenten mit den Worten: »Es hat hier in den vergangenen Jahren Diskussionen darüber gegeben, dass auf diesem Friedhof, wie nach Fertigstellung der Anlage festgestellt worden ist, auch Gebeine einiger Personen liegen, die an Kriegsverbrechen und Verbrechen gegen die Menschlichkeit beteiligt waren. Wir Lebenden können die Toten nicht richten, wie wir das Unmenschliche nicht entschuldigen können.« Neben dem Bau, der Pflege und dem Erhalt von 2,7 Millionen deutschen Kriegsgräbern, betreibe der Verein eine aufwändige Jugend-, Schul- und Bildungsarbeit, verlautbarte der Berichterstatter. Der Vereinsvize lenke die Aufmerksamkeit der Öffentlichkeit mit Recht darauf. Schließlich begehe in diesem Jahr nicht nur der Soldatenfriedhof, sondern auch das Jugendlager des Landesverbandes Niedersachsen ein Jubiläum: Von dort fahre schon zum fünften Mal eine Gruppe nach Costermano. Jugendliche des Landesverbandes Bayern besuchten diesen Soldatenfriedhof schon seit Jahrzehnten, bilanzierte der Berichterstatter. Sie würden sich auch in diesem Jahr wieder um die Gräber kümmern und viel über ihre Geschichte erfahren. Die jungen Menschen beschäftigten sich mit Einzelschicksalen, wollten den meist sehr kurzen Lebensweg der Soldaten nachvollziehen: »Wer waren diese Menschen? Wie lebten sie, was bewegte sie?« Wirklich? Sollen die in den Workcamps vom Verein betreuten Jugendlichen das wirklich in Erfahrung bringen? zweifelte Leibgeber. Auf dem Kreuz des Grabes Nummer 716 im Block 15 steht die Inschrift »Christian Wirth 1885 – 1944« eingemeißelt. Mehr steht da nicht. Die militärischen SS-Ränge auf dem Grabkreuz Wirths wie auf denen seiner Mordgesellen wurden weggemeißelt. Gut möglich, dass ein Jugendlicher, der an einem Workcamp des Vereins teilnimmt, am Grab dieser Massenmörder Unkraut zupft, deren Kreuz putzt oder die Inschrift nachzieht, befürchtete Leibgeber. Neben Christian Wirth, dem ehemaligen Kommandeur des Vernichtungslagers Belzec und späteren Inspekteur der Vernichtungslager Belzec, Sobibor und Treblinka, Franz Reichleitner, dem stellvertretenden Kommandanten des Vernichtungslagers Sobibor, Gottfried Schwarz, dem Stellvertreter Wirths im Vernichtungslager Belzec, den Treblinka-Mördern Löffler und Pötzinger und dem Kommandanten der Konzentrationslager Mauthausen, Warschau und Kauen, Wilhelm Göcke, liegen auf dem Soldatenfriedhof in Costermano über dreißig Offiziere und mehr als fünfhundert Unteroffiziere der Waffen-SS begraben. Darunter eine Reihe von Angehörigen der 16. SS-Panzergrenadier-Division *Reichsführer-SS*, die an den Massakern von Sant'Anna di Stazzema, Bardine di San Terenzo, Valla (bei Massa), Bergiola Foscalina und Marzabotto beteiligt waren. Werden die Jugendlichen mit den Biografien der in Costermano bestatteten historischen Mittäter, bestialischen Massenmörder und brutalen Kriegsverbrecher konfrontiert? hinterfragte Leibgeber die Bildungsarbeit des Vereins. Oder werden den Jugendlichen in den dortigen Workcamps die Täterbiografien der Kriegstoten verschwiegen? Werden die vom Verein betreuten Jugendlichen in Costermano über die Opferbiografien der Obergefreiten Uwe Koch, Erwin Schlündern und Karl-Heinz Schreyer informiert und über den Widerstand der Feldwebel Erwin Bucher und Hans Schmidt unterrichtet, oder werden die Schicksale von regimetreuen Hitler-Soldaten vorgestellt? In der Schriftenreihe »*Pädagogische Handreichungen*«, herausgegeben vom Pädagogischen Beirat des Landesverbandes Bayern, erschien 2009 ein

Heft, welches »Die Jugend- und Schularbeit« des Vereins erläutert. In seinem Grußwort dankt der Vereinspräsident den Autoren »für die Erstellung dieser pädagogischen Handreichung«. Auf Seite 37 der Druckschrift werden die Projektwochen von Schulklassen auf der Kriegsgräberstätte in Costermano als Besonderheit des Landesverbandes Bayern vorgestellt. Am Ende einer Projektwoche hatten Schülerinnen und Schüler einer 9. Hauptschulklasse eine Gedenkfeier in Costermano gestaltet. Die Jugendlichen hatten nach den Worten ihres Klassensprechers »auf dieser Kriegsgräberstätte gearbeitet« und beabsichtigten »Kerzen auf die Gräber« zu stellen. Auf den Soldatenfriedhof Costermano gehören keine 15-jährigen Schüler, um dort Pflegearbeiten auszuführen und »im Gedenken an die Toten« Kerzen auf deren Kriegsgräber zu stellen! Auf den Soldatenfriedhof Costermano gehören Hinweistafeln, auf denen zu lesen steht, welche Massenmörder dort liegen und welcher Kriegsverbrechen sie sich schuldig gemacht haben. Keine Pflegearbeiten! Kein »ehrendes Gedenken«! Schon gar nicht durch 15-jährige Schülerinnen und Schüler! Nicht zu fassen, überlegte Leibgeber in seiner Geschäftsstelle am Kölner Neumarkt, nicht zu fassen, dass die Verbandsführung dir zumutet, solche Ungeheuerlichkeiten als Vereinsmitarbeiter in der Öffentlichkeit zu vertreten. Das Bundesgräbergesetz, welches die Kriegsgrablagen sämtlicher Kriegstoten unter Schutz stellt, ist eine Zumutung. Es mutet den Bürgern der Bundesrepublik zu, die Kriegsgrablagen von Massenmördern und Kriegsverbrechern mit ihren Steuergeldern zu erhalten! Der Kriegsgräberverein mutet der Bevölkerung zu, für Bau, Bauunterhaltung und Pflege von Tätergräbern spenden zu sollen. Als Mitarbeiter dieses Vereins arbeitest du für dessen Erfolg: mit Fundraisingaktionen, Öffentlichkeitsarbeit und Netzwerkeraktivitäten. Du trägst die pädagogische Handreichung über Costermano in die Schulen, um damit die Jugend- und Schularbeit des Vereins zu bewerben, bedauerte Leibgeber. Du tust das Falsche und strengst dich auch noch richtig dabei an. Das ist dein »unglückliches Bewusstsein« (HEGEL – zitiert nach Hans Mayer).

Eva Watschkow, so berichtete *Neues Deutschland*, sei *mit Listen des »Einsatzkommandos Reinhard« über das riesige Friedhofsareal gelaufen, verglich Namen und Dienstgrade. Und sie hatte zudem Listen mit den Kommandeuren der 16. SS-Panzergrenadierdivision »Reichsführer SS« dabei, die nicht von ungefähr »Himmlers rasendes Kommando« genannt wurde. Rasend vor Treue brachte diese Division binnen zweier Monate im Frühsommer 1944 über 2.500 italienische Zivilisten um. Die Übereinstimmungen, die Eva Watschkow sowie seriöse Historiker auf dem Friedhof feststellten, bereiten Übelkeit. Um die zehn* weitere Mittäter aus der »Aktion Reinhard« konnten mit ziemlicher Sicherheit identifiziert werden. Hätten das die Experten [...] nicht schon seit Jahren selbst schaffen können? fragte René Heilig (René Heilig: *Die verlogene Gleichheit der Toten*. – IN: *Neues Deutschland*, Ausgabe vom 25. Mai 2004). Keine Genugtuung bereiteten Auskünfte des Vereins. Dessen Sprecher habe gestöhnt, als er Costermano hörte: »*Was nur sollen wir machen? Exhumieren können wir die ja wohl nicht! Das sind Gefallene, nach den rechtlichen Grundlagen behandeln wir die Leute als Soldaten, sie waren Angehörige von SS-Verbänden insofern sind sie Kriegstote.* « (René Heilig: *Die verlogene Gleichheit der Toten*. – a.a.O.). Was der Verein machen soll? fluchte Leibgeber bei der Lektüre: Er soll nicht nur Opferbiografien von unter 18-jährigen Kindersoldaten kommunizieren, sondern auch Täterbiografien von nationalsozialistischen Gewalttätern, Massenmördern und Kriegsverbrechern thematisieren. Es entspricht der historischen Wahrheit, dass es nicht nur Opfer, sondern auch Täter gab. Es gehört zur intellektuellen Klarheit, dass das Glas nicht nur halb voll, sondern zugleich halb leer ist. Das soldatische Opfernarrativ entspricht nur der halben Wahrheit. Die ganze Wahrheit lautet, dass JEDER Hitlersoldat aufgrund seiner Zugehörigkeit zur Exekutive des NS-Staats ein historischer Mittäter war. JEDER! Manche SS-Angehörigen und Wehrmachtssoldaten waren zudem brutale Kriegsverbrecher und bestialische Massenmörder. Es sei »*doch egal, auf welchen Soldatenfriedhof Sie gehen, über die Ehre der Leute, die dort liegen, wissen Sie doch nichts*«, zitiert René Heilig den Vereinssprecher. Frage sich, warum der Verein trotzdem so viel Wert lege auf »*Ehre*«, »*Ehrenbücher*«, »*ehrendes Gedenken*« (ebd.). Ein »ehrendes Gedenken« darf es – wenn überhaupt – nur für Wehrkraftzersetzer, Widerstandskämpfer, Verweigerer, Kriegsverräter und Deserteure geben, urteilte Leibgeber. Stattdessen würden am Volkstrauertag Kriegsgräberverein und Bundeswehr Seit an Seit mit Ritterkreuzträgern vor so genannten »Ehrengräbern« aufmarschieren. Die Ritterkreuzträger hätten das Hakenkreuz aus ihren Blutorden gekratzt. Der Kriegsgräberverein habe die Täternamen aus dem eisernen Ehrenbuch in der Ehrenhalle von Costermano geschliffen. Man könne das Hakenkreuz aus den Ritterkreuzen kratzen, man könne die Täternamen aus dem Ehrenbuch schleifen – aber nicht aus der deutschen Geschichte!

RIPOSA!

ZEHNTES KAPITEL

Lena, stellvertretende Leiterin der Stadtbibliothek, brachte ein Buch mit nach Hause, von dem Leibgeber als Mitarbeiter des Kriegsgräbervereins Kenntnis haben sollte, wie sie sagte. Der 2004 im Ullstein Verlag erschienene Roman »*Vaterland ohne Väter*« von Arno Surminski lese sich wie eine Auftragsarbeit, bemerkte Leibgeber bei der Lektüre. Das Buch thematisiert Soldatenleben und Kriegstod des 22-jährigen Robert Rosen am Tag der Geburt seiner Tochter Rebeka im heimatlichen Ostpreußen. Rebeka Lange, sechzig Jahre, verwitwet, ein Sohn, beendet ihr Berufsleben. Anhand eines Tagebuches und von überlieferten Feldpostbriefen ihres in Russland gefallenen Vaters Robert Rosen, die sie von ihrer verstorbenen Großmutter erbte, Feldpostbriefen von Roberts Kameraden Walter Pusch und dessen Frau Inge aus deren Nachlass, einer Fotografie der Kameraden Rosen, Pusch und Godewind und einer Generalstabskarte, die den Vormarsch der deutschen Truppen in Russland dokumentiert, lässt der Verfasser einen Chor von Stimmen das Hohelied vom Leben, Leiden und Sterben Robert Rosens anstimmen. Dazu kommen Zitate aus dem Tagebuch eines westfälischen Grenadiers zur Zeit Napoleons, Auszüge aus dem Wehrmachtsbericht und Textstellen aus der Schulchronik von Podwangen, dem ostpreußischen Geburtsort Rebekas. Die Handlungsgegenwart des Romans wird von Besuchen von Rebekas Sohn Ralf, der als KFOR-Soldat im Kosovo dient, und von Gesprächen mit ihrem ehemaligen Kollegen Wegener, der sie als Archivar mit Material zum Zweiten Weltkrieg versorgt, bestimmt. Das Buch bedient das soldatische Opfernarrativ. Die drei Protagonisten des Frontgeschehens, der Vater von Rebeka, Robert Rosen, dessen Kamerad Walter Pusch, Kolonialwarenhändler aus Münster, und deren vorgesetzter Unteroffizier Heinz Godewind, Barkassenführer aus Hamburg, repräsentieren unterschiedliche Haltungen zu Krieg und Gewaltherrschaft. Godewind entspricht dem pragmatischen Typus, der auch vor Liquidationen von Rotarmisten nicht zurückschreckt, Pusch verkörpert den indoktrinierten Wehrmachtssoldaten mit Vorurteilen gegen Juden (»Menschendreck!«), Bolschewiken (»Horden!«) und Rotarmisten (»Bestien!«), Rosen, der Vater Rebekas, repräsentiert den missbrauchten, liebenswürdigen Landser, dessen soldatisches Handeln nicht von politischen Vorurteilen bestimmt wird, sondern auf persönlicher Betroffenheit beruht. Morde an der Zivilbevölkerung, Liquidierungen von Rotarmisten, Requirierungen von Vieh und Vorräten durch Einheiten der Wehrmacht werden nicht verleugnet. Der Raub-, Vernichtungs- und Eroberungskrieg der deutschen Truppen in der ehemaligen Sowjetunion wird allerdings nicht vom Vater der Protagonistin, Rebeka Lange, verantwortet. Der Wehrmachtssoldat Robert Rosen, lässt einen Kriegsgefangenen laufen, spendiert Kindern Schokolade, rettet ein brennendes Haus und weint über ermordete Juden. Rebeka: *Mein Vater war kein Täter [...]* (Arno Surminski: *Vaterland ohne Väter*. Roman. – o.O., S. 81). Rebeka will nicht, dass ihr Vater einem Einsatzkommando angehörte, welches im rückwärtige Armeegebiet operierte (S. 77). Dabei spielt auch Wunschdenken eine Rolle. Rebeka wünscht, dass ihr Vater nicht schuldig wurde. Sie wünscht keine Texte zu finden, die ihr weh tun und erwägt deswegen, ihre Recherchen einzustellen (S. 82). Wegener, der Archivar, übersendet die Aufnahme von einem brennenden Dorf. Das will Rebeka ihrem Vater nicht zumuten. Er habe keine Häuser angesteckt, versichert sie (S. 395). Als Stimme des Autors bekennt Rebeka: Es sehe so aus, als wolle sie die feldgrauen Uniformen reinwaschen. Aber sie wollte nur, *dass uns die armen Kerle, die für diesen Hitler in den Krieg zogen, ein wenig leidtun* (Arno Surminski, a.a.O., S. 258). Die Intension Surminskis entspricht der falschen Verbandspolitik des Kriegsgräbervereins, urteilte Leibgeber bei der Lektüre. Der Verein bezeichnet die Kriegstoten unisono als Opfer von Krieg und Gewaltherrschaft. Die Täter werden weggelogen. Das soldatische Opfernarrativ ist wesentlicher Inhalt der Gedenk- und Erinnerungskultur dieses Vereins. Im Mittelpunkt der Darstellung steht nicht der deutsche Angriffs-, Raub- und Vernichtungskrieg gegen die Sowjetunion, sondern die Entbehrungen der deutschen Frontsoldaten, die Besetzung Ostpreußens durch die Rote Armee und die alliierten Luftangriffe auf Hamburg und Münster. Ilse Pusch kommentiert einen schweren Luftangriff in einem Feldpostbrief an ihren Mann Walter mit den Worten: *Ich frage mich, was haben wir armen Menschen in Münster mit Eurem Krieg in Russland zu schaffen?* (Arno Surminski, a.a.O., S. 74). Surminski verleugnet den Zusammenhang von Ursache und Wirkung nicht nur in der Figurenrede. In der Nacht zum Palmsonntag bombardieren die Engländer Lübeck. Eine Stadt ohne militärische Bedeutung. *Ausgerechnet Lübeck, eine Stadt ohne militärische Bedeutung, Zentrum der Hanse, mittelalterliche Häuser, sieben Türme und ein weltberühmtes Tor. Ausgerechnet Lübeck* (ebd, S. 286). Thomas Mann, geboren und aufgewachsen in Lübeck, ließ im April 1942 über die BBC verlauten: *Beim jüngsten Raid über Hitlerdeutschland hat das alte Lübeck zu leiden gehabt. Das geht mich an, es ist meine Vaterstadt. Die Angriffe galten dem Hafen von Travemünde, den kriegsindustriellen Anlagen dort, aber es hat Brände gegeben in der Stadt, und lieb ist es mir nicht zu denken, dass die Marienkirche, das herrliche Renaissance-Rathaus oder das Haus der Schiffergesellschaft sollten Schaden gelitten haben. Aber ich denke an Coventry und habe nichts einzuwenden gegen die Lehre, dass alles bezahlt werden muss* (Thomas Mann: *Lübeck.* – IN: Ders.: ESSAYS; Bd: 5: *Deutschland und die Deutschen 1938-1945*, hrsg. von Hermann Kurzke und Stephan Stachorski. – Frankfurt am Main 1996, S. 181). Sein begabter Sohn, der Schriftsteller Klaus Mann, notiert unter dem Datum des 21. April 1942 in seiner Autobiographie »*Der Wendepunkt*«: *[...] Lübeck von der RAF bombardiert. Gut so! ... Ich schreibe dies hin, und erschrecke. Wie, ist man schon so verhärtet, so entmenscht, dass man der Apokalypse Beifall klatscht? Denn apokalyptisch geht es ja wohl zu beim Bombardement einer modernen Stadt ... Die Agonie unschuldiger Kinder, die Panik der Massen, das gehäufte Elend, die Zerstörung von Kathedralen und Krankenhäusern, Tempeln und Theatern, Gärten, Schulen, Arbeiterwohnungen und Bibliotheken – ist das »gut«? Nicht gut, aber unvermeidlich! Hitler muss fallen. Alles, was ihn schwächt und seine Niederlage näher bringt, hat meinen Beifall. Die Bombardements schwächen Hitler. Ich bin für die Bombardements.*« (Kaus Mann: *Der Wendepunkt.* – Reinbek bei Hamburg ³2012, S. 596).

Im Vorfeld der Gedenkfeiern zum Volkstrauertag versandte Karin alle Jahre wieder Handreichungen mit »*Anregungen und Gedanken zur Gestaltung von Gedenkstunden und Gottesdiensten*«. Auf dem Titelblatt der Handreichung zum Volkstrauertag 2011 fand sich das Konterfei eines Bundeswehrsoldaten im Waffenrock – nicht etwa das Bild eines Deportationszuges der Deutschen Reichsbahn. Genau siebzig Jahre zuvor, im Herbst 1941, hatten die Deportationen der deutschen und österreichischen Juden in die Ghettos von Litzmannstadt, Minsk und Riga begonnen. Warum ist in der Handreichung kein Bild einer überlebenden Zeitzeugin zu sehen, kein Text eines überlebenden Augenzeugen zu lesen, kein Kommentar eines Historikers zu finden? kritisierte Leibgeber. Warum ist darin der falsche Trost christlicher Glaubensgemeinschaften abgedruckt, die im Dritten Reich ihrem Führer mit Reichskonkordat und Reichsbischof die Treue hielten und nach dem Ende des Zweiten Weltkrieges eine »Rattenlinie« aufbauten, um schwer belasteten NS-Tätern die Flucht ins Ausland zu ermöglichen? Die Handreichung zum Volkstrauertag gleicht einer Rolle Klopapier, auf der sich beschmierte Blätter mit Redevorschlägen, Gedichten, Geleitworten des Vereinspräsidenten und dem Vorsitzenden der Deutschen Bischofskonferenz hintereinander reihen. Dazu Abreißblätter von Predigttexten zum Volkstrauertag (Matth. 25, 14-30 des Katholischen Militärbischofs, Dr. Franz-Josef Overbeck, und Lukas 16, 1-9 des Evangelischen Militärbischofs Dr. Martin Dutzmann). Die Handreichung zum Volkstrauertag beinhaltete des weiteren Fürbitte-Gebete und Gedanken zum Kameradenlied des schwäbischen Komponisten Friedrich Silcher (1789-1860) mit dem Text von Ludwig Uhland (1787-1862): »Ich hatt' einen Kameraden, / einen besseren find'st du nit. / Die Trommel schlug zum Streite, / er ging an meiner Seite / in gleichem Schritt und Tritt, / in gleichem Schritt und Tritt. // Eine Kugel kam geflogen, / Gilt's mir oder gilt es dir? / Ihn hat es weggerissen, / er liegt vor meinen Füßen, / als wär's ein Stück von mir / als wär's ein Stück von mir. // Will mir die Hand noch reichen, / derweil ich eben lad'. / Kann dir die Hand nicht geben, / bleib' du im ew'gen Leben / mein guter Kamerad, / mein guter Kamerad!« Während der Mitkämpfer verblutet, kann – so der Tenor des Liedes – ihm der Kamerad keinen menschlichen Beistand leisten, da er auf Geheiß seiner Vorgesetzten den militärischen Gegner töten muss. Das Lied vom guten Kameraden gehört seit dem Ersten Weltkrieg zum festen Bestandteil des militärischen Abschiedszeremoniells – zum Beispiel bei der Beisetzung Hindenburgs im Jahre 1934. Dergestalt waren die *»Anregungen und Gedanken zur Gestaltung von Gedenkstunden und Gottesdiensten«*, die der Verein siebzig Jahre nach dem Beginn der Deportationen 1941 zum Volkstrauertag veröffentlichte. Dergestalt waren die Publikationen, die Leibgebers Geschäftsstelle am Kölner Neumarkt auf Geheiß der Bundeszentrale als Vorbereitung auf den Volkstrauertag an die Kreis- und Ortsverbände des Bezirksverbandes versandte.

Eröffnung der Jelabuga-Ausstellung. Mit Bildern und Texten eines deutschen Kriegsgefangenen aus Anlass des jahrzehntelangen Bestehens des Kriegsgräbervereins im Düsseldorfer Landtag. Der Landtag soll der Demokratie dienen, das heißt einer Staatsform, bei der die Gewalt vom Volke ausgeht. Die Abgeordneten schienen jedoch vor nichts mehr Angst zu haben als vor dem Volk, welches von dort aus regiert werden sollte. Im Eingangsbereich des Gebäudes musste Leibgeber seinen Personalausweis abgeben. Dafür erhielt er einen Besucherausweis ausgehändigt. Portemonnaie, Mobiltelefon, Schlüssel und Armbanduhr legte er in ein blaues Plastikschälchen, welches auf den Rollen eines Förderbandes durch einen Detektor lief. Leibgeber glaubte es piept, als er den Körperscanner für Besucher passierte. Der Piepton war nicht seinen Gedanken, sondern seiner Gürtelschnalle geschuldet. Leibgebers eng geschnallter Gürtel sorgte dafür, dass er und weitere achtzehn Millionen Landeskinder die Abgeordneten des Landtags mit ihren Steuergeldern finanzierten. Die 181 Abgeordneten des NRW-Landtags hatten sich 2012 kurz vor dessen Auflösung auf Kosten der Bürgerinnen und Bürger ihre Diäten um fünfhundert Euro von monatlich 10.226 Euro auf 10.726 Euro erhöht. Bei der Umstellung der Altersvorsorge hatten die NRW-Landespolitiker bei ihrer Diätenreform im Jahre 2005 die Diäten von vormals 4.807 Euro auf seinerzeit 9.500 Euro verdoppelt gehabt. Die handstreichartige Diätenerhöhung von fünfhundert Euro zur Altersversorgung im Jahre 2012 wurde durchgewunken, ohne das Niveau der Diäten wieder abzusenken. Der ehemalige Landtagsvizepräsident Eckard Mollton (SPD), dessen Monatsrente sich nach dreißig Jahren Parlamentszugehörigkeit als die eines einfachen Landtagsabgeordneter auf einen monatlichen Überweisungsbetrag von 5.866,20 Euro summierte, begründete die Diätenerhöhung mit der Ermöglichung einer dem Amt angemessenen Lebensführung und nahm dafür die Funktionsfähigkeit der parlamentarischen Demokratie in Geiselhaft. Leibgeber steckte Portemonnaie, Mobiltelefon und Schlüssel ein und zog das Band der Armbanduhr durch die Schließe. So. Jetzt konnte es losgehen. An der Garderobe legte er seinen Mantel auf den Tresen. Bei der Entgegennahme der Garderobenmarke erkundigte er sich nach dem WC (Bombe im Schuhabsatz scharfmachen!). Die wichtigste Anlaufstelle für die Besucher des Landtags hatte der Architekt im Keller versteckt. Vor dem Spiegel zog Leibgeber die Krawatte gerade und einen Läusepfad durchs Haar. Die Kartoffeln hatte er schon ins Urinal abgegossen. Den Gedanken an die Bombe im Schuhabsatz spülte er, wie weiland Rudolph-Christoph Frh. v. Gersdorff den Sprengzünder beim Attentatsversuch auf Hitler im Berliner Zeughaus am 21. März 1943, im Klosett herunter. Leibgeber stolperte die schmale Treppe hoch in das Foyer und schritt von dort den breiten Aufgang zum Wandelgang empor. Im Wandelgang wartete die vom Kulturgeschichtlichen Museum in Zusammenarbeit mit dem Verein konzipierte Jelabuga-Ausstellung. Vor einem Roll-up mit der Aufschrift »Versöhnung über den Kriegsgräbern – Einsatz für den Frieden« war ein Mikrofon aufgebaut, hinter dem Cäsar als Vorsitzender des Landesverbandes die Gäste begrüßte. Die Präsidentin des Landtags und der Vorsitzende des Landesverbandes hatten die Abgeordneten zur Ausstellungseröffnung eingeladen. Neunzig Jahre Kriegsgräberverein – das sei eigentlich kein Anlass zum Feiern, wenn man bedenke, aus welchem Anlass sich der Verein einst gegründet und welche Aufgaben er bis heute wahrzunehmen habe, begrüßte Cäsar die Veranstaltungsteilnehmer. Männer wie Konrad Adenauer, Max Liebermann, Gerhart Hauptmann, Walter Rathenau und Friedrich Ebert hätten damals zur Unterstützung aufgerufen. Andere Mitglieder des Ehrenausschusses, die den Verein nach dem Ersten Weltkrieg als Paten aus der Taufe hoben, ließ Cäsar unerwähnt: den Chef der 3. Obersten Heeresleitung im Ersten Weltkrieg, Generalfeldmarschall Paul von Beneckendorff und von Hindenburg, den Ostafrika-Feldherrn, Generalmajor Paul von Lettow-Vorbeck, oder den Herero-Schlächter, Generalleutnant Lothar von Trotha. Man habe damals, am Ende des Ersten Weltkrieges, quer durch die gesamte deutsche Gesellschaft Anteil am Schicksal der Millionen gefallenen Soldaten genommen, erläuterte der Vorsitzende. Da die deutschen Behörden nach dem Krieg keinen Einfluss auf die Gestaltung der Grablagen der deutschen Gefallenen im Ausland hätten nehmen können, seien überall im Reich Vereine gegründet worden, die sich zum reichsweit organisierten Kriegsgräberverein zusammenschlossen. Was Cäsar verschwieg: Offiziell zuständig war das dem Innenministerium zugeordnete Zentralnachweiseamt für Kriegerverluste und Kriegergräber (Z.A.K.) in Berlin: Zuständig für die Ausfertigung von Gräberlisten. Zuständig für die Erteilung von Auskünften an Angehörige. Zuständig für die Ermittlung der Grabstellen. Zuständig für die Identifizierung unbekannter Toter. Der Verein hatte die Aufgabe übernommen, die Maßnahmen des Zentralnachweiseamtes zu unterstützen. Für Erhalt und Pflege der deutschen Kriegsgräber im Ausland waren die ehemaligen Kriegsgegner verantwortlich. In Artikel 225 und 226 des Versailler Vertrages verpflichteten sich die Signatarmächte, für die auf dem eigenen Staatsgebiet befindlichen Kriegsgräber zu sorgen, diese instand zu setzen und auf Dauer zu erhalten. Cäsar erweckte den Eindruck, als habe der Kriegsgräberverein in der Weimarer Republik als der alleinige Sachwalter für Kriegsgräberangelegenheiten agiert. Mitarbeiter des Auswärtigen Amtes, welches seit 1923 neben dem Zentralen Nachweiseamt des Innenministeriums an der Verwaltung der deutschen Kriegsgräber im Ausland beteiligt war, kritisierten schon unter Stresemann, dass der Kriegsgräberverein so tue, als ob ausschließlich er es sei, der mit seinen Mitgliederbeiträgen und Spendenerlösen den Ausbau der deutschen Kriegsgräberstätten finanziere. Tatsächlich betrugen die vom Reich aufgewendeten Steuermittel das Zwei- bis Dreifache der vom Kriegsgräberverein aufgebrachten Gelder. Erster Generalsekretär war der Weltkriegsoffizier Dr. Egon Eule gewesen. Eule wurde 1923 zum Präsidenten gewählt und zehn Jahre später zum Bundesführer ernannt. Der Bundesführer schrieb an Reichspropagandaminister Dr. Joseph Goebbels, dass der Volkstrauertag auf die Dauer nicht ein Tag der Trauer sein, sondern ein Tag der Erhebung werden müsse – ein Tag des Hoffens auf das Aufgehen der blutigen Saat. Der Verein instrumentalisierte die Kriegsgräberfriedhöfe als Saatfelder für den deutschen Revanchismus. Hitler bedankte sich am 5. Dezember 1934 mit den Worten, er habe die Arbeit des Kriegsgräbervereins, die der Ehrung unserer gefallenen Kameraden diene und deren Angedenken durch würdigen Ausbau und treue Pflege der deutschen Grabstätten wachhalte, stets mit großem Interesse verfolgt. Er betrachte es als eine Ehrenpflicht der Reichsregierung, diese Bestrebungen und das Wirken des Kriegsgräbervereins tatkräftig zu fördern und zu unterstützen. Seiner persönlichen Mithilfe dürfe Eule dabei gewiss sein. Sechs Jahre nach der Machtergreifung entfesselte Hitler den Zweiten Weltkrieg. Wieder sei es der Kriegsgräberverein gewesen, der sich – »wieder eigenständig!« – nach dem Krieg der gefallenen Soldaten angenommen habe, erläuterte Cäsar coram publico. Nach dem Zweiten Weltkrieg sei keine amtliche Gräberfürsorge mehr eingerichtet worden. Auf Bitten Adenauers nehme sein Verein die Pflege der deutschen Kriegsgräber im Ausland wahr. Kein Satz darüber, dass die deutschen Kriegsgräberstätten im Westen ganz überwiegend durch den amerikanischen, britischen oder französischen Gräberdienst angelegt worden waren, kein Wort darüber, dass diese Anlagen erst Jahre, teilweise erst Jahrzehnte später in die Obhut des Vereins übergeben wurden. All dies ließ Cäsar mit keiner Silbe verlauten. Stattdessen lobte er übergangslos die Leistungen des Kriegsgräbervereins: Der Verein pflege über 830 Kriegsgräberstätten mit Millionen Toten in 45 Ländern Europas. Jährlich kämen etwa vierzigtausend gefallene Soldaten hinzu. Sie würden ganz überwiegend in den Weiten der ehemaligen Sowjetunion gefunden und auf einem der vom Kriegsgräberverein angelegten Sammelfriedhöfe zur letzten Ruhe gebettet. Das sei die Kernaufgabe. Zum Bau, zur Bauunterhaltung und Pflege sei seit 1953 die wichtige Jugend-, Schul- und Bildungsarbeit als zweites Standbein hinzugetreten, »worauf wir besonders stolz sind«, versicherte Cäsar. Nahezu dreihunderttausend Jugendliche hätten sich seither auf den Soldatenfriedhöfen, in den jährlich durchgeführten sechzig Workcamps und in den vier Jugendbegegnungsstätten des Vereins getroffen, um dort gemeinsam zu arbeiten, zu lernen und zu verstehen, wie wichtig die Wahrung des Friedens sei. Die Jugend-, Schul- und Bildungsarbeit ist kein Standbein der Verbandsarbeit, sondern ihr Spielbein, überlegte Leibgeber unter den Zuhörerin im Wandelgang. Die Verantwortlichen erreichten mit riesigem Verwaltungs- und erheblichem Personalaufwand für die Planung, Organisation und Durchführung von jährlich sechzig

Workcamps gerade einmal zweitausend Teilnehmer. Cäsar verlagerte sein verbandspolitisches Gewicht auf das Spielbein, geriet ins Straucheln, kam wieder ins Gleichgewicht, drückte sich den verrutschten Lorbeerkranz in die Stirn und bedankte sich bei den Mitgliedern, Erblassern und Spendern, die den Kriegsgräberverein finanziell unterstützten und den vielen ehrenamtlichen Helfern für deren Engagement bei den Sammlungen, Arbeitseinsätzen und Gedenkveranstaltungen. Der Präsident des Kriegsgräbervereins hatte Cäsar beim letzten Landesvertretertag als Fels in der Brandung, hinter den er sich verstecken könne, gelobt. Cäsar agiere in den Sitzungen des Bundespräsidiums wie ein Wellenbrecher, an dem alle Widerstände zerschellten. Das diente Leibgeber zur Warnung. Als kleiner Muschik kannst du dem Feldherrn des Landesregiments niemals in offener Feldschlacht mit Ehrlichkeit, Aufrichtigkeit und Offenheit, sondern allenfalls wie ein Torero seinem Kampfstier durch Tarnen, Täuschen und Tricksen begegnen, überlegte er im Wandelgang. Engagement und Schauspielerei bilden die beiden Seiten des Tuches, welches Cäsar von deinem Degen ablenkt.

Nach der Begrüßung der Gäste überließ Cäsar seinen Platz vor dem Standmikrofon Landesorganisationsleiter Holger Hahn. Gockel bezeichnete die Ausstellung von Fotografien des ehemaligen deutschen Kriegsgefangenen Klaus Sasse im sowjetrussischen Kriegsgefangenenlager Nr. 97 Jelabuga als wertvollen Beitrag zur Aufarbeitung der Schicksale deutscher Kriegsgefangener in der Sowjetunion. Die Geschichte der Fotos war zugleich die Geschichte des Fotografen. Leutnant Klaus Sasse war mit seiner Nachrichten-Kompanie am 9. April 1945 im ostpreußischen Königsberg in sowjetische Gefangenschaft geraten. Schon bei der ersten Durchsuchung wurde ihm alles, was von Wert war, abgenommen. Alles, bis auf seine *Minox Riga 38*; ein kleiner Fotoapparat, der wie durch ein Wunder unentdeckt blieb. Bei weiteren Kontrollen in Ostpreußen und in Russland hatte Sasse für ein besseres Versteck gesorgt: Die Kamera war unter dem Schrittfutter seiner Hose versteckt. Zwischen April 1945 und Juli 1947 dokumentierte Sasse Szenen des Lagerlebens. Er verknipste vier Filme, bevor die Kamera bei einer Durchsuchung entdeckt und ihm abgenommen wurde. Zweihundert Aufnahmen konnten auf abenteuerliche Weise von Mitgefangenen Sasses, die vor ihm entlassen wurden, nach Westdeutschland gerettet werden. Die Fotos wurden ohne Blitzlicht aufgenommen, Innenaufnahmen glückten nur in Einzelfällen. Die Fotos auf den Stellwänden im Wandelgang vor dem Plenarsaal zeigten Versammlungen der Gefangenen unter freiem Himmel, Vorträge und Theateraufführungen, Körperpflege vor der Waschanlage, Märsche zum Arbeitseinsatz, Gefangenenappelle und zahlreiche Selbstporträts; ganz so, als habe Sasse die Authentizität der Fotos mit seinem Körper beglaubigen wollen. »Vielleicht entstanden die Porträtaufnahmen Sasses auch beim Gedanken an die Angehörigen«, mutmaßte Gockel hinterm Mikrofon. »Bis zum Tag seiner Entlassung am 1. Januar 1950 blieb ungewiss, ob diese ihn wiedersehen würden.« Jahrzehnte nach seiner Heimkehr verfasste der bis zu seiner Pensionierung 1986 als wissenschaftlicher Oberrat am Romanistischen Seminar der Universität Hamburg tätige Dr. Klaus Sasse seine Erinnerungen an die Kriegsgefangenschaft der Jahre 1945 bis 1950. Text und Fotografien Sasses wurden mit Wortbeiträgen von Ernst Helmut Segschneider, Friedrich Korte und Hubert E. Heckmann ergänzt und unter dem Titel »*Bilder aus russischer Kriegsgefangenschaft. Erinnerungen und Fotos aus Jelabuga und anderen sowjetischen Lagern 1945-1949*« im Jahre 1999 als Heft 9 der »*Schriften des Kulturgeschichtlichen Museums Osnabrück*« im Waxmann Verlag veröffentlicht. Als deutscher Kriegsgefangener stand Sasse im Focus der Gedenkkultur des Kriegsgräbervereins. Wie viele deutsche Kriegsgefangene in sowjetischer Kriegsgefangenschaft starben, ist umstritten. Die Angaben reichen von 357.000 bis etwa neunhunderttausend. Das entspricht fünfzehn bis 35 Prozent von insgesamt 2,5 Millionen deutschen Kriegsgefangenen. Von den insgesamt 5,7 Millionen sowjetischen Kriegsgefangenen kamen dagegen etwa drei Millionen in deutscher Gefangenschaft ums Leben, zwei Millionen von ihnen bis zum Frühjahr 1942. Als Gegenbeispiel des deutschen Kriegsgefangenen Klaus Sasse entdeckte Leibgeber den russischen Kriegsgefangenen Tamurbek Dawletschin. Sasse diente als Leutnant in der Großdeutschen Wehrmacht, Dawletschin als Offizier in der Roten Armee. Der 1904 geborene Jurist und Universitätsdozent Tamurbek Dawletschin ist 37 Jahre alt, als er kurz nach dem deutschen Überfall auf die Sowjetunion aus seiner Heimatstadt Kasan in der tatarischen Sowjetrepublik zum Frontdienst einberufen wird. Er gerät in Kriegsgefangenschaft und wird wie Hunderttausende anderer Rotarmisten nach Deutschland verschleppt. Seine die Zeit von seiner Einberufung zur Roten Armee im Juni 1941 bis zum Ende seiner Kriegsgefangenschaft im Juni 1942 behandelnden Aufzeichnungen werden später unter dem Titel »*Von Kasan nach Bergen-Belsen. Erinnerungen eines sowjetischen Kriegsgefangenen*« als Band 7 der »*Bergen-Belsen Schriften*« 2005 im Göttinger Verlag Vandenhoeck & Ruprecht veröffentlicht. Nach seiner Gefangennahme bei Nowgorod am 13. August 1941 wird Tamurbek Dawletschin vom Durchgangslager (Dulag) Porchow über das Kriegsgefangenenstammlager (Stalag 350) Riga mit einem kurzen Aufenthalt im Offiziergefangenenlager

(Oflag 53) Pogegen bei Tilsit weiter in das Stalag XI B Fallingbostel deportiert. Nach dem Ausbruch einer Fleckfieberepidemie muss Dawletschin zusammen mit anderen Rotarmisten zur weiteren Internierung den Fußmarsch in das dreißig Kilometer entfernte Stalag XI C (311) Bergen-Belsen antreten. Seine Odyssee als Kriegsgefangener endet im Offiziers-Sonderlager Wohlheide in Berlin-Oberschönweide, welches dem Stalag III D Berlin angegliedert ist. Ein Vergleich der Schicksale des sowjetischen Kriegsgefangenen Tamurbek Dawletschin im Großdeutschen Reich und des deutschen Kriegsgefangenen Klaus Sasse in den Vereinigten Sowjetrepubliken offenbarte Leibgeber, dass das Schicksal der Kriegsgefangenen im Heimatland des militärischen und weltanschaulichen Gegners zwar ähnlich strukturiert war, vor Ort aber signifikante Unterschiede aufwies. Unterbringung, Verpflegung, Hygiene und medizinische Versorgung der russischen Kriegsgefangenen im Reichgebiet waren von großer Härte, Entbehrungen und Krankheiten geprägt. Die schriftliche Überlieferung seiner Haftbedingungen durch Tamurbek Dawletschin geben davon beredtes Zeugnis. Die durch Fotos dokumentierten Umstände der Kriegsgefangenschaft Sasses und dessen schriftliche Aufzeichnungen nehmen sich gegenüber den von Dawletschin geschilderten Verhältnissen vergleichsweise human aus. Die Jelabuga-Ausstellung des Kriegsgräbervereins thematisierte die Leiden des deutschen Kriegsgefangenen Klaus Sasse in Sowjetrussland. Die Leiden Tamurbek Dawletschins im Großdeutschen Reich wurden verschwiegen. Der Verein kommunizierte die russische Kriegsgefangenschaft von Hitlersoldaten wie Klaus Sasse. Über die deutsche Kriegsgefangenschaft von Rotarmisten wie Tamurbek Dawletschin im Verantwortungsbereich der Wehrmacht fiel kein Sterbenswort. Die Foto-Ausstellung bildete ein Paradebeispiel für die einäugige Gedenkkultur des Kriegsgräbervereins. Der Kriegsgräberverein verantwortete eine Gedenkkultur, die Flucht und Vertreibung aus den deutschen Ostgebieten, alliierte Bombenangriffe auf reichsdeutsche Städte und die Kriegsgefangenschaft deutscher Soldaten in russischen Arbeitslagern zu Verbrechen erklärte, um sich mit den Verbrechen der Deutschen nicht auseinandersetzen zu müssen.

Beim Händeschütteln zum Abschluss der Ausstellungseröffnung, kritisierte Landesschatzmeister Mortforêt den Krawattenknoten von Leibgebers Bezirksorganisationsleiterkollegen aus dem Münsterland. Mortforêt deutete auf den Hals des Münsterländers und meinte, dessen Krawattenknoten sei falsch gebunden. Da habe sich etwas nach innen gedreht. So würde er den ganzen Tag über angestarrt werden. Ob er das richten dürfe? Mit diesen Worten zog er dem Kollegen den Strick um den Hals. Nein, meinte Mortforêt, ärgerlich die

Schlinge um den Hals des Kollegen zuziehend, das könne er nicht richten. Da müsse der Kollege den Schlips wohl neu binden. Im Kellergeschoss sei eine Toilette. Dahin könne er sich zurückziehen. Daraufhin erprobte der Münsterländer Kollege die Reißfestigkeit seines Halsstricks auf der Herrentoilette.

HOPPLA! Schon wieder ein Stolperstein im Trottoir. Unmittelbar vor Leibgebers Geschäftsstelle am Kölner Neumarkt: FLORA MOSES, geb. 1897, 1941 deportiert nach RIGA. Im Dezember 1941 waren 1.011 rheinische Juden von Köln aus nach Riga deportiert worden. Deren Ehemann, PAUL MOSES, geb. 1886, wurde 1941 nach LODZ deportiert. Anlässlich des 70. Jahrestages der Deportation der rheinischen Juden von Köln nach Riga veranstaltete das NS-Dokumentationszentrum der Stadt Köln in Zusammenarbeit mit dem Verein El-De Haus e.V., der Synagogen-Gemeinde Köln, der Jüdischen Liberalen Gemeinde Köln und der Kölnischen Gesellschaft für christlich-jüdische Zusammenarbeit eine Gedenkveranstaltung An der Rechtsschule. Im großen Vortragssaal des Museums für angewandte Kunst (MaK) drängten sich mehrere hundert Menschen. Aus den Lautsprechern ertönte die Stimme von Gauleiter Josef Grohé. Auf der Großleinwand oberhalb der Bühne war eine Fotografie des NS-Funktionärs zu sehen, die Grohé an einem Rednerpult zeigte. Das Tondokument überlieferte eine Rede Grohés vom 28.09.1941 aus Anlass der Errichtung des Sammellagers für Juden in den Kölner Messehallen. Seine Menschen verachtende Hetzrede qualifizierte die Juden der Stadt als Ungeziefer der Gesellschaft, welches aus der deutschen Volksgemeinschaft ausgeschlossen gehöre. Der Jude sei, so Grohé, nicht nur an der typischen Nase, sondern auch am Geruch zu erkennen. Gauleiter Grohé, ein Goldfasan, der den Krieg als Reichsverteidigungskommissar, Obergruppenführer des NS-Kraftfahrerkorps und Reichskommissar für Belgien und Nordfrankreich überlebte, war nach seiner Internierung ab 1950 in der Spielwarenbranche tätig. Er verstarb am 03.01.1988 im Alter von 86 Jahren in Köln. Die von ihm geschmähten Juden wurden nicht so alt. Nach der am 21. und 28. Oktober 1941 durchgeführten Verschleppung der Kölner Juden nach Litzmannstadt (Lodz), sollte ein weiterer Transport mit tausend Kölner Juden nach Riga rollen. Ihre Deportation erfolgte in den frühen Morgenstunden des 7. Dezember 1941 vom Bahnhof Deutz-Tief in Dritte-Klasse=Waggons der Deutschen Reichsbahn. Nach der Toneinspielung der Rede von Gauleiter Grohé lasen Marietta Bürber, Claudia Mischke, Philipp Sepmann und Josef Tratnik im Vortragssaal des MaK An der Rechtsschule aus überlieferten Briefzeugnissen der Verschleppten und Berichten des schweizerischen Konsulats. Auf diese Weise erfuhren die Veranstaltungsteilnehmer vom weiteren Schicksal der Deportierten. Drei Tage nach der Abfahrt des Deportationszuges von Deutz-Tief hatte der Zug den Bahnhof Skirotava erreicht. Als der Transport auf dem Güterbahnhof, zwölf Kilometer von Riga entfernt, eintrifft, fällt es den durchgefrorenen Menschen nach Tagen der Bewegungslosigkeit in den engen Waggons schwer, so schnell auszusteigen, wie die deutsche Sicherheitspolizei und die lettischen Hilfspolizisten es von ihnen verlangen. Hinzu kommt, dass in Riga-Skirotava keine Bahnsteige zum Verlassen der Waggons vorhanden sind. Das Verlassen der Waggons, das Zusammenraffen des Handgepäcks und die Suche nach Angehörigen wird von Ordnungsrufen und Stockschlägen begleitet. Nachdem sich die Deportierten unter dem Gebrüll der Wachmannschaft in Fünferreihen formiert haben, marschieren sie auf der Dünaburger Straße in Richtung Riga. Außer dem Handgepäck darf auf dem Marsch nichts mitgeführt werden. Größere Gepäckstücke und überzählige Kleidungsstücke werden durch Lastkraftwagen zum Gut Jungfernhof und zum Ghetto Riga transportiert, nicht gehfähige Erwachsene und Kinder mit Autos abgefahren. Nach zwei Stunden Fußmarsch biegen die Fünfergruppen von der Moskauer Straße in das Ghetto ein. Nach einer Ansprache des Ghetto-Kommandanten Kurt Krause beziehen die erschöpften Juden ihre Quartiere. Die Liksnas iela wird fortan Kölner Straße heißen. Die Ankömmlinge aus Köln bemerken getrocknetes und angefrorenes Blut auf der Straße und beziehen unaufgeräumte Wohnungen, in denen Essenreste auf den Tischen stehen und warme Asche in den Öfen glimmt. Auf dem der Kölner Straße benachbarten jüdischen Friedhof liegt eine größere Anzahl Leichen. Das Ghetto ist vor der Ankunft der Kölner Juden mit annähernd 27.000 lettischen Juden belegt gewesen, die in Erwartung der Transporte aus dem Reichsgebiet am 30. November und 8. Dezember 1941 durch Angehörige der deutschen Sicherheitspolizei (SiPo), des Sicherheitsdienstes (SD) und durch lettische Hilfspolizisten vor der Stadt erschossen werden. Ihre Leichen werden in langen, von russischen Kriegsgefangenen ausgehobenen Gruben im Wald von Rumbula verscharrt. Der durch die Ermordung der lettischen Juden gewonnene Wohnraum wird durch weitere Deportationstransporte mit deutschen Juden aus Kassel am 12. Dezember, vom Niederrhein, aus dem Bergischen Land und aus Essen am 14. Dezember, aus den Regionen Münster, Osnabrück und Ostwestfalen am 16. Dezember und aus Hannover und Umgebung am 18. Dezember 1941, belegt. Die neuen Ghettobewohner sollen für die deutsche Kriegswirtschaft Zwangsarbeit leisten. Alte, Kinder und Kranke werden selektiert, mit

Lastwagen in den Wald von Bikernieki transportiert und dort an vorbereiteten Gruben erschossen. Unter den zehntausenden Opfern befindet sich auch die Familie von Ruth Seligmann aus Windeck-Rosbach. Ruths Vater, Willy Seligmann, hatte in Rosbach ein Textilwarengeschäft unterhalten. Nach dessen Verwüstung in der Reichsprogromnacht 1938 war Willy Seligmann mit seiner Frau Johanna und den beiden Kindern Arthur und Ruth nach Köln gezogen. Von dort wird die Familie im Dezember 1941 nach Riga deportiert. 1942 sterben der Vater, kurze Zeit später die Mutter und die 13-jährige Ruth. Auch der zehn Jahre alte Bruder Gert des späteren Showmasters Hans Rosenthal wird 1942 ins Rigaer Ghetto deportiert. Hans Rosenthal sollte nie wieder etwas von seinem jüngeren Bruder hören. Ostern 1944 trifft das Sonderkommando 1005 B aus Angehörigen der Sicherheitspolizei und des Sicherheitsdienstes in Riga ein. Das Sonderkommando 1005 B öffnet die Massengräber in den Wäldern von Rumbula und Bikernieki, um die Leichen zu »enterden« und nach deren Exhumierung auf benzingetränkten Eisenbahnschwellen zu verbrennen, um die Spuren der Massenmorde zu verwischen. Die deportierten Juden aus Köln, Kassel und Essen, die Toten vom Niederrhein, aus dem Bergischen und aus Ostwestfalen, die Opfer aus Münster, Osnabrück und Hannover besitzen kein Kriegsgrab. Das Sonderkommando 1005 B zur »Enterdung« der Mordopfer arbeitete eng mit dem maßgeblichen Mann beim Judenreferat des Kommandeurs der Sicherheitspolizei (KdS) in Riga, SS-Obersturmführer Kurt Krause, zusammen. Kurt Krause, der frühere Kommandant des Rigaer Ghettos und des später errichteten, achtzehn Kilometer entfernten Konzentrationslagers Salaspils, erlitt am 18.12.1944 den Kriegstod. Seine sterblichen Überreste wurden, der Gräberdokumentation des Kriegsgräbervereins zufolge, auf den deutschen Sammelfriedhof in Saldus (Lettland) überführt. Der Bundesschatzmeister des Vereins bemerkte bei der Gedenkveranstaltung zum 10-jährigen Bestehen des dortigen Sammelfriedhofs, dass die in Saldus bestatteten Soldaten in einer für sie undurchschaubaren und unentrinnbaren Kriegsmaschinerie sinnlos und verbrecherisch benutzt worden seien. »Vielen, vielleicht den meisten, dürfte die Sinnlosigkeit, die Ausweglosigkeit ihres Einsatzes bewusst gewesen sein. Andere glaubten der politischen und militärischen Führung, einen notwendigen Kampf für das Vaterland zu kämpfen. Unser Gedenken gilt unterschiedslos allen. Denn es ist verblendeter Hochmut, wenn jemand glauben sollte, ohne die Erfahrung der damaligen Lebenssituation, in der ganz anderen Perspektive des Rückblicks, hier noch differenzieren, urteilen und verurteilen zu müssen.« Wie bitte, was? Was sagt der Schatzmeister des Vereins da? empörte sich Leibgeber bei der

Lektüre der Mitgliederzeitschrift: Was gibt den heute Lebenden das Recht, den Unterschied zwischen Verfolgern und Verfolgten, zwischen Nazis und Nazi-Gegnern, zwischen Mördern und Ermordeten zu ignorieren – und wem ist damit gedient? Die deutschen Soldaten des Zweiten Weltkriegs waren als Akteure am Angriffs-, Raub- und Vernichtungskrieg gegen die Sowjetunion beteiligt. Durch ihren Kampfeinsatz haben sie sowohl die Grubenerschießungen von 1,5 Millionen Juden, Männer, Frauen und Kinder in den rückwärtigen Armee- und Heeresgebieten, die Vernichtung von drei Millionen sowjetischer Kriegsgefangener auf dem Marsch, in den Dulags und Stalags, die Vernichtung von sechs Millionen Juden und fünfhunderttausend Sinti und Roma, davon allein 1,7 Millionen in den Vernichtungslagern der *Aktion Reinhardt,* Belzec, Sobibor und Treblinka, sowie 1,1 Millionen in Auschwitz, und die Ermordung von politischen Sowjetkommissaren, Intellektuellen und Partisanen, Behinderten, Widerstandkämpfern und Deserteuren, Männer, Frauen und Kindern ermöglicht. Auch wenn man ihnen individuell nichts vorwerfen kann. Auch wenn sie persönlich keine Schuld auf sich geladen haben. Auch wenn sie propagandistisch indoktriniert waren. Als Mitarbeiter des Kriegsgräbervereins bist du nicht für das Recherchieren der Personendaten deportierter und vernichteter Juden, sondern für das Lokalisieren, Exhumieren, Identifizieren und Wiedereinbetten von Wehrmachtsoldaten und SS-Angehörigen zuständig, beklagte Leibgeber. Du hilfst mit, die Gebeine von Angehörigen der Exekutive Adolf Hitlers auf den Schlachtfeldern zu finden, deren Särge in frisch ausgehobene Sammelgrabanlagen zu versenken und als »Opfer von Krieg und Gewaltherrschaft« zu pflegen – obwohl diese die Konzentrations- und Vernichtungslager durch ihren Kampfeinsatz erst ermöglicht, die Vergeltungsschläge der Alliierten aus der Luft provoziert und die Vernichtungsschlachten der Roten Armee am Boden durch ihre Kampfhandlungen herausgefordert haben. Ohne darüber aufzuklären! Du tust das Falsche und strengst dich auch noch richtig dabei an. Das ist dein »unglückliches Bewusstsein« (HEGEL – zitiert nach Hans Mayer).

Fünfzig Jahre »Russenfriedhof« in Simmerath-Rurberg. Zur Gedenkfeier auf dem sowjetischen Kriegsgräberfriedhof an der Landstraße zwischen Rurberg und Kesternich erschienen fünfzig Jahre nach dessen Errichtung wider Erwarten eine große Anzahl von Besuchern und geladenen Ehrengästen. Die Fahrzeuge der Teilnehmer an der Gedenkfeier parkten aufgereiht wie bunte Perlen in einer langen Kette um den Friedhof. Auf zwei Steinplatten links und rechts des Weges war zu erfahren, dass unter den Heideflächen jeweils 857 Tote beigesetzt wurden. Der Hauptweg zwischen den Heideflächen lief auf einen drei Meter hohen Steinquader mit orthodoxem Reliefkreuz zu, vor dem zwei Feuerwehrmänner mit brennenden Fackeln Ehrenwache hielten. Als Leibgeber den russischen Kriegsgräberfriedhof in Rurberg im Anschluss an einen gemeinsamen Besuch der nahegelegenen NS-Ordensburg Vogelsang mit seiner Kollegin Emma und Angehörigen des Jugendarbeitskreises besuchte, hatte die Gruppe dort einen Kranz niedergelegt. Die hier bestatteten Zwangs- und Fremdarbeiter waren durch mangelnde Ernährung, fehlende medizinische Versorgung, unzureichende Hygiene und körperliche Erschöpfung umgekommen. Zu Beginn ihres Martyriums waren sie auf Veranlassung der Gebietskommissare in den Reichskommissariaten Ostland und Ukraine, die als Ordensjunker in den NS-Ordensburgen Sonthofen, Crössinsee und Vogelsang geschult wurden, zur Zwangsarbeit ins Reichsgebiet deportiert worden. Bei der Begrüßung der Besucher erinnerte der Bürgermeister von Simmerath an die Entstehung des Russenfriedhofs. Die hier bestatteten 2.322 Sowjetbürger waren aus 38 Orten der ehemaligen Kreise Monschau, Schleiden, Erkelenz, Aachen, Düren und Jülich überführt und auf der sowjetischen Kriegsgräberstätte an der Landstraße zwischen Rurberg und Kesternich zusammengebettet worden; allein 1.552 Tote vom Feldfriedhof »Auf der Heide« in Merzenich, darunter mindestens fünfhundert Tote, die im Kriegsgefangenenstammlager (Stalag 326) Arnoldsweiler umgekommen waren. Am 2. Juli 1961 erfolgte unter Anwesenheit von NRW-Innenminister Dufhues, Regierungspräsident Schmitt-Degenhardt, Botschaftssekretär Hotulew und Kulturattaché Boukow von der sowjetischen Botschaft in Bonn sowie Landrat Gerhards und Oberkreisdirektor Stieler vom damaligen Landkreis Monschau die Einweihung. Fünfzig Jahre später, am 3. Juli 2011, erschienen NRW-Ministerin Angelica Schwall-Düren, Cäsar als Imperator des Landesverbandes, der Städteregionsrat der StädteRegion Aachen und Michail Korolev vom Bonner Generalkonsulat der Russischen Föderation zur Gedenkfeier. Korolev erinnerte die Anwesenden, dass das menschenverachtende Nazi-Deutschland den schrecklichsten Krieg der Menschheitsgeschichte über das russische Volk gebracht habe. Am Ende des großen vaterländischen Krieges habe die Sowjetunion zwanzig Millionen Ziviltote und sieben Millionen gefallene Soldaten zu beklagen gehabt. Der Sieg über die Nazis sei ein Sieg des Lichtes über die Finsternis, so Korolev. Ministerin Schwall-Düren bezeichnete die Kriegsgräber als bleibende Zeugnisse der Vergangenheit, die die Erinnerung an die Schrecknisse von Krieg und Gewaltherrschaft wachhielten. Sie seien nachhaltiger Appell an spätere Generationen für das friedliche Zusammenleben der Völker. Die Rückbesinnung auf die Vergangenheit fördere die Einsicht in die Notwendigkeit, Gegenwart und Zukunft human und demokratisch zu gestalten. Nach der Ansprache der Ministerin legte Cäsar am Steinkreuz einen Kranz nieder. Leibgeber hatte den Kranz in Köln besorgt und zur Feierstunde im Kofferraum seines Geschäftswagens nach Rurberg transportiert. Gockel hatte Cäsar zur Kranzniederlegung chauffiert. Nach den Kranzniederlegungen durch den Bürgermeister, Ministerin Schwall-Düren, Cäsar als Imperator des Landesverbandes und dem Städteregionsrat der StädteRegion Aachen sprachen der katholische Priester aus Simmerath, der evangelische Pfarrer aus Monschau und ein russisch-orthodoxer Priester Friedensgebete. Die Gedenkveranstaltung endete mit einem Liedvortrag des Kirchenchors.

Im Anschluss an die Gedenkveranstaltung lud der Bürgermeister die Teilnehmer zur Eröffnung der Kriegsgräberverein-Ausstellung und einen Imbiss in den *Antoniushof*, einer städtischen Mehrzweckhalle auf dem Freizeitgelände Rurberg ein. Die Ausstellung war von der Landesgeschäftsstelle bei der Bundeszentrale angefordert und von dort aus nach Simmerath angeliefert worden. Der Aufbau wurde von Leibgeber bewerkstelligt. Leibgeber hatte den Aufbau unter Bauchschmerzen bewältigt. Die Ausstellung des Kriegsgräbervereins kommunizierte dessen Bemühungen, die Gebeine deutscher Soldaten zu lokalisieren, zu exhumieren, zu identifizieren und auf neu angelegten Sammelfriedhöfen beizusetzen. Dabei handelte es sich um die Gebeine von Wehrmachtsoldaten und SS-Angehörigen, von Teilnehmern am Angriffs-, Raub- und Vernichtungskrieg gegen die Sowjetunion. Die Ausstellung stand im Rurberger *Antoniushof* aus Anlass der Gedenkfeier zum 50-jährigen Bestehen der sowjetischen Kriegsgräberstätte Rurberg fehl am Platze. Beim Betreten der Halle fragte sich Leibgeber, wie die Teilnehmer an der Gedenkveranstaltung, wie der Vertreter des Generalkonsulats der Russischen Föderation, wie die regionale Presse darauf reagieren würden. Der Kriegsgräberverein veranstaltete zwar Ausstellungen über das Schicksal der deutschen Kriegsgefangenen in der Sowjetunion (Jelabuga, Workuta), nicht jedoch über das Schicksal der sowjetischen Kriegsgefangenen in den Durchgangslagern (Dulags) und Kriegsgefangenenstammlagern (Stalags) der Wehrmacht. Unter Verantwortung der Wehrmacht waren von insgesamt 5,7 Millionen russischen Kriegsgefangenen drei Millionen durch Hunger, Seuchen und Kriegseinwirkungen krepiert. Die Teilnehmer in den dicht besetzten Stuhlreihen im Rurberger *Antoniushof* wurden von Cäsar darüber unterrichtet, dass die Kriegsgräberstätte Rurberg eine von über zweitausend Kriegsgräberstätten in Nordrhein-Westfalen sei, die unter dem Schutz des Gesetzes über die Erhaltung der Gräber der Opfer von Krieg und Gewaltherrschaft (Gräbergesetz) stehen. Absatz 1 des Gräbergesetzes laute, dieses Gesetz diene dazu, der Opfer von Krieg und Gewaltherrschaft in besonderer Weise zu gedenken und für zukünftige Generationen die Erinnerung daran wach zu halten. Siebzig Jahre nach Kriegende würden diejenigen, die diese Zeit erlebt haben, immer weniger. Selbst die jüngsten, die als Kinder den Krieg erlebten und eine bewusste Erinnerung an die Zeit haben, hätten bereits das siebzigste Lebensjahr vollendet, beklagte Cäsar. Es werde nur noch wenige Jahre dauern, bis nur noch die Kriegsgräberstätten und Gedenkstätten geblieben seien, welche an die Zeit von Krieg und Gewaltherrschaft erinnern. Umso wichtiger sei es, Kriegsgräberstätten nicht nur als Stätten des Gedenkens und Erinnerns zu verstehen, sondern auch als pädagogische Lernorte zu begreifen. Die Ausstellung des Kriegsgräbervereins greife diesen Gedanken auf, versicherte Cäsar. Die Ausstellung informiere über die Geschichte des Ersten und Zweiten Weltkrieges, zeige Beispiele von Kriegsgräberstätten und führe über das Erinnern und Gedenken hin zur Jugend-, Schul- und Bildungsarbeit des Vereins. Millionen Kriegsgräber wie die in Rurberg seien ein immerwährendes Symbol für die Tragik und Grausamkeit des Krieges, ein ständiger Appell gegen Gewalt und für den Frieden. In einer Welt voller Kriege und Gewalt setze der Kriegsgräberverein ein Zeichen der Versöhnung und lade alle Interessierten dazu ein, ihn tatkräftig bei seiner Arbeit zu unterstützen. Wieder einmal wirft ein Vertreter des Kriegsgräbervereins Täter und Opfer in ein großes Massengrab und gießt, getreu dem Vereinsmotto »Versöhnung über den Kriegsgräbern«, die er als »Friedenseinsatz« bezeichnet, die süße Soße der Versöhnung darüber, beklagte Leibgeber in der zweiten Stuhlreihe. Wer jedoch wie der Kriegsgräberverein Versöhnung als Chiffre für das Verschweigen der Täter verwendet, verhindert Aufklärung und verantwortet Volksverdummung anstatt Friedenseinsätze. Obwohl die Ausstellung in Rurberg kaum Empathie mit den zu Tode gekommenen sowjetrussischen Zwangs- und Fremdarbeitern erkennen ließ, sondern, im Gegenteil, das Kriegsschicksal von deren Peinigern betrauerte, empfahl die regionale Zeitung ihren Lesern deren Besuch. Ett hätt noch immer joot jejange, dachte Leibgeber bei der Zeitungslektüre in seiner Kölner Geschäftsstelle.

Rundmail des Landesorganisationsleiters an seine Bezirksorganisationsleiter: Jürgen Hobrecht habe einen Dokumentarfilm über das Ghetto von Riga gedreht. Titel: *»Wir haben es doch erlebt«,* herausgegeben vom LWL-Medienzentrum für Westfalen in Kooperation mit der Phoenix Medienakademie e.V., dem Geschichtsort Villa ten Hompel und der Gesellschaft für Christlich-Jüdische Zusammenarbeit Münster. Hobrecht beabsichtige, den Film in allen Städten, die dem so genannten Riga-Komitee angehören, vorzuführen und bitte den Kriegsgräberverein dabei um Unterstützung. Zwischen November 1941 und Oktober 1942 wurden 22.000 Juden aus zahlreichen Städten des Reiches nach Riga deportiert. Im Dezember 1941 war ein Zug mit Dritter-Klasse=Waggons voller rheinischer Juden vom Kölner Bahnhof Deutz-Tief aus gestartet. Leibgeber telefonierte mit Sancho Pansa, der als sein Kreisorganisationsleiter für Köln amtierte, terminierte die Aufführung im großen Bürgersaal vom Bezirksrathaus und verfasste das Einladungsschreiben, welches von der Bundeszentrale an die Kölner Mitglieder, Spender und Förderer des Kriegsgräbervereins versendet wurde. Im deutsch-lettischen Kriegsgräberabkommen von 1996 hatte sich die Bundesregierung verpflichtet, neben den gefallenen Soldaten der Wehrmacht und Waffen-SS auch den deutschen Opfern der Deportation in Lettland würdige Grabstätten zu schaffen. Die Umsetzung wurde dem Kriegsgräberverein überantwortet. Am 30. November 2001, sechzig Jahre nach dem Beginn der Deportationen, erfolgte die Einweihung der gemeinsam mit dem lettischen Brüderfriedhöfekomitee und der Stadtverwaltung Riga vom Verein errichteten Kriegsgräberstätte Riga-Bikernieki. Anlässlich des 10-jährigen Bestehens des Komitees besuchten Repräsentanten von vierundzwanzig Städten die lettische Hauptstadt. Die Begrüßung der Besucher bei der Filmvorführung über das Ghetto von Riga im Bürgersaal des Bezirksrathauses erfolgte durch den Kölner Stadtdirektor, der Bikerniki als Repräsentant der Stadt Köln zum 10-jährigen Bestehen des Riga-Komitees besucht hatte. Jürgen Hobrecht, der Autor und Produzent des Films, musste seine Teilnahme aus Krankheitsgründen absagen. Kuckuck hatte noch nicht einmal auf die Terminanfrage reagiert. Allerdings hätte sie bei ihrem Erscheinen nicht mehr als zwei Dutzend Zuschauer begrüßen können. Der große Bürgersaal fasste bis zu fünfhundert Besucher. Beim Benefizkonzert der Bundeswehr pflegte der Saal bis auf den letzten Platz besetzt zu sein. Die vielen leeren Klappsessel ließen mit Blick auf die Akzeptanz der Riga-Veranstaltung nur einen Schluss zu.

HINTER DER DORNENHECKE: DEUTSCHER SOLDATENFRIEDHOF BEBERBEKI – REDE UND GEGENREDE

Die Kriegsgräberstätte Riga-Bikernieki, die an die Ermordung der deportierten Juden erinnert, darf nicht mit dem wenige Kilometer entfernt errichteten deutschen Soldatenfriedhof Riga-Beberbeki verwechselt werden, mahnte Leibgeber. Riga-Beberbeki und Riga-Bikernieki – klingt ähnlich, ist aber nicht dasselbe. Bikernieki ist eine Gedenkstätte zur Erinnerung an die aus Deutschland verschleppten und in Riga ermordeten jüdischen Opfer, Beberbeki dagegen ein Soldatenfriedhof mit den sterblichen Überresten von Hitlersoldaten. Für den Ausbau des Soldatenfriedhofes Beberbeki hatte der Verein im Jahre 2000 fünfzigtausend DMark von der Kriegsgräberstiftung »Wenn alle Brüder schweigen« erhalten. Die Kriegsgräberstiftung wurde im Jahre 1993 von der HIAG, der *Hilfsgemeinschaft für die Angehörigen der SS* ins Leben gerufen (Stiftungsbehörde: Regierungspräsidium Stuttgart). Der Verein bedankte sich in der Ausgabe 2/2000 seiner Mitgliederzeitschrift für die großzügige Spende. Der mit Pflastersteinen bewehrte Weg in Beberbeki führe vom Eingangsgebäude mit Informationsraum, Wirtschaftskammer und Toiletten zum Hochkreuz auf dem Gedenkplatz, hieß es in der Mitgliederzeitschrift. Im Halbkreis um das Hochkreuz stünden Stelen angeordnet. Die Stelen verzeichneten die Namen von nicht mehr zu exhumierenden Gefallenen von Wehrmacht, Waffen-SS und SS-Einsatzgruppen im Großraum Riga. Der Beitrag im Gemeindeblatt des Kriegsgräbervereins über die Einweihung des deutschen Soldatenfriedhofes Beberbeki unter Beteiligung des Vereinspräsidenten, des Vizepräsidenten und des Generalinspekteurs der Bundeswehr trompetete dem Leser den gewohnten Ton des Kameradenliedes in die Ohren. Dorle O. lebe in Vancouver, British Columbia, informierte der Berichterstatter in seinem Beitrag. Ihr Mann sei schon lange tot. Er sei vor 63 Jahren in Lettland umgekommen. Die Eheleute seien über achttausend Kilometer und über sechs Jahrzehnte getrennt gewesen. Heute, bei der Einweihung des deutschen Soldatenfriedhofs Beberbeki, seien Dorle O. und viele andere Menschen ihren im Zweiten Weltkrieg verstorbenen Angehörigen wieder ganz nah. Heute weihe der Verein die Kriegsgräberstätten in Ogre und Beberbeki ein, hieß es im Gemeindeblatt. Die 1924 geborene Dorle O. war seit 1943 mit dem 1912 geborenen Major Heiner Ochssner verheiratet, der bei Abwehrkämpfen nahe dem lettischen Ergli dem Welteroberungswahn seines obersten Kriegsherrn zum Opfer fiel. Ein tragisches Schicksal, das seine Witwe in ihrem Buch »*Warum? Eine Geschichte von Liebe und Krieg. Die 132. Infanterie-Division*« vorstellt. Die Schilderung der ersten Begegnung, die zögerliche Annäherung des Liebespaares, die Umstände der Kriegshochzeit und die Abkommandierung Ochssners an die Front bewirken beim Leser große Empathie mit der Verfasserin. Beim Fronteinsatz Ochssners bringt Dorle ein Kind zu Welt, welches bei der Geburt einen Hirnschaden erleidet und bald darauf stirbt. Dorle pflanzt Vergissmeinnicht auf das Kindergrab, als ihr zwei Offiziere des Wehrkreiskommandos die Nachricht vom Kriegstod ihres Mannes überbringen. Wer wollte der Verfasserin dieser Zeilen beim Lesen die Umarmung verweigern, wer Dorle O. zugleich darüber aufklären, dass ihr Mann, Major Heiner Ochssner, deshalb sterben musste, weil er sich als deutscher Offizier und Befehlshaber am Angriffs-, Raub- und Vernichtungskrieg der Wehrmacht gegen die Sowjetunion beteiligt hatte, weil er (Major Heiner Ochssner) durch seinen Kampfeinsatz als Wehrmachtssoldat, vom Überfall der deutschen Truppen auf die Sowjetunion im Juni 1941 bis zu seinem gewaltsamen Kriegstod im September 1944, die Vernichtung der Juden durch SS-Einsatzkommandos im Generalgouvernement, in den Reichkommissariaten und im rückwärtigen Heeresgebiet und deren fabrikmäßige Vernichtung mit Giftgas und Dieselabgasen in Auschwitz-Birkenau, Majdanek, Chelmno, Belzec, Sobibor und Treblinka ermöglichte? Wer wollte Dorle O. vorhalten, dass der Kampfeinsatz ihres Mannes als Wehrmachtsoffizier die Leiden der deutschen Zivilbevölkerung ursächlich auslösten und später verlängerten – sei es die Bombardierung der deutschen Städte mit Brand- und Sprengbomben, seien es Flucht und Vertreibung der Zivilbevölkerung aus den deutschen Ostgebieten, sei es die Kriegsgefangenschaft der deutschen Soldaten im eisigen Russland. Und doch war es so: Major Heiner Ochssner war durch seinen Kampfeinsatz sowohl für die Opfer der Deutschen als auch für die Deutschen als Opfer mitverantwortlich. Dorle O. gingen viele Gedanken durch den Kopf, während sie hier auf dem Soldatenfriedhof Beberbeki nahe Riga stehe, so der Berichterstatter. Sie blicke über das ebene Feld mit den neuen Grabsteinen und dem Gras, das kaum Zeit gehabt habe, zu wachsen. Unbewusst streichele sie mit der linken Hand über die Blätter eines Blumenstrauches. Dass diese und viele andere Blumen hier hätten gepflanzt werden können, dafür habe sie mit ihrer Spende selbst gesorgt. Die Bundesrepublik Deutschland finanziert den dienstverpflichteten Gefallenen des Zweiten Weltkriegs keine Kriegsgräber, bemängelte Leibgeber. Die Bundesrepublik Deutschland finanziert den überlebenden Truppenführern, Ritterkreuzträgern, SS-Angehörigen, Gestapo-Beamten und deren Witwen üppige Pensionen.

ELFTES KAPITEL

Die Räumlichkeiten der Geschäftsstelle umfassten zwei Büroräume, eine Teeküche und zwei WC. Karin saß im ersten, Leibgeber im zweiten Zimmer. Sein Raum war mit einem Konferenztisch für Besprechungen, Wandschränken für die Materialablage und einem Schreibtisch mit Laptop und Dockingstation als Arbeitsmittel ausgestattet. Auf der Homepage des Kriegsgräbervereins war unter der Überschrift »Partner in Uniform und Zivil« ein Beitrag über den »Parlamentarischen Abend« des *Verbandes der Reservisten der Bundeswehr* (VdRBw) im »Tipi« neben dem Kanzleramt eingestellt worden. Bereits zum 13. Mal habe der Verband der Reservisten seine Partner, Freunde und Förderer zum Empfang in die Hauptstadt eingeladen, stand dort zu lesen. Die enge Partnerschaft zwischen Reservisten und Kriegsgräberverein hätten der neu ins Amt gewählte Präsident des Kriegsgräbervereins und der Vorsitzende des Landesverbandes Berlin in vielen Gesprächen mit der Verbandsspitze der Reservisten zum Ausdruck gebracht. Besonders die Vereinbarung zur Vertiefung der Zusammenarbeit zwischen beiden Verbänden läge ihm am Herzen, erklärte der Präsident. Es gelte offen zu sagen, dass beim Kriegsgräberverein ohne die Reservisten Vieles schwerer wäre. Mit Dank verwies der Vereinspräsident auf die jährliche Haus- und Straßensammlung wie auch auf die Arbeitseinsätze von Reservisten im In- und Ausland zur Pflege von Kriegerdenkmälern und Kriegsgräberstätten. Der Kriegsgräberverein nimmt die von ihm verantwortete Pflege von 2,7 Millionen Kriegsgräbern und den dauerhaften Erhalt von über 830 Kriegsgräberanlagen in einem Radius vom Atlantik bis zur Wolga und vom Nordkap bis nach Nordafrika keineswegs zum Anlass, sich dafür auszusprechen, NIE WIEDER KRIEG! führen zu sollen, kritisierte Leibgeber. Der Kriegsgräberverein ist kein pazifistischer Verein! Kein Wort gegen bewaffnete Auslandseinsätze der Bundeswehr, ob in Afghanistan, Mali oder am Horn von Afrika. Keine Silbe gegen die Genehmigung von Waffenexporten durch den Bundessicherheitsrat. Kein Ton gegen die Bundeswehr. Der Kriegsgräberverein steht tausendprozentig hinter der Regierung, wusste Leibgeber. Das hat er im Zweiten Weltkrieg getan. Das hat er im Kalten Krieg getan. Das tut er heute.

Als Steigbügelhalter am Schlachtross der Bundesregierung wird dem Verein das Lokalisieren, Exhumieren, teilweise Identifizieren und schlussendliche Dokumentieren der Grablageorte der Gebeine von Wehrmachtssoldaten und SS-Angehörigen mit zweistelligen Millionenbeträgen aus dem Auswärtigen Amt bezuSCHUSSt. Die aufgefundenen Gebeine werden von Uniformträgern mit Fahnenabordnung und Kameradenlied auf großen, von den Beiträgen der Vereinsmitglieder, Spenden aus der Bevölkerung und Zuwendungen von Erblassern angelegten Sammelfriedhöfen beigesetzt. Anlage, Pflege und Erhalt der Kriegsgräber werden vom Kriegsgräberverein als »humanitärer Dienst« bezeichnet. Wer dies nicht zu akzeptieren bereit sei, habe einen wesentlichen Teil unserer kulturellen Substanz nicht verstanden, behauptet der Vorsitzende des wissenschaftlichen Beirats. Das Reden über die Toten kenne in unserer Kultur die Milde »de mortius nihil nisi bene – über Tote nichts außer Gutes – oder, christlich gewendet, dass ein Toter, was immer er getan haben mag, bereits vor seinem Richter gestanden« habe. Der Kriegsgräberverein bezeichnet die Kriegstoten unisono als Opfer von Krieg und Gewalt. Die Täter werden weggelogen. Das soldatische Opfernarrativ ist wesentlicher Inhalt der Gedenk- und Erinnerungskultur dieses Vereins, bedauerte Leibgeber. Mit Ihrer Teilnahme am parlamentarischen Abend des Reservistenverbandes hätten der ehemalige Präsident und sein Generalsekretär a.D. gezeigt, dass die Verbundenheit mit den Reservisten und der Dank für deren Einsatz zugunsten des Kriegsgräbervereins über die aktive Zeit beim Kriegsgräberverein hinausreiche, berichtete der die Akteure begleitende Hofberichterstatter. Während der amtierende Präsident des Kriegsgräbervereins und dessen Vorgänger im Amt des Vereinspräsidenten der Veranstaltung in Zivil beiwohnten (der ehemalige Präsident mit dem Bundeswehrkreuz in Gold am Revers), war der ehemalige Generalsekretär in der Ausgehuniform eines Obersten der Reserve im »Tipi« am Kanzleramt erschienen. Das Grünzeug hatte er bei einem Arbeitseinsatz von Offizieren der Hamburger Führungsakademie der Bundeswehr auf einer deutschen Kriegsgräberstätte bei Paris aufgetragen. Auf der Homepage des *Verbandes der Reservisten der Deutschen Bundeswehr e.V.* (VdRBw), die Leibgeber parallel zur Homepage seines eigenen Verbandes anklickte, fand sich unter dem blauen Balken mit der weißen Inschrift »WIR SIND DIE RESERVE« folgender Wortbeitrag: *Der Parlamentarische Abend in Berlin stand unter dem Motto: »Ich diene Deutschland«, in Anlehnung an den Bundeswehr-Slogan: »Wir. Dienen. Deutschland.« Damit unterstrich der Reservistenverband seine Nähe zur Bundeswehr. Verteidigungsministerin Ursula von der Leyen tat das ihrige und kam für eine Festrede zu ihren Reservisten. [...] Neben der Ministerin sprach auch Oberst d.R. Oswin Veith zu den Gästen. Der Bundestagsabgeordnete sagte: »Wir wollen zeigen, dass sich der Reservistenverband als Leitverband für Verbände und Vereine versteht, die sich für die Bundeswehr und die deutsche Sicherheitsvorsorge engagieren.« Veith ist einer von zwei Stellvertretern des Präsidenten des Reservistenverbandes, Roderich Kiesewetter. Kiesewetter kuriert gerade die Folgen einer Operation aus und hat sich deshalb von Veith in Berlin vertreten lassen. Veith stellte das Eiserne Kreuz als neues verbindendes Abzeichen vor. »Was eignet sich besser als dieses Symbol zum sichtbaren Ausdruck der Feststellung ›Ich diene Deutschland‹ und ›Ich habe gedient‹ zu machen?« Vizepräsident Dr. Stefan M. Knoll überreichte der Ministerin das erste Abzeichen, das künftig unzählige aktive und ehemalige Soldaten tragen werden. Veith bot allen Verbänden der Reserve und Veteranen an, »sich unserer Initiative anzuschließen«* (zitiert nach www. reservistenverband.de/php/evewa2.php?d=1462947396&d=1263915562... vom 10.05.2016). DAS EISERNE KREUZ als neues, verbindendes Abzeichen? empörte sich Leibgeber vor seinem Laptop. Das eiserne Kreuz prangte auf sämtlichen Kanonen, Flugzeugen und Schiffen der kaiserlichen Armee, paradierte auf sämtlichen Panzern, Geschützen und Fahrzeugen von Wehrmacht und Waffen-SS, propagierte Krieg auf sämtlichen Sturzkampfbombern, Transportflugzeugen und Aufklärern von Görings Luftwaffe, prunkte auf sämtlichen U-Booten, Zerstörern und Kreuzern der Reichskriegsmarine. Das Eiserne Kreuz kennzeichnete die Mordwerkzeuge der deutschen Blitzkrieger in fast ganz Europa und in Nordafrika. Das Eiserne Kreuz schmückte die Hälse der Wehrmachtsgeneräle und Führer der Waffen-SS, die ihre Soldaten in die blutigen Schlachthäuser von Vormärschen, Kessel-, und Abwehrschlachten führten. Eingedenk dessen passte es wie das Gesäß auf den Nachttopf, dass der VdRBw-Vizepräsident der Bundesministerin der Verteidigung, die einer Armee vorsteht, deren Tötungsapparate und Kasernenmauern das Eiserne Kreuz tragen, beim Parlamentarischen Abend im »Tipi« neben dem Kanzleramt »das erste Abzeichen, das künftig unzählige aktive und ehemalige Soldaten tragen werden« an den Rockaufschlag ihrer Kostümbluse heftete. Warum im Fall der Bundesministerin der Verteidigung nicht mit Eichenlaub, Schwertern und Brillanten?, überlegte Leibgeber. Verantwortet die Bundesministerin doch die operative Durchführung der vom Parlament mandatierten bewaffneten Kampfeinsätze der Bundeswehr in Afghanistan, Mali oder am Horn von Afrika. Die Angehörigen der Parlamentsarmee können dort demokratisch legitimiert töten und sich töten lassen. Der Hofberichterstatter des Kriegsgräbervereins beklagte

in seinem Beitrag – immerhin! – dass der Parlamentarische Abend im »Tipi«
am Kanzleramt von der Nachricht über den Tod eines deutschen Soldaten über-
schattet worden sei, den die Ministerin »sichtlich ergriffen mit der Aufforderung seiner zu gedenken bekannt gab«. Der *Verband der Reservisten der
Deutschen Bundeswehr* (VdRBw) erwähnte den gewaltsamen Tod des Bundeswehrsoldaten in dem von ihm verantworteten Pressetext mit keinem Sterbenswort. Das der VdRBw die unselige Tradition von Wehrmacht und Waffen-SS
im »Tipi« neben dem Kanzleramt (einer angesagten Location der High Society
des Berliner Politrummels) in Gestalt des Eisernen Kreuzes wiederaufleben ließ,
zeugte von kompletter Geschichtsvergessenheit. Besonders pikant aber war,
dass die erste Auszeichnung mit dem in der Wehrmacht tradierten Eisernen
Kreuz an die Bundesministerin der Verteidigung verliehen wurde. Ministerin
von der Leyen hatte wenige Tage vor ihrem Spießrutenlauf zum Rednerpult der
Reservisten das Auskämmen sämtlicher Liegenschaften, Räumlichkeiten und
Gelasse der Bundeswehr auf Nazidevotionalien angeordnet gehabt. Hintergrund waren laufende Ermittlungen gegen den mutmaßlichen Terroristen Oberleutnant Franco A. gewesen, der sich als Offizier der Bundeswehr eine doppelte
Identität als syrischer Flüchtling verschaffte und unter dem Deckmantel seiner
falschen Identität terroristische Anschläge auszuführen gedachte. Beim Durchforsten des historischen Wildwuchses in den Liegenschaften der Bundeswehr
hatte auch nationalsozialistisches Wurzelwerk ausgerodet werden müssen. Die
Stellungnahme der Ministerin mit dem Wortlaut, »die Wehrmacht ist in keiner
Form traditionsstiftend für die Bundeswehr«, einzige Ausnahme seien einige
»herausragende Einzeltaten im Widerstand« war politisches Wunschdenken.
Die Aussagen von der Leyens waren historisch unzutreffend. Die Bundeswehr
wurde von Wehrmachtsveteranen aufgestellt. Über achtzig Prozent der etwa
15.000 Offiziere von 1959 hatten im Zweiten Weltkrieg gekämpft. Adolf Heu-
singer, der erste Generalinspekteur der Bundeswehr, plante den Angriffs-, Raub-
und Vernichtungskrieg als Chef des Generalstabs im Oberkommando des Heeres. Heusinger stand bei der Explosion der Stauffenberg-Bombe am 20. Juli 1944
neben Hitler am Kartentisch der Lagebaracke. Ritterkreuzträger und Generalinspekteur Friedrich Foertsch, Eichenlaubträger und Generalinspekteur Heinrich Trettner dienten bereits unter Hitler im Generalsrang. Man lese Franz
Kurowskis Heldenepos »*Verleugnete Vaterschaft*«. Dort findet sich der braune
Schoß, aus dem die Bundeswehr kroch, beschrieben. Viele Kasernen trugen
Jahrzehnte nach der Gründung der Bundeswehr im November 1955 die Namen
blutsaufender Hitlergeneräle. Sei es die Generaloberst-Dietl=Kaserne in Füssen.

Sei es die General-Kübler=Kaserne in Mittenwald. Man lese Jakob Knabs Aufklärungsschrift *»Falsche Glorie«*. Die unrühmlichen Beispiele füllen die aufschlussreichen Seiten seines gesamten Buches. Viele Kasernen tragen auch heute noch die Namen von Hitlers Vorzeige-Kriegern: die Lent-Kaserne in Rotenburg/Wümme, die Marsaille-Kaserne in Appen bei Hamburg, die Generalfeldmarschall-Erwin-Rommel=Kaserne in Augustdorf oder die Generaloberst-Freiherr-von-Fritsch=Kasernen. Fritsch war bekennender Antisemit. Fritsch bekannte seinen Antisemitismus, vier Wochen nach der Reichspogromnacht im November 1938, in einem Brief an die Baronin Schutzbar mit den Worten: »Bald nach dem Krieg kam ich zu der Ansicht, dass drei Schlachten siegreich zu schlagen seien, wenn Deutschland wieder mächtig werden sollte: die Schlacht gegen die Arbeiterschaft, gegen die katholische Kirche und gegen die Juden. Aber der Kampf gegen die Juden ist der schwerste« (Werner Freiherr von Fritsch). Hitlers Vorzeige-General Rommel hätte durch seinen Durchmarsch durch Ägypten die Voraussetzung dafür geschaffen, die Juden im damaligen britischen Mandatsgebiet Palästina nach Auschwitz deportieren zu lassen. Der Kriegsgräberverein attestierte dem »wohl bekannteste(n) Soldat(en) der deutschen Geschichte« in einer Briefaussendung an seine Mitglieder, Spender und Förderer sechzig Jahre nach dem Ende des Zweiten Weltkrieges »ein großes Spektrum faszinierender menschlicher Charaktereigenschaften. Ehrgeiz, Mut, Tapferkeit und Entschlossenheit waren ihm eigen«, hieß es im Faltblatt. Militärische Tugenden stellen keinen Wert an sich dar, urteilte Leibgeber. Sie sind nur so viel wert wie die Ziele, für die sie eingesetzt werden. Die Namen von Hitlers Blutsäufern, Menschenverächtern und Wehrmachts-Ikonen zieren bis heute die Mauern von Kasernen, die eine Parlamentsarmee behausen. Die Initiative des Reservistenverbands, das Eiserne Kreuz als Auszeichnung an die Rockaufschläge der Reservisten und aktiven Soldaten zu heften, empfand Leibgeber als Attentat auf die historische Wahrheit und Anschlag auf die intellektuelle Klarheit. Die Anwesenheit von Vertretern des Kriegsgräbervereins beim Parlamentarischen Abend des VdRBw im Prominenten-»Tipi« neben dem Kanzleramt war zu beklagen. Der Kriegsgräberverein nahm Bau, Pflege und Erhalt von Millionen Kriegsgräbern auf über 830 Anlagen in 45 Staaten Europas und in Nordafrika NICHT zum Anlass, NIE WIEDER KRIEG! zu fordern.

Gedenkveranstaltung im Generalkonsulat der Russischen Föderation aus Anlass des Jahrestages des Überfalls auf die Sowjetunion durch Wehrmacht und

Waffen-SS am 22. Juni 1941. Die Parkplätze und die geschwungene Zufahrt zum Generalkonsulat in der Bonner Waldstraße sind mit bunten Blechperlen beparkt, die gepolsterten Stühle im Festsaal des Gebäudes mit Hunderten Gästen besetzt. Auf die weiße Wand hinter dem Rednerpult werden sowjetische Propagandafilme projiziert, die die Situation der russischen Bevölkerung nach dem Angriff auf die Sowjetunion zeigen. Dazu dröhnen die ersten Strophen des patriotischen Liedes »*Der Heilige Krieg*« aus den Lautsprechern.

Erhebe dich, du Riesenland
Zu einem Todeskampf
Gegen die dunkle faschistische Gewalt
Gegen die verdammte Horde

Möge die edle Wut
Wie eine Welle aufkochen
Es geht ein Volkskrieg
Ein heiliger Krieg

Das Lied des Großen Vaterländischen Krieges 1941 bis 1945 war für die Russen zur Hymne der Heimatverteidigung geworden. Nach dem Verstummen des Liedes erscheint Generalkonsul Jewgenij Schmagin zur Begrüßung der Gäste am Rednerpult. Seine besonderen Grüße gelten den in der ersten Reihe sitzenden russischen Kriegsveteranen, die ihren Wohnsitz in Deutschland genommen haben. Die anwesenden Repräsentanten von Städten und Gemeinden aus dem Konsularbezirk Nordrhein-Westfalen, Rheinland-Pfalz und dem Saarland, die sich um die Pflege sowjetischer Kriegsgräberstätten kümmern, werden vom Generalkonsul namentlich begrüßt. Anschließend erwähnt Schmagin die nicht erschienenen aber gleichwohl eingeladenen Kommunen. Die Liste der eingeladenen Kommunen ist sehr viel länger als die der Erschienenen. Ein deutlicher Hinweis auf den Stellenwert des deutschen Angriffs-, Raub- und Vernichtungskrieges von Wehrmacht und Waffen-SS auf die Sowjetunion im Bewusstsein der Bevölkerung. Schmagin erinnert die Anwesenden in seiner Ansprache an den furchtbarsten Krieg, den zu führen die Menschheit in ihrer Geschichte das Unglück gehabt habe. Hatten die Deutschen während des Zweiten Weltkriegs in der Zeit von 1939 bis 1945 rund sieben Millionen Kriegstote, darunter über fünf Millionen Soldaten, zu beklagen, so stehen dem für die Zeit von 1941 bis 1945 insgesamt 27 Millionen getötete Sowjetbürger gegenüber, davon sieben Millionen Rotarmisten. »Am Tag vor dem Überfall sitzen die russischen Familien in den Gärten und Cafés ihrer Wohnorte und genießen das freie Wochenende. Die in den Garnisonen verbliebenen Soldaten paradieren zu den Klängen von Militärkapellen. Güterzüge, beladen mit russischem Getreide, rollen an deutschen Wehrmachtskolonnen vorbei nach Westen. Die Sowjetunion erfüllt bis zum letzten Augenblick ihre Lieferverpflichtungen aus dem deutsch-sowjetischen Abkommen des Jahres 1939«, eröffnet Schmagin seine Ansprache.

In den frühen Morgenstunden des 22. Juni 1941 überschritten drei deutsche Heeresgruppen mit insgesamt 150 Divisionen – das waren rund drei Millionen Mann –, unterstützt durch 690.000 Verbündete mit zusammen 3.648 Panzern, 7.146 Artilleriegeschützen und 3.904 Flugzeugen, ohne vorherige Kriegserklärung die sowjetrussische Grenze. In nur einer Woche hatten sie Minsk, die Hauptstadt Weißrusslands, wenige Tage später Kiew, die Metropole der Ukraine, erobert. Die Sowjetarmeen im Westen der UdSSR wurden unter der Wucht des Vorstoßes der beweglichen deutschen Panzerverbände in großen Kesselschlachten umzingelt, zerschlagen und aufgerieben. Der oberste deutsche Kriegsherr realisierte mit dem Überfall seiner Truppen auf die Sowjetunion lang ersehnte Ziele: die Eroberung von »Lebensraum im Osten und dessen rücksichtslose Germanisierung«, die »Zerschlagung des Bolschewismus« und die »Vernichtung des Judentums« – so Hitler in seinem Vortrag im Berliner Bendlerblock, dem heutigen zweiten Amtssitz des Bundesministeriums der Verteidigung, am 3. Februar 1933. Es war der eigentliche Krieg des nationalsozialistischen Deutschlands, dem gegenüber die vorangegangenen Feldzüge in Polen, Frankreich, den Beneluxstaaten, Skandinavien, Griechenland und auf dem Balkan nur Debüts, Ouvertüren und Premieren darstellten. Die 1941 abgebrochene Luftschlacht um England und das aufgegebene amphibische Landungsunternehmen *Seelöwe* hatten das Vereinigte Königreich, welches dem Deutschen Reich nach dessen Überfall auf Polen am 1. September 1939 den Krieg erklärte, in seinem Widerstandswillen gestärkt. Die Engländer waren nicht bereit, Deutschland nach dessen Sieg über Frankreich die Herrschaft über den europäischen Kontinent zu überlassen. Um Großbritannien friedensbereit zu machen lag es in der Logik Hitlers, die Sowjetunion als den »Festlanddegen« Großbritanniens zu zerbrechen und gegen den vermeintlichen tönernen Koloss einen Blitzkrieg zu führen, um nach dem schnellen Sieg im Osten die Ressourcen der Sowjetunion für den siegreichen Abschluss des Krieges im Westen zu nutzen. Darüber hinaus befürchtete Hitler den baldigen Kriegseintritt der USA an der Seite Großbritanniens. Die Zeit arbeitete für die Gegner. Hitler hatte daher seine Generäle sofort nach dem Ende des siegreichen Frankreichfeldzuges mit der Planung für das *Unternehmen Barbarossa* beauftragt. Die vermeintliche Bedrohung durch den Bolschewismus war für die konservativen Eliten und das deutsche Offizierskorps ursächlich mit der Novemberrevolution von 1918 und dem Zerfall des Kaiserreichs verbunden. Jetzt schien der Moment gekommen, um diese Bedrohung zu beenden und den Bolschewismus zu bekämpfen. Die Grundsätze des Kriegs- und Völkerrechts und der Haager Landkriegsordnung wurden dabei außer Kraft gesetzt. Der von der Wehrmachtsführung als Weisung an die Truppe ausgegebene Kommissarbefehl vom 6. Juni 1941 legitimierte die sofortige Erschießung der politischen Offiziere der Roten Armee. Der Kriegsgerichtsbarkeitserlass vom 13. Mai 1941 bestimmte, dass Verbrechen deutscher Soldaten an der russischen Zivilbevölkerung nicht geahndet werden. Kommissarbefehl und Kriegsgerichtsbarkeitserlass verwischten die Trennlinie zwischen Töten im Kampf und Mord und verknüpften die Operationen der Wehrmacht mit einem Weltanschauungskrieg. Am 30. März 1941 hatte Hitler seine höheren Kommandoführer in die Neue Reichskanzlei befohlen und erklärt: »Wir müssen vom Standpunkt des soldatischen Kameradentums abrücken. Der Kommunist ist vorher kein Kamerad und nachher kein Kamerad. Es handelt sich um einen Vernichtungskampf.« Die Äußerungen Hitlers wurden durch den Chef des Heeresgeneralstabs, Generaloberst Franz Halder, überliefert. Als die Spitzen der 18. Armee die Stadtgrenze von Leningrad (St. Petersburg) erreicht und nahezu umzingelt hatten, entschied Berlin, die russische Metropole nach der zu erwartenden Kapitulation nicht zu besetzen und zu versorgen, sondern die Bevölkerung verhungern zu lassen. Die vom 8. September 1941 bis zum 27. Januar 1944 andauernde Belagerung forderte zwischen achthunderttausend und einer Million Hungertote. Von drei Millionen sowjetischen Kriegsgefangene lebten im Frühjahr 1942 noch eine Million. Zwei Millionen waren umgekommen – erschossen, verhungert oder an Seuchen verreckt. Von insgesamt 5,7 Millionen sowjetischen Kriegsgefangenen verstarben drei Millionen in deutscher Kriegsgefangenschaft. Hinter der Front ermordeten die SS-Einsatzgruppen A, B, C und D mit ihren Einsatz- und Sonderkommandos etwa 1,5 Millionen Juden – Männer, Frauen und Kinder. Massaker, an denen nicht nur SS-Angehörige und Polizeieinheiten, sondern auch Wehrmachtsoldaten beteiligt waren. Anzahl und Schwere der Verbrechen waren Ausdruck der Brutalität und des Vernichtungswillens der deutschen Truppen. Kein einziges dieser Verbrechen, mit Ausnahme der Ermordung der deportierten Juden im lettischen

Riga, wurde seit der Wiederaufnahme der Arbeit des Kriegsgräbervereins nach Kriegsende in der Mitgliederzeitschrift erwähnt. Die Ermordung der lettischen und deutschen Juden im Ghetto von Riga wurde nur deshalb thematisiert, weil das deutsch-lettische Kriegsgräberabkommen die Schaffung von würdigen Gedenkstätten für die ermordeten Juden vorsah. Der Verein hatte kein Interesse daran, seinen Mitgliedern, Spendern und Erblassern, welche die Arbeit des Vereins finanzieren halfen, die historische Wahrheit über die 5,3 Millionen zu Tode gekommenen deutschen Soldaten und die aktive Zeit der rund 12 Millionen Veteranen zu vermitteln. Der Kriegsgräberverein war kein Hort der Aufklärung!

Unter den Gästen im großen Empfangssaal des Generalkonsulats befinden sich auch Angehörige des Kriegsgräbervereins und Vertreter von Kommunen, die zurzeit der Ost-West=Auseinandersetzung über Jahrzehnte sowjetische Kriegsgräberstätten angelegt und russische Soldatengräber gepflegt hatten. Von seinem Platz in einer der vorderen Stuhlreihen aus erlebt Leibgeber gemeinsam mit dem Bürgermeister der Gemeinde Simmerath, auf deren Gebiet der größte russische Kriegsgräberfriedhof im Regierungsbezirk Köln angelegt wurde, eine Aufführung des Jugendtheaters *Matrix*. Vier russische Jugendliche, zwei junge Frauen und zwei Männer, stellen zwei Liebespaare dar, deren Männer in den Zweiten Weltkrieg ziehen. Der russische Mann wird als Rotarmist eingezogen, während der deutsche Mann als Soldat in die Wehrmacht eintritt. Die Theateraufführung – »Liebesbriefe oder Absender – der Krieg« – besteht im Wesentlichen aus dem Verlesen von Briefen durch die jungen Frauen in der Heimat, die diese von ihren Männern an der Front erhalten und im Verlesen von Briefen durch die jungen Männer an der Front, die diese von ihren Frauen aus der Heimat erhalten. Beide Männer, der Russe wie der Deutsche, fallen am Ende der Vorstellung dem Krieg zum Opfer. Beide Frauen, Deutsche wie Russin, bleiben als Witwe mit Kind und als Geliebte zurück. Die Gleichsetzung von Tätern und Opfern, von deutschen Angreifern und russischen Angegriffenen, von Okkupierten und Okkupanten, verursacht Leibgeber trotz der Dramatik der Darstellung Unbehagen. Die Gleichsetzung von Tätern und Opfern ist FALSCH!, schlussfolgerte er in seiner Stuhlreihe. RICHTIG wäre die Unterscheidung der Kriegstoten in Täter und Opfer, im Extremfall zwischen dem an Grubenerschießungen beteiligten SS-»Einsatzgruppen=Pistolero« (Ralph Giordano) und dem erschossenen jüdischen Säugling. Den offiziellen Vertretern des Kriegsgräbervereins dürfte die Theateraufführung gefallen: Der Kriegsgräberverein betrauert die Kriegstoten unisono als Opfer von Krieg und Gewaltherrschaft. Die Täter werden weggelogen. Das soldatische Opfernarrativ ist wesentlicher Inhalt der Gedenk- und Erinnerungskultur dieses Vereins. Am Buffet begrüßt Leibgeber den von ihm zu Beginn der Veranstaltung in der ersten Reihe bemerkten Vorsitzenden des Landesverbandes. Cäsar wird von seinem Landesorganisationsleiter und dessen Assistenten Adler begleitet, der Lachs und Kaviar von seinem Teller pickt. Als Gockel Leibgeber bemerkt, kräht er: »Da ist ja unser Herr Leibgeber!« Cäsar senkt den Daumen, um Leibgeber die Hand zu reichen. »Herr Leibgeber!« Das wars. Nach Jahren intensiven Engagements als Organisationsleiter des erfolgreichsten Bezirksverbandes. Nach -zig Rechtsinformationsveranstaltungen, Ausstellungen, Informationsfahrten, Benefizkonzerten, der Organisation zahlreicher Haus- und Straßensammlungen und der Vorbereitung Dutzender Gremiensitzungen: »Herr Leibgeber!« Mehr kam nicht. Keine Erkundigung nach der Situation in Köln, kein Angebot, sich bei Problemen vertrauensvoll über den Landesorganisationsleiter an ihn wenden zu können, kein Laut zum persönlichen Wohlergeben, kein Ton über persönliche Verhältnisse. »Herr Leibgeber!« Das war alles. Als Vorsitzender des Landesverbandes verantwortete Cäsar eine Führungskultur wie im Feudalismus. Und da gab es bekanntlich Leibeigene.

Im großen Empfangssaal im ersten Obergeschoss des Bonner Generalkonsulats und am Buffet bemerkte Leibgeber keine deutschen Uniformen. Die völlige Abwesenheit von Uniformen war Leibgeber bereits im weitläufigen Treppenhaus des Jugendstil-Gebäudes aufgefallen. Bundeswehr, Reservistenverbände und Schützenvereine, auf die sich die Arbeit des Kriegsgräbervereins abstützte, waren bei der Gedenkveranstaltung im Generalkonsulat der Russischen Föderation in Bonn-Bad Godesberg nicht vertreten. Das Offizierskorps am Standort Bonn und die Beamten im Bundesministerium der Verteidigung auf der Hardthöhe fehlten. Konnte es sein, dass sie keine Einladung erhalten hatten, um gegenüber den Völkern der Russischen Föderation die Anerkennung von deren Leiden zu bekunden? Oder wurden die Einladungen des Generalkonsuls der Russischen Föderation von ihnen ignoriert? Beides wäre zu bedauern, schlussfolgerte Leibgeber: Die vom Kriegsgräberverein und seinen Unterstützern in Bundeswehr, Reservistenverbänden und Schützenvereinen, in evangelischer und katholischer Kirche geforderte Versöhnung über den Kriegsgräbern setzt die Anerkennung der Leiden der anderen voraus. Frieden, Versöhnung und Völkerverständigung bedürfen der Anerkennung der deutschen Schuld und des russischen Leids. Die vom Generalkonsul eingeladenen Kommunen täten gut daran, zu ihren Gedenkveranstaltungen zum Volkstrauertag ihrerseits Vertreter der Russischen Föderation, der Ukraine und Belarus sowie aus Polen einzuladen, überlegte

Leibgeber. Solange die Kreisverwaltung in Siegburg, solange die Bundesstadt Bonn zu den zentralen Gedenkveranstaltungen zum Volkstrauertag in Königswinter-Ittenbach und auf dem Bonner Nordfriedhof keine Vertreter aus Osteuropa zur Teilnahme einladen, solange werden Verbrechen gegen die Menschlichkeit zwar nicht vergessen, aber in einer von Opfern und Tätern geteilten Erinnerung gewürdigt.

Sitzung des Bezirksvorstands. Kuckuck begrüßte die Sitzungsteilnehmer in einer rostbeigen Bluse mit dunkler Querbänderung und rief die Tagesordnung auf. Darunter die Genehmigung der Niederschrift über die vorherige Sitzung, über der sie einmal mehr ihren Rotstift hatte auslaufen lassen. (»Nie die weibliche Form vergessen, Herr Leibgeber!« »Ja, Frau Möppin!« »Wieso Möppin?« »Weil ich an Ihrem Grab verlautbaren werde: ›Juut, datt s'e wech is. Sie war doch ne fiese MöppIN!‹«) Ob jemand Einwände gegen die Niederschrift erheben wolle, fragte Kuckuck. Wird da irgendwo ein Finger gehoben? Will da irgendjemand seine Fingerkuppe einbüßen? Nicht? Damit galt die Niederschrift als genehmigt. Unter TOP 3 (Bericht aus dem Landesvorstand) referierte Kuckuck ausführlich ihre Teilnahme an der Sitzung des Landesvorstands, dem sie als Vorsitzende des Bezirksverbandes als geborenes Mitglied angehörte. Der Landesvorstand wurde vom Genossen Cäsar angeführt. Unter den glorreichen Ignoranten seiner Truppe fanden sich ein amtierender Landesminister, ein ehemaliger Landesminister, hohe Ministerialbeamte, mehrere Regierungspräsidenten, Landesbeauftragte und Generäle. Für Kuckuck Persönlichkeiten, um mit ihnen auf Augenhöhe zu verkehren. Für Kuckuck Persönlichkeiten, um sich in deren Glanz zu sonnen. Worum es in der Sache ging war nachrangig. An vorderster Stelle stand Kuckucks Gefiederpflege.

Die weitere Tagesordnung der Bezirksvorstandssitzung thematisierte die Ergebnisrechnung des Haushaltsjahres. Die Jahresbilanz des Bezirksverbandes schloss mit rund 1,7 Millionen Euro Brutto-Einnahmen. Zusammen mit den Nachlässen waren es in der Summe 2,4 Millionen. Bei Abzug der Ausgaben für Personal- und Organisationskosten in Höhe von 390.000 Euro konnte der Bezirksverband Rheinland eine Netto-Einnahme von zwei Millionen Euro an den Landesverband abführen. Das war einmal mehr die mit Abstand höchste Einnahme aller fünf Bezirksverbände. Leibgeber spielte den Verbandsoberen beim Kriegsgräberverein nicht sein Engagement vor. Das konnte man anhand der Einnahmen des Bezirksverbands in Euro und Cent beziffern. Leibgeber spielte den Verbandsoberen beim Kriegsgräberverein seine Identifikation vor.

Nach Aufforderung durch den Schatzmeister erläuterte Leibgeber die von ihm erarbeitete Vorlage. Der Erläuterung erfolgte mittels einer Power-Point=Präsentation. Die Mitgliederzahl im Bezirksverband war auf rund 5.500 zurückgegangen. Der gesamte Kriegsgräberverein wies in seiner Jahresbilanz 143.474 Mitglieder aus. Sowohl bundesweit als auch im Bezirksverband kamen allerdings nur achtzig Prozent der Mitglieder ihrer Beitragspflicht nach. Die Bilanz der Förderer der Vereinsarbeit wurde durch bundesweit 276.234 aktive Spender aufgewertet. Dennoch agierte der Kriegsgräberverein gegenüber dem vdk sozialverband (1,6 Mio. Mitglieder), dem Deutschen Roten Kreuz (4,0 Mio. Mitglieder) oder dem ADAC (19,0 Mio. Mitglieder) als Verbandszwerg. Brigadegeneral Kreuz beklagte als Ursache für die rückläufige Mitgliederzahl des Kriegsgräbervereins den mangelnden persönlichen Bezug der Bevölkerung zu den Folgen von Krieg und Gewaltherrschaft. Seine Kameraden, die, im Auftrag der Bundesregierung und von den Abgeordneten des Bundestages mandatiert, als deutsches ISAF-Kontinent in Afghanistan stünden, würden seiner Einschätzung nach nichts daran ändern. Die gefallenen Bundeswehrsoldaten lösten in der deutschen Bevölkerung keine Betroffenheit aus und verschwänden mit dem Absenken des Leichnams aus dem Bewusstsein. Der Brigadegeneral meinte, dass der Bau, die Pflege und der Erhalt eines deutschen Kriegsgräberfeldes für im Auslandseinsatz gefallene deutsche Bundeswehrsoldaten durch den Kriegsgräberverein das Bewusstsein für die Folgen der vom Bundestag mandatierten Bundeswehreinsätze entscheidend erhöhen und die Akzeptanz für die Verbandsarbeit merklich ansteigen lassen würde. Allerdings auch das Bewusstsein für die Verantwortung der Abgeordneten des Deutschen Bundestages. Die Übertragung der Verantwortung des Kriegsgräbervereins für die Pflege der Gräber von im Auslandseinsatz zu Tode gekommenen Bundeswehrangehörigen werde deshalb nicht ohne Weiteres zu erreichen sein.

Die nächste Folie thematisierte die Gemeindebeiträge. Die Einnahmen im Bezirksverband Rheinland entsprachen 45 Prozent der vereinnahmten Gemeindebeiträge des gesamten Landesverbandes – bei fünf Bezirksverbänden! Leibgeber hatte Informationsschreiben an die Vorsitzenden der Kreisverbände verfasst. Leibgeber hatte Besprechungen mit den Kreisorganisationsleitern veranstaltet. Leibgeber hatte Telefonate mit den Organisationsleitern der Ortsverbände geführt. Leibgeber hatte keine Mühen gescheut, um diesen Erfolg zu erreichen. Im Vergleich zu den Vorjahren waren die Gemeindebeiträge dennoch leicht gesunken. Der Schatzmeister führte aus, dass das kontinuierliche Absinken der Gemeindebeiträge der Haushaltssituation der Kommunen geschuldet sei. Allein sechzehn Städte und Gemeinden im Regierungsbezirk seien Pflichtteilnehmer am »Stärkungspakt Stadtfinanzen«, der die Pflicht zur Vorlage eines Sanierungskonzeptes vorsehe. Immer mehr Kommunen hätten einen Nothaushalt zu verwalten, bei dem die Bezirksregierung die Anschaffung jedes Bürostuhls zu genehmigen habe. Kuckuck beantwortete den Zwischenruf des Schatzmeisters mit dem Hinweis, dass alle Beteiligten nur ihre Pflicht täten. Ihre wild dreinblickenden Raubvogelaugen hinter der horngrauen Brille bildeten eine Form von Mimikry, um ihren Wirtsvögeln die Anwesenheit eines Greifvogels vorzutäuschen und diese vom Nest zu vertreiben. Oberst Hasenfuß bemerkte, auf dem Aachener Waldfriedhof lägen allein über fünftausend Kriegstote – ungefähr die Hälfte aus dem Ersten und die andere aus dem Zweiten Weltkrieg. Für über viertausend Kriegstote aus Aachen existiere darüber hinaus der Nachweis einer Kriegsgrablage im Ausland. Für jedes nachgewiesene Kriegsgrab im Ausland, welches der Kriegsgräberverein pflege, solle der Staat dem Verein so viel Geld überweisen, wie er für den dauerhaften Erhalt der Kriegsgrablagen im Inland aufwende, so der Oberst. »Dann wäre der Verein saniert!«, schlussfolgerte der Schatzmeister. Der Standortälteste Bonn verwies darauf, dass die deutschen Kriegsgräber im Ausland im Auftrag der Bundesrepublik vom Kriegsgräberverein gepflegt würden. Damit nehme der Verein eine staatliche Aufgabe wahr. Wenn der Kriegsgräberverein die Gräber im Auftrag der Bundesrepublik erhalte, müsse der Staat auch die dafür notwendigen Mittel bereitstellen. Finanzmittel des Bundes und der Länder seien immerhin in einer Größenordnung von insgesamt dreizehneinhalb Millionen Euro geflossen, erläuterte der Schatzmeister. Davon sei der überwiegende Anteil aus dem Auswärtigen Amt und ein kleinerer Teil aus dem Familienministerium, sowie rund 1,1 Millionen Euro aus den Bundesländern zugelaufen. Der Zulauf an staatlichen Mitteln sei der Lobbyarbeit des Vereinspräsidenten geschuldet. Dennoch müssten aktuell noch immer zwei Drittel der Mittel zur Finanzierung der Vereinsarbeit aus Mitgliederbeiträgen, Erblasserzuwendungen und Spendeneinnahmen aufgebracht werden. Nur dreiunddreißig Cent von jedem aufzuwendenden Euro seien steuerfinanziert. In den europäischen Nachbarländern und in den Vereinigten Staaten sei die Unterhaltung der Kriegsgräber dem gegenüber zu einhundert Prozent steuerfinanziert.

Der Verein veranstaltete alle Jahre wieder eine Haus- und Straßensammlung, bei der im Bezirksverband Rheinland neben Straßen und Plätzen auch Friedhöfe in den Städten Aachen, Bonn, Köln und Leverkusen, im Kreis Euskirchen und im Rhein-Erft-Kreis besammelt wurden. Die Sammlungseinnahme des

Bezirksverbandes belief sich auf 180.000 Euro. Das entsprach fünfundzwanzig Prozent der Sammlungseinnahme aller fünf Bezirksverbände. Dem Bezirksverband Rheinland gehörten elf Kreisverbände entsprechend den sieben Landkreisen, der StädteRegion Aachen und den kreisfreien Städten Köln, Bonn und Leverkusen im Regierungsbezirk Köln an. Darin waren insgesamt 95 Ortsverbände entsprechend den Städten und Gemeinden organisiert. In fünfzehn der 95 Ortsverbände seien seit Jahren keine Sammlung durchgeführt oder kein Gemeindebeitrag abgeführt worden, erläuterte Leibgeber. Parallel dazu seien die von Angehörigen der Bundeswehr und Reservistenkameradschaften aufgebrachten Sammlungsanteile rückläufig. Der Standortälteste Bonn, ein baumlanger Admiral, der nicht im U-Boot hätte auslaufen können, erklärte die Ursache hierfür mit der Aussetzung der Wehrpflicht, der Reduzierung der Truppenstärke und dem Rückzug der Bundeswehr aus der Fläche. Dadurch stünden immer weniger Indianer für die Sammlung zur Verfügung. Leibgeber schlug vor, die Häuptlinge in ihren Jagdgründen aufzusuchen und diese vor Ort um ihren Obolus zu bitten. Wie er das denn (Kuckuck nochmal) meine? Leibgeber erklärte, dass die Indianer nicht ausschließlich außerhalb der Kasernenmauern sammeln, sondern auch die Lagerfeuer ihrer Häuptlinge aufsuchen und in der Kaserne sammeln sollten. Um die militärischen Vorgesetzten zu einer Spende zu veranlassen, müssten die Abteilungs- und Kasernenfeldwebel als Sammler gewonnen werden. Das Engagement der Abteilungs- und Kasernenfeldwebel könnte zudem durch Sammlungsbefehle der Standortältesten unterstützt werden. General Kreuz klärte die Teilnehmer an der Bezirksvorstandssitzung darüber auf, dass er als Standortältester Köln ebenso wenig die spontane Spende von Geldbeträgen wie die freiwillige Meldung von Sammlern befehlen könne. Der Stadtdirektor der Stadt Köln bemerkte, dass an Allerheiligen die Pförtner von sämtlichen städtischen Friedhöfen Sammeldosen mitführen würden. Abzüglich einer Sammlerprovision von zehn Prozent würden dabei tausende von Euro vereinnahmt. »Dann werden die Mitarbeiter bei Ihnen doppelt entlohnt!«, bemerkte der Aachener Kreisrechtsdirektor. Die Bediensteten der Stadt würden an Allerheiligen wohl kaum umsonst arbeiten; sie bekämen ein Gehalt oder Überstundenausgleich, so dass die während der Dienstzeit gesammelten Spendengelder ohne Sammlerprovision an den Kriegsgräberverein abzuführen seien. Stimmt! überlegte Leibgeber. Aber die Kölsche Lösung bringt eine Sammlungseinnahme, Aachener Klugscheißerei dagegen keinen Euro in die Sammeldose. Neunzig Prozent von etwas sind besser als hundert Prozent von nichts. Das Sammlungsergebnis der Kölner Allerheiligensammlung werde außer von den Friedhofspförtnern auch von Reservisten verantwortet, erklärte Leibgeber. Die Kreisgruppe im *Verband der Reservisten der Deutschen Bundeswehr e.V.* (VdRBw) sammle allein auf dem Friedhof Melaten an Allerheiligen mit bis zu zwanzig Kameraden in zwei Schichten beachtliche vierstellige Eurobeträge. Auf einem einzigen Friedhof! An einem einzigen Tag! Der Feldversuch mit den Reservisten bilde ein Paradebeispiel für die Verbesserung der Einnahmesituation des Kriegsgräbervereins. Die Schwierigkeit liege bei den Sammlern, bemerkte der Vertreter der Schützenbruderschaften. Es käme darauf an, an Allerheiligen ausreichend Sammler auf die Friedhöfe zu bekommen. Die Organisation obliege den Organisationsleitern und den Bürgermeistern als Vorsitzenden der Ortsverbände, die hierzu Schützen und Reservisten ansprechen, gewinnen und betreuen müssten. Die Organisationsleiter seien ganz überwiegend Mitarbeiter in den kommunalen Verwaltungen, bemerkte der Kreisrechtsdirektor. Aufgrund der Arbeitsverdichtung in den Kommunen sei es vielen Mitarbeitern nicht länger möglich, sich zusätzlich für den Kriegsgräberverein zu engagieren. Schon gar nicht an Wochenenden und an Feiertagen wie an Allerheiligen. Die Leute wollten ihre Freizeit zur Erholung nutzen. Der Schatzmeister beschwichtigte die Sitzungsteilnehmer mit dem Hinweis, die Einnahmesituation sei durch das hohe Aufkommen an Erbschaften und Vermächtnissen mehr als ausgeglichen. Da werde sich wohl niemand beklagen können, oder? »Fragt sich nur, wie lange noch. Ein Verstorbener hat seine letzte Spende mit dem Testament gemacht!«, rief Kuckuck in den Wald.

Die klassischen Einnahmesäulen des Bezirksverbandes aus Gemeindebeiträgen, Mitgliederbeiträgen und Spendeneinnahmen aufgrund von Förderer-Anschreiben und Sammlungs-Aktionen waren rückläufig. Nachlässe und Vermächtnisse als vierte, vereinseigene Einnahmesäule wuchsen auf. Der Kriegsgräberverein hatte im vergangenen Jahr bundesweit 6,5 Millionen Euro aus Nachlässen vereinnahmt. Der Bezirksverband Rheinland hatte die Wohnungen von Morgenschweiss geerbt: eine Wohnung in Köln und eine in Bonn. Beide Wohnungen waren für zusammen 370.000 Euro vermakelt worden. Dazu war dem Kriegsgräberverein ein Sparbuch bei der Deutschen Bank im Guthabenwert von 100.000 Euro vererbt worden. Bei der Sparkasse Köln/Bonn am Rudolfplatz existierte ein Bankschließfach. Die Bundeszentrale hatte Leibgeber mit dessen Auflösung beauftragt. Leibgeber besuchte die Bankfiliale, legitimierte sich aufgrund der von dort übersandten Unterlagen und wurde von einer Angestellten die Kellertreppe hinunter in den Tresorraum geführt. Die Bankangestellte öffnete eines der Bankschließfächer, zog einen länglichen Kasten heraus und ließ Leibgeber allein. Leibgeber klappte den Deckel des Schließfaches auf und entdeckte drei dicke Bündel 500-Euro=Scheine, von denen er keines mit nur einer Hand umfassen konnte. Er versorgte die Scheine in einen mitgebrachten Stoffbeutel mit dem aufgedruckten Werbelogo vom Kriegsgräberverein. Außerdem fielen ihm ein Dutzend Goldmünzen in die Hände. Er warf die Goldmünzen zu den Banknoten in den Stoffbeutel und verließ den Tresorraum über die Kellertreppe, um das Schließfach aufzulösen. Beim Verlassen der Bankfiliale schwenkte Leibgeber den schwarzen Stoffbeutel in der Hand. Auf dem Fußweg vom Rudolfplatz zum Neumarkt überlegte er, wie viel Geld in dem Beutel sein könnte. Dabei wickelte er die Trageschlaufen des Stoffbeutels um seine Hand. Am Neumarkt angekommen betrat er die Commerzbank-Filiale, um das Geld auf das Konto des Kriegsgräbervereins einzuzahlen. Leibgeber stellte sich an das Ende der Schlange vor der Hauptkasse und wartete bis er an der Reihe war. Der Kassierer nahm mit beiden Händen die drei Geldbündel an sich und legte einen davon in den Zählautomaten. Der Zählautomat zeigte drei Nullen, vier Nullen, fünf Nullen. Der Zählautomat zeigte vorne eine eins, vorne eine zwei, der eine fünf folgte. Einzahlungssumme: 250.000 Euro. Die Goldmünzen waren noch einmal 20.000 Euro wert. Vermögenszuwachs für den Kriegsgräberverein durch vererbte Immobilien, Barvermögen und Goldreserven, allein von Morgenschweiss: 740.000 Euro. Der Bezirksverband habe zwar bedeutende Nachlasse und Vermächtnisse vereinnahmen können, musste Kuckuck zugeben. Die Höhe der Nachlässe und Vermächtnisse sei jedoch nicht planbar und von Jahr zu Jahr zufallsabhängig.

»Der Bezirksverband Rheinland belegt von sämtlichen sechszehn Landesverbänden und dreiundzwanzig Bezirksverbänden des Kriegsgräbervereins bundesweit einen Spitzenplatz«, erläuterte Leibgeber dem Bezirksvorstand. »Sowohl im Hinblick auf die Anzahl als auch mit Blick auf die Einnahmen aus so genannten Rechtsinformationsveranstaltungen.« Gewiss: die Höhe der Nachlässe und Vermächtnisse lasse sich nicht unmittelbar beeinflussen, bemerkte Leibgeber. Man könne jedoch die Aussage treffen, dass die angebotenen Vortragsveranstaltungen zu den Themenbereichen Erbrecht und Vorsorge die Wahrscheinlichkeit erhöhen, dass die in den Vortragsveranstaltungen angesprochenen Förderer auch zugunsten des Kriegsgräbervereins testieren. Tatsache sei: Viele Förderer der Vereinsarbeit seien durch die Teilnahme an den Vortragsveranstaltungen reaktiviert worden.

»Trotzdem werden die Erblasser dem Kriegsgräberverein kaum die Türen einrennen!«, rief Kuckuck von ihrem Dornenzweig. »Die Welt hat sich gedreht.

Wir werden uns neben dem klassischen Standbein der Gräberfürsorge auf die Bildungsarbeit als zweites Standbein stützen müssen. Und zwar auf der Grundlage einer responsiven Website, auf der Nachrichten via Facebook, Instagram oder Twitter gepostet werden können. Bitte berücksichtigen Sie das Vorhaben für die Tagesordnung der nächsten Vorstandssitzung, Herr Leibgeber!«

HINTER DER DORNENHECKE: DEUTSCHER SOLDATENFRIEDHOF DUCHOWSCHTSCHINA – REDE UND GEGENREDE

Im August 2013 hatten Deutsche und Russen den zweiundzwanzigsten und letzten deutschen Soldatenfriedhof in der Russischen Föderation eingeweiht. Ein ausführlicher Bildbericht wurde Monate später in der Mitgliederzeitschrift veröffentlicht. Der bei Duchowschtschina, sechzig Kilometer von Smolensk gelegene, fünf Hektar große Soldatenfriedhof war für die Einbettung von siebzigtausend deutschen Wehrmachtssoldaten und SS-Angehörigen angelegt worden. Am Tag der Einweihung waren bereits 30.500 Zubettungen erfolgt – vornehmlich aus Ursprungsgrablagen der Gebiete Brjansk, Kaluga und Smolensk. 16.300 Namen der bislang geborgenen 30.500 Kriegstoten konnten ermittelt und auf Granitstelen vor Ort sowie im Gräberdokumentationssystem des Vereins verzeichnet werden. Die deutschen Verluste für das Gebiet der ehemaligen Sowjetunion wurden auf 2,2 Millionen Kriegstote geschätzt. Für 1,88 Millionen deutsche Kriegstote lagen Verlust- bzw. Grablagemeldungen vor. Die Zahl der registrierten Verlustorte betrug 118.000. Vor Beginn der offiziellen Einweihung des deutschen Soldatenfriedhofes Duchowschtschina war die Einbettung des 500.000sten Hitlersoldaten, dessen Gebeine durch den Verein seit 1993 auf dem Gebiet der Russischen Föderation, der Ukraine und Weißrusslands geborgen wurden, erfolgt. An der Einweihung des deutschen Soldatenfriedhofs Duchowschtschina nahmen rund dreihundert Gäste, darunter zweihundert aus Deutschland teil. Der Vizegouverneur des Gebietes Smolensk, Igor Skobelew, betonte bei der Begrüßung, dass das unermessliche Leid niemals vergessen werde, das den Menschen seines Volkes angetan worden sei » – auch von denen, die hier liegen«. Das rechte Wort am richtigen Platz! bestätigte Leibgeber bei der Lektüre. Zwei Jahre, zwei Monate und zwei Tage, vom 15. Juli 1941 bis zum 20. September 1943, war Duchowschtschina von deutschen Truppen besetzt gewesen. Der schnauzbärtige, sechzig Jahre alte Kommunist Alexej Rusakow, Mitglied des Bezirksrats und früherer Bürgermeister von Duchowschtschina, berichtete, dass von den 3.864 Dorfbewohnern nur 444 die Befreiung durch die Rote Armee erlebten. Rusakow erzählte von den vierzehn Dörfern rund um Duchowschtschina, deren Bevölkerung deutsche Einheiten ermordeten – meistens als Vergeltung für Partisanenangriffe. 38.000 Einwohner hatte die Gegend vor dem Krieg, 1943 waren es noch 14.000. Die Suche nach einem geeigneten

Standort des Soldatenfriedhofs für die deutschen Gefallenen im Mittelabschnitt der Ostfront hatte nahezu fünfzehn Jahre gedauert. Es seien viele Steine aus dem Weg zu räumen gewesen, resümierte der Vereinspräsident bei der Einweihung. Arbeiter hätten noch kurz vor seinem Besuch in Duchowschtschina einen Teil der mit Schlaglöchern übersäten Straße instandgesetzt, die Gräben von Abfall gesäubert, Häuser gestrichen und Bushäuschen übertüncht. Dieses Provinzstädtchen habe profitiert. Der deutsche Soldatenfriedhof ist von der Zufahrtsstraße aus nicht einsehbar. Das Friedhofsgelände wird von einem Erdwall eingefriedet. »Das war deren Bedingung: ›Wir wollen das nicht sehen!‹ «, verriet der Vereinspräsident dem Berichterstatter. Das mehrere Fußballfelder umfassende Gelände wurde in 38, durch kleine Granitsteine markierte Einbettungsblöcke unterteilt. Auf den Bildern von der mit grünem Rasen eingesäten Fläche, scheint hier und dort brauner Erdboden durch, verteilen sich einzelne Symbolkreuze. Vom überdachten Eingang wurde ein Weg zum zentralen Gedenkplatz angelegt, auf dem ein Holzkreuz aufragt. In seiner Ansprache am verkabelten Rednerpult versicherte der Oberbefehlshaber der Landstreitkräfte der Russischen Föderation der Mitgliederzeitschrift zufolge, dass die russische Seite die Arbeit des Vereins gutheiße. Auf deutscher Seite wurde die Gedenkrede zur Einweihung des deutschen Soldatenfriedhofs Duchowschtschina vom Bundesminister der Verteidigung gehalten. Kriegsgräberstätten seien wichtige Orte des persönlichen Abschieds, versicherte der CDU-Politiker. Wie sehr Angehörige so etwas brauchen, habe er selber in jüngerer Vergangenheit erlebt, und zwar in Gesprächen mit Hinterbliebenen, die Familienangehörige in Afghanistan verloren hätten. Der Verfasser des Wortbeitrags über die Einweihung des deutschen Soldatenfriedhofes Duchowschtschina protestierte mit keinem Wort gegen die Kriegshandlungen der Bundeswehr im Ausland. Keine Silbe zu den Out-of-Aria=Einsätzen am Hindukusch. Kein Laut des Bedauerns über die zivilen Todesopfer der ISAF-Einsätze. Der Verfasser betonte im Gegenteil: »Ja – Deutschland führt wieder Krieg. Ja – deutsche Soldaten fallen wieder. Ja – Angehörige bangen, leiden und trauern wieder«. Der Verein hatte vor Jahren den Druck von grünen Plakaten mit weißen Strichlisten und dem Schriftzug »Mit Krieg gewinnt man keinen Frieden« verantwortet. Die weißen Strichlisten waren auch auf den Mitgliedsanträgen abgebildet gewesen. Seit dem Afghanistan-Einsatz der Bundeswehr galt das Gegenteil. Seit dem ISAF-Engagement der Bundesrepublik beJAhte der Verein den Krieg, um durch die Fortsetzung der Politik mit militärischen Mitteln den Frieden zu gewinnen, anstatt den Krieg zu verNEINen. Der Kriegsgräberverein ist kein pazifistischer Verein! schlussfolgerte Leibgeber bei der Lektüre. Der Verein zieht aus der Pflege und dem dauerhaften Erhalt von 2,7 Millionen Kriegsgräbern auf 832 Kriegsgräberstätten in 45 Statten Europas und in Nordafrika NICHT den Schluss, NIE WIEDER KRIEG! zu fordern. In der Mitgliederzeitschrift zeigte sich der Vereinspräsident überzeugt, dass eine bedingungslose pazifistische Haltung nicht der richtige Weg sei, wenn demokratisch gewählte Regierungen Verantwortung für Gerechtigkeit und Frieden auch außerhalb ihrer Staatsgrenzen übernehmen wollten. Der Verein ächte Kriege und Gewaltherrschaft. Frieden sei jedoch nicht mit Waffenruhe gleichzusetzen, der internationale Einsatz in Afghanistan daher gerechtfertigt. Anstatt den Abzug der deutschen ISAF-Truppen aus Afghanistan zu fordern, anstatt Protestkundgebungen vor den Toren des Berliner Bendlerblocks zu organisieren, in dessen Hinterhof das Ehrenmal für die zu Tode gekommenen Bundeswehrsoldaten errichtet wurde, ging der Verein alle Jahre wieder mit einer Standpräsentation am Tag der offenen Tür des Bundesministeriums der Verteidigung im Innenhof des Berliner Bendlerblocks auf »Staatsbesuch«. Anstatt als oberster Repräsentant gegen den Krieg in Afghanistan Stellung zu beziehen, stand der Vereinspräsident dem Verteidigungsminister zur Seite. Nicht nur in Duchowschtschina. Der enge Schulterschluss der obersten Repräsentanten wurde auch auf Seite 28 der Mitgliederzeitschrift abgebildet. Im September 2011 hatte sich der Verteidigungsminister im persönlichen Gespräch mit dem Vereinspräsidenten über die Arbeit des Kriegsgräbervereins informiert. Bei seinem Gespräch mit dem Minister schlug der Präsident nicht etwa den Abzug der deutschen Truppen aus Afghanistan vor. Bei seinem Gespräch mit dem Verteidigungsminister schlug der Vereinspräsident nicht etwa die Finanzierung der Pflege der deutschen Kriegsgrablagen aus Steuern auf Rüstungsgeschäfte vor. Bei seinem Gespräch mit dem Minister bot sich der oberste Repräsentant des Vereins als Steigbügelhalter für die Kriegszielpolitik der Bundesregierung an! Der Verein steht tausendprozentig hinter der Regierung, kritisierte Leibgeber. Das hat er im Dritten Reich getan. Das hat er im Zweiten Weltkrieg getan. Das hat er im Kalten Krieg getan. Und das tut er heute. Zur Belohnung heftete der Verteidigungsminister dem Vereinspräsidenten bei dessen Ausscheiden aus dem Amt das Ehrenkreuz der Bundeswehr in Gold an Revers.

DAS ZWÖLFTE KAPITEL

TOP 1) Begrüßung

Ausnahmezustand in Köln. Nach einem Bombenfund stand der Domstadt die größte Evakuierungsaktion seit Kriegsende ins Haus. Der Blindgänger war bei Probebohrungen der Rhein-Energie an der Mülheimer Brücke entdeckt worden. In den Stadtteilen Riehl und Mülheim mussten zwanzigtausend Menschen ihre Wohnungen verlassen. In den frühen Morgenstunden wurden die 1.300 Bewohner der Sozial-Betriebe Köln (SBK) an der Boltensternstraße in Sicherheit gebracht. »Sechshundert unserer 1.300 Senioren sind pflegebedürftig, davon müssen 185 liegend transportiert werden«, verriet Organisationsleiter Otto B. Ludorff dem *Kölner StadtAnzeiger*. Allein die Feuerwehr musste fünfmal so viele Krankentransporte leisten wie im normalen Tagesgeschäft. Die Rettungs- und Sanitätsdienste bekamen Hilfe aus dem Umland. Viele von ihnen waren ehrenamtlich im Einsatz. Der Zoo und einige Schulen blieben den Tag über geschlossen. Am Nachmittag sollte die Zwanzig-Zentner=Bombe dann entschärft, währenddessen der Luftraum gesperrt und die Rheinschifffahrt angehalten werden. Als Wolfgang Wolf vom Kampfmittelräumdienst die Zündvorrichtung in Augenschein nahm, erklärte die Vorsitzende des Bezirksverbandes die Vertreterversammlung des Bezirksverbandes Rheinland für eröffnet. Kuckuck begrüßte die Vorstandsmitglieder des Bezirksverbandes, die Vorstände der Kreisverbände und die Vertreter der Ortsverbände als Delegierte sowie die hauptamtlichen Mitarbeiter und geladenen Gäste als weitere Teilnehmer. Ihr besonderer Gruß galt Cäsar als dem Imperator des Landesverbandes und dem Assistenten des Landesorganisationsleiters. Der aus terminlichen Gründen verhinderte Gockel wurde durch Adler vertreten. Der Allgemeine Tätigkeitskatalog für Bezirksorganisationsleiter im Landesverband schrieb vor, dass die Niederschrift der Bezirksvertreterversammlung durch den Bezirksorganisationsleiter anzufertigen sei. Leibgeber war im Exil der Krankschreibung. Was macht das Erdmännchen, wenn es vom Präriewolf gejagt wird? Es tapeziert seine Erdhöhle mit der Krankschreibung! Weil Leibgeber erkrankt war, saß ich nicht in meiner Duisburger Bezirksgeschäftsstelle, sondern als sein

Vertreter in der Kölner Vertreterversammlung. Leibgeber hatte die Bezirksvertreterversammlung mir gegenüber am Telefon als »das größte Affentheater der Welt« bezeichnet. Der Kollege sah sich selbst als Schauspieler – in der Rolle des Bezirksorganisationsleiters. In das graue Gefieder seiner Anzüge gekleidet, plappere er wie ein Papagei Vereinsparolen nach (»Versöhnung!« »Versöhnung!« »Versöhnung!«), so Leibgeber. Er werde gefüttert. Er werde getränkt. Aber vom Fliegen könne er in seinem Käfig nur träumen. Parallel zur zeitgleich ablaufenden Bombenentschärfung, die mit umfangreichen Evakuierungsmaßnahmen für die Bevölkerung, großräumigen Absperrungen im Stadtgebiet und folgenreichen Schließungen von Einrichtungen einherging, führte Kuckuck als Bezirksverbandsvorsitzende aus, dass der Name des Kriegsgräbervereins nicht mehr zeitgemäß erscheine. Der Vereinsname beziehe sich auf Anlage, Pflege und Erhalt von Kriegsgräbern, rief Kuckuck in den Saal. Der Vereinsname spiegele nicht die Schul-, Jugend- und Bildungsarbeit des Kriegsgräbervereins. Der Vereinsname reflektiere weder die Gedenk- und Erinnerungskultur des Kriegsgräbervereins noch sei er sprachlich zeitgemäß. Das konnte jeder Delegierte mitlesen. Den Text von Kuckucks Rufen hatte Leibgeber verfasst und als Folie einer Power-Point=Präsentation aufbereitet.

Totenehrung! Die Delegierten erhoben sich von ihren Plätzen, um der verstorbenen Mitglieder, Spender und Förderer des Bezirksverbandes zu gedenken. Stellvertretend für die ehrenamtlichen Mitarbeiter wurde an einen verstorbenen Kreisorganisationsleiter beim *Verband der Reservisten der Deutschen Bundeswehr* (VdRBw), stellvertretend für die seit dem letzten Vertretertag verstorbenen Förderer der Verbandsarbeit an ein langjähriges Mitglied und einen engagierten Sammler erinnert.

TOP 2) Grußwort des Vorsitzenden

Nachdem die Bezirksvertreter Platz genommen hatten, rief Kuckuck in ihrer rostbeigenen Bluse (mit dunkler Querbänderung) aus voller Brust Cäsar in die Bütt. Am Kopfende des Tischhufeisens erhob sich der Landesvorsitzende. Der Imperator des Landesverbandes knöpfte sich das Jackett zu, griff das von Gockel in der Landesgeschäftsstelle ins Diktaphon gekrähte und von dessen Sekretärin getippte Redemanuskript und begab sich zum Rednerpult. Er legte das Skript auf die Ablage, würgte den Kehlkopf des Mikrophons zwischen Daumen und Zeigefinder und begrüßte Kuckuck als Vorsitzende, die Mitglieder des Bezirksvorstandes und die Delegierten aus den Kreisverbänden als Teilnehmer an der Bezirksvertreterversammlung. Die hauptamtlichen Mitarbeiter verschluckte er mit seinem Erfrischungsgetränk. Cäsar, grauer Drei-Tage=Bart, gegeltes Haar, Hemd, Krawatte, Anzug, Übergewicht, freute sich, heute in Köln sprechen zu dürfen und berichtete seinen verehrten Damen und Herren von einer geplanten Strukturreform des Landesverbandes, die durch den Landesvorstand auf den Weg gebracht worden sei. Die Strukturreform gründet auf Überlegungen des Landesgeschäftsführers. Wer sich ihm in den Weg zu stellen wagt, würde Gockels Fußabdruck außer in der Verbandsorganisation auch an seinem Gesäß zu spüren bekommen. Die vom Landesvorstand beschlossene Strukturreform sei inzwischen durch den Bundesvorstand gebilligt worden und läge dem Bundespräsidium zur Genehmigung vor, triumphierte Cäsar. Die Bezirksverbände wurden wie Provinzen im alten Rom behandelt. Cäsar verkündete, dass die existierenden fünf Provinzen in Gestalt der fünf Bezirksverbände zwar erhalten bleiben würden, deren administrative Verwaltung allerdings statt wie bisher durch fünf Bezirksorganisationsleiter künftig durch zwei Regionalorganisationsleiter erfolgen solle. Obwohl Cäsar sich, Jahre nach seinem Amtsantritt als Vorsitzender des Landesverbandes, noch kein einziges Mal mit seinen fünf Bezirksorganisationsleitern zusammengesetzt hat, hatte er durch den Vorstandsbeschluss über die Strukturreform des Landesverbandes bereits drei der fünf Stellen unter den Tisch fallen lassen. Das ist die Gesprächskultur, die Cäsar als Vorsitzender verantwortet! So sieht der Umgang miteinander aus! Ein Regionalorganisationsleiter mit Sitz in Köln soll künftig die Regierungsbezirke Köln und Düsseldorf, ein zweiter Regionalorganisationsleiter mit Sitz in Münster die Regierungsbezirke Arnsberg, Detmold und Münster betreuen. Die Entscheidung des Landesvorstands wird einschneidende Verschlechterungen bei der Betreuung der ehrenamtlichen Akteure, der Generierung von Sammlungseinnahmen und der Durchführung von verbandseigenen Aktivitäten zur Folge haben. Die Organisationsleiter der fünf Bezirksverbände Rheinland, Ruhrgebiet, Münsterland, Sauerland und Lippisches Land veranlassen Vorträge, Ausstellungen und Benefizkonzerte, die bei den Mitgliedern, Spendern und Förderern der Verbandsarbeit beworben werden und Einnahmen erzielen. Die Bezirksorganisationsleiter agieren in den Orts- und Kreisverbänden und motivieren ehrenamtliche Mitarbeiter, Sammlungshelfer und Verbandsförderer. Die Bezirksorganisationsleiter organisieren Haus-, Straßen- und Friedhofsammlungen und generieren Sammlungseinnahmen. Die Tätigkeiten der Bezirksorganisationsleiter sind in erheblichem Umfang für die Einnahmen des Vereins verantwortlich. Aufgrund der geplanten Umstrukturierung des Landesverbands sind a) der Rückgang der Einnahmen bei Sammlungen und Verbandsaktionen, b) die Überforderung des Regionalorganisationsleiters bei der Kontaktpflege im

Bereich der Ehrenamtlichen, c) eine Reduzierung der Öffentlichkeitsarbeit in der Fläche zu erwarten. Parallel dazu sollen die Stellen der Bildungsreferentinnen von derzeit zwei auf fünf aufwachsen. Die Bildungsreferentinnen, welche die Botschaften des Kriegsgräbervereins durch die Betreuung von Workcamps auf deutschen Kriegsgräberstätten im Ausland, die Begleitung von Jugendarbeitskreisen in den Landesverbänden und Aktivitäten in den allgemeinbildenden Schulen in die nachfolgenden Generationen tragen sollen, erwirtschaften durch ihre Arbeit nicht einmal ihre Gehälter – geschweige denn die ihrer Kollegen. Das lassen Aufgaben und Zielstellung ihrer Tätigkeiten nicht zu. Anstatt die Fundraiser, wenn schon nicht personell zu stärken so doch wenigstens beim Status quo ante zu belassen, um Einnahmen zur Gestaltung der Verbandsarbeit erzielen zu können, soll die schwierige finanzielle Situation mit den Gehältern zusätzlicher Referentenstellen belastet werden. Wie konnte es dazu kommen? Wie waren solche Beschlussvorlagen zu erklären? Die Antwort: Der Landesorganisationsleiter hatte die Arbeit der Bezirksorganisationsleiter niemals schätzen gelernt! Bevor Gockel als Organisationsleiter auf dem Misthaufen des Landesverbandes krähte, war er mit der Aufzucht und Pflege der Verbandsküken in dessen Hühnerhof beschäftigt. Anfangs als Jugend-, später als Schulreferent – bis zum dreiundvierzigsten Lebensjahr. Sein Karriereverlauf erinnert an den von Erich Honecker, der bis zu seiner Ernennung zum Vorsitzenden des Staatsrats und Generalsekretär des ZK der Sozialistischen Einheitspartei Deutschlands (SED) die Jugendorganisation FDJ der Partei als Berufsjugendlicher führte. Was aus der DDR unter Honeckers Führung wurde ist bekannt. Bedenken der Bezirksorganisationsleiter wurden vom Landesorganisationsleiter anlässlich einer Betriebsversammlung als unbegründet zurückgewiesen. Viel weniger noch wurden sie in einem vertraulichen Gespräch mit den Bezirksorganisationsleitern vom Vorsitzenden des Landesverbandes abgefragt. Ein Ausdruck der mangelnden Wertschätzung durch den Landesvorstand. Ein Ausdruck der mangelnden Anerkennung durch den Vorsitzenden.

»WIR WOLLEN WENIGER VERWALTUNG!«, rief der Landesvorsitzende in die Bezirksvertreterversammlung. Der kann mich mal! Ich engagiere mich doch nicht für den verbandspolitischen Erfolg eines Cäsaren, der drei von fünf Kollegen nach Jahren und Jahrzehnten engagierter Mitarbeit wegrationalisiert wissen will! Stattdessen, dass der Landesvorstand seinen Bezirksorganisationsleitern den Hafersack umschnallt, bürdet er seinen verbleibenden Deichselpferden, die den Karren Jahr für Jahr aus dem Dreck ziehen helfen, noch größere Lasten als bisher auf. Drei der fünf Deichselpferde schickt er zum

Abdecker, während er den beiden Verbleibenden zusätzliche Mehlsäcke auf den Wagen lädt. Eine Personalpolitik, die an Dummheit nicht zu überbieten ist! Eine Personalpolitik, die eine notwendige Strukturreform der bundesweiten Verbandslandschaft zulasten eines der erfolgreichsten Landesverbände vertagt! Siebzig Jahre nach dem Ende des Zweiten Weltkrieges haben die Postenjäger im Landesvorstand noch immer nicht die Kulturstufe des Sammlers erreicht. Andernfalls hätten sie die ökonomisch unsinnige Entscheidung, drei von fünf Fundraisern zu verrenten und dafür drei weitere Bildungsreferenten, die nicht einmal ihre Gehälter würden erwirtschaften können, einzustellen, niemals treffen können. Mangelnde Kompetenz wurde bei den Vorstandsignoranten durch Entscheidungsfreude kompensiert. Kuckuck unterstützte diese Kamikaze-politik. Die Kuckucksrufe aus ihrem Schnabel wurden von den Delegierten der Bezirksvertreterversammlung nicht als Verführung zum finanziellen Selbstmord des Verbandes interpretiert. Das Ei, welches sie den Delegierten zum Ausbrüten unterschob, beherbergt ein Krokodil, welches das gesamte Gelege verschlingen, verdauen und die Nachwelt vergessen lassen wird!

In weiteren Ausführungen kam Cäsar auf das Leitbild zu sprechen. Der neu gewählte Präsident des Kriegsgräbervereins hatte eine Arbeitsgruppe eingesetzt, die ein Leitbild erarbeitete, das durch den Bundesvorstand abgesegnet worden war. Im Leitbild kommt die Jugend-, Schul- und Bildungsarbeit als gleichwertige Säule zur Bauunterhaltung und Instandhaltung der deutschen Kriegsgräber-stätten sowie zur Gedenk- und Erinnerungskultur des Vereins zum Tragen. Soldatengräber werden nicht erwähnt. Im Leitbild ist von Kriegstoten die Rede. Ganz so, als hätte der Kriegsgräberverein seit Mitte der neunziger Jahre nicht über zwanzig Jahre lang aus den Beiträgen seiner Mitglieder, Spenden aus der Be-völkerung und Zuwendungen von Erblassern eine hohe zweistellige Millionen-summe zur Errichtung von deutschen Soldatenfriedhöfen aufgewendet. Ganz so, als ob nicht die Gebeine von mittlerweile achthunderttausend deutschen Wehrmachtsoldaten und SS-Angehörigen lokalisiert, exhumiert, teilweise identifiziert und auf vom Verein errichtete Sammelfriedhöfe umgebettet wor-den wären. Mit dem Leitbild zur Jugend-, Schul- und Bildungsarbeit sowie zur Gedenk- und Erinnerungskultur wird dem Kriegsgräberverein ein frischer Anstrich aufgetragen, der die ursprüngliche Intention des Vereins übertüncht. Die ursprüngliche Intention wurzelte in dem Wunsch der Hinterbliebenen, für die gefallenen Soldaten ihrer Familien würdige Grabstätten zu schaffen. Dafür wurde gesammelt. Dafür wurde gespendet. Mit der beabsichtigten Geschlechtsumwandlung des Kriegsgräbervereins von einer Mitglieder- und

Spendenorganisation hin zu einem Bildungsträger bebrüten die geistigen Eltern dieser Idee ein Kuckucksei, mit dem sie an der Nachfrage vorbei produzieren. Um die Nachfrage zu gewährleisten, müsste das Kultusministerium jeden Lehrer, jede Klasse und jede weiterführende Schule verpflichten, jeden Schüler bis zur Schulentlassung mindestens einmal an einer Maßnahme des Kriegsgräbervereins im Bereich der Schul-, Jugend und Bildungsarbeit teilnehmen zu lassen. Verpflichten! Nicht bitten. Als Konsequenz daraus müsste das Ministerium die vom Kriegsgräberverein vorgehaltenen Bildungsangebote auch finanzieren. Kultur ist Ländersache. Die Bildungsarbeit des Kriegsgräbervereins müsste durch die Kultusministerien der sechzehn Bundesländer finanziert werden. Was macht Cäsar, unterstützt von seinen Vorstandsignoranten? Er zäumt das Pferd vom Schwanz auf! Bevor die Kultusministerkonferenz die Finanzierung der Bildungsarbeit des Kriegsgräbervereins auch nur diskutiert hat, schafft er mit tatkräftiger Unterstützung seines Vorstands die Fundraiser ab, die mit ihrer Arbeit die Finanzierung der Verbandsarbeit gewährleisten. Cäsar meinte, dass, wer immer sich dazu berufen fühle, zum Entwurf des Leitbildes Stellung nehmen könne. Ich meine, der Verein benötigt weniger ein Leitbild, welches keineswegs wie eine Fahne, hinter der sich die Landesverbände versammeln, sondern wie eine Spaltaxt wirkt. Ich meine, der Verein benötigt vielmehr eine Satzungsänderung, aus der hervorgeht, dass Leute, die (wie Kuckuck) nicht einmal Vereinsmitglied sind, in den Entscheidergremien des Vereins nichts zu suchen haben.

Zum Schluss seiner Ansprache verwies Cäsar auf die Aktion »Toter sucht Familienanschluss«. Seit dem Zerfall der Sowjetunion 1991 und dem Ende der Ost-West=Auseinandersetzung, welche dem Verband den Zugriff auf die Kriegsgrablagen der deutschen Gefallenen ermöglichten, wurden die Gebeine von achthunderttausend Kriegstoten lokalisiert, exhumiert, teilweise identifiziert und auf großen, aus den Beiträgen seiner Mitglieder, Spenden aus der Bevölkerung und Zuwendungen von Erblassern finanzierten Sammelfriedhöfen eingebettet. Jahr für Jahr lokalisiert und exhumiert der Verband die Gebeine von aktuell weiteren dreißigtausend Wehrmachtsoldaten und SS-Angehörigen. Aber kaum jemand fragt danach. Von den achthunderttausend, auf großen Sammelfriedhöfen umgebetteten Gebeinen wurden etwa ein Drittel namentlich identifiziert. Siebzig Jahre nach dem Ende des Zweiten Weltkriegs konnten allerdings nur zehn Prozent der Angehörigen dieser identifizierten Kriegstoten ausfindig gemacht und über den Verbleib des Vaters, Ehemannes oder Bruders informiert werden. Für 277.000 identifizierte Kriegstote, deren Kriegsgrablage nachgewiesen werden kann, haben sich nach Aussage des Abteilungsleiters Gräbernachweis ganze 27.000 Hinterbliebene interessiert. Was bedeutet das? Das bedeutet, dass der Verein in den vergangenen zwanzig Jahren zweistellige Millionenbeträge an Beitragszahlungen, Spendeneinnahmen und Erblasserzuwendungen verausgabt hat, um Kriegsgrablagen zu schaffen, für die sich nur ein Bruchteil der Nachfahren dieser Kriegstoten interessiert. Das bedeutet, dass der Verein sich die Frage gefallen lassen muss, warum er bei der kaum vorhandenen Nachfrage seines Angebots die Lokalisierung, Exhumierung, Identifizierung und Umbettung der Gebeine von Wehrmachtsoldaten und SS-Angehörigen nicht längst schon eingestellt hat. »Toter sucht Familienanschluss?« Die Bankrotterklärung einer verfehlten Verbandspolitik!

TOP 3) Ehrungen ehrenamtlicher Mitglieder

Cäsar griff sich an den Lorbeerkranz. Sein umkränztes Haupt erhellte ein Geistesblitz. »Ach ja, die Ehrungen! Hätte ich jetzt fast vergessen!« (diejenigen zu ehren, die sich für den Verband den Arsch aufreißen und nicht nur Maulaffen feilhalten). Um denjenigen Wertschätzung zu signalisieren, die in den Sitzungen des Vorstands nicht nur Ideen wie Cannabis-Pflanzen züchten, mit deren Hilfe sie sich und anderen ihr aktives Eintreten für den Kriegsgräberverein vorgaukeln, sondern die aktiv, praktisch und engagiert bei Wind und Wetter sowohl den Stürmen der Kritik als auch den Vorbehalten gegenüber der Verbandsarbeit trotzten. Einer von ihnen: Oberstabsfeldwebel Glück, der seit seiner Wiederverheiratung mit Monika Auff, der früheren Sekretärin des Schulkommandeurs der Fachschule des Heeres, einen Doppelnamen führt. Der Oberstabsfeldwebel amtierte bis zu seiner Zur-Ruhe=Setzung als Standortfeldwebel am Bundeswehrstandort Aachen, wo er, gemeinsam mit Leibgeber, die Durchführung der Haus-, Straßen- und Friedhofssammlungen des Kriegsgräbervereins verantwortete. Zum Auftakt der Sammlungen veranstaltete er ein Platzkonzert vor dem Elisenbrunnen, um die nötige öffentliche Aufmerksamkeit zu erzielen. Die Hörner röhrten, die Flöten pfiffen und die Kesselpauke stieß dröhnend im Takt auf. Prominente aus dem Haus der StädteRegion, Oberbürgermeister, Bürgermeister und Standortältester hielten mit entspannten Minen ihre Sammeldosen in die Kameras. Die mediale Begleitmusik zur Auftaktveranstaltung im Vorfeld der Sammlung war noch wichtiger als die Beträge in den Sammeldosen. Während die Presseleute fotografierten und Leibgeber über die Arbeit des Verbandes interviewten, behielt Oberstabsfeldwebel Glück-Auff an Präsentationstischen der Bundeswehr den Überblick über die Vereinsbroschüren, Einkaufswagenchips, Schlüsselbänder und Kugelschreiber zum

Ausfüllen der Mitgliedsanträge. Für die Kinder lagen Streichholzschachteln mit Verbandskreuzen auf dem Tisch. Gummibärchen hatten mit Blick auf das Interesse des Laufpublikums zu kurze Haltbarkeitsdaten. Karin unterstützte Leibgeber in Bonn, Köln und Siegburg. In Aachen übernahm Glück-Auff ihre Aufgaben. Der Nachfolger von Hauptmann Ulbricht als Standortoffizier wurde auf Initiative von Leibgeber geehrt. Mit 63 Jahren kann ich Altersrente von der Deutschen Rentenversicherungsanstalt Rheinland beziehen – knapp 48 Prozent meines Nettogehalts. Allerdings mit Abschlägen. Eigentlich müsste ich bis zum 66. Lebensjahr arbeiten. Der Oberstabsfeldwebel geht mit 54 Jahren in den Ruhestand – mit 71 Prozent seiner letzten Dienstbezüge. Ohne Abschläge. Zehn Jahre früher. So belohnt der Staat die Menschen, die, Leibgeber zufolge, sich und andere in der Fähigkeit ausbilden, andere Menschen auf Geheiß ihrer militärischen Vorgesetzten als Vertreter des Staates töten zu können. Leibgeber kritisiert, dass Menschen, die sich dazu haben ausbilden lassen, andere Menschen als Lehrer zu bilden, als Journalist zu informieren, als Schauspieler zu unterhalten, als Arzt zu heilen, als Krankenschwester zu pflegen oder als Koch zu verpflegen, über zehn Jahre länger als jeder Berufssoldat auf der Sklavengaleere ihrer Arbeitgeber als Galeerensklave am Ruder ziehen müssen. Als Glück-Auff neben das Rednerpult von Cäsar trat, nahm ich die Urkunde und die Goldene Ehrennadel vom Gabentisch. Leibgeber hatte in den letzten Jahren die Auszeichnungen von einem halben hundert Personen beantragt (mindestens!). Darunter zahlreiche Bundeswehrsoldaten und Reservistenkameraden, die ihn bei seiner Arbeit unterstützt hatten. Leibgeber muss – ebenso wie wir anderen Bezirksorganisationsleiter – die Ehrung von Bundeswehrangehörigen und Reservisten von Sperber als Verbandsbeauftragten für die Zusammenarbeit mit der Bundeswehr genehmigen lassen. Sperber kennt die zu Ehrenden zwar selten persönlich, zeigt sich aber übel angepisst, wenn das von ihm markierte Revier von anderen Akteuren betreten wird. Bevor ich Urkunde und Ehrengabe zur Auszeichnung des Geehrten an Cäsar übergab, wartete ich die warmen Worte ab, mit denen der Imperator die Verdienste des Oberstabsfeldwebels lobte. Der Text stammte von Leibgeber. Leibgeber, am Rande des größten Truppenübungsplatzes des Kalten Krieges geboren und aufgewachsen, wollte Soldaten, Reservisten und Schützen schon als Jugendlicher loswerden. Tatsächlich werden Soldaten, Reservisten und Schützen als wichtigste Förderer der Vereinsarbeit bis zu seinem Abgang von der Bühne des Kriegsgräbervereins wie Kaugummi an seinen Schuhsohlen kleben. Als das von Leibgeber verfasste Loblied verklungen war, gab ich dem Imperator Urkunde und Nadel an die Hand. Cäsar hob die Urkunde in Bauchnabelhöhe und verlas den Urkundentext. Danach stach er Glück-Auff die Ehrennadel ins Herz. Als nächstes beorderte der Imperator den Standortältesten zu sich ans Rednerpult. Daraufhin bewegte sich Oberst Hasenfuß schnellen Schrittes im Zickzacklauf durch den Sitzungssaal. Hasenfuß hatte nach einer Protestkundgebung von Angehörigen des *Vereins der Verfolgten des Naziregimes* (VVN) am Volkstrauertag auf dem Aachener Waldfriedhof in einer Rundmail an die Mitveranstalter verlautbart, dass »nach wohl einhelliger Auffassung« mögliche Schuld der Kriegstoten mit dem Erleiden des Kriegstodes ende. Leibgeber behauptet, der Kriegstod befreie die Kriegstoten keineswegs von ihrer Schuld. Weder von ihrer individuellen Schuld noch von ihrer Rolle als historische Mittäter, die sie unabhängig von einer möglichen individuellen Schuld vor der Geschichte einnehmen. Wehrmachtsoldaten und SS-Angehörige seien Teil der Exekutive gewesen, die Hitlers Krieg erst ermöglicht und sich wie ein Pestvirus über halb Europa verbreitet habe. Leibgeber behauptet, der Kriegsgräberverein betrauere die Kriegstoten unisono als Opfer von Krieg und Gewaltherrschaft. Die Täter würden weggelogen. Das soldatische Opfernarrativ sei wesentlicher Inhalt der Gedenk- und Erinnerungskultur dieses Vereins. Oberst Hasenfuß wurde für sein Engagement mit der Friedensglocke ausgezeichnet. Leibgeber hätte bei seiner Verabschiedung anstelle der Friedensglocke eine Streitaxt zu erwarten. Statt friedlichem Glockengeläut würde ihm kriegerisches Schädelspalten zugedacht. Leibgeber will keine Friedensglocke auf seinem Schreibtisch stehen haben. Leibgeber will bei deren Anblick nicht daran erinnert werden, dass er sich beim Tun des Falschen auch noch richtig angestrengt hat.

Während ich die Niederschrift aktualisierte, schüttelte Cäsar dem Oberst, der sich für die Ehre seiner Auszeichnung coram publico bei ihm bedankte, die Hand. Leibgeber will sich beim Verlassen der Bühne nicht mit einem freundschaftlichen Händedruck verabschieden. Leibgeber will sich mit einem schmerzhaften Kniestoß in die Eier verschiedener Verbandsrepräsentanten verabschieden. Zu den Klängen des Preußischen Präsentiermarsches werde er bei seinem Abgang die Knie hochreißen, meinte er. Aber nicht deshalb, weil er als Mitarbeiter beim Ministry of Silly Walks abgehe.

TOP 4) Feststellung der Beschlussfähigkeit

Nach dem Aufruf des Tagesordnungspunktes durch die Vorsitzende fragte Kuckuck mich, ob die Beschlussfähigkeit gegeben sei. Während der Imperator von den Schlachten des Landesverbandes kündete und verdiente Soldaten um die Verbandsarbeit auszeichnete, hatte Karin die Beschlussfähigkeit der

Bezirksvertreterversammlung errechnet. Dazu hatte mir die Mitarbeiterin Leibgebers einen Zettel mit drei Zahlen überreicht. Gemäß § 5 der Geschäftsordnung besteht die Bezirksvertreterversammlung aus den Mitgliedern des Bezirksvorstands, den Vorständen der Kreisverbände, einem weiteren Vertreter des Kreisverbandes sowie vierzig Vertretern der Ortsverbände, die anteilig bezogen auf die Zahl ihrer Mitglieder auf die Kreisverbände verteilt werden. Dem Bezirksverband gehören elf Kreisverbände an, in denen 95 Ortsverbände organisiert sind. Die Vertreterversammlung umfasste 76 stimmberechtigte Delegierte. Von ihnen waren 38 als Bezirksvertreter anwesend. Dreißig Stimmen waren von Bezirksvertretern, die nicht an der Vertreterversammlung teilnahmen, auf die anwesenden Delegierten übertragen worden. Jeder Delegierte durfte außer seiner eigenen zwei weitere Stimmen führen. Entsprechend der Geschäftsordnung ist die Beschlussfähigkeit der Bezirksvertreterversammlung dann gegeben, wenn zwei Drittel ihrer Mitglieder anwesend oder durch Stimmübertragung vertreten sind. Die Bezirksvertreterversammlung war mit insgesamt 68 Stimmen beschlussfähig.

TOP 5) Tätigkeitsbericht der Vorsitzenden

Die Vorsitzende des Bezirksverbandes saß in ihrer quer gestreiften Bluse auf ihrem Dornenzweig. Ihre Schultern wurden von einem grauen Jackett mit langen Rockschößen bedeckt. Kuckucks rot lackierte Krallen umschlossen ein Tischmikrofon, in das sie sich räusperte (»Kuck-Kuck!«). Als ihr die ungeteilte Aufmerksamkeit der Anwesenden galt, unterbreitete sie den Delegierten die Arbeitsergebnisse meines Kollegen Leibgeber, der im Berichtszeitraum als ihr Wirtsvogel agiert hatte, als ihren Bruterfolg. Auf der Leinwand erschien eine von Leibgeber angefertigte Folie, auf der die Veranstaltungen vom Oktober 2011 bis Oktober 2014 aufgelistet waren: dreißig Standpräsentationen, darunter sechzehn Auftaktveranstaltungen zur Haus- und Straßensammlung unter Einsatz von Musikkorps der Bundeswehr, fünfzehn Rechtsinformationsveranstaltungen, elf Ausstellungen, sieben Informationsfahrten und fünf Benefizkonzerte. Von Leibgeber gefertigte Folien, welche die Durchführung von vier Jahresauftaktveranstaltungen, elf Bezirksvorstandssitzungen und sieben Kreisorganisationsleiterbesprechungen kommunizieren sollten, fehlten. Sie mussten ohne vorherige Rücksprache mit Leibgeber aus der Präsentation entfernt worden sein. Ich weiß das, weil Leibgeber mir zur Vorbereitung der Veranstaltung eine Kopie der von ihm angefertigten Power-Point=Präsentation zumailte. Ein Stick mit der Präsentation war von ihm im Vorzimmer der Bezirksverbandsvorsitzenden abgegeben worden. Was rief Kuckuck durchs Mikrofon? »Ich will jetzt im Einzelnen nicht darauf eingehen!« Danach bedankte sich Kuckuck für die konstruktive und erfolgreiche Zusammenarbeit in den Kreis- und Ortsverbänden, den Bundeswehreinheiten und den Reservistenverbänden. Sie bedankte sich für die Zusammenarbeit mit den Mitgliedern des Bezirksvorstandes und lobte die Zusammenarbeit mit dem Landesvorsitzenden und dessen Organisationsleiter. Leibgeber erwähnte sie nicht.

Alle Jahre wieder werden in den Innenstädten von Aachen, Bonn und Siegburg so genannte Auftaktveranstaltungen zur Haus- und Straßensammlung mit Unterstützung von Musikkorps der Bundeswehr durchgeführt. Seit dem Amtsantritt Kuckucks als Vorsitzende bis heute wurden sechzehn derartige Veranstaltungen durchgeführt. Kuckuck hatte an einer davon teilgenommen. Leibgebers Bezirksgeschäftsstelle hatte der Vorsitzenden des Bezirksverbandes nicht nur auf dem Bonner Münsterplatz, in der Kölner Schildergasse, auf dem oberen Marktplatz in Siegburg oder vor dem Elisenbrunnen in Aachen die Schaubühne aufgeschlagen. Seine Bezirksgeschäftsstelle hatte – zusammen mit der Kreisgruppe vom *Verband der Reservisten der Deutschen Bundeswehr* (VdRBw) und dem Bürgeramt Porz – zudem jährliche Benefizkonzerte des Luftwaffenmusikkorps Münster im Bezirksrathaus organisiert. Seit ihrem Amtsantritt hatte Kuckuck die Bühne des Bezirksrathauses nur ein einziges Mal für einen Auftritt genutzt. Selbst beim Jubiläumskonzert war sie nicht dorthin geflattert. Bei diesen Konzerten waren über siebzigtausend Euro vereinnahmt worden, so dass ein persönliches Wort des Dankes an das Luftwaffenmusikkorps auf der Bühne des Bezirksrathauses begründet gewesen wäre. Wer rettete Kuckucks Ruf? Leibgeber! Und zwar indem er den Druck eines Programmheftes initiierte – kostenlos und durch Anzeigenkunden finanziert. Für den Druck veranlasste Leibgeber nicht nur ein Grußwort des Standortältesten Köln als Schirmherrn der Veranstaltung, ein Grußwort des Reservistenhäuptlings der Kreisgruppe und ein Grußwort des Bezirksratshauschefs, sondern auch eine Grußadresse an das Luftwaffenmusikkorps, mit der Kuckuck sich als Vorsitzende des Bezirksverbandes für das langjährige Engagement des Musikkorps zugunsten des Verbandes auf der Bühne des Bezirksrathauses bedankte. Das Kuckuck als ehemalige Lehrerin die Druckvorlage mit ihrem Rotstift beschmierte, indem sie einen Halbsatz umstellte, ein Wort hinzufügte und ein anderes durchstrich, bedarf keiner Erläuterung.

Leibgeber hatte allein im Berichtszeitraum zehn Ausstellungen organisiert: in Kreis- und Rathäusern, Schulen, Banken und Sparkassen. Kuckuck hatte keine davon angeschaut, viel weniger noch an einer Eröffnungsveranstaltung teilgenommen. Auch nicht im Historischen Rathaus zu Köln, wo Leibgeber eine Ausstellung über die Anlage der Gedenkstätte zur Erinnerung an die ermordeten Juden im lettischen Riga durch den Verein organisierte. Die Eröffnung der Ausstellung hatte im Anschluss an die Gedenkveranstaltung des Bezirksverbandes zum Volkstrauertag in der Kirchenruine Alt St. Alban neben dem Gürzenich stattgefunden. Mit der Veranstaltung war eine Filmaufführung im Bezirksratshaus Porz verbunden gewesen, wo Kuckuck ebenfalls fehlte. Ich weiß das. Ich bin auf Einladung von Leibgeber vor Ort gewesen. Der Bürgersaal hätte Kuckuck einen passenden Zweig geboten, um sich darauf niederzulassen.

TOP 6) Ergebnisrechnung

Der gewählte Schatzmeister des Bezirksverbandes war verhindert. Er wurde beim Bericht über die Ergebnisrechnung des Bezirksverbandes durch seinen Vize vertreten. Der Stellvertreter, ein hoch gewachsener Mit-Siebziger mit grau-weiß-gewelltem Haar und gemustertem Jackett, erläuterte die von Leibgeber vorbereiteten Folien einer Power-Point=Präsentation: Für den Berichtszeitraum belief sich die Summe aller Einnahmen im Geschäftsgebiet des Bezirksverbandes auf über 7,1 Millionen Euro. Abzüglich der Ausgaben konnte in den vier Jahren des Berichtszeitraums ein Netto-Betrag von 5,6 Millionen Euro an den Landesverband abgeführt werden. Leibgebers Bezirksverband ist seit Jahren der einnahmestärkste Bezirksverband aller fünf Bezirksverbände des Landesverbandes. Mein eigener Bezirksverband folgt erst an zweiter Stelle. Die geleistete Verbandsarbeit wird zu zwei Dritteln aus den Beiträgen seiner Mitglieder, Spenden aus der Bevölkerung und Zuwendungen von Erblassern finanziert. Das restliche Drittel setzt sich aus zweckgebundenen Zuwendungen des Bundes und der Länder zusammen. Die staatliche Alimentierung der Verbandsarbeit gewinnt immer größere Bedeutung. Völlig zu Recht! Nicht der Kriegsgräberverein, sondern die Bundesrepublik Deutschland hat mit 42 der insgesamt 45 Staaten, in denen der Verein Bau, Bauunterhaltung und Pflege der deutschen Kriegsgräberstätten betreibt, bilaterale Abkommen geschlossen, in denen sich die Bundesrepublik zur Pflege und zum dauerhaften Erhalt der deutschen Kriegsgrablagen verpflichtet. Der Staat überlässt die daraus resultierende Arbeit ebenso wie die Finanzierung dem Verein, der sich Bau, Bauunterhaltung und Pflege der deutschen Kriegsgrablagen im Ausland in die Satzung geschrieben hat. Zwar erhält der Verein so genannte Erstattungen vom Bund, allerdings müssen diese vorfinanziert und können erst nachträglich geltend gemacht werden. Die Erstattungen des Staates müssen zudem ständig neu verhandelt werden. Obwohl der Verein mit Bau, Bauunterhaltung und Pflege der deutschen Kriegsgräberstätten aus den bilateralen Verträgen resultierende staatliche Aufgaben wahrnimmt, befindet er sich gegenüber dem Bund in der Position des Bittstellers. Anders als beispielsweise der *Verband der Reservisten der Deutschen Bundeswehr e.V.* (VdRBw), der mit jährlich vierzehn Millionen Euro aus dem Einzelplan des Bundesministeriums der Verteidigung (BMVg) bedacht wird. Verbandspolitisches Ziel des Kriegsgräbervereins müsste es daher sein, ebenfalls im Einzelplan eines Ministeriums verankert zu werden. Als Ankergrund erscheint der Etat der Kulturstaatsministerin geeignet. Der Verein erhält derzeit jährlich neun Millionen Euro aus dem Auswärtigen Amt (AA). Weitere staatliche Zuschüsse, die sich auf insgesamt 13,5 Millionen Euro summieren, stammen aus dem Ministerium für Familie, Senioren, Frauen und Jugend und aus den Bundesländern. Im letzten Jahr betrug der Finanzierungsbedarf rund 43 Millionen Euro. Was bedeutet das? Das bedeutet, dass aktuell zwei Drittel der Ausgaben des Vereins aus den Beiträgen seiner Vereinsmitglieder, Spendeneinnahmen aus der Bevölkerung und Zuwendungen von Erblassern aufgebracht werden. Die Entscheidungsträger sämtlicher Entscheidergremien, angefangen von den dreiundzwanzig Bezirksvorständen über die sechzehn Landesvorstände bis hinauf zu Bundespräsidium und Bundesvorstand haben es seit der deutschen Wiedervereinigung vor fünfundzwanzig Jahren nicht erreicht, den Staat zur Einstellung einer angemessenen Summe im Einzelplan eines Bundesministeriums zur Sicherstellung der Pflege, der Bauunterhaltung und des dauerhaften Erhalts der Millionen Kriegsgräber auf über 830 Kriegsgräberstätten in 45 Staaten Europas und in Nordafrika zu veranlassen. Das finanzielle Ausbluten des Vereins durch den Schwund seiner Mitglieder, Spender und Erblasser ist nicht nur Folge der demographischen Entwicklung und des Versterbens der Menschen, die einen persönlichen Bezug zu den Folgen von Krieg und Gewaltherrschaft haben, sondern auch dem Versagen seiner Entscheidungsträger in den Verbandsgremien geschuldet. Sofern der Staat die bisher gezahlten 13,5 Millionen Euro im Einzelplan eines Bundesministeriums verstetigen sollte – sollte, sage ich! –, könnten von dieser Summe lediglich die Kosten für Bau, Pflege und Bauunterhaltung der Millionen Kriegsgräber auf über 830 Kriegsgräberstätten in den 45 Staaten, in denen der Kriegsgräberverein tätig ist, aufgebracht werden. Nicht jedoch die im Leitbild formulierte Gedenk- und Erinnerungskultur, nicht die dort geforderte Schul-, Jugend- und Bildungsarbeit. Diese werden aller Voraussicht nach weiterhin durch die Fundraising-Aktivitäten, Öffentlichkeitsarbeit und Netzwerkerarbeit der Bezirksorganisationsleiter und ihrer MitarbeiterInnen mit Unterstützung der

Bundeszentrale als Backoffice erwirtschaftet werden müssen. Wer – bitteschön wer? frage ich – soll denn die Einnahmen künftig organisieren, wenn von heute fünf in kürzester Zeit nur noch zwei Organisationsleiter diese Arbeit im Landesverband leisten sollen? Der Zuschuss aus Steuermitteln fließt zu hundert Prozent an die Bundeszentrale. Mortforêt, der Schatzmeister des Landesverbandes, hätte laut aufschreien müssen, als er von der geplanten Reduzierung genau derjenigen Mitarbeiter erfuhr, die durch ihre Fundraisertätigkeit zur Verbesserung der Einnahmesituation des Landesverbandes beitragen. Dieser Ignorant von einem Landesschatzmeister, der mit erhobenem Zeigefinger dafür gestimmt hat, drei weitere – also insgesamt fünf – Bildungsreferentinnen zu beschäftigten und, um diese vergüten zu können, dafür drei von fünf Fundraisern, die ihm das Schatzmeistersäckel füllen helfen, einzusparen ... Diesem Ignoranten würde ich gönnen, die Gehälter der Bildungsreferentinnen des Landesverbandes aus eigener Tasche aufbringen zu müssen! Die Gehälter werden allerdings von der Bundeszentrale überwiesen. Erwirtschaftet werden sie von den Fundraisern und Marketingfachleuten – nicht von den Damen und Herren BildungsreferentInnen und deren organisatorischem Überbau! Die staatlichen Zuschüsse aus dem Auswärtigen Amt und anderen Ministerien fließen zu einhundert Prozent in die Pflege und den dauerhaften Erhalt der Millionen Kriegsgräber im Ausland – nicht in die Finanzierung der Landesverbände! Leibgeber hat völlig recht mit seiner Vermutung, dass der Schatzmeister des Landesverbandes seine Fundraiser nicht einmal beim Namen kennt. Leibgeber behauptet, wenn jemand Mortforêt ein weißes Blatt auf den Platz legen, ihm einen Stift in die Hand geben und ihn auffordern würde, die Namen der fünf Bezirksorganisationsleiter, die ihm Jahr für Jahr das Konto des Landesverbandes auffüllen, zu notieren – es würde nichts passieren! Gar nichts! Das Blatt bliebe weiß, jungfräulich und unbefleckt. Der Mann wäre gar nicht in der Lage, seine Fundraiser zu benennen! Peter Leibgeber? – Wer bitteschön ist Peter Leibgeber? Nie gehört den Namen! So würde Mortforêt ätzen! Ebenso wie alle anderen Mitglieder des Landesvorstands, die sich seit Jahren als Schlachtenlenker auf dem Regimentsgefechtsstand des Landesvorstands im braunen Haus des Landesverbandes zum Kaffeetrinken versammeln. Der Landesvorstand ähnelt Leibgeber zufolge einem Generalstab, dem die Sorgen, Nöte und Befindlichkeiten der Truppe völlig fremd sind, der gleichwohl aber vollen Einsatz an der Vereinsfront erwartet. Von einem solchen Generalstab dürfte die Wertschätzung seiner Soldaten schwerlich zu erwarten sein. Bei solchen Vorstandmitgliedern kann von einer Anerkennung der Leistungen der Bezirksorganisationsleiter nicht einmal ansatzweise ausgegangen werden. In Anlehnung an den berühmten Western mit Yul Brynner, Steve McQueen, James Coburn und Charles Bronson bezeichnet Leibgeber die Mitglieder des Landesvorstands als die »Glorreichen Ignoranten«. Leibgeber sagt, die glorreichen Ignoranten hätten bei ihrem Planierritt über die Verbandskultur so viel Vertrauen zerscherbt, dass sämtliche Archäologen des Landschaftsverbandes Rheinland (LVR) nicht dazu in der Lage wären, den vom Landesvorstand hinterlassenen Scherbenhaufen zu einem Gefäß zusammenzukleistern, welches ein so kostbares Gut wie gegenseitiges Vertrauen zu bewahren vermöchte. Ich sage, im Landesvorstand sitzen nicht nur (wie im John-Sturges=Western) sieben, dort sitzen vierundzwanzig glorreiche Ignoranten: neunzehn, durch die Landesvertreterversammlung gewählte und fünf geborene Mitglieder, die als Vorsitzende der Bezirksverbände amtieren. Ein Wasserkopf, der auf einem immer schmaler werdenden Personalkörper sitzt, für den er eine Verschlankung beschloss, die diesen auf schlussendlich zwölf Mitarbeiter herunterhungern lassen wird. Wann – bitteschön wann? – kommen die glorreichen Ignoranten im Landesvorstand auf den Gedanken, dass nicht die Bezirksorganisationsleiter wegrationalisiert werden sollten, sondern jeder zweite Entscheider in ihren Reihen überflüssig ist? Mindestens! Leibgebers und meine Loyalität ist nicht der Kompetenz der glorreichen Vorstandsignoranten, sondern unserer Angst vor dem Verlust des Einkommens geschuldet. Das ist die Wahrheit. Nur sagen können wir sie nicht. Wir würden damit den Kopf auf den Richtblock des Landesvorstands legen. Das Richtbeil würde von Gockels Assistenten Horst Adler geführt. Als passionierter Freizeitjäger wartet er nur darauf, Mitarbeiter des Landesverbandes wie Rotwild ins Visier zu nehmen. Wer meint, sich als Mitarbeiter des Landesverbands wie ein Hirsch auf der Lichtung über Missstände ausröhren zu müssen, würde von Adler abgeschossen. Dazu hat Gockel ihm die Lizenz zum Töten verliehen.

TOP 7) Aussprache – Kritik und Konsequenz

Kuckuck rief ins Mikrofon, dass sich die Delegierten als Wirtseltern der Kuckuckseier, die ihnen der Landesvorstand mit ihrer Unterstützung und mit Billigung des Bezirksvorstands untergeschoben hatte, zur Brutpflege äußern können. Kein Satz des Entsetzens, kein gestöhntes Sterbenswort, kein Klagelaut – nichts regte sich. Die Wirtsvögel, denen die Kuckuckseier untergeschoben wurden, schwiegen. Die Überlegungen der Vereinsführung, wie das Überleben des Verbandes gesichert werden kann, gleichen der Diskussion einer um das Bett eines komatösen Patienten versammelten Ärzteschaft über die Behandlung eines Schnupfens. Für einen wirtschaftlich erfolgreichen Landesverband reduzieren die Verantwortlichen das Personal der Bezirksorganisationsleiter, welche Einnahmen erwirtschaften, die auch defizitäre Landesverbände finanzieren helfen, von fünf auf zwei Stelleninhaber. Parallel zum Aderlass bei den Bezirksorganisationsleitern sollen drei weitere Bildungsreferentinnen den Brustkorb des Patienten beschweren. Wenn die Lenker des Verbandsschicksals meinen, auf die Bezirksorganisationsleiter als Fundraiser zur Generierung von Einnahmen verzichten zu können und stattdessen Bildungsreferentinnen einstellen zu sollen, die mit ihrer Tätigkeit nicht einmal ihre Gehälter erwirtschaften können, drücken sie dem Landesverband die Luft ab! Der gesamte Landesverband Rheinland-Pfalz umfasst rund vier Millionen Einwohner, die von einer Landesgeschäftsstelle in Mainz, einer Bezirksgeschäftsstelle in Speyer und einer weiteren Bezirksgeschäftsstelle in Koblenz betreut werden. Mit zusammen acht Mitarbeitern: einem Landesorganisationsleiter, zwei Bezirksorganisationsleitern und fünf Mitarbeitern im Bürodienst. Im Geschäftsgebiet der Bezirksgeschäftsstelle Rheinland leben allein 4,3 Millionen Menschen, die potenzielle Betreuung vor Ort erfahren sollen. Leibgebers Bezirksgeschäftsstelle ist mit ihm als Bezirksorganisationsleiter und Karin als Bürokraft besetzt. Der Bezirksorganisationsleiter Rheinland soll nach meinem Ausscheiden auch die Arbeit meiner Bezirksgeschäftsstelle Ruhrgebiet mit übernehmen. Im Geschäftsgebiet meines Bezirksverbandes leben weitere 5,1 Millionen Menschen, die derzeit von mir als Bezirksorganisationsleiter und meiner Mitarbeiterin betreut werden. Was tut der Vorstand des Landesverbandes? Er beschließt die Zusammenlegung der Bezirksgeschäftsstellen Rheinland und Ruhrgebiet zu einer Regionalgeschäftsstelle, von der aus 9,4 Millionen Menschen von einem Regionalorganisationsleiter, zwei Bildungsreferentinnen (über die Leibgeber keine Personalhoheit besitzt) und einer Mitarbeiterin im Bürodienst betreut werden sollen. Mit 26 Kreisverbänden! Mit über 155 Ortsverbänden! Mit fünfhundert Ehrenamtlichen! Der Landesvorstand nennt das »Einnahme der Zielstruktur«. Ich nenne das den Tod der Vereinsarbeit in der Fläche! Der Fußabdruck Gockels läuft direkt auf den Abgrund zu. DAS ist die durch den Landesvorstand herbeigeführte Beschlusslage! SO sieht die Zukunftsplanung der glorreichen Ignoranten im Landesvorstand aus! Am Vorstandstisch der Bezirksvertreterversammlung lobte Cäsar die Beschlussfassung und sprach von einer Vorreiterrolle des Landesverbandes im Hinblick auf die Neuausrichtung des gesamten Vereins. »Vorbildlich! Ganz vorbildlich!« Nach der Übernahme meines Geschäftsgebietes soll Leibgeber künftig die doppelte Arbeit leisten – für ein- & dasselbe Gehalt! Der künftige Organisationsleiter des Regionalverbandes in Münster soll neben seinem derzeitigen Bezirksverband Münsterland auch die Bezirksverbände Sauerland und Lippisches Land betreuen! Gockels genialer Plan – abgenickt durch die glorreichen Ignoranten des Landesvorstands, durchgewunken von Schlafwandlern, die mangelnde Kompetenz mit Entscheidungsfreude kompensieren, losgetreten von einem Stiefel, den Leibgeber am Ende auch noch lecken soll! Die glorreichen Ignoranten des Landesvorstands ähneln einer Horde Biber, die solange am Verbandskörper herumnagt, bis der ganze Baum umstürzt und der Länge nach ins Wasser klatscht – nicht nur der Ast, auf dem Verfasser dieses Aufschreis mit seiner Säge sitzt.

TOP 8) Entlastung des Vorstands

Ein Delegierter beantragte Entlastung. Kuckuck fragte die Delegierten, ob jemand gegen die Entlastung des amtierenden Vorstands Einwendungen erhebe. Es erhob sich kein Widerspruch. Damit war der Bezirksvorstand entlastet. Mit der Entlastung ging die Beendigung der Amtsperiode einher. In diesem Augenblick war Kuckuck nicht mehr Leibgebers Dienstvorgesetzte. Das wäre der Moment gewesen, in dem Leibgeber aufstehen und Kuckucks Verhalten als Kuckucksmethoden hätte bloßstellen können. Das wäre der Augenblick gewesen, den Delegierten zu zeigen, dass der Fußabdruck Gockels auf den Abgrund zuläuft. Das Grundrecht auf freie Meinungsäußerung steht sogar einem Vereinsmitarbeiter zu. Einmal! Ein einziges Mal! Danach sitzt er mit der Bearbeiternummer in der geballten Faust im Wartesaal der Bundesagentur für Arbeit. Dort hat er dann Gelegenheit darüber nachzudenken, was er falsch gemacht haben könnte. Nicht im Grundgesetz steht, dass jeder auch die Folgen seiner freien Meinungsäußerung zu tragen hat. »Wer für eine Einrichtung arbeitet, muss deren Grundsätze grundsätzlich teilen!«, gab Armin Laschet, Landesvorsitzender der CDU in Nordrhein-Westfalen, in den *Aachener Nachrichten* zu Protokoll. Dort stand zu lesen, dass er als Lehrbeauftragter der Aachener Rheinisch-Westfälischen Technischen Hochschule (RWTH) die Prüfungsarbeiten einer Europa-Klausur verloren und anschließend auf der Grundlage von Korrektur-Notizen die Noten »rekonstruiert« hatte. Laschet auf Befragen: »Ich hatte anfangs vermutet, dass es die Notizen noch gäbe. Nun weiß ich, dass ich sie – so wie früher – nicht aufbewahrt habe.« Das heißt, dass keine nachvollziehbare Entscheidungsgrundlage seiner Beurteilungen mehr existierte. Das bedeutet, dass Studenten und Prüfungsamt ausschließlich auf das Wort Laschets vertrauen mussten. Wieviel das wert ist, kann an der Tatsache abgelesen werden, dass zwar nur achtundzwanzig Studenten an der Klausur teilnahmen, der Lehrbeauftragte Laschet dem Prüfungsamt aber fünfunddreißig Noten meldete.

Für Leibgeber bedurfte es keiner weiteren Demonstration der Glaubwürdigkeit dieses Herrn. Andere sahen das genauso. Der Pressesprecher des CDU-Bezirksverbandes Münsterland, der sich kritisch über die Gepflogenheiten Laschets als Vorsitzender des CDU-Landesverbandes Nordrhein-Westfalen äußerte, wurde von seinen Aufgaben entbunden. Whistleblower gefährden ihren Arbeitsplatz. Der Mitarbeiter einer Metzgerei, der aufdeckt, dass sein Chef Gammelfleisch verarbeitet, verliert seinen Job. Die Altenpflegerin, die aufdeckt, dass die Heimbewohner ruhig gespritzt, gurtfixiert und wundgelegen sind, verliert ihren Job. »Die gesetzlichen Vorgaben zum Arbeitsschutz reichen vollkommen aus!«, versicherte der CSU-Sozialexperte Max Straubinger. Verliere einer seinen Job, müsse der Hinweisgeber eben die Angebote der Bundesagentur für Arbeit in Anspruch nehmen. Als abhängig Beschäftigter ziehst du als Galeerensklave am Ruder der Sklavengaleere, behauptet Leibgeber. Als Sklave kannst du weder auf den Kurs noch das Kommando noch die Ladung der Galeere Einfluss nehmen. Als Galeerensklave bist du an die Ruderbank der Sklavengaleere gekettet. Wenn die Galeere untergeht, wirst du in die Tiefe gezogen. Wenn du den Aufstand probst, wirst du mitsamt deinen Fußketten ins Meer geworfen.

TOP 9) Neuwahl des Vorstands

Leibgeber ist es gründlich leid, sich weiterhin von Kuckuck als Vorsitzende des Bezirksverbandes demütigen zu lassen. »Meine Menschenwürde ist keine Schmutzmatte, an der sich die Dame ihre High Heels abputzen kann!«, versicherte er mir am Telefon. Die erfolgreiche Arbeit des Bezirksverbandes konnte nicht wegen, sondern trotz Kuckucks Vorsitz erreicht werden. Mangelnde Kompetenz wurde von ihr durch Entscheidungsfreude ersetzt. Jetzt stellte sie sich zur Wiederwahl. Die Vorbereitung der Wiederwahl Kuckucks zur Vorsitzenden des Bezirksverbandes hatte für Leibgeber keine geringere Herausforderung bedeutet, als fernab des Äquators am Kölner Neumarkt über seinen Schatten springen zu müssen. Kuckuck hatte Leibgebers Geschäftsgebiet in einen Schulhof und seine Bezirksgeschäftsstelle in ein Klassenzimmer verwandelt. Eine Führungskultur wie im Feudalismus – und da gab es Leibeigene. Mit Schreiben vom 21.03.2013 hatte sie Leibgeber mitteilen lassen, er möge ihr zukünftig seine geplanten Abwesenheiten und die seiner Mitarbeiterin mitteilen, und zwar schriftlich. Auf Leibgebers Anfrage beim Landesorganisationsleiter, ob diese Regelung auch in den Bezirksverbänden Ruhrgebiet, Sauerland, Lippisches Land und Münsterland üblich sei, krähte Gockel: Unabhängig davon, ob diese Regelung in den anderen Bezirksverbänden praktiziert werde oder nicht, habe Leibgeber die von Kuckuck geäußerte Bitte als Dienstanweisung zu befolgen. Seitdem hat Leibgeber sich wie ein Schüler bei seiner Lehrerin beim Verlassen des Klassenzimmers abzumelden. Kuckuck ist aber nicht seine Lehrerin und Leibgeber nicht ihr Schüler. Leibgeber ist ihr Organisationsleiter. Ein Organisationsleiter sollte davon ausgehen können, dass so viel Vertrauen in ihn gesetzt wird, dass er seine Arbeitszeit für das Wohl des Verbandes zu verplanen vermag. Wohl habe ich Verständnis dafür, dass Zeiten, in denen die Geschäftsstelle personell nicht besetzt werden kann, einem Vorsitzenden zur Kenntnis gebracht werden, nicht aber dafür, dass begründete Abwesenheiten der dortigen Mitarbeiter gegenüber der Vorsitzenden zu rechtfertigen sind. Für die Anweisung Kuckucks gegenüber Leibgeber, auch die geplanten Abwesenheiten seiner Mitarbeiterin mitteilen zu sollen, fehlt mir jegliche Einsicht in deren Notwendigkeit. Das ist noch nicht alles! Leibgeber zeigte mir anhand verschiedener Schriftstücke, dass Kuckuck von ihm gefertigte Schreiben an die Mitglieder des Bezirksvorstandes, Bürgermeister, Landräte oder Generäle mit dem Rotstift korrigierte. Kuckuck hat das zweite Staatsexamen als Gymnasiallehrerin. Gegen ihre Korrekturen wäre solange nichts einzuwenden, solange Leibgeber als Entwurfsverfasser einen Sachverhalt zu erwähnen vergessen haben oder nicht öffentlich darstellen sollte. Es ist aber sehr wohl etwas dagegen einzuwenden, wenn aus reiner Machtdemonstration des Unterstellungsverhältnisses und ohne sachliche Begründung Satzteile vertauscht oder Kommata weggestrichen oder hinzugefügt werden. Ganz so, als ob der Verfasser der deutschen Sprache nicht mächtig ist. Das letzte Beispiel dieser unseligen Praxis bildete das Anschreiben an Cäsar, mit dem dieser zur Teilnahme an der Bezirksvertreterversammlung eingeladen worden war. Nachdem Kuckuck einen überflüssigen Floskelsatz in das Anschreiben meinte einfügen zu müssen, dessen korrigierte Ausfertigung von Leibgeber zur Unterschrift in Kuckucks Vorzimmer getragen wurde, vermisste sie bei der zweiten Durchsicht einen Großbuchstaben, den Kuckuck mit dem Rotstift der Lehrerin auf das Papier setzte. Leibgeber ersetzte den Klein- durch einen Großbuchstaben, druckte den Brief aus und überbrachte das korrigierte Anschreiben, um es unterzeichnen zu lassen. In ihrem Lehrerzimmer scharrte Kuckuck mit lackierten Krallen den Text einer SMS in ihr Mobiltelefon. Es bleibt zu vermuten, dass sie die Regeln der Groß- und Kleinschreibung dabei ignorierte. Die im Anschreiben an Cäsar angefragte Teilnahme an der Bezirksvertreterversammlung des Bezirksverbandes Rheinland war bereits telefonisch durch Kuckucks Sekretariat abgeklärt worden, so dass die schriftliche Anfrage an Cäsar Formsache war. Ich war nicht undankbar, dass

Leibgeber darauf verzichtete, mir gegenüber weitere Beispiele der demütigenden Zensurwut Kuckucks zu zitieren.

Laut Geschäftsordnung standen folgende Positionen zur Wahl an:

Vorsitzende

Stellvertretender Vorsitzender

Schatzmeister

Stellvertretender Schatzmeister

Beisitzer

Zur Wahl der Vorsitzenden wurde ein Wahlleiter bestellt. Kuckuck schlug den Aachener Kreisrechtsdirektor vor. Da die Bezirksvertreterversammlung keine Einwendungen gegen den Vorschlag erhob, galt der Kreisrechtsdirektor als gewählt. Der Wahlleiter bat die Delegierten um Wahlvorschläge für die Position der Vorsitzenden. Eine Delegiertenstimme piepste, sie schlage Kuckuck zur Wiederwahl als Vorsitzende vor. Weitere Vorschläge erfolgten nicht. Natürlich nicht. Wer will schon gegen die Führungskraft einer Behörde kandidieren, auf deren Zusammenarbeit man zur Wahrnehmung seiner eigenen Verwaltungstätigkeit angewiesen ist? Das Risiko, die Dame gegen sich aufzubringen, kann niemand eingehen! Gemäß der Geschäftsordnung wird in der Regel offen, auf Verlangen von wenigstens einem Drittel der Delegierten geheim abgestimmt. Der Wahlleiter schlug den Delegierten die offene Wahl vor. Es erhob sich kein Widerspruch. Damit galt die offene Wahl als beschlossen. Daraufhin ließ der Kreisrechtsdirektor die Bezirksvertreterversammlung über die Wiederwahl Kuckucks zur Vorsitzenden des Bezirksverbandes abstimmen. Kuckuck? Hatte Leibgeber vor der Sitzung des Bezirksvorstands, in der die Kandidaten für die Neuwahl des Vorstands angefragt und aufgestellt werden sollten, am Telefon bedroht! Und zwar, weil Leibgeber ihre Entscheidung, Pressevertreter an der Sitzung teilnehmen zu lassen, in der die Mitglieder des Vorstands sich erklären sollten, kritisierte. Kuckuck? Hatte Leibgebers Geschäftsstelle in ein Klassenzimmer und sein Geschäftsgebiet in einen Schulhof verwandelt! Und zwar, weil er seine geplanten Abwesenheiten schriftlich zu melden hat. Kuckuck? Hatte die Vorschläge Leibgebers zur Nominierung von zwei Kandidaten aus dem Wirtschaftsleben für das Amt eines Beisitzers im Bezirksvorstand unterschlagen. Stattdessen schlug sie ihre persönliche Referentin für das Amt der stellvertretenden Schatzmeisterin und die Referentin des Aachener Kreisrechtsdirektors als Beisitzerin vor. Kuckuck? Hatte Leibgeber verhöhnt, weil sie ihm nach ihrer Drohung, wenn er sein Verhalten nicht ändere, würde ein Gespräch an anderer Stelle geführt werden müssen, noch einen wunderschönen

Tag wünschte. Die Teilnehmer an der Vertreterversammlung wählten Kuckuck erneut zur Vorsitzenden. Die Wahl erfolgte einstimmig. Vom Wahlleiter gefragt, ob sie ihre Wahl annehme, frohlockte Kuckuck, sie nehme ihre Wahl zur Vorsitzenden »sehr gerne an«. Die Delegierten applaudierten. Ihr Schafe habt euch die Metzgerin zu Königin gewählt! Jetzt lasst euch von ihr zur Schlachtbank führen!!

Die Wahl der weiteren Vorstandsmitglieder wurde durch Kuckuck als gewählte Vorsitzende geleitet. Ein Delegierter beantragte die Wahl der übrigen Vorstandsmitglieder durch Blockwahl. Es erhob sich kein Widerspruch. Damit war die verbundene Wahl beschlossen. Die Vorsitzende ließ über die übrigen Vorstandsmitglieder in verbundener Wahl abstimmen. Die Wahl erfolgte einstimmig, bei Enthaltung der Kandidaten. Die Kandidaten entstammten den wichtigsten Zielgruppen der Verbandsarbeit: Bundeswehreinheiten, Reservistenkameradschaften und Schützenbruderschaften. Leibgeber behauptet, Soldaten seien Menschen, die sich und andere in der Fähigkeit ausbilden, andere Menschen töten zu können. Auf Kosten des Steuerzahlers. Reservisten seien Leute, sagt er, die den Krieg nicht verhindern, sondern darauf vorbereitet sein wollen. Mit Geländemärschen, Schießwettbewerben und Katastrophenschutzübungen. Schützen seien Personen, sagt er, die sich ohne Not einer militärischen Disziplin unterwerfen. Mit Uniformzwang, Ausmärschen und Rangordnungen. Der Kriegsgräberverein bemüht sich um genau diese Zielgruppen. Die gewählten Vorstandsmitglieder gehören genau diesen Zielgruppen an. Zum Beispiel ein General, der die deutsche Wiedervereinigung 1990 als größte Leistung der Bundeswehr lobpreiste. Zum Beispiel ein Schulungskommandeur, der in seiner Technischen Schule des Heeres Tötungsautomaten für Afghanistan zusammenschraubt. Zum Beispiel ein Reservistenhäuptling, der Auslandseinsätze deutscher Soldaten mit einer gelben Schleife am Revers bejubelt. Zum Beispiel ein Schießmeister des Diözesanverbandes im *Bund der Historischen Deutschen Schützenbruderschaften e.V.* (BHDS), der Muslime, Schwule und Lesben entsprechend der Vereinssatzung des BHDS aus dem Vereinsleben ausgrenzt.

TOP 10) Verschiedenes

Leibgeber beklagt, dass der Landesvorstand es noch kein einziges Mal – KEIN EINZIGES MAL! – wiederholte er am Telefon – für nötig erachtet hat, die Bezirksorganisationsleiter wenigstens einmal im Jahr einzuladen, um über die aktuellen Gegebenheiten, Erfolge und Probleme in ihren Bezirksverbänden zu berichten. Leibgeber fände es gut, den Besuch der Bezirksorganisationsleiter wenigstens einmal im Jahr unter Tagesordnungspunkt 1), gleich zu

Beginn der Vorstandssitzung, zu veranlassen. Wenn jedem der fünf Bezirksorganisationsleiter eine Redezeit von nur zehn Minuten eingeräumt würde, könnte der Landesvorstand nach nur einer Stunde weitertagen. Die Bezirksorganisationsleiter könnten danach noch vor dem Aufrufen des zweiten Tagesordnungspunktes in ihre Geschäftsstellen zur Fortsetzung ihrer Tätigkeiten entlassen werden, so Leibgeber. Das sei zwar nicht optimal, aber ein Zeichen von Kenntnisnahme. Von Anerkennung ganz zu schweigen. Von Wertschätzung gar nicht zu reden! Meine Eltern, Lehrer und Ausbilder haben mir ebenso wie Leibgebers Eltern, Lehrer und Ausbilder beigebracht: OHNE FLEISZ KEIN PREIS! Beim Kriegsgräberverein gibt es auch MIT Fleiß keinen Preis: Keine Sonderzahlungen. Keinen Zusatzurlaub. Keine Höhergruppierung. Nichts! Es gibt nicht einmal eine verbale Anerkennung! Weder durch den Vorstand noch durch die Organisationsleitung. Die glorreichen Ignoranten des Landesvorstands kennen ihre Bezirksorganisationsleiter nicht einmal beim Namen! Obwohl die Bezirksorganisationsleiter dem Verein seit Jahr und Tag die Konten füllen, die Öffentlichkeitsarbeit fördern und die Netzwerke der ehrenamtlichen Mitarbeiter in den Kreis- und Ortsverbänden, der Bundeswehr und dem Reservistenverband pflegen, gibt es für die Bezirksorganisationsleiter keinen reservierten Platz bei der Landesfeier zum Volkstrauertag. Obwohl sie im Verband durch die Veranstaltung von Ausstellungen, Benefizkonzerten und Informationsfahrten zur Förderung der Öffentlichkeitsarbeit, obwohl sie durch die Organisation von Rechtsinformationsveranstaltungen zur Generierung von Erbschaften, Nachlässen oder Vermächtnissen, obwohl sie durch die Vorbereitung von Haus-, Straßen- und Friedhofsammlungen zur Gewinnung von Sammlungseinnahmen engagiert sind, werden die Bezirksorganisationsleiter zu wichtigen Anlässen, wie den Besuch des Bundespräsidenten auf einer sowjetischen Kriegsgräberstätte im westfälischen Stukenbrock, nicht eingeladen. Adler, der Assistent des Landesorganisationsleiters, der die Landesfeiern organisiert und die Kriegsgräber im Inland begutachtet, grenzt die Bezirksorganisationsleiter mit Billigung Gockels aus. Wie lautete doch gleich die Botschaft?

DREIZEHNTES KAPITEL

Internationales Jugendworkcamp auf dem Kölner Südfriedhof. Der Verein veranstaltet jährlich bis zu sechzig Workcamps auf den von ihm europaweit betreuten Kriegsgräberstätten: ein Drittel davon in Westeuropa, ein weiteres Drittel in Osteuropa und ein Drittel im Inland. Die Workcamps dienen dem Erhalt der Kriegsgräber als Mahnmale zum Frieden und beinhalten neben der praktischen Arbeit am Kriegsgrab Maßnahmen zur historisch-politischen Bildung und Möglichkeiten der internationalen Begegnung. Im Frühjahr hatte Leibgeber einen Grabschmuckauftrag auf dem Südfriedhof zu erledigen gehabt. Die Ausführung des Auftrags wurde von ihm durch Fotos des geschmückten Kriegsgrabs belegt. Die Hinterbliebenen der Kriegstoten hatten die Möglichkeit, derartige Aufträge über die Bundeszentrale zu vergeben. Das rechnete sich zwar nicht – Personalkosten der Mitarbeiter, Arbeitszeit und Anfahrtsweg standen in keinem Verhältnis zum Aufwand, da die Angehörigen nur für die Beschaffungskosten der Kränze, Gestecke und Sträuße aufkamen –, gleichwohl wurden die Bezirksgeschäftsstellen von der Bundeszentrale immer wieder gebeten, derartige Aufträge als Service für die Mitglieder, Spender und Förderer des Vereins zu erledigen. Als Leibgeber das betreffende Kriegsgrab auf dem Südfriedhof gefunden, das zuvor besorgte Gesteck abgelegt und zusammen mit dem Grabstein fotografiert hatte, schulterte er die Kamera und schlenderte über die geschwungenen Wege des historischen Friedhofsteils zurück in Richtung Parkplatz. Auf dem Weg fiel sein Blick auf völlig vermooste, fast überall eingesunkene Grabsteine für Gefallene aus dem Ersten Weltkrieg. Die Anlage schien aus sechs zwar benachbarten aber völlig unterschiedlich gestalteten Gräberfeldern zu bestehen. Auf einigen Gräberfeldern waren die Grabzeichen im Halbrund angeordnet. Die Grabsteine waren nicht einheitlich, sondern unterschiedlich geformt. Im Halbrund von hüfthohen Grabmalen war eine Hochstele mit einer männlichen Figur darauf zu sehen. Die Gestaltung der Figur ließ auf Bildhauerkunst aus der NS-Zeit schließen. Wie sich herausstellte, war die Stele zwischen 1937 und 1939 von dem Kölner Bildhauer Franz Albermann geschaffen, die Anlage des »Ehrenfriedhofs« Mitte der zwanziger Jahre durch den Münchener Künstler Professor von Hildebrand entworfen worden. Auf ihr wurden 2.577

Soldaten, außer Deutsche auch Russen, Rumänen, Serben und sogar Inder, die in Kölner Lazaretten verstarben, beigesetzt. Unleserliche Namen auf den stark vermoosten Grabsteinen, eingesunkene Grabsteine auf dem mit starken Baumwurzeln durchzogenen Boden und der fehlende Rückschnitt sämtlicher, die Anlage umfriedenden Gehölze ließen Leibgeber den Gedanken an ein internationales Jugendworkcamp fassen. Als weiterer Anlass zur Veranstaltung eines solchen Jugendworkcamps sollte neben den notwendigen Pflegearbeiten der vor hundert Jahren stattgefundene Erste Weltkrieg dienen. Der Kölner Südfriedhof bot sich auch deshalb dafür an, weil sich außer deutschen Kriegsgräbern weitere Gräberfelder mit italienischen und britischen Kriegstoten aus dem Ersten Weltkrieg auf dem Südfriedhof befinden. Der ab dem 1. April 1901 belegte Südfriedhof war ursprünglich als Entlastungsfriedhof für Melaten angelegt und seitdem mehrfach erweitert worden. Der parkartige Charakter der ursprünglichen Anlage wurde im Zuge der Friedhofserweiterungen aufgegeben, die Vergrößerungsgebiete geradlinig angelegt. Am Hauptweg des neueren Teils befindet sich ein britischer Soldatenfriedhof. Die Anlage des Friedhofs entspricht den Vorgaben der *Commonwealth Wargrave Commission* zur einheitlichen Gestaltung der von ihr betreuten Kriegsgräberstätten. Den beiden Kuppelbauten, die den Eingang flankieren, gegenüber erhebt sich ein hohes Steinkreuz mit Bronzeschwert. Die nach oben abgerundeten weißen Portland-Grabsteine sind von grünem Rasen umgeben. Hier ruhen 3.300 Angehörige der Commonwealth-Staaten, die nach dem Ersten Weltkrieg aus ganz Westdeutschland nach hierher umgebettet wurden. Nach dem Ende des Ersten Weltkrieges blieb Köln bis zum Jahr 1926 durch britische Truppen besetzt. In Köln verstorbene Besatzungssoldaten fanden hier ihr Grab. Nach Ende des Zweiten Weltkrieges wurden Angehörige der Besatzungstruppen aus der britischen Zone zugebettet. An dem parallel zur Militärringstraße verlaufenden Querweg im hinteren Teil des Südfriedhofs, liegen zwischen Grabkreuz und Rondell viertausend Bombenopfer bestattet – die meisten von ihnen Frauen und Kinder. In Flur 48, hart an der Grenze zum Heeresamt der Bundeswehr, liegt der Friedhof der italienischen Kriegstoten. Ende Oktober 1917, nach dem Durchbruch der Mittelmächte in das Tal der Piave (12. Isonzo-Schlacht), gerieten um die dreihunderttausend italienische Soldaten in deutsch-österreichische Kriegsgefangenschaft. Sie wurden mit Zügen zum Arbeitseinsatz ins Reich verbracht. Die vielfach entkräfteten Männer starben an Verwundungen, Krankheiten und Mangelernährung. Ihre sterblichen Überreste wurden bis Ende der zwanziger Jahre aus ganz Westdeutschland exhumiert und nach hierher umgebettet. Als ein geplantes Workcamp in Bielefeld abgesagt werden musste und die Jugendreferentin kurzfristig Ersatz suchte, rief Leibgeber Emma an, um ihr den Kölner Südfriedhof vorzuschlagen. Die drei Gräberfelder mit deutschen, britischen und italienischen Kriegstoten aus dem Ersten Weltkrieg boten sich einhundert Jahre nach dem Ersten Weltkrieg für die Durchführung eines Internationalen Jugendworkcamps des Kriegsgräbervereins geradezu an. Noch dazu in einer so bekannten Metropole. Emma war spontan begeistert und versprach, einen Pflegeeinsatz von Jugendlichen auf dem Kölner Südfriedhof organisieren zu wollen. Leibgeber beriet sich mit dem Kölner Kreisorganisationsleiter, telefonierte mit einem Ingenieur vom Amt für Grünflächen und Friedhöfe und verabredete sich mit beiden zum Ortstermin auf dem Südfriedhof. An der Ortsbesichtigung nahm auch der Friedhofsmeister teil. Die Mitarbeiter der Stadt erklärten, den Pflegeeinsatz vom Amt für Stadtgrün unterstützen zu wollen. Daraufhin verfasste Leibgeber ein Anschreiben an den Stadtdirektor, mit dem er die Unterstützung der Stadt für die Durchführung eines Internationalen Workcamps für Jugendliche und junge Erwachsene auf dem Kölner Südfriedhof erbat. Parallel dazu bat Emma Sperber als Beauftragten für die Zusammenarbeit mit der Bundeswehr für die Unterbringung und Verpflegung der Campteilnehmer in der Luftwaffenkaserne WAHN zu sorgen. Als die Zusagen sowohl des Stadtdirektors als auch des Standortältesten zur Unterstützung des Jugendworkcamps vorlagen, wurde die Veranstaltung durch die Bundeszentrale des Kriegsgräbervereins im Internet beworben. Als ausreichend Anmeldungen vorlagen, reiste Emma nach Köln. Unter den 27 Workcamp-Teilnehmern fanden sich auch Jugendliche aus der Ukraine und der Russischen Föderation, obwohl beide Länder in der Ost-Ukraine in einen blutigen Grenzkonflikt mit Toten und Verwundeten führten. Bei der gemeinsamen Pflege der deutschen Kriegsgräber sollte es – dem Vereinsmotto entsprechend – zur Versöhnung über den Kriegsgräbern kommen.

Bei Kaffee und gedecktem Apfelkuchen planten Emma und Leibgeber die Ablauforganisation. Es war ein Arbeitseinsatz zur Pflege und Erhaltung der Ehrengrabanlage 1. WK durchzuführen: mit Bodenarbeiten auf dem Gelände, Reinigungsarbeiten an den Grabsteinen, Geräteeinsatz auf dem Friedhof, Unterstützung durch die Ausbildungskolonne und Baumpflanzung bei der Gedenkfeier. Es war ein Rahmenprogramm zu organisieren: mit Führung durch die Innenstadt, Begrüßung durch den Stadtdirektor, Rundgang über den Südfriedhof, Besichtigung des NS-Dokumentationszentrums und verschiedenen Freizeitaktivitäten. Zum Abschluss des Workcamps war eine Gedenkfeier am

Gräberfeld zu veranstalten: unter Teilnahme des Oberbürgermeisters, Kuckuck als der Vorsitzenden des Bezirksverbandes, des Stadtdechanten, des Stadtsuperintendenten und eines Vertreters der Kölner Jüdischen Gemeinde. An- und Abreise, Unterbringung und Verpflegung sowie die Betreuung der Campteilnehmer in der Kaserne und auf dem Friedhof wurden von Emma, Arbeitseinsatz auf dem Friedhof, Rahmenprogramm in der Stadt und Veranstaltung der Gedenkfeier von Leibgeber verantwortet. Leibgebers Ansprechpartner bei der Stadt: der Stadtdirektor, das Amt des Oberbürgermeisters und das Grünflächenamt. Der Stadtdirektor versprach den Empfang, das Amt des Oberbürgermeisters die Teilnahme des Stadtoberhaupts, der zuständige Friedhofsmeister, der verantwortliche Ingenieur und der Leiter der Ausbildungskolonne vom Amt für Stadtgrün unterstützten Planung, Organisation und Pflegeinsatz. Leibgebers Ansprechpartner bei der Kirche: der katholische Stadtdechant und der evangelische Stadtsuperintendent sowie die Jüdische Gemeinde. Der Stadtdechant freute sich auf den Termin, der Stadtsuperintendent sagte seine Teilnahme zu und die Jüdische Gemeinde erklärte ihre Mitwirkung. Bei einem zweiten Treffen in Leibgebers Geschäftsstelle am Neumarkt formulierten Emma und er den nach Tagesdatum, Aktivitäten und Verantwortlichkeiten gegliederten Programmablauf. Dabei wurden sie vom Standortoffizier Köln, der zugleich als Projektoffizier amtierte, und Sancho Pansa als Kreisorganisationsleiter unterstützt. Die Stadt Köln ermöglichte zusätzlich kostenlose Besuche im Schwimmbad, die Luftwaffenkaserne WAHN stellte Bierzeltgarnituren für die Mittagspausen zur Verfügung. Leibgebers erster Kontakt mit den angereisten Campteilnehmern erfolgte aus Anlass eines Rundgangs über den Südfriedhof. Der Rundgang sollte der Vorstellung des Arbeitseinsatzes und der Information über die Geschichte der Kriegsgräberanlage dienen. Der geführte Rundgang über die Kriegsgräberanlagen wurde durch Dr. Hansgerd Dralle verantwortet. Leibgeber hatte den promovierten Historiker aus Anlass einer Jubiläumsveranstaltung vom Verein *Freundeskreis Fregatte Köln e.V.* im Historischen Rathaus kennengelernt. Als er im Gespräch mit ihm die zu erwartende Teilnahme der 27 Jugendlichen und jungen Erwachsenen aus neun Nationen an einem geplanten Arbeitseinsatz zur Pflege der deutschen Kriegsgrablagen aus dem Ersten Weltkrieg auf dem Kölner Südfriedhof erwähnte und seine Verlegenheit, einen geeigneten Referenten zur Erläuterung der Kriegsgrablagen zu finden, ansprach, hatte Dralle sich spontan bereit erklärt, den geführten Rundgang übernehmen zu wollen. In englischer Sprache – was für ihn als Korvettenkapitän a.D. keine Schwierigkeit bedeutete. Am ersten Tag ihres Besuchs auf dem Kölner

Südfriedhof folgten die Campteilnehmer dem Pensionär interessiert über die Gräberfelder der deutschen Soldaten aus dem Ersten und der zahlreichen Bombentoten aus dem Zweiten Weltkrieg, unternahmen mit ihm einen Rundgang über den Commonwealth-Friedhof und ließen sich das Schicksal der italienischen Kriegstoten erläutern. Zum Dank für seine Ausführungen überreichte Leibgeber Dr. Dralle die neueste Monographie über den Ersten Weltkrieg. Nach der Ouvertüre des Arbeitseinsatzes hatte Leibgeber mit den Teilnehmern des Workcamps erst wieder beim Finale zu tun. Das regnerische Wetter hatte ihn schon am Tag vorher dreißig Regenschirme in einem Drogeriemarkt erwerben lassen. Die Veranstaltung sollte mit Blick auf das Gräberfeld im Freien stattfinden. Zur Abschlussveranstaltung des Arbeitseinsatzes hatte er Kölner Mitglieder, Spender und Förderer des Kriegsgräbervereins durch die Bundeszentrale einladen lassen. Die Ausbildungskolonne für die Friedhofsgärtner stellte polierte Spaten, der Standortoffizier das Rednerpult, die Friedhofsverwaltung Klappstühle aus der Trauerhalle zur Verfügung. Knappe zwei Stunden vor Beginn der Veranstaltung ließ Kuckuck ihre Referentin Geier anrufen und ihm mitteilen, dass sie aus terminlichen Gründen nicht an der Abschlussveranstaltung teilnehmen könne. Die Anwesenheit des Oberbürgermeisters hatte der Bezirksverbandsvorsitzenden den Stecker für das Rampenlicht gezogen. Leibgeber begrüßte den bei trockenem Wetter eintreffenden Oberbürgermeister, den Stadtdechant, den Stadtsuperintendent und den Vertreter der jüdischen Gemeinde. Dazu Sancho Pansa als Kreisorganisationsleiter, eine Redakteurin vom *Kölner StadtAnzeiger* und einen Trompeter vom Siegburger Musikkorps der Bundeswehr. Im Kreise der Akteure beratschlagte er den Ablauf. Die Veranstaltung begann mit einem Trompetensolo. Stadtsuperintendent und Stadtdechant hielten eine ökumenische Andacht. Anschließend sprach ein Vertreter der Synagogengemeinde. Der Oberbürgermeister bemerkte, dass das mit der Abschlussveranstaltung zu Ende gehende Internationale Workcamp bereits das zweite Jugendworkcamp auf dem Kölner Südfriedhof darstelle. In den neunziger Jahren sei auf der Anlage der Bombentoten aus dem Zweiten Weltkrieg eine Ginko-Allee gepflanzt worden. »Wie Sie wissen, gilt in Köln sinngemäß der Grundsatz: ›Mehr als zweimal ist Brauchtum!‹ Sie haben gemeinsam geschwitzt und hart gearbeitet. Sie haben zusammen viel gelacht und gefeiert, und – wie ich hoffe – auch ein wenig unsere Heimatstadt Köln kennengelernt, die ein Sinnbild für die Zusammenkunft der Menschen vieler Nationalitäten und damit auch ein Sinnbild Europas darstellt. Wenn junge Menschen unterschiedlicher Nationen – wie ich höre aus Bulgarien, Deutschland, Italien, der

Russischen Föderation, der Türkei, der Ukraine und Weißrussland – hier in den vergangenen zwei Wochen zusammengekommen sind, um unter dem Motto ›Versöhnung über den Kriegsgräbern – Einsatz für den Frieden‹ gemeinsam zu wirken, dann ist und wird das ein sehr guter Brauch sein. Ich werde ihn, ob in meiner aktiven Amtszeit oder danach, jederzeit unterstützen. Es gibt kaum einen besseren Weg, jungen Menschen die Auswirkungen von Krieg und Gewaltherrschaft vor Augen zu führen und damit aus den Katastrophen des vorigen Jahrhunderts Lehren für die Zukunft zu ziehen, als durch die Arbeit auf den Kriegsgräberstätten, den Soldatenfriedhöfen. Wie recht hat Jean-Claude Juncker mit seiner Einschätzung, dass ›nirgendwo besser, nirgendwo bewegender zu spüren ist als hier, was das europäische Gegeneinander am Schlimmsten bewirken kann!‹« Das diese Mahnung vonnöten sei, werde aktuell durch die kriegerischen Ereignisse in der Ukraine deutlich, bemerkte der OB. Am Internationalen Jugendworkcamp nahmen sowohl Jugendliche aus der Russischen Föderation als auch aus der Ukraine teil. Ganz so, als wäre das Vereinsmotto »Versöhnung über den Kriegsgräbern« als »Friedenseinsatz« Wirklichkeit geworden. Tatsächlich spielte die aktuelle Kriegssituation in der Ostukraine keine Rolle. Das Thema habe sie lieber gemieden, verriet Valentina (21) aus der Zentralukraine auf Befragen der Zeitungsreporterin vom *Kölner StadtAnzeiger*. Als der Oberbürgermeister vom Rednerpult zurücktrat und die Teilnehmer an der Gedenkveranstaltung gut gelaunt aufforderte, ihn zur Baumpflanzung auf den Rasen zu begleiten, begann es zu regnen. Leibgeber verteilte die Schirme an die Veranstaltungsteilnehmer und folgte dem Oberbürgermeister, der, vom Regen unbeeindruckt, über den Rasen stapfte, mit der Dienstkamera. Der Oberbürgermeister griff beherzt zum Spaten und umhäufelte die Jungbuche auf dem Gräberfeld mit Erde. Die eigentliche Pflanzung war am Tag zuvor durch die Auszubildendenkolonne der Stadt Köln für den Beruf des Friedhofsgärtners vorgenommen worden. Die Pressevertreterin nutzte den symbolischen Akt für pressewirksame Aufnahmen, die an einem der folgenden Tage ganzseitig im *Kölner StadtAnzeiger* erschienen.

Vorstandssitzung im Gebäude des Landschaftsverbands auf der anderen Rheinseite (schäl Sick). Die Aussicht aus dem Hochhaus ermöglicht den Blick auf die Hohenzollernbrücke und den Kölner Dom. Kuckuck wirkt beim Sitzen etwas kurzbeinig (Sitzriese). Ihre Arme hängen abgespreizt vom Körper, ihr schiefergrauer Blazer bedeckt eine rostbeigene Bluse mit dunkler Querbänderung. Kuckuck hatte den Sitzungsraum in Begleitung des Kölner Dompropstes betreten.

Beim Öffnen der Tür hatte sie die Blicke der wartenden Sitzungsteilnehmer auf sich gezogen, beim Betreten des Raums den ersten Schritt getan. Zur Begrüßung der Sitzungsteilnehmer klopfte sie mit den Fingerknöcheln auf die Tischplatte. »Ich mache mal so!« Hätte sie jemandem die Hand gegeben, würde ihre Hand oben gelegen haben. Die verbale Begrüßung erfolgte mit ausladenden Armbewegungen, um ihren Herrschaftsanspruch zu sichern. Ihre aufrechte Körperhaltung versprühte Dynamik und Aufmerksamkeit. Ihr lebhafter Blick und ihre gehobenen Augenbrauen signalisierten Handlungsbereitschaft. Beim Aufblättern der Tagungsunterlagen ergriff sie das Wort. »Meine Damen und Herren, wir wollen uns heute vor allem über die Optimierung der Presse- und Öffentlichkeitsarbeit unterhalten. Zuvor wird der Herr Domprobst, den ich hier besonders begrüße, einen Vortrag über die geplante Lichtillumination des MetropolitanKAPITELs an der Hohen Domkirche halten. Sind Sie mit der Tagesordnung einverstanden, oder haben Sie Änderungswünsche? Das ist nicht der Fall! Die geänderte Tagesordnung gilt damit als vereinbart. Ich komme zu Tagesordnungspunkt zwei der Tagesordnung: die Genehmigung des Protokolls der letzten Sitzung.« Die Niederschrift war wie immer von Leibgeber verfasst und zur Autorisierung an die Vorsitzende weitergeleitet worden. Sie war vom Bezirksorganisationsleiter zu fertigen. So stand es im allgemeinen Tätigkeitskatalog für die Bezirksorganisationsleiter des Landesverbandes. Auf diese Weise war die Protokollführung garantiert. Eine Fehlkonstruktion, die es dem Bezirksorganisationsleiter erschwerte, sich aktiv am Diskurs zu beteiligen. Kuckuck hatte Änderungen in der Sitzungsniederschrift vornehmen lassen, aus dem Geier in ihrem Auftrag Sachverhalte herausstrich, Arbeitsaufträge ergänzte, Sätze umstellte. Leibgeber hatte die Änderungen zu verarbeiten und an die Sitzungsteilnehmer zu versenden. Andernfalls hätte Kuckuck die Niederschrift nicht unterzeichnet. Die von Leibgeber gefertigten und Kuckuck genehmigten Niederschriften wurden im Allgemeinen nicht gelesen. Deswegen wurden von den Sitzungsteilnehmern nur selten Änderungswünsche geäußert. Sofern sich keine Änderungsvorschläge ergaben, galt die Niederschrift als genehmigt. »Gibt es Anmerkungen?«, rief Kuckuck von ihrem Dornenzweig. »Das ist nicht der Fall! Dann können wir in den nächsten Tagesordnungspunkt einsteigen.« Unter Tagesordnungspunkt drei berichtete Kuckuck über den Verlauf eines Werkstattgesprächs aus Anlass des Ersten Weltkrieges im Haus der StädteRegion. Schülerinnen und Schüler von der staatlichen Adenauer=Gesamtschule und vom kirchlichen Ursulinen=Gymnasium hatten mit Vertretern aus der Kommunal-, Regional- und Landespolitik zum Thema Gedenk- und

Erinnerungskultur in einem gemeinsamen Europa diskutiert gehabt. Für den Auftritt der Akteure hatten Mitarbeiterinnen aus Kuckucks Behörde, der StädteRegion und Leibgeber die Schaubühne errichtet. Beim Eintreffen der Akteure hatte Kuckuck (»Kuckuck!« »Kuckuck!«) Cäsar als Imperator des Landesverbandes begrüßt. Aus lauter Freude darüber, dass er sich für ihren Auftritt hatte instrumentalisieren lassen, drückte sie den Imperator, bis Cäsar das Haargel unter dem Lorbeerkranz wegtropfte. Kuckuck gehörte zu jener Spezies, die ihre Beutetiere erst umschlingt bevor sie zudrückt. Seitdem kannte Leibgeber einen weiteren Armleuchter beim Namen. Nach seiner Umarmung war Cäsar, pomadisiert und hoch erhobenen Hauptes, Seit an Seit mit Kuckuck zur Schaubühne geschritten. Im hinteren Teil des Mediensaales hatten die Schulreferentin des Landesverbandes und Leibgeber einen Informationsstand errichtet. Leibgebers Kollegin Paula war von der Landesgeschäftsstelle angereist. Rolltafeln, Informationsmaterial und Verbandsfahne wiesen die Teilnehmer gut sichtbar auf die Anwesenheit des Kriegsgrabervereins hin. Cäsar schien das übersehen zu haben. Hatte er seine Brille im Dienstwagen vergessen? Hatte er seine Kontaktlinsen aus den Augen verloren? So wird es gewesen sein. Anderenfalls besaß er nicht einmal den Anstand, Paula und Leibgeber als Mitarbeiter seines Landesverbandes mit Handschlag zu begrüßen. Anderenfalls wusste er nicht, was sich gehört. Ebenso wenig wie Kuckuck, die gar nicht daran dachte, den Feldherrn des Landesverbandes herbeizurufen, um diesem seine Fußtruppe vorzustellen. Was die Verantwortlichen beim Kriegsgraberverein gleichfalls gerne übersahen war die Tatsache, dass auf den vom Verein gepflegten Kriegsgräberstätten nicht nur Kriegsopfer, sondern auch Kriegsverbrecher beigesetzt wurden. Der Stand in Aachen kommunizierte auf einem Rollup die Biografie des fünfzehnjährigen Kriegstoten Hermann Dänner, der als Kindersoldat in Lommel/B begraben liegt. Dänners Gebeine wurden in Grab 77 von Block 10 beigesetzt. Die in Ysselsteyn/NL liegenden Gebeine von SS-Sturmbannführer Max Gebhardt werden der Öffentlichkeit verschwiegen. SS-Sturmbannführer Max Gebhardt war Angehöriger der Lagermannschaften der Konzentrationslager Esterwegen und Oranienburg, der SS-Totenkopf=Standarte 2 *Brandenburg* und der 10. SS-Totenkopfstandarte in Buchenwald. Vom Mai 1942 bis August 1943 war er als Führer des Wachbataillons nach Auschwitz kommandiert. Ab September 1944 Kommandeur des I./SS-Freiwilligen=Grenadier-Regiments 84 der SS-Brigade *Landsturm Niederlande*, wurde er am 9. Dezember 1944 in der Nähe von Espeet erschossen. Gebhardts Gebeine liegen in Grab 206 von Reihe 9 im Block AB auf dem deutschen Soldatenfriedhof Ysselsteyn/NL. Gebhardt ist kein Opfer von

Krieg und Gewaltherrschaft – Gebhardt ist ein Kriegsverbrecher! Der Kriegsgräberverein betrauert die Kriegstoten unisono als Opfer von Krieg und Gewaltherrschaft, beklagte Leibgeber. Die Täter würden weggelogen. Das soldatische Opfernarrativ sei wesentlicher Inhalt der Gedenk- und Erinnerungskultur dieses Vereins. Sinn und Zweck der Veranstaltung bestanden darin, Projekte der Schülerinnen und Schüler, Interviews mit Zeitzeugen des Zweiten Weltkrieges und Dokumente des Holocaust einem Fachpublikum aus Politikern, Pädagogen und Pressevertretern zu präsentieren. Zwei Impulsreferate, der Diavortrag eines Regionalhistorikers über die Ereignisse vor und während des Ersten Weltkrieges im Dreiländereck und der Wortbeitrag Cäsars über Begebenheiten zu Beginn des Ersten Weltkrieges und Parallelen zu aktuellen politischen Ereignissen wie der Ukraine-Krise, sollten einen Diskussionsprozess zwischen den im Auditorium anwesenden Schülern und den auf dem Podium sitzenden Politikern in Gang setzen. Der Vater des Gedankens bekam seinen Kinderwunsch in Form eines Kuckuckskükens erfüllt. Die Veranstaltung wurde von den Wortbeiträgen der Politiker, nicht von den Schulprojekten dominiert. Die im Foyer gezeigten Filme mit den Interviews von Zeitzeugen aus Stolberg und die Plakate mit Dokumenten über die jüdische Gemeinde in Würselen wurden vor und nach der Veranstaltung nur am Rande wahrgenommen.

Nächster Tagesordnungspunkt: Eine Lichtillumination auf der Südfassade vom Kölner Dom. Anlass der Lichtillumination: Der Erste Weltkrieg vor einhundert Jahren. Köln sei wie keine andere Stadt in Deutschland von den Erfahrungen des Ersten Weltkrieges geprägt worden, erläuterte der Domprobst. »Die Domstadt repräsentierte die Heimatfront. Über Köln fuhren die Soldaten in die Schlachten, über Köln kehrten die Versehrten in die Heimat zurück.« Die Kölner Domchöre sollten die auf die hundertfünfzig Meter hohen Türme und auf die Südfassade des Kirchenschiffes zu projizierenden Bilder zu einem musikalischen Ereignis machen. Die Domplatte solle zu einem Ort der Begegnung werden, an dem Menschen ein Zeichen gegen die Ausgrenzung, Verrohung und Vergiftung der Herzen setzen, so der Domprobst. Die Illumination solle zeigen, dass die Opfer nicht vergessen seien und aus der Geschichte gelernt worden sei. Die Kirche finanziere die Lichtprojektion über ihre Domwallfahrt und begrenzte Eigenmittel, erläuterte der Dompropst. Zur Realisierung des Projekts würden insgesamt rund 150.000 Euro an Fördermitteln benötigt. Er sei beauftragt, Gelder für die Finanzierung der Lichtprojektion durch ein erfahrenes Team von Künstlern und Technikern, welche bereits international Lichtinszenierungen an Bauwerken realisiert hätten, einzuwerben. Ein

Dompropst müsse kötten können. Deine Tätigkeit als Fundraiser beim Kriegsgräberverein heißt also op kölsch »kötten«, registrierte Leibgeber. Um die Projektion, welche die Geschichte des Krieges, von der Vergiftung der Köpfe und von der Verzweiflung der Menschen in Bewegt-Bilden erzählen und auf diese Weise den Dom zu einem Leuchtturm der Hoffnung werden lasse solle, finanzieren zu können, habe das DomKAPITEL einen Antrag auf Förderung des Projektes bei der Fördererstiftung des Kriegsgräbervereins gestellt, informierte der Dompropst. Dazu sei er mit dem Leiter der Abteilung Gedenkkultur und Bildungsarbeit im Gespräch. Mit dir nicht, wunderte sich Leibgeber. Du hörst zum ersten Mal davon! Der Antrag sei bis zur Stunde nicht beschieden worden, beklagte der Domprobst. Da müsse aber nachgeholfen werden, trällerte Kuckuck mit ihrem bemalten Schnabel. Ein Beisitzer im Landesvorstand sei auf Bundesebene als Schatzmeister tätig, so dass über diese Schiene etwas bewegt werden könne. Kuckuck nahm den Schnabel wieder einmal sehr voll. Der Kuckuck frisst ausschließlich Insekten. Darunter auch behaarte und Warnfarben tragende Schmetterlingsraupen, die von anderen Vögeln verschmäht werden. Außerdem verzehren die Weibchen die Eier möglicher Wirtsvögel. Das heißt, dass die Früchte deiner Fundraiser-Tätigkeit und die deiner Kollegen wie die Eier von Rohrsänger, Grasmücke, Bachstelze, Rotschwanz oder Zaunkönig der Gefräßigkeit Kuckucks zum Opfer fallen, schlussfolgerte Leibgeber. Die Kollegen und du sollen das eigene Gelege von Kuckuck verzehren lassen und das der Bezirksverbandsvorsitzenden bebrüten. Die Katholische Kirche finanziert die Pflege und den dauerhaften Erhalt der deutschen Kriegsgrablagen im Ausland mit keinem Cent aus der Kollekte, die Katholische Kirche unterstützt die Jugend-, Schul- und Bildungsarbeit mit keinem Cent aus dem Klingelbeutel – und der Kriegsgräberverein soll als gemeinnütziger Verein die Beiträge seiner Mitglieder, Einnahmen aus der Spendensammlung und Zuwendungen von Erblassern für ein Renommierprojekt des Kölner DomKAPITELs aufwenden? Soweit kommt es noch! Wann denn die Veranstaltung durchgeführt werden solle, fragte Leibgeber. Wer Ohren hatte zu hören, konnte seiner Frage entnehmen, dass er vor der Besprechung des Bezirksvorstandes noch niemals von der geplanten Lichtillumination gehört hatte. Der Zeitpunkt leite sich ausschließlich vom Traditionsdatum der Domwallfahrt ab, antwortete der Dompropst. Er liege dennoch günstig für das Gedenken an den Ersten Weltkrieg. »Da dürfen wir als Kriegsgräberverein nicht abseitsstehen!«, rief Kuckuck in den Sitzungssaal. Da sei die positive Begleitung des Projekts durch die finanzielle Förderung des Kriegsgräbervereins erforderlich.

»Horst Lausch, Siegburg. Ich vertrete hier den Landrat«, meldete sich ein Claqueur vom Tisch-Hufeisen. »Ich finde ihre zukunftsweisende Initiative richtig und förderungswürdig, Frau Vorsitzende. Eine Beteiligung des Kriegsgräbervereins durch den Redebeitrag eines Verbandsvertreters bei der Eröffnungsveranstaltung würde den Kriegsgräberverein sichtbar in der Öffentlichkeit platzieren.«

Die Eintrittskarte des Verbandsvertreters wäre beim Dompropst zu erwerben, grollte Leibgeber in Gedanken. Den vermutlich fünfstelligen Betrag dafür darfst du als Fundraiser des Vereins bei der Allerheiligensammlung auf den Friedhöfen des Bezirksverbandes zusammenkratzen.

Das Projekt sei sowohl aufgrund der Aufgaben und Ziele des Kriegsgräbervereins als auch durch den Ort der Projektion, den Kölner Dom, gleich in doppelter Weise förderungswürdig, assistierte der Kölner Stadtdirektor. »Köln war die größte Frontstadt des Ersten Weltkriegs«, belehrte der Stadtdirektor die Besprechungsteilnehmer. »Wenn Sie aus dem Fenster blicken, sehen Sie die Hohenzollernbrücke. Über die Schiene wurden die Truppen an die Front nach Flandern und Frankreich transportiert, dazu die Versorgung mit Waffen bewerkstelligt. Der Rücktransport der Verwundeten und die Rückführung der Fronttruppen in das Reichsgebiet verlief über die Hohenzollernbrücke. Die Einwohnerschaft Kölns litt unter Hunger, dazu kamen erste Luftangriffe durch die Entente. Im Dezember Neunzehnhundertachtzehn wurde Köln durch britische Truppen besetzt. Die Besetzung dauerte bis Neunzehnhundertsechsundzwanzig! Der Festungsgürtel wurde geschleift, die Stadtverwaltung unter Konrad Adenauer bekämpfte Hunger, Wohnungsnot und Arbeitslosigkeit. Der Bezirksverband Rheinland des Kriegsgräbervereins wäre deshalb gut beraten, das Gedenken an den Ersten Weltkrieg in Köln zu ermöglichen. Durch finanzielle Förderung. Durch engagierte Bildungsarbeit. Durch werbende Vereinsarbeit.«

»Ich danke Ihnen für Ihren ermutigenden Wortbeitrag, Herr Stadtdirektor. Und auch Ihnen, Herr Lausch. Hach hachja!«, trällerte Kuckuck.

Das Verhalten von Lausch und des Herrn Stadtdirektors orientierte sich wie das der meisten Vorstandsmitglieder nicht an den Erfordernissen der Verbandsarbeit und den Regularien der Vereinssatzung. Das Verhalten der Vorstandsmitglieder war dem guten Verhältnis der sie entsendenden Kommunalbehörden gegenüber Kuckuck als Vertreterin einer ihnen vorgesetzten Mittelbehörde geschuldet, die sie in anderen Zusammenhängen benötigten: beim Ausbau der Infrastruktur, bei der Genehmigung von Verfahren, bei der Förderung von

Projekten. Die aus den Stadt- und Kreisverwaltungen entsendeten Vorstandsmitglieder würden im Zweifel immer zugunsten von Kuckuck als Vertreterin
der ihnen vorgesetzten Mittelbehörde und zulasten des Kriegsgräbervereins
entscheiden, mutmaßte Leibgeber. Eigentlich solltest du jedem der Teilnehmer
an den Vorstandssitzungen anstelle der Sitzungsunterlagen eine Klorolle auf den
Platz stellen. Damit könnten sie der Frau Vorsitzenden bei Bedarf den Hintern
abwischen. Vor allem dann, wenn die Folgen der Beschlussfassungen im Bezirksvorstand des Kriegsgräbervereins nicht zulasten der Landkreise und kreisfreien Städte erfolgen. Der Bezirksvorstand war falsch aufgestellt. Leibgebers
Bemühungen, den Teufelskreis zu durchbrechen, indem er der Vorsitzenden vor
der Wahl des Vorstands durch die Bezirksvertreterversammlung die Aufnahme
von Wirtschaftsvertretern vorschlug, waren von Kuckuck ignoriert, ja nicht einmal diskutiert worden. Die Diskussion verlief auch jetzt nicht kontrovers. Das
Anliegen des Dompropstes solle unterstützt werden, so Kuckuck: personell und
finanziell. Mit dem Personal des Landesverbandes sollten Schulen für das Projekt der Katholischen Kirche im Rahmen der Domwallfahrt engagiert werden.
Mit dem Geld des Kriegsgräbervereins sollte die Projektion der Lichtbilder auf
die Türme und die Südseite des Doms ermöglicht werden. »Herr Leibgeber,
formulieren Sie die Absichten des Vorstands in der Niederschrift!« Vielleicht
solltest du dort hineinschreiben, dass niemand anderer als Kuckuck die Parolen des Kriegsgräbervereins am Abend der Eröffnung der Lichtillumination
vor dem Dom propagieren will, überlegte Leibgeber. Sofern ein höherrangiger
Vertreter des Kriegsgräbervereins diese Aufgabe würde übernehmen wollen:
Würde Kuckuck brav in der ersten Reihe der Zuschauer sitzen und artig seinem
Wortbeitrag applaudieren? NIEMALS! Kuckuck würde einen unaufschieb-
baren Termin an anderem Ort vorschützen. Der höherrangige Vertreter würde
ihr den Stecker für die Bühnenausleuchtung ihres Auftritts ziehen. Kuckucks
Körpersprache, ihre Mimik, ihre Gestik signalisierten: Stell meinen Auftritt ja
nie, nie, nie in Frage. Ich will die Braut auf jeder Hochzeit, das Baby bei jeder
Taufe und die Leiche bei jeder Beerdigung sein!

»Nächster Tagesordnungspunkt: Die Verbesserung der Presse- und Öffentlichkeitsarbeit. Wie ich schon bei früheren Gelegenheiten sagte, müssen wir uns als
Kriegsgräberverein neu aufstellen. Ich habe mir den Internetauftritt unseres Bezirksverbandes angeschaut und festgestellt: da ist noch Luft nach oben. Haben
Sie an dieser Stelle dazu Anmerkungen?«

Leibgeber hob den Arm.

»Ja, Herr Leibgeber? Sie möchten sich dazu äußern?«

»Am Anfang der Diskussion über die Optimierung der Medien- und Öffentlichkeitsarbeit sollte eine Analyse des Ist-Zustandes stehen, um beurteilen zu können, von wo man aufbricht. Außer dem Homepage-Auftritt des Bezirksverbandes werden unter anderem Pressemappen erstellt, Interviews mit Pressevertretern geführt und Anschreiben an Mitglieder, Spender und Förderer versendet, um über unsere Arbeit zu informieren.« Leibgeber hatte über die Aktivitäten seiner Presse- und Öffentlichkeitsarbeit eine Vorlage erarbeitet gehabt, die Geier als Mitarbeiterin der Vorsitzenden zusammen mit seinem Kadaver als Bezirksorganisationsleiter gefressen zu haben schien.

»Ich möchte Sie dazu zu einem Gespräch im Anschluss an unsere Sitzung bitten, Herr Leibgeber! Wir sollten jetzt den Sitzungsteilnehmern Gelegenheit geben, sich dazu zu äußern.«

Der Aachener Kreisrechtsdirektor boxte ungeduldig seine Armbanduhr zur Decke.

»Bitte, Herr Kreisrechtsdirektor!«

»Frau Vorsitzende, Sie hatten ja schon bei Ihrem Amtsantritt angemahnt, dass sich der Kriegsgräberverein auf neue Füße stellen müsse. Dazu gehört meiner Meinung nach auch die Präsenz des Verbandes in den sozialen Medien.«

»Danke für dieses Stichwort. Um die Präsenz in den sozialen Medien zu erreichen, ist die Begleitung unserer Absicht durch eine Agentur erforderlich, um sich den nötigen Sachverstand zu verschaffen. Frau Geier hat deshalb Kontakt mit einer Agentur aufgenommen, die auch meine Dienststelle zuvor beraten hat. Vielleicht können Sie dem Vorstand kurz darüber berichten, Frau Geier.«

Geier saß direkt neben der Bezirksverbandsvorsitzenden. Zwischen den Besprechungen fraß sie sich am Kadaver des Bezirksorganisationsleiters satt. Jeder, der nicht blind war, konnte erkennen: hier stimmt etwas nicht! Die räumliche Distanz zwischen Leibgeber als Bezirksorganisationsleiter und Kuckuck als Vorsitzende des Bezirksverbandes machte die mangelnde Übereinstimmung und das fehlende Vertrauen untereinander augenfällig. Vorsitzende und Organisationsleiter des Bezirksverbandes Rheinland – Leibgeber durch seine Anstellung beim Kriegsgräberverein, Kuckuck durch ihre Wahl zur Vorsitzenden – waren als Schicksalsgemeinschaft vor den Karren des Bezirksverbandes gespannt. Beide zogen zwar am selben Strang, nicht aber in dieselbe Richtung. Allerdings gab Kuckuck als Leitpferd die Richtung vor. Leibgeber hatte als Organisationsleiter den Karren zu ziehen. Die Folge: Der Karren lief im Kreis oder beschrieb eine 8. Der Weg verlief nicht zielführend. Um sich nicht unmittelbar mit ihm auseinandersetzen zu müssen, ließ Kuckuck Geier als Gouvernante von Leibgeber

353

agieren. Das kostete sie keinen Cent: Geier war in der Behörde Kuckucks verbeamtet.

»Wie die Frau Vorsitzende eben sagte, bin ich mit der Agentur in Kontakt und habe auch schon ein erstes Gespräch mit den dortigen Mitarbeitern geführt«, schnäbelte Geier. »Man hat mir dort versichert, dass die Agentur gerne bereit sei, das Projekt konstruktiv zu begleiten und will bereits zur nächsten Sitzung Vorschläge für eine Optimierung der Homepage vorstellen.«

»Ja, Herr Leibgeber?«

»Frau Vorsitzende, ich mache darauf aufmerksam, dass der Webmaster der Bundeszentrale in diese Überlegungen einbezogen werden sollte – ja muss! Er und kein anderer kontrolliert den Zugang zum Server. Er und kein anderer ist seitens der Bundeszentrale mit der Gestaltung der Homepage des Kriegsgräbervereins beauftragt. Indem man eine externe Agentur beauftragt, um eine eigene Website zu installieren, würde man ein technisch inkompatibles Parallelsystem aufbauen.«

»Das möchte ich zum Gegenstand des Gesprächs mit Ihnen machen. Im Anschluss an die Sitzung, Herr Leibgeber! Vorerst bitte ich in der Niederschrift zu vermerken, dass der Bezirksvorstand die Auffassung vertritt, die Presse- und Öffentlichkeitsarbeit durch die Einrichtung einer eigenen Website verbessern zu sollen. Ich denke, ich greife den Vorstandsmitgliedern nicht vor, wenn wir einen Vertreter der Agentur zur Teilnahme an der nächsten Sitzung einladen, um uns über die Möglichkeiten einer Modernisierung unseres Homepage-Auftritts zu informieren. Frau Geier wird dessen Besuch veranlassen.«

Nächster Tagesordnungspunkt (hätte sein sollen): Bericht Leibgebers über die Organisation der laufenden Haus-, Straßen- und Friedhofsammlung. Die Vorbereitung der Sammlung war wie jedes Jahr eine üble Ochsentour, schweißtreibende Schufterei und anstrengende Organisationsleistung gewesen. Kuckuck verlor darüber keinen Ton. Ihrem geschminkten Schnabel entfuhr dazu kein Satz, kein Wort und keine Silbe. Der Tagesordnungspunkt »Organisation der Haus-, Straßen- und Friedhofsammlung« werde, so Kuckucks Rufen, »da wir knapp in der Zeit sind«, vertagt. Damit wurde Leibgebers Leistung totgeschwiegen. Die Durchführung der Gedenkveranstaltungen zum Volkstrauertag wurde »aus Zeitgründen« nur insofern erwähnt, als dass Kuckuck auf die geplante zentrale Gedenkveranstaltung des Bezirksverbandes in Königswinter-Ittenbach hinwies und damit ihren geplanten Bühnenauftritt bewarb. Die Planung der zehn weiteren zentralen Gedenkveranstaltungen in den Kreisverbänden, deren Organisation durch die Kreisorganisationsleiter erfolgte, und die Bewerbung der Veranstaltungen durch Leibgebers Bezirksgeschäftsstelle, mit Einladungsschreiben an die Mitglieder, Spender und Förderer des Kriegsgräbervereins, blieben unerwähnt. Im vergangenen Jahr hatten die den Einladungsschreiben zur Teilnahme an den Gedenkveranstaltungen zum Volkstrauertag beigefügten Überweisungsträger Spendeneinnahmen in Höhe von über hunderttausend Euro eingebracht.

Nachdem alle Sitzungsteilnehmer den Raum verlassen hatten, rief Kuckuck mit der Mimikry eines Raubvogelgesichts: »Was sollte das eben, was sollte das? Wollen Sie meine Sitzungsleitung sabotieren, Herr Leibgeber? Um die Diskussionen nicht wieder zu stören und im Verlauf der Sitzung unterbrochen zu werden, möchte ich Sie bitten, von einer weiteren Teilnahme an den Vorstandssitzungen Abstand zu nehmen!«

»Sie wollen mich von der Teilnahme ausschließen? Dazu haben Sie kein Recht! Die Teilnahme des Bezirksorganisationsleiters an der Vorstandssitzung regelt die Organisations- und Geschäftsordnung des Bezirksverbandes. Danach ist dessen Teilnahme vorgeschrieben. Das können Sie nicht einfach so vom Tisch wischen.«

»Hach. Hachja! Wenn es Ihnen nicht passt, können Sie sich gern woanderwärts bewerben, Herr Leibgeber. Im Übrigen behalte ich mir vor, entsprechende arbeitsrechtliche Schritte zu prüfen.«

An dem Tag, an dem Kuckucks Kopf abgeschlagen, ihr Federkleid gerupft, ihr Körper ausgenommen und ihre Leiche gebraten sein wird, wirst du sie auffressen, grollte Leibgeber in Gedanken. Und zwar mit Genuss!

HINTER DER DORNENHECKE: DEUTSCHER SOLDATENFRIEDHOF MALEME – REDE UND GEGENREDE

In Griechenland existieren fast 120 sogenannte Märtyrerorte; Orte, die von den deutschen Besatzern verwüstet, deren Bewohner verschleppt, vertrieben oder ermordet wurden. Ein Drittel dieser Orte befindet sich auf Kreta.

Nachdem die Griechen in den Monaten zuvor den Vormarsch italienischer Truppen zurückgeschlagen haben, marschieren im April 1941 deutsche Truppen von Albanien aus nach Griechenland ein. Drei Wochen später steht die Wehrmacht in Athen. Über der Akropolis weht die Hakenkreuzflagge. Ende Mai 1941 gelingt es deutschen Fallschirm- und Gebirgsjägern, die Insel Kreta einzunehmen. Das *Unternehmen Merkur* war eine bedeutende Luftlandeoperation der Kriegsgeschichte. Die Verluste auf deutscher Seite betrugen rund ein Fünftel der eingesetzten Kräfte. Die sterblichen Überreste der Soldaten wurden auf dem Soldatenfriedhof Maleme an der Nordküste Kretas, etwa zwanzig Kilometer westlich der Hafenstadt Chania, beigesetzt.

Der Kriegsgräberverein kommuniziere die Kriegstoten unisono als Opfer von Krieg und Gewaltherrschaft, behauptete Leibgeber. Die Täter würden weggelogen. Das Opfernarrativ sei wesentlicher Inhalt der Gedenk- und Erinnerungskultur dieses Vereins. In der neuesten Ausgabe der Mitgliederzeitschrift wurde über eine neue Ausstellung auf dem deutschen Soldatenfriedhof Maleme auf Kreta berichtet. Darin wurde der 19-jährige Fallschirmjäger Siegfried Tanner, dessen Kriegsgrab Nr. 234 im Bock 3 auffindbar ist, als Opfer von Krieg und Gewaltherrschaft stilisiert. In einem Beitrag des Leitenden Wissenschaftlers am Zentrum für Militärgeschichte und Sozialwissenschaften der Bundeswehr in Potsdam wurde der Angriff auf Kreta, bei dem Tanner am 20. Mai 1941 den Tod fand, und die schrecklichen Folgen der Besetzung Griechenlands durch die Wehrmacht thematisiert. Die auf dem deutschen Kriegsgräberfriedhof Maleme beigesetzten Kriegsverbrecher wurden verschwiegen. Dort, in Maleme, liegt u.a. der ehemalige Festungskommandant Generalleutnant Bruno Bräuer begraben, der wegen der Deportation der Juden Kretas am 20. Mai 1947 zum Tode verurteilt und in Athen hingerichtet wurde. Er liegt in Grab 851 im Block 3 des deutschen Soldatenfriedhofs Maleme beigesetzt. Im Gräberdokumentationssystem des Kriegsgräbervereins werde mit keinem Wort auf die Verbrechen dieses Hitlersoldaten hingewiesen, beklagte Leibgeber. Die

Soldatenfriedhöfe, auf den Wehrmachtssoldaten und SS-Angehörige bestattet liegen, würden nicht als Zeugnisse der deutschen Schande wahrgenommen, sondern für das ehrende Gedenken an Wehrmachtssoldaten und SS-Angehörige instrumentalisiert. »Die Mitgliederzeitschrift wird von Jublern und Schönfärbern verantwortet«, erklärte Leibgeber.

»Das haben Kundenzeitschriften so an sich«, erwiderte ich: »Sie dienen als Schaubühne des Herausgebers – nicht der Aufklärung! Allerdings wird das armselige Wortgebimmel in der Mitgliederzeitschrift sich niemals gegen den dröhnenden Glockenton der Aufklärung durchsetzen können.«

VIERZEHNTES KAPITEL

Landesvertreterversammlung in Düsseldorf. Gockel hatte Leibgeber aufgrund von dessen Aussage, er sei noch unentschieden, ob er daran teilnehmen werde, fernmündlich darüber belehrt, dass ein Blick in die Organisations- und Geschäftsordnung des Landesverbandes bei der Entscheidungsfindung helfe. Bei der Landesvertreterversammlung saß Leibgeber als Teilnehmer im Fraktionssaal der SPD im Düsseldorfer Landtag. Um ihn herum die Delegierten der fünf Bezirksverbände, deren Organisationsleiter direkt neben ihren Vorsitzenden Platz nahmen. Alle außer Leibgeber. Adler, der Regisseur der Landesvertreterversammlung, hatte Leibgeber nicht neben, sondern hinter Kuckuck platziert. Leibgeber hatte so etwas geahnt. Kuckuck benutzte ihren Einfluss auf Adler dazu, ihn zu demütigen. Öffentlich und für alle sichtbar. Neben Kuckuck saß Geier, ihre persönliche Referentin, die als Leibgebers Gouvernante agierte. Geier war den Delegierten der Kölner Bezirksvertreterversammlung von Kuckuck als Kuckucksei untergeschoben und als Leibgebers Gouvernante in den Vorstand gewählt worden. Geier fraß sich am Kadaver des Bezirksorganisationsleiters satt. Geier schmückte sich mit fremden Federn. Eine von Leibgeber für die Kölner Bezirksvertreterversammlung vorbereitete Power-Point=Präsentation hatte nicht alle Folien enthalten. Auf seine Frage, warum bei der Präsentation Folien gefehlt hatten, antwortete Geier, sie tue das, was man ihr sage. Mit der Einstellung hätte sie ein Konzentrationslager leiten können. Leibgeber saß hinter Kuckuck zugleich in Sichtweite von General Kreuz und dem Aachener Kreisrechtsdirektor, die als Delegierte des Bezirksverbandes Rheinland am Landesvertretertag teilnahmen. Die Delegierten des Bezirksverbandes Rheinland für die Landesvertreterversammlung waren auf der Vertreterversammlung des Bezirksverbandes gewählt worden. Als einer der gewählten Delegierten seine Teilnahme an der Landesvertreterversammlung aus Termingründen hatte absagen müssen, schlug Kuckuck den Aachener Kreisrechtsdirektor als Ersatzvertreter vor. Dessen Wahl erfolgte per Umlaufbeschluss. Und zwar mit der Begründung, dass die Delegierten der Bezirksverbände aufgrund einer persönlichen Bitte Adlers vollzählig bei der Landesvertreterversammlung erscheinen sollten. Kuckuck und ihr Vorstand schoben der Landesvertreterversammlung den von der

Bezirksvertreterversammlung nicht als Delegierten nominierten Kreisrechtsdirektor als Kuckucksei unter. Ein klarer Verstoß gegen das Votum der Bezirksvertreterversammlung. Dabei hätten die Stimmen des Bezirksverbandes beim Landesvertretertag auch durch die ordentlich gewählten Vertreter vollzählig wahrgenommen werden können. Jeder Delegierte konnte neben seiner eigenen zwei weitere Stimmen führen. Der Boden vom Wandelgang des Landtagsgebäudes ließ wie die Löcher eines Schweizer Käse Einblicke in das Foyer im Erdgeschoss zu. Beim Warten auf den Einlass in den SPD-Fraktionssaal beobachtete Leibgeber, wie Kuckuck ihren Brutvogel aus Aachen umarmte. Der Kreisrechtsdirektor brütete ein Ei aus, aus dem ein weiteres Kuckucksküken für den Stellvertreterkrieg gegen Leibgeber schlüpfen sollte. Die Demokratie sei ein Glücksfall! urteilte Leibgeber. Politiker, die einem nicht passen, könne man abwählen. Pech sei nur, dass er als abhängig Beschäftigter des Kriegsgräbervereins nicht auch Kuckuck als Vorsitzende des Bezirksverbandes abwählen könne.

Leibgeber saß als Gast auf der Hinterbank des SPD-Fraktionssaals. Cäsar stand am Rednerpult und verlas den Rechenschaftsbericht des Landesvorstands. Im Berichtsraum seien sechzehn Workcamps mit 390 Teilnehmern in Riga, Rshew, Comines, Münster, Paderborn, Köln und auf dem Golm durchgeführt worden, berichtete Cäsar der Vertreterversammlung. Deutlich über zehntausend Übernachtungen in den Jugendbegegnungsstätten Ysselsteyn, Lommel, Niederbronn und auf dem Golm seien durch Gruppen aus dem Landesverband gebucht worden. Von besonderer und künftig zunehmender Bedeutung seien die Projekte mit Schulen im Inland. Die Aktion *Rote Hand*, die sich gegen den Einsatz von Kindersoldaten wende, finde große öffentliche Aufmerksamkeit. In diesem Zusammenhang gehöre auch die Umstrukturierung des Landesverbandes und die damit einhergehende Schwerpunktverlagerung der Aufgabenwahrnehmung. Im November 2012 habe der Bundesvertretertag beschlossen, Empfehlungen der Arbeitsgruppe Hahnenkamm umzusetzen, denen zufolge – Zitat Cäsar: – »Aufgaben im Zusammenhang mit der Anlage und Pflege der deutschen Gräber im Ausland« ergänzt werden müssten »um die Bildungsaufgaben an allen Kriegsgräberstätten im In- und Ausland«. Das sei, so Cäsar – das Papier der Arbeitsgruppe zitierend –, »in Zukunft keine Nebenaufgabe, sondern ein gleichberechtigte Kernaufgabe«. Das bisherige Spielbein der Jugend-, Schul- und Bildungsarbeit solle neben dem Bau, der Bauunterhaltung und Pflege der deutschen Kriegsgräberstätten im Ausland auf ein zweites Standbein gestellt werden. Der Bundesvertretertag habe beschlossen, so Cäsar weiter, die Empfehlungen der Arbeitsgruppe in den Landesverbänden umzusetzen. Aus diesem

Beschluss habe sich ein klarer Arbeitsauftrag für den Landesverband ergeben, behauptete der Imperator. Bis zum Ende des Jahres würden im Landesverband insgesamt acht Mitarbeiter in den Ruhestand oder die Freistellungsphase der mit dem Gesamtbetriebsrat vereinbarten Altersteilzeit treten. Aufgrund der Verschlankung des Personalkörpers ergäbe sich die Gelegenheit, drei der fünf Bezirksgeschäftsstellen zu schließen und den hauptamtlichen Bereich in eine Landesgeschäftsstelle und zwei Regionalgeschäftsstellen umzustrukturieren. Die freiwerdenden Personalstellen im Bereich der Bezirksorganisationsleiter ermögliche die Neueinstellung von drei weiteren Bildungsreferenten, um die von der Hahnenkamm-AG geforderte und durch die Bundesvertreterversammlung beschlossene Schwerpunktverlagerung in der Aufgabenwahrnehmung des Landesverbandes vorzunehmen. Voraussetzung für den Aufwuchs der Jugend-, Schul- und Bildungsarbeit sollte deren Finanzierbarkeit bilden, kritisierte Leibgeber. Entweder der Staat übernehme die Kosten für Bau, Bauunterhaltung und Pflege der Kriegsgräber, so dass die Beiträge der Vereinsmitglieder, Einnahmen aus den Sammlungen und Zuwendungen von Erblassern zur Finanzierung der Schul-, Jugend- und Bildungsarbeit aufgewendet werden können, oder aber die Kultusminister der Länder finanzieren das Bildungsangebot, welches der Kriegsgräberverein vorhält, alternativ unmittelbar. Das erste Szenario war wahrscheinlicher. Und zwar deshalb, weil die Bundesrepublik Deutschland mit 42 von 45 Staaten, in denen der Verein Kriegsgräberstätten unterhielt, bilaterale Abkommen geschlossen hatte, in denen der Staat sich verpflichtet, die Grablagen der deutschen Kriegstoten zu pflegen und auf Dauer zu erhalten. Das zweite Szenario war kaum vorstellbar. Die Kulturhoheit lag bei den Ländern. Die Finanzierung der Bildungsarbeit des Kriegsgräbervereins hätte die Bereitschaft dazu in sechzehn Bundesländern vorausgesetzt. Die auf dem Regimentsgefechtsstand des Landesvorstands im braunen Haus des Landesverbandes ins Werk gesetzte Geschlechtsumwandlung des Kriegsgräbervereins von einer gewachsenen Mitglieder- und Spendenorganisation in einen geduldeten Bildungsträger erfolgte ohne Aufforderung durch den Staat und war allein der Politik des Vereins geschuldet. Die Entscheidung, das Spielbein der jahrzehntelangen Jugend- und Schularbeit als zweites Standbein neben die Bau-, Bauunterhaltung und Pflege der deutschen Kriegsgräberstätten zu stellen, war Verbandspolitik. Warum sollte der Staat dafür zahlen? Eine seriöse Umstrukturierung des Landesverbandes im Bereich der hauptamtlichen Mitarbeiter hätte die Finanzierung durch den Staat vorausgesetzt! Es lag jedoch weder eine dauerhafte, rechtssichere und verstetigte Finanzierungszusage für die Kostenübernahme von Bau, Bauunterhaltung und Pflege der deutschen Kriegsgräberstätten durch die Einstellung einer ausreichenden Summe im Einzelplan eines Bundesministeriums noch eine verbindliche Finanzierungzusage für die Kostenübernahme der Schul-, Jugend- und Bildungsarbeit durch das Kultusministerium vor. Die Vorstandsmitglieder des Landesverbandes zäumten das Verbandspferd vom Schwanz auf. Anstatt die freiwerdenden Stellen der Bezirksorganisationsleiter wieder zu besetzen, um durch Fundraiser-Aktivitäten Gelder zu generieren, durch Kontaktpflege die Ehrenamtlichen zu motivieren und durch Öffentlichkeitsarbeit für die Verbandsarbeit zu interessieren, würde der Verband künftig mit Gehaltsansprüchen von Bildungsreferenten belastet werden, die aufgrund ihrer Aufgaben und Tätigkeiten nicht einmal ihre Gehälter erwirtschaften konnten. Die beiden Regionalorganisationsleiter sollten nach der Hungerkur des Personalkörpers künftig zum einen in den Regierungsbezirken Arnsberg, Detmold und Münster, zum anderen in den Regierungsbezirken Köln und Düsseldorf Gelder generieren, ehrenamtliche Mitarbeiter motivieren und die Öffentlichkeit informieren. Nach der Auflösung der Bezirksgeschäftsstelle Ruhrgebiet sollte Leibgeber künftig von Köln aus ein Geschäftsgebiet mit 9,4 Millionen Einwohnern, 26 Kreisverbänden und 155 Ortsverbänden betreuen, in denen 26 Landräte oder Oberbürgermeister, 155 Bürgermeister, 26 Kreisorganisationsleiter und 155 Organisationsleiter von Ortsverbänden als ehrenamtliche Mitarbeiter ständige Ansprache und Motivation erfahren sollen.

»WIR WOLLEN WENIGER VERWALTUNG!«, rief der Imperator in den SPD-Fraktionssaal. »Zur Koordinierung der ehrenamtlichen Bezirksvorstände werden Regionalausschüsse eingerichtet.« Um die Verwaltung zu verschlanken, würden die Gremien aufgebläht, kritisierte Leibgeber in der Sitzungspause. Der Regionalorganisationsleiter werde sich dort einen Wolf sitzen, anstatt die ehrenamtlichen Mitarbeiter aufzusuchen. Schließlich müssten die Sitzungen von zwei Bezirksvorständen und der Regionalausschuss zur Koordinierung von deren Aktivitäten vorbereitet (Ablaufplanung), begleitet (Anwesenheit) und nachbereitet (Niederschrift) werden. Was noch? Ach ja! Die Beschlüsse, die die Damen und Herren Mitglieder der Bezirksvorstände und im Regionalausschuss fassen, sollen auch noch umgesetzt werden. Das ist doch wohl der Anspruch, oder? Dazu sollen die Haus-, Straßen- und Friedhofsammlungen in den Bezirksverbänden geplant, organisiert und vorbereitet werden. Ganz zu schweigen von der Durchführung von Rechtsinformationsveranstaltungen. Nicht zu sprechen von der Organisation von Ausstellungen. Gar nicht zu reden von der Planung, Organisation und Durchführung von Informationsfahrten für

Mitglieder, Spender und Förderer des Kriegsgräbervereins. Leibgeber blätterte in seinem Terminkalender, um sich zu vergegenwärtigen, wann, wo und wie er in den letzten Wochen für den Verband unterwegs gewesen war.

19. September: Anlieferung der Ausstellungen »14/18 – mitten im Weltkrieg« und »Gräber warnen vor dem Krieg« durch einen Mitarbeiter der Bundeszentrale. Ausstellungsort ist die Hauptstelle der Sparkasse Aachen am Münsterplatz. Im Schatten des Doms haben der Kollege und du, im eigenen Schweiße badend, die schweren Displays ins Foyer geschleppt, erinnerte Leibgeber. Schweißtreibender noch als die körperliche Anstrengung war die Organisation der Ausstellung in Abstimmung mit dem Öffentlichkeitsmanagement der Sparkasse, dem Ausstellungswesen der Bundeszentrale und dem Vorzimmer des Aachener Kreisrechtsdirektors gewesen. Der Herr Kreisrechtsdirektor sollte zusammen mit dem Vorsitzenden des Sparkassenvorstands die Ausstellungen eröffnen. Für den Auftritt dieses Kriegsgräberverein-Gladiatoren in der Sparkassen-Arena hattest du einen Redetext vorbereitet.

20. September: Eröffnung der Ausstellungen »14/18 – mitten im Weltkrieg« und »Gräber warnen vor dem Krieg« im Foyer der Sparkasse am Münsterplatz. Die kooperative Presseabteilung der Sparkasse hatte mehrere Medienvertreter zur Teilnahme bewogen. Die Kreisorganisationsleiterin, die dir bei der Planung der Veranstaltung mehrfach meinte mitteilen zu müssen, dass der Terminkalender des Herrn Kreisrechtsdirektors kein Wunschkonzert sei, informierte dich beim Eröffnungstermin im Foyer der Sparkasse, dass der Herr Kreisrechtsdirektor heute nicht bei Stimme sei. Sie habe soeben sein Räuspern am Telefon vernommen. Daraufhin fand die Ausstellungeröffnung ohne Ansprachen im wechselseitigen Gespräch zwischen dem Vorstandsvorsitzenden der Sparkasse, den Pressevertretern und dir als Verbandsvertreter statt. Dem Blitzlichtgewitter des Pressefotografen war ein beeindruckendes Wortgedonner in der Lokalzeitung gefolgt.

21. September: Anlieferung der Unterlagen zum Haus der StädteRegion zur Durchführung der Sammlung in den Ortsverbänden und Besprechung der Organisationsleiter und sonstigen Multiplikatoren zur Organisation der Haus-, Straßen- und Friedhofsammlung. Bei der Begrüßung der Sitzungsteilnehmer am Tag nach der Ausstellungseröffnung in der Sparkasse, jodelte der anwesende Kreisrechtsdirektor aus vollem Halse ein Loblied über die Aktivitäten Kuckucks als Verbandsvorsitzende. Die Ausstellung in der Sparkasse Aachen erwähnte er gegenüber den Sitzungsteilnehmern mit keinem Sterbenswort.

22. September: Besprechung der Organisationsleiter und sonstigen Multiplikatoren zur Organisation der Haus-, Straßen- und Friedhofsammlung für Köln im Bezirksrathaus Porz. Sancho Pansa erwies sich einmal mehr als umsichtiger Kreisorganisationsleiter. Die Vertreter vom Amt für Stadtgrün, die Projektoffiziere der Bundeswehr, der Vertreter der Reservisten und du selber wussten dessen Weitblick auf dem Rücken des Esels einmal mehr zu schätzen.

23. September: Anlieferung der Unterlagen zum Kreishaus Heinsberg zur Durchführung der Sammlung in den Ortsverbänden des Kreisverbands.

26. September: Teilnahme an einer Pressekonferenz im Kreishaus Gummersbach. Auszeichnung von zwei verdienten Reservisten mit Urkunden und Ehrengaben. Besprechung der Organisationsleiter und sonstigen Multiplikatoren zur Organisation der Haus-, Straßen- und Friedhofsammlung im Kreisverband Oberbergischer Kreis. Der Kreisorganisationsleiter agierte einmal mehr als verlässliche Stütze in einem maroden Kreisverband.

27. September: Vorbereitung der Einladungsschreiben zu den zentralen Gedenkveranstaltungen zum Volkstrauertag in sieben von insgesamt elf Kreisverbänden am Kölner Neumarkt. Versendung an die Landräte mit der Bitte um Autorisierung und Druckfreigabe.

28. September: Vorbereitung der Einladungsschreiben zu den zentralen Gedenkveranstaltungen zum Volkstrauertag in den letzten vier Kreisverbänden. Versendung an die Oberbürgermeister und den Städteregionsrat mit der Bitte um Autorisierung und Freigabe. Die Kreisorganisationsleiter organisierten auch in diesem Jahr eine Gedenkveranstaltung, die mit einem Einladungsschreiben beworben werden konnte. Die von dir veranlassten Einladungsschreiben boten einmal mehr einen willkommenen Anlass, Überweisungsträger zur Spendenakquise an die Mitglieder, Spender und Förderer des Vereins zu versenden. Im vorigen Jahr konnte, abzüglich der Herstellungs- und Versandkosten der Einladungsschreiben, eine Netto-Einnahme von über hunderttausend Euro in deinem Geschäftsgebiet erwirtschaftet worden. Das war der Spitzenwert der Einnahmen aller 23 Bezirksverbände. Das war mehr, als mancher Landesverband hatte vereinnahmen können. Weit mehr! Und dass, obwohl die von dir veranlassten Einladungsschreiben durch zeitgleich versandte Briefe der Bundeszentrale an die Mitglieder, Spender und Förderer im Bezirksverband Rheinland kannibalisiert worden waren.

29. September: Versammlung der Kreisorganisationsleiter, Projektoffiziere und Reservistenvertreter aus Anlass der Haus-, Straßen- und Friedhofsammlung auf Bezirksverbandsebene. Unterweisung der Kreisorganisationsleiter in

der Wahrnehmung ihrer Aufgaben, Unterrichtung über die Entwicklung im Verband und Hinweise auf Möglichkeiten, die Sammlungen zu optimieren: durch Platzkonzerte, Pressekonferenzen, Prominentensammlungen. Durch symbolische Dosenübergaben, lokale Pressetermine, öffentlichkeitswirksame Aufrufe.

30. September: Teilnahme an der Besprechung der Organisationsleiter und sonstigen Multiplikatoren im Kreishaus Siegburg zur Organisation der Haus-, Straßen- und Friedhofsammlung im Kreisverband Rhein-Sieg und der zentralen Gedenkveranstaltung in Königswinter-Ittenbach. Don Quichote erwies sich einmal mehr als Leuchtturm der Verbandsarbeit, an dem andere sich orientieren können.

4. Oktober: Anlieferung der Unterlagen zum Kreishaus Bergisch Gladbach zur Durchführung der Sammlung in den Ortsverbänden. Anlieferung der Unterlagen zum Kreishaus Gummersbach zur Durchführung der Sammlung in den Ortsverbänden.

5. Oktober: Anlieferung der Unterlagen zum Kreishaus Euskirchen zur Durchführung der Sammlung in den Ortsverbänden. Der Kreisverband Euskirchen sammelt mit knapp hundertneunzigtausend Einwohnern Jahr für Jahr doppelt so viel wie der mehr als dreimal so große Kreisverband Rhein-Sieg. Der Vorsitzende des Kreisverbandes, sein engagierter Organisationsleiter und der Projektoffizier ziehen nicht nur gemeinsam an einem Strang, sondern auch kraftvoll in dieselbe Richtung.

6. Oktober: Anlieferung von Sammeldosen, Informationsmaterial und Kundenstoppern zur Lützow-Kaserne zur Durchführung von Friedhofsammlungen auf dem Aachener Waldfriedhof, dem Aachener Westfriedhof und dem Stadtfriedhof Würselen durch Reservistenkameradschaften. Vorheriger, schweißtreibender Transport des Materials vom Lagerraum im Keller der Geschäftsstelle zum Geschäftswagen auf dem oberen Parkdeck des Parkhauses.

10. Oktober: Weiterleitung der korrigierten Einladungsschreiben zur Drucklegung und zum Postversand durch die Bundeszentrale.

11. Oktober: Besuch der neuen Organisationsleiterin des Ortsverbandes Schleiden zur Einweisung in die Aufgaben ihres Amtes. Die Dame kommt aus der Stadtverwaltung, überzeugt Vereine, motiviert Jugendliche und beteiligt sich an der Sammlung.

12. Oktober: Besuch des neuen Organisationsleiters des Ortsverbandes Wermelskirchen zur Einweisung in die Aufgaben seines Amtes. Der pensionierte Schulleiter ist als Pädagoge von der Notwendigkeit der Schul-, Jugend- und

Bildungsarbeit des Kriegsgräbervereins überzeugt – sieht sich aber nicht in der Lage, eine Sammlung zu organisieren.

13. Oktober: Durchführung einer Rechtsinformationsveranstaltung zum Thema »Gut vorgesorgt: Patientenverfügung, Betreuungsverfügung, Vorsorgevollmacht« mit Rechtsanwalt Rietset im Hohenzollernbad Gummersbach.

14. Oktober: Teilnahme an einem RK-Abend in Wachtberg. Auszeichnung eines Reservisten mit Auflistung der Verdienste, Verlesen der Urkunde und Verleihung der Ehrennadel. Sperber kreiste derweil als Beauftragter für die Zusammenarbeit mit der Bundeswehr in höheren Sphären.

17. Oktober: Teilnahme an der Besprechung der Organisationsleiter und sonstigen Multiplikatoren zur Organisation der Haus-, Straßen- und Friedhofsammlung im Kreishaus Euskirchen bei Anwesenheit des Landrats.

18. Oktober: Teilnahme an der Versammlung der Sammler und Organisatoren der Haus- und Straßensammlung im Ortsverband Bad Münstereifel im Ratssaal des Rathauses.

19. Oktober: Anlieferung von Sammeldosen, Informationsmaterialien und Kundenstoppern zur Durchführung der Allerheiligensammlung auf dem Friedhof Leverkusen-Manfort. Transport des Materials zum Reservistenhäuptling der RK Leverkusen, der Sammeldosen, Werbematerial, Kundenstopper, Stehtisch und Verbandsschirm bis zum 1. November in seiner Garage deponiert.

20. Oktober: Durchführung der Auftaktveranstaltung zur Haus-, Straßen- und Friedhofsammlung am Aachener Elisenbrunnen unter Anwesenheit des Oberbürgermeisters und des Standortältesten. Der Kreisrechtsdirektor hatte (vermutlich) seine Brille verlegt und irrte als Stellvertreter des Städteregionsrats orientierungslos im Kreisverband umher.

21. Oktober: Durchführung der Pressekonferenz zum Auftakt der Haus-, Straßen- und Friedhofsammlung im Kreishaus Bergheim. Der Kreisorganisationsleiter agierte einmal mehr als ein vom Scheitel bis zur Sohle von Engagement durchtränkter Ehrenamtler, von dessen Engagement der Verband substantiell zehrt. Dessen alljährlicher Zickzacklauf bei der Rekrutierung von Sammlern der Bundeswehr wird von Sperber als Beauftragten für die Zusammenarbeit mit der Bundeswehr aus luftiger Höhe als »umständlich« beschrien. Sperbers abgehobene Kritik an den Bemühungen des Kreisorganisationsleiters, Soldaten des Taktischen Luftgeschwaders 31 Boelcke als Sammler zu gewinnen, hältst du für aus der Luft gegriffen. Bei der jährlichen Pressekonferenz zu Beginn der Sammlung ehrte der stellvertretende Kreisverbandsvorsitzende drei Schützenbruderschaften aus Kerpen, die dort seit Jahren an Allerheiligen die Friedhöfe

besammeln. Die Schützenschwestern- und –brüder präsentierten sich der Presse in ihren Uniformröcken. Die Ehrennadel auf ihrer stolz geschwellten Brust und die Urkunden, die sie in Händen hielten, waren auf Bitten des Kreis-organisationsleiters von dir beschafft worden.

22. Oktober: Durchführung des 3. Bergisch-Gladbacher Vorsorgetages auf dem Gelände eines Bestattungsunternehmers. Karin war erkrankt. Begrüßung der Teilnehmer als Mitveranstalter. Austeilen und Einsammeln von Fragebögen der Bundeszentrale an die Vortragsteilnehmer, Anbieten der »Gräbersuche« im Gräberdokumentationssystem, Durchführen eines Vortrags zur Recherche von individuellen Kriegsgrablagen als Einzelkämpfer.

25. Oktober: Teilnahme an der Mitgliederversammlung des Vereins Kölner Stiftungen e.V. für die Fördererstiftung des Kriegsgräbervereins auf dem Ge-lände der Gold-Krämer=Stiftung in Frechen. Deine Geschäftsstelle am Kölner Neumarkt dient als Dependance der Fördererstiftung des Kriegsgräbervereins im Rheinland.

26. Oktober: Teilnahme an der Pressekonferenz der Vorsitzenden des Be-zirksverbandes und des stellv. Vorsitzenden des Kreisverbandes Rhein-Sieg im Kreishaus Siegburg. Die zentrale Gedenkveranstaltung des Bezirksverbandes zum Volkstrauertag habe früher alternierend in den Großstädten Köln und Aachen stattgefunden, echote Kuckuck (Kuckuck? Kuckuck!). Der Bezirks-verband habe sich entschieden, mit der Durchführung der Bezirksveranstaltung erstmals in die Fläche zu gehen, erklärte Kuckuck. Ein Grund hierfür sei, dass auch im ländlichen Raum viele hochwertige Veranstaltungen durchgeführt wür-den. Damit läge der Bezirksverband ganz auf der Linie des Landesverbandes, dessen zentrale Gedenkveranstaltung keineswegs nur in den Großstädten im jährlichen Wechsel zwischen dem Rheinland und Westfalen stattfinde. Der diesjährige Volkstrauertag stehe auch im Zeichen der Neuausrichtung der Ver-bandsarbeit, die mit einer Umstrukturierung des hauptamtlichen Bereichs und dem Aufwuchs der Schul- und Jugendarbeit durch die Neueinstellung von Bildungsreferentinnen einhergehe. Der Verband müsse sich auf neue Beine stellen, ließ Kuckuck verlauten. Die ältere Generation, die den Kriegsgräber-verein aufgrund ihrer persönlichen Kriegserfahrungen über Jahrzehnte getragen habe, sei weitgehend über achtzig Jahre alt, so dass die Botschaft des Vereins in die jüngeren Generationen getragen werden müsse. Von daher sei es erfreulich, dass die Gedenkveranstaltung durch den Schulchor aus einer Partnerstadt be-gleitet werde. Dass die Bezirksveranstaltung in den letzten Jahren alternierend in Köln und Aachen stattfand, war vom Bezirksvorstand auf deine Initiative hin

beschlossen worden, erinnerte Leibgeber. Weil in Köln und Aachen eingespielte Teams zur Vorbereitung der Veranstaltung zur Verfügung standen. Weil die zentrale Gedenkveranstaltung des Bezirksverbandes nicht mit jährlich wechselnden Partnern organisiert werden musste. Weil die zentralen Veranstaltungsorte in Köln und Aachen für auswärtige Veranstaltungsteilnehmer mit öffentlichen Verkehrsmitteln gut erreichbar waren. Veranstaltungen der zentralen Gedenkfeier des Bezirksverbandes unter Kuckucks Vorgänger hatten außer in Köln und Aachen auch in Nümbrecht, Kloster Steinfeld und Königwinter-Ittenbach stattgefunden – mit geringer Resonanz. Deine Information hätte Kuckucks Rufen beim Presseecho zu einem Missklang verzerrt, überlegte Leibgeber. »Was in der Vergangenheit war, interessiert mich wenig!«, versicherte Kuckuck dir im Vier-Augen=Gespräch. Die ideale Voraussetzung für ein Spitzenamt beim Kriegsgräberverein!

29. Oktober: Durchführung der Auftaktveranstaltung zur Haus-, Straßen- und Friedhofsammlung im Stadtverband Köln vor dem City-Center Porz. Sancho Pansa behielt am Rheinknie einmal mehr den Überblick.

31. Oktober: Durchführung der Auftaktveranstaltung zur Haus-, Straßen- und Friedhofsammlung im Stadtverband Bonn unter Anwesenheit des Oberbürgermeisters und von Angehörigen der Stadtverwaltung, Generälen und Obersten der Hardthöhe auf dem Münsterplatz. Es spielte das Musikkorps der Bundeswehr aus Siegburg. Die Veranstaltung wurde einmal mehr mit großer Sorgfalt vom Bonner Kreisorganisationsleiter und dem engagierten Projektoffizier von der Hardthöhe vorbereitet. Seitdem du im vergangenen Jahr den rechten Außenspiegel in der Parkgarage unter dem Münsterplatz beschädigt hast, darf der Geschäftswagen neben den Bussen des Musikkorps vor dem Münster parken. Das hat den Vorteil, dass du das Equipment nicht länger Stück für Stück aus dem zweiten Unterdeck der Parkgarage auf den Münsterplatz hochschleppen musst. Im Kofferraum: Informationstische, Informationsmaterial, Sammeldosen, Stehtisch mit Vereinsschirm und Kundenstopper mit Sammlungsplakaten, die von der Homepage des Bundeswehrbeauftragten heruntergeladen und für teures Geld im Copyshop auf DIN-A 2 hochkopiert worden waren. Den Plakatbedarf der Bezirksgeschäftsstellen war von Sperber trotz seines Röntgenblicks auf die Akteure in den Reviergrenzen der Bezirksverbände einmal mehr übersehen worden.

1. November (Allerheiligen).

Morgens: Dosensammlung der Kreisgruppe im *Verband der Reservisten der Deutschen Bundeswehr* (VdRBw) auf dem Kölner Friedhof Melaten. Anlieferung von Stehtisch mit Verbandsschirm, Kerzen und Feuerzeugen, Sammeldosen und Sammlerausweisen am Haupteingang Piusstraße. Aufbau des Stehtisches zwischen Toilettenanlage und Trauerhalle. Die Tischplatte des Stehtisches wurde von dir wie eine heruntergefallene Butterstulle mit der Oberseite auf das Pflaster fallen gelassen, um anschließend mit energischen Fußtritten das Rohrgestell in die Aussparungen an der Unterseite zu befestigen. Der Tisch wurde vom Kopf auf die Füße gestellt und die Schirmstange in das Loch in der Mitte der Tischplatte versenkt. Danach hast du das Schirmgestänge in die Arretierung gestoßen. Voila! Jetzt konnte jeder schon von weitem erkennen, wer da aufmarschiert war. An den Seiten des türkisfarbenen Schirms stand www.Kriegsgräberverein.de. Im Pausenraum vor der Toilettenanlage hatte Oberstleutnant d.R. Bellmann nach einem Stromausfall den Heizlüfter ausgeschaltet, die Sicherung im Sicherungskasten hochgedrückt und die Kaffeemaschine befüllt. Die Verpflegungsausgabe im Abstellraum neben der Herrentoilette hilft lange Wege zwischen Ver- und Entsorgung der Sammler zu vermeiden und spart Pausenzeiten. Bei der Finanzierung der Verbandsarbeit zählt jeder Spendeneuro. Einweisung der Sammler durch den Leitenden. Ansprache an die Reservisten. Als Organisationsleiter des Bezirksverbands dankst du den Reservistenkameraden für deren Unterstützung. Antreten der Sammler zum Gruppenfoto für den Homepage-Auftritt des Bezirksverbandes. Erstattung der verauslagten Verpflegungskosten an Bellmann aus der Handkasse. Die Idee, die Friedhofssammlungen gemeinsam mit ihm ins Leben zu rufen, war erfolgreich.

Mittags: Dosensammlung der Kommandeure höherer Kommandobehörden auf dem Kölner Südfriedhof. Anlieferung von Informationstisch und –material, Sammeldosen und Sammlerausweisen mit dem Geschäftswagen. Treffpunkt: Haupteingang Höninger Platz. Zeitpunkt: 13:00 Uhr. Eine Idee des Standortältesten Köln. General Kreuz wollte sich mit seiner Aktion beim Landesvorstand empfehlen, in den er sich (heute!) als Beisitzer wählen lassen will. Die Aktion war eine Eintagsfliege. Der General wird nach dem Erhalt seines zweiten Sterns nach Sonstwohin versetzt werden. Sein Nachfolger als Standortältester wird andere Prioritäten setzen. Auch werden an einem Feiertag (Allerheiligen) künftig nicht allzu viele höhere Kommandoführer zu einer freiwilligen Sammlung auf dem Kölner Südfriedhof erscheinen. Gegen Mittag kreiste dein Geschäftswagen um den Haupteingang des Südfriedhofs. Als du nach mehreren vergeblichen Runden einen Parkplatz gefunden und den Wagen geparkt hattest, mussten die Kisten mit den Sammeldosen und dem Informationsmaterial auf der Schaufel des zweirädrigen Verbandskarrens von dir zum Eingang gezogen werden. Mit der linken Hand. Unter dem rechten Arm klemmte ein Kunden-stopper, dessen Plakate den Zweck der Sammlung erläuterten. Karin konnte dich von ihrem italienischen Urlaubsort aus nicht unterstützen. Als du als verschwitzter Karrengaul durch das Tor trabtest, war niemand zu sehen, der dich am Haupteingang erwartet hätte. Nicht steigen, nicht auskeilen, sondern den Standortoffizier anrufen. Der Fahrer vom General könne dir nach dem Einparken zur Seite stehen, wurde dir versichert. Nach fünf Minuten traf ein Zwei-Sterne=General ein, der orientierungslos umherblickte und sich verloren vorzukommen schien. Du kanntest den Generalmajor aus Berlin, wo er – da-mals noch Brigadegeneral – mit dir als Teilnehmer an einem Informations-seminar der Streitkräftebasis unterwegs war. Du batest den Generalmajor, die Kiste mit den Dosen neben dem Kundenstopper zu bewachen, während du den Parkplatz aufsuchen und weiteres Equipment aus dem Wagen herbeiholen wolltest. »Wenn's weiter nichts ist: Wir. Dienen. Deutschland.« Du wieher-test ein Dankeschön, und der Karrengaul des Kriegsgräbervereins galoppierte die zweihundert Meter zum Parkplatz des Geschäftswagens, holte die Fahne des Kriegsgräbervereins und einen Klapptisch aus dem Wagen und schleppte das Material zum Haupteingang, wo der General zwischenzeitlich Verstärkung durch einen weiteren Zwei-Sterne=General, drei Brigadegeneräle und zwei Oberste erhalten hatte. Beim Eintreffen des Stadtdirektors, der die Truppe als Zivilist vervollständigte, überreichtest du den Herren die Sammeldosen. Als die Herren ihr persönliches Kleingeld in die Münzschlitze geworfen hatten, schwärmten sie mit klappernden Dosen zur Besetzung der Eingänge und zur Sicherung der Hauptwegeachsen aus. Die Herren hatten einen Generalstabs-lehrgang besucht und gingen bei der Besammlung des Südfriedhofs strategisch vor. Nach zwei Stunden brachten sie gut gefüllte Sammeldosen zum Meldekopf. Als neben dem Informationstisch angepflockter Karrengaul agiertest du als Meldekopf. Später wird sich herausstellen, dass die sieben höheren Kommando-führer und der Stadtdirektor in der Zeit von 13:00 bis 15:00 Uhr an die tausend Euro eingenommen hatten. Als du die schwere Kiste mit den Sammeldosen die Treppe hochgeschleppt hast, um sie in der Geschäftsstelle am Neumarkt einzuschließen, hättest du Gockel den Hals umdrehen können. Du hattest die Anfrage des Kölner Standortoffiziers im Vorfeld der Sammlung – ob du den Transfer der Sammeldosen, die Einweisung der Sammler und die Information der Friedhofsbesucher übernehmen könntest, um den Standortältesten bei der Prominentensammlung auf dem Südfriedhof zu unterstützen – an Gockel als den Organisationsleiter des Landesverbandes weitergeleitet gehabt. Und zwar mit der Erwartungshaltung, dass Sperber als Beauftragter des Kriegsgräbervereins für die Zusammenarbeit mit der Bundeswehr sich der Sache annehmen würde. Sperber hackte bei Verletzungen seiner Reviergrenzen gerne mit dem Schnabel. Stattdessen krähte Gockel deine Zuständigkeit in den Hörer. Zur Belohnung für deine Schufterei als Karrengaul des Kriegsgräbervereins wird Sperber das Sammlungsergebnis der höheren Kommandoführer auf dem Kölner Südfriedhof – ebenso wie alle anderen Sammlungsergebnisse, die in deinem Geschäftsgebiet durch Soldaten oder Reservisten erzielt werden – als Erfolg der Arbeit des Bundeswehrbeauftragten in der Sammlungsstatistik ausweisen. Sperber wird das Sammlungsergebnis der Soldaten und Reservisten in deinem Bezirksverband auf dem Regimentsgefechtsstand des Landesvorstands im braunen Haus des Landesverbandes persönlich herauskrähen (Cäsar: »Herr Sperber, Sie haben das Wort!«).

Abends: Abholung der vollen Sammeldosen vom Kölner Friedhof Melaten, um 17:00 Uhr nachmittags. Abrüsten des Stehtisches mit dem Verbandsschirm, verpacken der vollen Sammeldosen in die Transportkisten und Abtransport. Der Verbandskarren wurde durch einen uniformierten Reservisten mit Schießschnur und Nahkampfabzeichen zum Geschäftswagen eskortiert. Die Reservisten auf dem Friedhof Melaten hatten mit achtzehn Mann in zwei Schichten einen beachtlichen vierstelligen Eurobetrag gesammelt. Allerdings hatte an Allerheiligen den ganzen Tag über die Sonne geschienen, so dass viele Besucher die Gräber ihrer Angehörigen aufsuchten. Einparken des Geschäftswagens im eingeschränkten Halteverbot am Neumarkt, Verladen der Kisten mit den schweren Sammeldosen auf die Schaufel des Transportkarrens, Abtransport in die Geschäftsstelle. Der Fahrstuhl hielt wie üblich im Zwischengeschoss, sodass die schweren Kisten von dir einmal mehr mit Muskelkraft die Treppe hoch- und ins Büro befördert werden mussten.

2. November: Verabschiedung des Standortältesten Bonn in der Stadthalle, der als Beisitzer im Bezirksvorstand amtierte. In den Stuhlreihen: Generäle und Oberste von der Hardthöhe, Vertreter der Ministerien, Abgeordnete der Parlamente, Mitglieder des Stadtrats und Militärgeistliche beider Konfessionen. Der Admiral, ein baumlanger Generalstabsoffizier, der nicht im U-Boot hätte auslaufen können, betrat den Veranstaltungssaal mit dem Schlachtruf »Moin, Moin Soldaten!«. Die versammelte Truppe antwortete mit durchgedrücktem Kreuz, eng beieinanderstehenden Füßen und aufwärts gerichteten Blicken: »GUTEN MORGEN, HERR ADMIRAL!« Nicht nur dessen äußere Erscheinung, auch die Ansprache des Admirals bewies Größe. Wichtig sei vor

allem eines: Wertschätzung als Schlüssel zur Motivation der Mitarbeiter. Die Ignoranten auf dem Regimentsgefechtsstands des Vorstands im braunen Haus des Landesverbandes vermitteln ihren Bezirksorganisationsleitern eine andere Botschaft. Sie lautet: WIR KOMMEN HIER PRIMA OHNE SIE ZURECHT! Dafür gebührt den Vorstandsignoranten nach all den Jahren, nach all dem Engagement und nach all den Entbehrungen eine Stauffenberg-Bombe unter den Besprechungstisch. BUMSTI! Das von dir formulierte Dankschreiben Kuckucks zum Ausscheiden des Admirals als Beisitzer aus dem Bezirksvorstand provozierte einen Kuckucksruf. Dass Schreiben solle so nicht versendet werden, krächzte deine Gouvernante (Geier), die sich an deinem Kadaver als Organisationsleiter satt frisst, ins Telefon. Der Admiral (dessen Privatadresse niemand kennt und von der Bundeswehr nicht kommuniziert werden darf) solle zu einer gesonderten Veranstaltung des Bezirksverbandes eingeladen und dort verabschiedet werden. Den Einwand, der Flottillenadmiral a.D. werde sicher nicht, nur weil Kuckuck in Köln aus dem Wald rufe, den Rhein herunter schippern, schlucktest du beim Auflegen mit deinem Kaffee hinunter.

3. November: Vorsorgevortrag im Rathaus Bad Honnef. Patientenverfügung, Vorsorgevollmacht und Betreuungsregelungen bilden aufgrund des Lebensalters der meisten Mitglieder und Spender wichtige Themen, mit denen sich die Teilnehmer an solchen Veranstaltungen beschäftigen. Die Begrüßung in Honnef wurde von der Bürgermeisterin als Vorsitzende des Ortsverbandes vorgenommen. Vorstellung von Rietset als Referenten und Dank an die Seniorenbeauftragte der Stadt für deren Unterstützung. Der Power-Point=gestützte Vortrag Rietsets wurde auf den Bewertungsbögen der Bundeszentrale als »sehr gut« gewürdigt. Ein Foto Karins mit Rietset als Referenten, der Bürgermeisterin, der Seniorenbeauftragten der Stadt und dir wurde, zusammen mit einer Mitteilung über Inhalt, Nachfrage und Verlauf der Veranstaltung, an die Presse versendet und ins Netz gestellt. Und auf die Homepage des Bezirksverbandes.

4. November: Teilnahme an der Auftaktveranstaltung zur Haus-, Straßen- und Friedhofsammlung des Kreisverbandes Rhein-Sieg unter Anwesenheit der stellv. Landrätin, zahlreicher Bürgermeisterinnen und Bürgermeister, Soldaten und Reservisten unter Beteiligung des Musikkorps der Bundeswehr auf dem Oberen Markplatz der Kreisstadt. Karin und du waren mit dem Geschäftswagen angereist. Im Kofferraum: Dosen für die Prominentensammlung, Stehtisch mit Verbandsschirm, Kundenstopper mit Sammlungsplakaten. Die schwarzen Striemen an den Wänden des Parkhauses legen beredtes Zeugnis darüber ab, dass es sich bei der Tiefgarage unter dem Siegburger Marktplatz um eine Goldgrube für

die Kfz-Betriebe der Stadt handelt. Der anstrengende Transport der Sammeldosen, des Informationsmaterials, des Kundenstoppers und des Stehtisches mit dem Schirm des Kriegsgräbervereins ließen dich einmal mehr dein Oberhemd durchschwitzen. Als Kuckuck im Jahr zuvor am anschließenden Empfang langjähriger Vereinsmitglieder des Kriegsgräbervereins im Kreishaus teilnahm, hatte sie deinen Namen aus dem Wald gerufen. Ob denn der Herr Meier, der Herr Müller und der Herr Schulze vor Ort seien, wollte sie beim Durchforsten der Namensliste wissen. »Das weiß ich nicht!«, erklärtest du der Frau Vorsitzenden mit am Körper klebendem Oberhemd. Du hattest zuvor einmal mehr den schweren Informationsstand abgebaut und mitsamt den vollen Sammeldosen quer über den Markplatz zurück in die Tiefgarage geschleppt und in den Geschäftswagen verstaut gehabt. Für den anschließenden Empfang im Kreishaus zur Verleihung der Urkunden über die 10-, 20-, 30- oder 40-jährige Mitgliedschaft im Kriegsgräberverein waren die Teilnehmer an der Veranstaltung durch Don Quichote als Kreisorganisationsleiter eingeladen worden. Nur Don Quichote konnte wissen, wen er eingeladen hatte und wer seiner Einladung für den Empfang im Anschluss an die Auftaktveranstaltung gefolgt war. Das sei nicht deine Aufgabe, hattest du erklärt. »Wie bitte? Genau das ist Ihre Aufgabe, Herr Leibgeber!«, rief Kuckuck öffentlichkeitswirksam durchs Foyer. Das leckere Fingerfood und die heiße Gulaschsuppe konntest du erst nach Kuckucks Abflug genießen. Zu deiner Erleichterung war sie nach ihren Kuckucksrufen gemeinsam mit Geier zum nächsten Termin davongeflattert. Beim Durchspülen deiner Kehle mit einem Kölsch begegnetest du dem Sohn eines gefallenen Soldaten, der 1940 beim Vormarsch auf Frankreich zu Tode gekommen und auf dem Soldatenfriedhof Fort de Malmaison beigesetzt worden war. Der Sohn war beim 75-jährigen Bestehen des Friedhofs mit seiner Frau vor Ort gewesen, um dort die Jubiläumsveranstaltung in Anwesenheit des Vereinspräsidenten und des deutschen Botschafters mitzuerleben. Die Jubiläumsveranstaltung zum 75-jährigen Bestehen des Soldatenfriedhofs Fort de Malmaison war mit Mailing-Schreiben an die Mitglieder, Spender und Förderer des Vereins beworben worden, um von den Spendeneinnahmen aus den angehängten Überweisungsträgern auch die dortigen Kriegsgräber der unbekannten Soldaten mit Blumen schmücken zu können. Deine Gedanken dazu schlucktest du mitsamt deinem Kölsch hinunter. Aufgrund deines Studiums der deutschen Literaturwissenschaft an der Leibniz-Universität, aufgrund deiner Lehre zum Sortimentsbuchhändler, aufgrund deiner Lektüreerfahrungen hast du den Wunsch, das kulturelle Erbe der exilierten Autoren zu bewahren. Autobiografische Texte wie Alfred Döblins

»*Schicksalsreise*«, Lion Feuchtwangers »*Teufel in Frankreich*«, Carl Zuck-
mayers »*Als wär's ein Stück von mir*«, Hans Sahls »*Exil im Exil*« oder Klaus
Manns »*Wendepunkt*« dokumentieren die Flucht der verfolgten Autoren vor
den Truppen der Wehrmacht und Waffen-SS nach Frankreich und weiter nach
Amerika. Romane wie »*Transit*« von Anna Seghers, »*Der Vulkan*« von Klaus
Mann, »*Die Nacht von Lissabon*« von Erich Maria Remarque oder »*Die Wenigen und die Vielen*« von Hans Sahl erzählen von der Todesgefahr für die Exilan-
ten durch die vorrückenden deutschen Truppen. Anstatt die Werke von Alfred
Döblin, Lion Feuchtwanger, Bruno Frank, Leonhard Frank, Oscar-Maria Graf,
Klaus Mann, Erich Maria Remarque, Hans Sahl, Ernst Weiß, Carl Zuckmayer
oder Arnold Zweig und anderer Autoren, die vor dem Nazi-Regime geflohen
waren, zu überliefern, bemühst du dich als Mitarbeiter des Kriegsgräbervereins um den dauerhaften Erhalt und die gärtnerische Pflege der die exilierten
Autoren verfolgenden Hitlersoldaten. Anstatt an das Schicksal Döblins, der
als naturalisierter Franzose in die USA fliehen musste, anstatt an das Schicksal
Feuchtwangers, der als exilierter Deutscher im französischen Gefangenenlager
Les Milles interniert war, anstatt an das Schicksal von Ernst Weiß, der sich einen
Tag nach dem Einmarsch der deutschen Truppen in Paris das Leben nahm,
zu erinnern, wirbst du als Mitarbeiter des Kriegsgräbervereins für das ehrende
Gedenken an die Gefallenen auf deutschen Soldatenfriedhöfen wie Fort de
Malmaison. Anstatt das kulturelle Erbe der exilierten Autoren zu pflegen, er-
hältst du die Kriegsgrablagen von deren Verfolgern – 22.214 Kriegsgräber in
Bourdon (22 Kilometer nordwestlich von Amiens), 12.788 Kriegsgräber in
Noyers-Pont-Maugis/Ardennes (fünf Kilometer südlich von Sedan) und wei-
tere 11.841 Kriegsgräber in Fort-de-Malmaison (zwischen Soissons und Laon).
Du tust das Falsche und strengst dich auch noch richtig dabei an. Das ist dein
»unglückliches Bewusstsein« (HEGEL – zitiert nach Hans Mayer). Während
Ernst Jünger als Hauptmann einer Wehrmachtskompanie auf Paris marschiert,
verübt der Schriftsteller Ernst Weiß in seinem Hotelzimmer Suizid. Während
Ernst Jünger als Hauptmann einer Wehrmachtskompanie auf Paris marschiert,
flieht der bereits 1933 aus Deutschland emigrierte Alfred Döblin aus der Stadt.
Jünger hat seinen Feldzugsbericht in dem Abschnitt »Gärten und Straßen«
seiner »*Strahlungen I*« niedergelegt. Döblin hat seine Flucht in dem Band
»*Schicksalsreise*« dokumentiert. Döblin berichtet, dass ihm am 16. Mai 1940
durch den Vormarsch der deutschen Truppen die Feder aus der Hand geschlagen
wurde und er sich als Jude und verbannter Dichter, der um sein Leben fürchtete,
auf die Flucht begab. Jünger berichtet unter dem Tagebucheintrag vom 16. Mai

1940, dass sich der Weitermarsch der Division wegen einer Straßenverstopfung bei Nancy um einen Tag verzögert. Am Nachmittag unternimmt Jünger einen Ausflug nach Domrémy: Den Ort »umgürten« frische Gräber, wie jenes von einem Leutnant Jakob Reiners, der dort am 26. Juni hart am Wege nach Greux im Alter von dreiundzwanzig Jahren gefallen sei, berichtet Jünger. Deine Recherche im Gräberdokumentationssystem ergab: Jakob Reiners liegt auf dem deutschen Soldatenfriedhof Andilly, zwölf Kilometer nördlich von Toul, in Block 36, Reihe 6, Grab 259 begraben. Die Angabe Jüngers zum Todestag ist nicht korrekt. Reiners ist am 18.06.1940 gefallen. Jünger hat Reiners Todestag mit dessen Geburtstag am 26.03.1916 verwexelt. Als Mitarbeiter des Kriegsgräbervereins pflegst du nicht die Erinnerung an Leben, Schicksal und Werk der exilierten Autoren. Als Mitarbeiter des Kriegsgräbervereins pflegst du das »ehrende Gedenken« an deren fanatisierte Verfolger. Hitlersoldaten, die den Frankreichfeldzug überlebten, beteiligten sich am späteren Angriffs-, Raub- und Vernichtungskrieg gegen die Sowjetunion.

6. November: Teilnahme am Kölner Stiftungstag. Dazu war der Stiftungsreferent der Fördererstiftung des Kriegsgräbervereins von der Bundeszentrale angereist. Deine Bezirksgeschäftsstelle am Kölner Neumarkt firmiert als Dependance der Stiftung in der Fläche. Der Kölner Stiftungstag wurde im Foyer der Industrie- und Handelskammer veranstaltet, wo über siebzig Stiftungen ihren Stiftungszweck kommunizierten, Zustifter einwarben und Förderprojekte vorstellten. Standaufbau und Standbetreuung wurden vom Stiftungsreferenten mit deiner Unterstützung durchgeführt.

7. November: Bestellung der Kränze für die zentrale Gedenkveranstaltung zum Volkstrauertag in der Kölner Kirchenruine Alt-St. Alban. Der Innenhof der Brandruine zwischen dem Gürzenich und dem Wallraf-Richartz=Museum wird alle Jahre wieder am Volkstrauertag für das Publikum geöffnet, wo sich Nachbildungen des Figurenpaares *Trauernde Eltern* von Käthe Kollwitz befinden. Die Gedenkfeier wird als gemeinsame Veranstaltung der Stadt Köln, der Bezirksregierung Köln, des Standortältesten Köln und des Bezirksverbandes Rheinland beworben. Der Kranz der Bezirksregierung und des Bezirksverbandes wurde einmal mehr von dir bestellt.

12. November: Zentrale Gedenkveranstaltung zum Volkstrauertag des Bezirksverbandes auf der Kriegsgräberstätte Königswinter-Ittenbach. An diesem Samstag vor dem Volkstrauertag waren Kuckuck als Vorsitzende des Bezirksverbandes, der Landrat als Vorsitzender des Kreisverbandes Rhein-Sieg, der Bürgermeister von Königswinter als Vorsitzender des Ortsverbandes und der

Generalarzt der Bundeswehr als Standortältester Siegburg, ferner die Reservistenkameradschaft Drachenfels, die Freiwillige Feuerwehr Königswinter und die Ordensgemeinschaft der Ritterkreuzträger vor Ort erschienen. Die musikalische Umrahmung erfolgte durch den Männergesangverein Ittenbach, einen Trommler und einen Solotrompeter. Als Kranzträger standen Feuerwehrleute, Polizisten, Reservisten und Ritterkreuzträger, als Ehrenwache Bundeswehrsoldaten zur Verfügung. Zu Beginn der Gedenkveranstaltung bedankte sich der Landrat bei den Mitwirkenden und erklärte, dass in den neunzehn Kommunen seines Kreises auf 85 Kriegsgräberstätten zusammen 6.841 Kriegstote begraben liegen. Mit 1.871 Kriegsgräbern sei Ittenbach die mit Abstand größte Kriegsgräberstätte seines Kreises. In Ittenbach ruhen 1.626 Deutsche, 224 Sowjetbürger, zwölf Polen, vier Niederländer, zwei Belgier, vier Franzosen und ein Italiener. Hier in Ittenbach wurde im Anschluss an die erste Volkstrauertagsfeier nach dem Zweiten Weltkrieg im Bonner Bundestag ein Kranz niedergelegt. Altkanzler Helmut Schmidt »durchfuhr« beim Anblick eines Fotos von einem neuen deutschen Soldatenfriedhof auf russischem Boden »der plötzliche Gedanke [...], warum die Toten fein säuberlich getrennt nach ihrer nationalen Zugehörigkeit beerdigt werden?« Schmidts Geistesblitz wurde in der Wochenzeitung *DIE ZEIT* Nr. 47 vom 12. November 2009 publiziert, die Veröffentlichung vom Verein im Band 3 seiner Schriftenreihe nachgedruckt. Schmidt wünschte sich einen Soldatenfriedhof, auf dem Russen, Polen und Deutsche gemeinsam liegen. Kriegsdenkmäler und Heldenverehrung gebe es in jedem Land, erklärte Schmidt. Aber es gebe nur einen einzigen Friedhof auf der Welt, auf dem aller der Opfer gemeinsam gedacht werde. »Tote Soldaten und tote zivile Opfer gleicherweise, ehemalige Feinde und ehemalige Freunde gleicherweise.« Der *Peace Memorial Park* auf der südlichen Spitze der Insel Okinawa gebe der Welt ein Beispiel, so Schmidt. Schmidt hatte keine Ahnung! Umso bedauerlicher, dass der Kriegsgräberverein dessen Ahnungslosigkeit auch noch nachdruckte. Auf den meisten deutschen Kriegsgräberfriedhöfen liegen russische Zwangsarbeiter und deutsche Wehrmachtsangehörige nebeneinander. In Ittenbach liegen Wehrmachtssoldaten und Ritterkreuzträger neben russischen Kriegsgefangenen und polnischen Zwangsarbeitern – »gleicherweise.« Im *Peace Memorial Park* auf der südlichen Spitze der Insel Okinawa werde aller Opfer des Krieges gemeinsam gedacht, die in jener Gegend zu Tode gekommen seien, bemerkt Schmidt. Anders in Ittenbach: Mit martialischem Trommelwirbel werden alle Jahre wieder Kränze des Landrats als dem Vorsitzenden des Kreisverbandes vom Kriegsgräberverein, der Vize-Landrätin für den Landkreis, des Bürgermeisters der Stadt Königswinter, des Standortältesten Siegburg, der Reservistenkameradschaft Drachenfels sowie der Ordensgemeinschaft der Ritterkreuzträger vor dem Hochkreuz abgelegt. Die zur Gedenkveranstaltung angereisten Ritterkreuzträger haben ihre blutroten Halsorden angelegt. Die Ehrenposten der Bundeswehr begleiten die Veranstaltung zum Volkstrauertag mit der Hand am Gewehr. Die Reservisten salutieren mit der Hand an der Kopfbedeckung. Über die Gräber der russischen Kriegsgefangenen und polnischen Zwangsarbeiter, der Wehrmachtsoldaten und Ritterkreuzträger schallt das Trompetensolo vom guten Kameraden. Das verbale Totengedenken gilt den »Opfern von Krieg und Gewaltherrschaft«, das symbolische Totengedenken mit Kranzniederlegungen, Trommelwirbel und Kameradenlied den gefallenen Wehrmachtssoldaten und SS-Angehörigen. Vertreter, Redner und Geistliche für die immerhin 224 sowjetischen Zwangsarbeiter und die insgesamt zwölf polnischen Fremdarbeiter, die auf der deutschen Kriegsgräberanlage in Königswinter-Ittenbach begraben liegen, werden weder eingeladen noch einbezogen. Das russische Generalkonsulat im nahegelegenen Bonn-Bad Godesberg ist ebenso wenig bei der Gedenkveranstaltung in Ittenbach vertreten wie die Weißrussen, Ukrainer, Polen und Juden. Das symbolische Totengedenken ehrt ausschließlich Soldaten der Wehrmacht und Waffen-SS, die als historische Mittäter Auschwitz und Vernichtungslager wie Belzec, Sobibor und Treblinka ermöglichten, Vergeltungsangriffe der Alliierten auf historische Städte und wertvolle Kulturgüter heraufbeschworen und Flucht und Vertreibung der Zivilbevölkerung aus den deutschen Ostgebieten provozierten. Anstatt eine Delegation des Russischen Generalkonsulats aus dem zwanzig Kilometer entfernten Bonn-Bad Godesberg zur Gedenkveranstaltung einzuladen, marschieren in Königswinter-Ittenbach Ritterkreuzträger mit blutroten Hakenkreuzorden auf. Die Ordensgemeinschaft der Ritterkreuzträger ist eine 1955 im benachbarten Köln-Wahn gegründete Vereinigung hochdekorierter Soldaten aus den drei Wehrmachtsteilen und der Waffen-SS. Die größten Verbrecher in ihren Reihen waren an der Planung, Organisation und Durchführung des Holocausts an den europäischen Juden, an Euthanasie-Aktionen an Behinderten im Reich, an Vergasungen von Deportierten im Generalgouvernement, an Erschießungen von Männern, Frauen und Kindern in den Reichskommissariaten und an Liquidierungen im rückwärtigen Heeresgebiet beteiligt. Zum Beispiel Ritterkreuzträger Friedrich Jeckeln, Höherer SS- und Polizeiführer (HSSPF) in Russland Süd, ab Dezember 1941 Russland-Nord und Führer des SS-Oberabschnittes Ostland: Jeckeln verantwortete Massaker in der Westukraine, in Kiew (Babi

Jar) und in Riga. Zum Beispiel Ritterkreuzträger Odilo Globocnik, SS-Gruppenführer und Generalleutnant der Polizei und HSSPF in der Operationszone Adriatisches Küstenland: Globocnik kommandierte als SS- und Polizeiführer Lublin die Vernichtung der polnischen Juden und verantwortete die Errichtung des Konzentrationslagers Majdanek und der Vernichtungslager Belzec, Sobibor und Treblinka. Zum Beispiel Ritterkreuzträger Erich von dem Bach-Zelewski, HSSPF im Bereich der Heeresgruppe Mitte und Bevollmächtigter des Reichsführers SS für Bandenbekämpfung sowie Kommandierender SS-General bei der Niederschlagung des Warschauer Aufstands: von dem Bach beteiligte sich an den Judenmorden in Minsk und Mogilev (Weißrussland) und verantwortete die Niederschlagung des Aufstandes im Warschauer Ghetto. Zum Beispiel Ritterkreuzträger Jürgen Stroop, SS-Gruppenführer und Generalmajor der Polizei: Stroop kommandierte die Niederschlagung des Warschauer Ghetto-Aufstands durch deutsche Truppen. Siebzehntausend Juden wurden im Warschauer Ghetto selbst, nahezu siebentausend im Vernichtungslager Treblinka ermordet. Weitere 42.000 Juden wurden in die Arbeitslager bei Lublin verbracht. Vermutlich sechs- bis siebentausend Juden wurden von Trümmern des Ghettos verschüttet oder verbrannten. Stroop wurde zum HSSPF Griechenland ernannt. Als prominentester Ritterkreuzträger auf der deutschen Kriegsgräberstätte Ittenbach fällt die Grablage von Generalmajor Rolf Lippert (1900 – 1945) ins Auge, der in der Zeit vom 16.10.1944 bis zum 05.02.1945 die 5. Panzer-Division kommandierte. Der Zusammenschluss der Ritterkreuzträger zu einer Ordensgemeinschaft dient, der Satzung des als gemeinnützig anerkannten Vereins zufolge, »dem Ansehen und der Ehre deutschen Soldatentums, in dessen unwandelbaren Tugenden das Pflichtbewusstsein, die Opferbereitschaft und die Kameradschaft gewahrt sind«. Soldatische Tugenden wie Pflichtbewusstsein, Opferbereitschaft und Kameradschaft sind auch geeignet, ein Konzentrationslager zu führen. Pflichtbewusstsein, Opferbereitschaft und Kameradschaft sind nur so viel wert wie die Ziele, für die sie aufgewendet werden. Die Ritterkreuzträger haben die Blutorden um ihre Hälse nicht dafür erhalten, dass sie der russischen Bevölkerung bei der Ernte halfen. Die Soldaten von Wehrmacht und Waffen-SS haben sich nicht zum Apfelsinenpflücken auf der Krim, nicht zum Freizeitsegeln im Atlantik und nicht zum Segelfliegen über Coventry aufgehalten. Wehrmachtsoldaten und SS-Angehörige, deren Kriegsgrablagen der Kriegsgräberverein pflegt und auf Dauer erhält, waren Teil der Exekutive, die Hitlers Krieg erst ermöglichte. Jeder überlebende Hitlersoldat hat seit dem Kriegsende vor siebzig

Jahren hinreichend Gelegenheit gehabt, sich über die militärischen Ziele von Wehrmacht und Waffen-SS und die politischen Ziele des Regimes, für das er kämpfte, informieren zu können. Wer dagegen in Ittenbach und andernorts als Ritterkreuzträger mit einem Blutorden um den Hals herumläuft, instrumentalisiert die Täter als Kriegsopfer und inszeniert deren Kampfeinsatz während der NS-Gewaltherrschaft als Heldentat. Das ist einfach widerlich! Man kann das Hakenkreuz zwar aus dem Ritterkreuz, nicht aber aus der Geschichte kratzen! Die Teilnahme einer polnischen, russischen, weißrussischen oder ukrainischen Delegation an der Volkstrauertagsveranstaltung in Königswinter-Ittenbach ist solange nicht möglich, solange unbelehrbare Ritterkreuzträger sich mit ihren Blutorden um den Hals auf der dortigen Kriegsgräberstätte tummeln. Solange Ritterkreuzträger mit ihren Blutorden um den Hals in Königswinter-Ittenbach und auf anderen Kriegsgräberstätten auftreten, um ihre militärische Leistung und die ihrer Kameraden zu würdigen, ist ein gemeinsames Gedenken unmöglich. Solange über vierzehn Prozent der 1.871 Kriegstoten in Königswinter-Ittenbach als russische Zwangs- und Fremdarbeiter nicht durch die Einladung einer Delegation vom Russischen Generalkonsulat zur Teilnahme am Volkstrauertag gewürdigt werden, ist ein gemeinsames Gedenken unmöglich. Solange der verschleppten und vernichteten Landjuden an der Sieg nicht durch die Einladung von Vertretern der jüdischen Gemeinde zur Teilnahme am Volkstrauertag in Ittenbach gedacht wird, ist ein gemeinsames Gedenken unmöglich. Solange das Lied vom guten Kameraden geblasen wird, welches Zwangsarbeiter, Juden und andere Verfolgte ausschließt, ist ein gemeinsames Gedenken unmöglich. Zum Ende der Veranstaltung wird dort die Nationalhymne gespielt. Die Nationalhymne! Für wen? Für die polnischen Fremdarbeiter? Für die russischen Zwangsarbeiter? Für die ermordeten Juden, Sinti und Roma? Für die totgespritzten Euthanasie-Opfer, verhungerten Kriegsgefangenen und hingerichteten Widerstandskämpfer? Keine dieser Opfergruppen ist bei der Gedenkfeier zum Volkstrauertag in Königswinter-Ittenbach vertreten. Keine dieser Opfergruppen erfährt dort seit dem Ende des Zweiten Weltkrieges vor siebzig Jahren eine institutionelle Würdigung. Der Niederschrift der letzten Sitzung zufolge vertreten die Vorstandsignoranten des Landesverbandes die Auffassung, dass das Lied vom guten Kameraden fester Bestandteil der Gedenk- und Erinnerungskultur des Kriegsgräbervereins sei und deshalb auch weiterhin bei Gedenkveranstaltungen zum Volkstrauertag vorgetragen werden solle. In ihrer Ansprache am Rednerpult vor dem Hochkreuz verlautbarte Kuckuck – die dort als Vorsitzende des Bezirksverbandes in Erscheinung trat –, das

Völkerrecht scheine derzeit hinter nationalen Egoismen zurückstehen zu müssen: »Wir dürfen es nicht zulassen, dass sich eine zunehmend aggressive Stimmung anderen gegenüber einschleicht. Diffamierung und Erniedrigung, Lüge und Bedrohung können nicht die Umgangsformen sein, die wir uns füreinander wünschen. Weder auf diplomatischem Terrain, noch in unserem täglichen Leben.« Mit Blick auf dich konnte Kuckuck keine verlogenere Aussage treffen. Napoleon Bonaparte bezeichnete seinen Chefdiplomaten Talleyrand am Ende ihrer Arbeitsbeziehung als »Stück Scheiße im Seidenstrumpf«.

Leibgeber klappte den Terminkalender zu und konzentrierte sich auf die Landesvertreterversammlung. Nach dem Tätigkeitsbericht des Landesvorsitzenden und der Entlastung des Vorstands stand die Neuwahl des Landesvorstands auf der Tagesordnung. Als Wahlleiterin wurde wer vorgeschlagen? »Kuckuck! Kuckuck!«, rief es vom Vorstandstisch. Die Wahlunterlagen hatte Adler als Wirtsvogel ausgebrütet. Kuckuck betrieb keine eigene Brutpflege. Sofern die Mitglieder des Landesvorstandes einmal – auch NUR EIN EINZIGES MAL! – in den Spiegel schauen würden, müssten sie erkennen, dass der Wasserkopf des Landesvorstands aus neunzehn gewählten und weiteren fünf geborenen Mitgliedern auf einem Personalkörper von zwanzig hauptamtlichen Mitarbeitern ruht, den der Landesvorstand mit seinen Beschlüssen bis auf zwölf Mitarbeiter herunterhungern lassen will. Will den Damen und Herren des Landesvorstandes nicht in den Wasserkopf, dass die Arbeitsbelastung im operativen Geschäft vom Personalkörper kaum zu tragen sein dürfte? Dass dagegen – MINDESTENS! – jedes zweite Vorstandsmitglied überflüssig sein könnte? Die Delegierten beim Landesvertretertag erlebten, wie die Vorstandsignoranten des Landesverbandes die Karre ebenso wie die Bankvorstände von Commerzbank, Hypovereinsbank und Deutsche Bank oder der Konzernvorstand von Volkswagen vor die Wand fuhr. Die da oben hörten nicht auf die da unten. Aber die da unten sollten die Fehler von denen da oben bezahlen. Teuer bezahlen: Durch Arbeitsplatzverlust. Durch Einkommenseinbußen. Durch Mehrarbeit. Die Vorstandsnieten bei den Banken wollten in Folge ihrer Betrügereien an den Finanzbehörden tausendfünfhundert Bedienstete bei der Hypovereinsbank, siebentausend Mitarbeiter bei der Commerzbank, neuntausend Stellen bei der Deutschen Bank einsparen. Beim VW-Konzern sollten dreiundzwanzigtausend Betriebsangehörige entlassen werden – nachdem sich die Vorstandsnieten ihre Bonizahlungen hatten auszahlen lassen. Sein Wappentier sei der Hamster, meinte Leibgeber. Er sei klein, unbedeutend, behaart und billig zu haben. Der Hamster spurte mit aller

Kraft, um vorwärts zu kommen und drehe sich in seinem Laufrad den lieben langen Tag im Kreis herum. Seitdem er erkannt habe, dass er trotz seiner Anstrengungen wie ein Hamster in seinem Laufrad keinen Schritt vorankomme, beschränke er sich darauf, soviel wie nötig und so wenig wie möglich am Rad zu drehen. Am liebsten läge er auf dem Rücken und lasse sich im Rad schaukeln. Wozu solle er in seinem Hamsterrad die Laufgeschwindigkeit erhöhen, für was? Dafür, dass man ihm mit mangelnder Anerkennung, fehlender Wertschätzung und kompletter Ignoranz begegne? Er sei doch kein Masochist, der den Stiefel, der ihn ins Gesäß trete, auch noch blank poliere! Die Antwort auf die Frage, ob jemand gehört wird, die Wertschätzung von dessen Wort durch die Öffentlichkeit, ist von dessen gesellschaftlicher Stellung abhängig. Nicht davon, ob jemand sich umfassend informiert, scharf reflektiert oder klug formuliert hat. Nicht gesellschaftsfähige Kritiker bekommen ihre Kritik mit der Frage »WAS GLAUBEN SIE EIGENTLICH, WER SIE SIND?« beantwortet. Wie im Wolfsrudel. Wenn der Leitwolf rülpst, putzen sich alle anderen Tischgäste den Mund ab. Außer demjenigen, der soeben gefressen wurde. An dem Tag, an dem der Kriegsgräberverein ihm sein Gehalt nicht mehr zahlen könne (Pleite), nicht mehr zahlen wolle (Kündigung) oder nicht mehr zahlen müsse (Rente), werde er nicht länger als Schaf blöken, sondern als Wolf heulen, erklärte Leibgeber. An dem Tag reiße er sich den Schafspelz vom Körper. An dem Tag stelle er dem Landesvorstand eine Aktenmappe mit zwei Freiexemplaren seiner Erinnerungen als Stauffenberg-Bombe unter den Besprechungstisch. Was er in den letzten Jahren mitgemacht habe, gehe auf keine Kuhhaut, sondern passe gerade zwischen zwei Buchdeckel. Die Seiten darin würden die Reißzähne des Gebisses darstellen, welches er sich als zahnloser Wolf bis dahin habe wachsen lassen. Bei seiner Abschiedsvorstellung werde er vor das Tribunal des Landesvorstands zitiert werden. Nachdem er ein letztes Mal den Regimentsgefechtsstand des Landesvorstands im braunen Haus des Landesverbandes betreten habe, werde Cäsar ihn auf seine bejahende Antwort auf die Frage, ob er der Herr Leibgeber sei, an die Armee-Sünder=Bank am Kopfende des Besprechungstisches ketten. »Da Sie mich als Mitarbeiter außer am heutigen Tag zu keiner Zeit zur Teilnahme an der Vorstandssitzung eingeladen haben freue ich mich, Sie als Mitglieder des Landesvorstands bei dieser Gelegenheit kennenlernen zu können«, werde der Aufschlag zu seinem Wortbeitrag lauten. »Wer von Ihnen ist Frau Kolb? Entschuldigen Sie Frau Kolb, dass ich Sie nur allgemein ansprechen kann. Ich weiß zwar, dass Sie seit weit über zehn Jahren als Mitglied des Landesvorstands und sogar des Bundesvorstands amtieren, kenne Sie allerdings nur vom Hörensagen. Warum haben Sie eigentlich in all den Jahren niemals den Wunsch geäußert, meine Kollegen und mich persönlich kennenlernen zu wollen, Frau Kolb? Sind Ihnen die Bezirksorganisationsleiter, die als wichtigste Multiplikatoren der Verbandsarbeit an der Basis arbeiten, gleichgültig?«

Daraufhin werde Gockel, der Organisationsleiter des Landesverbandes, sich mit der Frage zu Wort melden: »Haben Sie jemals erlebt, dass bei einer Landesvorstandssitzung einer der Bezirksorganisationsleiter zugegen war, Herr Leibgeber?«

»Auf diese miese Gesprächskultur scheinen Sie auch noch stolz zu sein, Herr Hahn. Schämen sollten Sie sich dafür!« Bei diesen Worten werde er mit Blick auf Gockel das Schwert aus der Scheide ziehen. »Herr Mortforêt? Wer ist Herr Mortforêt?« Auf das gebrummte »Ja, bitte?« eines Vogel-Strauß=Kopfes werde er bemerken: »Schade, dass wir uns erst heute kennenlernen, nachdem ich Ihnen jahrelang das Schatzmeistersäckel habe füllen helfen. Und zwar in erheblichem Umfang! Wir sind uns sicherlich darüber einig, dass die Einnahmen des Landesverbandes vornehmlich in der Fläche generiert werden, oder nicht? Sie werden mir zustimmen, Herr Mortforêt, dass die alljährliche Haus-, Straßen- und Friedhofsammlung, dass Rechtsinformationsveranstaltungen, Ausstellungen, Informationsfahrten, Benefizkonzerte und Verbandsaktionen wie die Gedenkveranstaltungen zum Volkstrauertag maßgeblich durch die Bezirksorganisationsleiter veranlasst und beworben werden, nicht wahr? Warum kennen Sie mich als Bezirksorganisationsleiter des einnahmestärksten Bezirksverbandes dann nicht? Sie würden mich vor der Eingangstür meiner Bezirksgeschäftsstelle am Kölner Neumarkt glattweg umrennen, ohne mich als einen Ihrer Fundraiser zu erkennen, Herr Mortforêt, – so ein Ignorant sind Sie! Was, das stimmt nicht? Hier habe ich ein weißes Blatt Papier. Seien Sie so gut: Schreiben Sie die Namen der Bezirksorganisationsleiter darauf, die Ihnen Jahr für Jahr für Jahr das Schatzmeistersäckel füllen und mit ihren Aktivitäten die Einnahmen des Verbandes sicherstellen. Das sollte Sie nicht überfordern, Herr Mortforêt! Es handelt sich lediglich um fünf Namen.« Nachdem er den Fehdehandschuh auf die Tischplatte vor Mortforêt abgelegt habe, werde er die Spitze seines Schwerts auf Cäsar richten. »Sehen Sie! So sieht die Gesprächskultur aus, die Sie als Vorsitzender des Landesverbandes verantworten!« Die Sitzungen des Landesvorstands seien nicht dazu da, die Bezirksorganisationsleiter daran teilnehmen zu lassen, würde Gockel in den Käfig krähen. »Warum nehmen Sie dann seit Jahren als Organisationsleiter des Landesverbandes an den Sitzungen des Bundespräsidiums teil? Selbst wenn die Teilnahme der

Bezirksorganisationsleiter an der Sitzung des Landesvorstands nicht vorgesehen ist, rechtfertigt das nicht Ihre Ignoranz gegenüber den Leistungen der Bezirksorganisationsleiter. Warum haben Sie, meine Damen und Herren Mitglieder des Landesvorstands, den Herrn Landesorganisationsleiter noch kein einziges Mal damit beauftragt, die Bezirksorganisationsleiter EINMAL IM JAHR – NUR EINMAL IM JAHR – AUCH NUR EIN EINZIGES MAL! ... zur Teilnahme an der Landesvorstandssitzung einzuladen? Warum geben Sie den wichtigsten Multiplikatoren der Verbandsarbeit vor Ort keine Gelegenheit, EINMAL IM JAHR – NUR EINMAL IM JAHR – AUCH NUR EIN EINZIGES MAL! ... jeweils zehn Minuten zur Situation in deren Geschäftsgebiet zu referieren? Meinetwegen unter Tagesordnungspunkt Eins, sodass die Bezirksorganisationsleiter danach ihrer Tätigkeit nachgehen und Sie ohne Zeitverzögerung weitertagen können? Ich will es Ihnen verraten: Weil Sie die glorreichen Ignoranten sind! Ich sammle Westernfilme, sollten Sie wissen. Immer dann, wenn ich nicht mehr weiter weiß, wenn ich nicht weiß, wie ich das eine oder andere Verbandsproblem lösen soll, wandere ich durch die Kölner Fußgängerzone, um mich mit einer weiteren Verfilmung zu versorgen. Eine davon heißt »*Die glorreichen Sieben*«. Ich werde Sie als die glorreichen Vorstandsignoranten im Gedächtnis behalten, Frau Kolb, Herr Vorsitzender, Herr Mortforêt und die übrigen Damen und Herren Vorstandsignoranten. Der Herr Landesorganisationsleiter ist in keiner Weise an einem Kontakt zwischen Ihnen, den Mitgliedern des Landesvorstands, meinen Kollegen und mir interessiert. Andernfalls hätte er längst eine Brücke zwischen diesen Ufern geschlagen. Der Entwurf der Tagesordnung für die Sitzungen des Landesvorstands entsteht auf seinem Schreibtisch – nirgendwo sonst! Der Herr Landesorganisationsleiter agiert nicht als Brücke zwischen den Entscheidern hier am Tisch und den Akteuren an der Basis, sondern als Wasserscheide! Und ist obendrein auch noch stolz darauf, dass nie ein Bezirksorganisationsleiter die glorreichen Vorstandsignoranten bei ihrem Planierritt über die Verbandskultur zu beobachten Gelegenheit bekam.«

»Jetzt gehen Sie zu weit!«

»Im Gegenteil! Ich gehe jetzt auf den Herrn Schatzmeister zu, um mich nach seiner Hausarbeit zu erkundigen.« Er werde das Blatt vom Tische Mortforêts auf sein Schwert spießen und es mit gestrecktem Arm über dessen Kopf halten, versicherte Leibgeber: »Sehen Sie! Das Blatt, auf dem die Namen der fünf Bezirksorganisationsleiter, die dem Herrn Schatzmeister Jahr für Jahr das Säckel füllen, aufgelistet werden sollte, ist jungfräulich weiß und unbefleckt!« Dann werde er das Schwert mit dem Wisch daran senken und mit der Schwertspitze auf das Herz Mortforêts zielen: »Herr Schatzmeister was glauben Sie, wieviel Bock ich habe, Ihnen weiterhin das Schatzmeistersäckel zu füllen? Sie haben den Bock abgeschossen, Sie SchatzMeisterschütze! Sie erinnern mich an einen dicken Mann, der seine Füße nicht mehr sieht. Sie erkennen nicht die Basis, auf welcher der Verein steht. Das gilt für Sie alle! Deshalb werden Sie mir als die glorreichen Vorstandsignoranten im Gedächtnis bleiben.« Daraufhin werde er sein Schwert in die Scheide stecken und den Mitgliedern des Landesvorstands das Gesäß zudrehen. Seit seinem Dienstantritt beim Kriegsgräberverein seien alle Gründe, die ihn einst dazu bewogen hatten, sich in der Verbandsarbeit zu engagieren, vom Tisch des Herrn aufgestanden, grollte Leibgeber: Der Wunsch nach Selbstverwirklichung. Die Identifikation mit der Aufgabe. Das Interesse an der Tätigkeit. Nur die Angst, den Job zu verlieren und ohne Einkommen dazustehen – die sei geblieben. Die Angst sitze immer noch am Tisch. Am Tag, an dem er den Verband verlasse, werde man ihm hinterherrufen, dass er nach dem Verlassen des Raumes keine Betriebsgeheimnisse ausplaudern dürfe. Jawohl! Er dürfe den ganzen Dreck abschlucken und sich noch nicht einmal räuspern, meinte Leibgeber. Er sei nicht frei. Er sei abhängig! Als abhängig Beschäftigter rudere er als Galeerensklave auf der Sklavengaleere. Ein Sklave sei weder am Ansehen noch am Vermögenszuwachs seines Herrn interessiert. Ein Sklave sehne sich nach Freiheit. Freiheit ohne Einkommen sei jedoch nichts wert. Wer sich von der Barmherzigkeit seiner Mitmenschen abhängig mache, bettele mit einem leer gesoffenen Pappbecher im Kölner Hauptbahnhof. Angenommen, er würde seinem akademischen Lehrer von der Leibniz-Universität, der als Emeritus in Köln lebe und dem er gelegentlich in der Domstadt begegne, ansprechen und sich ihm als dessen ehemaliger Student zu erkennen geben: Was würde der Professor ihn fragen? Er würde ihn fragen, was er beruflich mache! Und was müsste er ihm antworten? Er müsste ihm antworten, dass er als Bezirksorganisationsleiter beim Kriegsgräberverein tätig sei. »Wo?«, würde der Professor in der trügerischen Hoffnung, sich verhört zu haben, nachfragen: »Wo sind Sie beschäftigt?«

»Beim Kriegsgräberverein!«

»Kriegsgräberverein? – Kein Hort der Aufklärung! Dafür habe ich Sie nicht ausgebildet, Herr Leibgeber!«

Der Vorgänger seines akademischen Lehrers auf dem Lehrstuhl in Hannover, der Literaturwissenschaftler Hans Mayer, und der Publizist Ralph Giordano bilden die beiden Leuchttürme, die Leibgeber mit dem geistigen Leuchtfeuer ihrer Bücher die gedankliche Fahrrinne aufzeigen. Er sei Giordano einmal beim

Aufbruch zu einer Lesereise im Kölner Hauptbahnhof begegnet, wo er auf einen Zug gewartet habe. »Sie sind doch Ralph Giordano, oder?«, hatte Leibgeber ihn auf dem Bahnsteig angesprochen.

»Ja?«

»Mein Name ist Peter Leibgeber. Ich habe fast alle ihre Bücher gelesen – und viel von Ihnen gelernt! Dafür möchte ich mich bedanken.«

»Was machen Sie denn beruflich?«

»Ich bin beim Kriegsgräberverein.«

»Kriegsgräberverein? – Kein Hort der Aufklärung!«

In das graue Gefieder seiner Anzüge gekleidet, plappere er wie ein Papagei Vereinsparolen nach (»Versöhnung!« »Versöhnung!« »Versöhnung!«), bedauerte Leibgeber. Sowohl Giordano als auch Mayer lehnten Versöhnung ab. Ralph Giordano: Versöhnung könne kein Selbstzweck sein, keine Chiffre für die Entsorgung der Täter (vgl. Ralph Giordano: *Mein Leben ist so sündhaft lang. Ein Tagebuch*. – Kiepenheuer & Witsch: Köln 2010, S. 51). Hans Mayer: Der Begriff der Versöhnung bedeute eine Beschönigung, die unzulässig zu sein habe. Es gebe nicht die Verjährung, es gebe kein Vergessen, es gebe keinerlei Ritual irgendeiner Versöhnung. Man habe weiterzuleben mit dem, was geschehen sei (vgl. Hans Mayer: *Reisen nach Jerusalem. Erfahrungen 1968 bis 1995*. – Suhrkamp: Frankfurt am Main 1997, S. 165). Er werde gefüttert, Er werde getränkt, meinte Leibgeber. Aber vom Fliegen könne er in seinem Käfig nur träumen. Nachdem er den Regimentsgefechtsstands des Landesvorstands im braunen Haus des Landesverbandes verlassen habe, werde er einige Minuten, nachdem er zuvor höflich angeklopft habe, erneut durch die Tür treten und sagen: »Ich muss meine Tasche hier im Raum vergessen haben. So eine mit genarbtem Kunstleder. Ich hatte sie hier unter dem Besprechungstisch an einem Tischbein abgestellt. Vielleicht könnten Sie einmal nachschauen? Steht ›Stauffenberg‹ drauf!« Angenommen Leibgeber hätte, nachdem er den Zünder seiner Stauffenberg-Bombe am Tischbein aktiviert hatte, den Raum verlassen gehabt: Würde der Regimentsgefechtsstand des Landesvorstands im brauen Haus des Landesverbandes gesprengt worden sein? Wahrscheinlich nicht! Wahrscheinlich würden die glorreichen Vorstandsignoranten, Cäsar und sein Organisationsleiter Gockel den Anschlag überleben. Stauffenbergs Bombe habe nicht die gewünschte Wirkung erzielt, Hitler und die Wehrmachtsführung außer Gefecht zu setzen, bemerkte Leibgeber. Stauffenbergs Bombe habe ihn am Ende selbst getötet. Zwar nicht unmittelbar bei der Explosion in der Lagebaracke vom Führerhauptquartier, aber mittelbar nach seiner Enttarnung im Innenhof vom Berliner

Bendlerblock. Er dagegen müsste beim Zünden der Bombe in Form einer Buchveröffentlichung mit seiner Füsillade durch den Vorstand rechnen.

Am Abend des Landesvertretertages saß Leibgeber auf dem Affenfelsen, um sich von Lena lausen zu lassen. Das erhöhte den sozialen Zusammenhalt. Die Arztserie im Fernsehen erinnerte ihn an seine Rolle als Bezirksorganisationsleiter. »Ich bin ein Schauspieler – und kein schlechter. Ich wirke authentisch, bin es aber nicht! Als Vereinsmitarbeiter ergeht es mir wie einem Seriendarsteller: Ich rede Rollenprosa. In meiner Rolle als Bezirksorganisationsleiter sage ich nicht das, was ich für richtig halte, sondern das, was mir der Kriegsgräberverein als Autor des Stückes vorschreibt. Ich verhalte mich als Vereinsmitarbeiter nicht so, wie ich es möchte, sondern so, wie der Landesorganisationsleiter als Regisseur der Veranstaltung meine Auftritte inszeniert sehen will. Angenommen«, so Leibgeber, »nur mal angenommen, der Kriegsgräberverein wäre eine Fernsehserie, bei der die Produktionsfirma der Meinung sei, drei von fünf tragenden Rollen einsparen zu können. Die Schauspieler kämen im Drehbuch der Fernsehserie nicht mehr vor. Wie – glaubst du – würde ein von der Einsparungsmaßnahme betroffener Schauspieler, der seine Rolle über Jahre vor dem Publikum glaubwürdig und für die Produktionsfirma gewinnbringend verkörpert hat, reagieren? Was würde er denen wünschen, Lena?«

»Der Schauspieler? Der Produktionsfirma? Der würde sagen: ›LECKT MICH IN DIE TÄSCH!‹«

»Genau. Ich habe dem Kriegsgräberverein innerlich das Gesäß zugedreht. Das nennt man, denke ich, ›Innere Kündigung‹!«

»Wenn das so ist, brauchst du dich beim Tun des Falschen nicht länger richtig anzustrengen«, bemerkte Lena. »Wenn die vierundzwanzig glorreichen Ignoranten des Landesvorstands der Meinung sind, blendend ohne die Organisationsleiter auskommen zu können ... ›weniger Verwaltung‹ zu wollen, wie Cäsar verlautbart ... dann fang' doch gleich morgen damit an. Damit sie sich für die Zukunft d'ran gewöhnen. Die Verantwortlichen des Vereins haben sich mit ihrer Personalrochade in die gesellschaftspolitische Bedeutungslosigkeit befördert«, urteilte Lena: »Wodurch könnte sich das ändern? Wenn hunderte, tausende, zehntausende Soldaten durch kriegerische Auseinandersetzungen zu Tode kämen. Dann könnte der Verein wie Phoenix aus der Asche auferstehen. Und DAS KANN NIEMAND WOLLEN!«

Lena hatte umgeschaltet. Im Fernsehen jagte ein Gepardenweibchen einen Impalabock. Die Gepardin verhielt sich wie die Vorsitzende des Bezirksverbandes.

Sie schlich sich bis auf vier Meter an den Impalabock heran, schoss aus der Deckung hervor und verfolgte ihr Opfer. Kuckuck hatte auf der Vorstandssitzung, auf der die Bezirksvertreterversammlung vorbereitet worden war, ohne vorherige Rücksprache mit Leibgeber und ohne dessen Personalvorschläge zu berücksichtigen, die Kandidaten für die Neuwahl zum Bezirksvorstand vorgeschlagen. Zum Beispiel ihre persönliche Referentin Geier, die sich in einem direkten Abhängigkeitsverhältnis von Kuckuck befand und niemals gegen ihre Dienstvorgesetzte opponieren würde. Das war nur EIN Beispiel für Kuckucks hinterhältiges Verhalten. Im Fernsehen isolierte die Gepardin den Impalabock von der Herde und jagte ihn über die Steppe. Der Imapalabock versuchte sich vor der Verfolgung durch die Gepardin mit weiten Sprüngen in Sicherheit zu bringen. Bei seiner Flucht wurde er von den anderen Herdenmitgliedern angestarrt. Das erinnerte Leibgeber an die Passivität der Bezirksvorstandsmitglieder, die Kuckucks Verfolgungsjagd auf ihn gelassen betrachteten. Bei seinen Bemühungen, sich vor dieser Bestie in Sicherheit zu bringen, war Leibgeber auf sich allein gestellt. Die Mitglieder des Bezirksvorstands gehörten bis auf die Angehörigen der Bundeswehr Kommunalverwaltungen an. Die Passivität der Vorstandsmitglieder war vor allem dadurch zu erklären, dass niemand sich mit der Vorsitzenden als Vertreterin einer Mittelbehörde anlegen wollte, auf deren Zusammenarbeit die eigene Kommunalverwaltung angewiesen war. Das Engagement der meisten Vorstandsmitglieder war weniger der Verbundenheit mit dem Kriegsgräberverein als vielmehr der Förderung eines reibungslosen Verhältnisses zwischen den Behörden geschuldet. Andere Vorstandsmitglieder waren einfach nur froh, dass nicht sie das Opfer waren, welches die Gepardin als Beute über die Steppe jagte. Nachdem die Gepardin dem Impalabock die Kehle durchgebissen hatte, bemächtigte Leibgeber sich der Fernbedienung. Er konnte das nicht länger ansehen. Auch größere Tiere standen oft allein auf weiter Flur. Auf dem anderen Kanal fühlte sich General Ernst Udet von Reichsluftmarschall Hermann Göring verfolgt. Die Kameraden aus dem Luftfahrtministerium blieben wie angewurzelt am Boden. Udet sah sich den Fehlentscheidungen Görings bei der Aufrüstung der Luftwaffe allein gegenüber und verzweifelte. »Ich kann diesen Nazi-Kram ... ich kann das nicht mehr sehen! Ich geh' ins Bett!«, verkündete Lena beim Verlassen des Affenfelsens. Leibgeber hielt die Stellung – wie einst Udet als Generalluftfahrzeugmeister der Wehrmacht im Reichsluftfahrtministerium. Nach der Luftschlacht um England und der sich abzeichnenden Überforderung der deutschen Luftwaffe beim Angriff auf die Sowjetunion erschoss sich der Generaloberst in seiner Berliner Dienstwohnung.

Der Dramatiker Carl Zuckmayer, ein persönlicher Freund Udets, schrieb während seines Exils im amerikanischen Vermont das Theaterstück »*Des Teufels General*«, dessen Titelfigur General Harras Selbstmord verübt. Bei der Anreise zum Staatsbegräbnis Udets wurde der Jagdflieger Werner Mölders Opfer eines Flugzeugsturzes. Beide Fliegerlegenden wurden auf dem Berliner Invalidenfriedhof beigesetzt. Leibgeber und ich werden als Organisationsleiter unserer Bezirksverbände keine Fundraiserlegenden des Kriegsgräbervereins werden. Dazu ist das Gedächtnis vom Vorstandswasserkopf zu kurz.

Fernsehübertragung der zentralen Gedenkfeier zum Volkstrauertag aus dem Berliner Reichstagsgebäude. Lena und Leibgeber saßen auf dem Affenfelsen. Birte lernte in ihrem Zimmer. Das Plenum des Bundestages war mit hochrangigen Vertretern aus Legislative, Exekutive und Judikative besetzt. Der Präsident des Verbandes begrüßte den Bundespräsidenten, den Präsidenten des Bundestages, den Präsidenten des Bundesrates, den Präsidenten des Bundesverfassungsgerichts, den Bundesminister der Verteidigung und den Generalinspekteur der Bundeswehr. Er begrüßte die Bischöfe der christlichen Kirchen, den Generalsekretär des Zentralrats der Juden, den Repräsentanten des Zentralrats der Muslime und den Archimandrit für die griechisch-orthodoxe Kirche. Er begrüßte die Vertreter der dem Kriegsgräberverein nahestehenden Verbände (Bundeswehrverband, Reservistenverband, Vertriebenenverbände). Die Zuschauerränge waren mit Uniformträgern durchsetzt. Tellermützen von Vertretern der Armeen aus der Ukraine und der Russischen Föderation konnte Leibgeber von seinem Affenfelsen aus nicht erkennen. Ordensbehangene Veteranen der Roten Armee waren unter den Veranstaltungsteilnehmern nicht auszumachen. Die Veranstaltung im Reichstagsgebäude wurde vom Chor der Staatlichen Hochschule für Musik Trossingen und Kammermusikern des Musikkorps der Bundeswehr begleitet. Nach der Begrüßung der Veranstaltungsteilnehmer bliesen acht Musiker des Heeresmusikkorps in Flügelhörner und Oboen. Danach bewegte sich ein gebeugter alter Mann ans Stehpult. Er legte ein Manuskript auf die Ablagefläche und stellte sich den Veranstaltungsteilnehmern als Heinrich P. vor. P. erklärte, dass er den Ausbruch des Zweiten Weltkrieges als 13-jähriger Schüler, dessen Ende als 19-jähriger Kriegsgefangener erlebt habe. Sein älterer Bruder sei im Jahre 1943 als Bordfunker der Luftwaffe gefallen. Der 87-jährige Kriegsteilnehmer vermittelte den Veranstaltungsteilnehmern und Fernsehzuschauern die Schrecken des Krieges aus seiner subjektiven Sicht. Der Kriegsgräberverein verfolge dasselbe Opfernarrativ, wie in zahlreichen, von ihm verantworteten Publikationen, kritisierte Liebgeber. Die privatistische Geschichtsbetrachtung verwische die Unterschiede zwischen Tätern, Opfern und Mitläufern. Der Kriegsgräberverein betraue die Kriegstoten unisono als Opfer von Krieg und Gewaltherrschaft. Die Täter würden weggelogen. Das Opfernarrativ sei wesentlicher Inhalt der Gedenk- und Erinnerungskultur dieses Vereins. Der Historiker Norbert Frei beklagt: *Wenn einschlägige Produktionen sich immer stärker oder gar ausschließlich auf die vermeintliche »Authentizität«< der Zeitzeugen verlassen und deren persönlichen Deutungslogik folgen, dann hat das Konsequenzen für unser Geschichtsbild: Der Nationalsozialismus erscheint dann als ein System, das aus der Summe der retrospektiven Selbsterklärungen seiner (letzten) Zeitzeugen zu begreifen ist. Das aber kann nur wollen, wer den Rückfall in die Deutungsmuster der fünfziger Jahre nicht fürchtet, in denen sich die Deutschen als Hitlers erste – und eigentliche – Opfer verstanden* (Norbert Frei: *1945 UND WIR. Das Dritte Reich im Bewusstsein der Deutschen.* – München 2005, S. 10 f). Der Kameraschwenk über die Sänger des nachfolgenden Chorstückes zeigte, dass nicht nur Leibgeber der Mund darüber offenblieb. Alexandra S., die im Anschluss an das Musikstück ans Rednerpult trat, berichtete von einem Aufenthalt als Teilnehmerin an einem Workcamp. Dort habe sie Pflegearbeiten an Kriegsgräbern, historisch-politische Bildung und internationale Begegnung als Einsatz für den Frieden erfahren. Der Kriegsgräberverein werfe Täter und Opfer in ein großes Massengrab und gieße – getreu seinem Vereinsmotto »Versöhnung über den Kriegsgräbern«, die er als »Friedenseinsatz« ausgebe – die süße Soße der Versöhnung darüber, kommentierte Leibgeber. Wer wie der Kriegsgräberverein Versöhnung als Chiffre für das Verschweigen der Täter verwende, verhindere Aufklärung und verantworte Volksverdummung anstatt Friedenseinsätze. Die Gedenkrede zum Volkstrauertag hielt die Landesgruppenchefin der CSU im Deutschen Bundestag, Gerda Hasselfeldt. In ihrer Ansprache zeigte Hasselfeldt sich erfreut, dass es noch Menschen gebe, die sich persönlich an den Krieg erinnern könnten. Auch beeinflusse die wichtige Jugendarbeit des Kriegsgräbervereins das Geschichtsbewusstsein. Nie wieder Krieg! – diese Sehnsucht sei in der Mitte Europas Wirklichkeit geworden. Sie war, sei und bleibe der Kern der europäischen Einigung, versicherte Hasselfeldt. Nie wieder Krieg? hinterfragte Leibgeber. Wenn diese Sehnsucht sich nicht auf Europa beschränke, hätte der seit vielen Jahren von deutschen ISAF-Kontingenten der Bundeswehr unterstützte und von den Abgeordneten des Deutschen Bundestages mehrheitlich mandatierte Krieg in Afghanistan niemals geführt werden dürfen! Hasselfeldt gedachte der Bundeswehrsoldaten, Polizisten und

Entwicklungshelfer, die in den vergangenen Jahren in Afghanistan und bei anderen Einsätzen getötet und verletzt worden waren. Die getöteten und schwer verletzten Angehörigen der afghanischen Zivilbevölkerung ließ sie unerwähnt. Mit keinem Sterbenswort erwähnte Hasselfeldt die tödlichen Waffen aus Exporten deutscher Rüstungsunternehmen. Deutschland verantwortete nach den USA und Russland die meisten Rüstungsexporte in der Welt. Seit Jahrzenten rüsteten deutsche Unternehmen Despoten und Unrechtsregime in Krisen- und Kriegsgebieten mit Waffen auf – mit Genehmigung des Bundessicherheitsrats. Im Mittelpunkt der Rüstungsexportpolitik der Bundesregierung standen nicht die Wahrung der Menschen- und Freiheitsrechte, sondern militärisch definierte Sicherheits- und wirtschaftlich orientierte Profitinteressen. Rüstungsausfuhrgenehmigungen werden von sieben Bundesministern unter Vorsitz der Kanzlerin im Bundessicherheitsrat erteilt. Der Bundessicherheitsrat tagt unter Ausschluss der Öffentlichkeit. Seine Beschlüsse unterliegen der Geheimhaltung. Kommentar von Thomas des Maiziere, Bundesminister der Verteidigung im *Kölner Stadtanzeiger*: »Niemand hat ein Veto-Recht!« Schon gar nicht das eigene Volk! Mit keiner Silbe erwähnte Hasselfeldt in ihrer Gedenkrede die menschenverachtende Einwanderungspolitik der EU. Menschen, Männer, Frauen und Kinder des afrikanischen Kontinents, die unter Einsatz ihres Lebens und unter Zurücklassung ihrer Habe die gefährliche Überfahrt nach Italien antreten, um sich und ihren Familien das Überleben zu sichern, werden von der Grenzschutztruppe FRONTEX aufgegriffen, medizinisch versorgt, verpflegt und repatriiert. Für diese Menschen gibt es bei den Profiteuren der Globalisierung, welche die Flucht der Menschen vom afrikanischen Kontinent durch rücksichtslose Wirtschaftspolitik provozieren, in Europa keinen Platz. Wer die afrikanischen Märkte mit Billigware aus Europa flutet, korrupte Regime durch Wirtschaftsabkommen unterstützt, oder den Menschen die Küstengewässer leerfischt, darf sich über Flüchtlingsboote nicht beschweren. Mit keinem Ton erwähnte Hasselfeldt die den sozialen Frieden gefährdende Sparpolitik in Griechenland, Portugal und Spanien. In der Euro-Zone war die Zahl der Job-Suchenden auf Rekordhöhe gestiegen. Zwanzig Millionen Menschen hatten in Europa keine Arbeit. In Ländern wie Spanien und Griechenland lebte jeder zweite junge Mensch unter fünfundzwanzig Jahren ohne Arbeit und Einkommen. Die Erhöhung der Wettbewerbsfähigkeit durch die Absenkung des Lohnniveaus hatte zum Einbruch der Binnennachfrage, wirtschaftlicher Depression und explodierender Arbeitslosigkeit geführt. Das Verkommen der nationalen Parlamente zu Fassadendemokratien, deren Abgeordnete hektisch abnickten, was die Finanzmärkte als Handlungsoptionen diktierten, schien Frau Hasselfeldt keine kritische Bemerkung wert. Das »Haus Europa« sei auf ein starkes Fundament gegründet, versicherte Hasselfeldt. Zur Vision eines starken Europas der Zukunft gehöre ein wirtschaftlich und politisch geeintes Europa. Nicht einzelne Nationalstaaten, sondern nur ein geeintes Europa werde in der Lage sein, auf der Bühne der Weltpolitik sein Gewicht in die Waagschale zu werfen. Das »Projekt Europa« werde darüber entscheiden, ob Europäer in der Welt als aktive Mitspieler oder als Statisten auftreten, so Hasselfeldt weiter. Die Verleihung des Friedensnobelpreises an Europa bedeute eine Ermutigung, das »Projekt Europa« mit Zuversicht und Tatkraft fortzuentwickeln. Das Nobelkomitee hatte seine Entscheidung, den Friedensnobelpreis an die Europäische Union zu verleihen, mit der Rolle der EU als Friedensbewahrer in Europa begründet. Der südafrikanische Erzbischof Desmond Tutu, der 1984 ausgezeichnet worden war, rief die Nobelstiftung auf, die Auszahlung des Preisgeldes von knapp einer Million Euro an die EU zu verweigern. Mit ihm unterzeichneten die Nordirin Mairead Maguire und der Argentinier Adolfo Pérez Esquivel, Preisträger von 1976 und 1980, die in einem offenen Brief formulierte Forderung. Die drei Preisträger erklärten, dass die EU kein Friedensbereiter sei, wie dies Alfred Nobel im Sinn gehabt habe. Die Entscheidung des Komitees verfälsche den Stifterwillen. Die EU strebe nicht nach der Verwirklichung von Nobels globaler Friedensordnung ohne Militär, sondern gründe kollektive Sicherheit weit mehr auf militärischen Zwang und die Durchführung von Kriegen als auf die Notwendigkeit eines alternativen Herangehens. Am Ende erhoben sich die Teilnehmer an der Gedenkveranstaltung im Plenarsaal des Reichstags zum Totengedenken. Nachdem den jüdischen Opfern der Grubenerschießungen im rückwärtigen Heeresgebiet, den verreckten Rotarmisten in den Durchgangslagern der rückwärtigen Armeegebiete und in den Kriegsgefangenenstammlagern im Reichsgebiet, der vergasten und kremierten Juden, Sinti und Roma, der von Wehrmacht und Waffen-SS erschossenen Politkommissare, erhängten Partisanen und vertriebenen Zivilbevölkerung in dem vom Bundespräsidenten verlesenen Totengedenken gedacht worden war, wurde das Lied vom guten Kameraden angestimmt. Das verbale Gedenken galt allen Opfergruppen, das musikalische Gedenken den gefallenen Kameraden von Wehrmacht und Waffen-SS.

EPILOG

Ich erwartete Leibgeber an der Kreuzblume vor dem Dom-Forum. Plötzlich schoss er wie eine Panzergranate aus dem Eingang vom gegenüber liegenden Café Reichard und drängte mich in den Gastraum, wo er mich an seinen Tisch bat. Der Tisch stand am Fenster, von dem aus er die Passanten auf dem Kardinal-Höffner=Platz beobachten konnte. Dort hatte er mich an der Kreuzblume stehen sehen. Leibgeber war von draußen nicht zu erkennen gewesen. Niemand, der an den Fenstern des Cafés vorbeiging, hätte ahnen können, dass er hinter den getönten Scheiben saß. »Weißt du«, sagte Leibgeber, »von den meisten Kreisorganisationsleitern, Projektoffizieren und Reservistenvertretern, mit denen ich beim Kriegsgräberverein ständig, den vielen Ortsgeschäftsführern und vielen Ortsverbandsvorsitzenden mit denen ich dort gelegentlich und sämtlichen Kollegen mit denen ich dort hin und wieder zu tun habe, würde ich vielleicht ein Dutzend an meinen Tisch bitten. Aber nur fünfen davon würde ich den Kaffee bezahlen. Du bist eingeladen. Außer dir würde ich für Karin und drei weitere Personen zahlen. Theoretisch jedenfalls. Praktisch sind zwei von den drei anderen schon verstorben. Den Rest würde ich vorbeilaufen lassen. – Möchtest du keinen Kuchen?«, fragte er und winkte der Servicekraft. »Wie wäre es mit gedecktem Apfelkuchen?«

»Aber bitte mit Sahne.«

»Er meint mit Schlagobers! Damit ein höherer Dienstgrad dabei ist!«, bemerkte Leibgeber gegenüber der Servicekraft, die unsere Bestellung entgegen nahm.

»Muss ich zur Kuchentheke, um eine Marke zu erwerben?«, fragte ich.

»Das geht so!« Die Dame verschwand in Richtung Kuchentheke.

»Was liest du denn da?«, fragte Leibgeber mit Blick auf den Reclamband, der vor mir auf dem Tisch lag. Ich hatte das Buch vor meinem Cafébesuch in der Buchhandlung erworben.

»Kant. Seine Beantwortung der Frage, ›Was ist Aufklärung?‹.«

»Du hast mal Philosophie studiert, oder?«

»Und Germanistik. Aber lass uns lieber von dir sprechen. Wie geht es dir?«

»Ich tue das Falsche und strenge mich auch noch richtig dabei an. Das ist mein ›unglückliches Bewusstsein‹«, beklagte Leibgeber. »Ich biete seit Jahren den Gemüsehobel des Kriegsgräbervereins auf dem Kölner Neumarkt feil. Inzwischen habe ich eine ganze Wagenladung davon verkauft.«

Auf dem Weg zum Café Reichard war Leibgeber nach dem Verlassen seiner Geschäftsstelle am Neumarkt an einem Stand am Ausgang der Schildergasse vorbeigekommen, an dem Gemüsehobel feilgeboten wurden. Der Verkäufer schnitt, würfelte und raspelte rohe Möhren. Anders als ein Hase nicht unter Zuhilfenahme seiner Vorderzähne, sondern mit Hilfe eines Gemüsehobels. Beim Schneiden, Würfeln, Raspeln und Stifteln pries er mit lauter Stimme und langen Zähnen die Vorzüge seines Produktes. Der Gemüsehobel verfüge über Klingen aus Edelstahl, versicherte er dem Publikum. Der Käufer würde beim Kauf einen Satz Ersatzklingen erhalten. Kostenlos! Mit den geschliffenen Edelstahlmessern ließen sich auch Kraut und Zwiebeln schneiden. Problemlos! Der Verkäufer habe ihn an seine Tätigkeit als Organisationsleiter des Bezirksverbandes erinnert, meinte Leibgeber. Tue er etwas anderes? Nein! Seine Fundraising-Aktivitäten, seine Öffentlichkeitsarbeit, seine Netzwerkertätigkeit dienten allesamt dem Ziel, den Gemüsehobel des Kriegsgräbervereins zu verkaufen. So wie der Verkäufer am Ausgang der Schildergasse zum Neumarkt seinen Gemüsehobel, biete er die Vorzüge eines Engagements als Spender, Sammler oder Stifter beim Kriegsgräberverein feil. Dann erkundigte sich Leibgeber, wie es mir im Ruhestand ergehe.

»Als alter Zirkusgaul stehe ich auf der Gnadenweide meiner Altersteilzeit.«

»Darüber kannst du froh sein!«

»Allerdings lebe ich in einer Oase. Die Karawane vom Kriegsgräberverein ist zwar weitergezogen, dennoch darf ich die Oase bis zum Ende der Freistellungsphase meiner Altersteilzeit nicht verlassen. Andernfalls würde ich in der Wüste umkommen: ohne Nahrung, ohne Wasser, ohne Obdach. Ich stehe immer noch auf der Gehaltsliste. Das Gute an der Oase ist, dass der Kriegsgräberverein mir Monat für Monat ein Gehalt überweist – obwohl ich nicht dafür arbeiten muss. Allerdings bin ich dafür nicht dankbar. Wer meint, anstelle meiner Leistung meinen Verzicht auf Leistung honorieren zu sollen, verdient es nicht besser!«

Für ihn wäre es das Schönste, nie wieder Identifikation mit dem Kriegsgräberverein bekunden müssen, meinte Leibgeber. Seine mangelnde Identifikation sei kein akademisches Problem. Um zu überleben tarne er seine Überzeugungen, täusche seine Umwelt und trickse sich durchs Berufsleben. In das graue Gefieder seiner Anzüge gekleidet, plappere er wie ein Papagei Vereinsparolen nach (»Versöhnung!« »Versöhnung!« »Versöhnung!«). Er werde gefüttert. Er werde getränkt. Aber vom Fliegen könne er in seinem Käfig nur träumen.

Der Loyalitätskonflikt des Arbeitnehmers gegenüber seinem Arbeitgeber wurde bereits von Immanuel Kant reflektiert. *Habe den Mut, dich deines eigenen Verstandes zu bedienen!* fordert Kant in seinem Aufsatz »*Beantwortung der Frage: Was ist Aufklärung?*« Kant beginnt seinen Aufsatz mit der Aussage, Aufklärung sei der Ausgang des Menschen aus seiner selbst verschuldeten Unmündigkeit. Weiter heißt es: *Das der bei weitem größte Teil der Menschen [...] den Schritt zur Mündigkeit, außerdem, dass er beschwerlich ist, auch für sehr gefährlich halte: dafür sorgen schon jene Vormünder, die die Oberaufsicht über sie gütigst auf sich genommen haben. Nachdem sie ihr Hausvieh zuerst dumm gemacht haben, und sorgfältig verhüteten, dass diese ruhigen Geschöpfe ja keinen Schritt außer dem Gängelwagen, darin sie sie einsperreten, wagen dürften: so zeigen sie ihnen nachher die Gefahr, die ihnen drohet, wenn sie es versuchen, allein zu gehen.* Voraussetzung gelungener Aufklärung sei, so Kant, *Freiheit; und zwar die unschädlichste unter allem, was nur Freiheit heißen mag, nämlich die: von seiner Vernunft in allen Stücken öffentlichen Gebrauch zu machen. Nun höre ich aber von allen Seiten rufen: räsoniert nicht! Der Offizier sagt: räsoniert nicht, sondern exerziert! Der Finanzrat: räsoniert nicht, sondern bezahlt! Der Geistliche: räsoniert nicht, sondern glaubt! [...] Hier ist überall Einschränkung der Freiheit. Welche Einschränkung aber ist der Aufklärung hinderlich? welche nicht, sondern ihr wohl gar förderlich?* – Kant antwortet: *der öffentliche Gebrauch seiner Vernunft muss jederzeit frei sein, und der allein kann Aufklärung unter Menschen zu Stande bringen; der Privatgebrauch derselben aber darf öfters sehr enge eingeschränkt sein, ohne doch darum den Fortschritt der Aufklärung sonderlich zu hindern. Ich verstehe aber unter dem öffentlichen Gebrauche seiner eigenen Vernunft denjenigen, den jemanden als Gelehrter von ihr vor dem ganzen Publikum der Leserwelt macht,* erklärt Kant. *Den Privatgebrauch nenne ich denjenigen, den er in einem gewissen ihm anvertrauten bürgerlichen Posten, oder Amte, von seiner Vernunft machen darf.* Die nähere Erläuterung von Privatgebrauch und öffentlichem Gebrauch der Vernunft erläutert Kant am Fallbeispiel eines Geistlichen bei der Ausübung seines Priesteramtes. Ein Geistlicher sei verpflichtet, so Kant, *seinen Katechismusschülern und seiner Gemeinde nach dem Symbol der Kirche, der er dient, seinen Vortrag zu tun; denn er ist auf diese Bedingung angenommen worden. Aber als Gelehrter hat er volle Freiheit, ja sogar den Beruf dazu, alle seine sorgfältig geprüften und wohlmeinenden Gedanken über das Fehlerhafte in jenem Symbol, und Vorschläge wegen besserer Einrichtung des Religions- und*

Kirchenwesens, dem Publikum mitzuteilen. Es ist hierbei auch nichts, was dem
Gewissen zur Last gelegt werden könnte. Denn was er zu Folge seines Amts als
Geschäftsträger der Kirche lehrt, das stellt er als etwas vor, in Ansehung dessen er
nicht freie Gewalt hat, nach eigenem Gutdünken zu lehren, sondern dass er nach
Vorschrift und im Namen eines andern vorzutragen angestellt ist. [...]. Der Ge-
brauch also, den ein angestellter Lehrer von seiner Vernunft vor seiner Gemeinde
macht, ist bloß ein Privatgebrauch; *weil diese immer nur eine häusliche, obzwar*
noch so große, Versammlung ist; und in Ansehung dessen ist er, als Priester, nicht
frei, und darf es auch nicht sein, weil er einen fremden Auftrag ausrichtet. Dagegen
als Gelehrter, der durch Schriften zum eigentlichen Publikum, nämlich der Welt,
spricht, mithin der Geistliche im öffentlichen Gebrauche *seiner Vernunft, genießt*
eine uneingeschränkte Freiheit, sich seiner eigenen Vernunft zu bedienen und in
seiner eigenen Person zu sprechen. Kant hat seinen Aufsatz »Beantwortung der
Frage: Was ist Aufklärung« im September 1784 verfasst. Im September 1784! Im
September 1784 existierten keine Mobiltelefone, Computer oder Fernsehgeräte.
Keine Flugzeuge, Züge oder Autos. Es gab weder Elektrizität noch fließend
Kalt- und Warmwasser. Es gab noch nicht einmal ein Wasserklosett! Aber das
Problem des Loyalitätskonfliktes – das gab es schon damals!

Der Verein vom Jahrgang 1919 gleiche einer betagten Dame, die sich, auf die
starken Arme von Thron und Altar stützend, über deutsche Soldatenfriedhöfe
bewege, behauptete Leibgeber. Der Kriegsgräberverein lebe, wie jeder andere
Verein, von den Beiträgen seiner Mitglieder, Spenden aus der Bevölkerung und
Zuwendungen von Erblassern. Allerdings könne er nur sechsundsechzig Prozent, das heißt zwei Drittel der benötigten Finanzmittel aus eigener Kraft aufbringen. Das restliche Drittel stamme aus Steuermitteln des Bundes und der
Länder. Der Staat fühle sich verpflichtet, die Arbeit des Kriegsgräbervereins
durch jährliche Zuwendungen in zweistelliger Millionenhöhe zu unterstützen,
weil der Verein Bau, Bauunterhaltung und Pflege von Millionen Kriegsgräbern
auf über 830 Kriegsgräberstätten in 45 Ländern Europas und in Nordafrika
verantworte. Damit erbringe der Verein eine Leistung, zu der sich die Bundesrepublik Deutschland in zweiundvierzig bilateralen Abkommen verpflichtet
habe. Bund und Länder würden Bau, Bauunterhaltung und Pflege der deutschen Kriegsgrablagen aus dem Steuersäckel des Staates allerdings nur solange
bezSCHUSSen, wie die »alte Dame« sich brav als Steigbügelhalterin am
Schlachtross der Bundesregierung betätige und nicht die Pferde scheu mache,
bemerkte Leibgeber. Die alte Dame werde nie ein Widerwort gegen die Auslandseinsätze der Bundeswehr erheben. Die alte Dame werde niemals Stellung

gegen Waffenlieferungen deutscher Unternehmen in Krisenregionen beziehen. Die alte Dame denke nicht daran, die staatliche Finanzierung der Militärseelsorge, die Indoktrination der Soldaten mit der christlichen Glaubenslehre, die Ausbildung von Militärseelsorgern an staatlichen Universitäten zu kritisieren. Die alte Dame (Jg. 1919) würde sich bei ihrem Gang über die Soldatenfriedhöfe weiterhin auf die starken Arme von Thron und Altar stützen. Sie würde weiterhin ihre ideelle und finanzielle Hilfsbedürftigkeit durch ihre zur Schau getragene Gebrechlichkeit ausagieren.

Leibgeber blickte durch die getönte Scheibe des Fensters auf die Domplatte. Die Leute verließen den Dom nicht nur deshalb, weil die Messe zu Ende war. Kardinal Woelki, der Nachfolger Meisners als Erzbischof, hatte eine umfassende Aufarbeitung sexueller Gewalt durch katholische Priester an Kindern und Jugendlichen in seiner Schublade verschwinden lassen. Woelki begründete den Verschluss des Gutachtens mit methodischen Mängeln. Das Gutachten der Münchener Kanzlei sei nicht geeignet, den Umgang mit Missbrauchsfällen in adäquater Art und Weise aufzuarbeiten, so Woelki. Beim Soldatengottesdienst im Kölner Dom hatte der Kardinal mit spitzen Fingern den Mikrofonhals gewürgt: »Liebe Soldatinnen und Soldaten! Liebe Schwestern und Brüder! Wir erinnern uns an die Dom-Illumination ›Dona nobis pacem‹ im Gedenken an den Ersten Weltkrieg, in deren Licht der Dom zu einem Mahnmal und zu einem Leuchtturm des Friedens wurde.« Und ob Leibgeber sich daran erinnerte. Der Kriegsgräberverein hatte die Lichtillumination auf Nachfrage durch den Dompropst, auf Initiative von Kuckuck als Vorsitzende des Bezirksverbandes und nach Zustimmung durch die Vorstandsignoranten des Landesverbandes mit einem ansehnlichen fünfstelligen Eurobetrag bezuschusst. Und dass, obwohl die katholische Kirche seit der Gründung des Kriegsgräbervereins im Dezember 1919 niemals auch nur einen Pfennig aus dem Klingelbeutel, niemals auch nur einen Cent aus dem Opferstock für Bau, Pflege und Erhalt der deutschen Kriegsgräber im Ausland aufgewendet hatte. Aufwenden tat sie nur ihr Wohlwollen. Als Organisationsleiter des Bezirksverbandes durfte Leibgeber dafür sorgen, dass Reservistenkameradschaften und Bundeswehrsoldaten durch Sammlungen an Allerheiligen den für die Lichtillumination des Domkapitels aufgewendeten Unterstützerbetrag des Kriegsgräbervereins vereinnahmten. Da war es für ihn tröstlich, dass der stellvertretende Präsident als offizieller Redner des Kriegsgräbervereins bei seinem Auftritt vor dem Kölner Dom Kuckuck den Stecker für die Bühnenbeleuchtung ihres Auftritts gezogen hatte.

Leibgeber hob ein Stück gedeckten Apfelkuchen an die Lippen und meinte:

»Nach seiner Zurruhesetzung als Erzbischof bin ich Kardinal Meisner, dem Vorgänger Woelkis als Kölner Erzbischof, mehrmals auf der Kreuzung Komödienstraße + Tunisstraße begegnet. Und zwar auf meinem morgendlichen Fußweg vom Bahnhof zur Geschäftsstelle.«

»Erzähl!«

»Wenn mein Zug in den Hauptbahnhof eingelaufen und ich in der Herde der Arbeitnehmer den Treppenpferch vom Bahnsteig in die Bahnhofshalle heruntergelaufen bin, verlasse ich den Bahnhof in Richtung Domseite. Im Schlagschatten des ›kolossalen Gesellen‹ (Heinrich Heine) laufe ich über den Bahnhofsvorplatz und am Hotel Excelsior vorbei die Komödienstraße hinauf in Richtung Tunisstraße. An der Ampel unterhalb vom roten Querriegelbau des WDR lief mir immer wieder einmal Kardinal Meisner mit seinem Hirtenstab über den Weg. Ich weiß nicht, woher Meisner kam und wohin er wollte, aber die Begegnungen mit ihm unterlagen einer auffälligen Regelmäßigkeit. Mein Zug lief meistens (morgens verkehren die Regionalzüge der Deutschen Bahn mit einer gewissen Regelmäßigkeit, was sich im Verlauf des Tages zu immer größeren Unregelmäßigkeiten summiert – aber das nur nebenbei) meistens jedenfalls lief mein Zug um sieben Uhr fünfundvierzig im Kölner Hauptbahnhof ein, so dass ich kurz vor acht an der Kreuzung Komödienstraße + Tunisstraße stand. Vor der Fußgängerampel wartete auch der Kardinal mit seinem weißen Hirtenstab auf grünes Licht.«

»Und? Hast du Eminenz nicht begrüßt?«

»Nein, ich habe ihn nicht bei seinem Namen gerufen!«

»Nein?«

»Nein! Erstens war ich nicht eines seiner Schäfchen – trotz seines Hirtenstabs. Natürlich hätte ich Eminenz einen guten Morgen, einen schönen Tag oder sonst etwas wünschen können, aber ...«

» ... Du dachtest nicht daran!«

»Ich dachte nicht daran! Denn zweitens hatten Cäsar und Gockel vor Jahren einen Gesprächstermin mit Meisner vereinbart gehabt, bei dem sie den Kardinal um die Überlassung von ein paar Groschen aus dem Klingelbeutel baten.«

»Für Bau, Bauunterhaltung und Pflege der deutschen Soldatengräber im Ausland, nehme ich an.«

»Gockel hatte es als Teilnehmer am Gespräch nicht einmal für nötig gehalten, mich als Organisationsleiter des Bezirksverbandes Rheinland über den Termin des Gesprächs zu informieren noch mich im Anschluss daran kontaktiert, um mir dessen Ergebnis mitzuteilen. Wohl kann ich verstehen, dass Cäsar und sein

Gockel mich nicht noch als dritten Gesprächsteilnehmer vom Kriegsgräberverein dabeihaben wollten. Nicht verstehen hingegen kann ich, dass ich als
Organisationsleiter des Bezirksverbandes, in dem die Diözese ihren Sitz hat,
weder über das Gespräch informiert noch über dessen Verlauf unterrichtet
wurde. Das Gespräch mit dem Kardinal schien immerhin so wichtig, dass Cäsar
als Imperator des Landesverbandes persönlich daran teilnahm.«

»Und wie hast du davon erfahren?«

»Bei einer Besprechung von uns Organisationsleitern der Bezirksverbände
im braunen Haus des Landesverbandes, wo Gockel seinen Besuch beim Kölner
Kardinal aus voller Kehle in den Sitzungskäfig krähte.«

»Das hast du mit der Nichtbeachtung des Kardinals quittiert!«

»So ist es! Erst wollen mich die Herren Vorsitzender und Organisationsleiter des Landesverbandes nicht dabeihaben, dann informiert mich Gockel
weder über Terminierung noch Verlauf des Gesprächs. Am Ende erwarten diese
Ignoranten, dass ich bei meinen morgendlichen Begegnungen mit Meisner gut
Wetter für den Kriegsgräberverein mache? ›Guten Morgen, Eminenz! Wir
wissen es zu schätzen, wenn Sie in Ihren Gebeten der Kriegstoten gedenken‹,
oder so ähnlich? Die Herren Cäsar und Gockel können mich mal …! Außerdem
war ich zum Zeitpunkt meiner Begegnungen mit dem Kardinal noch gar nicht
im Dienst gewesen. Der Arbeitsantritt erfolgte erst mit dem Betreten meiner
Geschäftsstelle am Neumarkt.«

»Aber du konntest den Kardinal als Atheist doch sowieso nicht leiden, oder?«

»Richtig!«

»Dann sei doch froh, dass du bei dem Gespräch der heiligen drei Könige nicht
dabei sein musstest! Das du angesichts des Hirtenstabs des Kardinals als Wolf
im Schafspelz nicht auch noch blöken musstest!«

Als Organisationsleiter des Bezirksverbandes veranlasst Leibgeber Fund-
raising-Aktionen, verantwortet Öffentlichkeitsarbeitsmaßnahmen und pflegt
Mitarbeiternetzwerke. Seine Aktivitäten als Leimrute bei der Spendenakquise
werden nicht geschätzt, seine Aktivitäten als Lautsprecher in der Öffentlichkeitsarbeit nicht gewürdigt, seine Aktivitäten als Lockvogel bei der Mitarbeiter-
betreuung nicht geachtet. Die Leistung der Bezirksorganisationsleiter genießt
in den Augen der Vorstandsignoranten keine Wertschätzung. Auf der Bundesebene wurde ein Altersteilzeitprogramm ins Leben gerufen, um den Personalkörper zu verschlanken. Auf der Landesebene wurden die Stellen von drei
Bezirksorganisationsleitern wegrationalisiert. Auf der Bezirksverbandsebene

unternahm Kuckuck als Vorsitzende des Bezirksverbandes alles – aber auch wirklich ALLES! – um Leibgeber wegzumobben.

»Kuckuck ist der Furunkel am Gesäß des Bezirksverbandes!«, meinte Leibgeber. »Ein Furunkel stört beim Sitzen und nervt beim Abführen. Kuckuck und ich ziehen den Karren des Bezirksverbandes allerdings als Gespann. Sie als Vorsitzende, legitimiert durch die Wahl der Bezirksvertreterversammlung. Ich als vom Verein angestellter Organisationsleiter. Sie bestimmt den Kurs, ich ziehe den Karren. Das funktioniert nicht. Der Karren fährt entweder im Kreis, oder beschreibt eine 8 (Acht), bewegt sich aber niemals zielführend. Gockel hat die Arbeit von uns Organisationsleitern zuerst reglementiert, dann unsere Kompetenzen demontiert und zum Schluss drei Stellen wegrationalisiert. Er hat einen Tätigkeitskatalog erarbeitet und uns reglementiert. Er hat unsere Kompetenzen demontiert und Aufgaben an externe Mitarbeiter delegiert. Er hat drei Organisationsleiterstellen wegrationalisiert. Die fünf Bezirksverbände werden seitdem von zwei Regionalgeschäftsführern betreut: mit Millionen Einwohnern, tausenden Mitgliedern und hunderten Ehrenamtlichen in beiden Geschäftsgebieten. Mit demselben Gehalt! Soll ich den Stiefel, der mich in den Hintern tritt, auch noch polieren? Nein! Man kämpft nicht für einen Haufen Scheiße. Wie reagiert man auf einen Haufen Scheiße?«, fragte Leibgeber: »Drei Möglichkeiten: man tritt hinein, putzt ihn weg oder geht ihm aus dem Wege. Reintreten bedeutet Ärger. Wegputzen bedeutet Arbeit. Um Arbeit und Ärger zu vermeiden, macht man einen Bogen darum herum. Und zwar einen weiten!«

Nach unserem Café-Besuch setzten Leibgeber und ich uns auf eine Bank auf dem Roncalliplatz. Die Bank stand im rechten Winkel zum Dom-Hotel. Bei unserem Blick auf die Südfassade des Doms meinte Leibgeber: »Sieht aus wie mein Berufsleben: ein Haufen Scheiße – genauso so lang, so breit und so hoch wie der Kölner Dom, einschließlich der Doppeltürme. Ein Turm steht für mein Scheitern im Bibliothekswesen. Der andere Turm symbolisiert mein Scheitern beim Kriegsgräberverein. Damit nicht genug, werde ich beim Scheiße schippen von Gockel in die Kniekehlen gestoßen und von Kuckuck in die Hacken getreten.«

Leibgeber bewegt sich durch Köln, wie er sich beim Kriegsgräberverein bewegt: als Fremder. Er habe es in Köln nicht einmal zum »Immi« gebracht, bedauerte Leibgeber. Er habe dort keine Wurzeln geschlagen. Er gleiche einer Topfpflanze, die in der Domstadt niemals angewachsen sei. Eine Topfpflanze könne fünfhundert, sechshundert, siebenhundert Kilometer von Köln entfernt auf einem Fensterbrett gedeihen. Eine Topfpflanze brauche keinen Mutterboden – und kein Vaterland. Sein Lieblingsgebäude sei nicht der Dom. Es sei der Hauptbahnhof, verriet Leibgeber beim Gang über die Domplatte. Von dort komme er am schnellsten aus der Stadt. Köln wirkt auch in meinen Augen nicht sehr attraktiv – wie übrigens die meisten deutschen Städte. Hitlers Stararchitekt war nicht Albert Speer, sondern Air-Marshall Harris gewesen. Was die britischen Bomber nicht erledigten, besorgten deutsche Architekten der Nachkriegszeit: Ruinen, Bauschutt und Kriegsschuld zeitigten Betonverbrechen – monströs, autogerecht und potthässlich. Die Nord-Süd=Fahrt in Köln erscheint als offene Wirbelsäule, über die der rote Querriegelbau des WDR als hässliches Fallbeil hängt. Attraktiv wirken allenfalls das befestigte Rheinufer mit der Rheinuferpromenade, den Brauhäusern und Traditionskneipen vom Dom rheinaufwärts bis zum Altermarkt. Die Gegend dort wird außer vom Hochwasser regelmäßig von Touristen überschwemmt. Die Hohenzollernbrücke über den Rhein, die Doppelspitze des Kölner Doms und die Glaskuppelhalle des Hauptbahnhofs bilden ein Bermudadreieck, in dem jeder Besucher der Rheinmetropole früher oder später eintaucht – ob bei der Ankunft oder vor der Abreise. Egal ob jemand die Bahnhofshalle betritt, um den Zug raus aus der Stadt zu erreichen, gleichgültig ob jemand mit dem Zug ankommt, um den Gang in die Stadt anzutreten: Auf der Domseite des Bahnhofsgebäudes erblickt man den »kolossalen Gesellen« (Heinrich Heine). Wer, wie Leibgeber und ich, als winzige Menschenkinder auf der Domplatte stehend den Blick hob, empfängt als Botschaft die Mahnung, sich ja nicht mit der Altargewalt hinter den Doppeltürmen anlegen zu sollen.

Bei Abfahrt meines Zuges sandte Leibgeber mir sehnsüchtige Blicke nach. Auf dem Bahnsteig hatte er gemeint, dass er auf die Wertschätzung des Vereins keinen Wert mehr lege. Die Wertschätzung seiner Arbeit würde die Bestätigung dafür bedeuten, dass er sich beim Tun des Falschen richtig angestrengt habe. Das sei sein »unglückliches Bewusstsein« (HEGEL – zitiert nach Hans Mayer).

Im Zug sitzend dachte ich an meinen Onkel und an den Mann meiner Tante. Mein Onkel war als 19-Jähriger Angehöriger der SS-Division *Germania*, der Mann meiner Tante und Vater von zwei kleinen Kindern diente als Wehrmachtssoldat. Beide hatten – ähnlich wie ich im Regionalexpress auf der Fahrt von Köln nach Essen – in einem Fronturlauberzug zurück an ihre Einsatzorte gesessen. Meinem Großvater, meiner Großmutter, meiner Tante – die bereits vor Jahren verstorben sind – hätte Leibgebers Vorwurf, dass es sich bei ihren Angehörigen um historische Mittäter handele, nicht gefallen. Meinem Cousin und meiner Cousine, die beide noch leben, ebenfalls nicht. Beide sind ohne Vater aufgewachsen. Meine Cousine und mein Cousin haben ihren Vater zeitlebens vermisst. Beide haben nicht einmal einen Ort, an dem sie trauern können. Die Kriegsgrablage ihres Vaters ist unbekannt. Das sind nur Beispiele, Beispiele aus meiner eigenen Familiengeschichte, Beispiele, die in die Millionen gehen. Ich tröste mich mit dem Gedanken, dass ich durch meine Arbeit beim Kriegsgräberverein mitgeholfen habe, mindestens einigen Hinterbliebenen einen Grablageort für deren Angehörige zu schaffen – ob namentlich bekannt oder als Kriegsgrab eines unbekannten Soldaten. Für die Hinterbliebenen dürfte es weitgehend egal sein, ob ihre Angehörigen sich an Angriffs-, Raub- und Vernichtungsfeldzügen von Wehrmacht und Waffen-SS beteiligt haben. Die historische Rolle der Hitlersoldaten dürfte ihnen gleichgültig sein. Was für sie zählt, ist der persönliche Verlust des Vaters, des Sohnes, des getöteten Ehemanns, des gefallenen Bruders. Was mich tröstet ist die Mutmaßung, dass nicht alle zu Tode gekommenen Hitlersoldaten fanatische Anhänger ihres »Führers« und obersten Befehlshabers waren, dem sie durch ihren Soldateneid verpflichtet waren. Was mich tröstet ist die Mutmaßung, dass nicht alle Hitlersoldaten die Ziele ihrer militärischen Führer teilten, denen sie in die Schlachthäuser an den Fronten folgten. Sofern die jüngeren von ihnen als fanatische Gefolgsleute ihres »Führers« und obersten Befehlshabers in den Krieg zogen, dürften sie durch die nationalsozialistische Hetzpropaganda indoktriniert gewesen sein. Wenn Eltern, Lehrer, Geistliche und Jugendführer die Ziele des »Führers« gut hießen und die Politik der Nationalsozialisten unterstützten – wie bitte hätte ein zwölfjähriger Hitlerbub, ein dreizehnjähriges BDM-Mädel die Verführung durch Eltern, Lehrer, Geistliche und Jugendführer erkennen können? Wenn ein Vater von zwei kleinen Kindern unter Zurücklassung seiner Familie an die Front kommandiert wurde – wie bitte hätte er sich der allgemeinen Wehrpflicht entziehen sollen? Eine Desertion von seinem Frontkommando hätte seine Verfolgung in den von der Wehrmacht kontrollierten Gebieten in weiten Teilen Europas nach sich gezogen. Eine Desertion an der Ostfront hätte die dauerhafte Trennung von Frau und Kindern bedeuten können, wenn nicht den Tod durch Partisanen zur Folge gehabt. Klar ist: es gab Kriegsverbrecher! Fest steht: es gab Massenmörder! Sämtliche Hitlersoldaten als historische Mittäter zu bezeichnen ist mit Blick auf deren historische Rolle als Angehörige der Exekutive des NS-Staats zwar korrekt; bedarf jedoch des Hinweises, dass viele Hitlersoldaten indoktriniert waren und ihre historische Rolle als historische Mittäter nicht erkannten. Es bedarf des Hinweises, dass viele Hitlersoldaten keine andere

Wahl hatten, als in den Krieg zu ziehen. Es gilt das Wort von Ralph Giordano: »Die Humanitas ist unteilbar.«

HINWEISE:

Referierte Zeitungsartikel folgen den Quellen:

Sonja Zekri: Grober Monolith. Provokation schon vor der Eröffnung – der deutsche Soldatenfriedhof Sologubowka. – IN: *Süddeutsche Zeitung*, Ausgabe vom 20./21. September 2003

René Heilig: Die verlogene Gleichheit der Toten. – IN: *Neues Deutschland*, Ausgabe vom 25. Mai 2004

Der Verfasser dankt für die Abdruckgenehmigungen.

Mit Quellenangaben zitiert werden Passagen aus den Veröffentlichungen:

Desbois, Patrick: Porteur de Mémoires. Sur les traces de la Shoah par balles., 2007 Èditions Michel Lafon,Neuilly-sur-Seine, Cedex

Deutsche Ausgabe: ders., Der vergessene Holocaust. Die Ermordung der ukrainischen Juden. Eine Spurensuche / aus dem Französischen von Hainer Kober. Berlin Verlag. – Berlin 2009

Frei, Norbert: 1945 UND WIR. Das Dritte Reich im Bewusstsein der Deutschen. Verlag C.H. Beck. – München 2005

Mayer, Hans: Gelebte Literatur. Frankfurter Vorlesungen (=edition suhrkamp 1427, Neue Folge 427). Suhrkamp Verlag. – Frankfurt am Main 1987

Ders.: Wendezeiten. Über Deutsche und Deutschland. Suhrkamp Verlag. – Frankfurt am Main ²1993

Der Verfasser dankt den Rechteinhabern für die Abdruckgenehmigungen.

Der Verfasser weiß sich inhaltlich den Verfassern folgender Veröffentlichungen verpflichtet:

Angrick, Andrej: Besatzungspolitik und Massenmord. Die Einsatzgruppe D in der südlichen Sowjetunion 1941-1943. Hamburger Edition HIS Verlagsges. mbH. – Hamburg 2003

Breker, Arno: SCHRIFTEN. MARCO. – Bonn u.a. 1983

Dawletschin, Tamurbek. Von Kasan noch Bergen-Belsen. Erinnerungen eines sowjetischen Kriegsgefangenen (=Bergen-Belsen Schriften 7). Vandenhoeck & Ruprecht. – Göttingen 2005

Den Frieden gewinnen: Ansprachen zum Volkstrauertag 2009 (Volksbund-Forum 3) / Hrsg.: Volksbund Deutsche Kriegsgräberfürsorge e.V. – Kassel 2009

Frieden ist ein Privileg. Ansprachen zum Volkstrauertag 2012 (=Volksbund-Forum 9), / Hrsg.: Volksbund Deutsche Kriegsgräberfürsorge e.V. – Kassel 2013

Friedländer, Saul: Kurt Gerstein oder die Zwiespältigkeit des Guten (= bsr 1789). Verlag C.H. Beck. – München 2007

Giordano, Ralph: Die zweite Schuld oder von der Last Deutscher zu sein. Rasch und Röhring Verlag. – Hamburg 1998

Ders.: Mein Leben ist so sündhaft lang. Ein Tagebuch. – Kiepenheuer & Witsch. – Köln 2010

Großmann, Horst: RSHEW. Eckpfeiler der Ostfront. Podzun-Pallas-Verlag. – Friedberg o.J.

Heinen, F.A.: Gottlos, schamlos, gewissenlos. Zum Osteinsatz der Ordensburg-Mannschaften. Gaasterland-Verlag. – Düsseldorf 2007

Johannsen, Lorenz Peter: Kinderarzt Karl Leven. Lebensspuren – Todesspur (=Jüdische Memoiren 13). Hentrich & Hentrich. – Teetz 2005

Jünger, Ernst: Strahlungen I (=dtv 10984). Deutscher Taschenbuch Verlag. – München ⁵1988

Kant, Immanuel: Die Kritiken. Zweitausendeins. – Frankfurt am Main o.J.

Kraus, Karl: Die letzten Tage der Menschheit. Bühnenfassung des Autors. Hrsg. Eckart Früh. Suhrkamp Verlag. – Frankfurt am Main 1992

Kreutzer, Leo: Mein Gott Goethe. Essays (=dnb 136). Rowohlt Taschenbuch Verlag. – Reinbek bei Hamburg 1980

Mann, Thomas: ESSAYS, Band 5: Deutschland und die Deutschen 1938-1945, hrsg. Von Hermann Kurzke und Stephan Stachorski. Fischer Taschenbuch Verlag. – Frankfurt am Main 1996

Mayer, Hans: Reisen nach Jerusalem. Erfahrungen 1968 bis 1995. Suhrkamp Verlag. – Frankfurt am Main 1997

Der Ort des Terrors. Geschichte der nationalsozialistischen Konzentrationslager / hrsg. von Wolfgang Benz und Barbara Distel, Band 8: [...] Belzec, Sobibór, Treblinka. Verlag C.H.Beck. – München 2008

Ochssner, Dorle: Warum? Eine Geschichte von Liebe und Krieg. Die 312. Infanterie-Division. Gerhard Hess Verlag. – Bad Schussenried 2004

Paulus »Ich stehe hier auf Befehl!« Lebensweg des Generalfeldmarschalls Friedrich Paulus. Mit den Aufzeichnungen aus dem Nachlass, Briefen und

Dokumenten / hrsg. von Walter Görlitz . Verlag für Wehrwesen Bernard & Graefe. – Frankfurt am Main 1960

Raithel, Thomas: Die Strafanstalt Landsberg am Lech und der Spöttinger Friedhof (1944-1958). R. Oldenbourg Verlag. – München 2009

Rosendahl-Kraas, Birgit: Die Stadt der Volkstraktorenwerke. Eine Stadtutopie im »Dritten Reich«. Die Planungen und Großbauten der Deutschen Arbeitsfront für die Stadt Waldbröl. Martina Galunder-Verlag. – Wiehl 1999

Sasse, Klaus: Bilder aus russischer Kriegsgefangenschaft. Erinnerungen und Fotos aus Jelabuga und anderen sowjetischen Lagern 1945-1949 / mit Beitr. von Ernst Helmut Segschneider et al. (=RÜCKBLICK. Autobiographische Materialien 2). Waxmann. – Münster et al. 1999

Schmidt, Ulf: Hitlers Arzt Karl Brandt. Medizin und Macht im Dritten Reich. Aufbau Verlag. – Berlin 2009

Schroeder, Christa: Er war mein Chef. Aus dem Nachlass der Sekretärin von Adolf Hitler / hrsg. von Anton Joachimsthaler. Langen Müller. – München ³1985

Stahlberg, Alexander: Die verdammte Pflicht. Erinnerungen 1932 bis 1945. Ullstein. – Berlin ³1988

Surminski, Arno: Vaterland ohne Väter. Roman. Ullstein. – o.O. 2004

Trimborn, Jürgen: ARNO BREKER. Der Künstler und die Macht. Die Biographie. Aufbau Verlag. – Berlin 2011

Wernstedt, Rolf: Deutsche Erinnerungskulturen seit 1945 und der Volksbund Deutsche Kriegsgräberfürsorge e.V. (Volksbund-Forum 2) / Hrsg.: Volksbund Deutsche Kriegsgräberfürsorge e.V. – Kassel o.J.

Zeitschrift »Stimme & Weg«. Jg. 2004 – 2012 / Hrsg.: Volksbund Deutsche Kriegsgräberfürsorge e.V.

Zeitschrift »frieden«. Jg. 2013 – 2018 / Hrsg.: Volksbund Deutsche Kriegsgräberfürsorge e.V.

Zwerenz, Gerhard: »Soldaten sind Mörder«. Die Deutschen und der Krieg. Knesebeck & Schuler. – München 1988

Weitere Veröffentlichungen von Martin Gadow:

Störung der Totenruhe. Erzählungen.

BoD 2023